Frank Göhre · Geile Meile

Geile Meile:

Zappas letzter Hit: Der Auftragskiller „Zappa" erschießt sich und seine Frau in der Haftzelle. Sein letzter Hit, der auch zehn Jahre nach der Tat noch Fragen aufwirft. Zappas Tochter glaubt an Verrat und sinnt auf Rache. Und dafür ist ihr jedes Mittel recht.

St. Pauli Nacht: Eine Nacht auf dem Kiez. Unterschiedliche Charaktere – der Ex-Knacki Johnny, der Postbote Manfred oder die hübsche Single-Frau Dorit – treffen in einer scheinbar gewöhnlichen Nacht aufeinander. Zufall oder Schicksal? Es ist eine Nacht voller skurriler Begebenheiten, die episodisch erzählt und meisterhaft miteinander verwoben werden.
„St. Pauli Nacht" wurde erfolgreich von Sönke Wortmann verfilmt. Frank Göhre schrieb das Drehbuch, für das er mit dem Deutschen Drehbuchpreis ausgezeichnet wurde.

Auch in den Erzählungen „**Rentner in Rot**", „**Der letzte Freier**" und der bislang unveröffentlichten Story „**Es war einmal St. Pauli**" dreht sich alles um den Kiez – und darum, wie fatal es sein kann, zur falschen Zeit am falschen Ort zu sein.

Frank Göhre wurde 1943 geboren. Seit über 30 Jahren lebt er als freier Autor in Hamburg. Er arbeitete als Buchhändler, Bibliothekar, Lektor und Hörfunkautor. Seine Werke wurden mehrfach ausgezeichnet, er erhielt u. a. bereits zwei Mal den renommierten Deutschen Krimi Preis.
Weitere Informationen unter www.frankgoehre.de

Frank Göhre

Geile Meile

PENDRAGON

Inhalt

Zappas letzter Hit

Prolog
7. November 1990

Zappa stöpselte den Rasierapparat aus und rollte das Kabel ein.

Er strich prüfend über Wangen und Kinn, fuhr mit dem Zeigefinger unter der Nase entlang und war zufrieden.

Seine Haut war angenehm glatt.

Er gab ein paar Tropfen *Venice* in die Handfläche und klopfte sein Gesicht ab. Dann feuchtete er den Kamm an und verpasste dem kurz geschnittenen Haar den letzten Schliff.

Er betrachtete seine Fingernägel. Sie waren sauber und gleichmäßig gefeilt. Seine Hände zitterten nicht. Bis auf die Kratzspuren gab es nichts zu bemängeln.

Genüsslich wie lange nicht mehr zündete er sich eine Zigarette an. Er blies den Rauch an den Spiegel und sah zu, wie er sich kringelte und dann auflöste. Wenig später hörte er die ihm längst vertrauten Geräusche.

Die aneinander klirrenden Schlüssel.

Die über den Steinboden schleifende Gittertür.

Schritte. Die schweren Schritte des Aufsehers.

Auch Broszinskis Schritte. Und ihre. Renates Schritte.

Renates Absätze klackten, und Zappa lächelte. Er mochte es, wenn sie auf hohen Hacken ging.

Die Schritte kamen schnell näher.

Zappa nahm einen weiteren tiefen Zug und sah zur Tür. Er war noch immer völlig ruhig.

Renate blieb auf der Schwelle stehen.

Ihre Blicke trafen sich. Zappa sah Renate an, als sehe er sie zum ersten Mal. Broszinski wartete, bis sich der Bann gelöst hatte. Er nickte Zappa zu.

„Zwei Stunden", sagte er. „Bis 17 Uhr. Wir lassen Sie allein."

Renate ging zum Tisch und stellte ihre Ibiza-Tasche ab. Sie musste sie festhalten und begann schon, sie auszupacken.

Zappa nickte zu seiner auf dem Bücherbord stehenden Uhr.

„Die Zeit läuft", sagte er. Er ließ die Kippe zu Boden fallen und drückte mit der Schuhspitze die Glut aus.

„Ich klopfe vorher."

„Alles klar."

„Mit uns geht's morgen um Zehn weiter. – Funktioniert Ihr Fernseher wieder?"

„Korrekt."

„Ihre Anwältin ist heute Abend im *Hamburg Journal*. Wir haben es erst vorhin erfahren. Wissen Sie, zu was sie sich äußern wird?"

„Mein letzter Hit, denke ich. Die vermutlichen Auftraggeber."

„Sie hat mir gegenüber angedeutet –"

„Bist du gefragt worden?", fiel Zappa Renate ins Wort. „Ist das deine Begrüßung?"

„Okay", sagte Broszinski. „Wir werden's hören. Bis dann." Er trat zurück und gab dem Aufseher einen Wink. Die Tür wurde geschlossen.

Sich entfernende Schritte.

Wieder das Schließen am Ende des Ganges.

Stille. Drückendes Schweigen.

Renate rührte sich nicht. Auch Zappa stand bewegungslos da. Sekunden verstrichen. Sekunde um Sekunde. Das Ticken der Uhr wurde unerträglich.

„Ja, was ist?", sagte Zappa dann schließlich. „War's das schon?"

„Ach, Kalli." Renate legte die Obsttüte aus der Hand und umarmte Zappa. Sie drückte sich fest an ihn und suchte seinen Mund. „Kalli, Kalli, Kalli."

Er griff in ihr Haar.

„Ich will das nicht", sagte er eindringlich. „Was du glaubst. Was du vermutest. Was du dir aus irgendwelchem Scheiß zusammenreimst. Behalt's für dich und quatsch nicht blöd rum. – Du riechst gut."

„Ja, ja. – Ja?"

„Ja. – Lass das jetzt. Wir haben erst noch einiges zu bereden."

„Es ist –" Sie löste sich von ihm und setzte sich befreit ausatmend auf den Stuhl. „Es ist gut gegangen. Sie haben nur – nur die Lebensmittel kontrolliert."

„Mein Deal", sagte er knapp. Er zog die *Chesterfield*-Packung aus der Brusttasche und flammte wieder eine an. „Julia hat mir geschrieben. Ein schöner Brief. Sie hat ihre Ruhe und will in Bochum bleiben. Hat sich zum ersten Mal richtig verliebt. In einen Soliden – wie findest du das? Sie ist jeden Abend bei ihm draußen in Querenburg. Fast jeden Abend. Witzig, was? Ich hab dran denken müssen, dass ich dich damals nicht so häufig gesehen habe. Aber du warst ja auch nicht so heftig in mich verknallt, oder?"

„Ich war gern mit dir zusammen. Ich bin immer gern mit dir zusammen gewesen. Das weißt du."

„Ja, natürlich. Ich will jetzt auch nicht damit nerven. Es ist schon in Ordnung. Um Julia jedenfalls brauch ich mir keine Sorgen zu machen. Sie geht ihren Weg, und sie ist einigermaßen versorgt. Finanziell, meine ich. Sie will nach dem Abi ins Hotelgewerbe. Management und so. Ich glaube, das bringt sie. – Hast du ihr mal geschrieben?"

„Sie hat mich angerufen. Wir haben –"

„Ja?"

„Wir haben über ihre Sachen gesprochen. Ich hab mir schon so was gedacht. – Sie war kurz angebunden."

„Ja, ja – wen wundert's."

„Bitte, Kalli. Ich war – ich hatte in dem Moment anderes im Kopf. Es war wirklich nicht leicht, das – das zu erledigen."

„Wie seid ihr verblieben?"

„Ich schreibe ihr."

Zappa ging zu dem über der Liege angebrachten Bücherbord, nahm einen linierten Schreibblock und einen Stift herunter und legte beides vor Renate auf den Tisch.

„Schreib ihr", sagte er. „Schreib ihr, dass du jetzt bei mir bist. Dass wir reden und an sie denken. Und dass wir sie lieben. Ihr für alles das Beste wünschen – ein paar Zeilen. Es muss nicht viel sein."

„Jetzt? Das kann ich doch –"

„Schreib. Ich mach uns inzwischen einen Kaffee."

„Das kann ich doch zuhause – mit mehr Zeit."

„Ich will ihr noch was dazuschreiben. Für später. – Ich glaube, es gibt keinen einzigen Brief oder auch nur eine Karte von uns gemeinsam. Sie wird sich darüber freuen, und ich will, dass sie sich freut. Sie hat uns zu oft auf Hass erlebt. Wenigstens einmal soll sie sehen, dass es auch anders geht."

Renate zögerte noch. Zappa machte eine entschiedene Geste. Er füllte Wasser in den Topf und schloss den Tauchsieder an. Er sah nicht mehr zu Renate hin, die sich schwer seufzend setzte und den Filzschreiber in die Hand nahm.

Sie zog die Kappe ab, nagte an ihrer Unterlippe und fing dann an: *Liebe Julia, ich bin bei Papa und wir haben gerade über dich geredet. Du hast ihm ja einen Brief geschrieben, und ich freue mich, dass es dir gut geht. Ich rufe dich bald an und dann musst du mir alles genau erzählen. Papa und ich lieben dich sehr, und wir sind jetzt auch glücklich miteinander. Wir verbringen zwei schöne Stunden und sind ganz allein mit uns. Du kannst sicher sein, dass die schlimmen Zeiten vorüber sind. Ich lass noch Platz für Papa –*

„Ist das genug?", fragte sie.

Zappa stellte sich hinter sie und las.

„Jeder wie er kann", meinte er. „Kümmere dich um den Kaffee. Ich schreib schon weiter."

Als sie kurz darauf mit zwei Tassen an den Tisch zurückkam, faltete er bereits das Blatt und legte es zu Papieren, die er ordentlich gestapelt hatte.

„Die Anklagepunkte reduzieren sich", sagte er und klopfte mit dem Finger auf einen der Stapel. „Dank deiner hervorragenden Unterstützung bin ich von sieben auf drei."

„Du hast es doch jetzt auch bestätigt. Ich –"

„Was ich auspacke, ist allein mein Ding", sagte er. Er nippte an dem Kaffee.

„Ich kann nicht mehr lange. Willst du sie nicht nehmen?"

„Setz dich", sagte er. „Was war mit Milstadt – mit HP, bevor er eingefahren ist? Mit HP und dir? Was lief da? Und vergiss Daniela nicht. Sie war doch bestimmt nicht außen vor."

„Kalli –"

„Setz dich", wiederholte er. „Sag es einfach. Ich will es von dir hören. Aber flachs mich jetzt nicht an."

„Ich habe das alles nur für dich getan."

„Renate." Er hob warnend die Hand.

Renate zündete sich eine Zigarette an. Sie rauchte in kleinen, hastigen Zügen und klopfte nach jedem Zug die Asche ab.

„Daniela", sagte sie dann. „Daniela ist ein Miststück, Karl. Warum willst du das aufrollen? Es – es hat keine Bedeutung. Nicht für uns."

„Milstadt", beharrte er.

Sie schüttelte kurz den Kopf.

„Also gut", sagte sie. „Wir – wir haben über Daniela gesprochen, HP und ich. Über ihre abartigen, perversen Neigungen, und er hat sich das zunutze gemacht. Mit meiner Hilfe. Die Fotos, die ihr jetzt so unangenehm sind, hat er geschossen. Er hat sie damit unter Druck gesetzt, um die Eigentumswohnung behalten zu können. Und das Geld auf ihrem gemeinsamen Konto."

„Mit deiner Hilfe?", fragte er nach.

„Ich – ja, ich – ich war mit ihm und auch mit ihr im Bett. Reicht das jetzt? – Bitte, Karl, es war einzig und allein –"

„Okay", sagte Zappa. „Ich verstehe."

„Es war für dich. Es war für den Stoff, an den sie durch ihre Reisen kam. Und –"

„Ich sage, ich verstehe. Ich bin nicht dämlich."

„Ich konnte es dir nicht sagen."

„Es wäre besser gewesen", sagte er und schüttelte nachdenklich den Kopf. „Ich wollte weg von dem Scheißzeug. – Missverständnisse, nur Missverständnisse. – Was haben wir eigentlich falsch gemacht?"

Renate drückte die Zigarette aus und nahm gleich eine neue. Sie drehte sie zwischen den Fingern.

„Ich weiß es nicht", sagte sie leise. „Ich weiß nur, dass ich mir oft gewünscht habe, ich könnte mit dir über alles reden. Du – du bist immer gleich so furchtbar ausgerastet."

„Aber jetzt höre ich dir zu."

„Ja, ich – ich fühle mich auch schon besser. – Willst du sie nicht – ?"

„Ja", sagte er. „Gleich – bei etwas Musik." Er trank seinen Kaffee aus, stand auf und legte eine Kassette ein. „Hat mir Julia bespielt. *Fleetwood Mac*." Er schaltete den Recorder an und wartete, bis die ersten Takte erklangen. „*Albatross*. Schön, was? – Komm. Komm zu mir."

Renate ging zu ihm, und er umarmte sie und legte seinen Kopf an ihren.

„Ich hör dir zu", sagte er noch einmal. „Erzähl mir noch was."

„Was?"

„An was du jetzt denkst."

„An dich."

„Und wie?"

„Was du mir bedeutest und was du mir gibst."

„Ist es gut?"

„Ja, es ist gut. Es ist sehr gut. Es ist schön, dich zu spüren. Sehr schön. Und – du musst mich verstehen. Du darfst nicht schlecht von mir denken. Milstadt –"

„Pssst", machte er. „Jetzt nichts mehr von HP, und nichts von den anderen. Das vergessen wir ein für alle Mal." Er begann, sich sanft mit ihr zu wiegen.

„Ja", flüsterte sie.

„Weißt du, woran ich denke?"

„Sag es mir."

„Wie es auf Ibiza war. Im letzten Jahr. Die Tage auf dem Boot. Das Meer. Die Sonne. Das waren gute Wochen. So hätte es immer sein sollen. Die langen Nächte mit dir." Sein Mund war an ihrem Ohr. Er ließ seine Hände über ihren Rücken gleiten. Renate schmiegte sich noch enger an ihn.

„Küss mich", sagte sie.

Sie küssten sich. Immer und immer wieder. Bis zum Ende des Stücks. Dann löste sich Zappa von ihr und spulte das Band zurück.

Fleetwood Mac, Albatross.

Und wieder graute der Morgen. Und wieder lichtete sich der Nebel, und von fern erklang ein sehnsüchtiger Ruf. Der Ruf nach ihm. Und die Mauern fielen, und er ging dem Ruf nach.

Seine Umarmung war nun verlangender. Seine Hände waren tiefer. Die Muskeln ihrer Schenkel spannten sich.

„Ich will dich", flüsterte sie. „Ich will dich ganz. – Nimm sie mir doch bitte ab."

Er antwortete nicht. Er streifte ihren Rock hoch und sie stellte ihre Beine auseinander, um ihm den Zugriff zu erleichtern. Zappa spürte das Eisen unter dem Stoff ihres Höschens. Er tastete den Griff der Waffe ab.

„Nimm sie."

Zappa küsste sie wieder, während er seine Hand unter den Bund schob und den Griff umfasste. Er merkte, dass Renate zitterte.

„Ruhig", sagte er. „Ganz ruhig. Niemand überrascht uns. – Du hast dich rasiert?"

„Das Klebeband – "

„Knie dich hin." Er ging mit ihr auf die Knie, und sie wollte ihm jetzt helfen. Doch er riss schon an dem breiten Streifen. Renate biss die Zähne aufeinander. Dann war es vorbei.

Erleichtert legte sie ihren Kopf an seine Brust. Zappa hielt den Revolver in der Hand.

„Scharf?", fragte er.

„Ja."

„Gab's Fragen?"

„Nein. Ich – kann Milstadt denn wirklich –?"

„Ja."

„Aber du hast doch –"

„Psst", machte er. „Sieh mich an." Ein sanftes Lächeln war jetzt auf seinem Gesicht. Er legte den Revolver vor sich auf den Boden und nahm ihren Kopf zwischen seine Hände.

Sie sahen sich an.

„Ich bin sehr, sehr zufrieden", sagte Zappa. „Weißt du, ich bin über alles weg. Was man noch von mir hören will, was sie sich weiter erhoffen – es hat nichts mehr mit mir zu tun. Und erst recht nichts mit uns. Ich war zeitweise enttäuscht von dir. Enttäuscht und auch hassig. Was ich dir hin und wieder mal erzählt habe, hättest du nicht aussagen sollen. Ich habe Milstadt aus allem raus gehalten, weil es mein Job war, verstehst du? Allein mein Job. Die Jungs sollten nicht wissen, dass ich versagt hatte. Dass HP abgedrückt hat. Dass der letzte Hit auf sein Konto geht. Aber jetzt haben sie ihn auch am Arsch und er wird alles in Bewegung setzen, um sich frei zu kaufen. Er hat's schon angeleiert, und es zielt auf mich. Nur ich soll der Böse sein, selbst noch aus dem Knast raus. – Okay, so läuft es eben. Wenn du mir noch was sagen willst, dann sag es jetzt."

„Ich – ich habe dir alles gesagt. Es – es tut mir leid, Kalli. Ich wollte – ich war manchmal sehr allein, und HP war …"

„Ich hab gesagt, es ist vergessen." Er ließ abrupt ihren Kopf los und rieb sich die Schläfen. „Nein, ich muss auch nichts mehr hören. – Nur noch einmal *Albatross*. Ist dir eigentlich kalt?" Er stand auf und zog auch sie hoch.

„Ein bisschen", sagte Renate.

Zappa ließ das Band wieder zurücklaufen und hob dann den Revolver auf.

Er behielt ihn in der Hand, als er Renate erneut umarmte.

Und alles wiederholte sich. Das sich Wiegen, der lange intensive Kuss. Zungenspiel und eine sich steigernde Erregung.

Als sie später noch halb bekleidet auf der Pritsche lagen, war die Kassette längst durch und es ging auf halb fünf zu. Zappa zog seine Hose an und überprüfte den Revolver.

„Die Zeit ist immer zu kurz", sagte er.

„Mir wird sie lang werden bis zum nächsten Mal."

„Lang wie die Ewigkeit."

Er wartete noch, bis sie vollständig angezogen war. Er legte den Arm um ihre Schultern und küsste sie.

„Ich liebe dich", sagte er.

„Ich liebe dich auch."

„Sag es noch einmal. Sag, dass du mich immer geliebt hast."

„Ich habe dich immer geliebt, und ich werde dich immer lieben."

„Das ist gut." Die Revolverhand kam hoch. Der Lauf berührte ihre Schläfe. Renate zuckte leicht zusammen.

Zappa schloss die Augen und drückte ab.

Der Schuss machte ihn taub. Er hielt Renate fest an sich gedrückt und öffnete dann weit den Mund.

Der Lauf war noch heiß, doch es dauerte nur den Bruchteil einer Sekunde.

Erster Teil
November 2001 – April 2002

Ich habe immer wieder gesagt,
dass es Unsinn ist,
darüber zu diskutieren,
wo und wann
ein nächster Einsatz,
wenn er denn stattfindet,
stattfinden könnte.

Der Medienkanzler

1

Am frühen Nachmittag eines für Hamburg typisch grauen Novembertages entstieg kurz hinter der Kreuzung Uhlenhorster Weg, Papenhuderstraße eine junge Frau dem 211211 Taxi.

Sie wartete, bis der Wagen sich wieder in den fließenden Verkehr eingefädelt hatte, und ging dann in Richtung Mundsburger Damm. Ihr Ziel war das Gourmetrestaurant *Paulsen*.

Die junge Frau war mittelgroß, schlank und hatte glatt fallendes, nachgedunkeltes Haar. Ihr schmales Gesicht mit den hohen Wangenknochen drückte äußerste Konzentration aus. Obwohl sie ausschließlich nach vorn blickte, schien sie alles um sich herum wahrzunehmen. Bekleidet war sie mit einer knapp sitzenden, ausgewaschenen Jeans, einem übergroßen Sweatshirt und einer dunkelblauen, wattierten Weste mit aufgestelltem Kragen. Ihre Füße steckten in nachlässig verschnürten *Nikes*.

Im *Paulsen* wurde sie bereits erwartet. Ein sonnenbankgebräunter Typ unbestimmten Alters geleitete sie in das nach hinten hinaus gelegene Arbeitszimmer und ließ sie dann mit Gottschalk allein.

Mit dem Betreten des funktional eingerichteten Raums setzte sie ihr freundlichstes Lächeln auf.

Gottschalk nahm seine Lesebrille ab und stemmte sich aus dem Bürostuhl. Äußerlich hatte er sich im Verlauf der Jahre kaum verändert. Wie in seiner damaligen Zeit als Ermittler der *FD 65*, Organisierte Kriminalität, war sein Körperumfang gewaltig. Sein Gewicht musste bei mindestens 150 Kilo liegen. Und wie eh und je trug er auch jetzt den maßgeschneiderten hellen Dreiteiler und ein schwarzseidenes Hemd mit offenem Kragen. Auf seinem kahl rasierten Schädel perlte der Schweiß. Überraschend leichtfüßig aber kam er um den mit Büchern und Papieren überhäuften Schreibtisch herum und streckte ihr die Hand hin.

„Julie – richtig, ja?", begrüßte er sie und trat dann wieder einen Schritt zurück, um sie unverhohlen von Kopf bis Fuß zu mustern. „Da sieht man mal wieder, wie wenig man auf eine Telefonstimme geben kann. Ich habe Sie mir blond vorgestellt. Blond und – entschuldigen Sie – etwas korpulenter."

„Sind Sie enttäuscht?"

„Nein, nein, weiß Gott nicht. – Treiben Sie Sport?"

„Ich schwimme, gehe regelmäßig in die Sauna und mache täglich meine Yogaübungen."

Gottschalk gab sich beeindruckt. Julie zog einen leicht gerollten Umschlag aus der Innentasche ihrer Weste und entnahm ihm etliche Schriftstücke.

„Meine Papiere", sagte sie. „Das Zeugnis des Zürcher Restaurants müsste ich dann nachreichen. Ich habe aber schon gekündigt. Wenn wir übereinkommen, kann ich gleich nächste Woche bei Ihnen anfangen."

Gottschalk hob die Augenbrauen.

„Sie verlieren keine Zeit. Das gefällt mir. Ja, das gefällt mir sogar sehr. Aber –" Er räusperte sich. „Sagen Sie, warum haben Sie sich ausgerechnet Hamburg ausgeguckt?"

„Nicht Hamburg – das *Paulsen*. Wir haben doch telefoniert. Ich habe den *Zeit*-Artikel gelesen – Hippe Szene im Jugendstilambiente, solide deutsche Hausmannskost einmal anders. Genau das hat mir immer vorgeschwebt."

„Die Atmosphäre?"

„Die Küche. Und auch, dass Sie Ihrem Personal keinen Stress machen, oder?" Sie verfiel zum ersten Mal in einen leichten schwyzerdütschen Akzent.

„Ich bin noch nicht allzu lange Chef."

„Ich weiß. Bei *Google* werden Sie ausschließlich im Zusammenhang mit Hamburger Kriminalität erwähnt."

„Das ist Geschichte."

Julie zuckte die Achseln.

„Interessiert mich auch nicht weiter. – Ich ziehe mir allerdings gelegentlich einen Joint rein."

Gottschalk lachte. Das Lachen erstickte in einem asthmatischen Husten. Sein fleischiges Gesicht lief puterrot an. Julie sah sich nach einem Glas Wasser um. Doch Gottschalk fing sich schon wieder. Er wies auf eine silberne Dose.

„Meine Apotheke", krächzte er. Er hob den Deckel und präsentierte ihr einen in Silberpapier gewickelten daumendicken Brocken und etliche der typischen Kokainbriefchen. „Alles saubere Ware. Was bevorzugst du? – Der Afghane ist wieder im Kommen."

Sie war sich nicht sicher, wie sie das unvermittelte „Du" einzuschätzen hatte. Und erst recht nicht das Angebot. Gottschalk stapfte zurück hinter seinen Schreibtisch und setzte sich theatralisch ächzend. Er wischte sich den Schweiß von der Stirn.

„Tut mir leid", sagte sie.

„Was? Dass ich amüsiert bin? Julie – in jedem einigermaßen gut gehenden Lokal ist in der Küche Hektik, Hektik, Hektik. Ihr ackert alle im roten Bereich. Wenn dann die Nummer durch ist, braucht der eine einen Riesenbecher Wodka und der andere kommt nur wieder mit ein paar kräftigen Zügen runter – es sei denn, er lässt sich lieber ordentlich durchvögeln. Ich hab mit keiner Variante ein Problem."

„Okay."

„Ja – kein Problem. Null."

„Ich habe verstanden."

„Nicht das geringste Problem." Er schnaubte heftig und

schob ihre Zeugnisse beiseite. „Deine Papiere seh ich mir später an. Wo bist du untergekommen?"

„Sie haben mir das *Vorbach* empfohlen."

„Nicht Privat? Keine Freunde, keine Bekannte in Hamburg?" Sie hörte einen unangenehmen Ton heraus. Gottschalk fixierte sie. „Gibt's einen Lover?"

Sie hielt seinem Blick stand. Locker trat sie näher an den Schreibtisch heran und beugte sich vor.

„Ich bin auf Ihren Wunsch hin angereist", sagte sie. „Zu einem Vorstellungsgespräch. Was soll diese Scheiße? Das muss ich nicht haben. Wenn Sie mich nicht wollen, sagen Sie es. Aber sparen Sie sich dämliche Fragen. Das geht Sie nichts an."

„Gut, sehr gut. Weiter so."

„Nichts weiter. Das war's. Sie haben meine Handynummer. Ich nehme morgen den Nachtzug zurück nach Zürich. Bis dahin bin ich noch für Sie erreichbar – in Bezug auf eine klare Entscheidung." Sie nickte verabschiedend und ging zur Tür.

Gottschalk machte keine Anstalten, sie zu stoppen. Sie hörte nur noch, dass er auf dem Schreibtisch nach etwas kramte.

2

Sie hatte in guten Häusern gearbeitet: Juliane Tönnes, geboren in Herdecke/Ruhr, dem Wohnsitz der Eltern.

Julie.

Sie wollte Julie genannt werden.

Direkt nach dem Abitur hatte sie in Dortmund die Ausbildung zur Köchin absolviert. In einer Hotelküche. Solider Standard.

Dann aber zwei Jahre Wiesbaden und zwei weitere in Baiersbronn. Beides Top-Adressen. Drei-Sterne-Restaurants. Höchstes Niveau. Ihr jeweiliger Wechsel wurde aufrichtig bedauert. Gelobt wurden ihre schnelle Auffassungsgabe, ihre Kreativität und vor allem ihr Fleiß. Sie galt als äußerst kollegial und *erfrischte durch ihr freundlich-offenes Wesen*.

Gottschalk lächelte amüsiert.

Er griff zum Telefon und wählte die Nummer von Julianes letzter Arbeitsstelle.

Das kurze Gespräch mit dem Zürcher Gastronom war in gewisser Weise aufschlussreich. Gottschalk glaubte heraus zu hören, dass der Mann Juliane eine vermutlich berechtigte Gehaltserhöhung verweigert hatte. Er dankte und fragte dann noch beiläufig nach ihrer Wohnadresse.

Unter der ihm mitgeteilten Rufnummer meldete sich eine offenbar jüngere Frau mit dem Namen Elisabeth.

Gottschalk gab sich als Julianes Onkel aus, der darüber besorgt war, dass seine Nichte schon seit Monaten nichts mehr von sich hatte hören lassen.

Elisabeth beruhigte ihn.

Julie habe momentan viel Stress. Ihre Arbeitsgenehmigung in der Schweiz sei nicht verlängert worden und sie müsse nun innerhalb kürzester Zeit das Land verlassen – *oder*?

Sie war äußerst gesprächig und Gottschalk hatte letztlich Mühe, ihren Redefluss zu stoppen.

Nachdem er aufgelegt hatte, überflog er die von ihm notierten Stichworte: Frauen-WG. Arbeitet lange. Geht selten aus. Wenig freie Tage. Freunde – Fragezeichen. Ein dickes Fragezeichen.

Gottschalk klickte seinen PC an und aktivierte das Herdecker Telefonbuch.

Die von Julia in ihrem Lebenslauf genannten Eltern Hilde und Hugo-Ernst waren unter *H. E. Tönnes* verzeichnet.

Gottschalk bekam den Vater an den Apparat.

Anfangs skeptisch und mehrere Male nachfragend erklärte der Mann schließlich, bereits seit Jahren keinen Kontakt mehr zu seiner Tochter zu haben. Von ihrer Mutter sei er geschieden und wo die Schlampe zur Zeit stecke, wisse der Geier, es interessiere ihn auch nicht: *Sonst noch was?*

Gottschalk hatte genug gehört.

Er lehnte sich in seinem Stuhl zurück und verschränkte die Arme im Nacken. Nachdenklich schob er die Unterlippe vor.

3

Zwischen geblümter Bettwäsche, blassblau, und Bettgestell, Kiefer Natur, eine Plastikdose, angebrochen, mit Deckelaufkleber in Gelb: Vaseline / 125 ml.

Die Frau lag rücklings auf dem Boden. Allem Anschein nach war sie auf dem glatten Parkett ausgerutscht und gestürzt. Tödlich gestürzt. Volltrunken mit dem Hinterkopf auf die Kante des niedrigen Couchtischs geknallt. Ein Klassiker.

Die Rotweinflasche war ihr aus der Hand gefallen. Die Weinlache war bereits eingetrocknet. Auch das Blut auf dem Teppichläufer und in ihrem Haar.

Sie hatte langes und ungepflegtes Haar, und sie war entsetzlich mager. Eckige Schultern und extrem schmale Handgelenke. Eingefallenes Gesicht, tiefe Falten und um die Augen dunkle Ringe. Die pergamenthafte Haut spannte fahl über den Wangenknochen. Ihre Kleidung war verdreckt. Ein lila Wollpullover. Eine graue Jogginghose.

In dem Zimmer stank es nach kaltem Zigarettenrauch, nach Alkohol und nach Urin.

Fedder trat einen Schritt zurück. Die Kriminaltechniker setzten routiniert ihre Arbeit fort.

Kriminalhauptkommissar Jörg Fedder kannte die Frau nur zu gut. Es war Angelika Garbers, ehemals Garbers-Altmann. Sie war die Anwältin des St. Pauli Killers gewesen. Karl „Zappa" Weber. Nach seinem spektakulären Abgang war auch sie auf die Titelseiten gerückt. Knallige Headlines: *Was verschweigt die schöne Blonde? Ihre Schönheit ist ihre Kälte. 1000 Knackis träumten von der Sexbombe. Die geile Geli. Blond und blind? Das Sündenregister der Pastorentochter.*

Aufgewachsen war sie in Fallingbostel, im Landkreis Soltau-Fallingbostel. Drei Geschwister. Streng neuapostolisches Elternhaus. Der Vater Gemeindeprediger. Tankstellenpächter. Ein trockener Alkoholiker. Er hatte morgens, mittags und abends gebetet. Er hatte sein Jagdgewehr auf Angelikas ersten Freund angelegt.

Fedder erinnerte sich noch genau an alle veröffentlichten Details.

Ihre Mutter war für die Buchführung zuständig gewesen und hatte den Haushalt gemacht. Sie hatte sich ihren Kindern gegenüber nie liebevoll gezeigt.

Angelika sammelte Stofftiere.

Sie absolvierte ihr Abitur mit Bestnote, zog nach Hamburg und studierte Jura. Zweizimmerwohnung in Eimsbüttel, zusammen mit einer später als Grüne in den Senat gewählten Kommilitonin. Ein erster Sommer in der Freien und Hansestadt, Anfang der siebziger Jahre. Badenachmittage im *Kaifu*. Eis auf die Hand von *Adda* und abends zum Griechen am Eck.

Fedder war sich sicher, ihr schon in diesen Jahren begegnet zu sein. Dem hoch aufgeschossenen und noch verschüchtert wirkenden Mädel vom Land. Er hatte damals nur knapp 100 Meter weit von ihr entfernt gewohnt. Schräg gegenüber von *Christas Tabakladen*. Zwei lärmende Kindergruppen im Erdgeschoss. Einen *Big-Balls*-Fan als Nachbarin. Eine Stewardess, die es in den Nächten zum Sonntag auf mindestens drei lautstarke Orgasmen brachte. Fedder hatte stundenlang wach gelegen, sich unruhig herumgewälzt.

Alles in allem aber war es keine schlechte Zeit gewesen.

Er streifte sich die dünnen Gummihandschuhe über und öffnete eins der Fenster. Der Himmel war dunkel bewölkt, und es nieselte. Schweinisches Februarwetter. Übers Wochenende sollte Larissa bei ihm sein, seine Tochter. Er hatte ihr Shopping, *Burger King* und einen Fernsehabend mit Chips versprochen. Larissa wünschte sich ein neues Handy, irgendwelche speziellen Klamotten und *etwas für den Körper*, was immer das sein mochte. Er hatte nicht nachgefragt. Er hatte bei dem Telefonat Evelyn in ihrer Nähe gewusst.

Seine Ex hatte die Garbers als Gast gekannt. Die Anwältin war nach ihren Besuchen bei Zappas Frau meist noch auf einen Kaffee in Evelyns Lokal am Grindel gekommen. Eine inzwischen Aufsehen erregende Frau im Designer-Kostüm und mit auffallend gemusterten Nylons. Später waren Fotos veröffentlicht worden, auf denen sie in Korsage und Strapsen posierte. Es sollten auch Schnappschüsse mit ihr und Zappa existieren.

Nachdem Zappa seine Frau und sich in der U-Haft-Zelle erschossen hatte, war eine Menge Dreck über sie ausgekübelt worden.

Sie habe es bei jedem ihrer Termine mit Zappa getrieben.

Sie habe es auf die harte Tour gewollt.

Sie sei Zappa hörig gewesen. Habe Koks in seine Zelle geschmuggelt. Sei selbst abhängig geworden. Willenlos. Ihm gefügig in jeder Beziehung. Bis hin zur Beschaffung des Revolvers. Letzteres aber war zweifelsfrei widerlegt worden. Es war zu keinem diesbezüglichen Prozess gekommen.

Fedder blieb an dem offenen Fenster stehen und atmete tief durch. Er fragte sich, wie Angelikas Leben verlaufen wäre, wenn er sie als Studentin kennen gelernt und sich mit ihr eingelassen hätte. Ein absurder Gedanke. Obwohl –

„Ich will zu ihr! Lasst mich zu ihr!", hörte er hinter sich. Fedder schnellte herum.

Ein aufgeschwemmter Mann stolperte wild um sich schlagend ins Zimmer. Der Streifenbeamte griff fluchend ins Leere. Fedder stellte sich dem Mann in den Weg.

„Halt, stopp – wer sind Sie?! Was haben Sie hier zu suchen?!"

„Geli!", schnappte der Mann. „Geli!" Sein Blick erfasste Angelikas leblosen Körper. In seinem Gesicht flammte pures Entsetzen auf. „Ist sie tot? Wer hat das getan? Wer hat sie umgebracht? Oh, mein Gott! Großer Gott – nein! Nein!" Er fasste sich an die Brust und sackte urplötzlich in sich zusammen.

Fedder fing ihn auf.

Der Streifenbeamte und einer der Spurensicherer packten mit an. Mit vereinten Kräften hievten sie den Mann auf die Couch. Fedder knöpfte ihm den Mantel und das über dem Wanst spannende Baumwollhemd auf. Der Mann kam schon wieder zu sich. Er schluckte heftig. Fedder klopfte ihn schnell ab.

„Bleiben Sie liegen!", befahl er. „Holt was zu trinken!" Er hatte die Brieftasche ertastet und zog sie hervor. Der Personalausweis war auf Altmann ausgestellt. Wilfried Altmann.

„Verdammte Scheiße!" Fedder verglich das Foto mit dem aufgedunsenen Gesicht des nach Luft schnappenden Mannes. „Herr Altmann?! He, hören Sie mich?! Sind Sie krank?! Nehmen Sie irgendwelche Medikamente?!"

„Geli – meine – meine Geli."

„Ja, ja. Ich habe gefragt –" Der Mann schlug die Hände

vors Gesicht und stieß einen lang gezogenen, kläglichen Laut aus. Dann krümmte er sich zusammen, wimmerte nur noch, schluchzte und heulte.

Fedder fluchte.

„Wo zum Teufel bleibt der Doc?!", schnauzte er die dumm herumstehenden Kollegen an. „Steckt er in einem Scheiß-Stau oder was? Was ist mit ihm? Kümmert euch gefälligst darum! Und haltet mir diesen Mann unter Kontrolle!" Er riss die Tür zum Balkon auf und stützte sich im Freien an der Brüstung ab.

Altmann! Verdammt noch mal! Was trieb den Mann ausgerechnet heute zu der schon seit Ewigkeiten von ihm geschiedenen Frau? Hatte ihn jemand aus dem Haus benachrichtigt? Und wie kam er dazu, dass seine Geli umgebracht worden sei? Seine Geli! Was für eine Scheiße!

Die Garbers hatte sich von dem Arschloch getrennt, weil er in ihrer damaligen gemeinsamen Kanzlei keinen Finger mehr gerührt hatte. Er hatte nur noch dumpf in der Wohnung gehockt und bestenfalls die Fahrgäste der draußen vorbeirauschenden Busse zum Flughafen gezählt. Sich von *5-Minuten-Terrinen* und Dosenravioli ernährt. Broszinski war einige Male bei ihm gewesen. Auch Gottschalk. Abschließende Ermittlung im Fall Tötung Renate Weber und Suizid des Ehemanns Karl „Zappa" Weber.

Fedder klopfte seine Taschen ab. Alles in ihm gierte nach einer Zigarette. Aber er hatte vor fünf Tagen mit dem Rauchen aufgehört. Von einer Minute auf die andere. Nach einer dummen Bemerkung seines Kollegen Schwekendieck. Der dämliche Hund. Er hätte auch längst erscheinen müssen.

Fedders Handy meldete sich.

Er blickte auf das Display. Auch das noch! Evelyn. Er zögerte, den Anruf anzunehmen, tat es dann aber doch.

Evelyns abgehackte Sätze ließen ihn erstarren. Ihre Stimme kippte. Sie schluchzte.

Larissa! Larissa war beim Überqueren der Straße angefahren worden!

Auf dem Schulweg! Auf dem Fußgängerstreifen Osterstraße, Heußweg!

Seine Tochter! Sein Engelchen!

Sie lag auf der Intensiv! Im *UKE*!

Fedder presste die Lippen fest zusammen. Er ballte die freie Hand zur Faust und hämmerte an die grob verputzte Hauswand.

4

Entsetzen, Angst und Trauer.

Erinnern: Vergessen.

Vergessen ist die Schere, mit der man fortschneidet, was man nicht brauchen kann – unter Aufsicht der Erinnerung.

Kierkegaard, Entweder/Oder.

Broszinski wiegte zweifelnd den Kopf.

„Trifft es das nicht?", fragte Ann.

„Ich habe Birte nicht vergessen. Ich kann sie nicht vergessen."

„Aber du sparst sie auf deinen Bildern aus. Das heißt doch –"

„Für mich ist sie in dem, was ich zeige, präsent."

„Sie ist darin aufbewahrt. Gefällt dir das besser?"

Broszinski stand auf: „Muss überhaupt was gesagt werden? Kannst du die Leute nicht einfach nur begrüßen? Sie werden sich ohnehin ihr eigenes Urteil bilden."

„Jan – ich sitze seit über einer Woche an diesem Text. Und ich will, dass deine Arbeiten verstanden werden."

„Ich weiß. – Ich weiß, wie viel Mühe du dir machst." Er fasste sie an den Schultern. „Ich habe dich vermisst", sagte er. Er küsste sie auf die Stirn. „Sag, was du für richtig hältst", lenkte er ein. „Bleibst du?"

„Ich hab es wirklich nicht leicht mit dir. Aber gut – ich hab es auch nicht anders gewollt. Ja, ich werde bei dieser Einführung bleiben. Es ist meine Sicht, das werde ich dann noch hervorheben. Und nein, ich fahre gleich wieder zurück."

„Du bist verärgert."

„Die Einladungen müssen raus."

„Morgen ist Sonntag."

„Wenn ich hier übernachte, komme ich frühestens ab Mittag dazu. Das ist mir zu knapp."

Broszinski zündete sich ein Zigarillo an. Er ging zu den rechtwinklig aneinandergestellten Tischen und zog unter Papieren und großformatigen Fotos sein Notizbuch hervor.

„*Restaurant Paulsen*", sagte er. „Peter Gottschalk, Papenhuderstraße, 22085 Hamburg. Die für Fedder schickst du ihm am besten ins Präsidium."

„Willst du die Beiden nicht persönlich einladen? Ein paar Worte dazu schreiben?"

Broszinski klappte das Buch wieder zu. Er nickte: „Du hast Recht. Entschuldige. Gehen wir noch ein Stück?"

Ann hob zweifelnd die Augenbrauen. Doch sie sagte nichts. Sie zuckte lediglich die Achseln und steckte den Ausdruck ihrer Rede in die Umhängetasche. Broszinski nahm schon seine Jacke.

Er war heute nur einmal kurz draußen gewesen, hatte im Ort Zeitungen und Zeitschriften gekauft und auf dem Rückweg bei *Kuddel* Rührei mit gebratenem Aal gefrühstückt.

Die Scheune, die er nun schon seit über einem Jahr bewohnte, lag direkt am Waldrand, knapp einen Kilometer hinter dem Freibad. Ann hatte sie vor Jahren in einem maroden Zustand gekauft und von einem Trupp Polen nach ihren Plänen renovieren und ausbauen lassen. Von dem die gesamte Grundfläche einnehmenden Arbeitsraum mit einer kleinen Kochnische führte eine schlichte Holztreppe zur Empore, auf der drei nebeneinanderliegende Zimmer eingerichtet waren. In dem ersten standen lediglich ein Doppelbett und eine wurmstichige Wäschetruhe.

Das Zimmer daneben wurde allein von Ann genutzt. Sie schrieb und korrigierte da oft ihre Katalogtexte und ließ sich dabei von *Jan Garbarek* und *Dave Holland* inspirieren. Manchmal hörte sie auch *Van Morrison*.

In dem hinteren Zimmer hatte Broszinski seine Koffer und Reisetaschen deponiert. Bücher und vor allem Aktenordner waren an die Wände gestapelt, und an dem Fenster mit weitem Blick über die Felder war ein bequemer Ohrensessel neben einem hohen, siebenarmigen Kerzenleuchter platziert.

Routinemäßig schloss Broszinski die Eingangstür ab. Ann legte die Tasche in ihren Wagen.

„Dir wird schon jetzt alles zu viel", sagte sie, als sie den Weg zum Bach hin eingeschlagen hatten. Sie stellte den Kragen hoch und vergrub die Hände in den Jackentaschen. Es regnete nicht mehr, aber der Wind war noch heftig. „Die Eröffnung, die Presse, die Besucher – im Grunde genommen willst du dich davor drücken. Du hast eine Scheiß-Angst. Sag es wenigstens. Dann können wir darüber reden."

„Angst? Nein. Ich bin nur erschöpft."

„Das warst du schon oft. Aber das war anders."

„Jetzt ist es halt stärker." Broszinski schnippte das heruntergerauchte Zigarillo weg. „Du wirst dich gut mit Fedder verstehen."

„Was soll das jetzt heißen?"

„Er neigt auch zu solchen Schlüssen."

„Dazu gehört nicht viel. Außerdem weiß ich, dass ich Recht habe."

Broszinski schüttelte den Kopf. Hinter der Brücke wurde der Weg schmaler. Ann legte einen Schritt zu. Sie trug ihre Militaryklamotten und knöchelhohe Schuhe. Ihr Gang war entschlossen.

Zielstrebig, wie bei allem.

Nachdem Broszinski ihr vor eineinhalb Jahren auf einer Vernissage in Köln vorgestellt worden war und sie dann einige Male in ihrer Neuenkirchner Heidegalerie besucht hatte, war sie ihn klar und offen angegangen.

Er müsse seine Malerei ernst nehmen.

Intensiver an den Bildern arbeiten.

Er dürfe sich nicht allein darauf beschränken, die auf Leinwand übertragenen Fotos, die Schnappschüsse von Verhörräumen, von düsteren Verließen und Folterkammern, von Waffendetails, Uniformen und Panzerfahrzeugen flüchtig zu verwischen.

Er habe vielmehr sichtbar zu machen, wo sich das Nicht-vergessen-können und das Sich-nicht-erinnern-wollen kreuzen: *Du musst die Mühe auf dich nehmen, all die Gedanken und Empfindungen, die bewusst und unbewusst um den Fall kreisen, durch eine andere Weichenstellung auf neue Gleise zu lenken.*

Der verwischende Effekt als Marmorierung eines tragischen Moments.

Und zugleich darüber hinaus weisend. Auf das eigene Ich zielend.

Wo stehst du?

Sie hatte ihr Glas ausgetrunken, war vom Tisch aufgestanden und hatte seine Hand gefasst: *Und jetzt ficken wir.*

Sie schwiegen, bis sie die Waldlichtung erreicht hatten und Ann sich auf einen der Baumstümpfe gesetzt hatte.

„Fedder", sagte sie. „Gottschalk. Bleiben sie über Nacht? Muss ich ihnen Zimmer bestellen?"

„Für Fedder wahrscheinlich nicht. Möglicherweise kommt er mit seiner Tochter."

„Er hat eine Tochter?"

„Larissa – ja. Er hat sie an jedem zweiten Wochenende. Aber das kann sich auch schon wieder geändert haben. Er ist geschieden. Er ist mit seiner Ehemaligen im Dauerclinch."

„Dann werde ich mich ja wirklich gut mit ihm verstehen." Ihre Ironie war unüberhörbar.

Broszinski entdeckte unter einem der Bäume eine zerknüllte Zigarettenpackung. Er zwang sich, sie nicht genauer anzusehen. Letzten Herbst hatte hier ein Fremder campiert. Broszinski hatte ihn sofort gestellt und seinen Ausweis verlangt. Er hatte Fedder die Personalien gemailt und sie abchecken lassen. Der Mann war sauber gewesen. Ein Obdachloser aus dem Ruhrgebiet, der nach dem Tod seiner Frau aus der Bahn geworfen worden war.

„Fedder ist schon in Ordnung. Mit Evelyn hat er halt Pech gehabt. Sie hat's mit Karrieretypen. Ihr Neuer sitzt jetzt in der Bürgerschaft. Er ist einer von Hennings Leuten, diesem Hardliner."

Ann schwieg. Sie schwieg lange. Sie schien zu frösteln.

„Ich komme Anfang der Woche noch mal", sagte sie schließlich und stand auf. „Brauchst du was aus der Stadt?"

„Wenn *Schlüter* auf deinem Weg liegt, könntest du Fisch mitbringen. Ich koch uns dann was." Er zog ein neues Zigarillo hervor.

Ann nickte flüchtig.

„Gehen wir zurück", sagte sie. „Mir ist kalt. – Ich hab's mir überlegt, ich bleibe doch noch ein bisschen."

5

Er war seit sechs Monaten im Amt.

Er war Senator, Innensenator der Freien und Hansestadt Hamburg. Er hatte es geschafft. Wilm Henning, Taufname Wilhelm Heinrich Henning: Ich gelobe bla-bla-bla.

Drauf geschissen.

Wilm war gerade noch okay. Aber auch von Freunden ließ er sich nur Henning nennen: Wir schicken den Henning ins Rennen, der Henning macht das. Aber hallo!

Er hatte eine Blitzkarriere hingelegt. Jurastudium, Medienrecht. Sozius einer alt eingesessenen Kanzlei. Parteiengagement. Ein paar spektakuläre TV-Auftritte: Sozialdemokratischer Filz. Lasche Justiz. High sein und frei sein? Falsch verstandene Toleranz. Recht stärken, nicht beugen. Scharfzüngige und auch witzige Diskussionsbeiträge, immer voll aus dem Leben gegriffen: Nennen wir es beim Namen! Ich sage Schmarotzer! Schließlich Kandidatur. Spitzenlistenplatz, jawoll!

Kleine Männer haben es drauf, kleine Männer bringen es!

Man spottete, er könne aufrecht in seinen Dienst-*BMW* steigen. Ein *Danny de Vito* aus tiefster Provinz. Sein Kopf sei ein Kürbis vom flachen Land. Harte Schale, innen Matsch.

Ha-ha-ha! Selten so gelacht!

Elende Kläffer! Neidhammel!

Er pflegte seinen Drei-Tage-Bart, trug eine 1.500 Euro Designerbrille, maßgeschneiderte Anzüge, Krawatten mit breitem Knoten. Seine Schuhe mit den erhöhten Absätzen wienerte er eigenhändig.

Henning ließ die *Honda* vor dem Haus seiner Mutter ausrollen. Die Maschine war eine Sonderanfertigung, seinem zwergenhaften Wuchs angepasst.

Moni hatte ihn um gut einen halben Meter überragt. Sie

war seine erste große Liebe gewesen, noch als Schüler. Auch sie hatte das Heidekaff gleich nach dem Abi verlassen. Sie hatten in Hamburg auf 30 Quadratmetern gehaust, eine billige Bude in Hamm, Matratze auf dem Boden. Sich nächtelang um den Verstand gevögelt. Mein Gott, ja! Bis sie dann glaubte, ihren weißen Knackarsch einem hergelaufenen Bimbo vorbehalten zu müssen, Schein-Asylant, Scheiß-Asylant!

Echt drauf geschissen! Seine Mutter hatte von der Schlampe ohnehin nichts wissen wollen. Warum dachte er überhaupt noch an sie?

Henning verschloss die *Honda* im Schuppen.

Es war kurz nach 23 Uhr. Kühle Nachtluft, klarer Himmel, und die Waldrandsiedlung war wie ausgestorben. Gut so, sehr gut.

Henning ließ einen fahren.

Er machte im Haus seiner Mutter Licht. Die Alte lag jetzt schon seit sieben Jahren unter der Erde. Wie rasend schnell die Zeit verging. Seine steile Karriere aber hatte sie noch erleben dürfen. Und auch Elke.

Nach Monis Abgang hatte er ihr lange Zeit keine seiner weiteren Freundinnen mehr vorgestellt. Sie hätte an jeder was zu meckern gehabt. Aber Elke –

Elke stammte aus einer einflussreichen Hamburger Kaufmannsfamilie. Villa hoch über der Elbe, Blick rüber zum Alten Land. Sie hatte Salem besucht, war über ein Jahr um die Welt gereist, sprach neben Englisch und Französisch fließend Italienisch, Spanisch und auch Portugiesisch. In New York war sie dann eine Weile hängen geblieben und hatte – ja, verdammt – einen kleinen Fehltritt begangen, sich von einem verheirateten Börsianer schwängern lassen und das Kind, aus welchen Gründen auch immer, zur Welt gebracht. Es war ein Junge, er wurde Philipp genannt und war zum Zeitpunkt seiner Bekanntschaft mit ihr bereits volljährig.

Ein intelligenter Bursche, Respekt, Respekt, seiner, nach wie vor ledigen, Mutter wie aus dem Gesicht geschnitten. Und Elke war eine ungemein attraktive Frau.

Doch auch bei ihr hatte Mama wieder einmal eine Fresse gezogen: Stürz dich doch nicht ins Unglück, Junge, so eine nutzt dich doch nur aus. Für die bist du gerade mal gut fürs – na ja, du weißt schon.

Wahnsinn! Völlig verbohrt, die Alte.

Henning ging von Zimmer zu Zimmer und öffnete sämtliche Fenster. Er nahm sich ein Bier aus dem Kühlschrank. Die zänkische Stimme der Mutter hallte in seinem Kopf wider.

Nun gib endlich Ruhe!

Die Hochzeit mit Elke war ihr verdammt noch mal erspart geblieben! Also Klappe jetzt! Ende, aus!

Er setzte sich auf die überdachte Terrasse.

Ein schöner Platz. Mamas Lieblingsplatz. Sie könnte jetzt noch hier sitzen. In ihren Fotoalben blättern, sich in Gottes Namen auch einen Schnaps gönnen. Aber nein!

Henning seufzte schwer.

Die Alte blieb präsent. Er sah sie gestochen scharf vor sich.

Er sah Elke vor sich, wie sie nur mit einem Höschen bekleidet zu Mama in die Küche gekommen war. Sich behaglich gereckt und gestreckt hatte.

Seine Mutter hatte böse schnaubend ihren Stock genommen und das Haus verlassen: Ich führe hier kein Bordell! Untersteh dich, dieses Weibsstück noch einmal mit zu bringen!

Henning furzte wieder.

So kräftig, dass sein Arschloch schmerzte.

Ach, Mama, das hättest du nicht sagen dürfen. Nicht so, dass es Elke hören musste.

6

Pit Gottschalk fuhr Punkt Zwölf bei Fedder vor. Beim *Schlump.* Das ehemalige Krankenhaus. Er stoppte sein dunkelrotes Cabrio in der Einfahrt und hupte zweimal kurz. Fedder kam aus dem Haus. Er hatte einen kleinen Koffer dabei und wirkte ausgeruht.

„Wie geht's Larissa?", fragte Gottschalk, nachdem sie sich begrüßt hatten.

„Sie wird voraussichtlich noch Monate in der Reha bleiben müssen. Evelyn ist das Wochenende über bei ihr. Lass uns nicht weiter darüber reden. Ich freue mich, Jan wiederzusehen."

„In Ordnung." Gottschalk setzte den Wagen zurück. „Wenn du magst, können wir offen fahren. Das Wetter hält sich."

Fedder nickte zustimmend. Gottschalk kramte eine weitere Kappe aus dem Handschuhfach und drückte sie Fedder in die Hand. Er nahm die Strecke über Hauptbahnhof und Amsinckstraße. Als sie in Höhe des Großmarkts waren, fragte Fedder ihn, wie oft er eigentlich nachts um Drei raus müsse.

„Gar nicht mehr!", lachte Gottschalk. „Das erledigt jetzt Julie. Du musst unbedingt mal wieder zum Essen kommen. Mit dem Mädel habe ich das große Los gezogen. Anfangs etwas zickig, aber jetzt – es läuft wie geschmiert."

„Seit wann hast du sie?"

„Schon seit Dezember. Mit dem Silvestermenü hast du wirklich was versäumt: Gebratene Jakobsmuscheln und Roulade vom Edelfisch, Melonenkaltschale mit Klößchen von Zitronenmelisse – das ist ihr absoluter Hit. Ich hab mich lediglich um das Lammcarrée gekümmert. Es waren natürlich alle da. Willst du ein bisschen Klatsch hören?"

„Danke – nein. – Ich musste an den Feiertagen nach Itzehoe. Meine Schwester durfte raus."

Gottschalk nickte wissend. Er seufzte.

„Du hast wirklich 'ne Menge Scheiße an den Hacken", sagte er. „Psychiatrie, Krankenhaus und dazu noch der Job. Im Präsidium haben doch nur noch Idioten das Sagen."

Fedder zuckte die Achseln.

„Auf meine Leute kann ich mich verlassen. Schwekendieck –" Er räusperte sich kurz. „Schwekendieck ist wie der Teufel hinter dem Wagen her, der Larissa angefahren hat."

„Dann kannst du sicher sein, dass er den Dreckskerl auch aufspürt. Schweki – ich hab eigentlich nie was über seine Ehe gehört."

„Ich weiß nur, dass er eine höllische Angst vor der Pensionierung hat. Vor dem Zu-Hause-sein."

„Tja", sagte Gottschalk nur. Er schob eine CD ein. *Italienische Schlagerhits.* Fedder rutschte ein wenig tiefer in den Sitz. Er sah zum Himmel hoch. Dieser April steigerte sich zu wirklich angenehmen Temperaturen. Doch er würde kaum etwas davon haben. Er verbrachte jede freie Minute am Bett seiner Tochter. Er sprach die ganze Zeit über zu ihr, erzählte irgendwelche Geschichten. In der Hoffnung, zu ihr durchzudringen. Jedes Mal aber musste er auch heulen. Und immer wieder fragte er sich, was er tun würde, wenn Schwekendieck tatsächlich den Fahrer des Wagens anschleppen würde. Gottschalk glaubte offenbar, dass es ein Mann war. Schweki ging ebenfalls davon aus. Wieso eigentlich? Keiner der Zeugen hatte eine entsprechend konkrete Aussage gemacht. Nicht einmal den Wagen hatten sie übereinstimmend beschreiben können. Mittelklasse. Ein älteres Modell. Ein neues. Grau, dunkelblau oder vielleicht doch schwarz? Die unterschiedlichsten Fabrikate waren genannt worden. Alle hatten ihre Augen mehr bei Larissa gehabt.

Und dankenswerter Weise schnell reagiert. Gott sei Dank! Wenigstens das.

„Weißt du eigentlich was Genaueres über die Sache mit Dennis?"

„Über wen?"

„Dennis Smoltschek. Der Partykönig. Er hat doch 'ne Anzeige von dieser Promifriseuse am Hals."

„Der Fall liegt bei Brönner. Warum fragst du?"

„Ich kauf ihr das nicht ab. Bei der Sache ging's nicht um Sex."

„Ich kenn die Einzelheiten nicht."

„Aber du hattest schon mit ihm zu tun."

„Als Zeuge. Schusswechsel mit Todesfolge vor einer Disco. – Er ist mir nicht gerade sympathisch."

„Seine Großeltern sind im KZ umgekommen."

„Was hat das damit zu tun? Er ist ein durch und durch arrogantes Arschloch. Seine Weibergeschichten kotzen mich an."

„Soll ich dir mal was über diese Lockendreherin erzählen? Aus welchem Stall die ist? – Holsteiner Landadel, erzreaktionär. Auf dem Gut ihrer Eltern haben in den Vierzigern Zwangsarbeiter die Knute zu spüren gekriegt. Knüppelhart."

„Ah ja? Und genetisch bedingt muss sie dann einem jüdischen Partylümmel an den Karren fahren?"

„Ich will dir nur sagen, dass die Frau ein hartes Teil ist. Und was ihre Lover anbelangt, ist sie alles andere als zimperlich. Aber sie steckt mit ihrem Salon in finanziellen Schwierigkeiten. Da kommt so ein bisschen Publicity ganz gut – die ach so misshandelte und auch noch missbrauchte Frau, da wollen wir uns doch gleich mal wieder einen Termin bei ihr geben lassen."

„Ihr Background ist nicht der Punkt."

„Das sagst ausgerechnet du. Das ist ihr Motiv, ihr einziges. Darauf verwette ich meinen kompletten Laden."

„Ich habe, weiß Gott, andere Sorgen!"

Gottschalk winkte ab: „Schon gut. Lassen wir das. Ich wollte auch nur was über Dennis hören. Du weißt, dass er in der geplanten Hafencity eine Disco eröffnen will?"

„Hab ich gelesen – ja."

„Einen Riseneventschuppen – mit angeschlossener Gastronomie."

„Hast du Angst um deine Gäste?"

Gottschalk schob die Unterlippe vor. Er wiegte den Kopf, setzte den Blinker und wechselte auf die linke Spur.

„Mich würd interessieren, wer da noch alles mitmischt", sagte er nach einer Weile. „Ich höre nur Gerüchte."

Auch Fedder ließ sich einen Moment Zeit.

„Und warum?", fragte er schließlich. „Warum willst du das wissen?"

„Ich werd gelegentlich gefragt."

„Von wem?"

„Die Baugenehmigung stinkt", sagte Gottschalk. „Die hatte einen Preis. Man fragt sich, welchen. Einige meiner Gäste fragen sich das. Besorgte Bürger."

7

Henning saß auf dem Lieblingsplatz seiner Mutter. Mit großer Genugtuung. Das war jetzt alles seins. Der Stuhl, das Frühstücksgeschirr, das Stück Rasen, das Haus. Bis hin zum letzten verschissenen Fläschchen *Underberg*. Die Alte hatte sich in ihren letzten Lebensjahren kräftig einen genehmigt.

Henning nippte an seinem Kaffee. Weit entfernt tuckerte ein Trecker über die Felder. Ein Wochenendbauer. Auch ein Schicksal.

Henning verscheuchte eine Fliege.

Er vertiefte sich wieder in das von seinem Staatsrat zusammengestellte Dossier.

Dokumente. Fotokopierte Zeitungsartikel.

Ein lang zurück liegender Fall. Zu der Zeit war er auf eine Anwaltskollegin heiß gewesen. Sie hatte ausschließlich Analverkehr zugelassen. Eine verquere Nuss. Gelegentlich aber wichste er noch in Gedanken an sie. Ja, Mama, das tue ich! Ich tue es mit Vorliebe in *deinem* Bett.

Er las.

STERN, 11. Juli 1991: **Mord in Miami**

Polizeifoto Horst Ullhorn: *Als Horst Ullhorn bei der Miami Beach Police fotografiert wurde, waren seine Haare noch schulterlang und gefönt. Er war braun gebrannt. Anfangs wurde er nur wegen Waffenkaufs, dann aber wegen Mordes an seiner Begleiterin Barbara Keil verhaftet.*

Foto Barbara Keil: Rundliches Gesicht, breite Nase, kleiner Mund. Kurzes, hennarot gefärbtes Haar. Ohrring mit anhängendem Kreuz.

Halleluja!

Gepriesen seien ihr Arsch und ihre Titten!

Erst sah es aus wie eine Bluttat ohne Motiv, als Barbara Keil mit Kopfschuss auf dem Beifahrersitz eines Mietwagens in Miami lag. Jetzt kommt Ullhorn in Florida vor Gericht. Der Hamburger Türsteher einer Kiez-Disco soll Barbara erschossen haben, um 1,7 Millionen Mark Lebensversicherung zu kassieren.

Grün markierte Textpassage: *Ullhorns Ehe mit der Kaufmännischen Angestellten Christa war ein einziges Auf und Ab, doch zu einer Scheidung wollte oder konnte sich das Paar nicht entschließen. Ullhorn lernte währenddessen die gerade Achtzehn gewordene Barbara Keil im „Chicago" kennen. Er machte auf die junge Karstadt-Verkäuferin mächtig Eindruck. „Sie hat ihn geliebt, sie war ihm in jeder Hinsicht hörig", sagen Freunde und Geschwister von ihr. Schon bald stand sie für ihn im Ham-*

burger „Eros Center" auf der Reeperbahn. Im Kontakthof, wo ihr knapper weißer Body-Anzug im UV-Licht lila leuchtete, verdiente sie als „Babsi" bis zu 2000 Mark pro Tag.

Ebenfalls markiert: Horst Ullhorn begann, sich um seine Zukunft zu kümmern. Er schloss hohe Lebensversicherungen ab: drei große für Barbara zu seinen Gunsten, zwei kleine für sich, von denen eine seiner Immer-noch-Ehefrau Christa zugedacht war. Die zweite war zu Barbaras Gunsten.

Eine weitere markierte Passage: Anfang November letzten Jahres kam das Paar in Florida an. Bei der Hertz-Autovermietung schlug Ullhorn Riesenkrach, weil der Wagen nicht – wie bestellt – rote Sitze hatte.

Henning las, dass Ullhorn den Wagen mit Diners Club-Kreditkarte gemietet und damit automatisch eine weitere Lebensversicherung für sich und seine Begleiterin erworben hatte. 500 000 Mark, falls ihnen in dem Auto was zustoßen sollte.

Miami Beach. Strandleben. Kleinere Ausflüge.

Eines Abends dann sechs Cocktails auf der Terrasse eines Restaurants am Hafen.

Aufbruch zwischen 21 und 22 Uhr.

Rückfahrt zum Motel.

Falsch abgebogen.

Einen an einem parkenden Wagen stehenden Mann nach dem richtigen Weg gefragt.

Ein Schuss.

Die Kugel trifft Barbara rechts hinten in den Kopf.

Ullhorn gibt Gas. Er steht unter Schock.

Er wird von einer Polizeistreife gestoppt. Die Streife nimmt Abstriche von seinen Händen. Die Laboranalyse ergibt Schmauchspuren.

Weitere Indizien:

Blutspritzer an Stellen, die von ihm verdeckt gewesen sein

müssten. Im Motel versteckte Munition des Typs, mit der Barbara erschossen wurde.

MOPO 2. August 1991: **Miami-Mord: Schuldig!**

Jetzt zittert der Zuhälter vor dem „Stuhl".

„So kann man sich täuschen", kommentierte Horst Ullhorn den sensationellen Spruch der 12 Geschworenen.

Seine Ehefrau Christa wäre gerne zum Prozess nach Miami gereist – aber für den Flug fehlte ihr das Geld.

Handschriftliche Anmerkung des Staatsrats: *Christa Ullhorn hat inzwischen wieder ihren Mädchennamen angenommen. Christa Dierks. Lebt mit dem türkischen Gebrauchtwagenhändler Izmir Tüsdan zusammen. Ist zum islamischen Glauben konvertiert. Tüsdans Kontakte zu möglicherweise kriminellen oder auch terroristischen Gruppierungen werden z.Zt. überprüft.*

Henning strich die Passage an.

Aus dem gegenüberliegenden Ferienhaus tobten zwei Knirpse. Henning nickte der Mutter grüßend zu. Sie leerte den Müll in die Tonnen. Sie schien völlig genervt zu sein, war sicher allein mit den Blagen ins Wochenende geschickt worden, während der Alte in Bremen oder Hannover angeblich Termine wahrnahm. Ein junges Ding vögelte.

Henning beachtete sie nicht weiter. Er blätterte um.

BILD 2. August 1991: **Der Henker gibt ihm 2250 Volt**

„Nehmen Sie's nicht persönlich", sagte der Richter. Ullhorn (Häftling 112 887) ist einer von 276 Todeskandidaten in Starke, Florida. Dienstags dröhnt der Stromgenerator für den elektrischen Stuhl. Probelauf.

Der Stuhl. Genannt „The Rock" (Der Fels) oder „Old Sparky" (Alter Funke). Aus Eiche, 1923 von Häftlingen für Häftlinge gebaut. 27 starben drauf. Einer brannte. Qualm stieg aus seinem Kopf. Proteste. Der Gouverneur: „Der Stuhl ist okay. Ihr werdet's sehen."

DER SPIEGEL 16. September 1991: **Die Geißel von Florida**

Hoffnung für einen deutschen Todeskandidaten. Bonn setzt sich für Horst Ullhorn ein .

Aber sicher doch – *Der Spiegel.*

Henning nickte bitter. Das musste er sich nicht Zeile für Zeile antun.

Drauf geschissen. Er drückte einen Furz ab.

Auf der nächsten Seite zwei Meldungen.

WESTDEUTSCHE ALLGEMEINE ZEITUNG 16. November 1990: **Die makabere Beerdigung des St. Pauli-Killers „Zappa".**

Trauerfeier auf dem Grummer Friedhof.

Bochum – Unter dem „Schutz" einer Horde betrunkener Rocker sind gestern auf dem Grummer Friedhof der St. Pauli-Killer Karl „Zappa" Weber und seine Frau Renate beerdigt worden. Einzige Trauergäste der ungewöhnlichen Veranstaltung: Webers 16jährige Tochter Julia und seine aus Hamburg angereiste Anwältin Angelika Garbers-Altmann in Begleitung des Medienagenten Gerd Mahlzahn.

Zu den Klängen von Fleetwood Macs „Albatross" begann die Trauerfeier um 12.15 Uhr in der kleinen Kapelle. Der Prediger leerte erstmal eine Dose „DAB"-Bier und passte sich damit ein wenig dem Trunkenheitsgrad seiner Zuhörer an. Webers Tochter Julia wiegte die Urne ihres Vaters zu den Takten der Rock-Musik im Arm. Dann zog die kleine Trauergemeinde zur Grabstätte.

Wenige Meter vom Grab der RAF-Terroristin Monika Stickel fanden Karl Weber und seine Frau Renate die letzte Ruhe. Die Rocker prügelten einen Fotografen, die Trauergäste schaufelten hastig Sand auf die frischen Gräber – dann war alles vorbei.

Und gleich darunter:

BILD 23. Oktober 1991: **Das Vermächtnis des St. Pauli-Killers**

Die Gerüchte, dass der St. Pauli-Killer Karl „Zappa" Weber brisante Aufzeichnungen hinterließ, verstummen nicht. *Bild* brachte in Erfahrung, dass in der offiziell nicht existierenden Kladde die wahren Hintergründe der Milieu-Morde beschrieben sind. Auch der in Miami zum Tode verurteilte Horst Ullhorn sei mehrfach erwähnt – inklusive seiner Hamburger Wohnadresse.

In dem nächsten umfangreichen Artikel waren wieder mehrere Textpassagen grün markiert. Er war vor eineinhalb Jahren erschienen.

SÜDDEUTSCHE ZEITUNG MAGAZIN
8. Dezember 2000: **Häftling Nr. 112887**

Markiert: *Er wurde zum Verdächtigen. Die Polizei durchsuchte sein Motelzimmer und bat um Auskunft bei den deutschen Behörden. Neue Verdachtsmomente stellten sich ein: Barbara Keil und Horst Ullhorn waren nicht verheiratet, sie hatten gegenseitig hohe Lebensversicherungen abgeschlossen. Barbara war als Prostituierte registriert. Horst hatte einige Vorstrafen und Kontakte im Hamburger Milieu. Im Motelzimmer in Miami Beach fand man Pornozeitschriften und drei Pistolen. Das reichte aus, um ihn vor dem Bezirksgericht in Miami des Mordes anzuklagen.*

Markiert: *Dass Ullhorn jetzt an einen Freispruch glauben kann, verdankt er Peter MacRain, einem Anwalt von legendärem Ruf. Horst Ullhorn ist der erste Fall in seiner 15jährigen Praxis, wo es nicht um Strafmilderung, sondern um erwiesene Unschuld geht.*

Markiert: *MacRain schickte einen erfahrenen Detektiv in den Stadtteil, der vermutlich der Schauplatz des Verbrechens gewesen war – ein elendes Viertel, in dem der Drogenhandel gedieh und wo schon viele Carjackings stattgefunden hatten.*

Viele Gespräche mit den Gestalten, die sich dort nur im Dunkeln aufhalten, brachten zögernde Informationen und endlich auch drei Zeugen. Einer von ihnen hatte aus nächster Nähe gesehen, dass der jugendliche Streetgansta John D. in den Wagen geschossen hatte. Gegenüber den beiden anderen hatte John sich damit gebrüstet, eine „weiße Schweinebraut" ausgeknipst zu haben.

Henning fasste sich an den Kopf.

Unglaublich! Dealer und Fixer als Entlastungszeugen.

Empört las er weiter. Er las von einem *deutschen* Forensiker aus Marbach.

Markiert: *Professor Uwe Flessner kam aus dem Staunen über die wissenschaftliche Leistung seiner amerikanischen Kollegen nicht mehr heraus. Nach dem Studium der ihm übersandten Fotos, der Gutachten und der angewandten Methoden gab es für ihn nur einen Schluss: „Horst Ullhorn hat seine Begleiterin nicht erschossen!"*

Und: *„Der Schuss wurde ins Auto abgegeben, also in einen geschlossenen Raum. Dabei entweicht der Großteil des Pulverdampfs nach vorn ins Auto und setzt sich dort überall ab. Es ist völlig klar, dass an Ullhorns Händen Spuren dieses Schmauchs gefunden wurden."*

Der letzte Absatz: *Inzwischen liegen die drei Zeugenaussagen der Staatsanwaltschaft von Miami vor. Die neu gefundenen Beweise und die Gegengutachten sind Ullhorns letzte Chance, einen neuen Prozess zu bekommen. Peter MacRain: „Wir haben genug Material, um zu belegen, dass es sich um ein Fehlurteil handelt."*

Abschließender Vermerk des Staatsrats: *Aus gut unterrichteten Kreisen amerikanischer Freunde ist zu hören, dass Ullhorn aller Wahrscheinlichkeit nach noch in diesem Jahr begnadigt wird. Es ist anzunehmen, dass er dann nach Hamburg zurückkehrt. Hans-Peter Milstadt, z.Zt. noch inhaftierter*

Komplize des Karl „Zappa" Weber, hat seine Haftstrafe im Juli d.J. verbüßt. Ich gehe davon aus, dass Ullhorn Kontakt mit ihm aufnehmen wird.

Henning nickte. Er zeichnete den Vermerk ab und schrieb dazu: *„Im Auge behalten. Wichtige Informanten. Milieu-Kenntnis."*

Er klappte die Mappe zu und legte sie beiseite. Bevor er zur nächsten griff, sann er noch einen Moment nach.

Verdammt, ja. Er würde es besser machen als die verschnarchten Sozis.

Ja, zum Teufel. Er hatte auch schon eine Idee.

Henning grinste hämisch.

8

„Jan Broszinskis Bilder zeigen die Wirklichkeit und gehen dennoch weit darüber hinaus. Sie lassen eine Geschichte nachvollziehen – ich sagte bereits, dass der Künstler Kriminalbeamter war –, die auch seine eigene ist. Aber eben nur ‚auch' – als Moment eines Prozesses, Erlebtes und Erfahrenes in Erinnerung zu rufen – es dabei jedoch nicht zu belassen, vielmehr Freiräume zu schaffen, in denen sich der Blick des Betrachters bricht, wir auf uns selbst zurückgeworfen sind. Ich danke Ihnen."

Ann trat einen Schritt beiseite und wies auf Broszinski. Applaus brandete auf. Gottschalk wischte sich den Schweiß vom Schädel.

„Hast du das alles kapiert?", fragte er Fedder.

„Ich denke schon. Die eigentliche Person der Geschichte bleibt ausgespart."

„Danke. Soweit hat's bei mir auch noch gereicht. Ich meine diesen Kierkegaard-Sermon."

Fedder zuckte die Achseln. Er verfolgte, wie Broszinski sich bei der Galeristin bedankte. Er küsste sie auf beide Wangen und seine Hand blieb einen Moment zu lang auf ihrer Hüfte. Sie schlafen miteinander, schloss Fedder. Er empfand Neid. Diese Ann hatte ihn überaus herzlich begrüßt. So, als seien sie schon seit Jahren eng vertraut. Ihr Mund, ihr Lachen hatten ihn an Evelyn erinnert. An die guten Zeiten. Fedder holte geräuschvoll Luft.

Gottschalk sah ihn an.

„Was ist? Bin ich dafür zu blöd?"

„Ach was. Ich kann's dir jetzt auch nicht erklären. Es machte irgendwie Sinn."

„Irgendwie! Irgendwie habe ich das Gefühl, du knackst immer noch an meiner Bemerkung über Smoltschek herum."

„Mir ist das hier zu viel Gedränge." Fedder schlängelte sich zum Nebeneingang durch und ging ein Stück den Weg zur Straße hoch.

Ein kleiner Mann in einem eleganten Freizeitanzug stolzierte ihm entgegen. Fedder stutzte. Er erkannte den Mann auf Anhieb und wollte es doch nicht glauben. Es war Innensenator Henning. Sein oberster Vorgesetzter.

Fedder blieb stehen.

Henning kam zielstrebig heran. Er lächelte erfreut und reichte Fedder die Hand.

„Sie sind doch – ?"

„Fedder."

„Richtig, richtig – sind wir uns nicht schon mal auf dem *Klönschnack* begegnet?"

„Schon möglich", sagte Fedder.

„Doch, doch. Ich erinnere mich gut. Tja, so klein ist die Welt. Sie waren doch früher in Broszinskis Truppe. Guter Mann. Überhaupt ein gutes Team. Sagen Sie, ist der dicke Gottschalk etwa auch da?"

„Ja."

„Hervorragend! Meine Frau spricht in den höchsten Tönen von seiner Küche. Bin selbst leider noch nicht dazu gekommen. Na, schön. Wird schon noch. Dann genehmigen wir uns später einen Lütten. Auf die alten Zeiten, auf Ihre große Zeit. Nichts für ungut, aber – warum haben Sie sich eigentlich aus der OK zurück gezogen?"

„In Hamburg gibt es keine organisierte Kriminalität mehr", konnte Fedder sich nicht verkneifen. Henning lachte.

„Na, na", sagte er. „Nicht mehr die alten Seilschaften, das ist richtig. Aber –" Er drückte vertraulich Fedders Arm. „Lassen Sie sich in den nächsten Tagen mal einen Termin bei mir geben. Probleme haben wir nach wie vor. Und ich hätte gern ein paar erfahrene Leute an vorderster Front." Er nickte bekräftigend. „Ich muss jetzt der lieben Ann guten Tag sagen. Hat man Sie schon mit ihr bekannt gemacht? Eine großartige Frau. Wenn sie in Hamburg ist, sehen wir uns regelmäßig. Man erinnert sich ja gern an die gemeinsamen Studienjahre. Juristen, das war schon immer ein Haufen für sich. Jedenfalls die Besseren." Er klopfte Fedder jovial auf die Schulter. „Nun ja, manch einer bleibt auch auf der Strecke. Tragische Geschichte mit unserer Angelika Garbers, wirklich traurig so ein Ende." Und damit ließ er Fedder stehen.

Wenn ich mit jemandem zusammen bin, lüge ich.

Aber die Lüge ist eine doppelte Wahrheit.

Entdecken Sie die Wahrheit, die sich darin befindet. Entdecken Sie, was ich verbergen wollte, indem ich gewisse Sachen sagte.

Hubert Fichte im Gespräch mit Jean Genet

Der Grundriss der Zelle. Die Umrisse der beiden Körper. Neben der Hand des einen die Waffe. Schlagzeile: „Zappas letzter Hit". Gottschalk beugt sich über dem Schreibtisch vor: „Warum haben Sie sich ausgerechnet Hamburg ausgeguckt?" Julie hält seinem Blick stand: „Das geht Sie nichts an."

Gottschalk.

Peter „Pit" Gottschalk.

Gottschalk steuert sein Cabrio über die Autobahn. Er wendet sich an den neben ihm sitzenden Fedder: „Mit dem Mädel habe ich das große Los gezogen." Julie verlässt das „Paulsen". Abfahrttafel Hauptbahnhof. Nachtzug nach Zürich. Draußen die nächtliche Heide. Julie sieht auf das Display ihres Handys. Keine Mitteilungen.

Julie.

Broszinski küsst Ann auf die Stirn. An den Wänden stehen großformatige Bilder. Auf Leinwand übertragene Fotos: Folterkammern, Waffendetails. Broszinski betritt mit Ann eine Waldlichtung: „Ich habe Birte nicht vergessen. Ich kann sie nicht vergessen."

Broszinski.

Jan Broszinski.

„Ich habe, weiß Gott, andere Sorgen!" Fedder stoppt einen schreiend ins Zimmer stürzenden Mann: „Geli! Wer hat sie umgebracht?! Er blickt entsetzt auf die am Boden liegende tote Frau. Henning klopft Fedder jovial auf die Schulter: „Tragische Geschichte mit unserer Angelika Garbers, wirklich traurig so ein Ende."

Fedder.

Kriminalhauptkommissar Jörg Fedder.

Ein Zeitungsfoto: Angelika Garbers-Altmann steht an einem offenen Grab. Hinter ihr einige Hell's Angels. Henning legt die Fotokopien zusammen. Er blickt nachdenklich über die Nordheide. Seine Mutter schwingt böse schnaubend ihren Stock.

Henning. Wilm Henning.

Innensenator Wilhelm Heinrich Henning.

Schwarzbild.

Aufblende. Totale: Hamburg im Sonnenuntergang.

1

Es ist Mai. Der Mai ist gekommen. Die Bäume schlagen aus. Wir beklagen uns auf hohem Niveau. Die Balkone können immerhin noch bepflanzt werden. Zwei Brückentage aber sind ein Urlaubstag zuviel. Christi Himmelfahrt bietet sich an. Dann ist auch Hafengeburtstag. Helikopterflug über die Freie und Hansestadt. Die Elbe, die Elbe, sie ist nicht mehr dieselbe. Hamburger Apokalypse.

Der Preis für *Becks* Bier ist um 2 Prozent gestiegen. Auf St. Pauli trinkt man *Astra* und was sonst noch terrorgeil reinknallt. Aufruf zum Teuroboykott. Auch die Hühner in der Herbertstraße wollen mindestens einen der neuen Fünfziger abgreifen. Ein ehemaliger Innensenator soll in der *Ritze* gesehen worden sein. Der Machtwechsel im Hamburger Rathaus war unerlässlich. Schluss mit dem rot-grünen Filz. *Bild* war dabei. Auch *Der Spiegel* hat kräftig mitgemischt. Beamte aber bleiben Beamte. Rechtspopulisten sind auch nur Menschen. Henning war Stammkunde beim schwulen Hähnchengriller auf der Osterstraße. Das hat nichts weiter zu bedeuten. Der Erste Bürgermeister kennt sich auch nicht in der französischen Küche aus. Er steht nachts weinend am Kai und trauert der ach so früh verlorenen Unschuld nach. Hosen runter, Gesäß hoch. Gegen mehr Sicherheit auf all unseren Wegen ist im Prinzip nichts einzuwenden. Wo sind wir heute eingeladen? Kann man zu Fuß gehen?

Im Mai sind viele Geburtstage und ebenso viele Feste. Komm, lieber Mai und mache. Eine Bundesgrüne wünscht sich *Ich will ich sein*. Das ist der Kracher des Monats. Das Geständnis des roten Tränensacks. Die grüne Mutter Beimer. Ich sehe nach wie vor die *Lindenstraße*. Vorerst aber wird noch der Amoklauf des Erfurter Schülers diskutiert. Das darf, weiß Gott, nicht vergessen werden. Wer Gewalt sät. Man wundert sich, dass so etwas nicht öfter passiert. Sieh mir in die Augen, Kleiner. Ein Pädagoge im Palast der Träume. Highnoon in der Abstellkammer. Ein Gast will den Todesschützen mit seiner Mutter auf Teneriffa erlebt haben. So wie die Ossis eben sind. Man erkennt sie auf den ersten Blick. Sandaletten, weiße Socken und knielange Shorts. Das sommerliche *Karstadt*-Outfit. Die Garderobe kann im Gästezimmer abgelegt werden. Nehmen Sie doch einen Prosecco.

Ein neues Zeitalter ist angebrochen. Ich sage nur Elfnullneun. Ich sage nur New York, New York. Ich dachte anfangs an ein Hollywood Szenario. Aber Bruce Willis kam nicht ins Bild. Der amerikanische Präsident spricht jetzt vor dem zum Bundestag umfunktionierten Reichstag. Helm ab zum Gebet. Gott segne Sie alle. Trockene Alkoholiker sind tickende Zeitbomben. Das müssen Sie mir nicht sagen. Ich kenne meine Laster. Wie zu sehen war, töten Vermummte leichter. *Star Wars – Episode II* bricht alle bisherigen Rekorde. Was kann man wem noch schenken? Fragen Sie Frau Christiansen. Die Gästeliste der am Sonntag auf Sendung gehenden Stewardess steht bereits im Internet. Würden Sie sich auch so einer Operation unterziehen? Die Lippen aufgespritzt? Die Gesichtshaut hinter die Ohren gezogen? Live auf *RTL*? Wir basteln uns eine Fragepuppe?

Im Mai blüht auch wieder der Flieder. Eingeladen wird zum Samstagabend. Wer was auf sich hält, kommt erst nach 21 Uhr. Man muss sich nicht miteinander bekannt machen. Wir sind eine große Familie. Der Hamburger Kulturwanderzirkus. Der Rechtsanwalt. Der Pferdedoktor. Die ewig jugendliche Journalistin. Das *Paulsen* liefert das Buffet. Julie wird zum Service abkommandiert. Sie spitzt die Ohren. Der Umsatz im Gastgewerbe ist um 5,7 Prozent gesunken. Wir stehen vor neuen Herausforderungen. Ich kann nur wiederholen: Der elfte September. Hamburger Studenten weltweit gesucht. Gibt es denn kein anderes Thema? Haben Sie meine Rosensträuche schon gesehen? Rückt Deutschland nach rechts? Darf man die Herrenrunde in einer gewissen Lokalität eine schwule Kumpanei nennen? Nicht nur die Hamburger Richtervereinigung fragt. Nicht allein *Bild* hat die Antworten. Auch die *FAZ* ist entsetzt. Ein deutscher Dichter soll voll und ganz aus sich herausgekommen sein. Senile Bettflucht?

Wir stehen vor einer aggressiven Kraft. Das Dessert ist ausgezeichnet. Das konservativ-rechtspopulistische Hamburger Bündnis war gewollt. So einer wie Henning kommt nicht ohne die Medien nach oben. Die Allianz der kleinen Männer. Kleine Männer an den Schalthebeln der Macht. Kleine Männer im Presseclub. Kleine Männer sitzen nicht nur als Herrenreiter hoch zu Ross. Nachts hocken sie neben ihren schlafenden Ehefrauen im Bett und betätigen schnell noch einmal das Handy. Eine Geliebte zu haben ist kein Kapitalverbrechen. Eiskunstläuferinnen sind heiße Geräte. Auch so wird in den Chefetagen geredet. Der Brötchenpreis kann mir allerdings gestohlen bleiben. Ich trinke heute Abend mein erstes Glas Wein seit Anfang Januar. Und das hält man aus, Sie glauben es nicht. Der Islam jedoch zeigt allabendlich gen Rathaus hin seine grausame Fratze. Die City schläft. Bleiben Sie noch ein Weilchen. Der harte Kern spricht jetzt Klartext.

Wonnemonat Mai. Der Mai, der Mai, der setzt die Triebe frei. Nicht das Wetter ist schlecht, sondern unser Vorurteil. Es regnet, wenn Gott segnet. Absprachen werden nicht auf dem Herrenklo getroffen. Was hinter geschlossenen Bungalowtüren geschieht, ist eine andere Sache. Wenn ich reden dürfte wie ich wollte, ich sage Ihnen. Heimwerker machen jetzt Politik. Berlin ist ein einziger Billigbaumarkt. Von der Hauptstadt aus blickt man besorgt nach Hamburg. Allerdings auf Augenhöhe. Auch der Kanzler ist eher kleinwüchsig. Ihm fehlt jedoch die gute Kinderstube. Gut frisiert zu sein reicht nicht. Es wird sich einiges ändern. Das wird zu Recht als Drohung verstanden. In Eppendorf und Winterhude hatte Henning seine größten Wahlerfolge. Nach so kurzer Zeit aber kann man noch gar nichts sagen. Ich wiederhole: Absolut gar nichts. Immerhin gibt es eine Initiative gegen Hundekot im Innocentiapark. In Wilhelmburg möchte ohnehin niemand wohnen. Schon Wandsbek ist Ausland. New York aber liegt gleich vor der Tür. Können Sie sich vorstellen, dass ich am Elften abends keinen Bissen herunterbekommen habe? Ich sage nur, was ich jetzt schon einige Male gesagt habe. Man muss an das Gute im Menschen glauben. Der Witz ist die Auflösung einer gespannten Erwartung ins Nichts. Sparmaßnahmen sind unausweichlich. Statistiken werden frisiert.

Das ist natürlich erst der Anfang. Bestellen Sie mir bitte ein Nichtrauchertaxi? Es geht um die Kriminalität als solche. Szenarien werden schon entwickelt. Die Hafencity soll megageil werden. Kennen Sie eigentlich diesen Smoltschek? Lesen Sie *Gala*, dann wissen Sie alles. Für Discotheken bin ich zu alt. Der U-Bahn-Anschluss jedenfalls ist so gut wie beschlossene Sache. Treibt es der Bausenator wirklich mit einer Minderjährigen? Was, bitteschön, sonst? Inzwischen will man wissen, dass der deutsche Dichter einen Kritiker jüdischer Abstammung gewaltsam hat sterben lassen. Das jedoch erregt nur das Feuilleton. Ich lese ausschließlich die *SZ*. Die liberale Spaßpartei hat sich bereits vor Wochen an *Wetten dass …?* gewandt: Wetten, dass man einem Juden den Juden ansieht? War nicht auch der Parteivorsitzende Gast in dieser gewissen Lokalität? Warum sagen Sie nicht, was Sie sonst noch alles wissen?

So ist der Mai. So lieblich. Allabendlich feuchtfröhlich und sturzbesoffen. Ein allgemeiner Ausnahmezustand. Maibowle wird kaum noch getrunken. Auch das Meckern über Malle ist out. Übern Berg bringt uns allein noch ein *Underberg*. Angefangen hat es mit dem italienischen Vorspeisenbuffet. Weit nach Mitternacht greift immer noch der ein oder andere die ein oder andere ab. Es geht auch heute wie damals darum, sich in den dunklen Stunden der Wurzeln der Vergangenheit zu besinnen. Mahlzeit! Habe die Ehre. Wir bleiben auf Sendung und haben keine Illusionen mehr. Zu befürchten ist, dass auch in diesem Jahr der Sommer kein Sommer wird. Maikäfer flieg, mein Vater blieb im Krieg.

– Mein Vater wurde im Mai geboren. Er hat seinen 45. Geburtstag nicht mehr erlebt. Er starb in der Nacht vom 4. auf den 5. oder 5. auf 6. Mai 1945, zwei oder eine Nacht vor der Kapitulation.
– Er fiel in Schlesien, südlich von Breslau.
– Er war in der 5. Kompanie, Infanterie Regiment Nr. 30 und hatte die Feldpostnummer 42106 B.
– Ein Volkssturmmann.
– Tödlicher Kopfschuss.
– Ich habe keine Erinnerung an meinen Vater. Es gibt nur eine Handvoll Fotos von ihm. Auf einem steht er mit einem Freund oder Arbeitskollegen an einem hohen Bierfass und prostet zur Kamera hin.
– Mitte vierzig hatte ich die gleiche Statur wie er. Auch dieses rundliche Gesicht. Ich habe mir allerdings früh einen Schnauzbart wachsen lassen.
– Mein Vater war erst im Oktober 44 zur Wehrmacht einberufen worden.
– Das letzte Aufgebot des Führers.
– Kanonenfutter.
– Über dem Ruhrgebiet warfen englische Flieger ihre Bomben ab.

– Meine Mutter floh mit mir und ihrer Mutter aufs Land. Ein Bauer gewährte uns Unterkunft. Er hatte einen großen Hof zu bewirtschaften. Mutter und Großmutter waren eine willkommene Hilfe.

– Später habe ich ihn und seine Familie einige Male besucht. Seine Frau backte dann immer eine riesige Platte Butterkuchen.

– Die Bauerntochter war in meinem Alter. Mit ihr erlebte ich mein erstes Osterfeuer. Wir rösteten Kartoffeln in der Glut. Wir blieben bis spät in der Nacht auf dem Feld. Auf dem Weg zurück zum Hof küssten wir uns.

– Bei meinem letzten Besuch auf dem Land schlief ich mit ihr. Sie gestand mir, schon seit Jahren mit ihrem älteren Bruder gevögelt zu haben. Ich weiß nicht mehr, wie ich darauf reagiert habe. Ich weiß nur noch, dass ich vorzeitig ejakulierte und es erst in der zweiten Nacht richtig klappte.

– Als ich schon im Polizeidienst war, schrieb sie mir, dass ihr Bruder sich erhängt habe. Er hatte in Aachen Maschinenbau studiert und war beschuldigt worden, eine Achtjährige missbraucht zu haben. Die Ermittlungen waren angelaufen.

– Ich habe nicht geantwortet.

– Ich fuhr in meiner Heimatstadt Streife.

– Ich war gern im Nachtdienst.

– Mein damaliger Partner nutzte jede Gelegenheit, seine Frau zu betrügen. Sie wohnten in einem der Hochhäuser, die im Umkreis der neuen Uni gebaut worden waren. Die Frau arbeitete als Schreibkraft in der Verwaltung. Sie hatte strohblondes Haar. Sie wusste von den Seitensprüngen ihres Mannes. Sie zahlte es ihm heim, indem sie es mit mir trieb.

– Ich erinnere mich, dass ich oft nur auf einen schnellen Fick bei ihr war.

- Dass wir nie im Bett waren.
- Dass sie es mochte, stehend genommen zu werden.
- Nach einer Fortbildung in Norddeutschland beendete ich unser Verhältnis. Ich wechselte zur Kripo.
- Meine Großmutter starb.
- Meine Mutter hatte sie bis zuletzt zuhause gepflegt.
- Bei der Beerdigung sagte sie zu mir, dass sie sich jetzt nur noch um mich sorgen müsse.
- Ich ließ sie stehen.
- Ich war Siebenundzwanzig.
- Ich war Oberkommissar im Betrug- und Diebstahldezernat, hatte keine ernsthaften Probleme mit Kollegen und Vorgesetzen, kam finanziell gut zurecht und war gesundheitlich in bester Verfassung.
- Ich war lediglich auf der Suche nach einer Frau, mit der ich zusammen leben wollte.

2

Der hagere Typ vor dem frisch verputzten Bunker wartete, bis sein Kumpel die *Motoguzzi* ausgeschaltet und Julie sich hinter ihm vom Sitz geschwungen hatte. Breitbeinig stakste er auf sie zu.

„Hey", sagte er gedehnt. „Man lebt also noch."

„Wie du siehst – Knochenmaxe."

„Lief's glatt?"

Der Fahrer hob nur den Daumen. Er zog ein Päckchen Tabak aus seiner Westentasche und drehte sich eine. Seine nackten Arme waren rundum tätowiert. Schlangen, Kreuze, Tränen und ein Ave Maria.

„Wer ist alles da?", fragte Julie.

„Hast du Druck?"

Julie straffte sich.

„Hör zu", sagte sie. „An mir lag's nicht, dass wir uns erst jetzt treffen. Ich hab zig mal mit Gunther telefoniert. Er hat's immer wieder verschoben." Sie gab dem Tätowierten zu verstehen, ihr auch eine Kippe zu bauen. „HP kommt früher aus dem Knast. Wir haben gerade mal noch drei Wochen. Das ist Scheiße eng."

„Piss dich nicht voll. Milstadt ist 'n Wichs."

„Für mich nicht. Und ich brauch euch, verdammt noch mal. Das seid ihr mir schuldig. Das seid ihr meinem Vater schuldig."

„Logo", sagte Maxe. „Zappa ist nicht vergessen."

„Nie, hieß es damals. Lass uns in die Gänge kommen. Ich hab um zwei Uhr meine Schicht."

„Gunther pennt noch. Und die anderen –" Knochenmaxe wandte sich an seinen Kumpel. „Von Hardy weiß ich, dass er 'ne Fuhre hat. Hast du was von Opa gehört?"

„Opa hatte was in Hannover."

„Hardy, Opa – ich denk, ihr seid mindestens zwei Dutzend! Hat Gunther mich geflachst oder was?"

„Wir haben auch sonst noch was auf'm Zettel. He – komm wieder runter. Gunther verklickert dir das schon." Er ging zur Maschine seines Kumpels und zog ein Sixpack aus der Satteltasche.

Julie schüttelte ärgerlich den Kopf. Gunther. Gunther pennt noch. Sie konnte sich vorstellen, was bei Gunther lief.

Sie hatte es vor Augen. Ein flackriger alter Film mit dem Geruch verbrannten Fleischs und kräftigem Dope, überbelichtete Szenen, Wortfetzen.

Eine Sommernacht in Haltern. Lagerfeuer, Grill und *Canned Heat*. Abrockende und grölende Typen unter sternklarem Himmel.

He Babe!

Ein paar heiße Bräute. Eine Alte aus Werne.

Gunther haute sie weg. Gunther bockte sie auf. Gunther knallte sie. Eine Fickshow. Last exit Hölle. Mehr Bier. Neuer Stoff von der Tanke.

Die Nacht war noch jung. Noch frisch. Gepennt wird in der Ewigkeit.

Papa wäre im Knast krepiert, hinterrücks abgestochen worden. Auf dem Hof. Unter der Dusche. In seiner Zelle.

Keine Frage. Er hatte es ihr geschrieben. Auf liniertem Papier: Liebe Kleine, liebe Julia, ich weiß zuviel, aber mach dir keine Sorgen, Hauptsache, du bist in Sicherheit. Auf Gunther ist Verlass.

Die Alte stelzte ans Wasser. Mösendusche. Sie kotzte.

‚Diese Rocker sind kein Umgang für dich‘, sagte die Oma. Die Oma sagte auch: ‚Du hast dich doch gerade so nett mit diesem Volker angefreundet‘.

Aber Volker langweilte. Volker wohnte noch bei seinen Eltern. Draußen in Querenburg. Blick auf die Ruhr. Sein Vater war Verlagsvertreter und Vorsitzender des Rudervereins. Seine Mutter hatte eine Boutique eröffnet. Volker war die Woche über allein in dem Sechziger-Jahre-Bungalow. Er baute Joints und wollte sie bumsen: Guter Stoff, saugut.

He Babe! Wie isses? Gunther hat abgedrückt. Gunther ist satt.

Sie schoss Volker in den Wind.

Sie war nur noch mit Gunther und seiner Clique unterwegs.

Die Alte hielt schon für den nächsten hin. Erst der Boss. Dann die Offiziere. Klare Strukturen. Vorgegeben aus Amiland.

Papa hatte als Jugendlicher mit ihnen Automaten geknackt. Ketten geschwungen. Schrebergärtnern das Fürchten gelehrt.

Papa hatte immer Verträge gehabt. Schon im Revier und dann in Hamburg. Banken und Bruch.

Skimütze. Dünne Lederhandschuhe. Knarre. Motorrad.

Der Geldtransporter. Die Post. Das Einfamilienhaus in Övelgönne an der Elbe. Renate war mit dicker Patte shoppen gegangen.

Manchmal hatte es sie dann auch noch gejuckt.

Roomservice im *Elysee*.

In vielen frühen Morgenstunden hatten sich die Eltern böse gefetzt.

Gleich nach dem Zugriff der Bullen hatte die Oma in Bochum ein Zimmer frei gemacht: Schick mir das Kind. Ich kümmere mich.

Bei Oma gab es Gulasch und Erbsensuppe mit Mettwurstscheiben. Bütterken mit Schmalz zu jeder Zeit.

Umschulung auf die Hildegardis also. Sechzehn Jahr, Apfelshampoohaar. Die Träume von später verblassten.

Gunther bretterte am Schultor vor. Offene Weste auf nackter Haut.

Gunther. Papas bester Kumpel aus alter Zeit. Blutsbrüder.

Auch in der überregionalen Presse wurde Papa jetzt nur noch der Killer genannt. Zappa, der Killer. Zappa, der Killer in U-Haft. Zappa und seine ihm hörige Frau. Der St. Pauli-Killer und seine schöne Anwältin. Der Killer mit seinem brutalen Charme. Ein silberzüngiger Teufel. Er wünschte sich ein Tape. *Frank Zappa und die Mothers* nach jeder zweiten weiteren Nummer: *Dirty Love. Give me your dirty love.*

Creedence Clearwater Revival, Hey Tonight
Neil Young, Mystery Train
Johnny Cash, Folsom Prison Blues
Rolling Stones, Sympathy For The Devil
Curtis Mayfield, Pusherman

Pink Floyd, Money
Bob Dylan, It's All Over Now, Baby Blue
Ten Years After, Going Home
Rory Gallagher, Too Much Alcohol
WAR, The World Is A Ghetto
Ruts Dc Meets Mad Professor, Whatever We Do
Bob Marley, I Shot The Sheriff
John Mayall, Room To Move
Canned Heat, Wait and See
Eric Clapton, Cocaine
Roger Chapman And The Shortlist Live,
Let's Spend The Night Together
Neil Young & Crazy Horse, Hey Hey, My My
(Into The Black)
Fleetwood Mac, Albatross

Und der Morgen graute.

Die Jungs soffen sich high. High – wir sind dabei. Nackt in den See. Untertauchen bis zum Abkacken. Noch was Gegrilltes zwischen die Zähne. Verkohlt. Zurück in den Pott. Ins Viertel. In den Kotten. Die Stadt ist unser. Asphaltcowboys auf der B1. Die Weiber rieben sich auf den Öfen feucht. Scheiß auf den Frisörladen. Auf die Verkaufstheke, auf die Penne.

He Babe! Wer dir mit Vorschriften kommt, den rauch in der Pfeife. Mach ihn platt. Kill ihn!

Papa hatte einen spektakulären Abgang gemacht. Renates Hirn war an die Zellenwand gespritzt. HP wichste sich einen auf der Pritsche ab. Mit seiner Daniela vor Augen, die sich den doppelschwänzigen Dildo reinsteckte und Mama in den Arsch fickte. Zum Kotzen!

Family life im hohen Norden. Im heißen Hamburger Sommer.

Und Gunther hob bei Hundertachtzig die Kralle in den Fahrtwind. Zappa, wir stehen wie ein Mann zu dir. Wir rächen dich.

Das war ein Wort. Sein Wort.

Das war der Halterner Schwur. Besiegelt auf Gunthers Matratze. In seinen Armen. Unter und auf ihm. Mit ihrem ersten voll geilen Orgasmus.

Gunther pennt noch!

„Scheiße!" fluchte Julie. Sie drückte die Kippe aus.

Papa war in den Selbstmord getrieben worden. HP hatte ihn verraten. Das sollte er büßen. Vor ihr auf den Knien rutschen und alles ausspucken. Die Wahrheit. Die ganze Wahrheit

Sie war längst nicht mehr die kleine Julia und süße Sechzehn. Sie war Julie, und sie war hassig.

Die Jungs vorm Bunker konnten sie nicht mehr zurückhalten.

Sie riss die schwere Eisentür auf und orientierte sich schnell.

Ein schmaler Gang. Niedrig. Feucht.

Hinter der Maschendrahtabgrenzung flackerten Kerzenflammen.

Mattes Licht fiel auf zwei debattierende Typen.

Der eine war der hünenhafte Gunther. Voll in Kluft. Mit all dem Ketten- und Nagelscheiß.

Der andere war ein modisch gestylter Schönling.

Julie hatte ihn bislang nur auf Fotos gesehen. In der *Gala* und in der *Bunten*. Es war Dennis Smoltschek. Der Partykönig.

Evelyn legte den Finger auf die Lippen und schloss leise die Tür: „Sie schläft." Sie streifte Fedder leicht, als sie an ihm vorbei in den Wohnraum ging. Fedder folgte ihr.

„Wann muss sie zurück in die Reha?"

„Ich fahr sie Montag wieder raus. – Wir müssen besprechen, wie wir das dann weiter organisieren. Rein theoretisch könnte sie jedes Wochenende zu Hause sein."

„Du willst in Urlaub fahren."

Evelyn öffnete eine Flasche Prosecco. Fedder sah eine offenbar schon leere Flasche draußen auf dem Balkontisch. Er sah die auf dem Boden ausgerollte Bastmatte, Handtuch, Sonnenöl und einen BH. Im Innenhof wurde gegrillt. Die Nachbarkinder planschten noch juchzend im Minipool. Evelyn schenkte zwei Gläser ein und reichte Fedder eins: „Können wir nicht einmal vernünftig miteinander reden?"

Fedder zuckte die Achseln.

„An mir soll's nicht liegen", sagte er. „Ich nehme Larissa liebend gern."

„Ich bin genauso für sie da."

„Was sagt denn dein Freund dazu?"

„Jörg – bitte."

„Ja, was bitte?"

„Larissa ist mir wichtiger als alles andere."

„Dann ist ja alles klar. Sie darf wie bisher alle vierzehn Tage zu mir." Er nippte kurz an seinem Glas und stellte es beiseite. „Was gibt's da noch groß zu bereden."

„Larissa kann vorerst auch noch durchgängig in der Klinik bleiben. Vielleicht ist das sogar besser für sie."

„Besser als bei mir? Entschuldige – ich denke, sie soll sich allmählich in einen normalen Alltag einleben."

„Du willst mich nicht verstehen. Du hast keinen norma-len Alltag."

„Nein", sagte Fedder. „Sich ständig nach deinen Launen richten zu müssen ist allerdings nicht normal."

Evelyn schüttelte seufzend den Kopf: „Ach, Jörg, das hat-ten wir doch wirklich schon oft genug. Aber gut – ja, natür-lich denke ich auch daran, mal ein paar Tage auszuspannen."

Sein Handy meldete sich. Fedder sah auf das Display. Ein unbekannter Teilnehmer.

Fedder zögerte einen Moment. Doch dann meldete er sich.

„Ich bin's – Jan."

„Ja?"

„Sorry, du bist beschäftigt."

„Ich bin bei Larissa."

„Verstehe. – Ich wollte dich fragen, ob du vielleicht Lust hast, eine Kleinigkeit mit mir zu essen. Ich bin auf dem Weg zu *Pits Lokal.*"

„Du bist hier?"

„Ich habe eine Wohnung gemietet – direkt auf dem Kiez." Fedder schwieg. „Wir können uns auch die Tage mal treffen."

Fedder sah zu Evelyn hin. Sie hatte sich in ihren Fern-sehsessel gesetzt und die Beine übereinander geschlagen. Schlanke Beine. Sonnengebräunte Beine. Beine, die sich um den fetten Wanst eines reaktionären Arschlochs schlangen.

„Das lässt sich machen", sagte er.

„Okay", sagte Broszinski. „Ich melde mich dann wieder."

„Ich meine jetzt – in einer Viertelstunde."

Broszinski schien nicht überrascht zu sein. Er sagte ledig-lich noch, dass er sich freue. Fedder steckte sein Handy wie-der ein.

„Das war's also", sagte Evelyn. „Hast du endlich auch jemanden?"

„Natürlich. Du bist Gott sei Dank nicht die einzige Frau."

Evelyn lachte.

„Wenn Larissa nicht nebenan schliefe, müsste ich nur mit dem Finger schnippen, um dich aus den Hosen steigen zu lassen."

„Versuch es bei Gelegenheit, und ich schlage dich grün und blau."

Evelyn stand auf und streifte ihren Rock glatt.

Sie baute sich vor ihm auf. Ihre Augen blitzten.

„Sollen wir's drauf ankommen lassen?" fragte sie und schnaubte verächtlich. „Schwächling."

4

„Es ging nicht mehr mit Ann. Sie blieb dabei, Henning nicht weiter zu kennen. Sie lügt." Broszinski nahm eine Gabel von dem speziellen Kartoffelsalat des *Paulsen*. Das Schnitzel sah phantastisch aus. Ein Riesenlappen. Fedder bereute, sich für das Zanderfilet entschieden zu haben. Obwohl es wirklich gut war. Aber ein Wiener Schnitzel und dazu ein Bier – Schwächling! Er hätte ihr wirklich eine reinhauen sollen.

Er löste seinen Blick von Broszinskis Teller und schaute zur Mundsburger hoch.

Sie saßen an einem der Tische vor dem Restaurant. Broszinski hatte die Jacke abgelegt. Sein Gesicht war schmaler geworden und er hatte dunkle Ringe unter den Augen. Er kaute unendlich langsam.

„Was hat sie denn gesagt?", fragte Fedder.

Broszinski schluckte und tupfte sich mit der Serviette die Lippen ab.

„Dass Henning ein Zugezogener ist. Oder besser, seine Mutter. Sie hat sich Ende der sechziger Jahre ein Haus am

Dorfrand gekauft. Von ihrem Erbe. Ihr Mann war kurz vorher verstorben. Er war Schuldirektor in Hannover – an einem Mädchengymnasium."

„Warum betonst du das?"

„Die Ehe soll nicht gut gewesen sein."

„Du meinst, Henning hatte schon früh einen Knacks weg."

Broszinski machte eine unentschiedene Geste.

„Er hat bis zum Studium bei Mama gewohnt. Und dann jedes Wochenende und auch die Semesterferien bei ihr verbracht. In der Zeit will Ann ihn gelegentlich getroffen haben. Nur damals, und das soll über zehn Jahre her sein."

„Warum sollte sie lügen?"

„Hattest du inzwischen das Gespräch mit Henning?"

„Ich denke nicht daran. Solange es keine offizielle Aufforderung gibt, kann er mich."

Broszinski nickte.

„Ich war in der Uni. Was er dir vor der Galerie gesagt hat, stimmt. Ann Siebold, Angelika Garbers und Wilhelm Heinrich Henning waren zwei Semester lang gemeinsam in sämtlichen Seminaren – die so genannte ‚Heidefraktion'."

Fedder ließ das sacken. Er sah die Garbers vor sich.

Angelika. Geli. Das Mädel aus Fallingbostel. Die erschreckend abgemagerte und leblos auf dem Boden liegende Frau. Zweifellos tödlich gestürzt. Keine Fremdeinwirkung. Der Fall war zu den Akten gelegt. Abgeschlossen. Es fiel ihm schwer, sich die Garbers und Ann als in etwa gleichaltrige Kommilitoninnen vorzustellen. Ann hatte auf ihn wesentlich jünger gewirkt. Und Henning – ein kleinwüchsiger und durch und durch eitler Affe. Auf ewig jung machend.

„Das kann Ann dann doch nicht abstreiten."

„Sie hat es als dummes Geschwätz abgetan – alles. Jeden Fakt, den ich ihr aufgelistet habe."

„Was denn noch?"

„Hast du die Homestory über Henning im *Hamburger* gelesen?"

„Nein."

„In seiner Wohnung hängen zwei Bilder einer Düsseldorfer Malerin – von Susanne Opeschka. Ann hat sie exklusiv unter Vertrag. Die Opeschka hatte im September eine Einzelausstellung bei ihr. Das heißt –"

„Okay", unterbrach Fedder ihn. „Fortlaufender Kontakt – offenbar nachweislich. Aber die Frage ist doch, warum deine Galeristin nichts davon wissen will."

„Ann ist nicht mehr meine Galeristin. Sie ist auf nichts weiter eingegangen und hat mir nur noch die Endabrechnung präsentiert. Verkaufte Bilder minus Miete für die Scheune – Vieracht mit beiliegendem Scheck."

„Sie hat dich rausgeschmissen?"

„Ich hätte mich ohnehin getrennt. – Magst du noch das Schnitzel? Mir wird's zuviel."

„Was? Was sagst du da? Das ist hauchdünn!" Von ihnen unbemerkt war Gottschalk an den Tisch gekommen. Er trug seine weite, weiße Anzughose und ein über den Bund fallendes beigefarbenes Leinenhemd. Die Ärmel waren hochgekrempelt. Sein Gesicht war gerötet und verschwitzt. Er stellte Gläser und eine Flasche Wein ab und zog sich einen Stuhl heran. „Zuviel – lass das nur ja nicht Julie hören. Das nimmt sie als persönliche Beleidigung. Ich sag euch –" Er senkte die Stimme. „Die Kleine hat Feuer im Arsch – man müsste dreißig Jahre jünger sein. Und dann – mein Gott, wenn ich nur daran denke –"

„Wir sprechen gerade über Henning", stoppte Fedder ihn. Er lehnte sich zurück und lächelte maliziös. „Stimmt es eigentlich, dass du seine Frau vögelst?"

Broszinski blickte überrascht von Fedder zu Gottschalk.

Gottschalk füllte die Gläser. Er zeigte nicht eine Spur Verlegenheit.

5

Nur die beiden Nachttischlampen spendeten noch weiches Licht. Die eine erleuchtete auch das in einem Silberrahmen steckende Foto eines jungen Mannes. Er hatte glattes und in die Stirn fallendes blondes Haar und die ausgeprägte Nase seiner Mutter.

Elke Henning bedachte das Foto mit einem liebevollen Blick, bevor sie eine weitere Schokotrüffel anbiss. Sie rückte sich das Kissen in ihrem Rücken zurecht und lauschte einen Moment den von *Keith Jarrett* gespielten *Bach*-Präludien. Ihr Mann hackte neben ihr in seinen Laptop. Elke räusperte sich.

„Wir müssen unbedingt noch über die Gästeliste reden", sagte sie. „Ich möchte wirklich nicht mehr als zwanzig Personen einladen."

„Du machst das schon."

„Natürlich", erwiderte sie. „Ich habe mit Gottschalk schon über das Menü gesprochen. Er stellt seine Köchin ab. Aber es gibt doch sicher Leute, die dir besonders am Herzen liegen."

Henning drückte einen lautlosen Furz ab und klappte zugleich seinen Laptop zu.

„Kuntze", sagte er. „Kuntze sollte dabei sein."

„Kuntze? Dieser Lastwagenfahrer?"

Henning verdrehte die Augen.

„Das ist nicht komisch", sagte er. „Kuntze hat eine Spedition. Und, meine Liebe, er leitet sein Amt mit beachtlichem Sachverstand."

„Er hat keine Manieren."

„Entschuldigung, aber er ist sehr wohl in der Lage, mit Messer und Gabel zu essen."

„Ich möchte keinen dieser rechtspopulistischen Wirrköpfe im Haus haben – egal, ob ihr politisch mit ihnen paktieren musstet oder nicht. Das kann ich auch Vater nicht zumuten."

„Dein Vater kommt? Mit wem? Mit einer seiner Neunzehnjährigen?"

„Lenk bitte nicht ab. Wir reden über deinen Kuntze."

„Also mein Kuntze ist es nun wirklich nicht. Aber einen guten Kontakt zum Bauamt zu haben, ist mir schon wichtig."

„Kontakte dieser Art kannst du im Rathaus halten – wenn es denn unbedingt sein muss."

„Ich denke", sagte Henning und gab sich diesmal keine Mühe, verhalten einen fahren zu lassen, „davon verstehst du nichts."

Elke schlug das Laken zurück und stieg angewidert aus dem Bett.

Henning hob beschwichtigend die Arme. Es nutzte nichts. Ohne auch nur noch ein Wort zu sagen, warf sich Elke den Morgenmantel über und verließ das Zimmer. Sekunden später brach das erbärmliche Klaviergeklimper ab und Henning hörte ein Glas an einen Flaschenhals klirren.

Nun gut, sagte er sich, dann gehen wir eben verkatert in das Wochenende. Bei dem Gedanken, dass sich seine Gattin jetzt reichlich abfüllen würde, grinste er. Besoffen ließ Elke gemeinhin jegliche sexuellen Hemmungen fallen.

Henning rollte sich auf die Seite und angelte die Fernbedienung vom Boden auf. Er zappte zu *N3* durch und hatte gleich seine Lieblingsmoderatorin im Bild. Sie befragte einen ihm unbekannten Glatzkopf.

… an diesem Tag?

Ich war direkt gegenüber in Brooklyn, bei einem Freund,

einem gebürtigen New Yorker, und wir wollten gerade zum Frühstück aufbrechen, unten im Haus ist einer der üblichen Coffeeshops, da sahen wir, also mein Freund sagte, oh my God, da war das erste Flugzeug schon in den Tower geschossen, und wir sahen die Explosion und dann auch die nächste, das zweite Flugzeug.

Wie war Ihre erste Reaktion?

Fassungslosigkeit, und natürlich waren wir entsetzt, man konnte sich ja vorstellen, dass schon oder noch Menschen in den Gebäuden waren, wir haben dann gleich den Fernseher eingeschaltet, das heißt, einen Moment lang haben wir daran gedacht, rüber zu fahren und sozusagen unmittelbar Augenzeugen dieser Katastrophe, also ihrer schrecklichen Auswirkungen, zu sein.

Sie haben aber dann, das schreiben Sie im Vorwort Ihres Buchs, einer Art Tagebuch unter dem Titel „Das Schweigen der Wölfe" die Medienberichterstattung sogleich aufgezeichnet und alles notiert, was Aufschluss über die Hintergründe dieses Terroranschlags geben könnte.

Ja, und ich möchte bei dieser Gelegenheit noch einmal meinem New Yorker Freund und Kollegen, Hubert Brillston, für seine Unterstützung und all die Hinweise danken, er hat die über Google abgerufenen Informationen ausgewertet und dabei auch die Spreu vom Weizen getrennt, was, zugegebenermaßen, das größte Problem war, was ist barer Unfug und was ist eine wirklich seriöse Nachricht?

Dennoch aber, jedenfalls wird Ihnen dieser Vorwurf gemacht, sei Ihre umfangreiche Tagebuch-Reportage tendenziös, vor allem in Bezug auf die Rolle der US-Regierung …

Das hat mich nicht überrascht, ich meine, dass aus den Leitartikeletagen des Mainstreamjournalismus eine solche Reaktion kommen musste, war uns klar, denn schließlich haben sich eben diese Medien nahezu ohne Ausnahme von ihren Kardinalpflichten befreit, also von der Überprüfung des Wahrheitsgehalts offizieller Behauptungen …

Darauf wollte ich hinaus, dass Sie von einer Art Verschwö-rung sprechen und, ich nehme das jetzt einmal vorweg, zu dem Schluss kommen, dass, verkürzt gesagt, die furchtbaren Geschehnisse jenes Tages, des 11. Septembers, das Resultat einer Geheimdienstoperation sein sollen, mit dem Ziel ...

Das ist wirklich nur, entschuldigen Sie, wenn ich hier gleich widerspreche, aber dieser Komplex ist weitaus vielschichtiger und wir bieten, weiß Gott, nicht einfache Lösungen auf die unzähligen Widersprüche und Ungereimtheiten an, wir haben vielmehr Fragen gestellt, und eine der Fragen ist, das ist richtig, stimmt es, dass die CIA bereits im Sommer vom israelischen Geheimdienst Mossad mehrfach über bevorstehende Terroran-schläge gewarnt wurde und wie hat die CIA darauf reagiert ...?

Sie sagen aber dann, diesen und anderen Warnungen sei bewusst nicht weiter nachgegangen worden ...

Sie hatten keine entsprechende Überprüfung zur Folge, ja, jedenfalls keine, die zu vorbeugenden Maßnahmen geführt hätte, im Gegenteil, aber wie gesagt, das sind Teile eines Puzz-les, aus denen jeder auch nur annähernd wache Leser auf Zusammenhänge schließen kann, die im Bezug auf die Inte-ressen Amerikas, der amerikanischen Regierung, ihres Präsiden-ten, in der Tat erschreckend sind ...

Henning nickte wissend. Er verschränkte die Arme hinter dem Kopf und verspürte bei dem Gedanken, mit dem von ihm entworfenen Szenario in einer vergleichbaren Liga zu spielen, eine überraschend starke Erektion.

6

„Warum?", fragte Gottschalk. Er öffnete eine zweite Flasche Champagner und schenkte Julie und sich neu nach.

Julie sog an dem Joint. Sie sah zum Fenster hinaus.

„Es ist Vollmond", sagte sie.

„Der sechste oder auch schon siebte, seit du Küchenchefin bei mir bist. Und ich hab dich immer wieder mal angemacht."

„Du hast gesagt, in Jeans kommt mein Arsch besser zur Geltung."

„Das war mein erster Eindruck, und der hat sich gehalten. Ich hab sogar heimlich drauf gewichst, wie ein Pennäler. Ich wette, du hast es mitgekriegt."

„Klar", sagte sie. „Und jetzt hast du ihn gehabt. Wir haben gefickt und hatten beide unseren Spaß. Also – was soll die Fragerei?"

„Ich glaube nicht an Zufälle." Julie musste lachen.

„Dito", sagte sie. „Aber ich war geil – okay?" Sie nahm einen letzten tiefen Zug und schnippte die Kippe in den Ascher.

Gottschalk wiegte nachdenklich den Kopf.

„Na schön", sagte er dann. „Belassen wir's vorerst dabei. – Möchtest du Käse? Trauben, Obst?"

„Eiscreme", sagte sie. „Softeis. Aber das muss ich mir um die Uhrzeit wohl abschminken."

Gottschalk sah auf die Uhr.

„Wir können an die See fahren."

„He – wir haben schon Samstag, und für heute Abend sind wir voll ausgebucht. Weiß der Geier, wie ich das überhaupt durchstehen soll. – Nein, nein, ich will wenigstens noch 'ne Runde pennen." Sie stand auf und löste das um ihren Körper geschlungene Laken.

Gottschalk betrachtete sie. Er schob die Unterlippe vor und nickte zustimmend. Ächzend stemmte er sich hoch.

„Ich bring dich nach Hause", sagte er.

„Hm-hm." Sie schüttelte den Kopf. „Wenn du mich loswerden willst, geh ich allein."

„Bei dir kannst du dich ausschlafen. Neben mir musst du damit rechnen, dass es mich noch einmal überkommt."

„Kein Problem – wenn du nicht wieder anfängst, blöd rumzuquatschen."

„Ich komm schon noch dahinter."

Julie zuckte gleichmütig die Achseln. Sie kippte den Champagner und warf einen Blick auf die offene Silberdose. Einen Moment lang zögerte sie. Doch dann fingerte sie eins der Kokainbriefchen heraus.

„Scheiß auf den Schlaf", sagte sie. „Was dagegen, wenn ich mir 'ne Linie reinziehe?"

„Nur zu."

„Du auch?"

Gottschalk seufzte.

„Auf ein Neues?", fragte er.

„Lass dich überraschen."

Gottschalk ging kommentarlos ins Bad. Er pinkelte und wiegte seinen schlaffen Schwanz in der Hand. Einen Moment lang dachte er an Elke. Eine reife Frau. Eine verheiratete Frau. Eine Frau, die ihm in jeder Hinsicht viel gab. Er sah in den Spiegel. Er zog eine Grimasse. Seine Fratze ekelte ihn.

Als er zu Julie zurück kam, lag nur noch ein winziger Rest für ihn bereit. Er stippte ihn auf und rieb ihn sich auf das Zahnfleisch.

Julie legte ihre Hände auf seine Schultern.

Gottschalk sah, dass der Mond verblasste. Er schloss die Augen und atmete tief durch.

Julie hob sich auf die Zehenspitzen und küsste ihn. Sie küsste ihn hart und verlangend. Eng umschlungen fielen sie schließlich aufs Bett.

„Streck dich aus", flüsterte Julie. „Streck dich aus und bleib so liegen." Ihm den Rücken zuwendend hockte sie sich rittlings auf ihn. „Jetzt nimm ihn, nimm ihn dir richtig vor, das willst du doch, mach ihn mir heiß – nun mach schon." Es dauerte aber doch noch, bis sie ihn endlich spürte. Sie warf den Kopf in den Nacken. Sie bog sich weit zurück.

Sie stützte die Arme auf seinen Armen ab.

Sie hob ein wenig ihr Becken.

Sie nahm ihn ein Stück tiefer in sich auf.

Sie wünschte sich Gunther herbei.

Sie spreizte ihre Schenkel.

Sie musste sich mit ihrer Hand begnügen.

Sie ballte sie zur Faust.

Sie hörte nicht auf Gottschalks Stöhnen.

Sie hörte nicht auf seine Worte.

Sie machte weiter und weiter, und immer weiter, und der Schweiß rann in Strömen an ihr herab.

Das Bild ihres Vaters blitzte vor ihr auf. Er sah auf sie herab.

Ihr kamen die Tränen.

7

Das schwere Tor öffnete sich, und Milstadt trat hinaus ins Freie. Jubelnde Rufe brandeten ihm entgegen, heisere Schreie. Für Sekunden glaubte er, zu träumen. Irritiert blinzelte er ins Sonnenlicht. Doch die Horde vor ihm war real. Die *Hell's Angels* stießen die Fäuste in die Luft, drückten auf die Hupen ihrer blank geputzten Maschinen und ließen die Motoren donnern. Gaben volles Rohr. Es war ein ohrenbetäubender Lärm. Sie rissen ihre Granaten auf, und der Bierschaum spritzte in hohen Fontänen auf den Kies.

Milstadt stand wie angewurzelt da.

Die Angels! Er konnte es noch nicht fassen.

Schließlich zwang er sich ein dünnes Lächeln ab.

Seine Augenlider zuckten.

Unsicher setzte er sich in Bewegung, ging die paar Schritte auf Gunther zu.

„Hab keinen Text", murmelte er. Gunther zog ihn an sich, presste ihn an die Brust.

„Alter!", dröhnte er. „Alter – das ist dein Tag! Der Stoff knallt, das Schwein steckt schon am Spieß und die Hühner wollen geritten werden. Ab in die Hufe – wir brettern rüber zur Veddel! Der Bunker steht noch!"

„Is' mir zu heftig", wehrte Milstadt ab. „Wollt's erst mal ruhig angehen."

Gunther schnippte mit den Fingern, bekam eine *Jim Beam*-Pulle gereicht.

„Hau weg, was weg muss. – Mann, Alter, du bist raus aus der Kacke!"

„Woher – woher wisst ihr eigentlich – ?"

„Alter – hast du vergessen, dass wir 'ne hellwache Truppe sind?", fiel ihm Gunther ins Wort. „Gunther hört alles, Gunther sieht alles, Gunther weiß alles – Alter, echt, der Knast is 'ne offene Telefonzelle! Die Ölaugen quatschen, die Wollköppe quasseln bis zum Abkacken, und selbst deine alte Braut hält sich auf dem Laufenden."

„Daniela?"

„Daniela. Null Interesse natürlich – quak-quak-quak. Hat aber jeden, der rausspaziert kommt, nach dir angebaggert."

„Sie hat sich nie gemeldet. Was macht sie jetzt?"

„Alter", Gunther legte ihm den Arm um die Schultern, drückte ihn wieder an sich. „Alter, die Torte hat sich fleißig hochgeackert. Sie ist mit Dennis zusammen – 'n cleverer Typ."

„Dennis – ?"

„Der King – der Partyking. Mann, hast du da drin gar

nichts mitgekriegt? Kein TV, kein Tittenblatt? Alter, hör zu – wir haben viel zu bereden. Wir sind wieder voll im Kommen – und man braucht dich, verstehst du? Die alten Connections!" Er gab ihm einen Klaps auf den Rücken, schrie der Meute zu: „Aufgesessen! Und auf Kommando – drei, zwei, eins – Power!"

Ein ohrenbetäubender Lärm brach aus, getragen von einem bis zum Anschlag aufgedrehten Höllenrittsound.

8

„Okay", sagte Smoltschek. „Was müssen Sie wissen?" Er hatte lange geschlafen, war mit Daniela und der kleinen Dunkelhäutigen im Pool gewesen und hatte die beiden dann sich selbst überlassen. Das Mädel konnte sicher sein, schon bald ihr Foto in irgendeinem der Klatschblätter zu sehen, Daniela war voll auf ihre Kosten gekommen, und er fühlte sich angenehm entspannt und war klar im Kopf. So musste es sein. So sollte es bleiben. So würde es ein guter Tag werden.

Smoltschek lehnte sich locker in seinem Bürosessel zurück.

Nicole stellte einen kleinen Recorder vor ihm auf den Schreibtisch.

„Sie haben doch nichts dagegen", sagte sie.

„Absolut nichts", sagte Smoltschek. Er lächelte sie an und strich sanft über die blanke Tischplatte.

Es war *die* Nicole. Die Quotenkönigin des Vorabendprogramms. Blond, wache Augen und eine Traumfigur. Ein Newtonweib. Aufgewachsen in Husum, gelernte Bankkauffrau, früh geheiratet und schnell wieder geschieden. Praktikum bei einem friesischen Lokalsender, die erotischste Stimme des Nordens. Liebschaft mit einem einflussreichen Zeitungsverleger, nach Hamburg gezogen. Den Gerüchten nach längere Zeit heimlich mit dem Programmdirektor des Lokstedter Senders liiert. Festanstellung. Moderation des Magazins *DAS* und dann diese enorm erfolgreiche Quizsendung im *Ersten*. Jetzt mit einer dreiviertelstündigen Personalityshow betraut: Personen des öffentlichen Lebens an einem für sie ganz normalen Sonntag, begleitet von der kühl charmanten, der unwiderstehlichen Nicole. Smoltschek sah sich schon neben ihr durch die Hafencity schlendern. Durch sein neues Revier. Er verstärkte sein Lächeln.

„Fragen Sie, was Sie wollen – Nicole", sagte er.

Nicole nickte. Sie schaltete das Gerät ein.

„Sie leben allein?"

„In gewisser Weise – ja."

„Das heißt?"

„Ich bin niemandem verpflichtet."

„Und beruflich?"

„Sie fragen nach meinen gelegentlichen Begleiterinnen?"

„Es sind sehr junge Frauen."

„Sie sind volljährig", sagte Smoltschek. „Und es gehört zu meinem Job angehenden Models die entsprechende Publicity zu verschaffen. Alles andere sind böswillige Unterstellungen."

„Diese Mädchen müssen sich nicht erkenntlich zeigen?"

„Nicole – Sie wissen ebenso gut wie ich, was diese jungen Dinger wollen. Und wie weit sie gehen, um ihr Ziel zu erreichen. Was soll's?" Er machte eine wegwischende Handbewegung. „Für mich persönlich hat das keine Bedeutung."

„Was dann?"

„Mein Projekt", sagte Smoltschek. „Einzig und allein der Wunsch, in Hamburg eine Location zu etablieren, die absolutes Weltniveau hat."

„Ihre Discothek."

„Discothek allein ist zu kurz gegriffen. Geplant ist wesentlich mehr. Wellness, Beauty, Fitness, Hairdressing. Mehrere

Bars, ein Café, Gastronomie. Alles unter einem Dach, dem Muscheldach. Entworfen von einem japanischen Architektenteam. Die besten auf diesem Gebiet." Er nickte bekräftigend. "Die *Discothek* sind drei übereinanderliegende, frei in den Speicherschuppen ragende Tanzflächen. Rundum schalldicht verglast. Über der oberen kann das Dach hydraulisch geöffnet werden – Blick in den Nachthimmel, Abtanzen unterm Sternenhimmel. Zur Eröffnung stehe ich sowohl mit populären Comedykünstlern wie auch mit dem Shakira-Management in Verhandlung. Sie sehen –"

"Ja", unterbrach Nicole ihn. "Das ist inzwischen weitgehend bekannt. Wer finanziert das alles?"

Smoltschek straffte sich. Er sah zur Decke hoch.

"Gute Ideen stoßen weltweit auf offene Ohren", sagte er dann. "Ich kann Ihnen beim besten Willen keine Namen nennen. Die Investoren haben zur Bedingung gemacht, anonym zu bleiben."

"Das gibt zu Spekulationen Anlass."

"Das kann ich nicht verhindern. Sorry. Ich kann Ihnen nur sagen, es sind international bedeutende Unternehmen und – ich glaube, darauf wollen Sie hinaus, Nicole – es ist sauberes Geld."

"Okay." Nicole schlug ihre Beine übereinander. "Das Konzept meiner Sendung zielt auch mehr auf die Privatperson. Und wir führen hier ohnehin nur ein Vorgespräch. – Sie reisen viel."

"Zwangsläufig."

"Urlaub?"

"Wenn ich mich entspannen will – Sie werden lachen – gehe ich mit ein paar alten Freunden wandern."

"Wer ist das?"

"Tom, Axel und Peter. Mit Tom war ich in England auf dem College. Er ist Banker. Axel habe ich vor Jahren auf einer Kreuzfahrt durch die Karibik kennen gelernt. Ein Unternehmensberater. Und Peter – nun ja, er hat in der Politik Karriere gemacht. Er sitzt im Auswärtigen Amt."

„Eine illustre Gruppe."

„Wir haben eine Vereinbarung, Nicole. Wir reden nicht über Geschäfte."

„Über was dann?"

„Geschichten von früher. Eltern, Geschwister, Lehrer. Der erste eigene Wagen, verrückte Liebschaften – Sport, sehr viel über Sport. Axel ist ein großer Fußballfan."

„Sind Sie das auch?"

„Weniger. Ich spiele Golf und übe mich vor allem im Bogenschießen. Japanisches Bogenschießen. Eine hohe Kunst. Das ist fester Bestandteil meiner Sonntage." Er stand schwungvoll auf. „Kommen Sie, ich zeige Ihnen, wie ich mich darauf vorbereite."

9

Julie setzte sich zu Gunther auf die Bank und schaute ebenfalls in den Sonnenuntergang über der Elbe. Sie knackte eine Dose Bier und leckte den hervorquellenden Schaum ab. Sie trank und wartete. Gunther stippte seine Sonnenbrille zurück. Er drehte sich eine Kippe. Er rauchte und schwieg weiterhin. Als der Himmel tiefrot wurde, streckte er die Beine aus und verschränkte die Arme im Nacken.

„Geil", sagte er.

„Ja", sagte Julie. „Hamburg kann sehr schön sein."

„Scheiße, ja. Aber die Sonne geht überall unter." Er spuckte in den Sand. „HP haben wir fest."

„Darüber wollte ich mit dir reden", sagte Julie. „Wir warten noch, bis der andere Dreckskerl eingeflogen ist."

„Der andere? Was ist das jetzt für'n Text?"

„Ullhorn kommt frei."

„Der Wichser? Was willst du von dem?"

„Er war der erste, der hier in Hamburg Ma flach gelegt hat."

„He, Babe – nichts gegen deine Alte. Aber dazu gehörte nicht viel."

„Er hat sie versaut. Und er hatte was mit Milstadt laufen. Weißt du, wann er damals nach Miami abgedüst ist?"

„Der Arsch is ne kleine Nummer."

„Nee", sagte Julie. „Er hat sich genau an dem Tag verdünnisiert, als Pa sich erschossen hat. Zufall?" Sie schnaubte bitter. „Nee, Gunther, das kann man sonst wem erzählen, mir nicht. Er hat was mit Vaters Tod zu tun. Wie Milstadt. Und ich will wissen, was."

Dritter Teil
September 2002

Mein Fall ist,
in Kürze, dieser:
Es ist mir völlig die Fähigkeit abhanden gekommen,
über irgend etwas zusammenhängend zu denken
oder zu sprechen.

Hugo von Hofmannsthal

Koalitionspartei nicht beschlussfähig.
Bausenator Kuntze ging die Puste aus.

Hamburger Morgenpost

In Hamburg wurde am Donnerstag
der stärkste Niederschlag
seit Beginn der Wetteraufzeichnungen 1906 gemessen:
65 Liter / m² innerhalb von 45 Minuten.

dpa

Julie sitzt mit dem Hell's-Angel-Gunther am Elbufer: „Ullhorn
hat was mit Vaters Tod zu tun." Tonspur The Rolling Stones,
Let it bleed. Julie drückt auf einen Klingelknopf: A. Garbers.
Sie muss lange warten, bevor ihr geöffnet wird. Ein gellen-
der Schrei. Eine zu Boden fallende Flasche. Julie hastet über
nächtliche Straßen. Rotationsdruck: „Frühere Milieu-Anwältin
tödlich gestürzt!" Julie zieht eine Linie Koks. Sie überreicht in

der Küche des „Paulsen" Gottschalk einen Teller mit Schnitzel und Beilage zum Servieren. Gesprächsfetzen aus dem Lokal. Julie lauscht. Sie löst das um den nackten Körper geschlungene Laken. Sie weint. Sie rennt durch das Niendorfer Gehege und schreit den Namen ihres Vaters heraus.

Julie.

Zappas Tochter Julia.

Die Tochter des „St. Pauli Killers".

Broszinski bringt seine Habseligkeiten in einem leeren Zimmer unter. Das bunte Licht der Leuchtreklamen flackert auf. Der Kiez belebt sich wie jeden Abend. Der St. Pauli-Fan. Die Fressmeute aus Eppendorf und Winterhude. Das bisexuelle Paar auf dem Weg zum Swinger-Club. Broszinski beugt sich zu Fedder vor: „Ann Siebold, Angelika Garbers und Wilhelm Heinrich Henning – die so genannte Heidefraktion." Er nimmt von Ann einen Scheck entgegen. Broszinski wählt die Nummer der ihm von früher bekannten Ärztin. Er trifft sich mit ihr und schildert sein Problem: „Ich komme nicht von Birte los."

Jan Broszinski.

Gottschalk beaufsichtigt den Aufbau eines Büffets. Henning verfolgt angespannt eine Talkshow im Dritten: „Sie sprechen von einer Verschwörung." Elke Henning gibt Gottschalk einen Wink. Er folgt ihr ins Gartenhaus. Gottschalk steht nackt im Bad und wiegt seinen schlaffen Schwanz in der Hand. Er hievt sich in die Badewanne und lässt Quiekenten schwimmen. Auf den Schaumkronen strippen die Frauen aus seiner Vergangenheit.

Pit Gottschalk.

„Schwächling", sagt Evelyn. Fedder fingert sein Handy hervor. „Du hast keinen normalen Alltag." Fedder steht vor der toten Angelika Garbers. Ein elendes Ende. Ein erbärmlicher Tod. Ein dunkler Wagen erfasst seine Tochter Larissa. Fedder sitzt am Bett der an Schläuche angeschlossenen Tochter: „Ich habe andere Sorgen." Henning kommt ihm lachend entgegen.

Jörg Fedder.

Dennis Smoltschek steht in einem Bunkerraum dem Hell's-Angel-Gunther gegenüber. Er wendet sich von ihm ab. Ein schweres Eisentor öffnet sich. Hans-Peter Milstadt tritt ins Freie. „Alter, die Torte hat sich fleißig hoch geackert." Gunthers heisere Stimme. „Sie ist mit Dennis zusammen." Dennis sieht die hoch gewachsene und langbeinige Moderatorin Nicole unverhohlen begehrlich an. Er spannt den Bogen. Der Pfeil verfehlt sein Ziel.

Dennis Smoltschek. Der Partykönig.

Schwarzbild. Aufblende: Ein Dutzend Hell's Angels donnern über die Elbbrücke. Sound: Deep Purple in Rock.

1

Es war kurz nach 22 Uhr, als sich Broszinskis Handy meldete. Das Display verzeichnete einen unbekannten Anrufer. Broszinski zögerte einen Moment, bevor er den Anruf annahm. Er hörte die Verkehrsgeräusche einer stark befahrenen Straße, er hörte Gelächter und Rufe vorbei eilender Passanten und sonst nichts.

Broszinski gab keinen Laut von sich. Er wartete. Auch der Anrufer schwieg. Aber Broszinski glaubte, ihn atmen zu hören. Knapp eine Minute verging. Dann wurde die Verbindung gekappt. Broszinski runzelte die Stirn. Nachdenklich schaltete er sein Handy aus und nahm einen kleinen Schluck Whisky. Er beschloss, die Arbeit an dem neuen Bild für heute zu beenden.

Es war eine 120 cm hohe und 30 cm breite Leinwand, auf die er von einem Foto Anns linke Gesichtshälfte projiziert und mit feinen Pinselstrichen ausgemalt hatte. An ihrem Auge hatte er am längsten gearbeitet. Es schien den Betrachter auch bei wechselndem Standort ständig anzusehen. Der untere Teil der Leinwand war noch frei.

Broszinski hatte anfangs daran gedacht, die weiße Fläche bis zu Anns Kinn hinauf aufzuschlitzen, war aber dann doch von diesem allzu gewalttätigen Aspekt abgekommen und überlegte nun, mit einem breiten Spachtel kaltblaue Farbschichten aufzutragen. Eisige Kälte.

Er stellte die Leinwand an die einzige noch freie Zimmerwand und ordnete seine Arbeitsmaterialien. Mit seinen Gedanken aber war er noch bei dem anonymen Anrufer. Ihm war klar, dass es niemand gewesen war, der sich verwählt hatte. Aber wer konnte seine neue Handynummer herausgefunden haben? Er hatte sie nur wenigen und absolut vertrauenswürdigen Personen gegeben. Einem ehemali-

gen Bochumer Kollegen, einem auf Drogenhandel speziali-
sierten Reporter, der zur Zeit in Afghanistan recherchierte,
dann noch Birtes Vater und Gottschalk selbstverständlich
und – Ann, durchzuckte es ihn. Ann, ja!

Einmal, ein einziges Mal, hatte er sie noch sprechen wollen, sie nicht erreicht und die Nummer auf ihrer Mailbox
hinterlassen. Das war's. Sie war es. Er war sich jetzt absolut sicher. Aber warum hatte sie sich nicht gemeldet, nichts
gesagt?

Er leerte das Glas und ging hinunter ins *Piceno*.

Die Tochter des alten Italieners musste nicht nach seinen
Wünschen fragen. Sie hob nur kurz die Augenbrauen und
Broszinski nickte. Er bekam Brot und eine Karaffe Rotwein
serviert und wenig später die Pasta.

Das Lokal war wie immer gut besucht. Mehrere Paare
saßen zusammen und im hinteren Teil feierte lautstark eine
größere Gesellschaft. Der Service hatte alle Hände voll zu
tun.

Nach einer Weile spürte Broszinski den Blick einer ihm
schräg gegenüber sitzenden Frau auf sich. Sie war offenbar
ohne Begleitung. Er schätzte sie auf Mitte, Ende dreißig. Sie
hatte langes, blondes Haar und trug wie zu Hippiezeiten
ein mit Strass besetztes Stirnband. Auch die Schulterstücke
und die Knopfleiste ihrer Jeansbluse waren mit glitzernden
Punkten und Sternchen besetzt. Broszinski registrierte einen
schlichten, breiten Silberring am Finger ihrer linken Hand.

Die Frau kam ihm bekannt vor, aber er erinnerte sich
nicht, wo und bei welcher Gelegenheit er sie schon einmal
gesehen hatte. Als er seinen Teller beiseite schob und sich ein
Zigarillo anzündete, sprach sie ihn an.

„Entschuldigen Sie – Jan Broszinski?"

„Ja – ?"

„Claasen", sagte sie schnell. „Nicole Claasen. Darf ich

mich zu Ihnen setzen?" Sie rückte bereits heran. Broszinski nahm für einen Moment ihre ungewöhnlich langen Beine wahr. Sie steckten in einer hüftengen, beigen Leinenhose.

„Ich bin Journalistin. Sie haben vielleicht eine meiner Sendungen im *Ersten* gesehen. *Happy Sunday mit … XY*."

„Bedaure. Aber – doch, ja. Ich habe in der *Mopo* darüber gelesen."

„Die *Mopo*." Sie machte eine abfällige Geste. „Denen ging's nur um dieses alte Foto von mir. Überregional hatte ich eine wirklich gute Presse."

Broszinski nickte. Er sah die Seite jetzt vor sich. Auf dem Foto war Nicole Claasen barbusig zu sehen gewesen. An irgendeinem Strand, mit einer Palme im Hintergrund. Ein Eyecatcher.

„Das freut mich", sagte er.

„Ja, das Format funktioniert. Sie wissen – ich bin einen ganzen Sonntag über mit einer mehr oder weniger prominenten Person zusammen und lasse mir zeigen und erzählen, wie sie diesen Tag verbringt. Eine relativ unverfängliche Plauderei."

„Ich verstehe."

Die Claasen klopfte eine Zigarette aus ihrer Packung und griff nach Broszinskis Zündhölzern. Sie zündete sie an, legte den Kopf ein wenig zurück und stieß den Rauch aus.

„Vor der Sommerpause war ich bei Smoltschek. – Dennis Smoltschek sagt Ihnen doch was?"

„Ich habe von ihm gehört."

„Unehelicher Sohn einer Jüdin, der Vater vermutlich ein marokkanischer Teppichhändler. Dennis' Großeltern sind im KZ umgekommen. Er ist in Amsterdam und London aufgewachsen. Hat dann in England viel Geld gemacht. Fragen Sie mich nicht, mit was alles. Er spricht nur von seinem Handel mit Antiquitäten. Seit ungefähr fünf Jahren ist er in Hamburg. Angeblicher Neubeginn als Partyorganisator, finanziell an drei oder auch vier Discotheken beteiligt und momentan –"

„Sorry", unterbrach Broszinski sie. „Aber warum erzählen Sie mir das?"

„Und momentan realisiert er diesen Rieseneventschuppen in der Hafencity", schloss sie. „Warum ich Ihnen das erzähle? – Bei meinem Besuch bin ich auf Sie gestoßen."

„Auf mich?"

„Sie wissen vielleicht, dass Smoltschek einen Japan-Tick hat. In seiner Leinpfad-Villa gibt es ausschließlich schwarz und rot lackiertes Mobiliar, Pergamentschiebetüren, Bastmatten, Futons, Bonsaibäumchen – diesen ganzen Nippon-Scheiß. Entschuldigen Sie."

„Was?"

„Ich krieg bei so was den Horror. Die Vorstellung, mit Samuraischwertern vor Augen zu –" Sie winkte ab und schüttelte den Kopf. „Okay", sagte sie dann ruhiger. „Er hat mir auch seinen ‚Meditationsraum' gezeigt, um da – er wollte mit mir bumsen. Das kam – nein, lassen Sie mich das noch zu Ende bringen – das kam nach der Aufforderung, sich ein den Raum dominierendes Bild genau anzusehen. Es war eins Ihrer Bilder."

Broszinski hob die Augenbrauen.

„Was für ein Bild?", fragte er. Ihm war, als sei er aus dem Stand in seine Dienstzeit zurückkatapultiert worden. Der Bulle und vor ihm eine zu verhörende Person. Eine Zeugin. Eine bereitwillig ihre Aussage machende Augenzeugin.

„Ein Selbstporträt", sagte sie. „Sie blicken darauf in die überdimensionale Mündung eines Revolvers."

Broszinski streifte behutsam die Asche seines Zigarillos ab. Einen Moment lang schwieg er. Er dachte nach. Er entschied sich, offen zu sein.

„Das Porträt war im Besitz meiner Galerie."

„Er will es erst vor kurzem erworben haben. Auf Empfehlung eines Freundes. Er war ungeheuer stolz darauf. Es mache ihn an."

„Und Sie?"

„Was ich –?"

„Wie haben Sie reagiert?"

„Wie wohl?" Sie drückte heftig ihre Kippe aus. „Nur weil ich früher mal meine Titten gezeigt habe, bin ich nicht für jeden zu haben."

„Ich meine, haben Sie weiter nachgefragt?"

„Ich bin gegangen. Er wurde etwas unangenehm." Sie lachte ein hartes Lachen. „Nein, der Mann ist von meiner Liste gestrichen und damit aus. – Was mich allerdings noch interessiert, ist die Frage, was Smoltschek tatsächlich mit Ihrem Bild verbindet."

2

Fedder überraschte Schwekendieck über einem Stapel alter Zeitungen hockend. Die Spätsommersonne stand bereits hoch am Himmel und ihre Strahlen fielen auf den emsig in den Ausgaben der letzten Wochen blätternden Kollegen. Schwekendieck murmelte etwas vor sich hin.

„Was sagst du?"

„Ich suche was. – Machst du schon Mittag?"

„Ich muss rüber zu Henning."

„Oho, oho, oho", tönte Schwekendieck. „Da bin ich aber gespannt. Um eine Beförderung wird's wohl nicht gehen. Der Zwerg will weitere Stellen einsparen."

Fedder musste unwillkürlich lächeln. Schwekendieck war bestenfalls eine handbreit größer als Henning.

„Ich denke, ich bin in ein-, eineinhalb Stunden zurück. Was suchst du da eigentlich?"

„Die Kfz-Verkaufsangebote von Februar und März. Ich hätte schon früher darauf kommen müssen, dass dieses Fahrerfluchtschwein die Karre gleich danach abgestoßen hat."

„Schweki –"

„Ja, ja – ich weiß. Wir haben keinen Fahrzeugtyp, wir haben weder alt noch neu, wir haben praktisch nichts. Und trotzdem –"

„Schweki, deine Bemühungen in allen Ehren. Glaub mir, ich bin jedes Mal wieder – Mensch, du bist ein echt klasse Kumpel. Aber –"

„Nichts aber. Ich hab in den Eiern, dass ich die Drecksau kriege. Garantiert. Selbst wenn ich noch ein paar Monate daran sitze. Außerdem gibt's momentan nicht groß was zu tun. Für mich jedenfalls nicht." Er blätterte weiter.

Fedder legte ihm impulsiv die Hand auf die Schulter. Gerührt. Dankbar. Sein Blick fiel dabei auf die aufgeschlagene Seite: Rot-Gelb-Blaues Sommerfest im Yachtclub. Der Regionalsender feiert.

Die Klatschkolumne war mit Fotos umrahmt:

„*BILD*-Chefredakteur Kai Diekmann und seine Gattin."

„*Klaus, du hast da was …* ' *Jette Joop macht RTL-Chef Klaus Ebert liebevoll fürs Foto zurecht.*"

„*Michael Stich und Lebensgefährtin Alexandra.*"

„*Der Bürgermeister legt eine heiße Sohle auf die Planken.*"

„*Innensenator Henning in attraktiver Gesellschaft.*"

Evelyn! Eine neben Henning fröhlich in die Kamera lachende Evelyn!

Auch Schweki hatte sie auf dem Foto entdeckt. Er patschte seine stark behaarte Pranke darauf.

„Schon gut", sagte Fedder. „Ich hab's an dem Tag offenbar

94

nicht registriert. Macht nichts. Also mir macht's nichts mehr aus, dass sie in diesen Kreisen verkehrt."

„Scheiße – nein! Das seh ich dir doch an! Du könntest gleich wieder heulen. – Jörg." Er blickte Fedder fest in die Augen. „Einer von euch sollte schnellstmöglich die Stadt verlassen."

„Red keinen Unsinn."

„Ich mein's ernst. In Niebüll suchen sie einen neuen Leiter der Kripo."

Fedder blähte entrüstet die Backen.

„Willst du mich los werden? Niebüll –!"

„Larissa täte ein etwas ruhigeres Umfeld gut."

„Niebüll! Das ist doch absolut bescheuert! Und Larissa – glaubst du etwa, Evelyn lässt sie so ohne weiteres aus den Klauen?!"

„Das wär alles machbar."

„Du spinnst. – Sorry, Schweki, aber das ist völlig unrealistisch. In jeder Hinsicht."

„Hör's dir wenigstens mal an." Schwekendieck ging zur Bürotür und schloss sie ab. „Dass die Stelle in Niebüll frei wird, hab ich von meiner Nichte: Kirsten, knapp über Dreißig, ein hübsches Ding."

„Schweki –", setzte Fedder wieder an.

„Hör zu. Mit einer soliden und verlässlichen Lebenspartnerin kannst du das Sorgerecht für Larissa beanspruchen, zumindest ist das nicht völlig ausgeschlossen – nein, halt jetzt mal die Klappe! Du hast besonders dann beste Chancen, wenn deine Ex weiterhin mal mit dem, mal mit jenem herum ludert. Das ließe sich meines Erachtens nach zweifelsfrei belegen. Sie ist eine Schlampe, Jörg! Ein hundsgemeines Miststück!"

„Das – Schweki, ich weiß, wie sie ist, das musst du mir nicht sagen. Aber die Nummer – nein! Du meinst doch, ich soll so was wie eine Scheinehe eingehen. Nur um Larissa bei mir zu haben."

„Nur?!" Schwekendieck fasste sich an den Kopf. „Nur?! Sie ist verdammt noch mal dein ein und alles! Mehr hast du nicht! Gesteh dir das endlich mal ein! – Jörg, es geht um dein Glück, um deins und um das deiner Tochter! Das wäre mir jeden schmutzigen Trick wert. Was willst du denn noch hier? Karrieremäßig ist für dich nichts mehr drin, und dieser Scheißladen geht ohnehin den Bach runter! Aus, Ende! Aber Niebüll –"

„Nein", fiel ihm Fedder ins Wort. „Nein, nein und nochmals nein."

„Du wärst auch näher bei deiner Schwester. Jörg – zieh einen Schlussstrich. Mach einen neuen Anfang."

Fedder schloss die Augen. Er wollte nichts mehr hören.

Aus der Schwärze löste sich ein winziger heller Punkt.

Larissa tappte über den dunklen Flur heran.

Ihr Gang war der einer alten Frau.

Sie sah ihn traurig an.

3

Milstadt lenkte den Wagen auf den Zubringer Richtung Norden. Es war ein von Smoltscheks Anwaltskanzlei geleaster *BMW*. Smoltschek hatte ihm eingeschärft, auf der Autobahn nur ja nicht die Sau rauszulassen: Mach mir nicht den Schumacher, ich will keinen Ärger. Milstadt hatte gehorsam genickt. Weder bei diesem, noch bei den beiden vorherigen Gesprächen hatte er Daniela zu Gesicht bekommen. Und Smoltschek hatte kein Wort über sie verloren. Gunther hingegen wollte wissen, dass er sie zur Kur geschickt hatte, was immer das heißen mochte. Scheiß drauf! Früher oder später würde er der Alten schon begegnen und sich ihr verlogenes Gesabbel anhören müssen. Er schnaubte bitter.

Neben ihm hatte sich Ullhorn tief in den Sitz gefläzt und die Augen geschlossen. Er hatte ihn im Frankfurter Airport Terminal abgefangen und ihm kurz und knapp erklärt, warum es für ihn besser war, nicht per Flieger in Hamburg einzurauschen. Presseheinis, Fotos, Fotos und noch mal Fotos und mit Sicherheit auch die Bullen. Ullhorn hatte gleich kapiert, und Milstadt hoffte jetzt, dass er auch in nächster Zeit einigermaßen gut mit ihm klar kommen würde. Sie hatten sich eine Ewigkeit nicht gesehen, keinen Kontakt mehr gehabt. Wie auch? Anrufe von *Santa Fu* aus nach Florida in die Todeszelle? Ullhorn hatte ohnehin jeden Tag damit rechnen müssen, gegrillt zu werden. Es schien ihn allerdings kaum verändert zu haben. Er war lediglich ein wenig schmaler geworden und hatte Haare gelassen.

HP ging auf die Überholspur und schaltete das Autoradio ein. Nachrichten auf allen Kanälen: ... *Fernsehduell Schröder – Stoiber hatte 15 Millionen Zuschauer ... das Damen Moderations-Duo ... Punktsieg für Schröder ... Frühere Chefredakteurin des Hessischen Rundfunks wirbt für die PDS ... Aus der Region ... Badeunfall am Main ... Das Wetter ...* Milstadt suchte den Amisender und empfing eine alte Southside-Johnny-Nummer. Ullhorn setzte sich auf. Er rieb sich das Gesicht und zündete sich eine Kippe an.

„Dann gib mal durch, was laufen soll", sagte er.

„Smoltschek erwartet dich."

„Klar. Und?"

„Das wird er dir dann schon sagen."

„Sag du's mir."

„Es tut sich einiges."

„Scheiße, Mann! Spuck's aus. Was hat er in der Mache?"

Milstadt beschleunigte den Wagen. Sein Blick blieb nach vorn gerichtet.

„Er hat die *Angels* aktiviert", sagte er schließlich. „Gunther und seine Gang. Er will sie in seinem neuen Schuppen einsetzen."

„Gunther." Ullhorn schüttelte zweifelnd den Kopf. „Gunther lässt sich nicht kaufen. Das wär ja ganz was Neues."

„Sie schieben schon Wache bei den Bauarbeiten. Smoltschek befürchtet, dass ihm die Albaner ans Bein pinkeln. Die Meile ist nicht mehr die alte. Du triffst kaum noch jemanden von früher."

„Wen gibt's denn noch?"

„Ein paar aus der zweiten Liga, die den Arsch nicht mehr hoch kriegen. Sie lassen's schleifen."

„Was?"

„Sie haben nicht mehr das Sagen, keine Verträge mehr. Die *Angels* sind die einzigen, die's noch bringen."

Ullhorn drückte die Kippe aus.

„Okay", sagte er. „Und was ist deine Rolle?"

„Das siehst du doch. Ich hol dich ab, ich fahr dich – "

„Red keine Scheiße!"

„Ja, was?! Smoltschek lässt bei mir den Gönner raushängen. Ich hab die ganzen Jahre über dicht gehalten und dafür – meine Fresse, ich hab nichts weiter auf der Naht. Ich muss irgendwie zurecht kommen. Sieht's bei dir etwa anders aus?"

„Erstmal nicht." Ullhorn schürzte die Lippen. „Aber dabei fällt mir was ein."

„Weiber auftun kannst du vergessen."

„Geh hinter Hannover von der Autobahn."

„Was –?"

„Richtung Soltau."

„Was willst du denn da? In 'nen Provinzpuff?"

„Auch keine schlechte Idee", sagte Ullhorn und lachte. „Aber ich denke, das spar ich mir bis Hamburg auf. – Was ist eigentlich mit deiner Ex?"

Milstadt presste unwillkürlich die Hände so fest ums Lenkrad, dass die Knöchel weiß hervortraten.

„Was willst du in Soltau?", beharrte er.

Ullhorn lachte wieder.

„Entspann dich, Alter. Ich will nur kurz nach was sehen."

4

Broszinski stellte den Wagen auf dem Parkplatz des *Heidegasthofs* ab. Er überquerte die Straße und nahm in dem Imbiss einen Kaffee. Der Pächter hatte schon wieder gewechselt. Er bot türkische Kost an, serviert aus der Mikrowelle. Der Kaffee schmeckte grauenhaft. Broszinski strich das gesamte Wechselgeld ein und ging zur Galerieeinfahrt hinüber.

Je näher er dem Ausstellungsgebäude kam, desto stärker stieg der seit Tagen, seit Wochen schon schwelende Zorn in ihm auf, aber auch Trauer. Er hatte nicht nur Ann, er hatte sie und ihr gesamtes Umfeld geliebt, diese dörfliche Ruhe, die Abgeschiedenheit, die Regelmäßigkeit des alltäglichen Lebens. Ann war hier zuhause, fest verwurzelt. Die Tochter eines früh verwitweten Landarztes, ein Einzelkind, umsorgt und sicher auch verwöhnt.

Ihr Vater hatte sich dann mit der aus gesundheitlichen Gründen in die Heide gezogenen Galeristin Gundula angefreundet. Es sei eine enge aber rein platonische Beziehung gewesen. Gundula war zu Anns Ersatzmutter geworden. Als Ann in Hamburg studierte, war sie gestorben. Brustkrebs. Sie hatte Anns Vater testamentarisch die Galerie vererbt. Anns spätere Existenz.

Über der Eingangstür zu den Ausstellungsräumen waren die beiden auf den Balken gemalten und ineinander verschlungenen Buchstaben geblieben: GG – Gundulas Galerie.

Broszinski atmete tief durch und trat ein. Und jetzt ficken wir, schoss es ihm durch den Kopf.

Ann saß an der Kasse. Sie sah irritiert auf und erschrak.

„Ich muss mit dir reden", sagte Broszinski ohne Umschweife. Er zog einen Stuhl heran und setzte sich ihr gegenüber.

„Es gibt nichts mehr zu besprechen."

„Es geht um eins meiner Bilder. Das große Selbstporträt mit dem Revolverlauf."

„Das habe ich mit dir abgerechnet."

„Ich weiß. – Du hast es vor kurzem verkauft."

„Das ist mein Job. Damit hast du nichts weiter zu tun."

„Auf wen hat sich der Käufer berufen?"

„Was soll das? Du bist korrekt bezahlt worden."

Broszinski nestelte ein Zigarillo aus der Brusttasche seines Hemds.

„Ich will wissen, wer Smoltschek zu dir geschickt hat", sagte er. „Das war doch der Käufer – Dennis Smoltschek. Jetzt lüg mich nicht wieder an."

„Wenn du rauchen willst, geh vor die Tür", sagte Ann scharf. Sie stand auf. Broszinski schnappte nach ihrem Handgelenk.

„Antworte."

„Bist du verrückt?! Lass mich los!"

„Ann." Er stand ebenfalls auf und fasste sie an den Schultern. „Ann – Smoltschek kommt hier reingeschneit. Er will ein Bild, ein ganz bestimmtes Bild. Da fragst du doch, wer ihn darauf aufmerksam gemacht hat. Das tust du in solchen Fällen immer. Das weiß ich. Ich war oft genug dabei. Also – wer ist diese Person? Wie heißt sie?"

„Ich – ich muss dir nichts offen legen! Gar nichts! Nimm deine Hände weg!" Sie stieß ihn zurück.

„War es Henning?"

Sie sah ihn kopfschüttelnd an, sah ihn nur an.

„Geh", sagte sie dann. „Verschwinde. Ich will dich hier nie wieder sehen. Das geht dich alles nichts an! Hau ab, hau endlich ab und lass mich in Frieden!"

5

„Sag nichts." Kuddel stellte Broszinski das Bier hin. „Nimm 'ne ordentliche Portion Knipp, das bringt dich wieder auf die Beine." Er zwinkerte Broszinski zu und gab die Bestellung schon zur Küche durch.

Es war noch früh am Abend und nur die drei Senioren aus der Waldsiedlung klopften vorn neben der Tür eine Runde Skat. Aus dem Radio hinter dem Tresen ertönte ein Walzer. Der Schneewalzer.

„Setz dich 'n Moment", bat Broszinski. „Trinkst du was mit?"

„'nen Schluck kommt immer gut." Kuddel griff die Flasche und zwei Pinnchen. Er goss randvoll ein. „Ann", sagte er, nachdem er den Klaren gekippt hatte. „Ann, denk ich mal. Du warst bei Ann. – Tja, die Frau ist ein Fall für sich. Das wollte ich dir immer schon stecken, aber man wusste ja nicht so."

„Dann sag es mir jetzt."

Kuddel schürzte die Lippen. Er knetete seine dicken Finger, zögerte nachsinnend.

„Wie soll ich das sagen?", begann er schließlich. „Ich kenn sie ja nu, da war sie noch so'n lüttes Ding. Ne ganz Wilde war das. In der großen Pause immer gleich vom Schulhof rüber zu Bäcker Becker und den armen Mann schier verrückt gemacht."

„Verrückt? Mit was?"

„Nenn es Flirten oder so. Sie hatte meist so luftiges Zeug an, was zum Gucken. Wenig genug jedenfalls, um 'nen Mann wie ihn auf dumme Gedanken zu bringen. Der Becker, weißt du, der Becker war 'n Geizhals erster Güte, aber der Ann hat er immer heimlich was zugesteckt."

Broszinski nahm einen Schluck.

„Irgendwelche Übergriffe?", fragte er. Kuddel wiegte bedächtig seinen breiten Schädel.

„Gerüchte, nur Gerüchte, wie das so ist. Der Becker ist jedenfalls später über Nacht auf und davon, hat Frau und zwei Kinder zurückgelassen. Niemand weiß, wo er abgeblieben ist."

„Mhm", machte Broszinski. „Und was denkst du?"

„Die Ann war 'n frühreifes Ding, das is nu ma klar. Und dass 'ne Menge Frauen hier Angst um ihre Männer und Söhne hatten, kann man auch sagen. Ist schon möglich, dass der olle Becker sich zu was hat hinreißen lassen, was ihn in Schwierigkeiten gebracht hätte. Ausschließen kann man in der Hinsicht nichts."

Broszinski nickte.

Fick mich, fick mich, fick mich! Sie hatte dabei nie was hören wollen. Nicht reden und auch nicht küssen.

Er gönnte sich noch einen Schnaps und spülte nach.

Ann. Ihre stumme Hingabe. Ihr in die Kissen vergrabenes Gesicht.

Broszinski entschied sich, über Nacht zu bleiben. In Kuddels Hütte oder wo auch immer. Für den Bruchteil einer Sekunde dachte er sogar daran, sich in Anns Scheune zu schleichen.

„Hielt das an?", fragte er dann. „Ich meine, diese Masche?"

„Masche würd ich das nu nicht nennen. Sie ist nun mal so, das steckt schlichtweg in der Frau drin. Ihr Vater, der nun wirklich die Sanftmut in Person war, Gott hab ihn selig, den hör ich noch wie heute in seiner Praxis rumtoben, als ihn die alte Henning –"

„Henning."

„Ja, die Mutter von eurem neuen Senator da. Als die sich drüber beklagte, dass seine Ann ihren Sohn ja nu völlig um den Verstand bringt."

Broszinski nickte wieder.

„Henning. – Henning und Ann", sagte er mehr zu sich. Er verspürte jetzt nichts mehr. Keine Genugtuung darüber, es schon bei seiner ersten Auseinandersetzung mit Ann vermutet, sich sogar sicher gewesen zu sein. Keine Enttäuschung, keine Wut mehr über ihr beharrliches Abblocken, ihre Lügen. Kein Hass. „Wann war das?", fragte er.

Kuddel zuckte die Achseln.

„So um die Zeit, als die beiden nach Hamburg gingen. Man dachte ja, die sind zusammen. War aber nicht."

„Nein?"

„Nein", sagte Kuddel. „Euer Henning war wohl doch mehr mit 'ner anderen zugange. Moni, glaub ich, das Mädel vom Behr, dem Buchhändler. Die Ann kam dann ja auch schon bald wieder zurück und hat sich in der Galerie eingenistet."

„Die Galerie – ja. Mit dem beachtlichen Bestand an zeitgenössischer Kunst. Eine Goldgrube." Kuddel schüttelte den Kopf.

„Ach was", sagte er. „Was die Gundula an den Wänden hängen hatte, war von Hobbymalern wie dem Pastor Kruse. Das mit den Modernen hat die Ann sich erst viel später erlauben können. Flüssig war sie erst, nachdem ihr Papa gestorben war – tja, was so'n Doktor an einem verdient hat, das mag man nicht glauben."

„Der Alte war vermögend?"

„Stinkreich muss der gewesen sein. Die Ann kann mit ihren Ausstellungen noch so daneben liegen, das kratzt sie nicht. Die hat auf ewig ausgesorgt."

Er wurde gerufen. Der Knipp war fertig.

Broszinski blieb am Tresen hocken. Er aß und er trank viel, und er rauchte ein Zigarillo nach dem anderen. Als Kuddel abschloss, war er abgefüllt wie lange nicht mehr. Kuddel verfrachtete ihn auf die Couch in seiner guten Stube, ein mit wuchtigen Möbeln zugestelltes Zimmer. Er schlief sofort ein, fiel tief und kreiste über dichten Büschen. Dunkle Büsche. Büsche, aus denen hellrote Flammen züngelten. Er schaufelte Sand hinein, stand in einer Grube, legte Knochen frei. Der Wind trieb ein Stück Stoff vor sich her. Es spannte sich zu einer Leinwand. Ann trat daraus hervor. Sie war nackt. Bis auf die schweren Stiefel. Armeestiefel. Ein Revolverlauf richtete sich auf ihre Schläfe. Eine Gittertür wurde von unsichtbarer Hand aufgeschlossen. Er watete durch Kot. Versank darin. Griff nach oben. Ein Arm legte sich um ihn. Birte küsste ihn. Birte! Sie lächelte ihn an. Birte! Er zog sie an sich, verspürte einen Schlag in den Magen, übergab sich. Er krümmte sich auf einer mit Abfall überhäuften Straße. Ein Slum. Er hörte Trommeln und Rasseln, einen beschwörenden Gesang. Kehlige Laute. Ein Flugzeug hob ab. Stieg hoch und immer höher, überflog Gebirge, unendlich weite Landschaften, Städte. Es explodierte ...

– Ich habe Birte kennen gelernt, als sie in einem Peepshowschuppen arbeitete. Sie war Journalistin und hatte sich als jobsuchende Studentin ausgegeben.
– Ich wusste auf Anhieb, dass es die Frau war, nach der ich seit Jahren gesucht hatte. Ihr ging es ebenso. Wir zogen zusammen. Birte kaufte die Wohnung. Ihr Vater

gab ihr das Geld. Er ist Manager eines Autoleasingunternehmens.

- Birte arbeitete auch weiterhin als freie Journalistin. Es war nicht ungewöhnlich, dass sie kurzfristig einen Auftrag annahm. Aber sie hinterließ mir immer eine Nachricht.
- Als ich an dem besagten Abend vom Dienst nach Hause kam, fand ich nichts vor. Birte war spurlos verschwunden. Nur ihre Handtasche wurde in der Nacht am Bahnhof gefunden.
- Ich habe alles mir Mögliche in Bewegung gesetzt.
- Ich bekam von höchster Stelle Unterstützung. Ich war als leitender Ermittler mit der Aufklärung der damaligen Milieumorde beauftragt. Nicht nur ich vermutete einen Zusammenhang zwischen meiner Arbeit und Birtes Verschwinden.
- Wir hatten den mutmaßlichen Killer verhaftet und verhörten ihn rund um die Uhr. Er hieß Karl Weber und nannte sich Zappa.
- Zappa hatte mir gegenüber bei einem der Verhöre durchblicken lassen, dass seine Auftraggeber vor nichts zurück schreckten, um zu verhindern, dass er auspackte. Er rechnete offenbar damit, durch Birte frei gekauft zu werden. Doch ich bekam keine entsprechende Aufforderung.
- Ich hörte nichts.
- Wir kreisten einen von Zappas mutmaßlichen Hintermännern ein. Er hatte eine Firma für Objekt- und Personenschutz. Er lief bei uns unter S-C. Der Security-Mann. Ich observierte ihn auf eigene Faust. Aber dann erschoss Zappa seine Frau und sich mit einem in die Zelle geschmuggelten Revolver. Und der Security-Mann wurde von einer ehemaligen Geliebten vor meinen Augen in einem Zürcher Kino erschossen.

105

- Birte blieb verschwunden.
- Ich konnte und wollte mich nicht damit abfinden.
- Ich kopierte alles, was wir über Zappa und seine Verbindungen hatten und quittierte den Dienst.
- Ich machte mich privat auf die Suche. Birtes Vater unterstützte mich finanziell.
- Ich sprach mit allen, mit denen Zappa je zu tun gehabt hatte. Einige saßen im Knast, andere betrieben Bordelle in den neuen Bundesländern oder machten in Immobilien. Aber niemand wollte etwas wissen.
- Ich reiste weiter nach Südamerika, nach Kolumbien und Bolivien. Dieser S-C hatte Kontakte zu den dortigen Drogenkartellen gehabt.
- Ich hörte von weit verzweigten Verbindungen. Von brutalen Machtkämpfen.
- Ich war mehr als einmal in Lebensgefahr. Aber nirgends stieß ich auf eine Spur von Birte. Mir blieb nur die Erinnerung an sie.
- Auf einer thailändischen Insel begann ich zu malen.
- Ich malte anfangs nach früheren Fotos.
- Ich malte ausschließlich Birtes Gesicht.
- Ich überdeckte es dann mit dunkler Farbe.
- Ich mauerte ihr Gesicht sozusagen zu.
- Als mir das bewusst wurde, kopierte ich all das auf die Skizzen, was mit ihrem Verschwinden zu tun haben konnte.
- Sie konnte irgendwo auf der Welt eingekerkert sein. Gefoltert werden, getötet worden sein.
- Ich zeichnete die Folterinstrumente nach, Waffen, vergitterte Fenster und voll gekotete Zellen, blutverschmierte Wände.
- Hin und wieder fuhr ich mit dem Boot rüber nach Phuket, um neue Leinwände zu kaufen.
- Bei einem dieser Einkäufe begegnete ich überraschend

der Frau meines früheren Partners. Sie war inzwischen von ihm geschieden.
- Wir verbrachten eine Nacht zusammen.
- Danach übergab ich mich. Ich hatte Birte betrogen.
- Ich blieb eineinhalb Jahre in Thailand.
- Als ich nach Deutschland zurück kehrte, wohnte ich anfangs bei Birtes Vater.
- Ich schlief in Birtes Jungmädchenzimmer.
- Ich träumte viel.
- Ich träume auch heute noch jede Nacht. Einige Träume kann ich deuten.
- In den meisten taucht eine Leinwand auf.
- Sie ist völlig weiß.
- Ich werde davon geblendet.
- Das ist etwas, was ich nicht verstehe.
- Ich weiß nicht, ob ich mich beim Anblick dieser Leinwand wie gelähmt fühle oder davon laufe.
- Vor kurzem erst ist Ann daraus hervor getreten.
- Über Ann möchte ich jetzt nicht sprechen. Vielleicht später einmal.
- Sie hat mir zur künstlerischen Anerkennung verholfen.
- Wir hatten auch eine Beziehung. Sie ist beendet.
- Ich weiß, dass immer etwas zurückbleibt. Aber das hat nichts mit meinem eigentlichen Problem zu tun.
- Mein Problem ist, dass ich Birte nicht vergessen kann.
- Ich fühle mich schuldig.
- Ich glaube, schuld an ihrem Verschwinden zu sein.
- Eine objektive Rückschau auf das, was geschehen ist, ist mir unmöglich.
- Das macht mich mitunter schier wahnsinnig.
- Jeder Gedanke an Birte schmerzt.

6

Remember, remember: Spätestens im September.

Im diesjährigen September hat so manch einer den Augustschock noch in den Knochen. Regen, Regen und wieder Regen. Diesmal aber bringt er keinen Segen. Er bringt die Jahrhundertflut. Hochwasser an der Elbe, der Mulde, an Havel und Donau. Volle Kanne Land unter. Der Kanzler hat gleich die Gummistiefel über. Helikopterflug ins Katastrophengebiet. Aus den Bordlautsprechern dröhnen die *Scorpions*. Der bayrische Kanzlerkandidat kommt Tage zu spät. Eindeutiges Wahlkampfversäumnis. Die Ossis ziehen die rote Karte. Am Dreiundzwanzigsten ist Abpfiff. Dabei tritt der schlohweiße Konkurrent aus dem Süden als Familienvater mit drei leiblichen Kindern gegen einen Mann mit drei gescheiterten Ehen an. Ein gläubiger, katholischer Christ gegen den, der noch nicht fertig mit Gott ist. Was immer das heißen mag. Der Bayer genießt lediglich *Das aktuelle Sportstudio*, der Hannoveraner „Weltstaatsmann" hingegen Zigarren, Rotwein, Bier und die Macht. Und „im übrijen": „Wenn die Manege offen ist und der Zirkusgaul die Trompeten hört, dann trabt er los." Als gesamtdeutscher Deichgraf sichert er den ohnehin nah am Wasser gebauten Jammerlappen unbürokratische Soforthilfe zu. Da trauert nicht allein der Hamburger Partygänger dem niedergerissenen Schutzwall nach.

Innensenator Henning aber geht auf die Straße. Dezentes Tuch am kleinwüchsigen Leib, solides Schuhwerk mit erhöhten Absätzen, Krawatte mit Hamburger Wappen. Er lässt eigenhändig die Sammelbüchse kreisen. Der Personenschutz hält sich bedeckt. Henning hat einiges rauszureißen. Er steht nach Veröffentlichung der letzten Kriminalstatistik enorm unter Druck. Seine Behörde soll Zahlen manipuliert haben. Auch sein enger Kontakt zu dem rechtspopulistischen Bausenator Kuntze wird scharf kritisiert. Selbst parteiintern. Der Erste Bürgermeister mahnt im Vorübergehen: „Bring die Sache in Ordnung, Henning."

Henning äußert sich im Lokalteil der *Bild*.

Er spricht in die Mikrophone von *RTL Nord* und *SAT 1 Hamburg*.

Er ist auf *NDR 2*, *AlsterRadio* und *Radio Hamburg* zu hören.

HH-1 lädt ihn zur Diskussion.

Er gibt der *Welt*, der *Welt am Sonntag* und dem *Hamburger Abendblatt* Interviews.

Die *MOPO* zitiert ihn.

Die *taz* höhnt: „Ein wild gewordener Gartenzwerg".

Henning ist rund um die Uhr im Einsatz. Er spricht vor der Kirchengemeinde in Osdorf und steht in einer Jenfelder Kneipe mit Arbeitslosen am Tresen. Selbst auf dem Kiez ist man nicht vor ihm sicher. Er geißelt das Rot-Grüne Berliner Regierungsbündnis und plaudert als gebürtiger Niedersachse über den „Medienkanzler" aus dem Nähkästchen: „Seht euch doch nur einmal vom Typ her seine bislang vier Frauen an! Ihren knabenhaften Wuchs! Mehr will ich nicht gesagt haben."

Er schlägt tief unter die Gürtellinie. Er schießt aus der Hüfte.

Er ist heiser. Seine Augen sind rot unterlaufen. Er schlingt unregelmäßig und zu viel Essen in sich hinein und ertappt sich dabei, wie einst seine Mutter, Gott habe sie selig, tagtäglich ein Sechserpack Magenbitter zu verputzen. Er muss ständig furzen. Gattin Elke ist oft nächtelang allein zu Haus.

Gottschalk besucht sie gelegentlich.

Mal bringt er frische Austern mit, Champagner und Beluga Kaviar. Mal ist es ein Strauß langstieliger Rosen, zwischen den Blättern zwei, drei witzige Kondome. Er füttert Elke mit ausgesuchten Pralinen. Sie heizt die Saunakabine an. Sie liebt es, sich den perlenden Schweiß von den Schenkeln lecken zu lassen. Nach und nach erfährt Gottschalk, was sie sonst noch alles mag. Was sie verabscheut und dann auch, was sie über die Verbindungen und Absprachen ihres Mannes weiß.

So verstreichen die Tage.

Die Blätter der Bäume färben sich allmählich.

Im Geäst vor dem *Elysee* schrumpelt ein blau-gelber Luftballon.

Die Liberalen wollen es auf 18% bringen. Ihr Quartalsirrer hat sie angefixt.

Alles in allem aber ist der September ein schöner Monat. Trotz immer neuer Horrormeldungen.

Über 4 Millionen Arbeitslose.

Wegknickende Steuereinnahmen.

Frei herumlaufende „Sexverbrecher".

Auch Fedder hat nichts zu lachen. Mit Evelyn liegt er im Dauerclinch. Er sorgt sich verstärkt um seine Tochter. Sie spricht nur stockend und ihr linker Arm ist noch immer ungelenk. Mit ausdruckslosem Gesicht tappt sie ihm an jedem zweiten Freitagnachmittag entgegen. In seiner Stellinger-Zwei-Zimmer-Wohnung hockt sie sich an das Balkonfenster und starrt schweigend auf die Straße hinunter. Fedder muss sich immer wieder die Tränen aus den Augen wischen. Er stellt ihr *Haribo*-Konfekt hin und kocht ihre Lieblingsgerichte.

„Da-anke", sagt sie dann. „Ha-ast du auch *Fa-anta*?"

Sie sagt: „Ich bin mü-üde."

„Was ma-achen wir morgen?"

„Darf ich Mu-sik hören?"

„Bist du a-auch bö-öse?"

Böse, worüber? Fedder muss hören, dass Larissa von Evelyn gedrängt wird, sich genau an den Wagen zu erinnern. Er kann seine Wut nur mühsam unterdrücken. Nachdem Larissa fest eingeschlafen ist, ruft er seine Ex an. Er hört Gläser klirren und munteres Lachen im Hintergrund. Eine offenbar größere Gesellschaft. Fedder schreit in den Hörer.

Evelyn erwidert nichts. Sie geht mit dem Handy am Ohr auf die Terrasse. Sie blickt auf die Alster. Hamburg ist wirklich eine phantastische Stadt. Allein eine solche Nacht.

„Bist du fertig?", fragt sie schließlich. „Was soll das heißen, wo ich bin? Was geht dich das an?"

Evelyn trägt ein schwarzes Abendkleid. Es ist auf dem Rücken tief ausgeschnitten. Darunter ist sie lediglich mit einem ebenfalls schwarzen Slip bekleidet. Kalt aber ist ihr nicht. Sie hat bereits drei starke Martinis getrunken. Soeben ist ein auf jamaikanische Art zubereiteter Schweinebraten serviert worden und dazu ein kräftiger kalifornischer Rotwein. Es ist eine illustre Tischrunde. Insgesamt sind es zwölf Personen.

Ein Staatsanwalt mit seiner zweiten, wesentlich jüngeren Frau, einer am Mittelweg praktizierenden Hautärztin.

Eine Modedesignerin in Begleitung ihrer Lebensgefährtin, die unentwegt von ihrer angeblich bevorstehenden Karriere als Schauspielerin plappert.

Eine ungemein attraktive Bankerin und ihr kettenrauchender Ehemann, der ebenfalls irgendwas „in Geld" macht.

Ein erst vor kurzem geschiedener Architekt, der eine hagere Hosenanzugträgerin mit kurzen und stark gegelten blonden Haaren als seine langjährige und beste Freundin vorgestellt hat.

Der Gastgeber, Innensenator Hennings Staatsrat, und seine die gemeinsame Anwaltskanzlei momentan allein betreibende Frau, eine burschikose Endvierzigerin, die leidenschaftlich gern kocht. Und natürlich sie, Evelyn, mit ihrem momentan favorisierten Lover, Mitarbeiter und engem Vertrauten des Staatsrats, gut zehn Jahre jünger und in sexueller Hinsicht von einer Energie, die ihr jedes Mal mehrere, kurz aufeinander folgende Orgasmen verschafft.

Ihr Ex ist offenbar gewillt, ihr den Spaß zu verderben.

Evelyn blickt zu den Sternen hoch.

Broszinski schläft schlecht, nicht nur bei Vollmond.

Er kann Birte nach wie vor nicht aus seinen Gedanken verbannen. Auch Ann taucht verstärkt in seinen Träumen auf. Er macht assoziative Notizen. Er studiert beim Einordnen jahrelang aufbewahrte Papiere. Fotokopien aus Polizeiakten, Protokolle.

Für den eingeschalteten Fernseher hat er nur hin und wieder einen Blick.

Eines Abends jedoch nimmt er in einem Featurebeitrag über eine durch das Hochwasser total ruinierte Familie in Pirna eine Frau wahr. Er glaubt, in ihr Birte zu erkennen.

Er ist wie elektrisiert.

Angespannt verfolgt er den Beitrag bis zum Schluss. Doch die Frau taucht nicht mehr auf.

Broszinski telefoniert mit der Fernsehjournalistin Nicole.

Sie will ihm eine Cassette der Sendung besorgen. Einige Tage später bringt sie ihm das Band vorbei. Sie schaut sich interessiert in seiner Wohnung um. Broszinski brüht Tee auf. Er zwingt sich, ruhig zu bleiben. Als Nicole sich dann verabschiedet, muss er ihr versprechen, bald mit ihr essen zu gehen. Endlich kann Broszinski die Cassette starten.

Er spult sie vor.

Die Frau ist im Bild.

Eine offensichtlich zufällig hinter dem interviewten Familienvater vorbei gehende Passantin. Sie hat Birtes damalige Frisur. Sie hat ihre Figur und auch ihren Gang.

Broszinski stoppt den Film.

Spult zurück, spult wieder vor.

Nach mehrmaligen Rück- und Vorläufen und entsprechend vielen intensiv betrachteten Standbildern ist er sich sicher.

Es ist Birte.

Sein Herz klopft heftig.

Noch in der Nacht packt er ein paar Sachen.

Er ruft Gottschalk an und bittet ihn, ihm das Cabrio zu leihen.

Nach zwei doppelten Espresso und einem Liter Mineralwasser im *Paulsen* fährt Broszinski kurz nach 2 Uhr los.

Die Stimmabgabe am Wahlsonntag ist für den Wolfratshausener Herausforderer eine arge Enttäuschung. Nur eine Handvoll Journalisten lungern in der Grundschule am Hammerschmiedweg herum. Der Kanzler lässt sich in Hannover von seiner Gattin den Schirm aufspannen. Es gießt in Strömen. Der Regen erscheint dem Instinktpolitiker als gutes Omen. Gegen 17 Uhr wird in vielen Haushalten der Hansestadt das Wasser aufgesetzt. Mit den ersten Prognosen im *ZDF* und der *ARD* kommen Kartoffelsalat und Knacker von *Beißer* auf den Tisch. Der gesamtdeutsche Kulturwanderzirkus ist in Berlin eingetroffen und sammelt sich im Willy-Brandt-Haus. Um 18.28 Uhr liegt die *SPD* mit 301 Sitzen knapp vorn. Soll man schon die Rotweinflaschen entkorken? Innensenator Henning herrscht Elke an, ihm Eis aus dem Kühlschrank zu holen. Er trinkt Whisky mit einem Schuss Cola. Seine Nerven liegen blank. Gottschalk hat sein Lokal geschlossen. Er ist mit Julie auf Sylt. Sie genießen am Kampener Strand die letzten Sonnenstrahlen und einen leichten Wind. In der Ferienwohnung bereitet Gottschalk ein Risotto zu. Fedder hat wieder sein Wochenende mit Larissa. Es nähert sich dem Ende. Er bringt Larissa früh zu Bett. Das Wahlergebnis interessiert ihn einen Scheiß. Für ihn bleibt eh alles beim Alten. Er stülpt sich den Kopfhörer über und hört eine Mahler Symphonie. Evelyn ist stinkig. Ihr Rathauslover hat ihr gestanden, eine Nacht mit der dürren Hosenanzugträgerin verbracht zu haben. Evelyn hat ihn daraufhin erst einmal zum Teufel gejagt. Sie mixt sich einen Krug Wodka-Martini. Jetzt liegen *CDU/CSU* vorn. Der bayrische Kanzlerkandidat strahlt. Siegessicher reißt er die Arme hoch und spricht überraschend flüssig. Evelyn ruft der Reihe nach ihre vorherigen Liebhaber an. Alle geben vor, anderweitig eingeladen zu sein. Innensenator Henning umarmt jubelnd seine Elke. Sie entschuldigt sich mit Kopfschmerzen. Nicht nur in Momenten wie diesen vermisst sie den dicken Gottschalk. Gottschalk hat es sich mit Julie auf der Couch bequem gemacht. Er erzählt ihr Geschichten aus seinem damaligen Polizeialltag. Fedder ist eingenickt. Evelyn bestellt lallend ein Taxi. Kurz vor Mitternacht rückt die *SPD* in den Hochrechnungen wieder auf. Innensenator Henning ist inzwischen in der Hamburger Parteizentrale. Elke versucht, Gottschalk auf dem Handy zu erreichen. Fedder schreckt hoch. Von nebenan wummert ein *Abba*-Song. Im Treppenhaus wildes Getrampel: „Gerhard! Gerhard!" Eine Rakete schießt in den Himmel. In Berlin stehen der Kanzler und sein Außenminister auf der Bühne. Sie feixen sich fröhlich an. Evelyn ist in einer Absturzkneipe gelandet. Nach mehreren Runden Bier und Korn muss sie sich auf der Toilette übergeben. Noch an das Becken geklammert wird sie von einem der Tresenhengste brutal vergewaltigt.

Vierter Teil
Oktober – Anfang November 2002

Derjenige,
der irgendwo reingeht,
muss sehr genau wissen,
was er dort will
und wie er wieder
rauskommt.

Der Medienkanzler

Fedder hat Larissa auf dem Arm. Er hämmert an Evelyns Wohnungstür: „Mach auf! Mach bitte auf!" Ein ICE hält am Bahnhof Niebüll. Aus dem Off die Stimme Schwekendiecks: „Hör's dir wenigstens mal an." Fedder sitzt im Vorzimmer des Innensenators Henning. An der Wand hängt ein großformatiges, gerahmtes Foto. Es zeigt zum Abholzen gekennzeichnete Bäume. Ein Baumstamm ist in sich zu einem Knoten geschlungen. Fedder entdeckt eine unleserliche Signatur. Er sieht Henning auf die Heidegalerie zugehen.

Fedder. Jörg Fedder.

Kriminalhauptkommissar.

Gottschalk betritt in Kampen mit Julie das Lokal „Manne Pahl". Der Schweizer Gastronom begrüßt Julie freudig überrascht. Gottschalk hackt mit seiner Kreditkarte eine Linie Koks. Steigende Flut. Starker Wind. Gottschalk steht am Fenster des Ferienapartments und sieht auf das Meer hinaus. Elke hakt ihren BH auf und streift ihr Höschen ab: „Ich glaube, dass Wilm mich auch betrügt. Er fährt oft allein aufs Land." Gottschalk lächelt ein müdes Lächeln. Er steigt aus dem Bett und deckt die sich frei gestrampelte und noch schlafende Julie zu.

Peter „Pit" Gottschalk.

Patron des Hamburger Restaurants „Paulsen".

Broszinski sitzt einer älteren Frau gegenüber: „Ich fühle mich schuldig." Die Frau nickt wissend und lehnt sich in ihrem Sessel zurück. Broszinski zieht einen Kontoauszug aus dem Automat. Insert Kontoauszug. Gutschrift 3 000 Euro, angewiesen von Klaus Heinrich, Betreff: Abschlag Erbe Birte. Broszinski streift nachts durch St. Pauli. An einem Stehtisch vor dem Imbiss „Lukullus" verzehrt HP Milstadt eine Currywurst. Broszinski geht auf ihn zu. Milstadt zeigt ihm den Finger. Broszinski startet Gottschalks Cabrio. Der Wagen rast über die kaum befahrene Autobahn.

Jan Broszinski.

Aus dem Dienst geschiedener Ermittler.

HP Milstadt parkt den BMW auf einem Waldweg. Ullhorn steigt aus: „Du wartest hier!" Milstadt sieht ihm nach. Renate betritt eine Discothek am Hans-Albers-Platz. Sie ist voll auf Speed und geht gleich auf die Tanzfläche. Ullhorn schleppt sie ab. Er hat schulterlanges Haar und trägt eine rote Lederhose. Zappa zieht die Skimütze vom Kopf. Er zertrümmert mit dem Hammer das Schloss einer Geldkassette: „Hotte fickt sie." Milstadt zuckt die Achseln. Er steckt seinen Anteil ein. Zappa sagt: „Ich knall ihn ab!" Er drückt Patronen in die Trommel des Revolvers.

Hans Peter „HP" Milstadt.

Beschuldigt der Mittäterschaft bei drei Morden an Milieugrößen.

Lebenslängliche Haftstrafe. Nach 11 ½ Jahren entlassen.

1

Smoltschek gab Milstadt und Ullhorn zu verstehen, sich zu setzen. Milstadt nahm nach kurzem Zögern auf der überdimensionalen und zu einem Sitz geformten schwarzen Hand Platz. Ullhorn betrachtete erst noch die an der Wand angebrachten Samuraischwerter.

„Tee?", fragte Dennis.

„Bier", sagte Ullhorn. Milstadt schloss sich an. Dennis ging zum Wandkühlschrank und versorgte die beiden Männer. Er selbst blieb bei seinem grünen Tee.

„Ich will es kurz machen", sagte er dann. „Ich bin einer gewissen Person etwas schuldig. Einer Frau aus seinem engeren Bekanntenkreis ist übel mitgespielt worden. Man hat sie in der Nacht zum Montag auf dem Kiez überfallen und vollständig ausgeraubt. Nach ihrer Beschreibung waren es zwei dunkelhäutige Typen Anfang, Mitte zwanzig."

Weder Milstadt noch Ullhorn sagten etwas. Ullhorn trank sein Bier und Milstadt blickte zu Boden. Er knibbelte am Flaschenetikett.

„Es können Albaner gewesen sein oder auch Türken", erklärte Smoltschek noch. „Aber egal." Er machte eine kleine Pause und nahm einen Schluck Tee. „Egal", wiederholte er. „Jedenfalls hatten sie die Frau auf dem Kieker – Mitte vierzig, aber wesentlich jünger aussehend, sportliche Erscheinung, dunkelbraunes, leicht gelocktes Haar und, der Jahreszeit entsprechend, relativ leicht bekleidet. Sie hatte den Wahlabend mit Freunden im *La Paloma* verbracht und war allein auf dem Heimweg."

„Tja", sagte Ullhorn jetzt. „So kann's kommen." Smoltschek straffte sich.

„Ich möchte", sagte er. „Ich möchte, dass ihr euch kundig macht und diesen – diesen Abschaum abstraft."

Milstadt blickte ungläubig auf.

„Wir?", sagte er. „Ich muss keinen Knast mehr haben!"

„Ihr riskiert nichts. Darauf habt ihr mein Wort. Zapft ein paar von euren alten Quellen an. Irgendwer wird schon was wissen."

„Nö", sagte Ullhorn. „Null Bock, den Bullen in die Quere zu kommen. Absolut nicht."

„Der Vorfall ist nicht gemeldet worden – aus für mich verständlichen Gründen. Erledigt das, und wir kommen zu unserem eigentlichen Geschäft."

Ullhorn zog sich das restliche Bier rein und stellte die Flasche hart ab.

„Heißt?", fragte er.

„Was?"

„Du hast schon verstanden. Deine Pläne. Was hast du verdammt noch mal vor? Jetzt red endlich mal Klartext, Smoltschek! Dass wir die Augen bei den *Angels* offen halten, kann es nicht sein."

„Löhn ich euch, oder löhn ich euch nicht?"

„Pissgroschen!", sagte Ullhorn. „Für'n Wichs!"

„Ach ja?", sagte Smoltschek. „Pissgroschen nennst du das? Muss ich dir auflisten, was ich schon alles für dich getan habe? Allein dich aus deiner Miami-Scheiße rauszuhauen, hat mich ein Vermögen gekostet. MacRains Kanzlei kassiert Spitzenhonorare. Aber das war es mir wert, Hotte, du bist es mir wert, weil ich trotz allem viel von dir halte."

„Du hattest die Hosen voll! Du hattest Schiss ohne Ende, dass ich mit der letzten Mahlzeit doch noch die große Beichte ablegen würde."

Milstadt reichte es.

„Macht das unter euch aus", sagte er. Er stand auf. „Ist Daniela im Haus?"

„Du bleibst", fuhr Smoltschek ihn an. „Wir sind noch

nicht fertig." Er stieß seinen Stuhl zurück und wandte sich wieder Ullhorn zu. „Deine Beichte hätte dir da drüben nicht das Geringste gebracht – nein, mein Lieber, nein. Auch nur ein Wort über die alten Geschichten und die Amis hätten sich die Stromkosten für dich sparen können! Das ist kein Spruch."

Ullhorn schüttelte unwillig den Kopf.

„Um was geht's jetzt", sagte er.

„Mein Gott! Wie oft soll ich mich noch wiederholen?! Ich will, dass mir die *Angels* nicht aus dem Ruder laufen! Ich will verlässliche Leute um mich haben! Männer, die für Ordnung in dem neuen Laden sorgen. Die ihn sauber halten. Die sich Respekt verschaffen können! Und das seid ihr!"

Ullhorn lachte. Milstadt rang sich nur ein müdes Lächeln ab.

„Respekt", sagte Ullhorn, „Respekt würd ich mir mit nem Eisen verschaffen. Wie sieht's denn mal damit aus? Oder ist das Depot schon leer geräumt? Alles verscherbelt?"

Milstadt horchte auf.

„Was für'n Depot?"

Smoltschek seufzte schwer. Er setzte sich wieder und schüttelte den Kopf.

„Also gut", sagte er schließlich. „Ich versorg euch mit sauberen Knarren. Aber ihr erledigt das mit diesen beiden Typen. Bei der Sache steh ich im Wort. Das muss sein."

2

„Warum?", fragte Gottschalk.

„Warum, warum?! Du weißt genau, was in einem solchen Fall passiert! Die sehen dich auf der Wache an und sagen sich, selber Schuld! Sag mir lieber, woher du das weißt!"

Evelyn fingerte eine weitere Zigarette aus der Packung. Ihr seidener Morgenmantel klaffte auf.

Gottschalk zog sein riesiges Taschentuch hervor und wischte sich den Schweiß von der Stirn.

„Ich höre immer noch eine ganze Menge", sagte er ausweichend. „Du verkehrst in Kreisen, über die ständig geredet wird."

„Ich will einzig und allein meine Ruhe."

„Es wird sich nicht verhindern lassen, dass auch Jörg früher oder später davon erfährt. Darum sitze ich hier. Ich möchte, wenn eben möglich, verhindern, dass er durchdreht."

„Mir gegenüber?" Evelyn lachte bitter. „Das kann ich verkraften. Mein Gott, ich habe lediglich mit meinem – mit einem guten Freund darüber gesprochen."

„Evelyn." Gottschalk schüttelte vorwurfsvoll den Kopf. „Die halbe Stadt weiß, wer dieser gute Freund ist. Der Arsch sitzt Tür an Tür mit Henning. Verdammt, das muss dir doch klar gewesen sein."

„Was?"

„Stell dich nicht dumm."

Evelyn schlug die Beine übereinander. Außer ihrem Morgenmantel trug sie offensichtlich nichts weiter am Leib. Sie strich sich kurz durchs Haar.

„Ja, was? Was soll ich denn deiner Meinung nach machen?" fragte sie. Es klang deutlich verärgert.

„Gibt's noch Kaffee?" Gottschalk schob ihr den Becher hin. Evelyn stand kommentarlos auf und stolzierte damit in die Küche. Gottschalk sah ihr nach. Sie hatte wirklich einen prächtigen Hintern. Einen Moment lang dachte er daran, wie er Evelyn vor vielen, vielen Jahren kennen gelernt hatte. Lange vor ihrer Heirat mit Fedder. Da hatte sie noch ihre Kneipe am Grindel gehabt und war die absolut heißeste Tresenbraut gewesen. Abend für Abend in knallengen Jeans und einem bauchfreien Tankshirt. Weiß der Geier, wer sich in der Zeit alles mit ihr um den Verstand gevögelt hatte. Auch für ihn hatte es einige Gelegenheiten gegeben. Er hatte sie nicht genutzt. Er hätte sie nutzen sollen, denn jetzt war es zu spät. Dennoch verspürte er eine starke Erektion.

Er lenkte seine Gedanken schnell auf Julie. Er hoffte, dass sie diese Nacht bei ihm bleiben würde. Sie hatten heute Abend im Lokal eine größere Gesellschaft zu Gast. Sämtliche Mitarbeiter einer in der Speicherstadt firmierenden Werbeagentur. Gewünscht wurde rustikale, westfälische Küche. Julie wollte sich was Besonderes einfallen lassen. Sie würde mindestens bis 23 Uhr am Herd stehen und dann erst mal total geschafft sein.

Gottschalk fasste sich in den Schritt.

Er zog die Hand erst wieder zurück, als Evelyn ein Tablett abstellte. Kaffeepott und Kekse, zwei Champagnergläser und einen *Comte de Brismand*.

„Also, was denkst du?", sagte sie.

Gottschalk seufzte. Er löste die Korkenfolie und öffnete routiniert die Flasche. Er goss ein und wartete, bis Evelyn das Glas hob und ihm zuprostete.

„Mach dich schlau, wie Henning reagiert hat. Was er gesagt hat." Er nahm nun auch einen Schluck. „Ich bin sicher, dein Lover kann dir das haarklein berichten. Anderenfalls hilf ein bisschen nach. Quetsch ihn aus."

„Und dann? Was ist dann? Ich meine, wenn Jörg ohnehin davon hören wird. Ich kapier nach wie vor nicht, warum du dich da reinhängst."

„Weil ich wissen will, wie Henning damit umgeht – aus rein persönlichem Interesse! Was er veranlasst, was er tut! Und auch, weil du mit Jörg ohnehin schon im Dauerclinch bist."

„Er mit mir. Ich nicht. Mir ist er schon längst scheißegal."

„Für mich stellt sich das anders da. – Was war eigentlich der wirkliche Grund eurer Trennung?"

„Den kennst du doch."

„Deine gelegentlichen Fickverhältnisse kauf ich weder ihm noch dir ab. Dabei ging's um mehr."

„Irrtum. Er glaubte, es nicht mehr aushalten zu können." Sie leerte ihr Glas und schenkte nach. „Er hat genervt ohne Ende. Und auch nie mehr einen hoch gekriegt. Mein Gott, wenn er wenigstens nur rumgezetert hätte. Aber nein, er hat auf der Couch gepennt. Er hat sich in jeder freien Minute allein mit Larissa beschäftigt. Ich war letztlich Luft für ihn, Pit – nicht mehr existent! Was bringt so eine Ehe noch? Ja – ja! Ja, ich hab ihn schließlich dermaßen provoziert, dass ihm nichts anderes übrig blieb, als auszuziehen und die Scheidung einzureichen." Sie nahm einen großen Schluck, lehnte sich zurück und zeigte wieder viel von ihren nackten Beinen. Gottschalk fiel auf, dass sie makellos rasiert waren. Auch die Fußnägel schienen frisch lackiert.

„Mit was? Mit was hast du ihn provoziert?"

Evelyn schnaubte abfällig.

„Hast du ihn mal mit seiner Schwester reden hören? Mit dieser Gestörten? Du musst ihn nur mal auf dieses Gesülze ansprechen und schon hast du ihn klein. – Hast du das denn nie geschnallt? Er hat's jahrelang mit ihr getrieben, oder sie mit ihm. Auf jeden Fall – er kann wahrscheinlich nur auf sie."

Gottschalk legte die Stirn in Falten. Auch er kippte jetzt den Champagner in sich hinein. Nein, das hatte er in der Tat nie herausgehört, geschweige denn auch nur geahnt. Er schwitzte jetzt noch stärker und spürte sein Hemd am Körper kleben. Evelyn blickte auf ihre Uhr.

„Okay", sagte sie. „Wenn es das war –" Sie schwenkte ihr Glas. „Oder drückt dich sonst noch was?"

„Sag mir, was du über Henning zu hören bekommst. Mehr

will ich nicht. Und –" Er sah ihr direkt in die Augen. „Ich lass mich nicht lumpen, Evelyn. Du hast dann 'ne Menge bei mir gut. Du weißt, dass ich dir so ziemlich alles besorgen kann."

3

Broszinski setzte sich auf. Er rieb sich flüchtig über das Gesicht und griff nach dem erkalteten Zigarillo. Auch Nicole rührte sich. Sie kam ebenfalls hoch und strich ihr Haar zurück.

„My God", sagte sie. „Das war wirklich an der Zeit."

„Was meinst du?"

„Dass wir nicht länger umeinander herumschleichen müssen. Mir ist jetzt wesentlich wohler."

Broszinski nickte. Er entzündete das Zigarillo und paffte den Rauch zur Decke hin.

Draußen dämmerte es bereits.

„Ja", sagte er dann. „Ich fühl mich auch bestens."

„Gehen wir noch was essen?"

„Hast du großen Hunger?"

„Riesig", sagte sie. „Und vor allem Durst, einen wahnsinnigen Durst."

„Ein Bier?"

„Wasser." Sie stützte sich an ihm ab und stieg über ihn hinweg aus dem Bett. Auf dem Weg ins Bad raffte sie ihre am Boden liegenden Klamotten zusammen.

Broszinski sah ihr nach. Er lächelte ein kleines Lächeln.

Nicole war jung, sehr viel jünger als er, und sie hatte eine Leidenschaft an den Tag gelegt, die er nicht eine Sekunde lang als vorgetäuscht empfunden hatte. Er hatte Birte in diesen Momenten völlig ausschalten können, seine auch diesmal wieder erfolglose Suche nach ihr, die unsäglich deprimierenden Tage in Pirna und die lange und öde Fahrt, einfach alles. Und auch an Ann hatte er nicht mehr gedacht, sich voll und ganz auf Nicole eingelassen und beglückt die sich in ihren weit aufgerissenen Augen widerspiegelnde Erregung registriert, den Wunsch nach mehr und immer mehr, nach einer Ewigkeit.

Er stand nun ebenfalls auf und holte sich ein Bier aus dem Kühlschrank. Im Bad rauschte die Dusche.

Broszinski trank das Bier, rauchte und schaute nach, was er an Lebensmitteln vorrätig hatte.

Als Nicole dann angekleidet und mit hochgesteckten Haaren zu ihm in die Küche kam, präsentierte er ihr tiefgefrorene Königsprawns, Knoblauch, Frühlingszwiebeln und eine Dose Chinesische Pilze.

„Ich kann Reis oder Spaghetti dazu machen."

„Du kochst?"

„Ich hab's mir von einem ehemaligen Kollegen abgeguckt. Es entspannt."

„Gottschalk", sagte sie. Broszinski sah sie überrascht an. Nicole schüttelte nachsichtig den Kopf. „Um das zu wissen, gehört nun wirklich nicht viel. Aber wo wir gerade von ihm reden, hast du ihn eigentlich mal gefragt, ob er Smoltschek auf dein Bild aufmerksam gemacht hat?"

„Pit?!"

„Das könnte doch sein."

„Ausgeschlossen! Wie kommst du darauf?"

„Na ja, was man so hört – er ist seit einiger Zeit häufig unter Smoltscheks Partygästen."

„Das ist – das muss andere Gründe haben. Du hast mir gesagt, Smoltschek habe mein Bild auf Empfehlung eines Freundes gekauft. Pit ist nie und nimmer sein Freund. Das ist absurd."

„Frag ihn einfach", sagte Nicole. „Sonst kann ich das auch machen. Gottschalk soll irgendwann mal in meine Sendung."

Broszinski hob abwehrend die Hand. Er legte das Küchenmesser beiseite und zog ein neues Zigarillo hervor. Rauchend wandte er Nicole den Rücken zu und ging zum Fenster. Zwei fette Tauben flatterten vom Sims auf. Unten im Hof stopfte die junge Italienerin einen prall gefüllten Müllsack in die Tonne. Sie sah zum Haus hoch, bemerkte ihn und winkte ihm lachend zu.

Nicole trat an ihn heran. Sie suchte seinen Blick.

„He", sagte sie. „Ich sag nur, dass es möglich wäre. Ich kenn ihn ja nicht weiter."

Broszinski nickte

„Lass uns essen gehen. Das Kochen ist mir jetzt zu nervig."

„Sorry, das – das wollte ich nicht." Sie umarmte ihn und schmiegte sich an ihn. „Es war blöd von mir, damit anzufangen. Ich – ich würde gern über Nacht bleiben, mit dir zusammen sein."

Broszinski erwiderte nichts.

4

Gunther hockte allein am großen Tisch in der Bunkerhalle. Er war stinkig. Er war mehr als das, er fauchte wütend. Mit zusammengekniffenen Augen drehte er sich eine Kippe. Einige Tabakkrümel fielen auf die Zeitungsseite.

MOPO, 9. Oktober 2002

Schüsse der Todesengel

Das heimliche Herz der Reeperbahn pumpt am Spielbudenplatz 13. Es pumpt Benzin: Seit über 50 Jahren füllen an der

Esso-Tankstelle Kiez-Größen die Tanks ihrer Corvettes und SLK-Schlitten. Und im 24-Stunden-Shop versorgt man sich mit Alkohol. So auch die beiden Albaner Ndoc K. (21) und Julian L. (19). In der Nacht zum Dienstag aber kamen sie nicht mehr in den Genuss ihrer Bacardi-Cola. Auf dem kurzen Weg zu ihrem auf dem Platz abgestellten Ford Escort wurden sie mit zwei gezielten Schüssen tödlich niedergestreckt. Nach Zeugenaussagen entkamen die nicht weiter zu identifizierenden Täter auf einer Harley Davidson, ein Motorrad, das von vielen Hell's Angels gefahren wird …

Gunther zündete sich die Fluppe an. Er griff zu seinem Handy und aktivierte Smoltscheks Geheimnummer. Smoltschek meldete sich mit dem ersten Ton.

„Was ist das für eine Scheiße?!", blaffte Gunther.

Smoltschek schien zu wissen, was er meinte.

„Du wirst es nicht glauben, aber ich wollte dich gerade anrufen. Hast du deine Jungs nicht mehr im Griff?"

„Das war keiner von uns!"

„So sieht's aber aus."

Gunther schniefte.

„Lesen kann ich auch! Wer kackt uns da in die Stiefel?"

„Gunther – woher soll ich das wissen? Mir gefällt das auch nicht. Ganz und gar nicht, das kannst du mir glauben!"

„Dann mach dich schlau! Du hast doch deine Ohren überall! Aber mach fix, sonst reiß ich sie dir ab!"

„Gunther", setzte Smoltschek besänftigend an. Gunther ließ das Handy sinken. Der Lange war zu ihm hereingestürmt.

„Sie haben Knochenmaxe erwischt! Er krepiert!" Gunther stoppte ihn. Er hielt das Handy wieder ans Ohr.

„Verarsch uns nicht!", schrie er. „Verarsch uns ja nicht! Das ist noch keinem gut bekommen!"

Schwekendieck ließ die *BILD* sinken.

„Hast du schon was Näheres davon gehört?", fragte er Fedder.

„Von was?" Fedder beschleunigte den Dienstwagen, um noch bei Gelb die Kreuzung am Eppendorfer Marktplatz zu überqueren.

„Erst diese beiden albanischen Jungs und jetzt der Onkel von dem einen." Er zitierte aus der Zeitung. „,Der Herr der Huren hingerichtet.' Hingerichtet, na ja. Dieser Bedri ist schlichtweg abgeknallt worden. Würd mich schon interessieren, was dahinter steckt."

Fedder schnaubte abfällig.

„Muss ich nicht wissen", meinte er.

„Hat Henning dir nicht angeboten, in die neue Soko zu gehen?"

„Scheiße." Fedder musste abbremsen. Die auf der linken Spur fahrenden Wagen ließen ihn nicht einfädeln. Er setzte erst jetzt den Blinker.

„Hat er doch, oder?", hakte Schwekendieck nach. „Du fährst wie Sau."

„Er hat mir Honig ums Maul geschmiert. Wollte wissen, wen wir so auf dem Zettel haben. Wer wo verkehrt. Dass ich mich doch bestens auskenne und überhaupt. Alles nur dummes Geschwätz."

„Du hast ihn abblitzen lassen?"

Fedder schaltete hoch und hängte sich verdammt dicht an den Combi einer Installationsfirma. Schwekendieck versicherte sich, ob sein Gurt fest eingeklinkt war.

„Jörg", sagte er warnend.

„Ja, was? Ich kriech diesem saublöden Hund doch nicht in den Arsch! Soko Ost – der kann mich mal!"

„Geh vom Gas. Ich möchte noch was von meiner Pension haben."

Fedder schüttelte den Kopf. Aber er reduzierte die Geschwindigkeit ein wenig.

„Du bist voll aggressiv", setzte Schwekendieck noch nach.

„Das dürfte dich nicht wundern. Altmann! Wenn das, was du ausgegraben hast, Fakt ist, kenn ich nichts mehr."

Schwekendieck stieß gepresst die Luft aus.

„Jörg", sagte er dann. „Noch mal und ganz in Ruhe. Ich habe lediglich rausgefunden, dass Altmann seinen Wagen Mitte Februar verkauft hat und der Händler –"

„Ja, ja, ja", unterbrach Fedder ihn. „Und der Händler wird ihn nach wie vor nicht los. Trotz zig Annoncen. Das heißt doch, mit der Karre stimmt was nicht."

„Die Karre ist ein uralter *Opel.*"

„Grau. Dunkelgrau!"

„Das beweist noch gar nichts."

„Das werden wir ja sehen", blaffte Fedder. Der Platz des Gebrauchtwarenhändlers kam in Sicht. Er lag direkt an der Straße und war nicht größer als eine Tennisplatzhälfte. Auf einem Blechschild prangte der mit Hand gemalte Name *Izmir Tüsdan.* Fedder machte eine verkehrswidrige Kehre. Vor dem Wohnwagenbüro bremste er hart ab.

Der Verkäufer war ein übergewichtiger junger Mann in zu engen Jeans und einem schmuddeligen Kapuzenshirt. Er gab an, den Chef nur kurzfristig zu vertreten.

Schwekendieck hatte den *Opel* bereits entdeckt. Er wies sich aus und forderte den Jungen auf, Kaufvertrag und Papiere herauszusuchen.

„Der Wagen ist beschlagnahmt", sagte Fedder.

„Was?"

„Wir müssen das Fahrzeug polizeitechnisch auf Unfallspuren hin überprüfen", erklärte Schwekendieck.

Der Dicke glotzte sie fassungslos an.

„Ich kann nicht sagen", brachte er schließlich hervor. „Chef gleich zurück."

Fedder ließ ihn stehen und ging zu dem dunkelgrauen *Opel.*

Ein Blick genügte.

Die rechte Kühlerhaube war zweifelsfrei ausgebessert und stümperhaft neu lackiert worden.

6

Elke drehte sich zur Seite und nahm ihre Uhr vom Nachttisch. Sie setzte sich im Bett auf und legte sie an.

„Du musst gehen", sagte sie. Gottschalk nieste.

„Tut mir leid", sagte er.

„Sei nicht albern. Es war schön." Sie beugte sich zu ihm und küsste seinen enormen Bauch. „Ich bin allein schon glücklich, wenn du da bist. Mit Wilm kann ich kaum noch reden."

Gottschalk musste wieder niesen. Er fühlte sich elend. Eine verdammte Grippe steckte in seinen Knochen. Sie waren schwer wie Blei. Ächzend stieg er aus dem Bett und begann, sich anzuziehen.

„Denkst du daran, dich zu trennen?", fragte er.

Elke stand ebenfalls auf.

„Im Moment will ich ihm das noch ersparen. Hast du Angst, ich würde mich dann an dich klammern?"

„Ach was! Unsinn. Ich würd dich sogar darum bitten."

Elke lachte.

„Lüg nicht. Du hast doch auch noch deine kleine Köchin."

Gottschalk blickte sie überrascht an.

„Julie? Wie kommst du denn darauf?"

131

„Pit – ich bin eine Frau. Ich sehe, wie ihr bei der Arbeit miteinander umgeht. – Nun mach nicht so ein Gesicht. Es ist okay. Es stört mich nicht."

Gottschalk stieg in seine Schuhe.

„Julie ist …"

„Jetzt red doch nicht. Ich schlafe gelegentlich auch noch mit Wilm. Was soll's?!" Sie kam zu ihm und verschränkte ihre Hände hinter seinem Nacken. Sie war immer noch nackt, und Gottschalk spürte die Wärme ihres Körpers. Er unterdrückte ein weiteres Niesen.

„Das hätte ich nicht gedacht", sagte er. „Ich meine, dass dir das auffällt."

„Wie ist es für dich, mit so einem jungen Ding zu vögeln?"

Gottschalk schluckte.

Elke schmiegte sich noch enger an ihn.

Als Gottschalk eine knappe halbe Stunde später zu seinem Wagen hastete, war er völlig verschwitzt und fröstelte zugleich. Mit dem Anlassen des Motors schaltete sich das Autoradio ein und er hörte die Stimme einer seiner Stammgäste. Der *NDR*-Redakteur sprach mit einem leicht ironischen Unterton: *… ließ es sich nicht nehmen, gestern im Polizeipräsidium mit markigen Worten zu erklären, dass schwer bewaffnete Gangster in Hamburg keine Chance hätten. Im Zusammenhang mit den jüngsten Gewalttaten auf der Reeperbahn verwies er auf die nach Mafia-Vorbild straff organisierten Banden aus Afghanistan, Russland, Albanien und auch Polen. „Ich habe grundsätzlich nichts gegen Ausländer, aber es geht nicht an, dass sie auf Hamburgs Straßen wild um sich schießen und die Bürger unserer Stadt in Angst und Schrecken versetzen", sagte er auf der kurzfristig einberaumten Pressekonferenz. Seit bereits über einem Jahr breite sich der „Machtbereich" dieser Gruppen kontinuierlich aus. Von ihnen kontrolliert würden nahezu 80 Prozent der Drogengeschäfte, unzählige Lokale und Clubs auf St. Pauli*

und der weitaus größte Teil der über die gesamte Stadt verstreu-
ten Modellwohnungen, in denen illegal eingeschleuste Ausländer-
innen als Prostituierte anschaffen: „Diese Stadt aber ist unsere
Stadt, und wir werden alles daran setzen, den Mob aus dem
Osten vernichtend zu schlagen", verkündete er. Henning hat
eine derart scharf formulierte Kampfansage offenbar dringend
nötig. Denn nach dem niederschmetternden Wahlergebnis der
Rechtspopulisten auf Bundesebene scheint der Fortbestand der
Hamburger Koalition auf Dauer gefährdet zu sein. Vor allem
Henning könnte dann ausgewechselt werden. Er ist schon jetzt
aufgrund seiner laschen Amtsführung Zielscheibe auch parteiin-
terner Kritik …

7

Fedder stand früh auf. Er absolvierte bei offenem Fenster
seine allmorgendlichen Dehn- und Streckübungen, machte
sein Bett und rasierte sich unter der Dusche. In der zur Straße
hin gelegenen Küche brühte er den chinesischen Heilkräu-
tertee auf und trank ihn in kleinen Schlucken. Er hatte das
Radio eingeschaltet und hörte *NDR 2*. Es sollte ein sonniger
Tag werden.

Fedder liebte den Herbst. Wenn eben möglich war er früher zu dieser Zeit in Urlaub gefahren. Rauf an die dänische
Küste oder auch nach Südschweden. Evelyn hatte meist auf
Anhieb ein preisgünstiges Ferienhaus gefunden und, noch
ohne Kind, hatten sie lange geschlafen und waren erst am
Nachmittag zu Spaziergängen und gelegentlichen Kurztrips
in die weitere Umgebung aufgebrochen. Unterwegs hatten
sie frischen Fisch gekauft und ihn abends nach zwei intensi-
ven Saunagängen auf der Terrasse gegrillt.

Wehmut überkam ihn. Trauer und schließlich Wut.

Er spülte die Tasse und zwang sich, das bevorstehende Verhör zu strukturieren. Er würde es ein Gespräch nennen. Ein Gespräch, Herr Altmann, es geht uns lediglich darum, einige fragliche Punkte zu klären.

Fedder nickte sich im Flurspiegel bekräftigend zu.

Er hatte sich für seinen dunkelblauen Dreiteiler entschieden, ließ das Kleingeld in die Westentasche gleiten und steckte ein Notizbuch und den schwarzen *Stabilo* in die innere Jackentasche. Zu dem Anzug, einem *Boss*-Imitat, trug er ein hellblaues Hemd und eine dezent blaugrau gestreifte Krawatte. Einen Moment lang überlegte er, den *Borsalino*, ein Geschenk Gottschalks, aufzusetzen, verwarf den Gedanken dann aber doch. Auch so sprach man ihn immer wieder auf seine Ähnlichkeit mit Alain Delon an. Er wollte es nicht übertreiben.

Fedder nahm die Wohnungs- und Wagenschlüssel von der Ablage, die Fahrzeugpapiere und die angebrochene Rolle Pfefferminz.

Punkt 7.30 Uhr verließ er das Haus und stieg in seinen auf der gegenüberliegenden Straßenseite geparkten schwarzen *Golf.* Bevor er startete rief er Evelyn an. Sie war überraschend schnell am Apparat.

„Ich möchte Larissa ‚Guten Morgen‘ sagen", sagte er.

„Mir nicht?"

„Bist du schon auf?"

„Larissa muss zu ihrer Therapeutin."

„Kann ich sie bitte sprechen?"

„Oh!"

„Was?"

„Bitte – das habe ich lange nicht mehr von dir gehört."

Fedder holte tief Luft.

„Evelyn – bitte", sagte er. „Ich habe nicht ewig Zeit."

„Larissa ist noch im Bad. Wir rufen dich zurück, okay?"

„Innerhalb der nächsten zehn Minuten, ja?"

„Sobald sie fertig ist", sagte Evelyn. „Übrigens – siehst du Gottschalk mal in der nächsten Zeit?"

„Pit? Warum?"

„Dann sag ihm, ich danke."

„Danke? Wofür – ?"

„Für sein Angebot", fiel sie ihm ins Wort. „Er weiß dann schon Bescheid." Abrupt beendete sie die Verbindung.

Fedder starrte auf sein Handy. Er zog die Augenbrauen zusammen. Was sollte das heißen? Was für ein Angebot? Was lief da zwischen ihr und dem Dicken?

„Scheiße!", fluchte Fedder. Der Tag stand offenbar unter keinem allzu guten Omen. Gottschalk. Pit. Hatte er Evelyn etwa angemacht? Der alte Sausack!

Fedder erinnerte sich, dass das *Paulsen* inzwischen auch über Mittag geöffnet war. Also gut. Dann würde er mal kurz zu ihm reinschneien. Er musste nur sehen, wie er Schwekendieck nach dem mit ihm vereinbarten Besuch bei Altmann wieder los wurde.

Fedder startete und setzte zurück.

Es krachte.

Der Schreck mischte sich mit aufwallender Empörung.

In die freie Parklücke hinter ihm war ein schnittiges Coupé gefahren.

Die Fahrerin stieg schon aus.

Es war eine hagere Frau mit blonden und extrem kurz geschnittenen, stark gegelten Haaren. Sie trug einen lila changierenden Hosenanzug und hochhackige Schuhe. Achselzuckend kam sie zu Fedder an den Wagen.

Fedder öffnete den Schlag.

„Entschuldigung", sagte sie. „Ich fürchte, das war meine Schuld. Ich habe nicht geblinkt. Können wir den Schaden unter uns regeln?" Sie reichte ihm eine Visitenkarte.

Fedder überlegte nicht lange.

„Kein Problem", sagte er. „Sehen wir uns mal an, was überhaupt zu Bruch gegangen ist." Er warf einen Blick auf die Karte. „Cornelia Bossardt? Sind Sie verwandt mit – ?"

„Der Programmdirektor ist mein Vater." Sie zuckte noch einmal bedauernd die Schultern. „Er wohnt hier gleich um die Ecke. Ich bin auf dem Weg zu ihm. Er hat – er hat mich angerufen. Es scheint ihm ziemlich schlecht zu gehen."

8

„Endlich", sagte Broszinski in den Hörer. „Ich habe schon mehrfach angerufen. Hat man's dir nicht ausgerichtet?"

„Ich hatte eine Scheißgrippe", sagte Gottschalk. Er klang kurzatmig.

Broszinski nahm einen Schluck Kaffee und hielt nach seiner Zigarillopackung Ausschau.

„Ich hab ein Problem", sagte er. „Ich will mir einen neuen Wagen zulegen. Dein Cabrio hat mich auf den Geschmack gebracht. Hast du Zeit, mit mir zu deinem Händler zu gehen?"

„Wo ist das Problem?"

„Es könnten schon ein paar Stunden drauf gehen. Und ich feilsche auch nicht gern."

„Wann passt es dir?"

„Ich richte mich ganz nach dir."

„Gut – sagen wir morgen, morgen Nachmittag."

„Ab wann?"

„Wenn du Lust hast, können wir vorher noch einen Happen essen. Ich halt mich gern bei der Konkurrenz auf dem Laufenden. 14 Uhr beim Alster-Italiener? Von da aus ist es nur ein Sprung."

„Okay – ich zahle."

Gottschalk lachte krächzend.

„Darüber reden wir beim Espresso. – Sonst alles klar?"

„Das erzähl ich dir dann." Sie verabschiedeten sich und Broszinski legte auf. Nachdem er die Zigarillos auf seinem Arbeitstisch entdeckt und sich eins angezündet hatte, wählte er eine weitere Nummer. Eine Tonbandstimme meldete sich: „Apparat Claasen. Nicole Claasen ist momentan nicht im Sender. Sie können nach dem Signalton eine Nachricht hinterlassen."

Broszinski beendete, rauchte und trank seinen Kaffee.

Er dachte nach.

Die Wohnungsklingel unterbrach seine Überlegungen.

Der Postbote überreichte ihm zwei großformatige Sendungen und einige Briefe. Telefonabrechnung, Bankauszüge und Werbung.

Der größere der beiden wattierten Umschläge war ohne Absender. Der Poststempel war unleserlich. Broszinski riss die mit Tesaband überklebte Lasche auf. Der Umschlag enthielt den Katalog seiner Heideausstellung. Ein karierter Zettel fiel heraus. Noch irritiert las Broszinski: *Anns Handexemplar – Gruß Kuddel.*

Kuddel, der gute, alte Kuddel. Wie hatte er das geschafft?

Broszinski blätterte den Katalog Seite für Seite durch.

Neben gut einem Dutzend der abgebildeten Arbeiten war ein roter Punkt. Am Rand waren mit unterschiedlichen Stiften Daten und Kürzel vermerkt. Die Daten bezeichneten den Verkaufstag, die Kürzel den jeweiligen Käufer: *EB, DrJ, Sig, PrKa* und andere.

Unter dem *Selbstporträt vor Revolvermündung* war zu lesen: *13/4 – He/SG.*

Henning!

Broszinski hatte nicht den geringsten Zweifel. Henning hatte nicht, wie er bisher vermutet hatte, Smoltschek auf die Ausstellung hingewiesen, sondern war selbst der Käufer – am Tag der Ausstellungseröffnung! Was aber hieß das *SG*?

Das S konnte für Smoltschek stehen. Aber *SG*?

Broszinski spielte verschiedene Möglichkeiten durch: Geschäft, Gesellschaft, GmbH – alles war möglich, aber es überzeugte ihn nicht.

Er wählte jetzt Nicoles Handynummer.

Ihre aufgezeichnete Stimme teilte mit, dass sie zur Zeit verhindert sei, bei Nennung des Namens und der Anrufzeit sich jedoch schnellstmöglich melden würde.

„Jan hier", sagte er auf die Box. „Es ist Mittwoch, kurz nach Zehn. Ich brauche deine Hilfe. Es ist dringend. Ich bin noch bis circa 13 Uhr im Haus. Melde dich bitte."

Zwanzig Minuten später klingelte es wieder an der Wohnungstür.

Abgehetzt und auch sichtbar durch den Wind stand Nicole vor ihm.

„Ich muss gleich weiter", sagte sie. „Bernhard ist – unser Programmdirektor – er ist heute früh im Bad zusammen geklappt. Es hört sich ernst an."

„Trifft dich das persönlich?"

Nicole küsste ihn leicht und schlängelte sich an ihm vorbei ins Zimmer.

„Sorry", sagte sie. „Ich dachte, du weißt, wie ich zu ihm stehe. Er ist sozusagen mein Mentor. Ich verdanke ihm mehr als nur den Job. Seine Familie allerdings –" Sie machte eine abfällige Geste. „Seine Tochter ist der Schrecken des gesamten Senders. Herrisch, hysterisch und hinter jedem Mann her. Ich habe erst vor kurzem noch einen ihrer Auftritte erlebt – unmöglich! Entschuldige, aber was ist bei dir so dringend?"

Broszinski drückte das Zigarillo aus.

„Reicht's für einen Kaffee?"

„Ach, Jan – nun sag schon."

Broszinski nickte.

„Smoltschek", sagte er. „Seine geplante Hafencitydisco – steckt da eine Gesellschaft hinter oder läuft sie allein auf seinen Namen?"

„Das hab ich nicht genau im Kopf. Warum? Hat das was mit deinem Bild zu tun?"

„Kannst du nachsehen?"

„Sicher", sagte sie. „Trotzdem – warum?"

„Ich will nur was überprüfen."

Nicole sah auf ihre Uhr.

„Ich kann heute Abend kommen. Überleg dir bis dahin, ob du mir nicht doch alles sagen willst. Es ist besser – besser für uns beide."

9

Gottschalk war in einen rotseidenen Morgenmantel gehüllt. Er hatte aus der Restaurantküche eine Kanne Kaffee und ein mit Kochschinken und jungem Gouda belegtes Baguette geordert. Vor ihm auf dem Schreibtisch stapelten sich Rechnungen, Belege, Einladungen und Angebote diverser Lieferanten.

Er seufzte schwer. Nach Arbeit war ihm nun wirklich nicht zumute. Aber es musste sein. Sonst würde ihm dieser Wust noch völlig über den Kopf wachsen.

Gottschalk schaffte auf der Schreibtischplatte Platz und begann, Rechnung auf Rechnung zu legen und Angebot auf Angebot. Die Einladungen zu Ausstellungseröffnungen und Theaterpremieren überflog er nur, bevor er die meisten gleich entsorgte.

Ohne angeklopft zu haben, kam Julie zu ihm herein.

Sie stellte ihm eine Schale mit geschnetzelten Ananas, Mangos und weißen Trauben hin.

„Vitamine", kommentierte sie.

„Ich esse kein Obst pur", sagte Gottschalk und schob die Schale zurück.

„Das muss man wissen. – Täte dir aber gut."

Er blickte zu ihr hoch. Die Kleine war heute verdammt hübsch herausgeputzt. Sie trug einen ihre Brüste betonenden kakaofarbenen Pullover und einen Ton in Ton gehaltenen wadenlangen Rock. Ihre Füße steckten in hellbraunen Stiefeletten.

„Willst du einen freien Tag?"

„Ich habe einen Termin mit meinem Vermieter. Er hat eine größere Wohnung frei."

„Ach."

„Im gleichen Haus – unter dem Dach. Mit einer phantastischen Terrasse."

„Hm-hm", machte Gottschalk. „Ist es dir bei mir zu eng?"

„Pit, ich führe mein eigenes Leben. Dass wir hin und wieder zusammen pennen heißt nicht, dass ich hier zuhause bin."

„Hin und wieder", wiederholte er. „Das Hin und Wieder waren bislang sämtliche Wochenenden, von Freitag an. Und zumeist noch eine Nacht dazu. Soll sich das jetzt ändern?"

„Mach bitte keinen Stress."

„Das ist eine Scheißantwort!"

„Schrei mich nicht an!"

„Ich kann in meinem Haus tun und lassen, was ich will!"

„Spinn nicht rum. Das ist albern." Sie nahm sich eine von seinen ägyptischen Zigaretten, klopfte sie auf den Fingernagel und riss ein Streichholz an. „Das hast du auch nicht nötig", sagte sie dann. „Mein Gott, glaubst du, ich habe dich über? Wenn's so wär, hätte ich längst gekündigt. Aber ich brauch gelegentlich auch mal Zeit für mich. Ich will mal wieder Besuch haben –"

„Besuch?"

„Freunde, Verwandte –"

„Wer, zum Beispiel?"

„Meine Leute aus dem Ruhrgebiet."

„Deine Eltern?"

Julie stützte sich vor ihm auf der Schreibtischkante ab. Sie beugte sich zu ihm und blitzte ihn aus schmalen Augen an.

„Über die weißt du doch Bescheid", sagte sie. „Dem Alten geh ich am Arsch vorbei und meine Mutter steckt weiß der Geier wo. Null Kontakt. Zu beiden nicht." Sie richtete sich wieder auf und nahm einen Zug von der Zigarette. „Nein, es gibt Gott sei Dank noch andere."

„Aha. Und woher willst du dann wissen, dass ich das weiß?"

„Weil der Alte ein dämlicher Schwätzer ist und jedem aufbindet, wenn sich wer nach seiner missratenen Tochter erkundigt hat. – Scheiße, warum muss ich mich eigentlich rechtfertigen?"

Gottschalk stand auf. Er gurtete seinen Morgenmantel und baute sich vor Julie auf.

„Ich hatte von Anfang an einen Verdacht", sagte er. „Aber ich war mir nicht sicher. Es gab damals nur ein öffentliches Foto von dir. Da warst du 13 oder 14 und mit deinem Vater auf dem *Dom*. Er steht mit dir an einem Schießstand und hat das Gewehr angelegt. Das kam in der Presse natürlich gut: Zappa, der St. Pauli Killer, demonstriert seine Treffsicherheit. Du hast dich seitdem verändert, sicher, äußerlich jedenfalls. Aber eins hast du nicht bedacht."

Julie setzte eine gleichmütige Miene auf. Doch sie sagte nichts.

Gottschalk tippte sich demonstrativ an die Schläfe.

„Deine Mutter", sagte er. „Sie hat seinerzeit ebenfalls aus-
gesagt, und dabei werden selbstverständlich die Personalien
protokolliert: Renate Weber, geborene Tönnes. Nun ja – dass
du ihren Mädchennamen angenommen hast, ist bei all dem
Medienrummel nachvollziehbar, aber dann auch zwangsläufig aktenkundig. Der Typ in Herdecke ist vermutlich –"

„Mein Onkel." Sie drückte die heruntergebrannte Zigarette aus und sah Gottschalk herausfordernd an. „Okay",
sagte sie. „Und was jetzt?"

10

„Der Dreckskerl hat sich verpisst", knurrte Fedder. Er fegte
die Brötchenkrümel von seinem Dunkelblauen und knüllte
die Tüte zusammen. Schwekendieck beäugte mürrisch die
Plörre in seinem Pappbecher.

„Ich war pünktlich zur Stelle", sagte er.

„Mache ich dir einen Vorwurf?"

„In dem Laden sagen sie, er schläft oft bis nachmittags."

„Wir haben Sturm geläutet." Sie saßen in Fedders Wagen
und hatten den Eingang des rosarot gestrichenen Häuschens
im Blick. Vor den unteren Fenstern waren schmutzig graue
Holzjalousien herunter gelassen. Hinter den beiden oberen
Fenstern waren die Vorhänge zugezogen. Ein Fenster stand
auf Kipp.

„Aufbrechen können wir nicht."

„Ich hätte aber nicht übel Lust, ihm die Tür einzutreten.
Hast du kein Werkzeug dabei?"

Schwekendieck warf den noch vollen Kaffeebecher aus
dem Fenster.

„Verschieben wir's auf später", sagte er. „War ohnehin 'ne
Scheißidee."

„Nein."

„War es."

„Wir warten noch eine halbe Stunde. Dann muss ich – Evelyn hat mich gebeten, Larissa von der Bewegungstherapie abzuholen."

„Gebeten?", fragte Schwekendieck skeptisch.

„Sie ist verhindert."

„Das glaub ich ihr auf's Wort." Er harkte durch sein Stoppelhaar. Sein Altmännergeruch biss Fedder in der Nase. Zumeist gelang es ihm, Schwekis Ausdünstungen zu ignorieren. Er ging dann einfach auf Distanz. Aber längere Zeit mit ihm dicht an dicht in einem Wagen zu sitzen war eine Zumutung. Bei aller Freundschaft.

„Ich geh noch mal rüber", sagte er und stieß den Schlag auf. In diesem Moment wurde das auf Kipp stehende Fenster weit geöffnet und Altmann streckte kurz seinen Kopf heraus.

Augenblicklich ließ Fedder sich wieder zurück in den Sitz fallen.

„Die Sau rührt sich", wisperte er.

„Schon gesehen", sagte Schwekendieck. „Hören kann er dich nicht."

Fedder räusperte sich.

„Wir lassen ihn noch pissen, und dann – ich sag dir, der Hund büßt mir jede durchlittene Sekunde!"

Schwekendieck nickte nur.

Wenige Minuten später standen sie zum zweiten Mal an diesem Vormittag vor der Haustür. Fedder klingelte. Altmann reagierte nicht. Fedder drückte mehrmals heftig auf den Knopf. Der schrille Ton hallte im Haus wider. Aber es tat sich immer noch nichts.

Schwekendieck fasste Fedder am Arm und hielt ihn zurück.

„Psst", machte er.

Schwach vernahm Fedder das Knarren einer Holzbohle. Das Geräusch wiederholte sich – noch schwächer, weiter weg.

Fedder wechselte einen schnellen Blick mit seinem nicht ganz so gut zu Fuß befindlichen Kollegen und rannte um das Haus herum. Er entdeckte die Efeu umrankte Hintertür und stoppte ab. Die Tür öffnete sich nicht.

Fedder atmete tief durch. Für den Bruchteil einer Sekunde dachte er an die äußerst charmante Bossardt. Sie hatte ihm zu verstehen gegeben, sich jederzeit bei ihr melden zu können. Zweifelsfrei nicht allein wegen der Reparaturkosten.

„Hab ihn!", hörte er Schweki rufen. Fedder lief zurück.

Schwekendieck hielt Altmann am Arm fest. Der Drecksack trug eine schlabberige Trainingshose und ein über die fetten Hüften fallendes, halbärmeliges Unterhemd mit Knopfleiste. Sein dünnes Haar stand wirr vom Kopf ab und seine Augenlider zuckten nervös.

„Sie …?", brachte er hervor, als Fedder sich ihm näherte.

„Mein Kollege – Hauptkommissar Schwekendieck", sagte Fedder. „Dürfen wir herein kommen? Wir möchten uns kurz mit Ihnen unterhalten – na ja, das hängt ganz von Ihnen ab. Ich meine, wie lange wir bleiben müssen."

Altmann schüttelte verzweifelt den Kopf.

„Ich … ich wollte mich doch schon bei Ihnen melden – bitte, das … das müssen Sie mir glauben. Aber ich bin …"

Fedder schob den Mann ins Haus. Der schmale Flur war mit Umzugskartons voll gestellt. Auf einigen Kartons lagen flüchtig zusammen gelegte Laken, auf anderen waren Bücher und Geschirr gestapelt.

„Sieht nach Auszug aus", kommentierte Schwekendieck. Altmann machte eine hilflose Geste.

„Geli", sagte er. „Das … das sind doch alles Gelis Sachen."

„Ah ja", sagte Fedder. „Da sind wir doch gleich schon beim Thema." Er betrat eins der offenstehenden Zimmer und blieb fassungslos stehen. Gegen das hier war der Flur klar überschaubar. Der Raum war buchstäblich zugemüllt. Tische, Stühle, Kommoden und ein riesiges Sideboard waren aneinander gerückt, mit prall gefüllten blauen und gelben Plastiksäcken überhäuft, ein auseinandergenommenes Bettgestell stützte die wüste Anhäufung ab, an den Wänden lehnten Bilder und Gardinenstangen und vor dem Fenster waren Teile einer ausgebauten Küche zu erkennen.

„Entzückend", imitierte Schwekendieck den glatzköpfigen Kojak.

„Sieht's überall im Haus so aus oder kann man sich auch irgendwo hinsetzen?", fragte Fedder.

„Ich … ich dachte … der kleine Sekretär ist hier."

„Was für ein Sekretär?"

„Sie … Sie kommen doch wegen …" Er stockte. Seine Augenlider flatterten. „Nein?", fragte er.

„Was, nein? Hören Sie, Herr Altmann, mir ist nicht nach Rätselraten zumute. Ich habe Fragen, die ich klipp und klar beantwortet haben möchte, und zwar wahrheitsgemäß. Sonst reiß ich Ihnen eigenhändig den Arsch auf!"

„Jörg", mahnte Schwekendieck. Er wandte sich an Altmann. „Was ist denn mit diesem Sekretär?"

„Für den Scheiß habe ich keine Zeit!"

„Jörg, der Mann geht offenbar davon aus, dass wir deswegen gekommen sind. Also …"

„Aber das … das sind Sie nicht", sagte Altmann.

„Sie wollten sich doch schon melden. Also los!" Schwekendieck unterstrich seine Aufforderung, indem er demonstrativ an seinen Fingern zog und die Gelenke knacken ließ. Fedder hasste das, aber er wusste, dass dieses Getue mitunter wirkte. Altmann jedenfalls nickte eingeschüchtert. Er zog die Tür vor und wies auf den dahinter deponierten antiken Schreibsekretär.

„Das … das Geheimfach", sagte er. „Ich habe es … ich hab es jetzt erst entdeckt, das … dieses Tagebuch."

„Ein Tagebuch? Von Ihrer Ex, von Angelika …?" Fedder trat an das Möbelstück heran.

„Von Weber … von diesem Zappa, ihrem Klienten."

Fedder holte tief Luft.

11

„Milstadt ist ein Schwein", sagte Julie. „Er hat Pa in diese ganze Scheiße reingeritten. Er ist an allem schuld. Und jetzt läuft er wieder frei rum! Lebenslänglich – von wegen! Die elf Jahre hat er doch locker abgerissen! Der hatte keine Sekunde harten Knast, das schwör ich dir!"

„Du bist verrückt, du bist total verrückt!" Gottschalk schnaubte heftig. Er hatte wieder Kopfschmerzen und auch einen trockenen Hals. Julie rauchte schon die zweite seiner speziellen Zigaretten. Sie rauchte sie hastig herunter, ohne den würzigen Tabak zu genießen. Verdammt! Er kramte die Aspirinpackung unter dem Papierwust hervor.

„Schuld! Schuld!", krächzte er. „Dein Vater hatte nachweislich drei Morde auf dem Gewissen, vermutlich sogar vier, und in weiteren drei Fällen war er zumindest Mittäter. Dafür hat dann Milstadt büßen müssen. Das sind Fakten, Julie! Ich beschaff dir gern sämtliche Protokolle! Herrgott noch mal, das ist alles haarklein belegt!"

„Pa sollte in der Haft umgebracht werden – von Milstadt! Er wusste zu viel."

„Unsinn!"

„Er hat alles notiert! In seinem Tagebuch …"

„Sein Tagebuch!", höhnte Gottschalk. „Sein angeblich so brisantes Tagebuch! Das ist ein Furz, ein Pressefurz! Das gibt es nicht!"

„Das weiß ich besser", sagte Julie. Gottschalk schüttelte nur noch den Kopf. Er zerkaute zwei Tabletten und spülte die bitteren Krümel mit dem kalt gewordenen Kaffee runter. „Die Garbers hatte es."

„Die … was?! Was sagst du da?!" Gottschalk überkam ein Hustenreiz. Er keuchte. Er würgte. Er hustete röhrend. Der Schweiß brach ihm aus. Julie klopfte ihm auf den Rücken.

„Seine Anwältin", sagte sie. „Die Garbers. Ich war bei ihr. Pa wusste, wer die eigentlichen Drahtzieher waren, was Milstadt mit ihnen ausgekungelt hatte und dass auch dieser Wichser Ullhorn mit drin hing. Das hat sie mir jedenfalls gesagt, und sie wollte das Buch auch rausrücken. Aber dabei ist die blöde Kuh gestürzt – Scheiße, ja. Sie war auf der Stelle tot. Aber sie hat nicht gelogen!"

Gottschalk stieß sie beiseite. Er wuchtete sich aus dem Stuhl hoch. Sein Gesicht war rot angelaufen.

„Du warst bei der Garbers?! Du hast sie …?!"

„Ich hab sonst gar nichts", fiel Julie ihm ins Wort. „Mensch – beruhig dich, ich hol dir 'nen Glas Wasser."

„Du … du wirst den Teufel tun! Du bleibst hier! Verdammtnochmal, ich will jetzt … ich will jetzt alles hören! Alles! Jede Scheiß-Kleinigkeit!"

Fünfter Teil
November 2002

Verstöre meine Feinde
um meiner Güte willen
und bringe alle um,
die meine Seele ängstigen.
Psalm, 143, 12

Aus einem Brief von Karl „Zappa" Weber
an seine Tochter Julia.

Ein Ton schwingt sich aus der Stille heraus,
blüht auf und verebbt wieder.
Das Gitarreninstrumental „Albatross"
der britischen Rock & Blues Band „Fleetwood Mac"
ist geprägt durch eisige Schönheit
und eine prägnant einfache Melodie.
Die harmonische und rhythmische Zartheit
sagt mehr als viele Worte.

Christian Graf,
Moderator beim Deutschlandfunk, Berlin

44. – 48. Woche
1. November, Sonnenaufgang 7.15 Uhr
Sonnenuntergang 16.56 Uhr
30. November, Sonnenaufgang 8.03
Sonnenuntergang 16.18 Uhr
Julie hält die Urne mit der Asche ihres Vaters im Arm. Die
Hell's Angels bespritzen sich gegenseitig mit schäumendem Bier.
Gunther legt die Lederklamotten ab und lässt die Muskeln spielen. Er reicht Julie den angerauchten Joint. Julie steht am Herd.
Sie rührt eine Sauce an. Die Sauce färbt sich blutrot. Ihr Vater
schiebt sich den Revolverlauf in den Mund. Er schießt ihr auf
dem Hamburger Dom einen Teddybär. Ihre Mutter hockt in
schwarzen Dessous auf der Couch. Sie trinkt Wodka pur. Julie
sitzt in ihrem Zimmer der elterlichen Wohnung und ängstigt
sich. Ihr Vater tobt. Er wird frühmorgens verhaftet. Angelika
Garbers-Altmann bringt Julie zum Zug nach Bochum. Gunther streckt die Faust in die Luft: „Zappa ist nicht vergessen!"
Julie sieht den Partykönig Dennis Smoltschek aus dem Bunker
kommen: „Was will der Typ von euch?" Gunther lacht: „Du
musst nicht alles wissen." Julie schläft mit Gottschalk. Auch am
offenen Kamin im Kampener Ferienhaus lässt sich Gottschalk
kein Wort über seine frühere Arbeit als Ermittler entlocken.
    Julie.
    Julia Weber, die Tochter des „St. Pauli Killers".
    Julia Weber und Peter „Pit" Gottschalk. Gottschalk wischt
sich den Schweiß vom Schädel. Ein fett gewordener Marlon
Brando im abgedunkelten Schlafzimmer. Er parkt sein Cabrio direkt vor Hennings Haus. Elke nimmt ihn an die Hand
und geht mit ihm in die Saunakabine. Sie schlägt das Buch
eines französischen Autors auf und liest eine Passage laut vor:
„Sie war eine typische Wohlstandstusse mit schönen Brüsten und
einem sinnlichen Mund." Gottschalk stülpt seinen Borsalino
auf. Er drängelt sich durch wild abtanzende Discobesucher.

Eine dick gepolsterte Tür fällt hinter ihm ins Schloss. Er hat ein Ass in der Hand: „Die Baugenehmigung stinkt." Gottschalk hat dicke Geldbündel auf der Netzhaut. Er steht vor der Tür seines Restaurants. Vor ihm erstreckt sich ein Palmenstrand. Julie hakt sich links bei ihm ein. Elke hakt sich rechts bei ihm ein. Die beiden Frauen zwinkern sich einvernehmlich zu.

Peter „Pit" Gottschalk.

Gastronom des Restaurants „Paulsen".

Fedder hält ein abgegriffenes Heft in der Hand: Zappas Tagebuch. Schwekendieck zuckt unschlüssig die Achseln. Fedder steckt das Heft ein. Er sitzt an Larissas Krankenhausbett. Evelyn kommt schwankend ins Zimmer. Sie lässt sich zu Fedder ins Bett fallen: „Halt mich, halt mich bitte fest." Sie küssen sich. Die schwangere Evelyn verpachtet ihr Lokal. Fedder richtet ein Kinderzimmer ein. Gottschalk öffnet ihm und Broszinski die Tür. Sie setzen sich an einen festlich gedeckten Tisch. Fedder hebt das Glas: „Was immer die Zukunft bringt, wir bleiben Freunde!" Eine Postkarte von Broszinski trifft ein. Ein Gruß aus Thailand. Fedder und Gottschalk werfen an einem Teich ihre Angeln aus. Evelyn schließt die Tür zu Larissas Zimmer: „Ich möchte, dass du ausziehst." Fedder sieht sie fassungslos an: „Was habe ich getan?" Gottschalk öffnet eine Flasche Wein und spricht tröstende Worte. Fedder kommen die Tränen.

Jörg Fedder.

Kriminalhauptkommissar Jörg Fedder.

Broszinski blättert im Katalog seiner Heideausstellung. Ann liest ihm das Zitat ihrer Eröffnungsrede vor: „Vergessen ist die Schere, mit der man fort schneidet, was man nicht brauchen kann – unter Aufsicht der Erinnerung." Schrifteinblendung: Sören Kierkegaard, Entweder/Oder. Broszinski geht mit Ann auf eine Waldlichtung. Er sagt: „Evelyns Neuer sitzt jetzt in der Bürgerschaft. Er ist einer von Hennings Leuten, diesem Hardliner." Ann hüllt sich fröstelnd enger in ihre Jacke. Kuddel stellt Bratkartoffeln und Knipp auf den Tisch und schenkt Korn nach: „Ich kenn sie ja nu, da war sie noch so'n lüttes Ding." Broszinski zieht fragend die Augenbrauen hoch. Kuddels Stimme im Off: „Ich hör ihren Vater noch wie heute in seiner Praxis rumtoben, als sich die alte Henning darüber beklagte … " Seine Stimme wird von Anns zornigen Worten überlagert: „Ich muss dir nichts offen legen!" Eine Katalogseite. Ganzseitig das Selbstporträt: 13/4 – He/SG. Ausstellungseröffnung. Gottschalk neben einer Dorfschönen. Fedder drängt sich zum Ausgang durch. Henning steht im Freien am Grill und wählt scherzend eine „Angebrannte" aus. Er spaziert mit der Bratwurst zu Ann. Ein Seminarraum. Broszinski spricht auf dem Campus mit einem älteren Professor: „Sie waren zwei Semester lang gemeinsam in sämtlichen Seminaren. Die so genannte Heidefraktion." Broszinski sitzt seiner Therapeutin gegenüber: „Über Ann möchte ich jetzt nicht sprechen. Vielleicht später einmal."

1

Hamburg, St. Pauli, morgens zwischen sechs und sieben. Ullhorn kassiert in einer Disco Smoltscheks Anteil ab, zählt die Lappen, die Einnahmen der Nacht, nimmt an der Bar einen letzten Drink und steigt dann zu Milstadt in den Wagen, den Packen Scheine in der Tasche, die Knete, den Knödel, zusammengesteckt mit einer silbernen Spange.

Ein räudiger Köter pinkelt auf das zerfledderte Boulevardblatt vom Vortag: *Treffpunkte, Treffpunkte.* Torkelnde Stadtstreicher übergeben sich in den Rinnstein, Zigarettenkippen werden mit weggespült. In der Herbertstraße sind auch diesmal wieder zig gebrauchte Präservative in Servietten geknautscht und im Klo entsorgt worden.

Kaltes Friteusenfett platscht in die Kanalisation, schleimt, schlunzt, schliert durch die Kloake, vermengt sich mit dem übrigen Dreck, den Ausscheidungen der Nacht, der stinkenden Brühe, spratzt in Risse und schadhafte Stellen, dringt durch schon poröse Dichtungen ins Erdreich, sickert ein, sackt ab, verseucht das Grundwasser, das hoch gepumpt und umgewälzt und vermeintlich frisch und klar schließlich aus verchromten Hähnen fließt, aus Duschköpfen sprüht: Guten Morgen, Hamburg.

Gegen Mittag parken die ersten Reisebusse am Operettenhaus. *Mamma Mia* Darstellerinnen dehnen drinnen auf der Bühne ihre Gelenke. Trockenübungen. Liebesleid und Liebeslust werden ausgetauscht, englische Sprachbrocken fließen ein. Muntere Schwaben erkunden den allmählich auflebenden Kiez, tippeln, trippeln, trapsen in Gruppen und Grüppchen die Reeperbahn runter. Sex-Video. Peep-Live. Wandsbeker Hauptschülerinnen absolvieren Erotikgymnastik im Brasiltanga. Der Münzautomat spuckt harte Euros aus. Aus den Boxen in den schmalen Gängen tönt *Madonna.* Aber auch Jürgen Drews ist im Programm. Neubrandenburger Wanderschuhlatscher gehen in die Knie, gönnen sich den Klappenblick auf Kaugummi kauende Nymphen. *Sparta Shop, Seventh Heaven, World of Sex.* Commix und Kondome, Dildos in Euroformat und chinesische Orgasmus-Kugeln für die Krönung Kaffee trinkende Bankerin, schmatzfit im Schritt unterm lindgrünen Businesskostüm.

Elke träumt von einer schwarzen Lederkorsage.

Von Schaftstiefeln mit Stilettabsätzen.

Von Netzstrümpfen und Strapsen.

Kaum erwacht, befriedigt sie sich. Die Wohlstandstusse.

Im *Café Keese* wird noch der Boden gefeudelt, im *Hotel Hanseat* wird schon gefegt, genagelt, ein Rohr verlegt. Steuerberater auf Jahrestagung im *CCH* haben Kolleginnen zum Stadtbummel überredet und nun die Hosen heruntergelassen. Der Wunsch nach gewagten Dessous wird gleich nebenan erfüllt.

Easy Winner, Sex Discount. Filme, Bücher und Sticker. I love Hamburg. Hamburg gesehen von oben und unten, bei Tag und bei Nacht. Gern genommen als Souvenir wird der St. Pauli-Fan-Club-Schal, das T-Shirt mit Totenkopf, aber auch das Schneegestöber mit kopulierendem schwarzen Paar.

Für die Tresenhocker im *Silbersack* sind alle Dunkelhäutigen durch die Bank Ölaugen. Ein unbedachter Furz aber kann das Leben kosten. Das ist das Scheißproblem mit den Albanern und auch den Weißrussen. Da muss der Senat ran, der Herr Innensenator, bitteschön: Das is ja nu der Henning!

Weitere Touristen rücken nach, im *Lehmitz* werden neue Runden geordert, Wismarer verbrüdern sich mit Waiblingern, die aufkommende Trunkenheit eint fester als alte und neue Kanzlerworte. Im *Pascha* und *Eros* stehen Frauen mit sonnenbankgebräunten Astralkörpern und garantieren, supergeil zu sein. Niemand muss allein bleiben, viele Män-

ner können ohnehin nur am frühen Nachmittag. Tief gefro-
rene Brote werden in den Ofen geschoben. Auf der *Großen
Freiheit* überlagern sich die Top Ten der Saison.

Am frühen Abend sieht Broszinski in seiner Wohnung
über dem *Piceno* auf der Meile die Lichter angehen, auch
wenn es noch hell ist. Türsteher in kackbraunen Kaufhaus-
Anzügen und mit Elbsegler auf dem Kopf quasseln sich
warm: Heiße Weiber, wilde Lust. Komm rin, du Appelbauer!

Table Dance und Getränke zu soliden Preisen. Nachge-
kobert wird am Plüschtresen. Das Roberto Blanco Double
geht den Schalke Fan frontal an. Die Verschorften an der
U-Bahn-Station lassen die zigste Flasche kreisen, einer geht
immer noch.

Abgewrackte Punks schwärmen aus, schnorren Kleingeld
für Hundefutter und so, ey, hängen sich an *Tivoli* Besucher,
an *St. Pauli Theater* Besucher, an jeden Gucker und Gaffer, an
alle Flaneure, an Schweden und Schwaben, polnische Putz-
hilfen im Kunstledermini, an Au-pair Mädchen aus Litauen,
die Uhlenhorster Bibliothekarin mit ihrer total offenen
Wochenendbeziehung aus Augsburg, an den Orthopäden aus
Leverkusen, den offensiv auftretenden Schwulen, die heimliche Schwuchtel, an die Fummeltante, den Hähnchengriller aus Eimsbüttel, die Kassiererin bei *Karstadt*: Gib raus. Tu
raus. Verfick dich, verpiss dich. Schönen Tag auch noch.

Loddel und Luden bleiben unbehelligt, auch Gunther
und seine Gang. Klar doch. Die langen zu.

Grazile Thais sind auf dem Weg zu ihrem Matratzen-
bunker. Die Reeperbahn wird zum Weihnachtsmarkt für
Obsessive und Pädophile, für Getriebene und daheim
Geknechtete, für andauernd Gefrustete, für einsame Wölfe
und Kegelclubschwestern aus Bingen am Rhein. Spaß soll
sein, ein Häppchen Kultur und a bissel Verruchtheit in der
Monica Bar, Latinotransen auf dem Schoß, das Wodka Tonic

Glas in der Hand, flinke Finger am Hosenschlitz. In der *Ritze* tauschen gehörgeschädigte Boxer Erinnerungen aus, ein freies TV-Reportageteam fragt nach Drogen und gebunkerten MPs. Es ist wieder Blut geflossen.

Reeperbahn, oh, Reeperbahn. U-Bahn-Station St. Pauli, Haltestelle der U 3. Kiosk mit Flaschenbatterien, *Küstennebel, Kleiner Feigling, Jägermeister.* Rauchverbot, was niemanden abschreckt. Gay Kino Reklamefenster. Die Stufen nach oben. Urinlachen und Hundekot. Das Hasse-ma-Gibma-Empfangskomitee. Ausgemergelte Drogis. Ausgerollte Rotkreuzdecken. Spritzbesteck. Die Pforten der Wahrnehmung aber bleiben vernagelt. Kein göttliches Licht leuchtet nach einem Straßendealschuss auf. Manchmal spuckt nur der Hassvater Feuer. Eine Mona hat den Asphalt aufkratzen wollen. Unter dem Pflaster der Strand, ein in Kindertagen oft gehörter Satz. Eine Verheißung. Greinende Babies werden über den Zebrastreifen getragen, gen Michel hin.

Die Meile wird nun ganz vom Satan beherrscht. Tu raus die Knete, ist die Parole. Wer jetzt nicht löhnt, hat nichts zu lachen. Gleich nach dem Ankobern hört der Spaß auf. In der Davidwache stehen die Ausgemisteten schon Schlange. Es gibt nichts, was es nicht gibt. Eine alte Beamtenweisheit. Wie das Wissen, dass die *Mopo* der größte Zuhälter im Großraum Hamburg ist.

Paragraph 180 und 181 a. Förderung der Prostitution. Zuhälterei. Mit Freiheitsstrafe bis zu drei Jahren oder mit Geldstrafe wird bestraft, wer gewerbsmäßig die Prostitutionsausübung eines anderen durch Vermittlung sexuellen Verkehrs fördert.

Da kichern die Verkäuferinnen, die Arzthelferinnen und Copyshopaushilfen, die seit dem frühen Abend in Pink und Pumps auf der Davidstraße stehen, die Hühner, die Ischen, die Schnallen, die Mädels. Sie klammern und grabschen, pfeifen und schnalzen, balzen und verstellen selbst Gebiss-trägern den Weg: Komm doch, süßer Kleiner, sei der meine für fast nichts. Ein einziger Hindernislauf.

Vor dem *Man Wah* steht steif wie eine Latte der Panik-rocker. Ein mit zweifelhafter Intelligenz ausgestatteter Eppendorfer Schöngeist führt ein kaffeebraunes Girl aus, um sich tief einzulassen. Seine Ehemaligen wissen von seinem klitzekleinen Pimmel. Italienische Schnulzen überlagern die Frage nach irgendeiner Fallhöhe.

Über die Herbertstraße stolpert ein dänischer Spielwaren-fabrikant und verschenkt Gummienten. Dominas rühren sich ein Tässchen Tomatensuppe an, die *5-Minuten-Terrine*. Angeliefert werden Kohlrouladen aus dem Wochenangebot der *Hansa*-Menüs, Altennahrung mit Kalorienangabe.

Der Wochenenddiscosound ist tierisch. Der DJ legt einen superschrägen Mix hin. *Space Frog* und *Frankieboy, House Trip, Hardy Hard* und *Elvisschluchzer, Elektro-Beat, Drum & Bass, millegeil.* Auf der Tanzfläche wogt, pumpt und stampft auch in den Stunden vor Tagesanbruch noch die Menge, eng gedrängt, flackern hellgrell und bonbonfarben die Lichter, Strahlenbündel, Laserblitze zucken über verschwitzte Gesichter, über Kulleraugen, Mandelaugen und Tranceaugen, über Euphorieaugen und Ekstaseaugen, über weit aufgerissene und halbgeöffnete Münder, über den Hechelmund, den Schlingmund, den Spastimund.

Sex House Trash.

Julie zündet sich eine weitere Zigarette an und lehnt sich locker an den Tresen. Sie inhaliert tief. Sie ist mit sich zufrieden. Sie hat Gottschalk gegenüber reinen Tisch gemacht. Sie hat Urlaub genommen, drei Wochen Zeit. Mit wachen Augen verfolgt sie das Zucken der Körper, nimmt die echt irren Klamotten wahr, die dünnen und eng anliegenden Designerröcke, die extrem weiten und tief sitzenden Hosen mit unzähligen Taschen, klatschnasse Tankshirts und Tops, schwingende und hüpfende Brüste, die schweren Mama-brüste, die Modelbrüste, einen superschmalen Hintern, frei-liegende Bauchnabel, gepiercte Nabel, tätowierte Oberarme.

Die Beats lassen ihren flachen Bauch vibrieren. Es tut gut, diese Power zu spüren. Sie beginnt, sich zu bewegen, nimmt die harten Rhythmen mehr und mehr auf, legt den Kopf weit in den Nacken, und es durchströmt sie heiß. Ja, ja, es war gut, klare Verhältnisse zu schaffen.

Sie lässt die angerauchte Zigarette achtlos fallen und mischt sich unter die Tanzenden, taucht unter, schlängelt sich hoch, streift den und jene, die Nymphe, die Hexe, den Fighter, den Kaspar, die Hardcorelady, die Schleiertänzerin, die Unberührte und die Verruchte, sie liest die Geschichten in ihren Gesichtern, sie liest: Ich bin groß, ich bin stark, ich bin Rotkäppchen und habe mich verirrt, ich bin eine Frau im Körper eines Mannes, ich zeig's dir, ich schwebe, ich fliege.

Sie empfängt die Signale, die unverhohlene Anmache: Lass dich von mir streicheln, lass dich küssen, lass dich fal-len, gib dich hin, sei lieb, sei sanft, sei zärtlich, sei Himmel und Hölle.

Scheiß drauf.

Das alles braucht sie nicht. Das kennt sie, das hat sie.

Davon bekommt sie genug.

Sie tanzt und hält weiter Ausschau nach Milstadt, nach Ullhorn. Nach den Abgreifern, den Wichsern, den Schwei-nen.

Ich krieg euch! Ich pack euch!

Eine Maschinengewehrsalve peitscht über die Köpfe der Menge hinweg, bricht sich an den schwarzen Wänden, Sire-nen jaulen.

Trash, Trash.

House Trash.

Der DJ schreit „Cut!" und zieht die Regler runter. Die sekundenlange Stille bringt die Gewissheit eines nun folgenden Megahits.

2

„Wir sind beim Espresso", erinnerte Broszinski, nachdem Gottschalk und ihm die Tassen mit einem Stückchen gekühlter Mokkaschokolade serviert worden waren. Er zündete sich ein Zigarillo an. „Selbstverständlich zahle ich das Essen."

„Ach so – ja." Der Dicke wirkte zerstreut. „Ich hoffe, wenigstens du warst zufrieden. Mein Filet war Scheiße! Wir hätten doch bei mir essen sollen." Er blickte über die Alster zum *Atlantic* hin. „Na ja, demnächst mal wieder. Wenn Julie aus dem Urlaub ist."

Broszinski nickte. Er wartete noch einen Moment.

„Ich muss dir was gestehen", sagte er dann.

„Ja?"

„Ich habe noch mal meine Finanzen überprüft. Ein neuer Wagen ist momentan leider doch nicht drin. Mein neuer Galerist hat bislang nichts verkauft."

„Bei wem bist du denn jetzt?"

„In Bremen – bei Moldenhauer, ein guter Mann, aber er hat zu kämpfen."

„Ich kann dir was vorstrecken", sagte Gottschalk. Er nippte an seinem Espresso. „Wie viel brauchst du?"

„Danke." Broszinski schüttelte verneinend den Kopf. Auch er schaute jetzt auf die Alster. Ein paar Segler zogen ihre Bahnen. Wie schon so oft fragte er sich, was das für Leute waren, die um diese Jahreszeit noch Gefallen daran fanden, auf dem Wasser herum zu kurven. Es war ein grauer Tag.

„Ich geb's dir unbefristet", sagte Gottschalk. „Zinsfrei, versteht sich."

„Nein, wirklich nicht. Ich verschieb's auf später."

„Wie du willst. Lebst du jetzt eigentlich ausschließlich von deiner Malerei?"

„Mehr oder weniger", sagte Broszinski. „Ein Bild hat übrigens Smoltschek bei sich hängen."

„Smoltschek …?"

„Das Selbstporträt mit Revolver. Aus der Heideausstellung."

„Sieh an – unser Dennis. Ein Kunstliebhaber." Gottschalk rückte seinen Stuhl zurück. „Heißt das, du hast wieder Kontakt mit Ann?"

„Ich hab's zufällig erfahren. Du sollst ja jetzt auch oft auf seinen Partys sein."

Gottschalk zog die Augenbrauen zusammen. Broszinski erwiderte offen seinen fragenden Blick.

„Wer sagt das?"

„Stimmt das nicht?"

„Und wenn?"

„Ich war überrascht. Soviel ich weiß, ist der Mann ein ziemlich übler Finger."

„Das ist überall zu lesen, in jeder Gazette. Er hat ständig irgendwelche Prozesse am Hals."

„Und? Was hast du mit ihm zu tun?"

Gottschalk ließ sich Zeit. Er schien nachzudenken. Schließlich nickte er. Er wedelte ein paar imaginäre Krümel vom Revers seiner hellen Anzugjacke und beugte sich vor.

„Ich nehme an, das ist der eigentliche Grund unseres Treffens. Okay – okay, du willst also wissen, ob ich einen Deal mit Smoltschek habe."

„Ich höre."

„Lass diese Scheiße! Du bist kein Bulle mehr."

„Pit, wir kennen uns seit einer Ewigkeit. Ich kenn dich, und wenn du im Zusammenhang mit so einem Typ wie Smoltschek genannt wirst, frag ich mich zwangsläufig ..."

„Ja, was?!", unterbrach Gottschalk ihn. „Wo ich stehe? Wie ich dazu komme, auch nur ein Wort mit ihm zu wechseln?" Er schnaubte abfällig. „Das will ich dir sagen, Jan – kein Problem! Damit habe ich nicht das geringste Problem! Der Mann ist in erster Linie Geschäftsmann, und zwar ein verdammt guter. Er hat sich ein kleines Imperium aufgebaut – mit all den Mitteln und Tricks, die jeder andere Unternehmer auch anwendet! Jeder, Jan, verstehst du? Durch die Bank! Da wird geschoben und manipuliert, da fließt Schwarzgeld, und da werden Steuern hinterzogen – auch von mir! Ja, verdammt! Ja, und nochmals ja! Auf der Ebene habe ich null Skrupel! Und weißt du, warum? Weil mir diese absolut unfähige und zudem noch durch und durch korrupte Regierung sonst auch noch den letzten Cent abpressen würde – im Namen der sozialen Gerechtigkeit! Ja, Scheiße! Besten Dank! Auf so einen Staat scheiße ich! Die können mich mal! Das lasse ich nicht mit mir machen und so einer wie Smoltschek erst recht nicht! Das ist das eine, was mich mit ihm verbindet – Geschäfte, Jan! Ein Geschäft ...!"

„Ein schmutziges ..." Gottschalk ging nicht darauf ein.

„Ein dickes Geschäft, das mich ein für alle mal saniert! Ja! Sonst steh ich nämlich mit blankem Arsch da!", sagte er. „Ich will die Gastronomie in seinem neuen Schuppen! Hafencity! Superlage! Eröffnung zu Silvester! Das sind nur noch zwei Monate! Zwei beschissene Monate! Darüber verhandeln wir – okay?! Unter Hochdruck! Ob es auf eine simple Pacht hinausläuft oder ob er mitmischt und wenn, in welcher Größenordnung!" Er wehrte einen weiteren Ansatz Broszinskis ab. „Und das andere ist – oder besser, war – eine Gefälligkeit, ein persönliches Ding. Das kannst du auch wissen, aber dann lass mich damit in Ruhe! Das ging von Hennings Frau aus, von Elke, mit der ich ja – wie Fedder heraus trompeten musste – ein Verhältnis habe. Ein ausgesprochen stressfreies übrigens. Sie hatte ihren Alten in Verdacht, auf Smoltscheks Partys weiß der Geier was zu treiben. Irgendein Arsch setzt es in die Welt, und schon ist es Fakt und alle fahren drauf ab! Geschwätz! Dummes Geschwätz! Der kleine Scheißer ist da nie aufgetaucht! Das weiß ich inzwischen aus absolut zuverlässiger Quelle! Nein, nicht von Smoltschek selbst, halt mich nicht für bescheuert! Das hab ich von Leuten aus unserem alten Laden. Aber die Namen nenn ich dir nicht! Die Leute haben mein Wort! Mehr ist nicht, nicht mehr und nicht weniger!" Er wischte sich flüchtig den Schweiß von der Stirn und nickte bekräftigend.

Broszinski nahm einen tiefen Zug. Gottschalk schien tatsächlich alles gesagt zu haben. Behutsam streifte er den Aschkegel vom Zigarillo.

„Das reicht auch", sagte er. Er sagte es ohne Enttäuschung oder gar Zorn. „Das heißt aber nicht, dass Smoltschek und Henning überhaupt nichts miteinander zu tun haben."

„Geht's dir etwa darum?"

„Ja."

„Was – ja?!", schnauzte Gottschalk.

Broszinski lächelte müde und sagte es ihm dann.

3

Aussage Wilfried Altmann, aufgenommen von KHK Fedder und KK Schwekendieck.

KHK Fedder: *Herr Altmann, Sie machen diese Aussage freiwillig und haben von daher auf einen Rechtsbeistand verzichtet. Ist das richtig?*

Altmann: *Ja.*

KHK Fedder: *Es geht um den 7. Februar dieses Jahres, einen Donnerstag. Würden Sie uns bitte schildern, wie dieser Tag für Sie verlief?*

Altmann: *Ich wurde vom Tod meiner Frau benachrichtigt.*

KHK Fedder: *Korrekt, Ihre Ex-Frau, die nicht mehr beruflich tätige Rechtsanwältin Angelika Garbers.*

Altmann: *Geli hat den Doppelnamen beibehalten – Garbers-Altmann.*

KHK Fedder: *Entschuldigen Sie, ich korrigiere, Angelika Garbers-Altmann. Wie und von wem wurden Sie vom Ableben der Angelika Garbers-Altmann unterrichtet?*

Altmann: *Durch einen Anruf ihrer Nachbarin.*

KK Schwekendieck: *Name? Der Name der Nachbarin?*

Altmann: *Frau Kreuzer, ich kenne sie nicht weiter. Sie wohnt direkt unter Geli. Sie hat mich angerufen und gesagt, dass die Polizei im Haus ist und sie gehört hat, dass Geli etwas zugestoßen sei.*

KHK Fedder: *Etwas zugestoßen – das heißt nicht zwangsläufig, dass Frau Garbers-Altmann tot war.*

Altmann: *Ich habe das so verstanden.*

KHK Fedder: *Beim Betreten der Wohnung Ihrer Ex-Frau haben Sie gefragt – ich zitiere aus dem damaligen Protokoll – „Ist sie tot? Wer hat das getan? Wer hat sie umgebracht?"*

Altmann: *Das war in der Aufregung. Ich stand unter Schock. Ich habe nicht glauben können, dass es tatsächlich ein Unfall war.*

KK Schwekendieck: *Beim Anruf der Nachbarin Frau Kreuzer – wo befanden Sie sich da?*

Altmann: *Zuhause.*

KK Schwekendieck: *Ich meine, waren Sie bereits auf? Waren Sie in der Küche, in einem der Zimmer oder im Bad …?*

Altmann: *Ich wurde durch das Klingeln geweckt.*

KHK Fedder: *Sie haben den Anruf im Bett entgegenge-nommen?*

Altmann: *Nein, am Telefon. Ich bin in den Flur gegangen.*

KHK Fedder: *Gut, Sie haben dann also gehört, dass Ihrer Ex „etwas zugestoßen sei."*

Altmann: *Ja.*

KHK Fedder: *Daraus haben Sie geschlossen, dass sie tot sei.*

Altmann: *Ich habe …*

KHK Fedder: *Entschuldigen Sie. Ich will das kurz zusam-menfassen. Ich versuche, mich in Ihre damalige Lage zu ver-setzen. Sie werden durch das Telefon aus dem Schlaf gerissen. Die Nachricht, dass der Ihnen immer noch nahe stehenden Angelika etwas zugestoßen sei, löst bei Ihnen aus, dass sie tot ist. Sie kleiden sich in aller Eile an, stürzen aus dem Haus und nehmen Ihren Wagen. Entspricht das dem tatsächlichen Verlauf an jenem Morgen?*

Altmann: *Ich …*

KHK Fedder: *Ja oder nein? Oder gab es bis zu dem Zeit-punkt noch etwas?*

Altmann: *Nein. Ich bin …*

KHK Fedder: *Haben Sie irgendwelche Tabletten genom-men? Beruhigungsmittel, Psychopharmaka …?*

Altmann: *Nein, nein – ich bin direkt losgefahren.*

KK Schwekendieck: *Das war um wieviel Uhr?*

Altmann: *Das habe ich doch alles schon mal gesagt.*

KHK Fedder: *Sie haben seinerzeit zu Protokoll gegeben, dass Sie – ich zitiere – „so gegen 8.00 Uhr" angerufen wurden. Dabei bleiben Sie?*

Altmann: *Ja – ja, natürlich.*

KHK Fedder: *Dann kann man davon ausgehen, dass Sie spätestens kurz nach Acht von Ihrem Zuhause aus losgefahren sind. 8.05 – 8.10 Uhr, nicht später.*

Altmann: *Ja, so ungefähr.*

KK Schwekendieck: *Welchen Weg haben Sie genommen?*

Altmann: *Den schnellsten.*

KK Schwekendieck: *Ich meine, die genaue Route. Wie sind Sie gefahren? Sie können uns das hier auf dem Stadtplan zeigen.*

Der Befragte zeigt sich irritiert, kommt aber schließlich der Aufforderung nach und erklärt anhand des Stadtplans.

Altmann: *Ich bin direkt auf die Alsterkrugchaussee und dann ganz durch bis zur Kreuzung Schulweg, Fruchtallee. Da bin ich zum Eimsbütteler Marktplatz abgebogen und von da in die Voigtstraße.*

KHK Fedder: *Das ist die einfache Strecke.*

Altmann: *So fahr ich immer.*

KHK Fedder: *Es gibt zu diesem Weg zwei Alternativen. Die eine geht über Lokstedt und bringt bei dem morgendlichen Berufsverkehr möglicherweise nicht viel. Die andere aber – über Quickborner und Heußweg auf die Osterstraße ...*

Altmann: *Da kenn ich mich nicht aus.*

KHK Fedder: *Nicht so vorschnell, Herr Altmann. Genau daran nämlich zweifeln wir. Wir haben sogar erhebliche Zweifel ...*

Altmann: *Ich ... was wollen Sie eigentlich?*

KK Schwekendieck: *Sie haben Ihren Wagen am Montag, dem 11. Februar dieses Jahres, an den Gebrauchtwagenhändler Izmir Tüsdan verkauft.*

Altmann: *Ja, aber ... nach Gelis Tod, ich meine, ich habe ihn sonst nie benutzt. Aber ich möchte jetzt doch wissen, was das jetzt mit ihr zu tun hat?*

KHK Fedder: *Gut, ich werde es Ihnen sagen. Sie kamen kurz vor Neun in Angelikas Wohnung. Sie waren abgehetzt und Sie sind vor mir in sich zusammen gesackt – unterbrechen Sie mich nicht. Um genau 8.47 Uhr kam es auf dem Fußgängerstreifen Osterstraße, Heußweg zu einem schweren Unfall. Eine Neunjährige wurde von einem in die Osterstraße einbie-*

genden und vor dem Fußgängerübergang nicht ordnungsgemäß
abbremsenden Wagen erfasst und auf das Pflaster geschleudert.
Der Fahrer ist geflüchtet. Aber es gab Zeugen! Zeugen, die den
Wagen beschreiben konnten. Es war ein dunkelgrauer Opel, ein
älteres Modell! Es war Ihr Wagen! Das waren Sie! Sie haben ein
Kind, Herr Altmann, ein Kind lebensgefährlich verletzt und
sind einfach weiter gerast! Eine Neunjährige, ein gesundes, jun-
ges Mädchen, das seitdem …

Fedder überflog die letzten Sätze nur noch. Altmann
hatte einen Anwalt verlangt. Die Befragung war beendet
worden. Er legte die Seiten zurück in die Mappe und sah
auf die Uhr. Es wurde Zeit.

Es war genau 17.30 Uhr, als er in dem großräumigen Büro
seinem Chef gegenüber trat. Er wurde gebeten, Platz zu nehmen und gefragt, ob er was zu trinken wünsche, eine kleine
Stärkung.

Fedder lehnte dankend ab. Sein Chef, ein stämmiger
Mann von Ende fünfzig mit einem altertümlichen Bürsten-
haarschnitt, schenkte sich einen Korn ein, den er mit einem
Schluck runter kippte. Genüsslich seufzend zündete er sich
eine Filterlose an und blies den Rauch zur Decke hoch.

„Ich habe hier das Schreiben eines Anwalts vorliegen",
begann er. „Paul Kimmich. Der Mann ist mir hinlänglich
bekannt. Ein ziemlich windiger Bursche, um es moderat auszudrücken. Er beschuldigt dich, das von seinem Mandanten
Wilfried Altmann entdeckte und dir unverzüglich weiterge-
reichte Tagebuch des Karl Weber, genannt ‚Zappa', unterschlagen zu haben. Entspricht das der Wahrheit?"

Fedder straffte sich.

„Nein", sagte er ohne zu zögern.

„Existiert dieses Buch?"

Auch diesmal antwortete Fedder umgehend.

„Nein", sagte er.

„Hat dieser Altmann – wir sprechen von dem geschiedenen Mann der tödlich verunglückten Weber-Anwältin Garbers-Altmann – hat er dir überhaupt etwas überreicht?"

„Ja", sagte Fedder. „Ein Notizheft im DIN A 6 Format mit linierten, leeren Seiten."

„Ein unbeschriebenes Heft?"

„Ein gänzlich unbeschriebenes Heft", bestätigte Fedder. „Darf ich dazu noch etwas bemerken?"

„Klar", sagte sein Chef. Fedder reichte ihm die dünne Mappe.

„Altmanns erste Aussage. In einem entscheidenden Punkt lügt er. Er ist krank. Er hat Depressionen und er hat Wahnvorstellungen. Die hatte er schon damals – ich meine, zu der Zeit, als Zappa in U-Haft war und Frau Garbers-Altmann ihn anwaltlich vertrat. Altmanns Zustand hat sich seitdem nicht verbessert. Im Gegenteil. Er steht ständig unter Einfluss starker Psychopharmaka. Das können wir inzwischen nachweisen. Wir ermitteln gegen ihn in Bezug auf einen vermutlich von ihm im Februar dieses Jahres verursachten Unfall mit Fahrerflucht. Da es sich bei dem angefahrenen und zur Tatzeit lebensgefährlich verletzten Opfer um meine Tochter handelt, habe ich den Fall abgegeben. Was das Notizheft betrifft …"

„Danke", stoppte ihn sein Chef. Er legte die Mappe beiseite, ohne einen Blick auf das Protokoll geworfen zu haben. „Ich denke, ich verstehe. Paranoides Ausweichmanöver."

„Würde ich sagen." Fedder nickte bekräftigend.

„Ich les mir das später durch." Er schob ihm das Anwaltschreiben zu.

„Schreib eine Stellungnahme und reich sie mir Montag rein. Ich gehe davon aus, dass du das Heft als Beweisstück gesichert hast."

„Das habe ich – selbstverständlich. Der Kollege Schwekendieck war bei allen Vorgängen Zeuge."

„Gut. Wie ist es jetzt mit einem Schnaps?"

„Danke – ich fahre noch eine längere Strecke mit dem Wagen."

„Ins Wochenende?"

„Ein Besuch in Niebüll", sagte Fedder und stand auf.

4

Nicole fand direkt vor dem *Piceno* eine Parklücke. Wie verabredet hupte sie zweimal kurz. Broszinski erschien oben im Haus am Fenster und signalisierte, dass er bereit sei. Kurz darauf kam er heraus. Er war mit schwarzen *Levis*, einem schwarzen Rollkragenpullover und einer abgewetzten Lederjacke bekleidet. Auch die Baseballschuhe waren schwarz.

Nicole musterte ihn anerkennend.

„Interessant", sagte sie. „Irgendwie macht dich das wesentlich jünger. Hast du nur die eine Tasche?"

„Mehr brauche ich nicht. Kuddel hat uns Stiefel und Regenzeug raus gestellt."

„Auf seine Waldhütte bin ich sehr gespannt."

„Er hat sie perfekt eingerichtet. Den Wagen müssen wir allerdings bei ihm im Ort stehen lassen, aber das fällt nicht weiter auf. Fährst du?"

„Autobahn oder Land?"

„Wir haben Zeit", sagte Broszinski. „Es reicht, wenn wir bei Einbruch der Dunkelheit da sind. Es ist sogar besser." Nicole nickte. Sie wechselte auf den Beifahrersitz.

„Musik?"

Broszinski schüttelte verneinend den Kopf. Er setzte sich ans Steuer, schob den Sitz ein wenig vor und stellte Rück- und Seitenspiegel des *Saab*-Coupés neu ein.

„Wenn du magst, erzähl mir von der Beerdigung. Ich hab die Nachrufe gelesen."

„Es gab auch in der Kapelle einige Reden. Ich stand ziemlich weit hinten und hab nicht alles verstanden …"

„Warum hinten? Entschuldige, aber ihr hattet doch eine enge Beziehung?"

„Eine nicht öffentliche", sagte Nicole. „Für Geliebte gibt es keinen Platz in der ersten Reihe, das solltest du eigentlich wissen."

„Ich hab auch mehr an deine Stellung im Sender gedacht."

„Geschenkt", sagte Nicole. „Bernhard hat mich gefördert, er hat eine eigene Sendung für mich durchgesetzt, aber mit seinem Tod bin ich automatisch zum Abschuss frei gegeben. Das ging schon vor der Bestattung los."

„Konkret?"

„Konkret der Hinweis auf zu niedrige Einschaltquoten, minimaler Marktanteil, Überlegungen zu einer Neukonzeption – angedacht, heißt das. Angedacht ist, mein Gespräch mit der jeweiligen Person zu reduzieren, weniger Außendrehs, Überraschungsgäste am Kamin oder am Gartengrill. Das Übliche eben. Leichte Kost." Sie schnaubte abfällig. „Im Prinzip genau das, was Bernhard nicht wollte. Er war mal im Kommunistischen Bund."

„Na ja", sagte Broszinski. „Das wird mindestens dreißig Jahre her gewesen sein."

„Ihn hat's geprägt. Er hat sich allerdings auch immer gewundert, wie er es mit seiner Vergangenheit dann doch bis zum Programmdirektor gebracht hat." Sie zündete sich eine Zigarette an und kurbelte das Seitenfenster ein Stück herunter. Broszinski nahm Richtung auf Harburg. Der Spätnachmittagsverkehr floss überraschend zügig. „Einiges hatte er sicher seiner Frau zu verdanken. Sie hatte jedenfalls den entsprechenden Background – Bremer Intendantentochter,

Romanistikprofessur, Publizistin. Wenn wir mal nach Italien reisen – sie hat ein wahnsinnig gutes Buch über Neapel geschrieben, und auch einen lukullischen Reisebericht mit wirklich außergewöhnlichen Rezepten aus den einzelnen Regionen. Gottschalk kennt es wahrscheinlich."

„Gottschalk." Broszinski fingerte einen bereits angerauchten Zigarillo aus der Jackentasche und paffte nun auch. „Gottschalk hat mich übrigens noch mal angerufen. Er sorgt sich, dass unsere Freundschaft einen Bruch bekommen haben könnte."

„Und?"

„Nichts weiter. Es klang ein wenig weinerlich. Über Smoltschek will er nach wie vor nicht mehr wissen, als ohnehin allgemein bekannt ist. Du hast wesentlich mehr heraus gefunden."

„Aber nicht, was dieses mysteriöse SG heißen könnte."

„Ich habe diese Nacht an *Sondergeschäft* gedacht. Mal unabhängig von Smoltschek. Ein *Sondergeschäft* zwischen Henning und ihr."

„Sprichst du jetzt nicht einmal mehr ihren Namen aus?"

Broszinski ging nicht darauf ein.

„Sie hatte was mit Henning, da gibt's kein Vertun. Jedenfalls soll sie hinter ihm her gewesen sein, sagt Kuddel. Und dann sind sie gemeinsam nach Hamburg." Er hatte in der Nacht wieder einmal versucht, sich ihr Überwechseln in die Stadt vorzustellen. Tief atmend, den Atem kreisen lassend, Bilder herauf beschwörend.

Ein Wagen, Anns alte Ente vielleicht. Voll bepackt mit Kleidung, mit Büchern, mit etwas Geschirr. Schreibtischstuhl, Lampe, Bettzeug. Ein paar Bilder. Cassetten mit den Hits der frühen Siebziger. *Queen, T. Rex, die Eagles. In The Summertime* vielleicht noch, und *San Francisco* von Scott McKenzie. Partyklopper. Speed auf Autobahnen. Raststätte

Stillhorn. Nur noch wenige Kilometer bis zu den Elbbrücken. Bis zur City. Wo hatten sie sich dort eingerichtet? In einer eigenen kleinen Bude? Im Zimmer einer WG? Angelika Garbers hatte in Eimsbüttel gewohnt. Wo aber war Ann untergekommen, und wo Henning?

„Ich hab Fedder gebeten, ihre damaligen Adressen zu ermitteln. Möglicherweise haben sie zusammen gewohnt."

„Ja", sagte Nicole. „Aber ein *Sondergeschäft* aus alter Liebe …?"

„Es hat was mit der Zeit zu tun", sagte Broszinski. „Ob das in Hamburg war oder noch in ihrem Schnuckendorf, wir finden's raus."

Nicole sah lächelnd zu ihm hin.

„Du hast zum ersten Mal *wir* gesagt." Sie legte die Hand auf seinen Schenkel. Broszinski erwiderte ihr Lächeln.

„Ein Rat meiner Therapeutin", sagte er. „Ja – *wir*. Wir haben das ganze Wochenende, und wenn du kannst, bleiben wir auch noch ein paar Tage länger."

5

Das Telefon klingelte. Fedder schrak zusammen. Er war schon gegen 22 Uhr wieder aus Niebüll zurück gewesen und hatte sich gerade Zappas Notizheft noch einmal vorgenommen. Den Bruchteil einer Sekunde dachte er, das Heft wegschließen zu müssen. Aber es war kein Türklingeln. Es war nur das Telefon. Automatisch sah er auf die Uhr. Es war 23.11 Uhr.

Fedder nahm den Hörer ab.

„Ja?", sagte er.

„Herr Fedder …?"

„Ja?"

„Cornelia", sagte die Anruferin. „Cornelia Bossardt. Sie erinnern sich?"

„Ja – natürlich." Er atmete auf und lächelte.

„Ich bin in der Wohnung meines Vaters. Sie wissen ja – sozusagen gleich um die Ecke." Sie räusperte sich. Als sie weiter sprach, hörte Fedder heraus, dass ihre Zunge schwer war. „Hätten Sie noch Lust aufn Glas Wein. Ich hab hier den ganzen Tag geschuftet, mir 'nen Überblick übern ... über den Nachlass meines Vaters verschafft. Sie wissen ja ..."

„Ja, ich weiß. Es tut mir leid – mein Beileid."

Cornelia lachte.

„Er warn Arsch! Aber wie ... wie isses mit Ihnen? Ich kann innen paar Minuten bei Ihnen sein. Mit ..."

„Bei mir ...?"

„Mit en paar Flaschen Schampus. Oder sind Sie nich allein?"

„Doch, das schon. Aber ..."

„Dann bin ich wie en Blitz bei Ihnen!" Sie legte auf.

Fedder schluckte. Mein Gott! Die Frau hatte schwer einen in der Krone. Zugleich aber verspürte er eine starke Erektion. Er sah die Bossardt in ihrem lila changierenden Hosenanzug vor sich. Ihre extrem eng geschnittene Hose. Die offene Jacke. Die sich unter der dünnen Seidenbluse abzeichnenden Brüste. Ihr breiter, rot geschminkter Mund. Ihr weißblondes, kurz geschnittenes Haar.

Fedder dachte daran, dass er seit einer Ewigkeit mit keiner Frau geschlafen hatte. Jetzt schien sich die Gelegenheit zu bieten. Zum Teufel, ja! Warum nicht? Er hatte ein freies Wochenende, noch den ganzen Samstag und auch den Sonntag vor sich. Larissa war bei Evelyn und ... Evelyn! Nur ja nicht an Evelyn denken, sagte er sich. Seine Erektion hatte schlagartig nachgelassen.

Fedder eilte ins Bad.

172

Als es an der Tür klingelte, hatte er sich die Zähne geputzt, sich trocken rasiert und drei Präservative aus dem Toilettenschränkchen in die Tasche gesteckt. Er öffnete und wartete betont lässig auf die heranstöckelnde Bossardt. Sie schleppte zwei große Plastiktüten und sah hinreißend aus. Sie trug wieder einen Hosenanzug. Diesmal war es ein dunkler, und die Stehkragenjacke war bis zum Hals zugeknöpft. Aber wie bei dem kleinen Crash auf der Straße war sie stark geschminkt. Ihre Augen glänzten.

Fedder begrüßte sie und bat sie einladend herein.

Sie drückte ihm die Tüten in die Hand.

„Schampus für 'ne Orgie", sagte sie. Sie schwankte ein wenig. „Hoppla! Isn langer … langer Flur, den Sie hier haben. Stellen Sie den Rest kühl."

„Du", sagte Fedder. „Ich denke, wir sollten uns duzen – Jörg."

„Sag ich doch – Jörg. Jörgi. Da trinken wir erstma einen drauf. Du glaubst nich, was ich all fürn Scheiß bei meim Vater gefunden habe. Jede Menge Dreck von … von seiner Hure! Die hat ihn zu … zu Tode gefickt – entschuldige. Tschuldigung, dass ich das so unverblümt sage. Aber so isses!"

„Das ist nie leicht", sagte Fedder. „Ich meine, den Verlust eines geliebten Menschen …"

„Scheiße!", fuhr sie ihm dazwischen. „Der Alte war zum Kotzen! Bleiben wir in der Küche? Gleich bis zum Frühstück?" Sie lachte schrill. „Aber vorher …" Sie fasste ihn am Hemd und zog ihn dicht an sich heran. „Vorher gibst du mir einen kleinen Kuss. Das … das gehört sich so, wenn wir jetzt auf du und du sind. Nenn mich Nele."

„Cornelia …"

„Nele", wiederholte sie und schlang verlangend ihre Arme um ihn.

Fedder verkrampfte sich.

6

Gottschalk erschien erst nach 13 Uhr auf dem Geburtstags-brunch der Fotografin. Die unzweifelhaft geliftete Fünfzig-jährige hielt ihm die Wange hin. Er gratulierte und machte ihr eins der üblichen Komplimente. Sie war geschmeichelt und äußerte sich ihrerseits anerkennend über seinen Drei-teiler. Gottschalk trug einen in Mailand maßgeschneiderten rostbraunen Anzug. Der Kragen seines Ton in Ton gehalte-nen Hemds stand offen. Er überreichte der Fotografin eine kleine Kiste mit den am frühen Morgen frisch aus Frank-reich angelieferten Austern. Sie dankte überschwänglich und versicherte, sie allein mit ihrem langjährigen Lebenspartner genießen zu wollen. Der Schluffen kam soeben aus der Küche. Er war wie immer ausgesprochen schlampig geklei-det. Gottschalk hatte ihn noch nie leiden können. Der Typ grüßte mürrisch und sagte, der Kaffee sei alle. Gottschalk bat um Mineralwasser. Die Fotografin verstaute die Austern im Kühlschrank.

„Trink wenigstens einen kleinen Schluck Champagner mit mir", sagte sie. Sie schenkte ein. „Matthias glaubt immer noch, wir hätten mal was miteinander gehabt."

„Dann sollten wir das schnellstens nachholen. Ich bin momentan solo. Vielleicht schießt du das Arschloch dann endlich in den Wind."

„Ach, Pit", seufzte sie theatralisch. Sie stieß mit ihm an und leerte das Glas auf einen Zug. Ihr Handy meldete sich. Gottschalk ging nach nebenan in das großräumige Atelier.

Julie fehlte ihm. Sie fehlte ihm in jeder Hinsicht. Was tat sie jetzt, in diesem Moment? Frühstückte sie im *Odeon*? Schlen-derte sie durch Zürichs City? War sie im Kino? Er hoffte jedenfalls, sie von ihrem verdammten Rachetrip runterge-bracht zu haben.

Die etwa dreißig Geburtstagsgäste standen oder saßen in kleinen Gruppen herum und redeten aufeinander ein. Gottschalk kannte die meisten. Er grüßte kurz in die Runde und nahm das bereits arg geplünderte Buffet in Augenschein. Die Gespräche übertönten Keith Jarretts Pianospiel, vermutlich die legendäre Aufnahme des Kölner Konzerts. Gottschalk hörte was von Festtagen. Von Weihnachten. Praktisch schon morgen. Weihnachtsbeleuchtung. Weihnachtsmärkte. Glühwein, und voraussichtlich wieder mal kein Schnee. Mitternachtsmesse in Vorfrühlingsstimmung. Im überfüllten Michel. Das hat bei uns Tradition. Eine wirklich aktuelle Predigt. Das Gewissen. Glauben ohne Kirche.

Gerede, Gerede, Gerede. Das auf jeder Party so dahin plätschernde Geschwätz. Gottschalk häufte sich einen Klacks Rohkostsalat auf den Teller und legte einige Scheiben Salami dazu.

Ich faste, Julie. Ich nehme ab. Ich tue alles, um dich bei mir zu halten. Lass die alten Geschichten ruhen. Das bringt nichts.

Ein Spaziergang auf dem Deich. Drüben, im Alten Land.

Weißt du noch? Erinnert ihr euch? Die tatsächlich mal zugefrorene Alster. Bratäpfel und Gänsebraten. Das *Witzigmann* Rezept! Vorkochen, ich sage nur vorkochen! Essen ohne Stress. Ohnehin nur Hektik. Allein schon die Geschenke. Was das an Überlegung kostet. Erinnerungsarbeit. Wer hat bereits was? Diskussionen. Alle Jahre wieder Streit unterm Lichterbaum. Das Nervenkostüm liegt blank! Und dann in letzter Minute mit dem HVV in die City. Jungfernstieg. Neuer Wall. Ein Buch. Eine CD. Dieser wunderbare Hörbuch-Laden.

Gottschalk zupfte doch noch eine Brezel aus dem Brotkorb. Eine füllige Blondine warf ihm einen interessierten Blick zu. Gottschalk lächelte ein dünnes Lächeln. Ihre Sitznachbarin drückte die Zigarette aus und stand auf. Sie war sichtlich frustriert. Gottschalk überlegte, sich zu ihr zu gesellen. Er sah sie zum ersten Mal.

Ohne mich! Lieber Brot für die Welt! Für Mit-dem-Munde-gemalt! Postkarten im Zehnerpack! Kleiderspenden! Ein Zeichen setzen, gerade jetzt in diesen Zeiten. Das Elend der Welt ist weltumspannend. Wir verreisen. Wie jedes Jahr. Kreuzfahrt in die Karibik. Ferienhaus in Dänemark. Auch Mallorca ist nicht gänzlich verkehrt. Es gibt nichts Gemütlicheres. Selbst für die Kinder nicht. Die Kinder, ja, die Kinder! Wir müssen zu den Eltern. Zu den Großeltern! Wenigstens für ein paar Stunden. Marmorkuchen im Heim.

Die Frustrierte gab einem grauhaarigen Cordanzugträger zu verstehen, sich von der Gastgeberin zu verabschieden. Gottschalk seufzte.

Heiligabend gab es bei uns immer Kartoffelsalat mit Würstchen. Am Küchentisch, ganz schlicht! Bei Radiomusik! *Klassik* Radio. Vor der Bescherung, vor der Bescherung bitteschön! Uschi Glas singt jetzt auch Weihnachtslieder. Ohne Baum ist Weihnachten für mich einfach kein Weihnachten. Der alte Weihnachtsschmuck von Tante Hilde. Das von Hand geschnitzte Krippenspiel. Maria und Joseph. Ochs und Esel im Stall. Ihr Kinderlein kommet! Ich werde bis zur letzten Minute arbeiten müssen. Da bist du nicht die Einzige. Frohlocke! Freue Dich, oh, freue Dich am Christenleid! Ein gequältes Lachen. Und was macht ihr Silvester?

Silvester. Gottschalk zwang sich, jetzt nicht daran zu denken. Er hielt jetzt nach einem etwas ruhigeren Platz Ausschau. Dann aber blieb er überrascht stehen. Elke hatte den Raum betreten. Sie war ebenso verwundert wie er. Doch sie fing sich schnell und kam freundlich lächelnd auf ihn zu.

„Unser liebster Patron!", sagte sie. „Ich wäre nie auf die Idee gekommen, Sie hier anzutreffen. Sie kennen unsere

Freundin?" Sie senkte die Stimme. „Mein Sohn steht drüben am Fenster."

Gottschalk verstand.

„Eine gute Bekannte", sagte er. „Sie kommt auch oft ins *Paulsen*. Wie ist Ihre Verbindung zu ihr?"

„Karin ist Philips Patentante. Wir haben uns damals in New York angefreundet. – Hör zu, ich bring den Jungen gleich zum Bahnhof. Wir können uns in der Stadt verabreden. Es tut sich einiges."

„Henning?"

Sie nickte leicht.

„Ich hätte heute ohnehin noch einmal versucht, dich endlich zu erreichen. Er ist mit einigen Parteifreunden in einer Klausursitzung. Man will ihn abschießen."

Gottschalk räusperte sich.

„Gut", sagte er. Er sah beiläufig zu ihrem Sohn. Der Junge schien nur Augen für das mit ihm zusammen stehende junge Mädchen zu haben. Es trug ein knielanges weißes Sommerkleid über den Jeans und hatte einen dicken schwarzen Schal um den Hals geschlungen. „Komm zu mir. Ich bleibe nicht lange."

„Zu dir?"

„So gegen Drei", sagte Gottschalk. „Aber geh nicht durchs Lokal. Ich bin oben in der Wohnung. Ich bin allein."

Elke setzte wieder ihr Lächeln auf und hob zu einer in der Nähe stehenden Gruppe hin das Glas.

Gottschalk schlenderte raus auf die Veranda.

Nach den kleinen Schauern am Vormittag klarte es jetzt allmählich auf. Er stellte Glas und Teller auf der Brüstung ab und entzündete eine seiner selbst gedrehten Hanfzigaretten. Dass Henning auch innerhalb seiner Fraktion unter Beschuss stand, war nicht neu. Ihn aber nach nur einem Jahr Amtszeit kippen zu wollen, war eine andere Sache. Der

Mann setzte als Innensenator im Prinzip eigentlich nur das um, womit seine Partei in den Wahlkampf gezogen war. Oder besser, was ihr seinerzeit nach den rasant angestiegenen Wählerstimmen für die Rechtspopulisten schnell noch in punkto allgemeine Sicherheit eingefallen war. Henning hatte den richtigen Ton getroffen, den Nerv des „gesunden Volksempfindens". Er war auf allen Sendern präsent gewesen und bei seinen Rededuellen mit den Vertretern anderer Parteien hatte er jedes Mal haushoch gepunktet. Er war fix im Reden und im Denken, und selbst Gottschalk konnte ihm ein gewisses Charisma nicht absprechen. Warum also zum Teufel wollte man ihn jetzt abservieren?

Smoltschek? Gab es da doch was? Irgendeine Scheißmauschelei?

Aber wer sollte ihn dann ersetzen? Wusste Elke darüber was oder meinte sie mit dem ,es tut sich einiges' lediglich, dass ihre Ehe jetzt doch den Bach runter ging?

Eine fette Taube flatterte vom Dach des Nachbarhauses auf, und Gottschalk sah, dass dort eine der oberen Balkontüren geöffnet worden war. Der Mann, der sich offenbar fassungslos an die Stirn fasste und den Kopf schüttelte, war ihm bestens bekannt. Es war Schwekendieck.

Gottschalk wollte dem ehemaligen Kollegen schon zuwinken, als Fedder hinter ihm sichtbar wurde.

7

Die Frau, der Broszinski und Nicole in ihrem behaglich eingerichteten Wohnzimmer gegenüber saßen, hieß Dagmar Wulff. Sie hatte Kaffee, Mineralwasser und Gebäck serviert und wirkte äußerst konzentriert. Nicole hatte sie gebeten, mitschreiben zu dürfen.

„Kuddel hat mir gesagt, dass ich offen mit Ihnen reden kann", sagte sie. „Ich habe ohnehin nichts mehr zu verlieren." Sie machte eine kleine Pause.

„Darmkrebs im Endstadium. Die Ärzte geben mir bestenfalls zwei Monate. Ob ich das nächste Jahr noch erlebe, ist fraglich. Ich habe jahrelang alles in mich hineingefressen. Rein psychisch, meine ich. Ich bin nie ärgerlich oder gar wütend geworden, sicher auch berufsbedingt."

„Sie waren Sprechstundenhilfe bei Anns Vater."

Sie nickte.

„Ann – ja, die Ann. Sie hat mir vom ersten Tag an zu verstehen gegeben, dass ich ein dummes Ding sei und lediglich zu gehorchen habe. Ich war immerhin schon fünfundzwanzig und hatte bereits Praxiserfahrung. Der Doktor war immer freundlich zu mir. Wir sind sehr gut miteinander ausgekommen. Er war ein großer, schlanker Mann, wissen Sie. Ein feinsinniger Mann. Er hat sich für Malerei interessiert und auch sehr viel gelesen. Ich habe dann auch für ihn eingekauft und gekocht. Aber mit Ann hat sich nie was geändert. Sie ist ein Biest. Sie war damals gerade wieder aus Hamburg zurückgekommen und zog rüber in den alten Speicher der verstorbenen Galeristin. Den hatte diese Gundula ihrem Vater vermacht. Ich denke, dass Ann sie dazu gebracht hat. Sie hat sich jedenfalls gegenüber ihrem Vater damit gebrüstet, die Sterbenskranke entsprechend bekniet zu haben. Der alte Herr war schockiert. Dass seine Tochter sich als derart durchtriebene Person entpuppte, war für ihn ein harter Schlag. Er hat das nie für möglich gehalten. Sie war für ihn sein ein und alles. Er hat sie geliebt. Abgöttisch ist die richtige Bezeichnung." Sie nahm einen Schluck Wasser.

Nicole schlug eine neue Seite auf.

„Es wurde zwar immer wieder getuschelt, dass es mehr als nur väterliche Liebe gewesen sei", fuhr die Wulff fort, „aber davon habe ich nie was bemerkt. Ann kam dann auch nur noch selten zu ihm ins Haus. Eine Zeitlang dachte man, sie igelt sich völlig ein. Sie verließ den Speicher kaum noch. Nachts war oft laute Musik zu hören. Es ist gut möglich, dass Henning sie in der Zeit besucht hat. Das interessiert Sie sicher am meisten."

„Ja", sagte Broszinski.

„Ja – der Wilm. Er war ja jedes Wochenende bei seiner Mutter. Natürlich wusste ich, dass er mal in Ann verliebt gewesen war. Das war noch während ihrer Schulzeit. Seine Mutter ist seinerzeit dazwischen gegangen. Sie hat ihm schlichtweg den Umgang mit ihr verboten. Aber seitdem waren ja etliche Jahre vergangen. Henning hatte es schon zu was gebracht und seine Mama war bettlägerig geworden. Der Doktor hat dann regelmäßig nach ihr gesehen. Ich hatte auch einige Male das Vergnügen. Sie war eine absolut herrische und unfreundliche Person. Vom Typ her nahmen sie und Ann sich eigentlich nichts. Wahrscheinlich konnten sie sich deshalb gegenseitig nicht ausstehen. Aber Henning ist mit Sicherheit mit Ann befreundet geblieben. Ich habe sie allerdings nur einmal zusammen gesehen."

Sie trank noch einen Schluck Wasser.

„Ja – da haben sie sich aber offensichtlich gestritten. Das war einige Tage nachdem Hennings Mutter tödlich verunglückt war."

„Verunglückt?", fragte Broszinski nach.

„Ich habe darüber noch nie gesprochen. Es weiß auch niemand, was an diesem Sonntag wirklich geschehen ist. Das war vor genau sieben Jahren, im Oktober. Hennings Mutter war schon seit Wochen nicht mehr auf den Beinen gewesen. An diesem Tag aber soll sie gewünscht haben, mit Henning ins *Heidecafé* zu gehen. Ich kann Ihnen jetzt nur wiedergeben, was Henning und auch Ann dem Herrn Doktor erzählt haben. Und was er mir dann gesagt hat. Aber ich habe dazu auch meine eigene Meinung. Nein, warten Sie. Hören Sie erstmal, was damals erzählt wurde. – Henning will seiner Mutter anfangs strikt untersagt haben, überhaupt aufzustehen. Aber störrisch, wie sie nun mal gewesen sei, habe sie wie immer ihren Willen durchgesetzt. Sie müssen wissen, dass der kürzeste Weg von ihrem Haus zum *Heidecafé* ein schmaler Feldweg ist. Er führt direkt am Wald entlang. Als Henning mit seiner Mutter aufbrach, will Ann in eben diesem Wald unterwegs gewesen sein. Allein daran habe ich nie geglaubt. Sie will jedenfalls gesehen haben, dass die alte Henning recht zügig ein paar Schritte vor ihrem Sohn hergegangen ist. Auch das erschien mir unglaubwürdig. Aber Henning hat es damals gegenüber dem Herrn Doktor bestätigt. Seine Mutter habe sich über eine Bemerkung von ihm geärgert und sei nicht mehr zu halten gewesen. Sie sei dann vor seinen Augen gestolpert und mit dem Kopf auf einen Stein gestürzt. Ann soll sofort zur Stelle gewesen sein, doch die alte Henning sei auf der Stelle tot gewesen. So haben beide es übereinstimmend erzählt – Sturz und gleich tot. Tatsache ist, dass Henning weder einen Notarztwagen noch die Polizei gerufen hat. Er und Ann haben die tote Frau zurück ins Haus gebracht und von dort den Herrn Doktor informiert. Als er mir davon berichtete, war er völlig durcheinander. Er war verzweifelt. Schließlich hat er mir gestanden, den Totenschein von sich aus gefälscht zu haben."

Broszinski schnaubte leicht.

„Was hat er geschrieben?"

„Er hat als Todesursache ‚Herzversagen' angegeben. Der Grund war, dass er seine Tochter schützen wollte."

„Schützen? Wovor?"

Die Wulff ließ sich einen Moment Zeit.

„Er hatte Ann in Verdacht, mit Hennings Mutter auf

181

dem Feldweg aneinandergeraten zu sein", sagte sie dann. „Und dass sie sie dabei impulsiv gestoßen oder sich auch nur ihrer erwehrt habe. Obwohl Ann das entschieden zurückgewiesen hat, könnte er ihr nicht glauben. Nicht mehr, hat er mehrmals gesagt. Nie mehr. Ich bin überzeugt, dass er damit auch Gundulas Tod und ihre Erbschaft gemeint hat. Er hat mir das Versprechen abgenommen, nie über all das zu sprechen. Er hat mich inständig gebeten. Und ich habe es ihm geschworen. Ich habe es geschluckt. Wie gesagt, ich habe es in mich hineingefressen. Der Herr Doktor war danach nicht mehr der Alte. Er wollte Ann nicht mehr sehen. Er hat jeglichen Kontakt zu ihr abgebrochen. Aber er hat darunter gelitten. Es war furchtbar."

„Und Ann?", fragte Nicole.

„Ihr hat das nichts ausgemacht. – Er hat angefangen zu trinken. Ihm sind dann beim Praktizieren furchtbare Fehler unterlaufen. Er hat die Praxis schließlich geschlossen. Ich habe noch die letzte Kassenabrechnung gemacht und überhaupt noch alles erledigt. Es gab mehrere Interessenten für die Praxis. Der Herr Doktor konnte sich aber nicht entscheiden. Er ließ sich kistenweise Wein ins Haus liefern. Er rasierte sich nicht mehr und ging auch nicht zum Friseur. Einmal hat er sämtliche Bücher aus dem Fenster geworfen. Ich habe getan, was ich tun konnte, um wenigstens noch einigermaßen Ordnung zu halten." Sie wischte sich kurz über die Augen. „Er ist dann über Nacht gestorben. Bei ihm war es tatsächlich Herzversagen. Ein gebrochenes Herz. Und dann kam das Schlimmste."

Sie seufzte schwer.

„Ja, das war wirklich furchtbar. Es war nämlich für alle im Ort so, als habe Ann nur auf den Tod ihres Vaters gewartet. Sie hat nicht eine Träne vergossen. Sie lief freudestrahlend rum. Der Herr Doktor war kaum unter der Erde, da hatte sie das Haus schon verkauft – ja, so war sie. Der Käufer hat es einreißen und das Eckgrundstück komplett neu bebauen lassen. Es ist das mehrstöckige Wohnhaus gegenüber der Post auf der Straße in Richtung Verden." Sie schüttelte den Kopf und setzte neu an. „Ann hat dann den alten Speicher zu der heutigen Galerie erweitert. Sie hat an nichts gespart. Ich glaube nicht, dass der Hausverkauf allein ihr so viel Geld gebracht hat. Der Herr Doktor hatte auch kein großes Vermögen."

„Nein?", fragte Broszinski.

„Das weiß ich hundertprozentig", sagte die Wulff. „Sie muss das Geld woanders her haben. Aus welchen Quellen auch immer. Ich trau ihr alles zu."

8

Für den Sonntag waren wieder ein bedeckter Himmel und Regen vorhergesagt worden. Entsprechend trüb war es, als Henning kurz nach Acht erwachte und in das gleich neben dem ehelichen Schlafzimmer liegende Bad ging. Er urinierte, putzte sich die Zähne und duschte. Danach stutzte er seinen Bart auf den Drei-Tage-Wuchs und klopfte ein paar Spritzer *Cool Fresh* auf Wangen und Kinn. Er war allein zuhause. Elke war gestern Nachmittag mit ihrem Sohn nach Berlin gefahren. Philip wünschte, sein Geschichts- und Politikwissenschaftsstudium in der Hauptstadt fortzusetzen.

Gut so.

Henning kleidete sich zügig an. Er hatte sich für bequeme Jeans, Wollhemd und einen grauen Pullover entschieden. Zu einem Stapel Akten, einem kleinen DVD-Player und einigen Actionfilmen packte er einen Satz frischer Unterwäsche und seine Laufschuhe. Er ging in die Garage, verstaute die Sachen in den Satteltaschen seiner *Honda* und stieg in seine Kluft.

Gegen Neun versorgte er sich am Hauptbahnhof mit der regionalen und überregionalen Tagespresse, trank im Stehen einen Milchkaffee und mümmelte dabei ein Croissant. Auf dem Weg zurück zu seiner Maschine furzte er ausgiebig und war sich sicher, keinesfalls vor Erreichen des Schnuckendorfs kacken zu müssen.

Für die Fahrt zu dem Heideziel benötigte er trotz starken Niederschlags nur knapp 55 Minuten. Als er wie immer die *Honda* in den Schuppen des Hauses seiner verstorbenen Mutter schob, machte sich im angrenzenden Wald Ann bemerkbar. Ohne Eile ging er ins Haus und ließ sie durch die Hintertür eintreten.

Sie begrüßten sich stumm, und Henning ließ Ann ins Schlafzimmer vorgehen. Er ließ die Jalousien geschlossen und zog sich aus. Auch Ann legte ihre Kleider ab. Henning streifte sich ein Präservativ über und begann nach wie vor wortlos, Ann zu vögeln.

Ann verschränkte die Arme im Nacken und schloss die Augen. Nachdem Henning gekommen war, legte er sich neben sie und ruhte sich eine Weile aus. Dann war es an Ann, das Präservativ von seinem erschlafften Glied abzuziehen und ihm einen zu blasen. Sich schließlich gegenseitig befriedigend verging alles in allem eine gute Stunde.

Während Ann sich wieder anzog, blätterte Henning 25 Hundert-Euro-Scheine auf den Nachttisch. Ann zählte nach und nickte flüchtig. Sie steckte das Geld ein und ging.

Am Mittwochmorgen brachte Fedder Butterkuchen und Kaffee mit ins Büro. Er stellte die Pappbecher ab und streckte Schwekendieck die Hand hin. Schwekendieck zog überrascht die Augenbrauen hoch.

„Danke", sagte Fedder. „Du hast mir wirklich sehr geholfen."

Schwekendieck schlug zögernd ein.

„Du hast mit ihr gesprochen?", fragte er.

„Ich hab sogar mit ihr geschlafen."

„Oh ha – soweit ging mein Rat nicht."

„Es war genau das Richtige. Sie war völlig nüchtern, und sie war auch ehrlich. Wenn ich sie nicht aufgesucht hätte, wäre sie biestig geworden. Sie hätte mir irgendwie heimgezahlt, dass ich sie in der Nacht auf die Couch verfrachtet hab."

„Versteh ich nicht", sagte Schwekendieck.

„Ich schon", sagte Fedder. „Sie war gekränkt. Jedenfalls hat sie Zappas Notizen nicht weiter durchgeblättert."

„Nicht weiter? Was heißt, nicht weiter?"

„Sie glaubt, es sei mein Tagebuch gewesen." Fedder setzte sich mit einem Stück Butterkuchen und dem Kaffee an seinen Schreibtisch. „*A.* war für sie eine meiner Verflossenen." Er zitierte. „›Mit *A.* telefoniert. Druckst rum. Hält mich hin …‹, undsoweiter, undsoweiter. Die ganze Frustpassage über die Gabers. Zappa hat nie Angelika geschrieben."

Schwekendieck schüttelte den Kopf.

„Das ist dünn", sagte er. „Du hast sie doch über dieses Scheißheft gebeugt überrascht!"

„Schweki – ich bin mir jetzt absolut sicher, dass Conny wirklich nur flüchtig drauf geschaut hat. Wenn's anders wär, hätt ich's gemerkt."

Schwekendieck gab sich keineswegs überzeugt. Er schaute lustlos auf sein Kuchenstück.

Fedder blätterte seinen Wochenkalender um.

„Gibt's was Neues von Altmann?", fragte er übergangslos.

„Nicht dass ich wüsste."

„Hast du mal nachgefragt?"

„Ich? Wieso? Was soll ich wen denn fragen?"

„Schweki – jetzt lass es gut sein. Mein Gott, ich bin froh, das mit Conny geklärt zu haben!"

„Wie du meinst."

„Ja. Also zieh nicht so ein Gesicht. – Ich rechne damit, dass sein beschissener Anwalt umgehend auf meine Stellungnahme reagiert hat."

„Soll ich ihn etwa anrufen?"

„Scheiße – nein! Aber vielleicht liegt dem Alten ja schon ein Schreiben vor!"

Schwekendieck stand auf und stapelte ein paar Akten.

„Dann wird er's dir gleich sagen. Wir haben die große Runde. Oder hast du das nach deinem klärenden Gespräch mit dieser Medientussi vergessen?" Er klemmte sich die Hefter unter den Arm. „Von Haus aus Journalistin und nur flüchtig drauf geschaut – pah! Du solltest ihr Fangfragen stellen! Sie hart ins Gebet nehmen! Um zweifelsfrei Bescheid zu wissen! Zweifelsfrei! Damit man eventuell noch was händeln kann! Ich hab dir einen ganzen Katalog von Möglichkeiten aufgelistet! Aber nein – du lässt dich wie der letzte Trottel von ihr becircen! Verdammt – Jörg, wenn Zappas Notizen publik werden, können wir hier einpacken! Ich steh neun Monate vor der Pensionierung! Neun lächerliche Monate, und die will ich sauber abreißen! Ich will meine vollen Bezüge! Ich will …!"

„Schweki!" Fedder ging zu ihm und legte ihm die Hände auf die Schultern. „Schweki, ich täusch mich nicht in ihr.

186

Glaub mir. Es ist alles in Ordnung. Mach dich jetzt nicht verrückt! Ich ... ich weiß, was ich tue. Ich hab's im Griff, verstehst du? Ich hab die ganze Sache im Griff."

10

Gunther trat die Erde fest, und Julie harkte eine dicke Schicht Laub darüber. Dann ließ sie die Harke fallen und griff nach Gunthers Hand.

„Halt mich fest", bat sie.

Gunther drückte sie an sich. Sie presste ihr Gesicht in sein Lederzeug und schloss die Augen. Sie zitterte jetzt am ganzen Körper.

„He – es ist gut", sagte Gunther. „Es ist gut. Es ist vorbei. Wir müssen uns beeilen."

„Ja – ja", sagte sie leise und bemühte sich wieder ruhig durchzuatmen.

Sie löste sich von ihm, nahm Schaufel und Harke und brachte sie zurück in den Schuppen. Gunther astete die beiden länglichen Kisten auf die Ladefläche des *Wucherpfennig Sprinters*. Er trat den Dreck von seinen Stiefeln und ging noch einmal in die zur Wohnung ausgebaute Scheune. Julie schloss sich ihm an.

Sie inspizierten zum letzten Mal den großen Arbeitsraum. Auf den zusammengestellten Tischen lagen nur noch ein paar ausgedrückte Farbtuben. Gespültes Geschirr stand in dem Abtropfgestell. Gunther rückte den Stuhl wieder unter das Fenster. Er hatte ihn schon gesäubert.

„Okay", sagte er. „Alles am alten Platz." Er brachte das Türschloss wieder in Ordnung und löschte das Licht. Auch draußen war es nun stockdunkel.

„Die Reifenspuren", sagte Julie als sie zum Wagen gingen.

Gunther winkte ab.

„Das bringt nichts. Außerdem wird's diese Nacht wieder pissen. Bleibt's dabei, dass du in Hannover den Zug nimmst?"

„Ja", sagte sie. „Ich muss weg, erstmal weg. Scheiße – ich glaub, mir wird jetzt doch noch übel!"

Sechster Teil
Ende November 2002

*Hamburg liegt auf 53° 32' 56" nördlicher Breite, 9° 58' 42"
östlicher Länge.*

*Die Stadt umfasst eine Fläche von 755 km², allein 60 km²
davon sind Wasserfläche. Die Freie und Hansestadt ist Stadt-
staat, Bundesland und zugleich Hauptstadt des Bundeslandes
Hamburg. Die Bürgerschaft hat 120 Abgeordnete und ist das
Landesparlament. Der Senat ist die Landesregierung.*

*In Hamburg leben etwa 1,7 Millionen Menschen, davon sind
über 15% laut Auflistung des Statistischen Landesamts vom
Mai 2000 aus der Türkei, Jugoslawien, Polen, Afghanistan,
Iran, Portugal, Griechenland, Italien, Ghana, Großbritannien
und Nordirland, Russischer Förderation, Kroatien, Frankreich,
Bosnien-Herzegowina, Vereinigten Staaten, Österreich, Spanien,
Mazedonien, Pakistan, China, Niederlanden, Dänemark und
Färöer, Indien, Philippinen, Ukraine, Japan, Ägypten, Indone-
sien, Thailand, Vietnam, Schweden, Schweiz, Tunesien, Bra-
silien, Rumänien, Finnland, Kasachstan, Irland, Belgien und
Luxemburg. 31182 Personen sind unter „Sonstige" registriert.*

's ist Krieg! 's ist Krieg! O Gottes Engel wehre,
Und rede Du darein!
's ist leider Krieg – und ich begehre
Nicht schuld daran zu sein!
Was sollt' ich machen, wenn im Schlaf mit Grämen
Und blutig, bleich und blaß,
Die Geister der Erschlagnen zu mir kämen,
Und vor mir weinten, was?

Matthias Claudius, Kriegslied (1779)

Ich empfehle, 110 zu wählen. Die Polizei kommt dann sofort.

Innensenator Wilhelm Heinrich Henning
in *Bild* vom 28. November 2002

Ein grauer Novembertag des Jahres 2001. Hamburg Uhlenhorst. Julie steigt aus dem 211211 Taxi und betritt das von Peter „Pit" Gottschalk geführte Gourmetrestaurant „Paulsen": „Ich kann gleich nächste Woche bei Ihnen anfangen."

Silvesterabend. Julie bereitet in der Küche des „Paulsen" Melonenkaltschale mit Klößchen von Zitronenmelisse zu. Vor dem Restaurant explodieren Knallkörper. Kurz vor Mitternacht begeben sich die meisten Gäste auf die Straße. Gottschalk stößt mit Julie an: „Auf ein gutes neues Jahr!" *Julie verbringt den Neujahrstag mit dem wiederholten Lesen der Briefe ihres Vaters.*

Anfang Februar, später Abend. Ein vierstöckiger Altbau in der Voigtstraße, Eimsbüttel. Julie betritt die Wohnung der bereits angetrunkenen Angelika Garbers-Altmann. Sie hat mit ihr einen heftigen Wortwechsel. Sie fordert von der ehemaligen Anwältin „Zappas" Tagebuch.

Mitte Mai liefert Julie aus dem „Paulsen" das Buffet für den Geburtstagsempfang eines Anwalts in der Isestraße, Eppendorf, an und schnappt beim Servieren auf, dass HP Milstadt voraussichtlich Mitte Juli aus der Hafi entlassen wird. Zwei Wochen später schnauzt sie vor einem frisch verputzten Bunker auf der Veddel einen tätowierten Hell's Angel an: „Ich brauch euch verdammt noch mal. Das seid ihr meinem Vater schuldig."

Am ersten Freitag im Juli bekommt sie im „Paulsen" mit, dass Gottschalks ehemalige Kollegen Jan Broszinski und Jörg Fedder zu Gast sind. Sie bleibt an diesem Abend länger und vögelt mit Gottschalk: „Was ist daran zufällig, wenn man geil ist?"

Ende Juli hört sie auf NDR 2 die Nachricht, dass der in Miami zum Tode verurteilte Horst Ullhorn begnadigt wurde. Bei Sonnenuntergang trifft sie sich mit dem Hell's Angel Gunther an der Elbe: „Ullhorn hat was mit Vaters Tod zu tun."

Jetzt ist es Ende November, und Julie steigt fröstelnd in einen nach Zürich fahrenden Zug.

Julie.

Julia Weber.

Die Tochter des „St. Pauli Killers".

Ende März 2002. Premiere im Deutschen Schauspielhaus. Peter „Pit" Gottschalk steht breit und mächtig im Foyer. Er sichtet die ebenfalls alleinstehende Gattin des Hamburger Innensenators Henning und geht auf sie zu: „Wo sind Ihre Bodyguards?" Elke lacht. Beim Abklingeln der Pause verlassen sie gemeinsam das Schauspielhaus.

Der Mai, der Mai, der Wonnemonat Mai. Maikäfer flieg. Große Elbstraße. Fischimbiss. Gottschalk trifft mit dem „Partykönig" Dennis Smoltschek zusammen.

Freitag, 5. Juli. Gottschalks über dem „Paulsen" liegende Wohnräume. Gottschalk liegt mit Julie im Bett. Beide sind nackt.

Ein Samstagvormittag, Ende Juli. „toom"-Parkhaus, Winterhude. Gottschalk steigt zu dem verdeckt arbeitenden Ermittler X in den Wagen: „Ich brauche alles über Smoltschek." Er steckt ihm einen länglichen, prall gefüllten Umschlag zu: „Für die Operation deines Sohns."

Am Abend des 19. Septembers, einem Donnerstag, fährt Gottschalk mit Julie nach Kampen/Sylt. Sie bleiben übers Wochenende. Auf langen Spaziergängen fragt er sie beiläufig über ihre Teeniezeit aus. Knapp einen Monat später sagt er ihr auf den Kopf zu, dass sie die Tochter des „St. Pauli Killers" Zappa ist. Er muss von ihr hören, dass sie Horst Ullhorn und vor allem HP Milstadt für die wahren Schuldigen am spektakulären Selbstmord ihres Vaters hält.

Jetzt ist es Ende November, und Gottschalk tigert hochgradig beunruhigt durch seine großräumige Uhlenhorster Altbauwohnung. Er befürchtet, dass Julie nicht, wie ihm versprochen, in Urlaub gefahren ist, sondern weiterhin versucht, sich mit Milstadt und Ullhorn zu konfrontieren. Der Gedanke macht ihn rasend. Nach vielen Jahren greift er nun doch wieder zur Wodkaflasche. Er trinkt. Er snieft Koks. Schließlich führt er ein Telefonat mit seinem Informanten.

Gottschalk.

Peter „Pit" Gottschalk.

Ehemaliger Ermittler der FD 65.

Zweites Septemberwochenende 1995. Die Heide ist ausgeblüht. Spätsommersonne. Elke genießt die Fahrt zum Schnuckendorf. Satte, grüne Wiesen. Kühe. Eine Pferdekoppel. Weites Land. Schließlich die kleine Ortschaft. Henning stellt Elke seiner Mutter vor: „Meine Zukünftige." Elke sieht sich von ihr kritisch gemustert. Abweisend. Sie bleibt freundlich. Sie steht am nächsten Morgen spät auf. Nur mit einem dünnen, schwarzen Slip bekleidet kommt sie zu Mutter und Sohn in die Küche. Die alte Frau steht vom Frühstückstisch auf: „Ich betreibe hier kein Bordell." Elke muss lachen. Hennings Gesicht läuft puterrot an.

Drei Wochen später. Henning zieht sich tänzelnd vor Elke aus: „Jetzt ist die Alte endlich unter der Erde. Komm, du kleine Hure, lass dich ficken!" Lachend wirft er sich mit Elke aufs Bett.

Elke sitzt mit Henning vor dem Standesbeamten. Sie streifen sich gegenseitig die Trauringe über. Hochzeitsfest im Atlantic. Elke betritt mit Henning eine am Stadtpark liegende einstöckige Villa.

Abendgesellschaften.

Empfang im Rathaus.

Theaterpremieren. Gemeinsamer Opernbesuch.

Elke reist mit Henning auf der „QE 2" nach New York. New York, New York, wieder einmal New York. Manhattan. Central

Park. Chinatown. Little Italy. Erlebnisreiche Tage. Mit dem leiblichen Vater ihres Sohnes nimmt sie keinen Kontakt auf. Zurück in Hamburg wird der Skiurlaub geplant. Im Frühjahr eine neue Gartengestaltung. Eine polnische Haushaltshilfe wird eingestellt. Elke spielt mit ihrem Sohn Philip Tennis. Sie segelt mit Henning und einem befreundeten Paar vor Dänemark.

Shopping in der City. Jungfernstieg. Neuer Wall. Mode und Kosmetik. Ein neuer Bikini. In diesem Jahr geht die große Reise in die Karibik. Elke kifft spaßeshalber. Sie hat eine kleine Urlaubsaffäre mit einem einheimischen Barkeeper. Aus Hamburg schreibt sie ihm einen sehnsüchtigen Brief. Im Herbst fliegt sie mit Philip nach Ibiza. Motorbootausflüge zu idyllisch gelegenen Buchten. Picknick. Elke knackt Hummerscheren. Spätabends besucht sie mit ihrem Sohn die Discos. Mutter und Sohn treten auf wie ein frisch verliebtes Paar. Weitere Jahre vergehen.

Elke liegt allein im Ehebett und knabbert Konfekt. Der Fernseher ist eingeschaltet. Elke sieht auf die Uhr und greift zum Telefon.

Jetzt ist es Ende November, und Elke ist seit sieben Jahren mit Henning verheiratet. Sie schlafen kaum noch miteinander. Bei Gottschalk hat sie keine Hemmungen. Sie weiß, dass er auch mit seiner jungen Köchin schläft. Angeregt durch den Bestseller eines französischen Autors phantasiert sie einen Dreier. Sie hat eine Auseinandersetzung mit Henning und ohrfeigt ihn: „Sei froh, dass ich dich nicht zum Teufel jage!" Sie ist finanziell von ihm unabhängig und gesellschaftlich ohnehin.

Elke Henning, geborene Duvstedt.

Tochter aus gutem Haus. Eine alteingesessene Hamburger Kaufmannsfamilie. Herrenbekleidung vom Feinsten. Maßschneiderei. Eine Frau in den besten Jahren. Attraktiv und begehrenswert.

Februar 2000, Kölner Südstadt. Der ehemalige Kriminalhauptkommissar Jan Broszinski ist nach einem längeren Auf-

enthalt in Thailand zurück und beginnt nun in der Dachgeschoss-
wohnung eines befreundeten Steuerberaters auf großformatige
Leinwände zu malen. Im Oktober dieses Jahres lernt er auf einer
Vernissage die in der Lüneburger Heide ansässige Galeristin Ann
Siebold kennen. Im Januar 2001 nimmt er ihr Angebot an, ihn
mit seinen Bildern unter Vertrag zu nehmen. Am Waldrand der
12 km von ihrem Galeriewohnsitz entfernten Kreisstadt stellt sie
ihm eine ausgebaute Scheune als Atelier zur Verfügung. Jan Broszinski hat fortan auch eine Liebesbeziehung mit Ann.

Samstag, 13. April 2002. Heidegalerie Ann Siebold, Ausstellungseröffnung „Jan Broszinski – Spurensuche". Unter den
Besuchern sind Broszinskis frühere Kollegen Peter „Pit" Gottschalk und Jörg Fedder. Zu ihrer Überraschung erscheint auch
der Hamburger Innensenator Wilhelm Heinrich Henning. In
der Nacht zum Sonntag hat Jan Broszinski eine lange Auseinandersetzung mit der stark alkoholisierten Ann. Sie will oder kann
ihm nicht sagen, welche Rolle Henning in ihrem Leben spielt. Es
kommt zum Bruch. Ende Juni zieht Jan Broszinski nach Hamburg.

Jetzt ist es Ende November, und Jan Broszinski, der das
mysteriöse Verschwinden seiner früheren Lebensgefährtin Birte
bislang nicht klären konnte, versucht aus aktuellem Anlass
herauszufinden, was Ann ihm über ihre Verbindung zu Henning verschwiegen hat. Er glaubt, sich das schuldig zu sein.
Rückblickend nämlich ist er eine Beziehung mit ihr eingegangen, in der er nichts hinterfragt hat, nachlässig gegenüber ihr
und auch in Bezug auf sich selbst gewesen ist.

Broszinski.

Jan Broszinski.

Ehemaliger Ermittler der FD 65.

Anfang September 2002. Ein Abend im „Piceno", St. Pauli.
Die Fernsehjournalistin Nicole Claasen spricht den über dem
Lokal neu eingezogenen Jan Broszinski an. Bei einem Vorge-

spräch mit Dennis Smoltschek für ihre Sendung „Happy Sunday mit ...“ hat der ihr ein von Broszinski gemaltes Bild gezeigt, das „Selbstporträt vor Revolvermündung“: „Mich interessiert, was Smoltschek mit Ihrem Bild verbindet.“

Einige Wochen später. Wohnung Broszinski. Nicole kommt in ein Badetuch gehüllt zu Broszinski in die Küche: „Hast du Gottschalk mal gefragt, ob er Smoltschek auf dein Bild aufmerksam gemacht hat?“

Mittwochnacht, 16. November. St. Pauli-Theater-Bar. Nicole hört von Broszinski, dass seine bisherige Galeristin Ann das Bild an den Innensenator Henning verkauft hat. Neben dem Verkaufsdatum ist „He / SG“ verzeichnet.

Jetzt ist es Ende November, und Nicole sitzt mit Broszinski einer krebskranken Frau gegenüber, die Sprechstundenhilfe bei Anns verstorbenem Vater war. Nicole notiert, was die Frau erzählt. Sie ist innerlich beglückt, in gewisser Weise aufklärenden Journalismus zu betreiben. Sie denkt ohnehin daran, ihr bisheriges Leben zu ändern, sich frei zu machen von den Zwängen und dem Druck des NDR. Und sie wünscht sich eine feste Beziehung mit Jan Broszinski.

Nicole.

Nicole Claasen.

Noch fest angestellte Mitarbeiterin des Hamburger Senders.

Donnerstag, 7. Februar 2002. Hamburg Eimsbüttel. Voigtstraße. Wohnung der früheren Anwältin Angelika Garbers-Altmann. Kriminalhauptkommissar Jörg Fedder kniet neben der allen Anzeichen nach tödlich gestürzten Angelika Garbers-Altmann. Ihr Ex-Mann Wilfried kommt abgehetzt hinzu: „Wer hat sie umgebracht?“ Fedder wird von seiner Ex Evelyn auf dem Handy angerufen. Ihre gemeinsame Tochter Larissa ist beim Überqueren der Straße angefahren und lebensgefährlich verletzt worden. Der Fahrer ist geflüchtet.

UKE, Hamburg Eppendorf. Die neunjährige Larissa liegt

zweieinhalb Wochen im Koma und weitere drei Wochen im Wachkoma. Von Mitte März bis Ende August ist sie in einer Reha-Klinik.

Im September rät Fedders Kollege Schwekendieck, dass Fedder das alleinige Sorgerecht für Larissa beantragen und mit ihr nach Niebüll ziehen solle. Dort sei die Stelle des Kripochefs frei geworden. Fedder will nichts davon wissen.

Mitte November stellen Fedder und Schwekendieck bei einem Gebrauchtwagenhändler Wilfried Altmanns dunkelgrauen Opel sicher. Fedder ist überzeugt, dass seine Tochter Larissa an jenem Februartag von Altmann angefahren wurde: „Es gab Zeugen! Zeugen, die den Wagen beschreiben konnten. Es war ein dunkelgrauer Opel, ein älteres Modell! Es war Ihr Wagen! Das waren Sie! Sie haben ein Kind, Herr Altmann, ein Kind lebensgefährlich verletzt und sind einfach weiter gerast! Eine Neunjährige, ein gesundes, junges Mädchen!" Altmann streitet die Tat vehement ab.

Jetzt ist es Ende November, und Kriminalhauptkommissar Jörg Fedder hat zu wenig in der Hand, um einen Haftbefehl erwirken zu können. Er hat allerdings bei Altmann ein Notizheft sicher gestellt, über dessen Existenz bislang nur gemutmaßt wurde. Es sind die Aufzeichnungen, die der „St. Pauli Killer" Karl Weber, genannt „Zappa", während seiner Haft im Untersuchungsgefängnis Holstenglacis gemacht hat. Einige Eintragungen sind Fedder unverständlich, oft ist nur ein Anfangsbuchstabe verzeichnet. Fedder versucht anhand alter Akten die Aufzeichnungen zu entschlüsseln.

Fedder. Jörg Fedder.

Kriminalhauptkommissar Jörg Fedder.

Auch er wünscht sich eine dauerhafte Beziehung.

1

Sie kamen aus Winsen an der Luhe, aus Buchholz, aus den Dörfern der Nordheide, aus Lüneburg und auch aus Uelzen. Sie kamen in kleinen Kolonnen, zu zwölft, zu acht und viele auch einzeln. Die meisten waren weit über vierzig, trugen die Haare lang und hatten dichte Bärte. Es gab einige in voller Ledermontur und viele in abgetragenen Jeans, Holzfällerhemden und dicken Westen. Sie hatten schwere Ketten und Baseballschläger dabei, und als sie sich alle in dem Bunker auf der Veddel versammelt hatten, griffen sie sich die in großen Wannen auf Eis liegenden Bierdosen, knackten sie und begrüßten johlend den ein und anderen, den sie eine Ewigkeit nicht mehr gesehen hatten: ‚He, Atze! He, Alter! Du auch, Wolli? Immer schön früh mit den Hühnern raus? Da ist ja auch Charly, und, logo, der Bronson, der Freak! Hat aber noch immer keine neuen Zähne in der Fresse! He, Major Tom! He, Big Bär! Keinen freien Blick mehr auf die Rute, den Klopper, den Oymel? Die Kralle schon steif? Schon Gicht in den Knochen?‘

Sie flachsten sich an, ließen die tätowierten Muskeln spielen und schlugen sich gegenseitig auf die Schulter und klatschten ab.

Gunther ließ sie noch labern. Die ersten fetten Joints kreisten, aus einem Cassettenrecorder dröhnten die alten Songs und einige aus der wilden Meute rockten ein paar Takte ab, machten sich locker und stießen die Fäuste in die Luft: He, he, Baby Jane!

Ullhorn war sichtlich genervt.

Er trank Cola-Rum und rieb sich ständig die Nase. Vergeblich hielt er nach Milstadt Ausschau. Wo steckte der Arsch?! Smoltschek hatte schließlich auch ihn mit zu den *Angels* abkommandiert, um wie immer die Lauscher aufzustellen.

Er sah, dass Gunther eine Automatik aus dem Gürtel zog und drei Schüsse abfeuerte. Augenblicklich war es still.

„Okay, Leute", begann Gunther. „Echt stark, dass ihr alle angebrettert seid. Ich vermisse nur ein paar Nasen. Einige sind kurzfristig eingefahren. Fuck auf das Bullenpack!"

„Fuck!"

„Fuck!"

„Fuck!"

„Okay, okay, okay – ja, wir ficken sie! Wir ficken jeden, der uns in den Stiefel scheißt! Wir ficken sie in ihren verkackten Arsch!" Er hob beschwichtigend die Arme, stoppte das wieder aufbrandende Gebrüll. „Leute – Leute! Ihr wisst – die Bullen sind fett und sie sind faul und sie sind dumm wie Sau! Sie knüppeln auf uns ein und sehen bei der richtig großen Scheiße weg! Auch darum geht's! Vor allem darum! Ja, scheiß auf den Albanerclan, da blicken sie nämlich nichts, da hauen sie nicht drauf, da kann Knochenmaxe einfach abgeknallt werden …"

Wütendes Schreien unterbrach ihn, dauerte minutenlang an.

Gunther nahm einen großen Schluck Bier.

„Ja!", übertönte er schließlich den Lärm. „Ja! Hinterrücks abgeknallt haben sie Knochenmaxe, diese Hammelficker! Aber da wollen die Bullen mal wieder nichts von wissen! Da sehen sie weg und wollen nicht hören, wer und wo und warum und überhaupt! Sie furzen nur rum und kloppen sich die Falten aus dem Sack! Scheiße! Scheiß Bullenpack! Dabei weiß jeder einigermaßen Ausgeschlafene, wer wo am Rad dreht und seine Finger drin hat! Wir, Leute, wir kennen die Namen! Wir kennen ihre Treffs! Wir – wir wissen, wo und mit was sie dealen, wen sie abgreifen und was sie tagtäglich an dicker Kohle einsacken! Diese Pisser wildern seit Jahren in unserem Revier! In unserem Revier, Leute, denn das ist es nach wie vor, auch wenn wir inzwischen zerstreut sind in alle Winde!"

„In Glinde! In Glinde!", schrie einer aus der Menge.

„Aber jetzt seid ihr hier!", fuhr Gunther fort. „Ihr seid hier, Leute, weil ein einziger Satz genügt hat! Eine einzige klare Ansage: Wir hauen diesen Scheißölaugen auf die Fresse! Ja, wir sind hier, um das Scheißpack platt zu machen! Wir jagen sie aus ihren Scheißkoksschuppen! Wir prügeln sie aus ihren Scheißspielhöllen! Wir räuchern ihre Scheißclubs und ihre Scheißdiscos aus! Wir reißen ihre bepissten Steigen ein! Wir machen sie mause, wir machen sie alle!" Er musste sich wieder Ruhe verschaffen und hob beschwörend die Hand. „He, ja – das ist die Parole! Aber ich sage euch auch, das wird keine Elbspazierfahrt! Kein verschissener Biker-Gottesdienst mit der Herr ist bei euch auf all euren Straßen! Unterschätzt diese Wichser nicht! Die haben alle ein Eisen stecken, die ballern gleich los! Die kennen nichts anderes! Keinen Kampf Mann gegen Mann! Scheiße! Quakt ihr sie erst an, halten sie schon drauf! Und darum, Leute –" Er trat beiseite. Vier seiner Männer schleppten zwei längliche Kisten heran.

Ullhorn erstarrte.

Diese Kisten. Diese Kisten – das war das Depot! Das alte Depot! Verbuddelt bei dieser inzwischen behausten Scheune auf dem Land! Davon wusste nur noch er. Und Smoltschek natürlich. Und …

Milstadt, durchzuckte es Ullhorn. Milstadt!

Der Schweiß brach ihm aus. Er schluckte trocken.

Die Typen öffneten die Deckel und Gunther griff wahllos in eine hinein. Triumphierend hob er eine Abgesägte hoch. Frenetischer Jubel brandete wieder auf. Die Meute drängte nach vorn, zahllose Hände schnappten nach weiteren Schrotflinten, nach voll- und halbautomatischen Pistolen, nach Revolvern und faustgroßen Handgranaten.

Gunther griente zufrieden.

Er kam zu Ullhorn herüber.

„Na, Alter. Alles klar?"

Ullhorn schluckte trocken.

„Wo steckt Milstadt?", fragte er so cool wie eben möglich.

„HP?"

„Ich seh ihn nicht."

Gunther zuckte die Achseln.

„Hat vielleicht 'n Date", sagte er. „Mit Daniela. Smoltschek macht manchmal einen auf Gönner."

Ullhorn nickte.

„Ja", sagte er dann. „Manchmal weiß er auch gar nicht, wie großzügig er ist." Gunther verstärkte sein Grienen. Ullhorn nickte noch einmal und ließ ihn stehen. Er musste sich zwingen, mit ruhigen Schritten zum Ausgang zu gehen.

Milstadt! HP, der gute, alte HP! Ja, keine Frage – HP hatte ein Date. Eins mit dem Satan persönlich. Tief unten, unter der Erde. In der Hölle. Ullhorn verfluchte ihn dennoch. Der dämliche Hund hatte vorher noch gequasselt!

2

Gottschalk presste den Hörer fest ans Ohr.

„Julie! Julie! Wo bist du? Du wolltest Sonntag zurück sein, und jetzt ist es ...!"

„Pit." Ihre Stimme war kaum hörbar. „Ich kann noch nicht."

„Es ist schon Mittwoch! – Was? Was sagst du?! – Von wo rufst du an?! Wo bist du?!"

„Ich habe hohes Fieber, eine Grippe."

„Eine Grippe? Bist du bei Freunden?! In Zürich?! Wo?! – Ich hol dich ab! Ich nehm den nächsten Flieger!"

„Nein!"

„Julie! Sag mir, wo du jetzt bist! Die Adresse! Ich mach mich sofort auf den Weg!"

„Nein!" Gottschalk hörte sie jetzt klar und deutlich. „Ich melde mich wieder, wenn es mir besser geht. Ich bin müde. Müde und …"

„Julie, ich kann auch den Wagen nehmen! Den *Citröen*! Du kannst die ganze Fahrt über schlafen!"

„Ich bin völlig kaputt, Pit. Ehrlich, ich kann nicht. Ich …"

„Julie …!"

„Ich liebe dich", sagte sie noch. „Ich liebe dich sehr." Dann kappte sie die Verbindung.

3

Fedder hatte den Küchentisch schräg neben seinen Schreibtisch ans Fenster gestellt und darauf die vorsortierten Akten ausgebreitet. Er hatte sie heimlich aus dem Präsidium mit nach Hause genommen. Es waren die damaligen Ermittlungsprotokolle in Bezug auf die innerhalb eines Jahres verübten Morde an sieben Personen aus dem Milieu.

Drei dieser „Hinrichtungen" konnten Karl Weber, „Zappa" genannt, eindeutig nachgewiesen werden. Bei den anderen war er vermutlich Mittäter gewesen. Es gab Hinweise auf seinen Kumpel Milstadt, Hans-Peter Milstadt, genannt „HP".

Milstadt war eine Woche nach „Zappas" Verhaftung in U-Haft genommen worden. „Zappa" hatte bei den Verhören sein Versteck verraten. Broszinski hatte die Aussage protokolliert. Er hatte Milstadt dann auch mit Unterstützung des MEK gefasst.

„*HP – U.*" hatte „Zappa" unter diesem Datum in sein Heft geschrieben.

HP Milstadt in U-Haft, hatte Fedder anfangs daraus geschlossen. Doch das „HP – U." gab es auch schon auf den Seiten davor.

„HP – U. Bruch. 1 Mille. Pont. Nach M."

„HP – U. Alles verzockt. R.?"

„HP – U. Kontakt zum E. über S-C."

„U." also musste eine Person sein. Aber wer?

Fedder hatte schon sämtliche Namen aus den Ermittlungsakten und Verhörprotokollen aufgelistet, von Ali, dem Kneipenwirt auf der Hafenstraße, bis Zwickel, dem Stotterer und Pitbulltrainer. Nur zwei mit einem „U" als Anfangsbuchstabe des Vor- oder Nachnamens waren darunter: Der Milieuanwalt Stephan Utterbach und Uli Detering, „Zappas" mutmaßlicher Auftraggeber, der aber, soweit bekannt gewesen war, nie direkt mit Milstadt zu tun gehabt hatte. Jedenfalls nicht zu der Zeit, mit der die „Zappas" Aufzeichnungen begannen: „März 74. Mit R. und der Lütten nach H. Suche Job. Brauche Kohle. R. flippt rum. Kümmert sich einen Scheißdreck um die Kleine. Nie Milch im Haus. – R. auf Discotrip. Mit HP und U. auf der Rolle. Fickt rum."

Renate. Seine Frau Renate.

Seine Tochter Julia, die Lütte. Die Kleine.

HP. Hans-Peter Milstadt.

Und U.

Fedder rieb sich über das Gesicht. Es ging schon auf Mitternacht zu. Es war der vierte oder auch schon der fünfte Abend, an dem er sich intensiv mit „Zappas" Notizen beschäftigte und noch immer hatte er nicht herausgefunden, wer mit dem „U." gemeint war, und auch nicht, wer „E" war. Und dann war da auch noch ein gleich mehrfach zu interpretierendes „B.".

Fedder entschloss sich, einen Tee aufzubrühen und noch ein paar Stunden weiter zu machen.

4

„Bist du sicher?", fragte Daniela. „Nicht, dass es mir um ihn leid tut, aber ich möcht's halt schon genau wissen."

„Da gibt's kein Vertun." Ullhorn schaute sich in dem riesigen Poolraum um und nickte anerkennend. „Dein Reich?"

„Mehr hast du nicht zu sagen?"

„He – Dania, HP hat bei den falschen Leuten Text abgelassen. Hat wahrscheinlich gedacht, sie heften ihm 'n Patch auf die Jacke, nehmen ihn auf in ihren Scheiß-Club. Streng dich nicht an, um's zu kapieren. Er hat abgekackt, okay?"

„Hat Smoltschek was damit zu tun?"

Ullhorn lachte.

„Du meinst, HP musste wegen dir über den Jordan? Hat er dich gefickt?"

„Ph!" machte Daniela verächtlich. „Mit Smoltschek geht's mir bestens."

„Er ist unterwegs", sagte Ullhorn.

„Und? Was soll das jetzt?"

Ullhorn zog einen der mit groben Leinen bespannten Stühle heran und rückte ihn neben die Liege, auf der Daniela mit untergeschlagenen Beinen hockte. Sie trug einen weißen, einteiligen Badeanzug und hatte ihr langes, blondes Haar hochgesteckt. Immer noch ein scharfes Gerät, sagte Ullhorn sich. Er setzte sich.

„Weil wir gerade davon gesprochen haben", sagte er. „Wir hatten doch auch immer nette Stündchen."

„Vergiss es", sagte Daniela. „Die Zeiten sind vorbei."

„Das fällt mir schwer, sehr schwer. Aber ich denke, wir finden schon einen Weg."

„Ja – du. Nach draußen." Sie stand auf. Blitzschnell packte Ullhorn sie am Handgelenk. Er fasste nach und stieß sie zurück auf die Liege.

„So nicht!", warnte er. „Halt still, sonst bügel ich dich so was von platt, dass dir dein hübscher Arsch auf Grundeis geht!"

„Smoltschek wird dich …!"

„Smoltschek, Smoltschek, Smoltschek! Smoltschek wird gar nichts! *Wir* reden, und zwar in aller Ruhe und ganz vernünftig. Ich nehm an, du bist einigermaßen flüssig …"

„Er macht dich …" Ullhorn haute ihr eine rein. Daniela schrie. Ullhorn schlug noch einmal zu.

„Schnauze!", fuhr er sie an. „Halt die Klappe! Was hast du an Barem im Haus?"

„Ich … das …"

„Du rückst die Knete raus, oder …" Er fasste sie am Kinn und zwang sie, ihn anzusehen. „Oder dein Smoltschek wird den Bullen erklären müssen, wie du in diesem Scheißpool ersaufen konntest."

Daniela wurde unter ihrer Sonnenbankbräune blass. Sie bibberte. Ullhorn strich ihr jetzt sanft über die Brüste.

„Du kannst dir aber auch überlegen, ob du mit mir die Fliege machen willst."

5

Gottschalk fuhr auf das oberste Parkdeck des *„toom"*-Markts in Winterhude, setzte seinen *Citröen* neben den allein stehenden grauen *Passat* und stieg um. Der Hagere am Steuer des *Passats* zog einen großformatigen Umschlag unter der Fußmatte hervor. Er reichte ihn Gottschalk.

„Wir hatten nur Ullhorn vor der Linse", sagte er. „Von Milstadt keine Spur. Er soll sich abgesetzt haben."

„Die Quelle?"

„Eine Rockerbraut aus Uelzen. Ein Kollege hat sie am

Haken. Sie will ins Zeugenschutzprogramm. Ihr Typ ist wieder aktiviert worden. Es gab ein großes *Angelstreffen* auf der Veddel." Der hagere Ermittler machte eine bedeutungsvolle Pause. „Da läuft eine Riesenkacke."

„Terror?"

„Was sonst? Das werden noch heiße Tage."

Gottschalk schnaubte böse. Er öffnete den Umschlag.

„Ich verlass mich darauf, dass du nicht redest", sagte der Hagere.

„Ich will nur die beiden Typen."

Gottschalk betrachtete das erste Foto. Es zeigte Ullhorn inmitten einer Horde *Hell's Angels*. Sein Kopf war mit rotem Filzstift eingekreist. Das nächste Foto war eine Vergrößerung des Ausschnitts.

„Er hat sich kaum verändert", sagte der Hagere. „Immer noch die alte Schweinefresse."

„Wenn ich ihn zu fassen kriege, wird ihn niemand mehr wieder erkennen."

„Das habe ich nicht gehört."

„Nimm deinen Abschied", sagte Gottschalk. „Kümmere dich weiter um deinen Sohn, kümmere dich um deine Familie. Und mach dir ums Finanzielle keine Sorgen."

„Red keinen Unsinn. Es gibt nicht mehr viele aus der alten Truppe. Ohne uns würdest du gar nichts mehr hören."

„Okay", sagte Gottschalk. „War nur ein Vorschlag. Treibt Ullhorn sich ständig mit der Bande rum?"

„Er ist zuletzt bei seiner Ex in Schnelsen aufgetaucht. Christa Dierks. Ich hab dir die Adresse aufgeschrieben. Sie hat einen Türken geheiratet – Tüsdan." Er schüttelte eine Lutschpastille aus der Packung. „Darf ich dich noch was fragen?"

„Alles."

„Warum hast du Zappas Tochter eingestellt?"

Gottschalk steckte die Fotos in den Umschlag zurück. Er rieb sich seinen kahlen Schädel und überlegte kurz, ob er die Wahrheit sagen sollte.

„Ich wusste anfangs nicht, dass es seine Tochter ist", sagte er dann doch. „Sie hat mich … sie gefiel mir einfach."

„Und was du jetzt weißt …?"

„Jetzt weiß ich, dass sie sich in ihrer Verbohrtheit wahrscheinlich voll in die Scheiße geritten hat." Er atmete schwer. „Milstadt – verdammt, ich muss auch wissen, wo Milstadt steckt!"

6

Fedder sah auf die an der Wand des Arbeitszimmers lehnenden Bilder. Es war kein neues darunter.

„Du malst nicht mehr?", fragte er.

Broszinski wies auf eine der größeren Leinwände. Sie war komplett weiß übermalt.

„Ein neuer Ansatz." Er lächelte und bewegte sein Zigarillo in den rechten Mundwinkel. Fedder schüttelte irritiert den Kopf. „Denk dir nichts dabei", sagte Broszinski. „Ursprünglich sollte es eine Abrechnung mit Ann werden. Aber das hat sich erledigt – weitgehend zumindest. Willst du was trinken?"

„Weitgehend", wiederholte Fedder nachsinnend. Aber er fragte nicht weiter nach. „Wenn du was Hochprozentiges hast …"

„Ich denke, du trinkst keine harten Sachen."

„Hin und wieder schon."

„Ich hab nur noch einen Rest Whisky."

„Whisky ist okay. – Von was lebst du eigentlich momentan?" Broszinski holte Gläser und Flasche und goss ein.

„Das hat mich Pit letztens auch schon gefragt. Ich verkaufe einiges an private Sammler. Leider nicht genug, um damit über die Runden zu kommen. Birtes Vater unterstützt mich nach wie vor mit einer größeren Summe. Er ist der Meinung, es steht mir zu."

„Aus Birtes Erbe?"

Broszinski nickte. Er stieß mit Fedder an.

„Darf ich … darf ich fragen, wie … wie viel?"

„Was für Birte gedacht war? Ich weiß es nicht. Ich weiß es nicht genau. Wahrscheinlich einige Millionen. Er überweist mir monatlich Zehntausend."

„Euro?"

„Nein – Schweizer Franken. Ich hoffe, du bist nicht von der Steuer geschickt."

„Zehntausend Franken – immerhin. Da kann ich nur von träumen." Fedder kippte den Whisky und musste husten. „Scheiße, ich … ich neide dir das nicht, ehrlich nicht. Nein, du hast es … ich meine, das … das ist in Ordnung. Es ist fair."

„Es ist kein Ersatz", sagte Broszinski. Er setzte sich auf den hochbeinigen Hocker und wies auf den einzigen im Raum stehenden Sessel. „Willst du dich nicht setzen? Sorry, aber du bist sozusagen der erste Besucher."

„Der erste?"

„Nicole schläft nur hier." Er registrierte Fedders überraschtes Gesicht. „Ach ja, du kennst sie ja noch nicht. Eine Journalistin – Nicole Claasen."

„Die … die Claasen?"

„Die Fernsehfrau", bestätigte Broszinski. „Hast du mal eine ihrer Sendungen gesehen?"

Fedder überlief es heiß. Er hatte die Stimme der betrunkenen Cornelia im Ohr: Die Hure hat ihn zu Tode gefickt! Er hörte sie ruhig und klar sprechen: Die Claasen hat meinen Vater auf übelste Weise eingewickelt. Mein Gott, wie kam ausgerechnet Jan jetzt an diese Frau? Fedder schüttelte heftig den Kopf.

„Nein, nein", sagte er schnell. „Nur mal was von gehört. Bist du ... bist du schon länger mit ihr zusammen?"

„Seit einigen Wochen." Er lächelte wieder. „Wir sind noch im Versuchsstadium."

„Ah ja. – Na ja, ich ... entschuldige, ich ... ach, Scheiße! Du kannst dir sicher denken, dass ich nicht einfach so vorbei gekommen bin."

„Hast du Hennings frühere Freundin noch aufspüren können, diese Monika Behr?"

„Nein. Die scheint damals tatsächlich für immer nach Afrika gegangen zu sein. Juckt dich wirklich nur, dass deine Galeristin dich in Bezug auf Henning angeschwindelt hat?"

„Das lässt sich nicht so einfach erklären", sagte Broszinski. „Danke jedenfalls. Aber jetzt mal raus mit der Sprache. Was drückt dich denn nun?"

Fedder setzte sich endlich. Er räusperte sich einige Male. Dann gab er sich einen Ruck.

„Okay – okay. Wir hatten vor kurzem noch mal mit Altmann zu tun. Eine ... eine Routinebefragung. Dabei hat er uns ein Fundstück präsentiert, ein im Sekretär seiner Ex versteckt gewesenes Heft. Es sind Zappas Notizen." Er wehrte Broszinskis impulsiven Ansatz nachzufragen ab. „Hör bitte erst noch zu. Ich habe das Heft im Haus nicht weitergereicht, ich habe es unterschlagen. Altmann versucht natürlich, mich anzupinkeln, aber ich habe unserem Alten gegenüber steif und fest behauptet, der Mann habe mir in seiner geistigen Verwirrtheit ein vollkommen unbeschriebenes Notizheft übergeben."

„Du bist verrückt", konnte Broszinski jetzt doch sagen.

„Was Zappa aufgeschrieben hat, ist weitgehend für den Arsch. Jedenfalls bringt es kaum neue Erkenntnisse. Bis auf

… ja, außer im Hinblick auf zwei Personen. Milstadt, Hans-Peter Milstadt und ein gewisser U."

„U …?"

„Ich habe eine Zeitlang gebraucht, um dahinterzukommen, wer dieser U. ist. Die im Zusammenhang mit ihm notierte Abkürzung ‚Pont' hat's schließlich bei mir klingeln lassen. ‚Pont' – ein *Pontiac*. Horst Ullhorn hat Mitte der siebziger Jahre einen *Pontiac* gefahren. Gekauft offenbar von dem Geld aus einem Bruch."

„Ullhorn? Den hatten wir bei Zappa nie auf dem Zettel. Der ist doch auch dann nach Miami."

„Ja", sagte Fedder. „Aber bis dahin war er offenbar dick mit Milstadt. Du hast Milstadt verhaftet."

„Jörg – was soll das? Das sind alte Geschichten. Was bringt das noch?"

Fedder schwieg einen Moment, bevor er wieder aufstand und Zappas Notizheft hervor zog.

„Zappa hatte euch gesteckt, wo Milstadt untergetaucht war. Als ihr ihn geschnappt habt, war Milstadt klar, dass das auf Zappas Konto ging. Er hat Zappa in der U-Haft eine Nachricht zukommen lassen. Im Klartext gelesen: Ich sorg dafür, dass du raus kommst. Aber nicht, um zu leben. – Ullhorn sollte ihn umnieten."

Broszinski schüttelte den Kopf.

„Wir hätten Zappa nie laufen lassen."

Fedder reichte ihm das Heft.

„Du musst nur die letzten Seiten lesen." Er rang offensichtlich mit sich, bevor er weiter sprach. „Du hast es damals selbst vermutet. Zappa sollte mit Birte frei gepresst werden. Ullhorn …"

„Nein", sagte Broszinski. „Nein. Da kam nichts, das weißt du doch auch."

„Zappa hat notiert: Glück gehabt. U. hat's versaut. B.

gekalkt. – B., Jan, B. ist … ist zweifelsfrei Birte. Er schreibt an anderer Stelle auch Lady B."

Broszinski verspürte ein schmerzhaftes Zucken seiner Nerven. Seine Hände zitterten unmerklich. Lady B., Lady B. – ja, Zappa hatte Birte bei den Verhören gelegentlich Lady B. genannt. Plump vertraulich und mit einem bösen Unterton: *Wie geht's der Lady B.? Man weiß, wie wichtig dir deine Frau ist … deine Lady B., deine Birte! Pass gut auf sie auf!*

„Birte", sagte er tonlos.

„Ullhorn hat …" Fedder schluckte. „Er hat Birte … er hat sie offenbar getötet, Jan. – Gekalkt."

Broszinski schloss die Augen. Ihm war, als werde sein Herz von einer stählernen Faust zusammengepresst.

Gekalkt. Gekalkt.

Er wusste, was das hieß. Es hieß erschossen, erschlagen, niedergemacht. Das hieß in eine Grube geworfen. Mit Kalk überschüttet – mit Löschkalk.

„Wo?", brachte er schließlich heraus.

Fedder umarmte ihn. Er drückte Broszinski fest an sich, und Broszinski ließ es geschehen.

„Wo?", wiederholte er. „Wo? Wo? Wo ist das passiert? Wo liegt sie?"

„Es tut mir leid, es tut mir unendlich leid", sagte Fedder. „Aber das krieg ich auch noch raus. Ich finde das Schwein. Ullhorn … er ist inzwischen wieder in Deutschland. Ich weiß nicht, wo er steckt. Noch nicht. Aber ich stöbere ihn auf. Darauf kannst du dich verlassen. Ich schwör's dir."

7

Der Polizeipräsident der Freien und Hansestadt Hamburg wurde am Mittwoch, dem 27. November, um 6.13 Uhr telefonisch informiert.

Er war bereits auf und trank soeben seine erste Tasse Tee. Nach dem Anruf duschte und rasierte er sich, zog sich an und stopfte seine Pfeife. Er rauchte sie an, packte Pfeifenset und die in der Nacht noch studierten Akten ein und verließ sein karg eingerichtetes Apartment. Der Wagen der Fahrbereitschaft hielt bereits mit laufendem Motor vor dem Haus.

Die Fahrt zum Alsterdorfer *„Polizeistern"* dauerte knapp 12 Minuten. Kurz vor 7 Uhr betrat der Polizeipräsident zügigen Schritts das vor zwei Jahren in Betrieb genommene neue Präsidium. Er nahm den Fahrstuhl zu seinem Eckbüro im 5. Stock, Flügel 3.

Vom Fenster aus sah man auf die U-Bahnstation Alsterdorf, doch der Polizeipräsident hatte an diesem Morgen dafür keinen Blick. Er wurde von den leitenden Beamten des LKA über die Vorkommnisse der Nacht zwischen 2 und ca. 5 Uhr unterrichtet.

Um 2.07 Uhr hatte eine Streife auf dem Kinderspielplatz Sartoriusstraße, Ecke Luruper Weg in Eimsbüttel zwei durch aufgesetzten Kopfschuss hingerichtete Männer entdeckt. Sie konnten als Ülkü und Aslan Hakan identifiziert werden. Das türkische Gebrüderpaar war schon seit längerem des Crack-Handels verdächtigt und observiert worden.

Nur wenige Minuten später war es im Kellinghusenpark zu einer Schießerei gekommen. Die alarmierte Streife fand dort den mit mehreren Schüssen tödlich niedergestreckten Chilenen Miguel Perra vor. Der Mann hatte offenbar anfangs noch das Feuer auf ihn mit seinem Revolver erwidert. Auch Perra, Weingroßhändler in Eppendorf, war den

LKA-Beamten nicht unbekannt. Über seinen Großhandel lief vermutlich der Import größerer Mengen Kokain.

Zeitgleich wurde auf der Toilette der Discothek *Glam*, St. Pauli, dem Albaner Pjeter Z. Ullaj das Genick gebrochen. Ullaj soll nach Ermittlungen der Abteilung Organisierte Kriminalität einen Schlepperring aufgezogen haben.

Gegen 3 Uhr wurden ein halbes Dutzend Handgranaten durch die Fenster einer Etagenwohnung in der Bernadottestraße, Ottensen, geworfen. Vier der im Präsidium ebenfalls bekannten Männer des Albaner-Clans *Medusa* kamen bei den Explosionen um, zwei weitere wurden lebensgefährlich verletzt.

Zwischen 4 und 5 Uhr schließlich wurden in Billstedt, Barmbek, Osdorf, Altona, Hamm, Lohbrügge und Wandsbek elf kosovoalbanische Zuhälter und Steigenbetreiber sowohl erschossen wie auch erstochen oder zu Tode geprügelt.

„Es kommt aber noch schlimmer", sagte der berichtende LKA Beamte. „In Altona wurde auch einer unserer verdeckt arbeitenden Ermittler – Knut Sievers – tödlich verletzt. Er ist Vater eines soeben erst mit einer künstlichen Niere versehenen Sohns. Und ..."

„Mein Gott", sagte der Polizeichef gepresst.

„Und bei der Schießerei in Wandsbek hat es auch die Besatzung eines Streifenwagens erwischt. Polizeiobermeister Ernst Biehl ist auf dem Transport ins Krankenhaus verstorben. Seine Kollegin Monika Schöne konnte noch operiert werden, wird aber vermutlich gehbehindert bleiben. Den bisherigen Zeugenaussagen zufolge waren die Täter einzeln und in Gruppen auftretende Motorradfahrer – offenbar die *Hell's Angels*. – Eine Blutnacht", schloss er.

Der Polizeichef stopfte mit versteinertem Gesicht eine zweite Pfeife und ließ den Pressesprecher herbeirufen. Dann ordnete er eine Krisensitzung an und griff, nach einem Blick auf die Uhr, zum Telefon, um Innensenator Henning zu unterrichten.

Siebter Teil
Dezember 2002

Man muss ihm an einem klaren Wintermorgen
entgegen gegangen sein,
dem Kaispeicher in der Hafencity.
Einem quadratischen Klotz, einem Bunker gleich,
dem Hindernis vor einem der herrlichsten Ausblicke,
die es in Hamburg gibt.
Stünde er nicht da,
das Auge könnte ungehindert die Elbe bewundern,
die Landungsbrücken mit ihren Barkassen und Booten,
die Ahnung von Weite und Abenteuer.
Keine Schlote, keine Wohnsilos, nichts,
was die Leichtigkeit des Stadtlebens trübt,
würde stören. – Könnte, würde.
Aber der Klotz steht im Weg
wie der Cherub vor dem Paradies.
Doch nun soll er selbst zum himmlischen Garten werden,
zur Lustwiese, auf der zu hämmernden Discorhythmen
und einschmeichelnden fernöstlichen Klängen
Generationen übergreifend
Nachtschwärmer lagern und herum tollen sollen.

Szene Hamburg, Dezember 2002

Dein Wille geschehe,
im Himmel, wie im Club

DJ-Ansage

215

„Realto", Hamburg. Mittagszeit. Er kommt auf die Minute pünktlich die Stufen herunter. Zwei Bodyguards nehmen am Nebentisch Platz. Sein Händedruck ist fest. Der Mann wirkt kein bisschen gestresst. Er lehnt die Speisekarte dankend ab: „Ich nehme den gegrillten Bachsaibling." Sein Anzug sitzt perfekt. Dunkelblaues Hemd, Hanseatenkrawatte. Die Designerbrille. Buschige Augenbrauen. Das Haar korrekt frisiert. Er muss einen Haarfestiger verwendet haben. Draußen weht ein starker Wind.

„Warum bleiben Sie bei Ihrem Drei-Tage-Bart?"

„Er gefällt mir."

„Eitelkeit?"

„Leugne ich nicht. Wer das tut, lügt meines Erachtens."

„Lügen Sie nie?"

„Ich unterscheide zwischen eigennütziger Lüge und der Lüge zum Schutz der Privatsphäre. Zur Letzteren bekenne ich mich."

„Was sagen Sie Ihren Wählern, denen Sie versprochen haben, die Kriminalität in Hamburg binnen hundert Tagen zu halbieren?"

„Das war ausschließlich aus den Reihen der mit uns koalierenden Partei zu hören. Ich habe immer nur gesagt, es ist möglich. Es ist möglich, wenn wir die entsprechenden Voraussetzungen dafür schaffen. Die da sind: Personelle Aufstockung der Polizei, bessere Verdienstmöglichkeiten, also mehr Geld, und vor allem eine dem internationalen Standard angepasste technische Ausstattung. Aber dafür gibt der uns von den Sozis hinterlassene Haushalt vorerst nichts her."

„Wer führt bei Ihnen zuhause das Haushaltbuch?"

„Meine Frau und ich haben getrennte Konten. Unsere festen Kosten tragen wir zu gleichen Teilen. Alle weiteren Ausgaben werden je nach Anlass von meiner Frau oder von mir bestritten. Wir sind nie in Versuchung gekommen, über unsere Verhältnisse zu leben."

„Kaufen Sie die Frühstücksbrötchen?"

216

„Sonntags, ja. Die Woche über bin ich früh im Amt."

„Wie verläuft Ihr Tag als Innensenator?"

„Ich nutze die Zeit vor neun Uhr, um die lokalen und überregionalen Tageszeitungen zu lesen, zumindest die mir wichtig erscheinenden Artikel. Die allgemein politische Lage, Interviews. Dann sind Besprechungen, viele Telefonate, Ausschusssitzungen. Auch Gespräche mit den Bürgern. Das ist mir wichtig, weil ich wissen will, wo der Schuh drückt. Abends finden oft noch Veranstaltungen statt. Meistens bin ich nicht vor zwölf Uhr nachts zu Hause.

„Sind Sie am Wochenende erreichbar?"

„Jederzeit. Meine private Handynummer ist innerbehördlich bekannt. Das ist übrigens ein ‚Muss'."

„Wie verbringen Sie Ihre Freizeit?"

„Mit meiner Frau. Samstag ist unser Tennistag. In den Sommermonaten segeln wir. Ansonsten besuchen wir Freunde auf dem Land, machen Spaziergänge und entspannen. Meine Frau ist sehr an meiner Arbeit interessiert. Ich bespreche eigentlich alles mit ihr. Sie gibt mir immer wieder neue Kraft."

„Wo haben Sie Ihren letzten Urlaub verbracht?"

„Auf Ibiza. Im Ferienhaus meines Schwiegervaters."

„Wissen Sie, wie viele Ausländer zur Zeit in Hamburg leben?"

„Ordnungsgemäß gemeldet sind etwa 300 000."

„Wie hoch, glauben Sie, ist die Dunkelziffer?"

„Darüber liegen uns keine genauen Angaben vor. Ich denke aber, die Zahl ist wesentlich höher als uns lieb sein kann. Allein in den ersten beiden Monaten meiner Amtszeit mussten 500 Illegale ausgewiesen werden."

„Lebten die Opfer der in diesen Tagen stattgefundenen Anschläge illegal in Hamburg?"

„Dreizehn der zu Tode gekommenen Personen waren uns bekannt. Sechs nicht. Die beiden Überlebenden werden zur Zeit überprüft."

„Der Hintergrund der Morde?"

„Die Ermittlungen laufen. Ich kann zur Zeit noch nichts dazu sagen."

„Würden Sie als Anwalt die Täter vor Gericht vertreten?"

„Ein klares Nein."

„Ihr letzter Fall vor Gericht?"

„Die Schadensersatzklage eines Komponisten. Eine Urheberrechtssache. Unsere Klage hatte Erfolg."

„Werden Sie wieder als Anwalt arbeiten?"

„Sie sprechen die Gerüchte über meinen Rücktritt an. Ich kann Ihnen versichern, dass daran nicht zu denken ist. Der Erste Bürgermeister hat mir erst gestern sein volles Vertrauen ausgesprochen. Nein – solange ich im Amt bin, schließt sich eine juristische Tätigkeit aus."

Henning.

Wilm Heinrich Henning.

Innensenator der Freien und Hansestadt Hamburg.

1

Peter „Pit" Gottschalk war heimlich in seine Wohnung zurückgekommen. Er hatte sich mittags von seinem Personal verabschiedet und vorgetäuscht, übers Wochenende auf der Hochzeit eines alten Freundes in Frankfurt zu sein. Jetzt kleidete er sich um und öffnete seinen Safe. Er entnahm ihm eine nicht registrierte Magnum. Es war Freitag, der 6. Dezember, der Nikolaustag, 18.38 Uhr.

Fünf Minuten später erhielt Jan Broszinski in seiner Wohnung über dem *Piceno* einen Anruf von Fedder.

Fedder telefonierte von seinem Handy aus. Er hatte soeben das Alsterdorfer Präsidium verlassen. Seine Nachricht an Broszinski war kurz: „Christa Dierks, Rönnkamp 8. Frau Tüsdan."

Broszinski dankte und legte auf. Er ging ins Bad, duschte sich ausgiebig und kleidete sich, wie schon anlässlich seiner Fahrt in die Heide, ganz in Schwarz. Dann wählte er den Schneiderraum im Sender an. Nicole war gleich am Apparat. Er sagte ihr, sich kurzfristig mit Fedder verabredet zu haben. Es könne spät werden. Nicole schien erleichtert zu sein. Sie sagte, auch sie habe sicher noch bis Mitternacht zu tun. Sie kamen überein, sich heute nicht mehr zu sehen und morgen gemeinsam zu frühstücken.

Fedder fuhr vom Präsidium aus auf dem direkten Weg zur Wohnung seiner Ex. Evelyn empfing ihn reisefertig. Sie hatte sich längst wieder mit ihrem Rathauslover ausgesöhnt. Am morgigen Samstag um 6.30 Uhr würde sie mit ihm für 8 Tage nach Mallorca fliegen. Larissa sollte in der Zeit bei Fedder wohnen und von ihm beaufsichtigt werden.

„Ich hoffe, du weißt um deine Verantwortung", sagte Evelyn. Fedder ersparte sich einen Kommentar. Er umarmte seine apathisch dastehende Tochter und streichelte ihr Haar.

Cornelia Bossardt war schon den ganzen Tag über aufgeregt gewesen. Sie hatte kurz nach 14 Uhr im Lokstedter Sender Feierabend gemacht und eingekauft: Obst und Gemüse, italienisches Brot, Oliven und Käse, Wurstaufschnitt, Hack, Milch und auch drei Packungen Fischstäbchen. Cornelia wohnte in Ottensen. Von ihrem rundum verglasten Eckraum im vierten Stock des Hauses hatte man einen herrlichen Blick auf den Stadtteil. Nach ihren Einkäufen hatte Cornelia Stühle und Tisch ausgeräumt und auf dem beheizten Boden ein Matratzenlager ausgebreitet. Für den Fall, dass die bedauernswerte Larissa doch nicht mit ihr und ihrem Papa in einem Raum schlafen wollte, hatte sie in ihrem bisherigen Schlafzimmer entsprechende Vorkehrungen getroffen. Jetzt stand sie am Herd, briet Zwiebeln und Hack an und konnte es kaum abwarten, Jörgs Tochter nun endlich persönlich kennen zu lernen.

Währenddessen hatte Gottschalk seine Waffe überprüft und einen drei Seiten langen Brief an Jan Broszinski geschrieben, in dem er seinem ehemaligen Kollegen offenbarte, was er zu tun gedachte und zu welchen Konsequenzen das möglicherweise führen würde.

Es war inzwischen 20.04 Uhr.

Elke Henning hatte es sich vor dem Fernseher auf der Couch bequem gemacht. Die *Tagesschau* brachte schlechte Nachrichten. Die Lage des öffentlichen Haushalts war desaströs. Dem Bund fehlten allein in diesem Jahr 13 Milliarden Euro, im nächsten würden es 20 Milliarden sein. In der Rentenversicherung fehlten sechs, bei den Krankenkassen zwei Milliarden. Die Beiträge stiegen weiter. Der Finanzminister musste 34 Milliarden Euro Neuschulden aufnehmen und den zweithöchsten Nachtragshaushalt in der gesamten Geschichte der Bundesrepublik vorlegen. Der Kanzler verwies bei allem auf den 11. September 2001, die schlechte Weltkonjunktur und die hohen Lasten der deutschen Einheit.

Unbemerkt hatte Henning den Raum betreten und musterte seine lasziv auf den Polstern ausgestreckte Frau. Er hatte sie schon seit längerem in Verdacht, einen Liebhaber zu haben. Die Vorstellung, dass sie sich lustvoll einem anderen Mann hingab, machte ihn innerlich rasend. Er räusperte sich und hielt das der aktuellen *SZ* beiliegende Magazin hoch: „Hast du das Interview mit mir schon gelesen …?"

Der Taxifahrer, von dem sich Broszinski hinter der Kreuzung Schleswiger Damm/Oldesloer Straße absetzen ließ, war ein lässig in seinem Sitz hängender Countryfreak. Er hatte Broszinski zu Beginn der Fahrt gefragt, ob die Musik störe. Broszinski hatte verneint und war in den Genuss einiger neu produzierter *Johnny Cash*-Songs gekommen. Jetzt zahlte er und der Countryboy verabschiedete ihn mit den Worten: „So long, man in black, mach dein Ding." Er konnte nicht wissen, wie richtig er damit lag.

Fedder parkte Am Born, half Larissa den Rucksack zu schultern, griff nach ihrer Rechten und mit der anderen Hand sein Wochenendköfferchen.

Gottschalk schnallte ein Schulterholster um und überprüfte den Sitz seiner Jacke. Sie saß bequem und beulte nicht aus.

Elke hielt das *SZ-Magazin* in der Hand und lachte schallend.

Cornelia ließ Spaghetti in das kochende Wasser gleiten.

Nicole verordnete der Cutterin und sich eine Pause.

Draußen war eine für die Jahreszeit ungewöhnlich milde Temperatur.

Im Zimmer 108 des Hotels am Hafen wurde Horst Ullhorn vom Weckdienst angerufen.

Broszinski drückte die Haustür des Siebziger-Jahre-Bungalows weiter auf. Christa Tüsdan, geborene Dierks, wich verängstigt zurück.

„Ich habe nur eine Frage", sagte Broszinski. „Wo finde ich Ullhorn?"

„Ich habe nichts mehr mit ihm zu tun!"

„Sie lügen!"

„Bei Allah …!"

Broszinski betrat den Flur und stieß die Tür hinter sich zu. Christa kreischte entsetzt.

Evelyn hob den Hintern an. Sie saß in einem niedrigen, schwarzen Ledersessel. Ihr Lover streifte ihr den Slip ab. Evelyn spreizte die Beine über die Sessellehnen und hakte den BH auf.

„Warum fahren wir eigentlich weg?", sagte sie. Ihr Lover lächelte. Er stieg aus seinen Boxershorts und legte sie sorgfältig zusammen.

„Eine kleine Luftveränderung tut uns beiden gut", sagte er. „Außerdem geht mir Henning augenblicklich enorm auf den Zeiger." Er klopfte einige Male mit der flachen Hand auf seinen Schwanz und baute sich dann vor Evelyn auf.

Christa schlug die Hände vors Gesicht. Sie trug einen hoch geschlossenen und bis zu den Füßen reichenden grauen Kittel und ein Kopftuch.

„Ich weiß es nicht, ich weiß es nicht", brabbelte sie. „Er verlangt Geld, bei Allah, viel Geld, Allah möge ihn verdammen, er ist des Teufels, ein Ungläubiger, ein Mörder, mein Mann kommt gleich, er hat Freunde …"

„Was ist mit dem Geld?", stoppte Broszinski sie.

„Er bringt auch Sie um, es ist sein Haus …!"

„Hören Sie", sagte Broszinski. Er hielt demonstrativ sein Handy hoch. „Ein Anruf und in fünf Minuten wimmelt es hier von Polizei! Ich lass Sie mitsamt Ihrem Mann und seinen Freunden einbuchten, wenn ich jetzt keine klaren Antworten zu hören bekomme! Und das zu allem, was ich frage! Haben Sie das verstanden? Geht das in Ihren Kopf …?!"

Gottschalk stieg in seinen auf dem Bürgersteig am Schwanenwiek geparkten Wagen. Als er ihn zurücksetzte, sah er im Rückspiegel einen heranfahrenden Grünweißen.

„Sie ist nett", flüsterte Cornelia Fedder zu. Fedder nickte. Er war erleichtert. Larissa hatte gegenüber Cornelia keinerlei Scheu gezeigt. Sie hatte sich sämtliche Zimmer angesehen und gefragt, ob Cornelia reich sei. Cornelia hatte ihr erzählt, wo und wie sie ihr Geld verdiente: „Weißt du, ich überlege mir, was die Leute gern im Fernsehen sehen würden. Ich denke mir Geschichten aus, und dann suche ich Leute, die diese Geschichten so schreiben, dass die Schauspieler sie spielen können …" Fedder hatte währenddessen Larissas Rucksack ausgepackt und in der Tasche ihres Sweatshirts einen mit dem Stoff verklebten Schokoriegel entdeckt. Er verfluchte seine schlampige Ex.

Evelyn baute in dem schwarzen Ledersessel eine Kerze. Ihr Lover hielt sie an den Fußgelenken fest und drang rektal in sie ein.

Gottschalk zückte seine Brieftasche, um die Ordnungsstrafe gleich bar zu bezahlen. Er hatte nicht bedacht, dass dabei sein umgeschnalltes Holster sichtbar wurde. Ehe er sich versah, hatten die beiden Streifenbeamten ihre Waffen gezogen und forderten ihn auf, die Hände zu heben.

„Ich liebe meine Frau!", zitierte Elke mit höhnischem Lachen zum wiederholten Mal Hennings Interviewantwort. „Du hast deine Mama geliebt – Gottchen, ja! Und wie du sie geliebt hast!"

Henning konnte sich nicht länger beherrschen. Er ging seiner Frau an die Gurgel. „Und du?!", schrie er. „Was tust du?!"

Broszinski stand drohend vor der Tüsdan.

„Weiter", sagte er. „Sprechen Sie weiter!"

„Er war ... er hatte da schon diese Babsi. Er kam nur noch nach Hause, um die ... um die Wäsche zu wechseln, um sich auszuschlafen. Er hat ... er hat auch telefoniert. Meist wurde er zurückgerufen. Es ging dann um ... um irgendwelche Summen. Ich habe ... einmal habe ich gehört, dass er was ablehnte. Das hatte mit diesem ... diesem Killer zu tun ... mit diesem Zappa. Der war verhaftet worden. Ich hab nur verstanden, dass ihm das zu ... zu riskant war. Aber später ... ich hatte später das Gefühl, dass man ihn doch noch überredet hatte. Mehr weiß ich nicht, ich schwöre, bei Allah, er ... er hatte dann nur sehr viel Geld ... über Hunderttausend. Er hat ... er hat mir Dreißigtausend geschenkt, geschenkt hat er sie mir, für ... für alles, für die Jahre, wo wir .... wir waren ja auch noch verheiratet, das Geld war geschenkt, ich brauchte es, bei Allah, das weiß er, er wusste, was er ... was er mir ... mir zu verdanken hatte. Aber jetzt ist es ihm egal, weil ich ... ich bin damals nicht zu seinem Prozeß gekommen, das ... das wirft er mir vor. Er will jetzt alles ... alles zurück, sonst ... ich hab Angst, ich hab meinem Mann gesagt ..."

Ullhorn überquerte die Reeperbahn. Er betrat den *Burger King* und orderte Kaffee und zwei Hamburger. Auf der Davidstraße standen die jungen Hühner und grabschten nach Freiern. Ullhorn verzehrte seine Hamburger und sah dem Treiben zu. Er nahm eine der Schnallen genauer ins Visier. Sie trug rosa Leggins und eine gefütterte Weste. Im Gegensatz zu den anderen sprach sie nicht jeden Typ an. Ihre Haltung und Gestik erinnerten ihn an Babsi. Babsi war damals schier aus dem Häuschen gewesen, als er ihr gesagt hatte, es gehe ab nach Amerika. Urlaub im sonnigen Florida. Sie hatte noch groß einkaufen wollen. Doch er hatte nur mit den Tickets gewedelt: Keine Zeit mehr, up and away! Ullhorn nippte an dem scheiß heißen Kaffee. Diesmal gab es keinen Flieger. Erst einmal nicht. Und es waren noch gut drei Stunden bis diese Türkenschlampe mit der Kohle rüberkommen würde. Drei verdammt lange Stunden. Wenn sie dann nicht spurte, gab es kein Pardon mehr.

Smoltschek ging die unebenen Steinstufen der Himmelsleiter zur Elbe hinunter. Ihm gefiel nicht, dass er derjenige war, der heranzudackeln hatte. Ihm gefiel der Treffpunkt unter freiem Himmel nicht. Ihm gefiel die Dunkelheit nicht. Er war stinkig wie nichts. Ullhorn war verschwunden. Milstadt war verschwunden. Beide wie vom Erdboden verschluckt, und Gunther hatte erst heute Mittag Laut gegeben, ohne weiteren Kommentar Zeit und Ort genannt. Smoltschek stapfte an den alten Häusern vorbei. Die Fenster waren erleuchtet. Er glaubte, den Geruch von Bienenwachskerzen und Lebkuchen wahrzunehmen. Über Nacht war der Nikolaus gekommen. Eine alberne Nummer. Schuhe in den Hausflur stellen und sich beim ersten Espresso des Tages vom stiernackigen Feinkosthändler sagen lassen zu müssen: ‚Männer, denkt an eure Frauen!' Beschissene Pipenkerle für zwei Euro fünfzig. Smoltschek konnte gerade noch einem Kackhaufen ausweichen. Elende Köter! Er fluchte halblaut vor sich hin.

„Am Bahnhof ... ich soll ihm das Geld zum Hauptbahnhof bringen, aber mein Mann ... mein Mann holt seine Freunde ..."

„Wann?", unterbrach Broszinski sie hart. „Um wieviel Uhr, und wo genau?"

Fedder stellte das Geschirr zusammen. Cornelia war mit Larissa im Bad. Er hörte sie lachen. Larissa lachte! Fedder bekam vor Rührung einen engen Hals. Sein Augenstern! Sie lachte! Zum ersten Mal seit vielen, vielen Monaten schien sie fröhlich zu sein. Er wischte sich über die Augen. Er schenkte sich noch einen Schluck Wein ein, trank und griff dann nach Cornelias Zigaretten.

Evelyn stürzte auf die Toilette. Von einer Sekunde auf die andere hatte sie heftige Magenkrämpfe bekommen.

„Ullhorn ist dein Mann", sagte Gunther ruhig. „Er hatte bei uns nichts zu suchen."

„Er hat sich in Luft aufgelöst!"

„Dein Problem", wiederholte Gunther.

„Milstadt ebenfalls!"

„HP." Gunther rauchte genüsslich seinen Spliff an. „HP hat sich weggemacht. Auf immer, denk ich. Wurd ihm 'n büschen zuviel mit dem Kontrolletti. Elf Jahre Knast, da werden die Knochen schnell morsch." Er lachte ein leises Lachen. „Ist gut. Muss ich mir merken – morsche Knochen."

„Scheiße, das ist alles eine große Scheiße! Eure Rambonummer war gegen jede Absprache. Damit seid ihr raus!"

Gunther sog den Rauch tief ein. Er legte den Kopf zurück.

„Wow! Stark! Saustarkes Kraut! – Raus, Pisskopf?", sagte er dann. „Ich sag mal, jetzt sind wir erst richtig drin!"

Ullhorn blätterte in einer Davidstraßensteige zwei Fünfziger auf den Tisch. Die Blonde hängte ihre Weste an den Haken.

„Leg noch 'n Fuffi zu, und wir machen's uns schön gemütlich."

„Wer sagt denn, dass ich's gemütlich will?"

Elke folgte der Patentante ihres Sohns in die Küche.

„Ich hab ihm bis morgen früh Zeit gegeben", sagte sie. „Wenn er dann nicht aus dem Haus ist, trommele ich die Presse zusammen: ‚Innensenator würgt seine Frau!' Das gibt ihm den Rest!"

„Elke." Ihre Freundin nahm zwei Gläser vom Bord. „Schlaf erst mal drüber. – Ich hab nur noch Rotwein."

„Mir reicht's, verstehst du? Ich reiche die Scheidung ein! Ich habe keine Angst vor einem Skandal, das kannst du mir glauben!"

Fedder kniete neben seiner Tochter auf dem breiten Matratzenlager.

„Schlaf gut", flüsterte er. „Und träum was Schönes. Ich liebe dich."

Larissa hatte schon die Augen geschlossen.

Broszinski verließ den Flachbungalow mit der Gewissheit, dass weder Christa noch ihr türkischer Mann mit seinen Freunden am Bahnhof erscheinen würden.

„Deine Pläne, Pisskopf, deine vielen schönen Pläne – alle schön und gut. Auch richtig gedacht, durchaus richtig: Der Kiez wieder komplett in deutscher Hand! Die alte Ordnung, ja, das hat was. Das hat echt was. Und ganz oben sitzt du mit den alten Fürzen Ullhorn und HP und machst einen auf Paten! Aber warum eigentlich du? Warum so ein pomadisierter Pisskopf wie du? Verrat mir das mal."

„Weil ich die Kontakte habe!" Smoltscheks Stimme bebte vor Zorn.

„Kontakte – Waffen, ja? Bumm-bumm." Gunther lachte wieder verhalten. „Deine Schießprügel haben wir schon. HP war so nett ..."

„Milstadt ...?"

„War ihm 'n starkes Bedürfnis. Irgendwie schon religiös. Gott vergebe mir meine unzähligen Sünden. Ich habe gestohlen, betrogen und noch aus dem Knast heraus meinen Kumpel Zappa ans Messer liefern wollen, damit mir das Dreigestirn aus Kolumbien, Amsterdam und London wohl gesonnen bleibt. War ne nette Beichte."

„Milstadt ..."

„Wiederhol dich nicht", sagte Gunther. „Ich bin nicht zugedröhnt, ich bin hellwach. Ja, Pisskopf, Milstadt hat geredet und geredet. Hin und wieder unter einigen Schmerzen."

„Ihr ... ihr habt ihn gefoltert?"

„Ich hab ihn erlöst."

Der Revierleiter legte den Hörer auf. Er zuckte bedauernd die Achseln.

„Du hast es gehört, Pit. Ich muss die Waffe einbehalten. – Mein Gott, warum hast du dir denn nie einen Schein dafür besorgt? Als Gastronom ...“

Gottschalk ging schon zur Tür.

Broszinski entschloss sich, bis zum Niendorfer Markt zu Fuß zu gehen. Die frische Luft tat gut. Er überdachte noch einmal, was er gehört hatte. Ullhorn wollte am Hauptbahnhof das Geld in Empfang nehmen und sich davon machen. Wenn seine Ex nicht pünktlich erschien, würde er nicht lange warten. Broszinski zog sein Handy hervor und wählte Fedder an.

Fedder schreckte unwillkürlich zusammen.

Evelyn, dachte er. Doch beim Anblick des auf dem Display angezeigten Namens, fasste er sich.

„Ich brauche dich“, sagte Broszinski.

Gottschalk prügelte seinen *Citröen* über die Sierichstraße zum Lokstedter Weg und weiter zum Siemersplatz und dann die Kollaustraße nach Niendorf hoch. Der Verkehr war mäßig und lief glatt. Gottschalk war in 35 Minuten vor dem Bungalow Tüsdan. Er stieg aus, öffnete den Kofferraum und nahm den bleiverstärkten Baseballschläger heraus. Er schob die Keule mit dem Griff nach oben in seinen rechten Jackenärmel, schnaubte heftig und klingelte an der Haustür.

2

Ullhorn schlenderte mit seiner geschulterten Reisetasche gemächlich durch den Eingang Mönckebergstraße in die Bahnhofshalle und schaute zu der Abfahrtszeittafel hoch. Er registrierte die angezeigten Verbindungen und nickte zufrieden. Lässig schnippte er sich eine Zigarette zwischen die Lippen. Ullhorn war mit einer drei viertel langen, dunkelblauen Stoffjacke, Jeans und festen Turnschuhen bekleidet. Der Kragen seiner Jacke war hochgestellt, um den Hals hatte er einen dünnen Schal geschlungen. Er nahm ein paar Züge von seiner Zigarette, bevor er wieder nach der Tasche griff und im Durchgang zu den Bahnsteigen verschwand.

Fedder trat hinter einer Säule hervor und folgte ihm.

Er aktivierte sein Handy und meldete Broszinski, dass Ullhorn im Anmarsch war.

An den zu den Gleisen führenden Treppen warteten nur noch vereinzelte Personen. Der Coffeeshop war schon geschlossen. Ullhorn stand mit dem Rücken zum Geländer. Bei Fedders Anblick sah er sich rasch nach allen Seiten um. Fedder ging direkt auf ihn zu, zückte seinen Ausweis und nannte laut und vernehmlich Name und Dienstgrad.

„Wir benötigen Ihre Zeugenaussage im Fall Weber", fügte er hinzu, und leiser: „Zappa."

Ullhorn lachte.

„Ich sch hier keine weiteren Greifer."

„Du irrst dich." Broszinski war hinter ihm die Treppe hochgekommen und fasste Ullhorn hart am Arm.

„Mach keinen Aufstand", sagte Fedder. „Komm mit."

Ullhorn riss das Maul auf, doch bevor er einen Laut heraus bringen konnte, hatte ihn Broszinski am Hals gepackt und drückte den Daumen fest auf seinen Kehlkopf. Ullhorn röchelte. Sie nahmen ihn in die Mitte und schoben mit ihm ab. Ullhorn fügte sich. In knapp zwei Minuten waren sie auf dem Bahnhofsvorplatz und strebten auf Fedders Wagen zu. Als sie ihn erreicht hatten, sahen sie Gottschalks *Citröen* auf den Parkplatz einbiegen.

Broszinski wechselte mit Fedder einen überrascht-fragenden Blick.

3

Smoltschek fand keine Ruhe. Er tigerte in seinen Räumen umher und zerbrach sich den Kopf darüber, was Milstadt in seiner Todesangst noch alles ausgeplaudert haben konnte. Das Dreigestirn – Scheiße! Allein damit hatte Gunther ihn am Haken. Und er hatte ihm ja schon unmissverständlich zu verstehen gegeben, sein eigenes Ding durchzuziehen. Pisskopf! Das traf ihn am meisten. Sich von einem Typen wie Gunther Pisskopf schimpfen zu lassen. Das hatte sich noch nie jemand getraut. Smoltschek dachte kurz daran, über seine Türsteher ein paar ebenso harte Schläger anzuheuern, um diesem Arsch eine Lektion zu erteilen. Dann aber hatte er die zündende Idee. Die Lösung. Er griff zum Telefon und rief seinen Las Vegas-Partner an. Nach den üblichen Floskeln kam er gleich zur Sache.

„Bob", sagte er. „Hat der Präsident eurer *Hell's Angels* auch Einfluss auf deutsche Clubs?"

„Ich denke, ja."

„Hört er auf euch?" Sein Partner lachte.

„Sag, was du von ihm willst."

„Den Jungs hier klar machen, mit wem sie es zu tun haben. Sie pissen mich an. Ich hab sie nicht mehr in der Hand."

„Okay", sagte Bob. „Mail mir, was ich wissen muss."

„Du hast es in einer halben Stunde. Wir sehen uns Silvester zur Eröffnungsparty?"

„Wir sehen uns."

Smoltschek legte auf. Er rieb sich zufrieden die Hände und setzte sich an seinen Laptop. Nachdem er die Mail abgeschickt hatte, fühlte er sich schon wesentlich besser. Er ging in seinen Meditationsraum, um sich gänzlich zu entspannen. Wie immer sah er auf den *Broszinski*, Hennings vorab erteilter Dank für die zugesagte Unterstützung, den

Kiez zu säubern – unspektakulär allerdings, nicht mit wüster Knallerei und Ausräuchern! Scheiß Gunther! Scheiß *Angels*! Er hätte sich nicht mit ihnen einlassen dürfen.

Smoltschek heftete den Blick auf den detailgetreu gemalten Revolverlauf. Wenigstens in Bezug auf Henning konnte er sicher sein, dass er keine Ahnung hatte, was ihm Broszinskis Selbstporträt bedeutete.

Es symbolisierte Broszinskis Kapitulation. Der seinerzeit so erfolgreiche Ermittler hatte bis heute keine Spur von seiner geliebten Birte gefunden, keinen einzigen konkreten Hinweis auf ihr Verschwinden. Auf dem Gemälde brachte er seinen Kopf vor den Revolver und drückte aus, ein Schuss möge sich lösen und auch ihn auslöschen. Ein wirklich beeindruckendes Werk.

Aber es war eine Spur, die auf eine Verbindung zu Henning hinweisen konnte. Möglicherweise. Schlimmstenfalls.

Scheiß auf Henning.

Schweren Herzens hängte Smoltschek das Bild ab und trug es in sein Arbeitszimmer. Er schnitt die Leinwand aus dem Rahmen, schnitt sie in Streifen und zerbrach das Holz. Dann raffte er alles zusammen und warf es in den offenen Kamin. Sich des wahren Wertes des Bilds bewusst, tränkte er den Stapel mit reichlich Cognac und entzündete ihn.

4

„Es geht um einen Tag", sagte Broszinski, „um den 26. Oktober 1990, und ich sage es nur einmal, ich will die Wahrheit hören, sonst gnade dir Gott!"

„Wir sind auf rechtsfreiem Boden." Gottschalk stellte seine Keule griffbereit ab.

Sie hatten Ullhorn in den Vorratsraum seines Lokals

gebracht. Er saß vor ihnen auf einer Kiste. An den Wänden waren Kartons mit Zucker, Salz und Mehl gestapelt, Konserven mit geschälten Tomaten, daneben grobmaschige Säcke mit Zwiebeln und Kartoffeln, mit Knoblauchknollen gefüllte Körbe, getrocknete Kräuter. Es roch gut. Es war kühl.

Ullhorn rieb sich den Hals. Er nickte.

„Okay", sagte er. „Okay." Seine Augenlider zuckten nervös.

„Der 26. Oktober", wiederholte Broszinski. „Ein Freitag. Später Nachmittag, denk genau nach, wo warst du da?"

„Das war …"

„Das war kurz bevor du nach Miami abgedüst bist."

„Richtig. Genau. Wo war ich da?" Gottschalk schlug mit der Faust zu. Ullhorn landete auf dem Boden. Er fluchte lauthals.

„Spiel keine Spielchen!", fuhr Gottschalk ihn an. „Ich hab auch noch Fragen an dich! Hoch mit dir, und quak nicht so eine Scheiße!"

Ullhorn rappelte sich auf. Er schüttelte sich und wischte sich mit dem Handrücken über den Mund.

„Wo?", fragte Broszinski noch einmal.

„Ich … ich habe … dieser Security Service hat mich angefordert. Ich war bei ihnen im Büro."

„Bei wem?"

„Beim Chef. Er … er hatte was für mich. Milstadt hatte ihn angespitzt."

Broszinskis Gesicht zeigte keine Regung. Der Security Mann. S-C hatten sie ihn damals genannt. Er war der Drahtzieher hinter der Kiezkulisse gewesen. Der eigentliche Herrscher. Ein cleverer Geschäftsmann mit besten Verbindungen zum kolumbianischen Drogenkartell. Broszinski hatte seinen Abgang miterlebt. Seine ehemalige Geliebte hatte ihn abgeknallt.

Broszinski wartete.

„Muss ich dir schon wieder eine langen?", fragte Gottschalk. „Spul die ganze Geschichte ab!"

„Ich sollte 'ne Frau zu ihm rüberbringen. Vom Bahnhof. Er … er hatte sie dahin bestellt, telefonisch. Er hatte sich als … als Bernie oder so ausgegeben."

„Bernie." Broszinski musste schlucken.

Bernie. Birtes alter Freund. Ein guter Freund. Ein Freund aus ihrer ersten Zeit in Hamburg. Er war dann nach Stuttgart gegangen. Hatte in einer Anwaltskanzlei gearbeitet. Natürlich hatte sie ihn treffen wollen, war unbesorgt aus dem Haus gegangen und …

„Weiter."

„Hab ich getan. Ich meine, die Frau … sie wollte erst nicht."

„Ihr Name?"

„Hat sie nicht gesagt. Hab ich erst später erfahren." Er wich Broszinskis Blick aus. „Das war Milstadts Ding."

„Birte", sagte Broszinski. Er sah sie wieder deutlich vor sich. Wie so oft. Zu oft. Zum Greifen nah. Er glaubte, den Geruch ihrer Haut wahrzunehmen. Ihren Atem auf seinem Gesicht zu spüren. Ihr Lachen zu hören.

„Ja", sagte Ullhorn. „Aber ich schwör …!"

„Was war dann?"

„Ich schwör, dass ich … ich sollte sie nur rüberbringen. Dass Bernie da auf sie warte, irgend 'nen Termin habe. Bei einem Klienten. 'ne brandheiße Sache, enorm wichtig. Da ist sie dann mit. Ich bin mit ihr hoch zum Chef, und der ist mit ihr in sein Büro."

„Und?"

Ullhorn schüttelte den Kopf. Er schniefte kurz.

„Ich bin dann wieder runter. Hab im Wagen gewartet. Der Chef … das hat 'ne Ewigkeit gedauert, über 'ne Stunde jedenfalls. Er kam dann und meinte: ‚Okay, alles klar. Ich sollte ihn zur Fähre fahren.‘"

„Zur Fähre?"

„Zur Englandfähre. Er ist an dem Abend rüber."

„Und Birte?"

„Keine Ahnung …" Gottschalk schnappte sich den Baseballschläger und holte aus. „Echt, ehrlich nicht!", schrie Ullhorn. Gottschalk ließ die Keule knapp über seinem Kopf hinweg an die Wand krachen.

„Verscheiß uns nicht!", schrie auch Gottschalk.

„Warte", sagte Broszinski. Er packte Ullhorn an der Jacke. „Was ist da gelaufen? Was ist mit Birte passiert? Mit Birte Heinrich, mit meiner Frau, Ullhorn, mit meiner Frau!"

„Scheiße, ich … ich weiß nicht …!"

„Spuck's aus!", schrie Gottschalk ihn an. „Spuck's aus! Ich …!"

Broszinski hob zu Gottschalk hin die Hand.

„Zum letzten Mal", sagte er zu Ullhorn. „Was hast du mit Birte gemacht? Warum hast du sie umgebracht?"

„Ich hab nichts … damit hab ich nichts zu tun!"

Broszinski trat einen Schritt zurück und gab Gottschalk ein Zeichen. Der Keulenschlag riss Ullhorn von den Beinen. Er stürzte lang hin. Sein Kopf schlug auf den Boden. Er schrie und schrie, und krümmte und wand sich. Gottschalk ging neben ihm in die Knie und drehte ihn auf den Rücken. Er stieß ihm die Keule in die Rippen.

„Gekalkt. Gekalkt, hat Zappa geschrieben. Ullhorn hat's versaut. Lady B. gekalkt", sagte Broszinski mit flacher Stimme.

Ullhorn wimmerte jetzt nur noch.

„Ich … nein, das … oh, Scheiße! Shit! Das … das war der Chef! Der Chef! Sie … sie wollte gleich … gleich wieder abhauen und … sie ist mir entwischt! Der Chef … der Chef hat sie auf der Treppe geschnappt! Sie ... sie ist gestürzt! Die Treppe runter! Gestürzt!"

Gottschalk packte ihn am Kragen. Er hievte sich hoch und schleifte Ullhorn zu den Kartoffelsäcken.

„In der Kühle da ist 'ne Pulle Wodka", sagte er schwer atmend zu Broszinski. „Ich fürchte, wir brauchen noch 'ne Weile!"

Broszinski holte die Flasche. Er nahm einen Schluck und reichte sie an Gottschalk weiter.

„Gestürzt, ja? Tödlich gestürzt oder habt ihr nachgeholfen? Sie totgeschlagen?"

„Nein! Nein! Ich sag doch ..."

„Nein?" Gottschalk stellte die Flasche ab. Er schnappte nach Ullhorns Hand, patschte sie flach an die Kellerwand und hielt die Keule wie einen Speer darauf gerichtet. Ullhorn bäumte sich auf. Gottschalk trat ihn auf den Fuß. „Ich breche dir jeden einzelnen Knochen!"

„Sie ... sie war tot! Mein Gott! Sie war gleich tot! Das ist ... das ist die Wahrheit! Ja! Ja! Ich ... ich hab sie wegschaffen müssen! Das war ... mehr hab ich nicht getan! Mehr nicht! Sie ... sie weggeschafft!"

„Wohin?"

Gottschalk tippte mit dem Schläger prüfend auf Ullhorns Finger. Dem Schwein brach der Schweiß aus.

„Wohin hast du sie gebracht?"

„Ich ... ich bin auf die Fähre. Der Chef ... er hat sie ... er hat mir diesen scheiß schweren Koffer aufgedrückt! Ich hab ihn auf der Überfahrt ... ich hab ihn über Bord geworfen." Er brach ab. Er zitterte am ganzen Leib. Gottschalk gab ihn frei und hielt ihm die Wodkaflasche hin.

Broszinski war, als sei er zu Eis gefroren. Er stand regungslos da.

Ullhorn hustete. Er keuchte.

Gottschalk atmete tief durch. Er suchte Broszinskis Blick. Der starrte ausdruckslos auf einen imaginären Punkt. Doch dann fuhr er sich flüchtig mit der Hand über die Augen.

„Ein Unfall also, ein Unfall. Und du hast sie nur beseitigt. Versenkt, endgültig ausgelöscht – gekalkt, klar, so geht's auch." Er sah Ullhorn jetzt durchdringend an. „Und dafür kassierst du Hunderttausend, ja?"

„Nein!"

„Pit ."

„Nein!" schrie Ullhorn. „Nein! Nein! Nicht dafür! Die Kohle … das Geld hab ich erst in London gekriegt! Das war … das war für 'ne frühere Sache."

„Was für eine Sache?"

„Waffen … ich hab Waffen gebunkert. Eingeschmuggelte Ware für … für den Security Service. Das … das war von London aus organisiert … von … von seinem Partner da."

„Der Partner des Security Manns? Der Kolumbianer?"

„Nein, der Engländer. Das ist … so nannte sich Smoltschek damals."

5

Fedder kam mit versteinertem Gesicht ins Büro. Wortlos setzte er sich an seinen Schreibtisch und begann, die darauf liegenden Utensilien zu ordnen. Schwekendieck blickte von seiner Arbeit auf.

„Was ist?", fragte er. „Wochenende ist erst morgen."

„Morgen schon?"

„Morgen", bekräftigte Schwekendieck. „Holt deine Ex Larissa dann sofort ab?"

„Larissa", sagte Fedder ausdruckslos.

„Jörg."

„Ja?"

„Ich hab gehört, du warst in Niebüll."

Fedder nickte.

„Ja", sagte er. „Ja, ich war in Niebüll. Ich hab's dir nicht gesagt, weil … das ist nichts für mich. Das ist mir zu eng, zu provinziell. Dazu kommt …" Er setzte sich aufrecht und sah seinem Kollegen direkt in die Augen. „Altmann – Altmann gibt keine Ruhe, beziehungsweise sein Anwalt. Er verlangt jetzt eine offizielle Untersuchung. Ich war gerade beim Alten. Er übergibt es den Internen. Ich muss Montag zu ihnen."

Schwekendieck stand auf. Er klopfte ein paar Brötchenkrümel vom Revers und zog den Hosenbund hoch.

„Das stehen wir durch", sagte er. „Wenn du dir bei dieser Cornelia hundertprozentig sicher bist, kann dir niemand was."

„Das bin ich."

„Altmann ist eindeutig von der Rolle. Ein Tablettensüchtiger, ein Irrer."

„Ja", sagte Fedder. „Ein Irrer. Ja. Nicht genug, dass er Larissa …" Er krallte seine Hände um die Armlehnen. „Ich bring ihn noch um!", brach es impulsiv aus ihm heraus. „Ich mach ihn fertig! Ja, warum eigentlich nicht? Ich brech ihm sämtliche Knochen!"

„Jörg, dreh jetzt nicht durch. Wir bringen die Sache hinter uns und dann …" Das Klingeln des Telefons unterbrach ihn. Schwekendieck nahm ab und meldete sich.

„Für dich", sagte er. Er hielt Fedder den Hörer hin.

„Wer?"

Schwekendieck verzog das Gesicht.

„Privat", sagte er nur noch.

Als Fedder den Namen des Anrufers hörte, wollte er augenblicklich auflegen. Doch der Mann sprach hastig weiter:

„… Evelyn ist im Krankenhaus, hier, in Palma, ihr

Blinddarm, eine Blinddarmoperation, wir können noch nicht zurück fliegen, frühestens nächste Woche, Mittwoch vielleicht, Donnerstag, es geht ihr soweit gut, ich soll Sie bitten …"

„Nächsten Donnerstag – danke." Fedder drückte ihn weg. „Der dämliche Ficker", sagte er zu Schwekendieck und grinste zufrieden. Doch die Genugtuung darüber, den Lover seiner Ex aus der Leitung gekippt zu haben, verflog rasch. Schwekendieck knüpfte wieder bei Altmann an.

6

Mit Einbruch der Dämmerung war Gottschalk aus dem Ruhrgebiet zurück in Hamburg. Er fand direkt gegenüber des *Paulsen* einen Parkplatz und stieg mit Julie aus. Sie gingen durch das Haus hoch in die Wohnung. Gottschalk stellte Julies Reisetasche ab und zog an allen Fenstern die Vorhänge zu. Er machte in seiner kleinen Küche Licht, nahm den geräucherten Knochenschinken vom Haken und das Krustenbrot aus dem Korb.

„Willst du auch ein Bier?", rief er. Julie stand noch befremdet im Wohnraum. Sie antwortete nicht gleich. Erst als sie alles wie zum ersten Mal in Augenschein genommen hatte, kam sie zu ihm und nahm dankend eine der schon geöffneten Flaschen. Gottschalk stieß mit ihr an. Er nahm ein paar große Schlucke.

„Gut", sagte er dann. „Das tut gut. Wir haben viel geredet. Ich denke, es ist alles gesagt."

„Glaubst du, es geht einfach so weiter?"

„Ja – und zwar ohne Wenn und Aber."

„Ich hab einen Menschen getötet."

„Das sagst du jetzt zum wer weiß wie vielten Mal. Ich kann

dir keine Absolution erteilen. Ich kann nur hoffen, dass dein Rockerkumpel dicht hält oder zumindest dich raus hält."

„Und du? Wirst du das nicht ständig im Kopf haben, wenn wir … wenn wir zusammen sind?"

„Nein", sagte er entschieden. „Ehrlich gesagt … ach, was! Du hast getan, worauf du seit Jahren gewartet hast."

Julie setzte sich an den Tisch. Sie bröckelte etwas von dem Brot ab und drehte kleine Kugeln. Gottschalk säbelte weiter an dem Schinken.

„Ich hab Angst, nie damit fertig zu werden", sagte Julie leise.

Gottschalk seufzte. Er legte das Messer weg und setzte sich zu ihr.

„HP war ein übler Finger", sagte er. „Aber dein Vater, Julie …"

„Ich weiß."

„Dein Vater war auch kein Guter. Okay, man hat ihn benutzt, er war der Ausputzer, und als er seinen Job getan hatte, hat man ihn fallen lassen. Das hat er gesehen und sich gerächt – mit seinen Notizen und vor allem mit dem Stachel, den er dir gesetzt hat. Das war sein letzter Hit. Durch dich Milstadt erledigen zu lassen." Er strich ihr eine Haarsträhne aus dem Gesicht und küsste sie leicht auf die Wange. „Ich habe auch die Grenze überschritten – aus Liebe, aus Angst, aus Sorge um dich. Okay?" Er küsste sie noch einmal. „Leg dich jetzt hin und ruh dich aus. Ich muss noch kurz was erledigen. Geschäftlich. Es dauert nicht lange."

Als er dann später die Wohnung verließ, war Julie bereits fest eingeschlafen. Gottschalk rief ein Taxi und ließ sich zum *Atlantic* fahren. Er war unter den ersten Gästen, die das kleine, ganz in Blau gehaltene DVD-Kino betraten.

Smoltschek begrüßte ihn mit ausgebreiteten Armen.

„Wunderbar! Großartig! Ich freu mich, dass du Zeit hast.

Du wirst begeistert sein! Das Gebäude sieht aus, als sei alles schon perfekt! Animation, Computergrafik – phantastisch! Du entschuldigst mich." Er wollte seinem Banker die Hand schütteln.

„Eine Minute", sagte Gottschalk. „Unser Vertrag für die Gastronomie."

„Hab ich dabei. Unterzeichnen wir nachher."

„Er wird geändert."

„Geändert?"

„Ich zahle die vereinbarte Pacht, aber keine weiteren Abgaben."

„Pit ... "

„Dein Sicherheitspersonal hat sich reduziert. Ich spreche von Milstadt und Ullhorn." Smoltschek zog die Augenbrauen zusammen.

„Was redest du da?"

„Ich hab viel zu erzählen. Über heute, und sehr viel über alte Zeiten. Über Verbindungen zwischen London und Hamburg, London-Kolumbien, über drei Männer und ihre Geschäfte, über Drogen und Waffen. Wenn ich mit meinen noch aktiven Kollegen beim Wein sitze, erzähle ich gern solche Geschichten."

Smoltschek begriff.

„Ullhorn", sagte er. „Das hast du von Ullhorn. Wie hast du ihn dazu gekriegt?"

„Mit nackter Gewalt", sagte Gottschalk. „Setz den Vertrag neu auf und kleb dir das dahin, wo du es immer vor Augen hast." Er zog einen großformatigen Umschlag hervor und drückte ihn Smoltschek in die Hand.

Smoltschek öffnete ihn irritiert.

Es waren mehrere Fotos, die er dann in der Hand hielt.

Fotos von den *Hell's Angels*. Von den *Hell's Angels* und Ullhorn in ihrer Mitte.

MOPO, 18. Dezember 2002
Unfassbar! Innensenator Henning auf Hell's-Angels-Fete!
Blitz-Razzia: 8 Festnahmen in Hamburg, Winsen an der Luhe und Buchholz!

20 Tage nach der entsetzlichen „Hamburger Blutnacht", bei der mehrere in Drogen- und Menschenhandel verwickelte Personen, vorwiegend Kosovo-Albaner, ums Leben kamen, konnten in der Nacht zum Montag acht tatverdächtige Hell's Angels festgenommen werden.

Das Unfassbare: In dem Bunkerclubraum der Hell's Angels auf der Veddel stellten die Beamten neben etlichen Maschinenpistolen, „Pumpguns" und Handgranaten auch Abzüge einiger Fotos sicher.

Die MOPO veröffentlicht hier das unzweifelhaft Brisanteste: Innensenator Wilhelm Heinrich Henning inmitten feiernder Hell's Angels.

Nicht allein Polizei und Politiker der Mitte-Rechts-Koalition sind fassungslos. Alle Bürgerinnen und Bürger dieser Stadt werden sich fragen müssen, was ausgerechnet den Mann, der für mehr Sicherheit und Ordnung auf Hamburgs Straßen angetreten ist, zu der kriminellen Vereinigung der Hell's Angels treibt.

Auslöser der Blitz-Razzia war ein anonymer Anruf. Der Anrufer sprach mit angelsächsischem Akzent und sagte, die „Hamburger Blutnacht" sei der Auftakt zur Machtübernahme durch die Hell's Angels auf dem Kiez gewesen. Weitere Überfälle und Morde seien geplant. Das Ziel sei, sämtliche einschlägigen Lokale, Discos, Spielhöllen und Absteigen in Besitz zu nehmen oder zu kontrollieren.

War Innensenator Henning darüber informiert?

Hat er die gewalttätigen Übergriffe der Hell's Angels gebilligt oder gar initiiert?

Der Senator war zu einer Stellungnahme nicht erreichbar. Nach Verlautbarung seines Staatsrats hat er kurzfristig Urlaub genommen. Der Urlaubsort sei nicht bekannt.

Infokasten
Hell's Angels: Kriminell, professionell, gnadenlos.

Das Gesetz ist ihnen fremd. Ihr Zeichen: Der geflügelte Totenkopf. Eine Rockergruppe aus Harley-Davidson-Liebhabern, die mit wilden Mähnen und Lederjacken auf röhrenden Maschinen gröhlend und Bier saufend über die Landstraßen fährt. Das nostalgische Bild stammt noch aus alten Zeiten, als die Hell's Angels 1948 von ehemaligen US-Bomberpiloten gegründet wurden und die kalifornischen Highways unsicher machten.

Mittlerweile verbirgt sich hinter dem romantischen Mythos der „Höllenengel" eine weltweit vertretene kriminelle Organisation. Allein in Deutschland gibt es nach Angaben des Hamburger LKA rund 40 Gruppen mit 700 Mitgliedern. Ihr Motto ist fordernd: „The world is not enough" („Die Welt ist nicht genug"). Ihre Kämpfe haben nichts mehr mit Blutrache und verletzter Ehre zu tun, hier geht es knallhart um Waffen, Drogen, Schutzgeld, Prostitution und Macht.

Die Hell's Angels sind die am schnellsten wachsende kriminelle Vereinigung der Welt. Erst Anfang dieses Jahres vereinigten sie sich mit Deutschlands mächtigster Rockerband, den „Bones". Die Bosse sind aber längst keine wilden, bärtigen Kerle ohne jegliche Manieren mehr. Hinter den Herrschern in dieser klaren, mafiösen Hierarchie verbergen sich Familienväter, Banker und Manager, die ihre Geschäfte in Vier-Sterne-Hotels, aber auch Anwaltskanzleien machen.

Nicole stürmte in die Küche. Aufgeregt hielt sie Broszinski die Zeitung hin.

„Henning", sagte sie. „Henning ist dran! Unglaublich!"

Broszinski nahm die Pfanne mit Rührei vom Herd und überflog den Artikel. Er nickte, als erfahre er daraus nichts Neues.

„Gut", sagte er nur.

„Jan – Henning muss seinen Hut nehmen, das ist doch klar! Ich will ihn vor der Kamera! Ich wette, er hat sich in seinem Heidedorf verkrochen."

„Frühstücken wir erstmal."

„Das kann ich jetzt nicht! Ich muss in den Sender, ein Team organisieren!"

Broszinski legte die von ihr mitgebrachten Brötchen in den Korb. Er verteilte das Rührei auf die Teller und veranlasste Nicole mit sanftem Druck, sich doch an den Tisch zu setzen.

„Ja", sagte er. „Ich glaube auch, dass er auf dem Land ist. Aber du wirst ihn nicht finden. Er ist nicht so dumm, sich im Haus seiner Mutter einzuigeln. Da wird ihm die gesamte Presse auflauern."

„Wo soll er denn sonst sein?"

„Nun iss was", sagte Broszinski. „Ich bring dich dann hin."

„Du weißt, wo er sich aufhält?"

„Ich bin mir ziemlich sicher."

„Ja, wo denn? Jan, wenn ich ihn als Erste und vielleicht Einzige stellen kann …"

„Ich weiß, ich weiß. Ich weiß, dass du damit Punkte machen würdest. Das sollst du auch."

„Dann sag's – bitte."

Broszinski nahm in aller Ruhe einen Schluck Kaffee.

„Du hast doch bestimmt eine dieser kleinen Videokameras. Mehr brauchen wir nicht. Kein Team, nichts Offizielles. Du meldest dich bis morgen Mittag im Sender ab. Wir fahren gegen Drei, halb Vier los. Dann sind wir im Dunkeln da. Vorher kommen wir nicht unbemerkt an ihn ran."

Nicole schüttelte den Kopf.

„Jan", setzte sie an.

„Nur wir beide", sagte Broszinski. „Du kriegst schon, was du willst. Und ich werde bei der Gelegenheit klären, wie mein Bild von Henning zu Smoltschek gekommen ist. Zu welchem Preis." Für einen Moment verschattete sich sein Gesicht. „Als Schlussstrich", sagte er dann. „Als Schlussstrich unter meine Malerei – damit ist es vorbei."

9

„Das Foto ist getürkt! Das ist eine Fälschung! Aber das zahl ich ihm heim! Ich war nie auf der Veddel, ich nicht! Ich kenne diesen Scheißfleck überhaupt nicht!"

„Das spricht auch nicht für dich", sagte Ann. Sie packte weiter die Tasche aus, legte alles, was im Kühlschrank von Hennings Elternhaus gelagert war, auf den Tisch. „Wie lange willst du unerreichbar sein?"

„Die können mich alle mal! Scheiß drauf!" Er furzte ungeniert. Ann sah durch das Fenster nach draußen zum angrenzenden Wald. Die Bäume waren in der tiefen Dunkelheit nur noch zu erahnen.

„Das Geld ist fällig", sagte sie.

„Herrgott noch mal!", fuhr Henning sie an. „Ich bin Hals über Kopf aufgebrochen! Ich habe alles stehen und liegen lassen! Glaubst du, in so einer Situation spaziere ich erst noch gemütlich zur Bank!"

„Bilde dir nicht ein, die Zahlungen jetzt einzustellen."

„Du hast die ganzen Jahre über verdammt genug eingesackt! Du kannst auch mal ein paar Tage warten!" Er schraubte den Verschluss der Whiskyflasche ab, um sich einen kräftigen Schluck zu genehmigen. Um seine angespannten Nerven zu beruhigen. Mitten in der Bewegung hielt er inne. Ein sarkastischer Zug umspielte seine Lippen. „Ja, du kannst warten", sagte er. „Du kannst ewig und drei Tage warten. Warum soll ich weiter zahlen? Lauf doch hin und erzähl allen, was ich auf dem Gewissen habe! Ja, tu es! Ich bin ohnehin erledigt! Hau du auch noch drauf!"

„Du hast mehr als mein Schweigen bekommen."

Henning lachte höhnisch.

„Ich hab für alles bezahlt! Für jedes Bild, für jeden Fick – bis auf den letzten Cent hast du dein Geld gekriegt!"

„Deine Frau wird dafür ein offenes Ohr haben."

„Meine Frau! Meine Frau! Du hast ja keine Ahnung! Scheiß auf meine Frau!" Er nahm jetzt einen großen Schluck aus der Flasche. „Nein, Ann, nein – du kannst ruhig reden. Du trampelst nur auf einem rum, der schon mit sich Schluss gemacht hat!"

Ann riss ihm die Flasche aus der Hand.

„Bist du etwa deshalb hier?! Willst du dich hier umbringen?! Tabletten, Alkohol?!"

„Warum nicht?"

Ann trat dicht an ihn heran. In ihren Augen lag Verachtung.

„Verschwinde", sagte sie. „Verschwinde. Auf der Stelle."

„Ja, ja – nun beruhig dich." Henning lachte. „Dir flattert doch nur das Hemd, weil es dann auch für dich Ärger geben könnte – Fragen, Fragen, Fragen, viele unangenehme Fragen."

Ann verstaute die Lebensmittel bereits wieder in der Tasche.

„Du gehst", sagte sie. „Das ist mein Haus."

Henning reagierte augenblicklich. Er schlug ihr die Tasche aus der Hand und packte sie. Er packte sie so heftig, dass beide das Gleichgewicht verloren und zu Boden stürzten. Ann schrie schmerzhaft auf. Sie strampelte um sich. Henning setzte sich auf sie. Er drückte ihre Arme auf die Holzbohlen.

„Dein Haus, deine Galerie!", keuchte er. „Diese beschissene Scheune – nichts ist deins! Hörst du?! Nichts!"

„Lass mich … lass mich los!" Sie bäumte sich mit aller Kraft auf, wand sich unter ihm. Eine Naht ihrer knapp sitzenden Hose platzte. Der Gürtel scheuerte. Sie trommelte mit den Absätzen ihrer Stiefel auf die Bohlen.

„Hörst du?! Nichts! Sieh mich an! Verdammt, sieh mich an!"

Ann spuckte ihm ins Gesicht. Reflexartig wischte er sich den Rotz ab. Ann krallte ihre freie Hand in sein Haar, riss seinen Kopf beiseite.

Henning stieß einen gellenden Schrei aus.

Ann kam frei. Sie rollte sich zur Seite und sprang auf. Mit einem Satz war sie an der Tür und stürmte nach draußen.

Henning stolperte ihr nach.

Ann rannte zu ihrem auf dem Waldweg geparkten Wagen. Abrupt stoppte sie. Sie glaubte, ihren Augen nicht zu trauen.

Zwei, drei Schritte vor ihr stand Broszinski. Und neben ihm eine ihr auf den ersten Blick unbekannte, hoch gewachsene Frau.

Henning hatte Broszinski ebenfalls erkannt. Broszinski und diese als karrieregeil bekannte Moderatorin. Er sah die Kamera in ihrer Hand.

„Kein Kommentar!", rief er und war sich sogleich bewusst, wie albern das war. Er drehte sich um und lief auf die andere Seite des Waldes zu.

Nicole hängte sich an ihn. Sie schaltete die Kamera ein, richtete sie auf den davonhastenden Henning.

Henning blickte hinter sich. Seine Füße verfingen sich im locker über den Waldboden verstreuten Geäst. Wie in Zeitlupe segelte er hin. Seine nach vorn gestreckte Hand bohrte sich überraschend tief in die Erde. Die Finger stießen auf etwas Glattes, Feuchtes. Angeekelt zog er die Hand zurück. Was er sah, war entsetzlich. Grauenvoll. Er öffnete den Mund, aber er brachte keinen Ton heraus.

Nicole war neben ihm.

Sie beugte sich vor und erstarrte. Doch dann schluckte sie und hielt die Kamera drauf – auf die gekrümmte, bleiche Leichenhand.

10

Als an diesem Samstag im Dezember, drei Tage vor Heiligabend, der Morgen graute, waren die Straßen der Freien und Hansestadt Hamburg noch menschenleer. Das Gelände der neuen Hafencity vermittelte den Eindruck einer Geisterstadt. Allein hoch oben auf dem alten Speicher, vor dem Eingang der bis auf wenige Innenarbeiten fertig gestellten Discothek, über dem schon die Neonröhrenschrift *Paradies Now* prangte, stand ein in einen hellen Trenchcoat gehüllter Mann. Der Mantel reichte ihm bis zu den Fußknöcheln und ließ ihn noch kleiner erscheinen, als er ohnehin war.

Es war Wilm Henning.

Sein sonst sorgfältig gepflegter Drei-Tage-Bart war struppig ausgewachsen. Er trug keine Brille, seine Augen lagen in tiefen Höhlen. Sein Blick war stumpf.

Henning fror. Doch er blieb unbeweglich stehen. Ein Gnom auf einer der Zinnen der Stadt.

Dann aber vernahm er, dass der Aufzug sich in Bewegung setzte.

Fünf lange Atemzüge später öffnete sich vor ihm die Fahrstuhltür und Smoltschek trat aus der Kabine.

„Was soll das?", raunzte er. „Wir haben nichts mehr zu besprechen. Die Kacke steht dir bis zum Hals."

„Das verdanke ich dir."

„Erzähl das, wem du willst. Du hast ausgeschissen."

„Noch nicht."

Smoltschek lachte.

„Ich kann dir nur raten, den erstbesten Flieger nach sonst wohin zu nehmen! Weit, weit weg jedenfalls!"

„Ich habe Milstadts Leiche entdeckt", sagte Henning.

„Na und? Wen kümmert's?"

„Vor Zeugen. Zeugen, die mir auch das anhängen werden. Aber der Mord geht auf dein Konto. – Nein, sag jetzt nichts. Es ist müßig. Es interessiert mich nicht mehr. Du sollst nur noch mein Geschenk zur Eröffnung deiner Scheißdisco haben – mit Sorgfalt ausgewählt. Ein Knaller, ganz auf dich zugeschnitten. Auf all deine Scheißgeschäfte!"

Er ging auf ihn zu, knöpfte den Mantel auf und bevor Smoltschek in irgendeiner Weise reagieren konnte, hatte Henning sein Feuerzeug gezogen, klickte es an und setzte einen aus dem Innenfutter heraushängenden Stofffetzen in Brand.

Die Flamme schlug hoch.

Henning zog den fassungslos auf die Flamme blickenden Smoltschek mit einem Ruck eng an sich. Er bleckte die Zähne und grinste ihn höhnisch an.

Die Explosion schleuderte sie über die Brüstung.

Brennend sausten ihre zerrissenen Körper in die Tiefe.

Danach

Der spektakuläre Tod Wilhelm Heinrich Hennings und Dennis Smoltscheks, verursacht durch ein vermutlich in mehreren Plastiktüten am Leib getragenes Benzingemisch, sorgte einige Tage für Schlagzeilen in der Hamburger Presse.

Anfang Januar des Jahres 2003 erschien im „Stern" ein Dennis Smoltschek betreffender Hintergrundbericht. Ein Reporterteam deckte auf, dass Smoltschek sowohl zu kolumbianischen Drogenkartellen als auch zu Drogenbaronen in Afghanistan langjährige Kontakte gepflegt hatte.

Horst Ullhorn las den Artikel in einem Amsterdamer Café.

Er wartete dort auf eine Kontaktperson, die ihm eine Schiffspassage nach Lateinamerika organisieren sollte. Neben ihm am Stuhl lehnte eine Krücke, die er noch immer zum Gehen benötigte.

Nicole Claasen hielt die Videoaufzeichnung der Geschehnisse vor Anns ausgebauter Scheune bis auf Weiteres zurück. Henning hatte in seiner Verzweiflung und Wut bei laufender Kamera auch die Aufschlüsselung des Kürzels „SG" preisgegeben. Bei der Übergabe Hennings an die aus Hamburg herbeigerufenen LKA-Beamten beschränkte sich Jan Broszinski auf knappe Informationen. Per Handy vereinbarte er mit Fedder und Gottschalk ein Treffen.

Am nächsten Abend saßen sie in Broszinskis Wohnung bei einem aus dem „Piceno" heraufgebrachten Essen und fügten die jeweiligen Puzzlestücke zusammen.

Am ersten Weihnachtstag schlug Cornelia Bossardt dem ohnehin immer über Nacht bleibenden Fedder vor, seine Wohnung zu kündigen und zu ihr zu ziehen. Fedder bat um Bedenkzeit. Merkwürdigerweise hatte sich nach der Blinddarmoperation auf Mallorca Evelyns Verhalten ihm gegenüber positiv verändert. Auch Larissa schien sich darüber zu freuen.

In der Silvesternacht kam es vor dem Wohnhaus Wilfried Altmanns zu einem Unglück. Ein vereinzelter Chinaböller durchschlug das Fenster im Erdgeschoß und löste einen Brand aus. Der aus dem Haus auf die Straße rennende Altmann wurde von einem Wagen erfasst und starb noch vor Eintreffen eines Notarztes. Der Fahrer des Wagens war geflüchtet.

Fedder erfuhr davon bei seinem Dienstantritt am 6. Januar.

Schwekendieck schob ihm das Protokoll der Streifenbeamten hin und kommentierte mit sichtlich gespieltem Bedauern: „Unfallflüchtiger konnte nicht ermittelt werden."

Mitte Januar begann Julie auf Anraten Gottschalks eine Therapie.

Die Eröffnung der „Paradies Now" Discothek in der Hafencity wurde auf Freitag, den 31. Januar verschoben. Als Inhaber zeichnete ein amerikanisches Konsortium mit Sitz in Las Vegas.

Von Gunther war erst ein Jahr später zu hören: „Hell's Angel Gunther B. in Pattaya gefasst. Zielfahnder spürten ihn in Thailand auf."

Monate zuvor hatte Gottschalk der verwitweten Elke geholfen, das Elternhaus ihres sich in die Luft gesprengten Mannes auszuräumen. Dabei hatte er mehrere handgeschriebene Seiten entdeckt. Nach der Lektüre gab er sie mit Elkes Einverständnis an Broszinski weiter.

Ich bin auf dem Weg zu meiner Mutter. Wenn eben möglich besuche ich sie am Wochenende. Ich könnte auch sagen, dass ich jedes Wochenende mit ihr verbringe. Aber das wäre mir unangenehm. Ein vierzigjähriger Mann, der, aus welchen Gründen auch immer, regelmäßig zu seiner Mutter fährt – nein, das ist absolut unmöglich, einfach grotesk. Wenn man mich in der Kanzlei fragt, was ich am Wochenende mache, erzähle ich von einer kleinen Hütte auf dem Land. Sie ist einsam gelegen, und ich brauche diese Abgeschiedenheit, um das zu tun, wozu ich die Woche über nicht komme. Ich studiere Akten und bereite mich auf Gerichtstermine vor. Ich mache lange Spaziergänge und höre Musik.

Meine Mutter hat einen völlig anderen Musikgeschmack. Sie hat eine Sammlung klassischer Klavierkonzerte und Symphonien, zum Teil sehr seltene Schellackaufnahmen. Die Platten gehörten meinem Onkel Hans, der wie mein Vater früh verstorben ist. Es gab um sie einen üblen Erbschaftsstreit mit meiner Tante, einer auch sonst unangenehmen Person. Ein Luder, sagt meine Mutter, und ich nicke zustimmend. Für meine Mutter sind alle anderen Frauen bösartige Luder. Inzwischen tut mir meine Tante irgendwie leid. Sie vegetiert seit einigen Jahren in einem Altersheim vor sich hin und hat Wasser in den Beinen. Meine Mutter stellt oft mit unverhohlener Befriedigung fest, dass sie sie mit an Sicherheit grenzender Wahrscheinlichkeit überleben wird. Das fürchte ich allerdings auch. Meine Mutter ist immer noch relativ rüstig – ein zähes Luder, ha-ha! Wenn wir im Wald spazieren gehen, bemüht sie sich, immer ein paar Schritte voraus zu sein. Gehe ich dir zu schnell? fragt sie. Nein, sage ich, pass nur auf, dass du nicht stolperst. Warum sollte ich stolpern? fragt sie. Wünschst du dir etwa, dass ich hinfalle? Bei Gott, sage ich, nein. Ich muss sofort wieder furzen. Den Gefallen tue ich dir auch nicht, sagt meine Mutter und bleibt stehen. Du wartest doch nur auf einen Anlass, um mich ins Krankenhaus abschieben zu können oder in ein Pflegeheim. Ich gehe in kein Pflegeheim. Lieber bringe ich mich um. Energisch stößt sie mit ihrem Stock auf und geht weiter. Es fällt mir schwer, ruhig zu bleiben. Ich unterdrücke meinen Ärger und zünde mir eine Zigarette an. Ich rauche eigentlich kaum noch, nur am Wochenende, in einer solchen Situation. Warum tut sie mir das an? Ich denke doch nicht im Entferntesten daran, sie irgendwo einzuliefern. Sie ist soweit gesund und bei klarem Verstand, und ich verhalte mich ihr gegenüber wirklich anständig. Fast

immer bringe ich ihr eine Kleinigkeit mit, Pralinen oder Blu-
men, die ich schnell noch am Hauptbahnhof kaufe. Der Mann
am Stand glaubt, dass ich eine Geliebte habe. Ich widerspreche
nicht, denn eigentlich stimmt es ja. Ich liebe meine Mutter,
obwohl sie es mir mitunter nicht gerade leicht macht.

Diesmal habe ich nichts dabei, keine Blumen und auch
kein Gebäck. Ich stehe mit leeren Händen da. Du siehst ver-
ludert aus, stellt meine Mutter fest. Sie hat sich aus dem Bett
gequält und trägt die dunkelbraune Hose und die in Herbst-
farben gehaltene Bluse. Ich küsse sie flüchtig. Wie geht es dir
heute? Besser als dir, will ich meinen, sagt sie. Nimm erst mal
ein Bad. Ich lehne dankend ab, bitte sie aber um ein Aspirin
oder besser gleich zwei. Das muss ja eine wilde Nacht gewesen
sein, sagt meine Mutter und kramt nach der Tablettenschachtel.
Du musst nicht jedes Wochenende kommen, nicht wegen mir.
Ich bin gern hier, sage ich und nehme die Tabletten, die sie
mir reicht. Meine Mutter schaut mir zu, wie ich sie zerkaue
und mit einem Glas Wasser herunterspüle. Sie hat eine Platte
aufgelegt, die „Wassermusik" von Händel. Wir hören sie oft
bei unserem späten Frühstück. Die Musik löst die anfängliche
Spannung zwischen uns, stimmt heiter. Ich nehme am Tisch
Platz, und meine Mutter schenkt Kaffee ein. Wie immer hat
sie sich viel Mühe gemacht. Der Tisch ist reichlich gedeckt. Lass
uns heute mal ins „Heidecafé" gehen, schlage ich vor.

Das „Heidecafé" ist ein schön gelegenes Lokal am Wald-
see. Ich will meine Mutter zu Buchweizentorte einladen, die
sie so gern isst. Außerdem kommt sie dann auch wieder mal
raus. Denkst du schon an deine Rückfahrt? fragt meine Mut-
ter. Ich bin entrüstet. Ich bin doch gerade erst angekommen,
sage ich. Eben, sagt meine Mutter, und wir frühstücken noch.
Ich dachte an das Wetter, es ist heute wirklich angenehm. Das
„Heidecafé" hat unverschämte Preise, sagt meine Mutter. Ich
muss einen abdrücken und huste kräftig. Das „Heidecafé" ist

im Verhältnis zu vergleichbaren Lokalen in Hamburg spottbillig, aber ich unterlasse es, das anzumerken. Ich wollte dir eine Freude machen, sage ich. Eine Freude machst du mir, wenn du den Schinken aufisst, Dr. Siebolds Transuse hat ihn für mich eingekauft, mir ist er zu salzig. Ich bin inzwischen völlig gesättigt, nehme aber widerspruchslos die beiden letzten Scheiben. Dein Vater hat nach so einer Nacht ein ordentliches Frühstück gebraucht, sagt meine Mutter und schiebt mir die Käseplatte hin. Du hast den Gouda noch nicht probiert. War es wenigstens nett? Beruflich, lüge ich. Und, war es wichtig für dich? Für die Kanzlei, sage ich und hoffe, dass damit das Thema erledigt ist.

Später sitze ich auf der Terrasse und döse vor mich hin. Meine Mutter hat sich das Album mit herausgenommen und sortiert die letzten Fotos. Es sind Schnappschüsse von unserer Reise nach Kopenhagen. Ich hatte vor etlichen Monaten beruflich dort zu tun und habe meine Mutter mitgenommen. Es war mein Geburtstagsgeschenk an sie. Als wir zurück waren, hat sie gesagt, na ja, man muss das alles nicht gesehen haben, es war auch anstrengend.

Wir waren mal eine große Familie, sagt sie unvermittelt. Ich reagiere nicht. Und jetzt ist alles vorbei, fährt meine Mutter fort. Nur noch du und ich. Du bist der Letzte. Hm, mache ich und öffne die Augen. Meine Mutter blättert in dem Album. Monika, sagt sie. Was ist eigentlich aus deiner Moni geworden? Keine Ahnung, sage ich wahrheitsgemäß. Moni – ha! Meine Moni! Das war alles in allem doch ein ganz nettes Mädchen, sagt meine Mutter. Wahrscheinlich hat sie inzwischen eine Familie. Ich seufze. Das jetzt wieder. Alle haben eine Familie, fährt meine Mutter fort. Warum heiratest du nicht? Ich meine, eine anständige Frau, nicht so ein Flittchen, das du mir letztens ins Haus gebracht hast. Ich werde ärgerlich. Ich liebe Elke. Sie ist in den besten Kreisen zuhause. Warum hackt meine Mutter schon wieder auf ihr herum? Das ist nicht normal. Meine Mutter schaut mich prüfend an. *Hast du sie noch am Hals?* fragt sie. Ich stehe auf. *Gehen wir spazieren,* sage ich. *Wir müssen ja nicht ins „Heidecafé". Nur einen kleinen Gang. Das wird dir gut tun.*

Wir nehmen den Weg am Wald vorbei. Es ist wirklich ein schöner Tag. Meine Mutter stützt sich auf ihren Stock. Sie hat sich einen Hut und eine Sonnenbrille aufgesetzt. Wie immer geht sie ein paar Schritte vor. Ich schließe auf. *Ich fahre dann gleich nach dem Kaffee,* sage ich entschlossen. *Damit habe ich schon gerechnet,* sagt meine Mutter. *Du hättest gar nicht kommen brauchen. Du machst mir nicht die geringste Freude. Ich bin noch mit Elke verabredet,* sage ich. *Ich wusste, dass du lügst,* sagt meine Mutter. *Du hast mich schon immer angelogen. Ich werde Elke heiraten,* sage ich. *Lügner,* keift meine Mutter. *Erbärmlicher Lügner. Lässt sich von mir durchfüttern und dankt es mir mit Gemeinheiten.* Sie hebt den Stock, als wolle sie mich damit schlagen. Ich schüttele nur den Kopf. *Ich kann nicht immer für dich da sein. Ich brauche dich auch nicht,* sagt meine Mutter und stößt den Stock auf den Boden. Sie trifft einen Stein, und der Stock gleitet ab. Meine Mutter verliert das Gleichgewicht. Ich stürze zu ihr, um sie zu halten, aber sie wehrt mich ab. Ich muss zusehen, wie sie hinfällt. Es tut mir weh, als ich ihren schmerzvollen Schrei höre. Sie liegt auf der Seite und sieht böse zu mir hoch. *Lass mich ruhig so liegen und lauf zu deiner Hure,* bringt sie hervor. Mein Hals wird eng. Ich strecke meine Hand aus. Meine Mutter übersieht sie. Sie versucht, sich an ihrem Stock hoch zu stemmen. Sie schafft es nicht. Sie beschimpft mich weiter. Meine Augen füllen sich mit Tränen. Ein Gedanke setzt sich bei mir fest. Nur einer. Es ist der richtige Gedanke. Er basiert auf Liebe. Denn ich liebe Meine Mutter wirklich. Ich kann ihr Elke nicht zumuten. Das würde sie nicht verkraften, nicht überleben. So ist es besser. Trotzdem zittert meine Hand, als ich mich bücke und den schweren Stein hebe.

Es ist vorbei. Plötzlich steht Ann vor mir. Ich erschrecke mich wahnsinnig. Ich habe alles gesehen, sagt Ann und nickt nachdenklich. Ich kann das in Ordnung bringen, aber – sie macht eine bedeutungsvolle Pause. Aber das wird dich was kosten, eine Art Schweigegeld. SG, sagt sie. Ich verbuche es unter SG.

St. Pauli Nacht

1

Gegen halb sechs, am Vorabend einer Vollmondnacht, hörte Johnny, dass er gekillt werden sollte, knapp drei Stunden später war er tot.

Es war Mittwoch, der 19. Mai, der Tag vor Christi Himmelfahrt, und es war sonnig und angenehm warm. Johnny hatte soeben eine erfrischende Dusche genommen und trat nun, nur mit einem um die Hüften geschlungenen Badetuch bekleidet, auf den Balkon der Drei-Zimmer-Altbauwohnung in der zweiten Etage.

Der Balkon war nicht sonderlich groß, bot gerade Platz für einen Bistrotisch und zwei verchromte Klappstühle mit schwarzen Sitzflächen. An das Balustradengitter war ein aufgespannter, knallroter Sonnenschirm geschraubt.

Auf der marmorierten Tischfläche befanden sich drei durchgeblätterte Hamburger Tageszeitungen, eine zur Hälfte geleerte Flasche Orangensaft, ein antikes, hohes Glas, ein *Pernod*-Aschenbecher, eine Packung Filterzigaretten und ein billiges, grünes Feuerzeug.

Johnny zündete sich eine Zigarette an und schaute runter auf die Straße. Schräg gegenüber hockten zwei Kids auf den Stufen zum Imbiss. Sie trugen diese Kackhosen, schäbige Polohemden, hatten die Baseballkappen verkehrt herum auf und pickten Pommes mit Majo aus den Fettpapiertüten. Ein Anblick zum Abkotzen.

Johnny ließ seinen Blick zur Bushaltestelle wandern.

In wenigen Minuten würde er dort Stephanie aussteigen sehen. Die Wohnung, in der er sich aufhielt, war von ihr gemietet. Stephanie zahlte dafür 485 Euro kalt, mit Strom und Wasser beliefen sich die Kosten auf rund 550 Euro. Das war gut ein Drittel ihres Gehalts als Bankangestellte, eigentlich der reine Wahnsinn. Johnny hatte noch nie in seinem

Leben Miete gezahlt. Bis vor zwei Wochen war er wieder einmal neun Monate auf Staatskosten untergekommen und verpflegt worden, in einer Schweinezelle allerdings. An den Fraß wollte er erst gar nicht denken.

Genüsslich rauchte er seine Zigarette zu Ende, schnippte die Kippe über die Brüstung und sah, dass sie in einem Kinderwagen landen würde.

Johnny trat schnell einen Schritt zurück. Was er nun überhaupt nicht brauchen konnte, war irgendein Scheiß-Ärger. Er hörte einen etwas panischen Aufschrei und zugleich das Gequäke des Babys, schüttelte sich kurz und huschte ab in den Wohnraum.

Das Zimmer war mit einer zebragemusterten Eckcouch, einem Korbsessel, einem niedrigen Glastisch und zwei Wandregalen mit Böden aus gehärtetem Klarglas eingerichtet. Zwischen den beiden Regalen waren über ein Dutzend Spiegel in den verschiedensten Formen angebracht. Stephanie hatte einen ausgesprochenen Spiegel-Tick. Sie wollte sich in jedem Raum ihrer Wohnung anschauen können, ein Bedürfnis, das Johnny bislang nicht weiter zur Sprache gebracht hatte. Insgeheim aber fand er es total affig. Er zog wahllos eins der großformatigen Comic-Hefte aus einem der Regale und begab sich damit zur Couch.

Kaum hatte er es sich gemütlich gemacht, vernahm er die ihm inzwischen vertrauten Stöckelschritte im Treppenhaus. Die Wohnungstür wurde aufgeschlossen, und Sekunden später ließ sich eine sichtlich genervte Stephanie in den Korbsessel fallen.

„Ich bring ihn noch mal um", waren ihre ersten Worte.

„Hallo", sagte Johnny.

„Entschuldige, aber du machst dir keine Vorstellung, was dieser Typ sich alles rausnimmt. Das hat er mir heute mit den Belegen rübergeschoben." Sie kramte in ihrer Handtasche und warf dann ein noch eingeschweißtes, schwarzes Präservativ auf den Tisch. „Und die Schalterkunden grinsen sich eins."

Johnny grinste auch.

„Nett", sagte er. „Lässt sich bei Gelegenheit verwenden."

„Der Mann ist ein Psychopath, Johnny. Das ist doch nicht normal. Was denkt der sich dabei?"

„Hü machen", meinte Johnny. Er unterstrich es mit einer entsprechenden Geste. „Ich hab eingekauft. Kalbsschnitzel und Auberginen. Du kannst die Auberginen wieder mit Käse überbacken, das war saugut." Er lächelte sie jetzt breit an und nickte ihr auffordernd zu.

Stephanie schüttelte den Kopf. Sie schlug ihre langen Beine übereinander, und ihr kurzer Rock schob sich eine Handbreit hoch, enthüllte den schmalen, gemusterten Bund ihrer halterlosen Nylons.

„Der Scheißkerl ist über Fünfzig, und er ist sozusagen mein Vorgesetzter. Soll ich etwa damit zur Direktion rauf – hier, meine Herren, der Herr Boll steckt mir jetzt Gummis zu?! – Hau ihm eins aufs Maul, Johnny! Fang ihn ab und gib ihm was in die Fresse! Sonst dreh ich noch durch!"

Johnny legte den Comic beiseite und stand von der Couch auf. Er steckte das Badetuch wieder fest zusammen, beugte sich zu Stephanie und drückte ihr einen Schmatz auf die Wange. Seine Linke ließ er spielerisch an ihrem Hals herunter zum Ansatz ihrer Brüste wandern.

Stephanie trug ein eng anliegendes und tief ausgeschnittenes weißes T-Shirt. Um ihren Hals war das schlichte Goldkettchen mit dem ebenfalls goldenen Stier-Amulett. Johnny hatte Stephanie am Abend nach ihrem 23. Geburtstag in einer Discothek am Mittelweg poussiert und war seitdem der Mann, den sie gegenüber ihrer Familie „mein neuer Fester" nannte. Johnny hatte es bislang vermeiden können,

Eltern und Geschwistern persönlich vorgestellt zu werden, und dabei sollte es auch bleiben.

Er hatte jetzt seine Hand unter ihrem Shirt.

„Johnny hat großen Hunger", sagte er sanft und möglicherweise nicht eindeutig genug. Stephanie jedenfalls legte den Kopf zurück und blickte ihn an. Ihr volles, dunkles Haar kitzelte seinen nackten Arm.

„Juckt dich das denn gar nicht, dass dieser Arsch mich dermaßen säuisch anmacht?"

„Du kommst schon damit klar."

„Nein", entgegnete sie. „Komm ich nicht. Wer weiß, was er noch alles anstellt. Warum willst du ihn dir nicht vornehmen?" Sie streckte die Arme hoch und umschlang seinen Nacken. „Ich bin dermaßen fertig, können wir nicht später essen? – Du riechst gut."

Johnny entschied sich, sie auf den Mund zu küssen, was zur Folge hatte, dass Stephanie ihn nun dazu brachte, sich mit ihr auf den blanken Parkettboden sinken zu lassen. Als sie ihren Hintern anhob, um den hauchdünnen Slip unter dem Rock herunterzustreifen, klingelte das Telefon.

„Scheiße", sagte sie. „Das wird Ma sein. Warte, ich mach's kurz." Sie rappelte sich auf, stieg aus dem bereits in die Kniekehlen gerutschten Slip und warf ihn Johnny zu.

Johnny sah noch, dass sie den Reißverschluss ihres Rocks aufzog und auch das Teil fiel. Nur in Strümpfen und dem kurzen Shirt hatte sie was von einem dieser Playmates auf den Hochglanzpapierseiten.

Er drehte sich auf den Rücken und schloss die Augen. Die Unterbrechung war ihm nicht gänzlich unangenehm. Wenn es denn schon soweit war, sollte es drüben auf dem Futon sein, damit er sich danach noch ein kleines Nickerchen gönnen konnte. Während Stephanie dann wohl endlich den Weg in die Küche finden würde. Stier-Frauen, nun ja.

„Ja, Ma?", hörte er und gleich darauf: „Oh, nein, Entschuldigung. Einen Moment – Johnny!"

Alarmiert schreckte Johnny hoch. Er hatte sich in den vergangenen Tagen äußerst bedeckt gehalten, war nur kurz in den Geschäften des Viertels und vielleicht zwei-, dreimal abends mit Stephanie zum Essen aus gewesen, in kleinen und kaum besuchten Lokalen. Wer also konnte ihn gesehen haben, und wer, zum Teufel, wusste zudem, dass er hier untergetaucht war?

Stephanie kam ihm mit dem schnurlosen Ding entgegen. Er nahm es ihr stirnrunzelnd ab und meldete sich mit einem knappen „Ja?", sicher ein grober Fehler, aber nun gut.

„Johnny? – Verabschiede dich von der Kleinen. Für immer. Du springst in die Kiste. Heute noch."

„Ach ja?"

Doch die Leitung war bereits tot.

„Wer war das?", wollte Stephanie wissen.

„Ein Arschloch." Johnny legte das Gerät beiseite und bückte sich nach dem Badetuch. „Wir essen später, ich hab was zu erledigen."

„War das ein Freund von dir?"

„Ich sagte, ein Arschloch. Komm, Ende mit lustig." Johnny wehrte ihre Hand ab und stapfte an Stephanie vorbei. Sie folgte ihm in das nur mit dem Futon, einem weiß lackierten Wandschrank und -zig Spiegeln ausgestattete Schlafzimmer.

„Kein Freund, aber du triffst dich mit ihm", sagte Stephanie leicht angefressen, hockte sich auf den Futon und streifte ihre Strümpfe ab, während er den Schrank öffnete und eine Unterhose herauskramte.

„Hab ich das gesagt?"

„Ich hab gehört, was du gesagt hast."

„Na bestens. – Und was soll das jetzt?" Er sah aus den Augenwinkeln in einem der Spiegel, dass sie sich auch das

T-Shirt ausgezogen hatte und unter das Laken kroch, sich zum Fenster hin auf die Seite rollte.

„Ich bin total geschafft. Du kannst mich wecken, wenn du zurück bist."

„Du bist stinkig."

„Ich bin müde. – Tschüs dann."

Johnnys Augen verengten sich zu schmalen Schlitzen. Er überlegte, ihr nun doch zu sagen, was dieses Arschloch von sich gegeben hatte, dass Stress anstand, für ihn und höchstwahrscheinlich auch für sie. Es war durchaus möglich, dass dieser Pisser nur darauf wartete, ihn aus dem Haus zischen zu sehen. Um sich dann erst einmal Stephanie vorzunehmen. Scheiße!

„Hör mal", sagte er. „Wir reden nachher darüber. Tu mir einen Gefallen und geh nicht an die Tür."

„Warum sollte ich? Ich penne schon", brummelte sie.

„Herr im Himmel! Du kannst einen wirklich manchmal abnerven!" Er ging zu ihr und packte sie an den Schultern. „Also gut – irgendwer hat's auf mich abgesehen. Ich muss das klären."

„Was?" Es gelang ihm, dass sie ihn ansah – muffig wie nichts, aber immerhin. Stephanie, dreiundzwanzig Jahre jung, eine Traumfigur, ein phantastisches Mädel, das im Grunde genommen nicht auf den Kopf gefallen war und sehr wohl wusste, mit wem es sich eingelassen hatte. Und er mochte sie. Er fühlte sich verdammt wohl bei ihr, in jeder nur denkbaren Beziehung.

„Wer der Scheißkerl ist, dieses Arschloch."

„Warum sagst du das nicht gleich?" Sie setzte sich jetzt auf und erwiderte kopfschüttelnd seinen Blick. „Du tust immer erst, als sei ich total bescheuert. – Du weißt wirklich nicht, wer das war?"

„Nein."

„Aber du hast eine Ahnung?"

„Mehrere", sagte er. „Es könnte jemand aus dem Knast sein, dem ich mal den Finger gezeigt hab. Oder einer von früher, der noch Hass schiebt. Jedenfalls weiß er, wo ich stecke, und das ist Kacke. Was ist mit deinem letzten Typ?"

„Den hätte ich erkannt – nein, Robby hat nur noch einmal angerufen, in der Bank. Der hat das lässig weggesteckt."

„Na gut – du öffnest nicht, okay? Ich krieg das in den Griff." Er wusste, dass das Unsinn war. Wenn ihn tatsächlich jemand umnieten wollte, würde ihm das auch gelingen. Aber die Kleine sollte da nicht mit reingezogen werden.

Er umarmte sie impulsiv. Großer Gott, wer hätte gedacht, dass ausgerechnet er einmal dermaßen auf ein Mädel abfahren würde? Und das nach so kurzer Zeit!

„Johnny – ?"

„Ja?"

„Pass auf dich auf. Ich –" Sie stockte und schluckte trocken. „Ich brauch dich. Ich – jetzt lach nicht – ich wünsch mir, dass wir heiraten, ehrlich." Ihre Augen schimmerten plötzlich feucht. „Du hast doch nichts groß getan. Warum hat's jetzt einer auf dich abgesehen? Wie kommt der dazu? Ich will nicht, dass dir was passiert. Ich will, dass wir zusammenbleiben. Was bringt das denn, wenn du jetzt losziehst? Scheiße, Mensch, das war vom ersten Moment an alles so toll mit uns."

„Hey", stoppte er sie. „Hey, hey – nun mal keine Panik. Ich hör mich nur schnell ein bisschen um. Ich pass schon auf. – Heiraten? Das ist nicht dein Ernst."

„Doch."

„Na – da schlafen wir aber noch mal drüber. Jetzt fang nicht an zu heulen, ich hab nicht nein gesagt."

„Deshalb doch nicht." Stephanie schniefte. „Ist das ein beschissener Tag!" Johnny nahm ihre Hände, legte sie ihr in den Schoß und erhob sich.

„Ich mach's kurz", sagte er und kleidete sich fix an. Dann ging er noch einmal zu ihr, hob ihr Kinn und küsste ihre Lippen. „Lass das mit dem Essen, wir gehen dann aus."

„Ich liebe dich", sagte Stephanie leise. Ihre Augen waren noch nass.

Als Johnny kurz darauf auf die Straße trat, näherten sich ihm die beiden Kids, die er vom Balkon aus vor dem Imbiss gesehen hatte. Er wartete, bis sie vorbeigeschlappt waren, checkte währenddessen genauestens die Lage und entdeckte nichts Beunruhigendes.

Johnny nahm den Bus und stieg am Schlump in die U-Bahn um. Er blieb aufmerksam, seine Gedanken jedoch kreisten um die Ereignisse der letzten Jahre, gingen weit zurück. Er ließ all die Personen Revue passieren, die ihm irgendwie dumm gekommen waren und mit denen er Ärger gehabt hatte. Aber so ernsthaft er auch nachdachte, er erinnerte sich an nichts, was zu dieser verdammten Drohung hätte führen können.

Die Bahn lief an der Station St. Pauli ein.

Nach über neun Monaten setzte Johnny jetzt seinen Fuß auf ein Terrain, das ihm gleich wieder vertraut war. Der nach schalem Bier und Pisse stinkende Bahnsteig, die Kippen und die überquellenden Abfallbehälter, die Alkis am Kiosk, die Kindernutten, die vor ihm die Treppe hochstaksten, und oben auf der Straße der unvermeidliche Köter, den ein hagerer Typ an der kurzen Leine hielt.

Die Uhr zeigte zwanzig nach sechs.

Johnny erwischte gerade noch die grüne Ampelphase, trabte über die Straße und blieb bei seinem zügigen Gang, hatte keinen Blick für die Schweineläden auf der rechten Seite. Er brauchte nicht mehr als fünf Minuten, bis er die Kneipe in der Hein-Hoyer-Straße erreicht hatte.

Einen Moment lang blieb er davor stehen.

Er tastete die Taschen seiner Jeans ab und stellte fest, dass er vergessen hatte, Zigaretten und Feuerzeug einzustecken. Die Balkon-Idylle blitzte vor ihm auf, der Bistrotisch und die zwei Klappstühle unter dem roten Sonnenschirm. Kalbsschnitzel und Auberginen, mit Käse überbacken, eine Flasche Weißwein und Stephanie – bekleidet nur mit einem Höschen und einem ihrer langen, kragenlosen Altherrenhemden.

Heiraten, dachte er. Na ja, warum eigentlich nicht? Er konnte ja auch ein paar Mark dazuverdienen, in einer Kfz-Werkstatt beispielsweise. Mit Fahrzeugen aller Klassen kannte er sich aus, bestens sogar.

Johnny nickte nachdenklich. Dann aber gab er sich einen Ruck und zog die Tür auf.

Nase stand hinter dem Tresen, schaute flüchtig hoch und wollte sich schon wieder der vor ihm liegenden Zeitung widmen, stutzte dann aber. Erstaunen zeichnete sich auf seinem breiten Gesicht ab.

„Nee", sagte er und rieb sich die Nase.

„Ja", meinte Johnny. „So sieht's aus." Er hatte sich fix umgesehen und festgestellt, dass nur noch eine Farbige in der Kneipe war, die die Tischplatten abwischte. „Ruhig heute."

Es hatte sich nichts verändert. Das halbe Dutzend Tische aus imitierter Eiche, die Stühle mit den nach oben hin geschwungenen Lehnen und herzförmigen Griffen, verschlissene dunkelgrüne Sitzpolster, die zwei Daddelautomaten und die Nummernkästchen der Spargemeinschaft *Sparclub FC St. Pauli*. Drei Hocker vor der Theke, und in den Regalen hinter Nase die Flaschen mit Hochprozentigem, das pinkfarbene Glücksschwein und der billige CD-Player. Und natürlich die signierten Fotos von Freddy und Jan, von René und Roland, und Postkarten aus allen Ecken der Welt. Auch Nase war ganz der Alte geblieben, äußerlich jeden-

falls. Seine gut 120 Kilo steckten in einer grauen, längst abgetragenen Trevirahose und einem blassgelben Hemd, das bis
zur Brust offen war und über dem Kugelbauch spannte. Die
Ärmel waren bis über die Ellbogen hochgekrempelt.

Johnny reichte Nase die Hand und stieg auf einen der
Hocker.

„Nee", wiederholte Nase. „So was aber auch. Der Johnny.
– Bist du heute raus?"

„Ein paar Tage schon." Er warf einen fragenden Blick auf
die angebrochene Zigarettenschachtel, und Nase schob sie
ihm hin, nahm sich selbst auch eine und gab Feuer.

„Bisschen klamm, was?"

„Kann man nicht sagen. – Ich hab 'ne Bleibe gefunden."

„Ein neues Huhn", stellte Nase fest.

„Eine Solide", korrigierte Johnny und rauchte ein paar
Züge. Er tat, als habe er jede Menge Zeit. Nase nickte mehrere Male versonnen. Er rieb sich erneut die Nase, bevor er
unaufgefordert zwei Biere anzapfte.

„Das ist vernünftig", sagte er schließlich. „Wir kommen
alle in die Jahre."

„Ja, das sag ich mir auch. – Fünfunddreißig, und ich mach
einen auf gemütlich. Liebe Frau, hübsche Wohnung, und
wenn Feierabend ist, ist Feierabend. Schön was essen, *Tagesschau* und ein Spielfilm, und denn ab in die Poofe." Ihm war
klar, wie absolut bescheuert sich das anhören musste. Doch
Nase schickte ihm keinen skeptischen Blick rüber. Er strich
hingebungsvoll den Schaum ab und füllte weiter auf.

„Klingt gut", sagte er, offenbar überzeugt. „Meine Alte
will, dass wir den Laden hier aufgeben. Kleines Häuschen
in Spanien. Malaga, meint sie. Ich weiß noch nicht so recht.
Hitze ist eigentlich nicht mein Fall. Mir reichen schon so
Tage wie heute."

„Kann ich bestens ab. Ich hab den ganzen Nachmittag

über auf'm Balkon gelegen. Riesiger Otto, überdacht. Zwei Liegen. Wir haben schon nachts drauf gepennt, das ist echt geil."

„Große Wohnung?"

„Fünf Zimmer und ein Bad, da kannst du 'nen Billardtisch aufstellen. Ganz in Marmor", setzte Johnny noch einen drauf. „Ja, das war ein Supertreffer. Immobilienmaklerin, zwei, drei Jahre älter als ich, aber eine Figur – rattenscharf. Hat sich erst vor Kurzem scheiden lassen."

„Sauber", sagte Nase. „Da ist ja dann reichlich Kohle."

„Wie gesagt – null Probleme. Sie schiebt mir jeden Morgen ein paar Scheine hin. Nicht, wie du denkst. Nee, einfach so, als Taschengeld. Montag fang ich denn auch an, bei ihr im Büro zu arbeiten."

„Aber heute noch mal Vollgas, nee? – Prost dann."

Johnny hob das ihm hingestellte Glas und nahm einen großen Schluck. Verdammte Hacke, er musste jetzt langsam zur Sache kommen. Er konnte den Scheiß, den er abließ, schon selbst nicht mehr hören. Stephanie würde sich kringeln. Hoffentlich hielt sie sich daran, die Finger von der Tür zu lassen. Er glaubte nicht, dass sie im Bett geblieben war. Wahrscheinlich duschte sie oder betrachtete sich in einem ihrer Spiegel. Nein, sie telefonierte. Sie hing an der Strippe und erzählte ihrer Ma, dass es ihr mit ihrem neuen Festen ernst war. Und Mama würde darauf bestehen, dass Johnny ihr nun endlich vorgestellt wurde. Sonntagnachmittag, bei Kaffee und Kuchen. Vatter im Fernsehsessel, Stephanies ältere Schwester mit Baby und Mann, der kleine Bruder – das volle Familienprogramm.

„Nicht direkt", sagte Johnny. „Ich will nur mal kurz einigen Leuten Hallo sagen. Gibt es was, was ich wissen sollte?"

Nase trank aus, drehte das leere Glas und schaute ausdruckslos hinein. Er zuckte die Schultern.

„Kalle hat die Tage mal reingeguckt, mit der Fummeltante im Schlepptau. War nicht gut drauf."

„Weswegen?"

„Hat 'ne Anzeige laufen. Körperverletzung. Eine total idiotische Nummer. Er hat 'ne Drogi am Hauptbahnhof aufgegabelt, ist mit ihr in Robertas Wohnung. Alles locker. Aber dann kriegt die Drogi die Paranoia und Kalle gibt ihr 'nen Klaps. Sie nackt auf die Straße raus, tierisches Geschrei. Und schon sind die Bullen da, und Kalle hat 'ne Lampe."

„Verhandlung war aber noch nicht?"

„Nee, steht noch an. Irgendwie kamen wir auf dich zu sprechen."

„Und?"

„Er meinte, wenn er einfahren muss, könntest du die Fummeltante ackern lassen. Ich hab aber gehört, dass sie zu Brilli will. – Na ja, so wie's jetzt bei dir aussieht, wär das ja ohnehin nichts geworden."

„Trotzdem – anständig von Kalle. Geht er noch ins Bistro?"

„Glaub schon. Ist aber noch ein bisschen früh."

Johnny nickte. Er sah kurz auf die Uhr.

„Hör mal", sagte er dann. „Wüsstest du jemanden, der ein Problem mit mir hat?"

„Mit dir?" Nase schüttelte entschieden den Kopf. „Kann ich mir nicht denken."

„Ich eigentlich auch nicht."

„Aber?"

„Na ja", setzte Johnny an, angelte sich noch eine Zigarette aus Nases Packung und ließ sich Feuer geben. Er warf einen Blick zu der Farbigen rüber, die noch immer die Tische säuberte. „Kann sie uns verstehen?" Nase winkte ab.

Mit drei Bieren und einem *Asbach* intus verließ Johnny dann kurz vor acht die Kneipe. Er war in gewisser Weise beruhigt. Auf der Meile hatte man ihn nicht auf dem Zettel. Nase, der so ziemlich alles mitkriegte, hatte jedenfalls nichts gehört. Johnny überlegte, den Rückweg anzutreten. Aber er zögerte noch. Es konnte vielleicht nicht schaden, sich in ein paar Läden sehen zu lassen. Ganz locker reinschneien, ein Bierchen trinken, quatschen. Die Immobilienmaklerin weiter aufbauen, die solide Zukunft. Durchblicken lassen, warum er bislang nicht aufgetaucht war und überhaupt.

Johnny ging wieder zur Reeperbahn vor, die mittlerweile stark belebt war. Touristengruppen schoben sich an den Sex-Shops und den Spielautomatenhallen vorbei, das Ankobern lief auf vollen Touren, für Strip und Table Dance und Getränke zu zivilen Preisen. Es war noch immer warm, obwohl die Sonne inzwischen tief stand und an Kraft verlor.

Johnny drängelte sich zur Ampel durch, blieb aber plötzlich wie angewurzelt stehen.

Drüben, vor dem *St. Pauli-Theater*, lungerten lässig die beiden Kids herum. Schon wieder diese Kids! Sie sahen zu ihm hin, und, verdammt, sie grinsten jetzt. Halbwüchsige Scheißköpfe! Die Hände tief in den Taschen ihrer Kackhosen, auf den Fußballen wippend, grinsten sie unverhohlen. Und das galt ihm, keine Frage.

Die Ampel war bereits auf Rot gesprungen, aber Johnny spurtete aus dem Stand los. Er kam knapp an den anfahrenden Wagen vorbei, Hupen tönten, irgendwas scheppperte, Johnny sprintete weiter. Er sah, dass die Kids das Weite suchten, und zwar verteufelt schnell. Sie rannten in Richtung Operettenhaus, und Johnny rannte ihnen nach. Scheiße! Sie waren wirklich flink, diese Arschlöcher. Sie flitzten beim *Man Wah* um die Ecke, und als Johnny dort war, waren sie nicht mehr zu sehen.

Johnny blieb stehen, atmete tief durch. Sie konnten drüben im Parkhaus sein, sie konnten sich aber auch in einem der Hauseingänge weiter oben verdrückt haben. Konnten ihm dort auflauern und – ja, was schon? Ihn anfallen? Lächerlich. Diese Pisser nicht! Ihn nicht!

Johnny wartete. Die Kids tauchten nicht auf, natürlich nicht. Aber Johnny glaubte jetzt, Bescheid zu wissen. Es war nur irgendwie total abgedreht.

Angenommen, die Kids wohnten in Stephanies Ecke, hatten gesehen, dass er jetzt bei ihr lebte, hatten möglicherweise auch aufgeschnappt, dass sie Johnny zu ihm sagte. Nur, wo? Und warum ließen sie diesen Scheiß-Anruf ab? Warum hängten sie sich an ihn? Was, zum Teufel, wollten sie? Nur ein dämliches Spielchen spielen? Bescheuert, absolut bescheuert! Wenn er sie hätte packen können – na schön. Wenn!

Johnny ging trotzdem noch die Straße ab, hielt reichlich Abstand zu der Häuserfront. Die Kids blieben verschwunden. Ende der Vorstellung. Johnny kehrte um.

Er hatte sich entschlossen, ein letztes Bier zu trinken. Doch dazu kam es nicht mehr. Er lief vor dem *Docks* der Fummeltante in die Arme, Roberta.

„Johnny – Schätzchen! Gottchen, siehst du elend aus! Ach, ja, sicher – das war hart für dich, ja? Wie lange war's? Knapp ein Jährchen? Gottchen, nein, ich würde sterben! Du willst zu Kalle, ja? Du, sag nicht, dass du mich getroffen hast, ja? Ach, bist du verschwitzt! Ich muss noch mal schnell in die Wohnung. Willst du bei mir duschen, Schätzchen? Gottchen, ist das ein grauenhaftes Shirt, was du da an hast!"

Johnny hob die Hand und signalisierte Roberta Distanz. Sie war unglaublich aufgetakelt, trug Tigerfell-Leggings und ein ihre Silikonbrüste kaum verhüllendes, schwarzes Netzteil. Um ihren Hals hatte sie eine daumendicke Falschgoldkette mit einem Nofretete-Anhänger. Ihre Fingernägel waren türkis lackiert, türkis! Herr im Himmel! Und ihr Make-up – nein! Johnny wandte seinen Blick ab.

„Ich bin in Eile", sagte er. „Man sieht sich."

„Johnny – Schätzchen, du sagst Kalle nichts, ja? Gottchen, bin ich froh, dass du wieder da bist! Auf dich hört Kalle ja. Ach, ich hätte soviel mit dir zu bereden! Nur auf einen Sprung. Ich muss Timo noch das Essen hinstellen. Gottchen, dieser Junge läuft auch so verwahrlost rum, grauenhaft. Er hat jetzt einen Freund, du glaubst es nicht! Draußen in Stellingen – in Stellingen! Und die Eltern – Gottchen, ich höre ja hin und wieder was!"

„Wo?" Johnny hatte aufgehorcht. „In Stellingen? Dein Brüderchen? Timo?"

„Ach, du kannst es dir nicht vorstellen –"

„Fünfzehn, sechzehn, schlaksig, Baseballkappe – ja? Meine Fresse! Und ich hab das Arschloch nicht erkannt!"

„Johnny – Schätzchen! Gottchen, nein – was ist?" Johnny hatte ihren Arm gepackt und zog sie mit sich.

„Ich denk, dein Brüderchen wird gerade nach Hause geflitzt sein. Ich hab ihn verdammt lange nicht mehr gesehen." Er schnaubte böse. „Das heißt, eigentlich schon – großartig, dass wir uns getroffen haben, Roberta-Schätzchen! – Du bist übrigens beschissen geschminkt, hat dir das heute noch keiner gesagt?"

„Johnny! – Gottchen, du tust mir weh!"

„Timo, dieses Arschloch! Na, der kann was erleben!" Johnny glaubte jetzt, klar zu sehen. Timo!

„Gottchen, nun lass mich! Was redest du denn da?"

„Nichts. – Was ziehst du da eigentlich für einen Scheiß mit Kalle ab?" Jetzt, wo er sich sicher war, dass er Timo den ganzen Stress zu verdanken hatte, konnte er ja noch ein paar Takte mit Roberta-Schätzchen reden. Zu Brilli wollte sie! Zu Brilli! Seinem alten Kumpel Kalle von der Fahne gehen! Ja, Arschlecken! Aufs Maul sollte er ihr hauen!

„Gottchen, nein – Johnny! Da ist nichts! Johnny, nun

273

renn bitte nicht so! Gottchen, alle Welt schaut sich schon nach uns um. Ach – nun sieh dir das an!"

Johnny hatte es schon gesehen.

Ein nackter Mann torkelte zwischen den parkenden Wagen herum, in der Rechten einen Revolver.

Johnny blieb stehen und ließ Roberta los.

Der Mann streckte den Arm hoch und gab einen Schuss in die Luft ab. Einige der in seiner Nähe vorbeiflanierenden Passanten schrien entsetzt auf. Panik brach aus. Die Leute flüchteten in die umliegenden Lokale. Aus der Davidwache kamen Uniformierte gestürzt. Johnny musste unwillkürlich grinsen.

„Gottchen, ist der Mann bestückt!"

Johnny nickte flüchtig. Der Nackte hatte in der Tat einen riesigen Prügel. Weitaus mehr allerdings interessierte ihn, was die Bullen jetzt tun würden. Sie hatten abgestoppt und ihre Walther-Pistolen in Anschlag gebracht.

„Lassen Sie die Waffe fallen!"

„Ich mach euch tot!" schrie der Nackte. „Ich mach euch alle tot!" Zwei weitere Schüsse folgten, nicht mehr ziellos in die Luft.

Roberta stieß einen spitzen Schrei aus und knickte vor Johnny zusammen, fiel aufs Pflaster. Verdammte Scheiße! Johnny beugte sich zu ihr runter.

„Gottchen – mein Bein! Mein Fuß!"

Johnny konnte keine Verletzung entdecken. Hatte dieser Wahnsinnige tatsächlich in ihre Richtung geschossen? Johnny hatte seine Augen bei den Bullen gehabt, in seiner Nähe auch keine Einschläge vernommen.

Er richtete sich wieder auf.

Der Nackte war nur noch etwa zehn Meter von ihm entfernt, drehte sich torkelnd um die eigene Achse und fing jetzt grölend an zu singen: „Verdammt, ich lieb sie, ich lieb sie nicht …!"

„Arschloch!", schrie Johnny. „Verdammtes Arschloch!"

Der Mann fing sich, stierte zu Johnny hin.

„Hör bloß mit dem Scheiß auf, Mann!" Johnny sah, dass hinter dem Nackten ein stämmiger Blondkopf auftauchte, der von einem Mastino an kurzer Leine vorangezerrt wurde.

Es war das letzte, was er sah.

Der Schuss traf ihn ins linke Auge und riss ihn von den Beinen. Johnny spürte nicht mehr, dass er auf die zurück kriechende Roberta fiel, die unter seinem Gewicht vollends zusammenbrach.

Es war 20.23 Uhr, und Johnny war tot.

2

Als Johnny telefonisch angedroht wurde, er werde noch heute in die Kiste springen, war der Friese putzmunter.

Er trabte locker neben seiner Jogging-Bekanntschaft Yvonne durch den Sternschanzenpark.

Der Friese war Yvonne an einem der ersten Maitage zum ersten Mal begegnet. Sie lief die Runde falsch herum, nahm die sanfte Steigung zum Turm und nicht die längere und wesentlich mühsamere.

Tscha nu, jeder wie er kann. Er hatte ihr nicht hinterhergesehen. Ein Blick hatte genügt – sie war der athletische Typ. Muskulöse Schenkel, flacher Bauch, kräftige Schulterpartie und wenig Busen. Kurzhaarschnitt, semmelblond. Stirnband und Radlerhose, dünnes Hemdchen. Gut durchgeschwitzt.

Der Friese mochte schwitzende Körper. Nicht bei allen, aber bei einer Sportlerin törnte es ihn echt an. Ließ ihn phantasieren. Schwüle Sommernächte, Ventilator über dem

Bett, Beinschere, zerwühlte Laken. Tscha nu, die Bilder verflüchtigten sich schnell wieder. Der Schweißgeruch blieb in der Nase. Sein eigener.

Der Friese lief immer drei Runden, doch Blondie war an jenem frühen Abend offenbar schon nach der ersten ausgestiegen.

Falsch gedacht. Als er am Spielplatz eingelaufen war, lag sie da auf dem Rasen und machte Bauchaufzüge. Man hatte sich kurz zugenickt, Moin, Moin, und jeder hatte für sich sein Trainingsprogramm weiter absolviert.

Am nächsten Abend – wieder Blondie. Am dritten Abend – wie gehabt. Nur flüchtiges Nicken, Moin, Moin, eisernes Krafttraining.

Samstags war bei ihm Pause, und sonntags ebenfalls.

Am Montag hatte er sie auf der längeren Steigung eingeholt. Sie lief jetzt die Runde, wie es sich gehörte. Ein kleines Lächeln. Man war ins Gespräch gekommen. Tscha nu. Yvonne – ein Name, den er fortan nur zu gern aussprach.

Yvonne, Yvonne.

Sie war wesentlich älter, als er geschätzt hatte. Einunddreißig. Abgeschlossenes Jura-Studium, keine feste Anstellung. Jobbte in einer Kneipe auf der Grindelallee. Jeden Abend von acht bis frühestens zwei Uhr morgens. War neu in diesem Viertel am Schanzenpark. Sternschanzenstraße, gegenüber der S-Bahn-Station. Zwei Zimmer, total renoviert. Dusche installiert und Küche komplett neu eingerichtet. Alles nebenher. Harte Wochen. Sie hatte sein Mitgefühl gehabt, grundehrlich.

Tscha nu. So lernte man sich schließlich ein bisschen besser kennen.

Jetzt gab der Friese das Kommando: „Spurt!"

Yvonne legte gleich mächtig vor. Zog ab wie nichts. Hatte

276

es immer noch nicht richtig im Griff. Der Friese überholte sie auf den letzten zwanzig Metern.

„Yvonne", sagte er leicht vorwurfsvoll. Sie winkte ab: „Ich schaff dich schon noch."

Sie schüttelten die Gelenke aus. Dann legten sie sich ins Gras. Fußsohlen an Fußsohlen. Und hoch mit dem Oberkörper. Die Arme vorgestreckt. Yvonne schwitzte schon wieder ordentlich.

Tscha nu. So musste es sein.

Neunundzwanzig, dreißig. Keine Pause. Die Hände im Nacken verschränkt und weiter. Die nächsten dreißig. Ihr Bauch musste hart wie ein Brett werden. Sie hielt das von ihm vorgegebene Tempo gut durch.

Aber dann schaute sie auf ihre Uhr und sagte: „Ende."

„Keine Beinarbeit mehr?"

„Heute nicht. – Du verstehst doch was von Elektrik?"

„Logo", sagte der Friese.

„Hast du noch Zeit?"

„Was liegt denn an?"

Yvonne erklärte es ihm. Ein Dimmer für die Deckenbeleuchtung. Sie kam damit nicht klar.

Der Friese nickte. Tscha nu, so was ging ihm von der Hand wie nichts.

Man machte sich auf den Weg. Vorbei an den palavernden Spaniern. Vorbei an dem Griechen, Klomann im Dammtor Bahnhof und zum Frühstück immer erst mal zwei *Küstennebel*. Die Türkenjungs bolzten auf der großen Wiese. Ein Schwarzer hockte auf der Lehne einer Parkbank und zog sich eine Tüte rein. Beste Stimmung überall. Abend vor einem Feiertag. Schön warm noch. Der Friese dackelte neben Yvonne her. Freier Tag. Brückentag genommen. Langes Wochenende. Kurzurlaub.

Rotierende Ventilatorenblätter unter der Decke. Heruntergelassene Jalousien, kühlblaues Licht. Ein melodischer Song. Eine eiskalte Coke. Kino, tscha nu. Aber warum sollte es nicht mal so sein?

Der Friese hatte Yvonne nie nach einem Freund gefragt. Wahrscheinlich hatte sie einen. Vielleicht sogar mehrere. Doch sie wohnte allein. Mehr musste man ja nicht wissen.

Sie erreichten das Haus in der Sternschanzenstraße. Yvonne ging vor ihm die Treppe hoch. Fünfter Stock, letzte Etage. Tür links: *Kaiser*. Handschriftlich auf einem Klebebandstreifen. Yvonne schloss auf.

Ein zwei Meter langer Flur, Besenkammer. Wäscheständer. Einfarbige schlichte Höschen, Socken, Shirts und eine Levis, Handtücher. An der Wand drei Plakate.

Der Friese sah sie sich interessiert an.

Auf einem waren ein Paar ausgelatschte Tennisschuhe. Ein Foto. Das zweite zeigte ein kunstvoll arrangiertes Spaghettigericht. Auf dem dritten Plakat räkelte sich ein nackter Mann an einem Strand, südländischer Typ. Tscha nu. Der Friese sah keinen Sinn in dem Arrangement.

Yvonne war bereits in den links vom Flur liegenden Raum gegangen. Die Küche. Übersichtlich, praktisch. Yvonne zog die Kühlschranktür auf und nahm zwei Dosen *Isostar* raus.

„Du hättest sie vorher sehen sollen", sagte sie. „Die Küche, mein ich. Das war ein einziger Saustall. Ist deine größer?"

„Kleiner. Typischer Neubau. Benutze sie kaum."

„Wie viele Zimmer hast du?"

„Nur eins."

„Das ist eng", sagte sie.

„Zum Pennen reicht's. Wann bin ich schon zu Hause?"

„Auch richtig. Du gehst ja viel raus."

„Tscha nu."

Er war spätestens um sieben Uhr morgens auf der Rampe. Gas- und Sauerstoff-Auslieferung, technischer Großhandel.

Kleiner Betrieb. Um fünf Feierabend. Rein in den aufgemotz-
ten *Ford*. Zwanzig Minuten maximal bis in die Bundesallee.
Umziehen. Training. Zurück und geduscht. Dann ab in die
Kneipe oder ins Kino. Oder auch mal zu Holger hoch und
die Modelleisenbahnen laufen lassen. Einmal im Monat ging
er zu einer Maja in die untere Osterstraße. Ein fleißiges Bien-
chen. Tscha nu. Das ging aber niemanden was an.

Yvonne drückte die *Isostar*-Dose an die Stirn, rollte sie
kurz hin und her.

„Willst du gleich loslegen? – Der Dimmer soll drüben
neben die Tür."

„Gucken wir mal", sagte er.

Er folgte ihr in ein helles Zimmer. Großes Fenster, zur
Straße hin. Eine weiße Schreibtischplatte auf weiß lackierten
Böcken. Ein vollgepfropftes Bücherregal. Ein altes Sofa, mit
blauem Samtstoff bezogen. Blanker Parkettboden. Eine auf-
geklappte Werkzeugkiste. Der Dimmer, noch original ver-
packt.

„Tscha nu", sagte der Friese. „Kein Problem. Dauert aber
was."

„Kann ich helfen?"

„Muss nicht sein." Ihre Blicke trafen sich. Einen Moment
lang lag etwas in der Luft. Der Friese spürte es körperlich.
Yvonne offenbar auch. Glaubte er zumindest.

Sie zuckte leicht die Schultern.

„Du bist schon ein merkwürdiger Typ", sagte sie.

Der Friese wusste nicht, was er darauf sagen sollte.

„Einmal Kino für das, was du jetzt denkst", sagte Yvonne.
Doch dann ließ sie ihn allein. Einmal Kino. Tscha nu, man
würde sehen. Er hörte sie in der Küche herumhantieren.
Wenig später ging sie ins Bad. Klospülung. Die Dusche
wurde aufgedreht. Der Friese arbeitete ruhig weiter, roch seinen Schweiß.

Yvonne kam aus dem Bad, huschte auf den Flur und schaute kurz darauf bei ihm rein. Er sah hoch, senkte sofort wieder den Blick. Sie trug nur ein Höschen, rubbelte sich die Haare mit einem Handtuch trocken.

„Klappt's?"

„Logo", sagte er.

„Magst du Schafskäse und ein paar Oliven?"

„Tscha nu", meinte er. „Ich hab's gleich." Sie stand sehr dicht bei ihm. Ein Wassertropfen fiel auf seinen Nacken.

An der Tür klingelte es Sturm.

„Okay, ich mach uns was", sagte Yvonne und ging öffnen.

Eine Frauenstimme, höhere Tonlage. Aufgeregt. Der Friese riskierte einen Blick. Yvonne schnappte sich ein Shirt vom Ständer, zog es sich über. Neben ihr eine Superschlanke, einen Kopf größer als sie. Langes, glattes Haar. Dunkelbraun. Sie trug Jeans-Shorts und ein quer gestreiftes Top.

„Dorit", stellte Yvonne vor. „Meine Nachbarin. Das ist Rainer. Der aus dem Park."

„Ich will euch nicht stören", sagte Dorit. „Aber es ist aus. Eigentlich müsste ich erleichtert sein, bin ich aber nicht. Ich versuch rauszukriegen, was es ist. Sicher, da ist schon noch so was wie Wut. Ich hab ihn zwar angeschrien, aber offenbar bin ich doch nicht alles losgeworden."

„Rainer bringt mir den Dimmer an", erklärte Yvonne. „Willst du was trinken?"

Der Friese sah sich erst jetzt von Dorit wahrgenommen.

„Was würdest du dazu sagen?", fragte sie ihn. Kam heran und blickte auf ihn herab.

„Dorit", mahnte Yvonne. „Rainer kennt deine Geschichte nicht."

„Die ist schnell erzählt. – Ich würde wirklich gerne wissen, was – Rainer, ja? Sag mal, haben wir uns nicht schon irgendwo gesehen? Wohnst du im Dreh Osterstraße? Johannes wohnt nämlich auch da." Sie wandte sich wieder an Yvonne. „Weißt du noch, wie er gleich von zusammenziehen anfing? Da hätte ich schon entschiedener dagegenhalten müssen."

„Dorit – komm. Lass Rainer das Ding anbringen."

„Ich hätte auf dich hören sollen. Das ist meine blöde Suche nach so was wie Geborgenheit. Das war schon bei Bernd so. Rainer – ich hab dich schon mal gesehen, ganz bestimmt."

Der Friese legte einen Zahn zu. Tat voll konzentriert. Yvonne zog Dorit beiseite, warf ihm einen entschuldigenden Blick zu. Tscha nu, dann eben erst wieder am Montag. Sah nicht so aus, als ob diese Dorit sie so schnell wieder allein lassen würde. Im Dreh Osterstraße. Ihn überkam so was wie Scham. Er hoffte, dass Yvonne nicht irgendwann einmal nachhakte. Er schwitzte jetzt stärker als beim Training. Yvonne war mit Dorit in die Küche gegangen. Der Friese bemühte sich wegzuhören. Es gelang ihm nicht. Dorit redete laut. Er hörte was von Johannes. Von Befindlichkeit, Alltag, Wunsch und Hoffnung. Die Stimmen wurden leiser. Plötzlich lachten die beiden Frauen. Ihr Lachen war ihm unangenehm. Er merkte, dass seine Hände zitterten. Der Schraubenzieher rutschte ab, fiel zu Boden.

Der Friese hielt den Atem an. Jetzt vernahm er nur noch ein Flüstern. Er war sich sicher, dass sie über ihn redeten.

Der Friese hob den Schraubenzieher auf. Er beeilte sich nun noch mehr. Als er fertig war, stützte er sich mit beiden Händen an der Wand ab. Einen Satz Drücken, während in der Küche nach wie vor geflüstert wurde.

„Fertig!", kündete er dann laut an.

Yvonne kam.

„Sorry, Dorit geht's wirklich mies. – Danke, das funktioniert ja toll." Sie hatte den Dimmer ausprobiert, nickte zufrieden. „Willst du dir noch die Hände waschen?"

Eine Dusche. Ventilator über dem Bett. Die Beinschere. Zerknautschte Laken. Ihr durchtrainierter Körper. Flacher, harter Bauch. Sein Sportprogramm. Abend für Abend. Moin, Moin dann. Man sieht sich.

„Nicht nötig", sagte er.

Das war's also. Tscha nu.

Yvonne sah ihn fragend an. Eine blonde Kurzhaar-Tussi. Die Maja in der Osterstraße war auch blond.

„Ist was?", fragte Yvonne.

Der Friese wischte sich die feuchten Handflächen an der Sporthose ab.

„Ich zieh dann mal ab", sagte er. „Beim Spurt packst du das noch nicht so richtig."

„Ich glaub, ich sollte Dorit doch wegschicken."

Der Friese wich ihrem Blick aus. Er drückte sich an ihr vorbei. Yvonne hielt ihn fest.

„Warte", sagte sie. „Dorit! Ich komm später zu dir rüber, okay?! Ich hab noch kurz was mit Rainer zu bereden!"

Dorit erschien in der Küchentür.

„Lass dir Zeit", meinte sie. „Ich bleib zu Hause und häng mich vor die Glotze." Sie winkte lässig, hatte dabei ein blödes Lächeln drauf und zog ab.

Yvonne wartete noch einen Moment.

„Also?", fragte sie dann. „Was ist los? – Gut, ich kann's mir schon denken. Aber ich glaub, es muss mal raus. Setzen wir uns." Sie ging in das Zimmer, nahm auf dem Sofa Platz.

Der Friese nagte an seiner Lippe. Ihm war unbehaglich zumute wie nie.

„Nun komm – bitte. Wahrscheinlich liegt's sogar an mir. Ich hätte es längst schon ansprechen sollen. – Du hast dich in mich verguckt, ja?"

Unwillkürlich nickte der Friese. Er hatte es nicht verhindern können. Schwieg. Sah Yvonne nicht an.

Yvonne, Yvonne. Einmal Kino.

„Okay", hörte er sie sagen. „Das passiert nun mal. Ich find dich ja auch in Ordnung. Es macht Spaß, mit dir zu trainieren, und was ich sonst von dir weiß – na ja, das ist in gewisser Weise der Punkt. Du redest nicht gerade viel. Ich weiß eigentlich nicht, wie du lebst, mit wem du sonst zusammen bist, ob es eine Freundin gibt und überhaupt. Du hast mich auch nie was in der Richtung gefragt."

Der Friese nickte wieder. Umständlich hockte er sich auf den Boden, zog die Beine an, verschränkte die Arme auf den Knien. Tscha nu.

„Ich kann momentan nicht auf Männer", setzte Yvonne neu an. „Sexuell jedenfalls nicht. Das hat überhaupt nichts mit dir zu tun. Es geht einfach nicht. Ich krieg allein schon einen Horror bei der Vorstellung, mit jemandem nur so im Bett zu liegen. Klar, ich weiß schon, was der Auslöser war. Vielleicht wird's ja mal wieder."

„Was?", fragte der Friese.

„Was gewesen ist?"

„Ja."

„Die totale Übereinstimmung – dachte ich." Yvonne schüttelte den Kopf. „Ein Mann, mit dem alles klappte. Wir haben reden können, haben unglaublich viel zusammen unternommen, waren im Urlaub, hatten nie größere Probleme. Wir waren so was von happy, du glaubst es nicht. Ich war es. Der Mann meines Lebens. – Ich brauch einen Schluck Wein."

Sie sprang auf und kam mit einer bereits angebrochenen Flasche und zwei Gläsern aus der Küche zurück.

„Willst du es wirklich hören?", fragte sie. „Es nervt dich nicht? – Okay." Sie schenkte ein und stieß mit ihm an. „Rainer – Du bist wahrscheinlich echt ein Lieber. Also gut. Ich war total verknallt. Das mir. So ein Mann. Ich weiß, dass ich nicht gerade eine Schönheit bin. Aber er fuhr auf mich ab, und ich – es war wahnsinnig intensiv, ich hab manchmal vor Glück geheult. Es war irre, so total harmonisch. Und dann schlag ich eines Morgens die Zeitung auf – Gymnasiallehrer Henning B. verhaftet! Mein Henning. Der Mann, von dem ich alles zu wissen glaubte. Der mich liebte. Er hatte mehrere seiner Schülerinnen sexuell missbraucht. Zwölf-, dreizehnjährige Mädchen, Kinder. Ich – ich konnte nicht fassen, was ich da las. Die Eltern eines Mädchens hatten ihn angezeigt. Er hatte ohne Umschweife gestanden. Ein zwanghafter Drang, krankhaft. – Ich hatte dann auch die Kripo im Haus, konnte kaum was sagen. Sie fragten, ob es nicht Anzeichen gegeben habe und wie – wie unser Sexualleben gewesen sei. Ich war völlig weggetreten, wie betäubt." Sie leerte ihr Glas.

Der Friese setzte seins ab. Er kratzte sich im Nacken. Suchte Yvonnes Blick. Yvonne nickte abschließend: „Ich hab tagelang nur geflennt. Ich kam nicht damit zurecht. – Okay, das ist es. Verstehst du?"

Er schwieg.

Ihre Lippen zuckten. Als wolle sie noch was sagen. Sie sagte aber nichts mehr. Sie balancierte das Glas auf ihrem Knie.

Nackte Beine. Schöne, kräftige Beine. Perlender Schweiß auf dem flachen Bauch.

Der Friese brauchte lange für den Weg zurück in seine Bude, nahm unterwegs kaum etwas wahr. Er duschte eine Ewigkeit. Rasierte sich. Putzte sich die Zähne. Danach fühlte er sich ein bisschen besser.

Er zog sich an. Dann machte er sich ein Brot, aß es im Stehen. Trank ein Glas Milch dazu. Irgendwann würde sie darüber hinweg sein. Er verließ die Wohnung wieder. Stieg in seinen lindgrünen *Ford*. Kassette rein, und Stoff. Sich volldröhnen. Es war *Slade* mit *Mama, weer all crazee now*, schnell und hart. Genau richtig.

Der Friese bretterte rüber nach Altona. Er parkte vor dem Hochhaus auf dem Bürgersteig und fuhr mit dem Fahrstuhl hoch in den fünften Stock.

Holger war mit dem ersten Klingeln an der Tür.

„Rainer – Alter! Du musst mir einen Weg abnehmen. Ich kann nicht raus. Meine Ex muss jeden Moment aufkreuzen. Wenn sie mich nicht antrifft, krieg ich einen Scheiß-Ärger. Du, pass auf –"

„Wollt nur kurz gucken."

„Ja, ja – ist ja in Ordnung. Waren wir verabredet? Ist ja auch egal. Pass auf – Davidwache kennst du, ja? Gleich um die Ecke, rechte Seite, ist die *Davidquelle*, kannst du gar nicht verfehlen. Du fragst nach Angi und lässt dir das Tier geben."

„Ein Tier – ?"

„Du kannst doch gut mit Tieren. – Ein Hund, Alter. Ich hab Angi versprochen, ihn übers Wochenende zu nehmen. Sie hat was vor. Sie kann jetzt auch nicht selbst vorbeikommen. Meine Ex – du verstehst, das gibt nur wieder Zoff. Lass dir Zeit. Ich fürchte, die Alte bleibt 'ne Weile. Am besten, du rufst kurz von unten an – alles klar?"

„Mensch, Holger –"

„Alter, mir brennt der Lokus. Nu mach – *Davidquelle*, Angi. Wir sehen uns dann. – Ich hab übrigens die neue Lok."

„Tscha nu."

„Nu komm in die Gänge, ja?" Holger nickte zum Fahrstuhl. Er trug seine weiße Hose. Blaues Hemd. Roch stark nach Aftershave. Hatte die langen, braunen Haare nass nach hinten gekämmt.

Der Friese kannte Holger seit ewigen Zeiten. Schon vom Dorf her. Holger war einige Jahre vor ihm nach Hamburg gegangen. Hatte geheiratet. War wieder geschieden. Seine

Ex klagte immer noch irgendwelche Gelder ein. Holger investierte alles in seine Modelleisenbahnen. Fast alles. Tscha nu.

„Na denn – bis gleich", sagte der Friese. „Muss dich übrigens mal was fragen."

„Ja, ja – sicher. Aber vergiss nicht – klingel kurz durch. Wenn ich die Alte noch hier hocken hab –" Er trat schon zurück. Schloss die Wohnungstür. *Davidquelle* also. Eine Angi. Ein Hund.

Der Friese mochte Hunde. Lieber allerdings noch Katzen. Wenn er hin und wieder den *Whiskas*-Spot sah, wurde ihm ganz warm ums Herz. Die kleinen Katzenkinder. Er hätte gern eine Mietzi um sich gehabt. Ihr das Futter hinstellen. Die Milch. Nach dem Training mit ihr spielen. Papierkügelchen rollen. Mit ihr kuscheln.

Yvonne. Yvonne.

Er sah sie wieder vor sich. Nur mit dem Höschen bekleidet. Die kurzen Haare mit dem Handtuch trocken reibend. Irgendwie verstand er es doch nicht. Er war wirklich ein Lieber. Nur ein bisschen streicheln. Die Nasen aneinanderreiben. Ganz sanft. Mehr nicht. Es gab da ja noch die Maja in der Osterstraße. Für alles andere.

Der Friese entschloss sich, den Wagen stehen zu lassen.

Er ging die Große Bergstraße runter. Er erreichte die Schroederstraße und hielt sich rechts. Aus der Endo Klinik kamen Besucher. Vor den Lokalen waren sämtliche Tische besetzt. Fröhliches Lachen. Gläser wurden angestoßen. Eine heitere, ausgelassene Stimmung.

Der Friese bekam einen engen Hals.

Yvonne in ihrer Wohnung. Allein. Nein, sicher schon bei dieser Dorit. Der es so mies ging. Sie war doch schön. Sie brauchte sich nur irgendwo sehen zu lassen. Würde auf der Stelle begehrt sein. Geliebt werden.

Und Yvonne auch. Wurde sie bestimmt. In ihrer Kneipe. Von allen möglichen Gästen.

Der Friese beschleunigte seine Schritte. An der U-Bahnstation wurde er angerempelt. Nach Geld gefragt. Ein übler Geruch stieg ihm in die Nase. Vermengte sich mit dem Geruch dampfender Pizzastücke. Mit dem von Gyros und Bratfett. Ein junges Mädchen sprach ihn an. Ein Kind. Wollte es ihm machen. Nannte ihren Preis. Zwanzig Euro. Für voll gut.

Der Friese eilte weiter. Er war nie gern auf der Reeperbahn gewesen. Das war nicht seine Welt. Er besuchte die *Ufa*-Kinos am Grindel. Ging in Eimsbüttler Kneipen. Kaufte auf der Osterstraße ein. Oder in der Mittagspause in Barmbek.

Er atmete auf, als er die *Davidquelle* betrat. Eine gemütliche Kneipe. Ältere Männer wiegten die Köpfe zu einem Freddy-Quinn-Schlager. Hinter dem Tresen ein bärtiger Wirt. Zapfte ein Bier nach dem anderen. Am Ende der Theke eine Frau in einem eleganten Kostüm. Sie wirkte nervös. Sah fragend zu ihm hin.

Der Friese drängte sich zu ihr durch.

„Angi?"

„Na, endlich! Ich hab gerade noch mal mit Holger telefoniert. Das ist mir einer! Erst große Töne und denn lässt er mich hängen. – Ruhig, Bulli!"

Der Friese schreckte zurück.

Der Hund war ein massiges Tier. Tiefschwarzes Fell. Hässliche, böse Augen. Er fletschte die Zähne, knurrte gefährlich.

„Bulli tut nichts", sagte Angi. Sie riss das Tier hart an der Leine zurück und gab ihm mit der Schlaufe einen Schlag auf das Hinterteil. „Aber alle denken, er ist 'n Killer, und so soll es auch sein. Nicht wahr, mein Bulli?"

Bulli kläffte kurz. Angi lachte.

„Na, siehst du – Rainer, ja? – So, Bulli, das ist Rainer.

287

Rainer bringt dich jetzt zu Holger, schön brav, ja? Braver Bulli. Und Mami ist Sonntag wieder zurück. Mami fährt ans Meer, ja, ans Meer." Sie war neben Bulli in die Hocke gegangen, tätschelte seinen Kopf. Seinen breiten Nacken.

Der Friese starrte auf Bulli und Mami herab. Angis Kostümrock spannte über einem ausladenden Hintern. Er fragte sich, was Holger mit der Frau laufen hatte. Angi. Sie richtete sich wieder auf. Drückte ihm die Leine in die Hand.

„Nimm ihn schon mal. Ich geh bis zu den Taxen mit. Heinzi, meine Tasche!"

Der bärtige Wirt griff unter die Theke. Reichte Angi eine prall gefüllte Umhängetasche und einen Kosmetikkoffer.

„Na, Bulli", meinte er. „Noch 'ne Frikadelle mit auf'n Weg?"

Bulli sprang augenblicklich hoch. Dem Friesen entglitt beinahe die Leine. Angi lachte wieder.

Der Wirt nahm eine Frikadelle aus der Glasvitrine und warf sie Bulli zu. Bulli schnappte, schluckte. Leckte sich die Schnauze.

„Komm!" Angi hatte die Tasche geschultert. Der Friese wurde von Bulli mitgezogen. Das Tier hatte eine unglaubliche Kraft.

Auf dem Weg zu den Taxen fühlte sich der Friese von Angi kritisch gemustert.

„Du kannst Holger sagen, dass ich dann spätestens so gegen vier bei ihm auftauche. Weißt du Bescheid?"

„Über was?"

„Dass du wartest, bis seine Ex wieder abgeschwebt ist. Hat er mir extra noch mal gesagt. Kennst du die Alte?"

„Nee, nich' so."

„Das ist auch besser. Eine Pissnelke, sag ich dir. Bombardiert mich mit Anrufen – das ist der reinste Terror. – Was habt ihr für heute Abend geplant? Ihr könnt Bulli ruhig allein in der Wohnung lassen. Nicht wahr, Bulli – du guckst dir schön Fernsehen an, ja?"

Sie waren bei den Taxen angekommen.

Angi schob ihre Tasche auf den Rücksitz. Der Friese hielt Bulli kurz.

„Ach ja", sagte Angi. „Noch eins – sag Holger, das Geld kriegt er nächste Woche. Ich hab's ihm am Telefon nicht sagen wollen. Wenn der Typ in Westerland bar löhnen sollte, kann ich ihm Sonntag schon was geben. Aber ich denk mal, er drückt wieder 'nen Scheck ab. – So, Bulli – Mami fährt jetzt. Sei ein Braver, ja?"

Sie tätschelte Bulli ein letztes Mal. Stieg ein. Die Taxe fuhr an. Und Bulli kläffte, wollte dem Wagen nach. Der Friese musste seine ganze Kraft aufwenden, um ihn zu halten. Er hielt die Leine mit beiden Händen.

Schließlich gab das Viech nach. Bulli. Ein zentnerschweres Tier. Eine breitarschige Angi. Schuldete Holger Geld. Reiste zu jemandem nach Westerland.

Der Friese dachte sich seinen Teil. Tscha nu, das war Holgers Sache. Er wartete noch, bis die Taxe nicht mehr zu sehen war. Wollte dann gehen. Schnell zurück. Diesen Bulli loswerden. Der Hund war ihm nach wie vor unheimlich. Da hörte er einen Schuss.

Der Hund zog.

Der Friese spannte alle Muskeln. Es half nichts. Das Tier arbeitete sich wie ein Bulldozer vor.

Weitere Schüsse fielen.

Mit einem gewaltigen Satz sprang Bulli vor.

Der Friese kam ins Stolpern. Die Leine entglitt ihm ein Stück.

Der Friese sah Polizisten. Sie hatten die Waffen gezogen. Zielten auf einen nackten Mann.

Der Nackte schoss.

Bulli war nicht mehr zu halten.

Der Friese stolperte erneut. Er fiel. Ließ die Leine los. Sprang gleich wieder auf.

Bulli hatte den Nackten angesprungen. Zwischen die Beine. Ein entsetzlicher Schrei. Der Friese erstarrte.

Bulli brachte den Nackten zu Fall. Es war ein furchtbarer Anblick. Der Friese spürte einen harten Griff.

„Den Hund weg! Schaffen Sie den Hund von dem Mann weg! Gott – der bringt ihn noch um! Los, Mann!"

Der Friese blickte den Polizisten an. Schüttelte fassungslos den Kopf.

„Angi", sagte er.

„Ruf das Tier zurück!"

„Holger", sagte der Friese.

„Mann!", schrie der Polizist. „Der Irre verblutet uns noch!"

Der Friese sah sich jetzt von mehreren Polizisten umstellt.

„Er hat einen getroffen! – Oh, Scheiße, reißt den Hund zurück! Bringt sie auseinander!"

„Yvonne", sagte der Friese. „Yvonne."

„Was ist mit dem?", hörte er. „Noch ein Verrückter?! – Hey, Mann, hey – hier geblieben."

Der Friese riss sich los. Wurde wieder gepackt. An beiden Armen. Martinshörner ertönten. Der Friese nahm alle Kraft zusammen. Ellbogenschläge. Tritte.

Die Griffe lockerten sich. Der Friese ballte die Fäuste. Wirbelte herum. Schlug zu.

Drei, vier Polizisten fielen über ihn her. Ein Knüppel traf ihn am Kopf. Der Friese stürzte in einen tiefen Schacht. Ruderte mit Armen und Beinen. Fiel in rotierende Ventilatorblätter. Er riss die Augen weit auf. Öffnete den Mund. Wollte schreien. Er brachte nichts heraus. Sackte in sich zusammen. Tränen rannen ihm aus den Augen, vor Schmerz.

„Erschrecken Sie man nich gleich!", wurde Manfred von Opitz lautstark begrüßt. Der Rentner stand am Straßenrand und scheuchte einen Fahrer weiter, der den freien Parkplatz ansteuerte. Dann erkannte er, dass die junge Lehmann den Wagen fuhr, und rief auch ihr zu: „Erschrecken Sie man nich gleich! – Ist für den Notdienstwagen!"

„Notdienst? Für wen?" Manfred hatte seine Einkaufs-tüten fester gepackt und baute sich vor dem Alten auf.

„Schlüsselnotdienst. Ich hab gerade noch jemanden erreicht!" Er sah zu der Lehmann, die quer am Eck parkte. „Da liegt auch kein Segen drauf."

„Schlüsselnotdienst?" Manfred fiel auf, dass er schon wie-der wie bescheuert wiederholte, was der Alte verkündete. Als höre er nicht richtig.

Opitz grinste der jungen Stewardess entgegen. Die Leh-mann trug ihr *Lufthansa*-Kostüm, hatte nichts mit aus dem Wagen genommen. Sie stöckelte heran.

„Was ist los?", fragte sie nicht ohne Schärfe.

„Tachchen, Frau Lehmann. Wenn Sie einen guten Flug hatten – jetzt ist Bruchlandung. Auf unserer Etage ist einge-brochen worden, in alle vier Wohnungen."

„Scheiße!", fluchte Manfred.

„Ein Einbruch?" Die Stewardess sah auf die Uhr. „Mein Versicherungsmann wird schon Feierabend gemacht haben. Na ja, dann muss er eben noch mal raus." Das kam kühl und routiniert.

Manfred fluchte wieder.

„Tja", meinte Opitz. „Das muss ratzfatz gegangen sein. Ich war nur mal eben zu Mittag. Stadtschlachterei. Gab Grütz-wurst heute."

„Was ist mit der Polizei?", unterbrach ihn die Lehmann.

„Streife war da. Waren nett. Ich hab eine Nummer für alles Schriftliche und –"

„Gut. – Dann kann ich ja schon mal den Schaden auflisten." Sie drehte sich um und ging zum Haus. Manfred schloss sich ihr an.

Die Lehmann hatte keinen Blick und kein einziges Wort für ihn. Er hätte ihr in den Hintern treten können. Eingebildete Zicke! Ihr Versicherungsmann! Ja, Scheiße! Von wegen Versicherung. Er hatte keine. Hatte es immer wieder vor sich her geschoben. Und jetzt würde er sich von Karin anschreien lassen müssen. Einbruch! Die Wohnung ausgeräumt! Verdammte Scheiße!

Auf der Etage drängelte er sich an der Stewardess vorbei. Ließ die Einkaufstüte an ihre Wade schlagen.

„Entschuldigung, Herr Krause", sagte sie ironisch. Entschuldigung am Arsch. Er stellte die Tüten an der Tür ab und besah sich das Schloss. Gott sei Dank, wenigstens musste kein neues eingebaut werden. Das konnte er selbst reparieren.

Manfred betrat die Wohnung.

Im Flur fehlte nichts. Es war auch nichts verwüstet.

Aus dem Wohnzimmer aber war der Videorecorder geklaut, die kleine kompakte Sony-Anlage, sämtliche Kassetten und CDs. Die Schubladen des Sideboards waren aufgerissen. Fotoalben lagen auf dem Boden. Die neue Canon hatten sie sich auch gegriffen.

Manfred ging ins Schlafzimmer. Der Radiowecker fehlte.

Die Kleiderschranktür stand offen. Seine schwarze Lederjacke war weg, Karins brauner Wildlederrock und ihre Stiefel! Und alle Gürtel. Dreckspack! Wenn man die Burschen schnappen würde, sollte man sie aufhängen. Kurzen Prozess machen. Ab nach Bautzen, hatte es damals bei ihnen geheißen.

Manfred ahnte bereits, was ihn in der Küche erwartete.

Das Radio, die teure Wanduhr mit dem versilberten Rahmen.

Genauso war es. Und – er erstarrte. Sie hatten auch die Haushaltskasse gefunden. Karins großartiges Versteck! Knapp zweihundert Euro mussten noch in der alten Olivenöldose gewesen sein.

Manfred ließ sich auf einen Stuhl fallen.

Eine Weile saß er nur da, völlig niedergeschlagen, und konnte nichts denken. Er hörte den alten Opitz erst, als der schon in der Küchentür stand.

„Herr Krause – die Männer vom Schlüsseldienst sind da. Fangen bei mir an. Ich wollt nur Bescheid sagen. Haben Sie schon 'nen Überblick? Bei mir war ja nicht viel zu holen. Videorecorder war Gott sei Dank nur geleast. Kein Problem mit der Firma. Die bringen mir heute noch 'nen neuen Apparat. – Tja, das wird von Tag zu Tag schlimmer hier in der Gegend."

„Aufhängen sollte man das Pack", sagte Manfred. „An die Wand stellen und erschießen."

Der Rentner lachte meckernd.

„Da sagen Sie was Richtiges. Aber die kriegen sie nicht. Und wenn doch – vorne rein und hinten gleich wieder raus. So ist das doch. – Tja, also die vom Schlüsseldienst –"

„Brauch ich nicht", fauchte Manfred. Er stand auf, fegte die Olivenöldose vom Tisch.

„Oh, oh", meinte Opitz und zog sich zurück.

Manfred hörte ihn auf dem Flur mit den Handwerkern reden. Er hörte auch die blöde Kuh nebenan in ihrer Küche. Sie hatte wahrscheinlich schon alles aufgelistet und noch einiges dazugeschrieben. Versicherung zahlt. Ihr Versicherungsmann! Natürlich würde er gleich zu ihr gewetzt kommen. Tässchen Kaffee, Cognac. Kein Problem, Frau Lehmann. Das regeln wir schon. Dafür ist unsereins doch da.

Jederzeit erreichbar. Ein Anruf genügt. Manfred sah Karin vor sich. Er ging zum Kühlschrank, um sich ein Bier herauszuholen.

An die Kühlschranktür war mit Tesa ein linierter Zettel befestigt. Manfred riss ihn ab und las: „Mache für Uta Nachtdienst. Bin vorher noch bei ihr. Lass mich morgen ausschlafen. – Karin." Er zerknüllte den Wisch und warf ihn in den Müll.

Während er das Bier trank, überschlug er den Gesamtwert der gestohlenen Sachen. Er kam auf etwa fünftausend Euro, grob gerechnet. Keinen Cent würde er davon zurückbekommen, nichts. Und sich zudem noch von Karin anscheißen lassen müssen. Auf der Arbeit erzählen konnte er es auch nicht. Nicht versichert? Ha-ha-ha! Typisch Ossi. Ihr denkt immer noch, der Staat habe für euch aufzukommen. Bis zum Dünnschiss. Nichts da. Heutzutage hat jeder für sich selbst zu sorgen. Wie diese Pissnelke! Nachbarin Lehmann. Die ließ ohnehin nichts anbrennen. Wenn sie zu Hause war, gaben sich die Männer die Tür in die Hand. Hallöchen, Hallöchen. Nehmen wir noch einen Schampus, bevor wir zum Italiener gehen! Zum Japaner. Zum Inder. Und danach dann Rambazamba in der Bude. Die ganze Nacht durch. Verdammt, er könnte sie wirklich – was hieß, lass mich ausschlafen? Wo, zum Teufel, steckte Karin? Bei Uta? Sollte er jetzt etwa allein mit diesem Scheiß klarkommen?

Manfred ging in den Flur und schlug das Telefonverzeichnis auf.

Cornelius, Uta.

Er tippte die Nummer ein. Das Freizeichen ertönte. Nach dem dritten schaltete sich der Anrufbeantworter ein: „Sie haben 6-7-5-1-8-4-0 gewählt. Im Moment ist niemand zu Hause. Bitte hinterlassen Sie nach dem Piepton Ihre Nachricht. Wir melden uns." Es piepte.

„Krause – Manfred hier. Karin soll anrufen. Hier, bei uns zu Hause. Dringend! Verdammt, ich denke, ihr hockt zusammen – ja, Scheiße, was red ich noch!" Er knallte den Hörer auf.

Draußen auf dem Gang vernahm er die Stimme der Lehmann. Er schlich zur Tür und spähte durch den Spalt. Die Stewardess hatte ihre Kostümjacke abgelegt. Blütenweiße, kurzärmelige Bluse. Ihr Büstenhalter schimmerte durch.

„Können die Herren dann erst zu mir?", fragte sie.

„Können wir. – Was ist mit der Wohnung da?"

„Will nicht", hörte Manfred den alten Opitz. „Der Kollege will selbst 'n bisschen basteln. Hat er von drüben immer noch drin. – Wie ist es bei Ihnen, Frau Lehmann? Viel weg?"

„Das kann man sagen. Der Schmuck lässt sich wohl kaum ersetzen."

Der Schmuck!

Manfred eilte ins Schlafzimmer zurück. Die Nachttischschublade war geschlossen. Er zog sie heraus. In der runden und mit Watte ausgelegten Pappschachtel lagen Karins Perlenkette, die Ohrringe und der schmale Goldreif mit dem winzigen Opal. Unberührt. Er ruckte die Lade noch ein Stück weiter vor und entdeckte vier, fünf verschiedenfarbene Präservative.

Präser? Was sollte das?

Er benutzte keine Gummis. Er schlief nur an den absolut sicheren Tagen mit Karin. Irritiert klaubte er ein Präservativ heraus. Er hatte keine Erklärung dafür. Nicht gleich.

Dann aber überkam ihn ein merkwürdiges Gefühl. Eine Mischung aus Wut, Enttäuschung und Schmerz. Ein böser Schmerz. Wenn Karin im Krankenhaus Nachtdienst hatte, war sie tagsüber zu Hause. Sie war allein. Während er in einem Außenbezirk der Stadt die Post austrug, konnte sie hier tun und lassen, was sie wollte. Und das tat sie wohl auch. Oh, nein!

Er setzte sich auf die Bettkante.

Mein Gott, sie waren jetzt seit zwanzig Jahren verheiratet. Eine Ewigkeit. Und klar, sie turtelten nicht mehr groß herum. Sie stritten sich gelegentlich, natürlich, wer tat das nicht? Aber ansonsten war doch alles in Ordnung. Sicher, manchmal war er vielleicht ein wenig zu herrisch, regte sich wegen einer Nichtigkeit auf. Aber alles in allem kamen sie doch gut zurecht. Und er schlief nach wie vor gern mit ihr.

Verdammt, sie konnte sich doch wirklich über nichts beklagen! Soweit es ihm möglich war, kaufte er für den Haushalt ein. Versorgte sich selbst, wenn sie Spät- oder Nachtdienst hatte. Blieb zu Hause und war nie auf dumme Gedanken gekommen. Nicht ein einziges Mal.

Und sie?!

Er konnte es nicht begreifen. Präservative in ihrer Nachttischschublade! Farbige! Ein grellgrünes! Ein rotes! Ein blaues! Er sah sich das in seiner Hand genauer an.

Mit Limonengeschmack! Ihm war zum Kotzen zumute.

Er warf das Ding in die Schublade zurück, ging wieder in die Küche. Er nahm sich ein weiteres Bier aus dem Kühlschrank, knackte die Lasche und trank die Dose mit großen Schlucken aus. Dann schenkte er sich einen Klaren ein, kippte ihn.

Er griff sich noch ein Bier.

Draußen im Hausflur werkelten die Schlüsseldienstmänner an der Wohnungstür der Lehmann herum. Die Zicke war hin und wieder mehrere Tage hintereinander zu Hause. Sie wusste sicher was. Kriegte durch die dünnen Wände mit, wenn Karin Besuch empfing. Aber wen? Wer benutzte diese scheiß Präservative? Wer streifte sie sich über und – er donnerte die noch halbvolle Dose auf den Boden. Fluchte.

Tigerte in dem schmalen Raum auf und ab. Stieß an den Tisch.

Wütend hob er ihn an und warf ihn um. Er holte die beiden prall gefüllten Einkaufstüten rein, nahm ein Teil nach dem anderen heraus und schleuderte es irgendwo hin. Schmiss lauthals fluchend mit Joghurtbechern, Butter und Käse, Tomaten und Konservendosen um sich. Den ganzen Kram! Die Milchtüten zerplatzten am Herd. Er trampelte auf dem Obst und dem Salat herum, wickelte sich eine Tüte um die Hand und schlug hasserfüllt in das Bord mit den Gläsern.

„Ich mach ihn tot!", schrie er. „Ich mach diesen Drecks-kerl tot!" Er riss eine Küchenschranklade heraus, ließ sie fallen.

„Herr Krause!", hörte er hinter sich. „Herr Krause!" Der alte Opitz war schon wieder in der Wohnung. Die Lehmann schaute ihm über die Schulter.

„Raus! Raus aus meiner Küche! Verdammtes Pack! Mit wem fickt sie?! Mit wem?! Wer fickt hier mit Karin rum?! Wer?! Ihr wisst es doch, ja?! Ihr wisst doch alles! Alles ganz genau! Verpiss dich zu deinem Versicherungsarsch, du Fotze! Haut ab, verschwindet! Ja, was glotzt du denn noch, du däm-licher Sack?! Raus! Raus hier!" Er bückte sich nach einem großen Messer, musste plötzlich lachen, lachte wie wahnsin-nig, als er den alten Opitz zurückweichen sah.

„Polizei", gab die Lehmann noch von sich und war augen-blicklich verschwunden.

Polizei, großartig! Die Polizei!

„In meiner Wohnung kann ich tun und lassen, was ich will!", schrie er ihr nach. „Jeder tut hier, was er will! Alle! Hier wird geklaut, hier wird gefickt, hier wird auf den Putz gehauen! Versicherung zahlt ja! Kein Problem!"

Das Telefon klingelte.

Manfred stürzte in den Flur, riss den Hörer hoch.

„Karin? Karin – Karin, komm sofort nach Hause! Auf der Stelle! Einbruch! Alles kaputt, alles weg – wo steckst du?!"

Er hörte ein gequältes Stöhnen. Ein Stöhnen?

Er hörte ein schnelles und heftiges Atmen.

„Manfred – ? Ich – ich kann jetzt nicht –"

„Du kommst her!"

„Nein – nein, ich – oahh! Ah –"

„Karin – ?!"

„Lass – lass mich in – in Frieden –"

„Bei wem bist du?!", schrie Manfred. „Wer – ich bring ihn um, ich mach ihn tot! Ich –"

Sie hängte ihn ab. Sie hatte einfach aufgelegt. Er wollte es nicht glauben. Hastig klappte er das Telefonverzeichnis wieder auf, wählte neu. Drei Freizeichen. Der Anrufbeantworter schaltete sich wieder ein.

Manfred wartete den Piepton ab, schrie: „Wenn du nicht kommst, hole ich dich!"

Er knallte den Hörer auf die Gabel.

Karin!

Sie fickte! Sie fickte mit irgendeinem Scheiß-Typ! Sie hurte in der Gegend rum – Karin!

Seine Karin! Seine Frau!

Er war wie betäubt. Sein Herz raste.

Mit steifen Schritten ging er zum Kühlschrank, griff sich die Flasche Schnaps, setzte sie an die Lippen. Schluckte und schluckte, und schluckte noch einmal.

Er atmete tief durch.

Karin.

Sie ging fremd. Sie betrog ihn. Wie lange schon?

Er schüttelte den Kopf. Stierte vor sich hin. Minuten. Lange Minuten. Eine Ewigkeit.

Dann aber setzte er sich wieder in Bewegung. Er nahm

sich das Wohnzimmer vor, eiskalt, und danach das Bad und zuletzt das Schlafzimmer. Er riss Karins Kleidungsstücke aus dem Schrank, holte eine Schere und begann mit der Unterwäsche.

Im Hausflur war es ruhig geworden. Die Handwerker waren offenbar gegangen. Die Polizei erschien nicht. Warum auch? Er machte keinen Lärm mehr, zerschnitt die Höschen und Hemden, die Strümpfe, die Röcke. Fein säuberlich. Irgendwann fing er an, Quadrate zu schneiden. Er dachte dabei an das Kopfsteinpflaster in Wismar. An seinen Schulweg. An die Lehrer, den Unterricht. Er war ein guter Schüler gewesen.

Seine Gedanken sprangen. Schule und Betrieb. Werkbücherei, Ausleihe.

Karin und ihre selbst geschneiderten Kleider.

Nylons von Verwandten aus dem Westen. Jeans.

Der Abend auf dem Kirchplatz. Ihr erster Kuss. Das erste Mal in der Wohnung ihrer Freundin. Genau geplant. Ohne Gummi. Es war alles sehr schnell gegangen. Aber sie hatten sich noch lange geküsst, immer und immer wieder. Verlobung. Hochzeit. Fluchtpläne. Republikflucht. Angst.

Doch bleiben. Vielleicht Kinder.

War es das? Dass er Nein gesagt hatte? Erst einmal nicht. Warum sich belasten? Keine ruhige Nacht mehr haben? Sie hatten immer früh raus gemusst. Im Morgengrauen zur Kreuzung. Fahrgemeinschaft. Ein Wagen hatte Vorrang.

Als die Mauer fiel, hatten sie immer noch keinen gehabt.

Aber schon bald darauf. Im Westen. In Hamburg. Einen *Fiat Panda*. Unter der Woche allein für sie. Für die Fahrten ins Krankenhaus und zurück. Er fuhr mit der U-Bahn. Das nahm er auf sich. Das machte ihm nichts aus. Ebenso wenig, wie sich mit den Einkäufen abzuschleppen.

Mein Gott, was war es nur? Warum –?

Er stach die Schere in die Matratze und stand auf.

Er ging zur Wohnungstür und lauschte zur Nachbarwohnung.

Die Lehmann telefonierte. Sie wurde von der Türklingel unterbrochen.

Unten wurde die Haustür aufgedrückt.

Schritte. Männerschritte. Nur eine Person.

„Herr Ströhr – endlich! – Das war eine böse Überraschung. Aber ich denke, wir sind schnell durch."

„Frau Lehmann – stets zu Diensten. Bitte, nach Ihnen. Na, dann wollen wir mal sehen."

Manfred wartete noch einen Moment. Dann huschte er aus der Wohnung und schlich die Treppe hinunter. Er hatte noch etwa zwanzig Euro und die Bankkarte in der Tasche.

Auf dem Weg zur Bank entschloss er sich, nicht zu Uta zu fahren. Er war sich sicher, dass Karin nicht bei ihr war. Und selbst wenn – wenn Uta ihr die Wohnung zur Verfügung gestellt hätte, Karin würde ihm nicht öffnen.

So zog er erst einmal 300 Euro aus dem Automaten, brachte das Konto auf Null. Er wollte nicht an morgen denken, nicht an die nächsten Tage, die nahe Zukunft. Karin betrog ihn, aus ihm unerklärlichen Gründen. Und alle im Haus feixten sich hinter seinem Rücken eins: Der saublöde Postbote, dem von seiner Frau die Hörner aufgesetzt wurden. Der Ossi! Was zählten schon zwanzig Jahre Ehe? Was hieß hier in der so Freien und Hansestadt Hamburg schon Verlässlichkeit und Treue? Da kam der Erstbeste und versprach das große Abenteuer. Oder auch nur ein kleines. Ein bisschen Spaß, was ist schon dabei? Das muss man sich gönnen. Das braucht der Mensch.

Manfred blieb kurz vor einer Schaufensterscheibe stehen. Er zog den Rotz hoch und spuckte aus. Die neue Sommermode. Der Strumpf, der Ihnen Freiheit gibt. Die Freiheit, sich einem anderen an den Hals zu werfen. Die Freiheit,

Ja zu sagen, die Beine breit zu machen! Wie es gerade kam. Nein – nein, oah, ah! Dieses Stöhnen!

Manfred steuerte die nächste Kneipe an. Als er sie wieder verließ, kniff er die Augen zusammen. Es war immer noch hell, und er schwitzte wie Sau. Er stellte sich an den Straßenrand und hielt nach einem Taxi Ausschau. Schließlich kam eins.

Manfred ließ sich schwer auf den Beifahrersitz fallen.

„Pauli", kommandierte er. „Reeperbahn – ab in die Freiheit!"

„Schon ordentlich einen genommen", meinte der Fahrer. Es war ein verwegen aussehender junger Typ. Tiefbraune Haut, schwarzes, zu langen Locken gedrehtes Haar. Er trug ein T-Shirt mit dem Aufdruck „Heute ist der Morgen danach" und eine eng sitzende, schwarze Lederhose.

Manfred stierte ihn an.

„Fidschi?", fragte er.

„Was –?"

„Wo kommste her?"

„Ach so – nee, nee, nix Ausländer, Chef. Echt Hamburg. Die Hamburger Hafenmischung. Min Vadder war 'n Seemann und ging hier ma an Land." Er lachte fröhlich. „Jamaikaner aus Montego Bay, mehr weiß meine Mutter nicht. Hat aber man kräftig gefunkt. Ich bin hier geboren und aufgewachsen, in Altona. Logo, der Schuss von dem Alten liegt drin. Und über mir der Fluch der *Lindenstraße*."

„Ha –?"

„Siehste das nich? Kaum ein Fahrgast, der nich mit *Momo* anfängt. Der unwürdige Vater! Das ist nu ma mein Schicksal. Ich seh dem Weichei so was von ähnlich, wenn die mal 'nen Double brauchen – ich wär ihr Mann! Aber ich würde auf die Urschulla springen, die Friseuse! Die Polin, die ist echt geil! – Du kennst da gar nichts von?"

„Nicht so", sagte Manfred und machte es sich bequem.

„Na, ich guck das schon. Nicht immer – aber wenn, bin ich gleich wieder tierisch gut dabei. Die gehen schon echt in die Vollen. Letztens war wieder was mit Faschos aus Brandenburg. Ich war eben noch kurz bei 'ner alten Freundin. Da kamen wir auch drauf zu sprechen. Terror, mit Telefonterror fängt die Scheiße ja immer an! Denn fliegen Steine und Mollis! Ich sag dir, das hat noch lange kein Ende. Mann, ich duz dich einfach –"

„Is in Ordnung."

„Ich krieg das auch immer stärker zu spüren. Da gibt's Gäste, die verlangen bei der Zentrale lupenreine deutsche Fahrer – keine Ausländer! Da brauch ich gar nicht erst ankurven. Mann, ich bin hier zu Hause, ich hab 'n deutschen Pass, zahl verdammt noch mal meine Steuern, und was is? – Hau ab, du verdreckter Ausländer! Und lass ja die Griffel von unseren Frauen, echt, so furzen die gleich rum! Mann, ich bin echt Hamburg!"

„Frauen!" Manfred winkte betrunken ab.

Der Fahrer bemerkte es nicht. Er sah einem Wagen nach, der sie überholt hatte.

„Ja, Mann – Frauen. – Ey, wo genau willst du noch mal hin?"

„Freiheit –"

„Große Freiheit? – Okay, denn fahr ich von oben rein. Wenn die Post abgehen soll, is es aber noch 'nen bisschen früh für."

„Post!" Manfred musste lachen.

„Ey, was is? – So is es echt. Vor zehn, elf Uhr ist da tote Hose. Bist du nich von hier?"

„Bin bei der Post."

„Ach so – Scheiße. Aber ma ehrlich, 'nen guten Rat. Du hast schon 'nen Lütten drin, okay. Wenn du Druck hast, geh nicht in die Läden auf der Freiheit. Da zocken sie dich ab wie nix, echt. Mach einen auf die solide Nummer – Herbertstraße, ehrlich, Mann. Die Frauen da bescheißen dich nicht."

„Frauen", wiederholte Manfred. „Hast du 'ne Frau?"

„Na, logo – immer wieder ma."

„Immer wieder nur – nur die eine?"

„Nee, immer wieder ma 'ne andere. Ey, Mann, das ist so."

„Das ist die Freiheit", fiel ihm Manfred ins Wort. „Große Freiheit."

„Okay, okay – wie du willst. Der Gast hat das letzte Wort."

„Karin – Karin is auf der großen Freiheit!"

„Alles klar – Große Freiheit. Zu Karin."

Der Fahrer schwieg jetzt, und Manfred nickte mit dem Kopf.

Er versuchte, den Film zu stoppen, der soeben vor ihm ablief – die verwüstete Wohnung, die Nachttischschublade, ein dämlich grinsender Opitz, die Handwerker im Gang, die Lehmann. Die Lehmann ging in Zeitlupe vor ihm die Treppe hoch. Zog ihre Kostümjacke aus. Er sah sie in ihrer sauberen, weißen Bluse. Sah die Träger ihres Büstenhalters. Sie wandte sich an Karin, und Karin lachte, und beide Frauen zeigten mit den Fingern auf ihn –

Manfred warf es nach vorn.

„Ey, Mann – eingepennt? – Große Freiheit. Macht neun Euro zehn."

Manfred drückte ihm wortlos einen Schein in die Hand und stieg aus.

Sie lachten. Sie lachten und zeigten auf ihn. Karin und diese Fotze!

Er rieb sich die Augen.

Dann zog er los.

Er ging nicht auf die Große Freiheit, er ging zurück, die Reeperbahn hoch. Herbertstraße, ehrlich Mann. Das war ihm im Ohr geblieben. Und er hatte Karin vor sich. Sie allein jetzt.

Es war ihm, als sehe er sie zum ersten Mal.

Sie legte ihm ihre Hände auf die Schultern. Sie sahen sich in die Augen. Waren glücklich.

Der Möbelwagen war gepackt. Sie konnten losfahren. Auf nach Hamburg!

Karin hatte gleich eine feste Anstellung in ihrem gelernten Beruf bekommen. Krankenschwestern waren gesucht. Und Hamburg – Mensch, Manni! Du wirst auch eine Arbeit finden. Wir schaffen das. Wir fangen jetzt ganz neu an. Auch wenn wir uns erst noch einschränken müssen. Wir schaffen es, wir schaffen es, wir schaffen es. Warum? Warum betrog sie ihn jetzt? Das ging ihm nicht in den Kopf. Warum war jetzt alles vergessen? Was war passiert? Er verstand es einfach nicht.

Er blieb stehen, wurde angerempelt. Ging weiter.

Er spürte, wie betrunken er war. Er merkte, dass er nicht mehr gerade ging, dass er schwankte.

„Verdammt, ich lieb dich, ich lieb dich nicht –" Der alte Schlager ertönte aus einem Lokal. Manfred blickte hinüber.

„Ey – du. Wie ist es mit uns?"

„Was –?"

„Komm mit, ja? Ich mach es uns schön."

Manfred sah in ein sehr junges Gesicht, in große, dunkle Augen. Das Mädchen lächelte ihn an. Es trug einen silbrig glänzenden Body und hatte die Haare zu einem Pferdeschwanz gebunden.

„Komm schon. Zwanzig Euro, die hast du doch übrig. Ich mach es wirklich gut. Was du willst."

„Zwanzig – ?"

„Zwanzig – gleich drüben." Das Mädchen fasste ihn am

Arm. Manfred ließ sich mitziehen. „Na, siehst du. Ich bin die Kim, und du?"

„Ich bin bei der Post", lallte er.

Sie lachte.

Und dann ging alles unglaublich schnell. Eben noch hatte er zu dem Lokal gesehen, und jetzt stand er in einem dämmrigen Raum und sah, wie das Mädchen einen Schlüssel entgegennahm, ebenfalls nickte und eine knappe Geste machte.

„Erster Stock", sagte sie. „Ich geh ma vor."

In dem Zimmer war es dunkel.

Das Mädchen knipste eine Lampe an, rötliches Licht fiel auf eine schmale Liege.

„Tust du noch Dreißig dazu? Dann zieh ich mich ganz aus – ja? – Okay." Manfred nickte dumpf und löhnte.

Der Mann von unten brachte auf einem Tablett eine Flasche Bier, stellte es kommentarlos ab und verschwand gleich wieder.

„Stieli redet nicht viel. Ist an den Stimmbändern operiert", erklärte das Mädchen. „Trink ruhig erst ma, ich geh noch aufs Klo."

Als sie zurückkam, hatte sie nur noch ihren Slip an.

„Du willst fix über, ja? Bist 'nen büschen down – okay. Denn leg dich ma lang."

Manfred knöpfte die Hose auf, zog sie mit der Unterhose runter.

„Ey, Mann – nee!" Die Kleine wich zurück.

„Was?"

„Dein Prügel, Mann! – Nee!"

Manfred zog sich weiter aus.

„Nee, du – das lass man ab. Das haut nich' hin mit uns. Da machste mich ja mit tot – nee du, lass. Nee, hör auf – lass die Klamotten an! Ey, das läuft nicht!"

Sie hielt seinen Arm fest. Manfred schüttelte sie ab.

„Wir schaffen das –"

„Nee, nix da – nu mach keinen Terz! Bleib friedlich, ja? Du, echt – da krieg ich ja nich mal 'ne Hand rum! Nee, Mann!"

„Manni – ich bin der Manni. Wir schaffen das –!"

„Nu red keinen Scheiß! – Stieli! Stieli!" Sie schrie, lief zur Tür und riss sie auf. „Stieli! Stieli!"

Manfred sah den Mann in das Zimmer stürmen und hart abstoppen. Der Mann krächzte irgendwas. Dann kam er breit grinsend auf ihn zu und hob beschwichtigend die Hände.

„Alter, mit dem Öymel kannste 'ne Mauer einreißen, aber nich –"

Manfred senkte den Kopf. Er rammte den Mann. Er wusste nicht, warum.

Blindlings schlug er auf den Mann ein, hörte ihn schnaufen und wieder krächzen, hörte das Mädchen schreien, schlug und schlug, sah plötzlich etwas in der Hand des Mannes, sah, dass es ein Revolver war und fing nun auch an zu schreien, schrie, schrie sich die Lunge aus dem Leib und verspürte mit einem Mal eine ungeheure Kraft, eine Kraft und zugleich eine Leichtigkeit, glaubte sich zu riesiger Größe auseinandergezerrt, brachte mühelos den krächzenden Mann zu Fall, entriss ihm den Revolver, schwenkte ihn wie eine Trophäe, schrie erneut, schrie: „Karin! Karin! Verdammt, ich lieb dich, ich lieb dich doch!" und sah, dass das Mädchen sich an die Wand presste, starr vor Entsetzen, lachte ein irres Lachen und rannte, rannte nackt aus dem Zimmer, die Treppe hinunter und hinaus auf die Straße.

4

Sven schlürfte den Rest seines Schokoshakes, stopfte den Abfall brav in den dafür vorgesehenen Behälter und verließ das *McDonald's*. Obwohl er sich einen *Big Mac*, zwei Cheeseburger und eine große Portion Fritten eingeschoben hatte, verspürte er noch Hunger. Aber er hatte für den Scheißdreck sein letztes Geld rausgetan. Da es ihm zu blöd und mittlerweile auch zu risikoreich war, auf der Meile die Schnorrernummer abzuziehen – beim letzten Mal hatte ihm ein besoffener Touri auf die Jeans gekotzt und gelallt: „Du kannst mich so was von am Arsch lecken" –, entschied er sich, Tina und seine bei ihr deponierte Klampfe abzuholen. Er hatte die Griffe einiger *Dylan*-Songs drauf und immer noch eine ganz passable Stimme. Mit Klein-Tina, einem mageren, aber irgendwie doch ganz ansehnlichen Ding, konnte man auf der Linie U 2 relativ easy Knete ziehen. Also schob er los – auch in der Hoffnung, unter Tinas Kopfkissen noch eine *Lila Pause* zu entdecken.

Doch als er bei der *Davidwache* um die Ecke bog, bot sich ihm ein gigantischer Anblick. Eine riesige Menschenmenge vor dem *Tivoli*, Krankenwagen, Polizeifahrzeuge, Kamerateams und jede Menge Bullen.

Neue Folge *Großstadtrevier*, dachte Sven und: Teuflisch bekannter Gaststar, *Heidi Klum* vielleicht?! –, zweifelsfrei aber die totale Action. Flugs kam er richtig in die Hufe und arbeitete sich zielstrebig bis zu der pissigen Absperrung durch.

Das allgemeine Interesse galt einem leblos auf dem Pflaster liegenden schwarzen Hund.

Wow – eine Mörderbestie! Das Tier hatte etwas im Maul.

„Ey, is das abgefahren!", tönte Sven. „Sieht total echt aus!"

„Das ist echt", meinte jemand neben ihm. „Dieser Killerhund hat einem Nackten den Dödel abgebissen!"

„Nee! Echt? Wahnsinn! Keine Show, kein TV?"

„Blutiger Ernst. Einen richtigen Toten gibt's auch."

„Wahnsinn!", wiederholte Sven. „Wo is denn der Schwanz-ab-Typ?!" Er checkte erst jetzt kurz die um ihn Stehenden: Glatte Arschgesichter, aber vermutlich reichlich Kohle in den Taschen ihrer sommerlichen Jacketts. Da ließ sich vielleicht noch was fingern.

Die Antwort auf seine Frage erhielt er von einer ihm verflucht vertrauten Stimme. Wie buchstäblich aus dem Boden gewachsen war dieser *Tom Cruise* für Arme vor ihm, Kripoarsch Jörg Fedder. Sven musste augenblicklich an die gestrige *Mopo* denken: „Zur Person". Kriminalhauptkommissar Jörg Fedder, Dezernat Organisierte Kriminalität, pflegte – nach offenbar bereitwillig erteilter Auskunft – morgens in der Alsterhalle seine 200 Bahnen zu schwimmen, gönnte sich zum Frühstück ein Mehrkornbrötchen – auch „Weltmeister" genannt – und hielt, wenn die Dienstzeit es erlaubte, in diversen Buchläden Ausschau nach irgendwelchen Öko-schlag-mich-tot-Schwarten. Am liebsten verbrachte er seine Freizeit mit der elfjährigen Tochter Larissa, hörte mit ihr zu Hause *Fünf-Freunde*-Kassetten und ähnlichen Schwachsinn und sah kein Fernsehen. Ein absolut bescheuertes Leben.

„Der Schwanz-ab-Typ, Sven – wie du ihn zu nennen beliebst – ist bereits auf dem Weg in die Notaufnahme. Interessant, dass ich dich hier antreffe, und zudem noch in der Krähschreibäh-Rolle. Sollte ich etwa auf dich aufmerksam werden, Sven? Hast du mir vielleicht was zu sagen?"

„Ey, das wüsste ich."

„Ja, ja – klar, du willst natürlich nicht vor all den Leuten hier reden. Das verstehe ich. Bück dich doch mal bitte."

„Wie meinen –?"

„Dass ich dir den Weg zum Tatort freigebe – komm, kriech vor. Ich will dir was zeigen."

Verfluchte Hacke! Was hatte das Arschloch mit ihm vor? Das war nun wirklich alles andere als erheiternd. Aber der Bulle – gut sitzende und stinkig saubere Jeans, Lederjacke und weißes Hemd, mein Gott! Wer trug schon noch weiße Hemden? – winkte ihn lächelnd zu sich. Also musste es wohl sein. Ein echt beschissener Auftritt. Schulter an Schulter wurde er von Fedder über den abgesperrten Platz geführt, hin zu einer von Weißkitteln und Grünen umringten Tragbahre.

„Lasst den Jungen mal einen Blick auf den Toten werfen."

„Wow!", gab Sven unwillkürlich von sich, als das Tuch zurückgeschlagen wurde. Die linke Gesichtshälfte des Toten war ein einziger, blutiger Matsch. Dennoch erkannte Sven den Mann sofort: „Johnny!"

„Johnny", bestätigte Fedder. „Auch Arschloch-Johnny genannt. Der auf sehr unappetitliche Weise Entmannte hat ihn erschossen. Wie es dazu kam, ist zwar etwas absurd, aber vom Ablauf her klar. Was mich interessiert – aus Gründen, mit denen ich dich nicht langweilen will –, sind Johnnys Aktivitäten. Ich werde noch kurz nachfragen müssen, aber meines Erachtens hat Johnny erst vor vierzehn Tagen sein Apartment in *Santa Fu* geräumt. Bist du ihm möglicherweise in letzter Zeit irgendwo begegnet?"

„Johnny!", wiederholte Sven. „Ey, das muss 'ne Riesenwumme gewesen sein, Wahnsinn!"

„Sven, ich will mit dir nicht über Handfeuerwaffen debattieren. Ich will einzig und allein von dir hören, wo Johnny untergekrochen sein könnte. Er ist nun mal leider nicht gleich zum Einwohnermeldeamt geeilt."

„Hab ihn nirgends rumturnen sehen, ey, echt nicht!"

„Wenn nicht gesehen, dann vielleicht etwas gehört."

„Da müsst ich scharf nachdenken", meinte Sven und witterte jetzt die Chance, dem Bullen ein paar Scheine abzuzocken. Schien ja ganz wild drauf zu sein, was über Johnny in Erfahrung zu bringen. Das ließ sich doch bedienen. Sven zog demonstrativ seine Stirn in Falten.

„Fällt dir schwer, ja?", fragte ihn der Schwimmweltmeister. Sven tat, als habe er es nicht gehört. Er dachte wirklich verflucht ernsthaft nach. Schließlich strahlte er Fedder an.

„Ey, ich wüsste, wen ich fragen könnte."

„Fragen kann ich selbst, Sven."

„Glaub nicht, dass Sie von dem 'ne Antwort kriegen, ey, echt nicht. Aber ich könnt ihm schon was rauskitzeln. Das Problem is nur –"

„Nur zu bekannt", schnitt ihm Fedder das Wort ab.

„Ey, ich müsste echt 'n paar Runden schmeißen. Nen Fuffi bräucht ich schon."

„Hm, hm", machte Fedder. „Und wie viel Zeit ‚bräuchtest' du?" Sven zog theatralisch die Schultern hoch, wiegte nachdenklich den Kopf.

„Sind Sie die Nacht über im Dienst? Ey, ich ruf Sie an!" Er merkte, dass der Mann nun seinerseits kopfmäßig arbeitete. Es dauerte ein Weilchen. Doch dann griff der Bulle in seine Gesäßtasche, angelte eine abgegriffene Geldbörse hervor und klappte sie auf. Sven konnte sehen, dass in dem Ding ein Farbfoto steckte. Wahrscheinlich von seiner Tussi. Warum hatte er der *Mopo* nicht was von ihr erzählt? Hätte man gern was drüber gelesen.

„Na, gut – aber vergiss nicht, Sven, du gehst mir nicht verloren. Hast du eigentlich inzwischen so was wie einen festen Wohnsitz? Ich erinnere mich, dass es da eine Tina gab –."

„Leb momentan solo – ey, ich melde mich, okay? Was vermuten Sie denn bei Johnny? Nur, damit ich mich nicht in die Scheiße reite."

„Ich möchte nur wissen, mit wem er seit seiner Entlassung zusammen war. Nur die Namen, Sven, das reicht mir dann schon." Er drückte ihm den Schein in die Hand und

hob noch einmal warnend die Kralle. „Wir haben uns verstanden?"

Wir verstehen uns bestens, sagte sich Sven. Der Fuffi
fühlte sich verflucht gut an.

Nachdem er sich mit einer Packung *Pall Mall Filter* versorgt hatte, stiefelte er schnurstracks zum Chinesen am
Nobistor, schaufelte eine Frühlingsrolle, geröstete Ente
und eine doppelte Portion Reis mit Gemüse und Pilzen in
sich hinein, schluckte dabei zwei große Spezi und deckte
sich dann mit etlichen Schokoriegeln und einer Riesentüte
Haribo-Konfekt ein, um so versorgt bei David im *Grünspan*
eine winzige Portion Koks abzugreifen, nicht viel mehr, um
sich damit einmal kräftig über das Zahnfleisch zu reiben. Das
reichte ihm voll für einen witzigen Abend. Aber nun war wieder Ebbe, und irgendwann würde er sich wohl oder übel bei
Fedder melden müssen. Vielleicht sollte er doch etwas für den
verflucht bereitwillig zugesteckten Lappen tun. Also schlenderte Sven noch weiter auf der Großen Freiheit herum, hielt
Ausschau nach ihm bekannten Gesichtern und futterte dabei
die Lakritzen. Die Türsteher waren voll zugange, Gäste für
die Bumsshows zu ziehen, tönten groß rum, dass in ihrem
Laden „echt geile Weiber" die Muschis zeigten – Sven war vor
Ewigkeiten einmal in so einem Schuppen gewesen und hatte
sich fast bepisst vor Lachen.

Pärchen huschten kichernd vorbei, und die ersten Besoffenen grölten. Alles mal wieder wahnsinnig komisch.

„Echt stark, ey!", rief er einem Dumpfdödel nach, der ihn
hart angerempelt hatte. Gleichzeitig wurde er fest am Arm
gepackt, und Sven blickte, bereits wieder kauend, in eine
echt verhauene Visage.

„Komm ma' mit durch zu Brilli."

„Ey –", setzte Sven an, aber der Typ stoppte ihn: „Will
nur ma' kurz mit dir reden."

Sven sah sich Hilfe suchend um. Meine Fresse – was hatte er mit Brilli am Hut?! Brilli war einer der ganz Großen, hatte so ziemlich jede Woche eine Riesenpresse, ey, Scheiße – das schmeckte Sven nun gar nicht. Er versuchte jedoch, wieder cool zu werden, schluckte die Lakritzscheiße runter und griente die Plattnase an.

„Ey, Wahnsinn – Audienz bei –"

„Quak nich", wurde er wieder unterbrochen. Der Hauer schleppte ihn einfach mit. Verfluchte Hacke! Mitten auf der Straße, vor allen Leuten. Sven musste sich eingestehen, dass das mit cool sein nicht so richtig hinhaute. Er wurde durch eine weit offen stehende Tür gestupst, nicht mal den Namen der Location hatte er bei dem schnellen Zugriff ausmachen können, musste durch einen mit dunklem Samt ausgeschlagenen und nur spärlich erleuchteten Gang latschen und landete letztendlich in einem kaum möblierten Raum. Hier war es verflucht hell, Neonlicht.

Brilli, Sven vom Aussehen her durch Pressefotos und Talk-Show-Auftritte bestens bekannt, trug seinen dezent gestreiften englischen Zwirn und natürlich den daumennagelgroßen Klunker am Ohrläppchen. Die Schlägerfresse zog sich gleich wieder zurück, und Brilli nickte ihm freundlich lächelnd zu.

„Grüß dich. Sven – ja? Ich erinnere mich, schon mal von dir gehört zu haben. War das die Eisdielen-Nummer? Der Rollgriff in die Schokostreusel?" Er ließ ihn nicht zu Wort kommen. „Ich fand das sehr amüsant. Aber nun gut. Du hattest heute eine kleine Unterredung mit einem unserer eifrigsten Kommissare, mit Fedder. Würdest du so nett sein und mir sagen, um was es dabei ging?"

„Um – ey, um Johnny. Johnny is abgeknallt worden."

„Das weiß ich, das weiß ich bereits. Du hast meine Frage nicht richtig verstanden."

„Doch, doch", beteuerte Sven eifrig. „Der Bulle wollte

wissen, wo Johnny die letzten Tage rumgeeiert is, und wo er 'ne Bleibe hatte."

„Und das hast du beantworten können?"

„Nee, nich so – echt nich."

„Aber?"

„Hab nur gemeint, ich könnt mich ja ma' umhören – is aber erledigt, ey. Läuft nicht."

„Hm, hm", machte Brilli, ebenso bescheuert wie Fedder. Sven konnte sich nun wirklich ein wenig entspannen. Was lief da nur für ein Ding mit Johnny, Arschloch-Johnny? Irgendjemand hatte ihm die Grütze rausgepustet, und alle Welt kam ins Grübeln.

„Du kanntest Johnny ganz gut?"

„Das – das würd ich auch nich so sagen wollen – ey, das is ewige Zeiten her."

„Wie kam es noch gleich zu eurer Freundschaft – eurer damaligen Freundschaft?"

„Ey, also Freundschaft nu echt nich. Er tauchte gelegentlich bei uns auf, bei meiner Schwester, mein ich."

„Sieh an – du hast eine Schwester. Hat sie für Johnny geackert?"

„Nee, eigentlich nich – er stand mehr auf sie. Ey, das is irre lange her, schon echt nich mehr wahr."

„Und was macht deine Schwester so? – Wie heißt sie übrigens?"

„Caro – Caroline. Ey, echt keine Ahnung."

„Aber wo sie wohnt, weißt du?"

„Glaub schon – ich mein, wenn sie nich inzwischen umgezogen is. Hatte sie irgendwann ma' vor."

„Weiß Fedder das von Johnny und deiner Schwester Caro? – Nein? – Nun gut. Dann würde ich sagen, Sven, du gehst jetzt zu ihr und fragst sie, ob Johnny sich bei ihr hat blicken lassen, und wenn ja, fragst du selbstverständlich, warum und was er wollte und – kannst du mir folgen? – und auch wenn er nicht bei ihr war, kommst du danach umgehend wieder hierher zurück, und wir überlegen dann gemeinsam, was du Fedder steckst."

Meine Fresse!, dachte Sven. Johnny musste entweder was enorm Heißes auf der Pfanne gehabt oder riesig was gebunkert haben. Wenn Brilli sich so da reinschaffte, echt Wahnsinn! Merkwürdigerweise hatte er gleich wieder einen teuflischen Hunger, was aber wohl in erster Linie an dem Lakritz-Konfekt liegen musste. Also verbot er sich, ein weiteres Stück von dem Zeug aus der Tüte zu grabbeln. Wie herbeigezaubert erschien ohnehin wieder der üble Typ im Raum und brachte ihn wortlos nach draußen. Dort bot sich Sven kein wesentlich anderes Bild als zuvor.

Aber er gab jetzt Gas.

Er wetzte so was von flink hoch in die Bernhard Nocht Straße, dass ihm schließlich echt zum Kotzen war und er sich fragte, warum zum Teufel er sich eigentlich so abhetzte. Brilli würde ihm schon keine Betonmanschetten um die Füße legen lassen und ihn koppheister in das Hafenbecken kippen, wenn er sich ein wenig mehr Zeit ließ. Außerdem hatte er ihm ja gesagt, dass er keineswegs sicher war, Schwester Caro auf Anhieb anzutreffen. Sie konnte inzwischen längst sonst wo leben. Doch als er das Haus erreicht hatte, stellte er fest, dass es „C. Burghardt" nach wie vor gab, allerdings mit dem Zusatz „R. Warden" – wer immer das sein mochte. Sven schloss erst einmal auf einen ihrer Stecher. Aber nachdem er die Treppe in die erste Etage hinaufgestiegen war und geklingelt hatte, wurde er eines Besseren belehrt.

Eine unglaublich hübsche Brünette – lässig gekleidet mit locker sitzender Bundhose, gestreiftem Hemd und bestickter Weste – öffnete ihm und stellte sich, nachdem er seinen Namen gebrabbelt hatte, als Rita vor, Untermieterin bei Caro – die nicht zu Hause sei, die möglicherweise noch arbeite.

„Ey!", unterbrach Sven sie. „Ey, schon kapiert. Arbeiten tut sie? Is ja echt geil. Richtig fest? Hat sie eigentlich nie was von wissen wollen. Und wann, meinste, trudelt sie ein?"

„Das kann spät werden, gerade vor so einem langen Wochenende. Wenn sie mit ihren Kollegen noch zum Essen ist –"

„Ey, was issen das für 'ne Arbeit?"

„Computer."

„Ey, was?"

„Eine Computer-Firma, *Citycomp*, sie ist da jetzt im Kundendienst."

„Ey, Wahnsinn – wir reden von Caro, meiner Schwester, ja? Irrtum ausgeschlossen?"

„Wenn du wirklich Sven bist." Er wurde von ihr flüchtig gemustert. „Aber das bist du wohl. Jedenfalls hat Caro mal – na, egal. Warten lassen kann ich dich leider nicht. Ich bin aufm Sprung."

„Ey, was egal? Was hat Caro –?"

„Nichts. – Na ja, solange es dir schmeckt –"

„Ey, die soll ma die Klappe halten, das kannste ihr sagen. Soll mal selbst innen Spiegel gucken – die alte Platschkuh! Sag ma, Telefon wird's in dem Laden doch wohl geben. Haste die Nummer?"

„Ja, aber ich weiß nicht –"

„Ey, aber ich." Sven schob sich jetzt an ihr vorbei in den Flur. Er war total sauer. Erst einmal war die blöde Kuh nicht zu Hause – Computer-Kundendienst, meine Fresse! –, und dann zog sie offenbar noch über ihn her. Das schmeckte ihm – „solange es dir schmeckt", ja, Scheiße! Er grabschte sich den Telefonhörer und nickte der Kleinen echt drohend zu.

Rita wies achselzuckend auf eine Karte an der Wand.

„Dann mach aber bitte schnell, ich muss wirklich gleich los."

Sven wählte schon. Das Freizeichen ertönte, dann vernahm Sven ein knappes „Ja?" und ein Rauschen. Schwesterchen schien handymäßig unterwegs zu sein.

„Ey, Caro!"

„Sven?! – Herrgott, da muss ja was Furchtbares passiert sein, dass du von dir hören lässt!"

„Ey, ich bin fit wie sonst was, das nur ma nebenbei. Möchte dich ma sehen! Ey, aber die Alte hier bei dir inner Wohnung nervt nen bisschen rum. Kurze Frage. War Johnny die Tage ma bei dir?"

„Johnny?! Herrgott, nein! Der ist für mich gestorben!"

„Isser."

„Was, bitte?!"

„Ey, ich sag, isser – er is hin! Abgeknallt! Vor 'nen paar Stunden!"

„Gott sei Dank!"

„Wird Freitag inner Zeitung stehen. – Ey, und bei dir angetanzt is er wirklich nicht, echt nich?"

„Nein – aber wo du schon mal in meiner Wohnung bist, kannst du gleich seine Klamotten mitnehmen."

„Ey, ey – nu ma langsam, langsam! – Klamotten? Was für Klamotten?"

„Oben auf dem Speicher – zwei Koffer. Schmeiß sie auf den Müll oder sonst wohin!"

Sven hörte es in seinen Gedärmen rumoren. Er glaubte, auf der Stelle kacken zu müssen, so verflucht aufgeregt war er. Meine Fresse, das war es! Koffer! Klamotten! Sachen! Heiße Sachen! Johnny war auf dem Weg zu Schwester Caro gewesen, um seine Koffer zu schnappen. Wahnsinn! Er nahm Caros Telefonstimme kaum noch wahr, brachte nur noch ein „Ey, klar, bis dann" raus, legte auf und fragte die ungeduldig wartende Rita nach dem Speicherschlüssel.

„Ey, ich werf'n denn innen Briefkasten – bin schon weg!" Und das war er, als er die Schlüssel in der Hand hatte. Wieselflink nahm er die Treppen nach oben, fünf Etagen hoch, und schloss die Speichertür auf.

Auf dem Speicher war es stockfinster. Sven schlug eine drückende Schwüle entgegen. Er tastete nach dem Lichtschalter, fand ihn und knipste einmal und noch einmal und noch einmal. Verfluchte Hacke! Es blieb dunkel. Sven konnte es nun kaum mehr aushalten, schwitzte auch schon wie Sau. Er grabbelte sein Feuerzeug aus der Tasche – die Flamme ließ gerade mal eben in nächster Nähe einige Konturen erkennen: Maschendraht, echt mickrige Holzrosttüren, einiges an Gerümpel. Er schwenkte das brennende Feuerzeug herum und entdeckte gleich neben dem Eingang zwei fingerlange Kerzenreste. Erleichtert zündete er sie an. Der Drang zu scheißen ebbte ein wenig ab. Sven baute eine Kerze an ihrem Fundort auf, nahm die andere und arbeitete sich vor. Er brauchte verdammt lange, musste über irgendwelche Kartons und anderen Scheiß steigen und handelte sich dabei heiße Wachstropfen auf seinem Handrücken ein. Schließlich aber hatte er Caros Speicherparzelle gefunden. Meine Fresse! Proppenvoll!

Sven stellte die Kerze ab, schloss auf und glotzte ratlos auf die übereinandergestapelten und zum Teil ineinander verkeilten Brocken. Johnnys Koffer, ja, Scheiße! Er konnte mehrere Koffer ausmachen, natürlich nicht obenauf. Also holte er tief Luft – Wahnsinn, dieser Mief! – und begann, den Berg abzubauen, wühlte sich echt durch wie der letzte Penner.

Der erste Koffer, den er zu fassen kriegte, war Fehlanzeige. Er enthielt einen Besteckkasten, einen versifften Mixer, Kabel

317

und einige Doppelstecker. Erst das dritte Teil war ein Treffer: ein Herrenanzug, Hemden, Unterwäsche, Turnschuhe und ein Toilettenbeutel. Aber das war es auch schon. Das konnte nun nicht das Objekt irgendeines Interesses sein.

Sven krabbelte über den schon von ihm bewältigten Müll und zerrte an einem weiteren Koffer. Die Verschlüsse sprangen auf und zwei, drei Ordner rutschten heraus. Sven griff sich einen, klappte ihn auf und – ey, das musste es sein! – Wow!

Obwohl er sich verdammt anstrengen musste, konnte er sehen, dass der Ordner amtliche Schreiben und Prozessakten enthielt. Wahrscheinlich allesamt Johnny betreffend, möglicherweise aber auch Aussagen über andere Personen. Jetzt vernünftiges Licht und einige Stunden Zeit, dachte Sven. Sich in Ruhe den ganzen Schriftkram reinziehen. Das müsste doch irgendwie möglich sein. Er stopfte den Ordner in den Koffer zurück, schnappte ihn sich und kam – ja Scheiße – voll aus dem Gleichgewicht.

Den Koffer fest umklammert, verfing er sich und stürzte hin. Gepolter, Gepolter, Gepolter und – Flammen schlugen plötzlich auf! Wahnsinn! Es knisterte und knackte, und bevor er irgendwie reagieren konnte, brannte es lichterloh.

Hölle!, dachte Sven noch. Ey, das gibt's doch nicht!

Aber das Feuer breitete sich mit einer irrsinnigen Geschwindigkeit vor ihm aus, und Sven schiss sich in die Hosen, spürte die Kacke an seinen Beinen heruntergleiten, und er schrie jetzt, er schrie wie verrückt um Hilfe!

5

Der Empfangschef musste nicht in seinem Buch nachsehen. „Die Herrschaften haben Tisch elf. Darf ich?" Er verbeugte sich leicht vor Dorit und führte sie zu einem Vierertisch am Fenster.

Mit Peter erhob sich ein gut aussehender, beinahe schöner Mann, mit gebräunter Haut und vollem dunklem Haar, das ihm in die Stirn fiel. Ulrike blieb sitzen.

„Dorit", stellte Peter vor. „Wolfgang. – Das ist schön, Dorit, dass du dich doch noch entschieden hast. Wir haben die Vorspeise allerdings schon hinter uns." Dorit reichte nun auch Ulrike die Hand und nahm den offensichtlich für sie bestimmten Platz neben Wolfgang ein.

„Das wird dir gut tun", meinte Ulrike. „Das Essen ist hier phantastisch, und der Blick auf den Hafen – ich liebe diese Aussicht."

„Ja", sagte Peter. „Wolfgang kannte dieses Restaurant noch nicht, obwohl er inzwischen fast jeden Monat für zwei, drei Tage in Hamburg ist. – Ulrike hat dir erzählt, in welcher Branche unser Freund tätig ist?"

„Bitte, Peter", wehrte Wolfgang ab. „Wir wollen doch nicht gleich von Geschäften reden." Er wandte sich charmant lächelnd an Dorit. „Ich freue mich jedenfalls, Sie kennen zu lernen, Dorit. – Ulrike sagte, man müsse Sie aufmuntern. Hoffentlich gelingt uns das." Ein Kellner legte Dorit die Karte vor.

„Mir geht es ausgezeichnet", sagte Dorit und entschied sich schnell. „Ich nehme die Forelle. Würden Sie sie mir bitte filetieren?"

„Sehr wohl. Selbstverständlich. Danke. Nehmen Sie ebenfalls Wein?"

„Ein Bier, bitte."

Der Kellner notierte die Bestellung und ging. Dorit nahm eine Zigarette aus ihrer Packung. Wolfgang griff vor ihr nach ihrem Feuerzeug und klickte es an.

„Das hört man gern", nahm er die Unterhaltung wieder auf.

„Na", meinte Ulrike. „Der richtige Tiefpunkt wird erst noch kommen."

„Nun lass uns das nicht vertiefen", sagte Peter. „Sonst reden wir noch ohne Ende darüber, und ich denke, gerade dazu hat Dorit nicht die geringste Lust." Dorit zuckte die Achseln.

„Nur zur Erklärung", sagte sie zu Wolfgang. „Ich habe heute mit meinem Freund Schluss gemacht. Es war eine kurze, aber doch sehr intensive Beziehung. Ulrike und Peter rechneten schon damit, dass ich heiraten würde."

„Nein", protestierte Ulrike. „Ich nie!"

„Das kann ich für mich auch nicht unterschreiben."

„Nun komm, Peter, du hast mir doch bei jeder Gelegenheit zu verstehen gegeben, dass Johannes und ich fantastisch zueinander passen."

„Nein, nein – ich habe lediglich angemerkt, dass ihr heftig ineinander verliebt seid."

„Das waren wir."

„Also bitte – von Heirat habe ich nie gesprochen!"

„Aber ihr habt es euch insgeheim gewünscht. Wie damals schon – bei Bernd."

„Bernd war nun alles andere als der Richtige für dich", sagte Ulrike.

„Das weiß ich längst. Trotzdem –"

„Trotzdem mochtest du ihn aber ausgesprochen gern", sagte Peter zu seiner Frau. „Ich bin übrigens immer noch der Meinung, dass du da die treibende Kraft warst."

„Inwiefern, bitte?"

„Na, wer hat Dorit denn dazu überredet, mit ihm in Urlaub zu fahren?"

„Das ist doch absoluter Unsinn."

„Sind Sie verheiratet?", fragte Dorit den interessiert zuhörenden Wolfgang.

„Nein. – Aber ich muss gestehen, ich bin ein wenig amüsiert."

„Worüber?"

„So kenne ich Ulrike und Peter gar nicht. – Dass ihr wirklich eure Freundin in die Ehe treiben wollt!"

„Eben das ist nie der Fall gewesen", entgegnete Peter scharf.

„Wie auch immer", sagte Dorit. „Ab heute bin ich wieder auf dem Markt – jung, weiblich, ledig." Sie griff nach dem soeben servierten Bier, prostete in die Runde und nahm einen großen Schluck.

Ulrike stand auf und entschuldigte sich für einen Moment. Dorit sah ihr nach. Ihre Freundin trug einen bis zu den Waden reichenden und seitlich geschlitzten Rock aus hellgrauem Leinen und einen Gürtelblazer mit aufgesetzten Taschen. Bei Tisch hatte Dorit anfangs immer wieder auf Ulrikes gewagte Wickelbluse aus weißer Spitze sehen müssen. Sie machte ihre wirklich schönen Brüste sichtbar. Dorit beneidete Ulrike um ihren Busen. Sie selbst hatte in der Hinsicht nur wenig aufzuweisen und kaschierte den, in ihrem Verständnis, körperlichen Mangel mit weit geschnittenen und locker fallenden Hemdblusen. Ihre Beine dagegen musste sie nicht verstecken. So hatte sie auch heute einen extrem knapp sitzenden kurzen Rock ausgewählt und zudem die Pumps mit den höchsten Absätzen angezogen.

„Sie haben den Film gesehen?", fragte Wolfgang.

„Bitte? Entschuldigen Sie –"

„*Jung, weiblich, ledig* – ich fand ihn etwas irreal."

„Nein, ich habe mich nur an den Titel erinnert. Ich gehe relativ selten ins Kino."

„Johannes", glaubte Peter erklären zu müssen.

„Nein, meine Arbeit", gab Dorit zurück. „Ich kann mich momentan vor Aufträgen nicht retten."

„Schade. Ich meine, es ist sicher sehr erfreulich für Sie, dass es so gut läuft."

„Wolfgang hoffte, dich für seine geplante Werbekampagne gewinnen zu können."

„Ach ja?" Sie schenkte ihrem Tischnachbarn ein Lächeln. „Sie machen irgendwas mit Käse, habe ich gehört?"

„Feta", sagte Wolfgang, ebenfalls lächelnd. „Wir haben eine der größten Produktionen in Deutschland, in Crailsheim. Ja, ich habe Ulrike und Peter gefragt, ob sie mir jemanden empfehlen könnten, der uns sowohl Plakatideen als auch Storyboards für Werbespots entwickelt. Aber Sie scheinen ja voll ausgelastet zu sein."

„Anhören kann ich mir immer was."

„Wären Sie denn grundsätzlich interessiert?"

Peter nickte Dorit aufmunternd zu.

„Das ist ein dicker Brocken", sagte er. „Da kannst du manches andere für sausen lassen. – Ah, ich glaube, da kommt unser Essen."

„Wie gesagt", bemerkte Dorit noch. „In den nächsten zwei Monaten bin ich allerdings total zu."

Ulrike kam von den Toiletten zurück, blieb neben Dorit stehen und beugte sich zu ihr.

„Entschuldige", flüsterte sie Dorit ins Ohr. „Ich verliere kein Wort mehr über Johannes oder gar Bernd."

„Quatsch!", sagte Dorit laut. „Ich hab doch davon angefangen."

„Ja, nun setz dich wieder", fiel Peter ein. „Wir sind längst bei anderen Themen."

„Deine Bluse gefällt mir", sagte Dorit.

„Passend zu den umliegenden Örtlichkeiten – dem Milieu."

„Ja, Peter – danke." Ulrike nahm neben ihm Platz und schlug demonstrativ ihren Blazer weiter auf. „Du musst ja nicht hinsehen. – Fang ruhig schon mit dem Essen an, das macht bestimmt einen sehr guten Eindruck auf Dorit und Wolfgang."

„Entschuldige", sagte Peter zu Wolfgang. „Wenn das 200 Euro Gardinenstück allgemeines Entzücken hervorruft, will ich nichts gesagt haben. – Ja, warum soll sich nicht auch ein durchschnittlich verdienender Buchhersteller gewisse Extravaganzen seiner Gattin leisten können? Da verzichtet man doch liebend gern mal auf das Frühstück, auch wenn einem dann abends vor Hunger schlecht ist. Aber bitte, ich kann es auch noch eine halbe Stunde aushalten." Er legte sein Besteck zurück und blickte trotzig in die Runde. Niemand sagte etwas. Das Schweigen war äußerst peinlich. Dorit war nahe dran, aufzustehen und sich kühl zu verabschieden. Doch da durchzuckte es sie wie ein elektrischer Schlag. Sie spürte Wolfgangs Hand auf ihrem Schenkel, wandte sich ihm fassungslos zu.

Er kam ihr zuvor.

„Ganz ruhig", sagte er lächelnd und nickte erst ihr und dann Peter und Ulrike zu. „Wir wollen doch einen netten Abend miteinander verbringen."

Dorit fand noch immer keine Worte. Die Hand blieb, wo sie war. Dorit starrte mit leicht geöffnetem Mund Wolfgang an.

Ulrike lachte jetzt. Es klang nicht besonders fröhlich.

„Der kleine Buchhersteller – das ist wirklich klein!"

„Bitte", sagte Wolfgang. Er begann nun, Dorits Schenkel sanft zu streicheln. Abrupt stand Dorit auf. Sie hakte ihre Tasche von der Stuhllehne und eilte auf die Toilette.

Das war unglaublich! Das war nicht nur unverschämt, das war die übelste Anmache, die ihr je widerfahren war! Und das von einem Typ, der äußerlich einen wirklich angenehmen Eindruck machte! Der Mann konnte nicht alle auf der Reihe haben! Oder er hatte zuviel blödsinnige Filme gesehen! Sie betrachtete sich kopfschüttelnd im Spiegel. Ihr Entschluss stand fest. Sie würde nicht an den Tisch zurückkehren. Sie würde dieses edle Restaurant mit dem phantastischen Blick auf den Hafen umgehend verlassen und das erste freie Taxi nehmen. Dorit puderte sich die Nase, zog die Lippen nach und steckte ihr hoch getürmtes Haar im Nacken neu nach.

Vor den Toilettenräumen erwartete sie Wolfgang. „Sie wollen doch nicht etwa gehen?", fragte er und setzte wieder sein Lächeln auf.

„Allerdings", sagte sie. „Oder wollen Sie, dass ich Ihnen vor aller Augen eine runterhaue?"

„Das würden Sie nie tun, Dorit."

„Da täuschen Sie sich aber gewaltig!"

„Ich habe Lust, auf der Stelle mit Ihnen zu vögeln."

„Sie haben Scheiße im Kopf", sagte Dorit und knallte ihm eine.

Keineswegs hastig stöckelte sie zum Ausgang und reichte dem älteren Garderobier ihre Marke.

„Ist in Ihrem Restaurant schon mal öffentlich gevögelt worden?", fragte Dorit ihn. Sie nahm ihre Jeansjacke entgegen und schlüpfte hinein.

„Sie meinen?"

„Es gibt bei Ihnen Gäste, die möchten das haben."

„Ich verstehe. Sie hatten Unannehmlichkeiten?"

Dorit winkte lässig ab. Sie musste plötzlich lauthals lachen. Dieser sonnenbankgebräunte Käsehersteller! Kam aus seinem Provinzkaff und glaubte, ganz auf die Schnelle die erstbeste Frau bumsen zu können! Unglaublich witzig! Sie malte sich aus, was er jetzt ihren Freunden erzählen würde – mit ihrem Handabdruck auf seiner Wange! Sie hatte kräftig zugeschlagen.

Es überraschte sie schon, dass sie das gebracht hatte. Wahrscheinlich war es die doch noch nicht verrauchte Wut auf Johannes gewesen.

Dorit trat auf die Straße und schaute zum Himmel hoch. Es war dunkel geworden, und es war eine Vollmondnacht. In den umliegenden Häusern brannten die Lichter, und das pulsierende Leben St. Paulis lag förmlich in der Luft. Spontan entschloss sich Dorit, nicht nach Hause zu fahren. Sie wollte sich treiben lassen, schnuppern, schauen, irgendwo etwas trinken, auf gut gelaunte Leute treffen, vielleicht noch in eine Discothek gehen, wild abtanzen, vergessen.

Gemächlich schlenderte sie zur Davidwache hoch. An der Ampel stutzte sie.

Der einige Meter von ihr entfernt herumstehende Blondkopf kam ihr irgendwie bekannt vor. Als er ihr das Gesicht zuwandte, war alles klar.

„Hallo!", rief sie. „Rainer – ja?" Er kam langsam heran. „Oh, hast du dich verletzt?"

„Gummiknüppel", sagte er. „Moin, Moin. – Tscha nu."

„Das ist ja eine Riesenbeule – Gummiknüppel? Polizei?"

„Hab Ärger gekriegt. Der Hund hat sich losgerissen."

„Ein Hund? Dein Hund? Und deswegen – ?"

„Nee, nee – is schon 'n büschen komplizierter."

„Wollen wir hier stehen bleiben oder willst du mir das bei einem Bier erzählen? Wenn du Lust hast, meine ich."

„Tscha nu, ich müsst eigentlich telefonieren. Hatten mich bis jetzt eben auf der Wache fest."

„Ich hab mein Handy nicht bei – sorry. Ruf doch von der Kneipe an. Ich meine, ich will dich nicht zu was überreden."

„Könnt man machen", meinte der Friese. „Wohin willste?"

„Lass uns in eine etwas ruhigere Kneipe", sagte Dorit. „Gleich hinterm *Paloma*, ist ja nicht weit."

Der Friese nickte. Aber er setzte sich nicht gleich in Bewegung, und so fasste Dorit wie selbstverständlich seine Hand und ließ sie den Weg über auch nicht wieder los. Während sie gingen, erfuhr sie von Holger. Beim ersten Bier war der Friese bei Angi und ihrem Bulli. Was dann abgelaufen war, kriegte er immer noch nicht ganz auf die Reihe.

„Den Köter ham se erschießen müssen", sagte er. „Das haben sie mir bei der Vernehmung gesagt. Tscha nu, war ja nu nich meiner. War der Angi ihrer. Und 'ne Angi kannten se so nich."

„Aber dein Freund Holger kennt doch diese Angi."

„Wollte Holger da nich mit reinreißen."

„Ja, Mensch, Rainer, was hast du denn gesagt, wie du an den Hund gekommen bist?"

„Hab die Angi in der *Davidquelle* kennen gelernt und war nur kurz mit ihrem Bulli Gassi."

„Und das haben sie dir abgekauft?"

„Nee – nich so direkt."

„Ja, das hat doch dann noch Folgen!"

„Tscha nu, ich würd noch von ihnen hören, haben sie gesagt. Adresse von mir haben sie ja nu."

„Und dein Freund Holger sitzt zu Hause und wartet."

„Muss ich jetzt ma anrufen – ja." Er leerte sein Bierglas und stand seufzend auf.

„Du bist mir vielleicht einer", sagte Dorit.

Der Friese zuckte die Achseln.

„Tscha nu", sagte er. „Soll ich noch 'n Bier bestellen?" Dorit nickte, und der Blondkopf schob ab. Irgendwie war er rührend. Und er war heillos in Yvonne verknallt. Ohne die geringste Chance zu haben. Dorit zündete sich eine neue

Zigarette an. Ihr war angenehm aufgefallen, dass Rainer sie nicht einmal mit Blicken abgetastet hatte. Wie es Johannes oft getan hatte und Bernd – Bernd ständig. Bernd hatte sie keinen Moment aus den Augen gelassen, war in Singapur immer um sie herumgeschlichen und hätte sich am liebsten noch zu ihr unter die Dusche gestellt. Sie hatte die Badezimmertür abschließen müssen. Sie hatte erst abends im Pool schwimmen können, wenn sie sicher gewesen war, dass er Edith beim Kochen half. Und nächtelang hatte er wach gelegen, immer und immer wieder zu ihr hingeschaut, und es dann auch mit erzwungenem Schluchzen versucht. Am nächsten Morgen vorgegeben, schlecht geträumt zu haben. Nein, nicht von ihr! Von ganz frühen Situationen. Allein und verloren im Wald. Am Ast einer Baumbude hängend, verzweifelt strampelnd. Lügen, nichts als Lügen. Und alles, um dann mit ihr vögeln zu können. Im Vergleich dazu war dieser Käseotto von einer zwar absolut dümmlichen, aber doch wunderbaren Klarheit. So einem konnte man wenigstens eine reinhauen.

„Tscha nu." Der Friese setzte sich wieder zu ihr.

„Und?"

„Holger meint, ich hab das richtig gemacht. Er würde das mit Angi schon hinbiegen – also das mit Bulli."

„Na, fein – dann bleibt ja alles andere an dir hängen. Aber ein guter Freund bist du, das kann man nicht anders sagen."

„Tscha nu, kenn Holger schon 'ne Ewigkeit."

„Und der kann sich voll auf dich verlassen, selbst wenn du in der Scheiße hängst. Denkst du nie an dich?"

„Schon", sagte der Friese und wartete, bis der Wirt die Biere vor ihnen abgestellt hatte. „Hast du ja bestimmt gehört – von Yvonne."

„Ja, so was gibt es natürlich. Ich meine, dass man nicht immer gleich einen Treffer landet. Das kenn ich auch."

„Johannes, ja?"

„Das hast du dir aber gut gemerkt. Nein, Johannes war schon irgendwie okay. Ach, ich weiß nicht. Das ist bei mir immer so ein Hin und Her. Anfangs schmeiß ich mich total rein, und wenn der Typ dann auch anfängt, ebenso intensiv einzusteigen, mache ich zu und werde biestig. Ja, richtig zickig. Ich glaube, ich bin im nachhinein für alle Männer die absolute Horrorfrau."

Der Friese nickte nachdenklich. „Steht dir übrigens gut so", sagte er schließlich. „Das Haar."

„Ja? – Danke. Mein Geschäfts- und Ausgeh-Outfit."

„Was arbeitest du denn?"

„Grafik – Werbegrafik. Von Schokoriegelverpackung bis Zeitschriftentitel, *Stern* und *Spiegel* hatte ich schon einige Male. Das ist natürlich das Größte, ich meine imagemäßig. Und auch ein geiles Gefühl, wenn du deine Arbeit an jedem Kiosk siehst. – Und du?"

„Auslieferung. Gas- und Sauerstoffflaschen. Ist nur 'nen kleiner Betrieb. – Dann hab ich ja sicher mal was von dir in der Hand gehabt."

„Wahrscheinlich. *Lila Pause* zum Beispiel."

„Nee, Süßes eher weniger. Aber *Stern* les ich hin und wieder."

„Gehst du manchmal tanzen?"

„Tscha nu – ehrlich jetzt?"

„Hundertprozentig ehrlich!"

„Ich kann nich tanzen."

„Aber ihr treibt doch regelmäßig Sport! Dann kannst du das auch. – Komm, lass uns ins *Grünspan* rüber. Da war ich lange nicht mehr. Sag nicht nein." Aus einem Impuls heraus griff sie wieder nach seiner Hand, drückte sie und sah ihn bittend an. Er war nicht nur rührend, er war auch irgendwie süß. Er lächelte verschämt. Dorit beugte sich vor und küsste ihn auf den Mund. Er riss die Augen weit auf. Richtig niedlich.

Als sie gezahlt hatte und mit Rainer hinaus auf die Straße ging, hörten sie Feuerwehrsirenen und Martinshörner. Hinter ihnen am Himmel stiegen dicke Rauchwolken empor.

„Sieht nach groß was aus", meinte der Friese, in die Richtung blickend.

Dorit nickte.

„Ich steh eigentlich nicht auf Katastrophenvoyeurismus. Aber –" sie entschied sich und griff nach Rainers Hand.

Es war nicht weit bis zu dem Haus, vor dem schon eine Menge Schaulustige standen und zum Dach hinaufschauten. Der Dachstuhl brannte lichterloh. Feuerwehrmänner rollten routiniert die Schläuche aus. Von einem der Wagen wurde eine Leiter ausgefahren.

Direkt unter dem Brandherd waren zwei Personen an einem offenen Fenster zu sehen, eine Frau und ein panisch herumfuchtelnder Typ.

Ein Feuerwehrmann stieg die Leiter hoch. Aus dem Fenster sprühten jetzt Funken.

Die Frau schlang ihre Arme um den offenbar jungen Typ, hielt ihn fest und schob ihn weiter vor.

„Der hat Schiss", kommentierte Rainer.

„Hätte ich auch."

„Die Frau da aber nich. Macht sie gut."

Die Frau schien den jungen Typ etwas beruhigt zu haben. Er zappelte jedenfalls nicht mehr herum. Der Feuerwehrmann auf der Leiter konnte ihn sich greifen. Er hievte ihn zu sich rüber.

Einige in der Menge applaudierten.

Dorit atmete tief durch.

„Willst du noch weitergucken?", fragte sie.

Rainer schüttelte den Kopf. Und so zogen sie wieder ab,

schlenderten Hand in Hand und ohne viele Worte zu wechseln zur Großen Freiheit runter und erreichten schließlich das *Grünspan*. Dorit zahlte den Eintritt, sie gaben ihre Jacken an der Garderobe ab, betraten den großen Raum, der nur von den zuckenden und rotierenden Strahlen einer Lichtmaschine erleuchtet wurde, dröhnende, dumpfe Rhythmen, eine sich ruckartig bewegende Menge, schwitzende Körper – für den Friesen war es eine ungewohnte und auch ein wenig beängstigende Atmosphäre.

Dorit küsste ihn wieder. Diesmal sehr intensiv. Sie umarmte ihn, und als er sie ebenfalls umarmte und ihren Kuss erwiderte, schmiegte sie sich noch enger an ihn, und sie ließen ihre Zungen spielen, bis sie, beinahe atemlos, ihre Lippen voneinander lösen mussten und ihre Blicke sich in ihren Augen versenkten. Dann begann Dorit zu tanzen.

Sie blieben bis drei Uhr morgens. Eng umschlungen und vertraut schweigend gingen sie zu dem Taxistand, nahmen den ersten Wagen, und Dorit gab ihre Adresse an.

Während der Fahrt küssten sie sich viele, viele Male.

In der Sternschanzenstraße angekommen, zahlte Dorit, und sie stiegen gemeinsam aus.

„Tscha nu", lachte Dorit jetzt. „Ich mag dich – Blondkopf!"

„Ich kann das alles noch nicht so richtig glauben. – Dröhnt dir das auch noch so in den Ohren?"

„Ich mag dich wirklich – ehrlich."

„Du bist so schön."

„Red jetzt keinen Unsinn. – Komm."

Sie schloss die Haustür auf, und er stieg neben ihr die Stufen hoch, die er heute schon einmal hochgestiegen war. Auf Yvonnes Etage angekommen, gingen sie auf die rechte Wohnungstür zu. Und noch auf der Schwelle stehend, küsste Dorit ihn wieder.

Hand in Hand gingen sie in ihr Schlafzimmer.

Später, sehr viel später, setzte sich Dorit im Bett auf, zündete sich eine Zigarette an und inhalierte tief.

„Meinst du, du könntest mich ertragen?", fragte sie leise.

Rainer hob seinen Kopf ein wenig vom Kissen.

„Ich bin weg", murmelte er.

„Nein, ehrlich", sagte sie und suchte seine Hand. „Ich würde gern länger mit dir zusammen sein. Ich meine, ich bin wirklich oft unmöglich und manchmal auch voll daneben, aber – du denkst dir wahrscheinlich ohnehin, das ist mir eine. Trennt sich gerade von ihrem Freund und liegt gleich mit dem nächsten im Bett. – Weißt du übrigens, dass du der erste bist? Ich meine, der erste Mann, der hier schläft? Johannes hat keine einzige Nacht hier verbracht. Das wollte ich irgendwie nicht. Ich war immer nur bei ihm. Da in der Gegend muss ich dich ja auch vorher schon mal gesehen haben. – Schläfst du?"

„Nein", sagte Rainer. „Ich glaub's nur noch nicht."

„Was glaubst du nicht?"

„Ich bin so happy."

„Das bin ich auch. Sag jetzt mal."

„Was?"

„Findest du mich unmöglich?"

„Du spinnst. Ich bin weg wie nie."

„Wie waren denn eigentlich deine anderen Freundinnen?"

Rainer kam nun auch aus den Kissen hoch. Er zog Dorit und sich das Laken bis über die Hüften und legte die Hände in seinem Schoß zusammen.

„Tscha nu", meinte er. „Da is nich groß was."

„Momentan nicht –?"

„Nee, überhaupt nich. War nie was."

„Nichts ernsthaftes?"

„Gar nix. Hatte nie 'ne richtige Freundin."

„Nie? – Das glaub ich dir nicht."

„Na ja, in Wesselburen, mit sechzehn so. Denn nich mehr."

„Ehrlich? Und wie war das die ganzen Jahre? Wie alt bist du jetzt eigentlich?"

„Zweiundzwanzig."

„Zweiundzwanzig! Ich hab dich auf mindestens sechsundzwanzig geschätzt."

„Tscha nu. – Und du? Oder willste das nich sagen?"

„Du bist süß. Meinst du, ich müsste schon mogeln?"

„Nee, so nich –"

„Zweiunddreißig."

„Echt?"

„Was hast du gedacht?"

„Tscha nu, auch so – sechsundzwanzig."

„Lieb, aber da bin ich nun schon drüber weg. Nun sag mal – ich kann mir das gar nicht vorstellen, dass du nie eine feste Freundin hattest." Sie lachte leise und küsste ihn leicht. „Es ist unheimlich schön mit dir. – Ich meine, wie war das denn sexuell?"

„Lässt du mich mal ziehen?", fragte Rainer. Dorit reichte ihm die bis auf ein kleines Stück heruntergebrannte Zigarette. Rainer nahm einen Zug, musste husten und räusperte sich dann frei. „Ehrlich, ja?"

„Hundertprozentig ehrlich."

„Tscha nu", begann er. „Ich geh da schon mal zu einer Prostituierten." Er nickte und sah Dorit an. Zog noch einmal an der Zigarette und hielt dann die Kippe unschlüssig in der Hand. Dorit nahm sie ihm ab und drückte sie in dem auf dem Boden stehenden Aschenbecher aus.

„Na ja", meinte sie. „Das muss ja dann wohl sein. – Du bist der erste Mann, der mir das ehrlich sagt."

„Wolltest du."

„Ja, das ist auch okay, ehrlich. Das ist wirklich erstaunlich. Ich meine, ich habe meine bisherigen Freunde nie so konkret gefragt. Aber es gab immer mal Situationen, in denen das angeschnitten wurde. Bei Bernd – mit Bernd war ich vor Johannes zusammen –, bei Bernd wusste ich sogar definitiv, dass er sehr oft zu Prostituierten ging. Aber mir gegenüber hat er das völlig ausgeklammert. – Merkwürdig, ich habe gerade heute – nein, gestern – oft an Bernd denken müssen. An seine ständigen Lügen. Das hat mir eine unglaubliche Angst gemacht. Weißt du, ich war mal mit ihm in Singapur. Da war auch so eine Geschichte. Ich meine, wir hatten große Schwierigkeiten miteinander, und das lag sicher auch zu einem Teil an mir. Aber er ist dann abends mal allein raus und zu einer malaysischen Prostituierten. Er hat sie nackt fotografiert, in allen möglichen Positionen. Ich habe die Fotos unter seinen Sachen entdeckt. Er hatte sie noch in Singapur entwickeln lassen. Weißt du, irgendwie habe ich darauf gewartet, dass er von sich aus darüber spricht. Aber nein, nichts. Verstehst du, was ich meine?"

„Hm", machte Rainer. „Ich schäm mich schon deswegen."

„Das ist Unsinn. Ich wäre nur enttäuscht, wenn du weiterhin zu Prostituierten gehst. Ich meine, wenn du mit mir – du, ich mag dich wirklich. Du bist unheimlich lieb." Sie kuschelte sich an ihn und streichelte seine Brust.

Der Friese schluckte.

Er blickte wieder einmal zur Decke hoch. Über dem Bett war ein großer Ventilator angebracht. Er war nicht eingeschaltet. Kein Kino.

Der Friese sah zum Fenster. Die Jalousie war heruntergelassen. Durch die Lamellen fiel das Mondlicht. Vollmond. Ein satter Vollmond.

Der Friese schloss glücklich die Augen.

Dorit streichelte ihn weiter. Auch sie hatte die Augen geschlossen.

Und dann schliefen beide ein.

6

Rasta Robby, der von fast jedem zweiten Fahrgast auf den *Lindenstraßen*-Momo angequatscht wurde, nahm das Paar in der Davidstraße auf. Der Mann warf sich auf den Rücksitz, die Frau, bei der er gleich noch einmal einen Blick riskierte, hatte neben ihm Platz genommen.

„Donnerstraße", gab der Mann als Fahrtziel an, und wie Donner klang es auch.

„Lassen Sie sich ruhig Zeit", sagte die Frau. „Wir hatten einen unglaublich gemütlichen Abend." Das hörte sich alles nach richtig guter Stimmung an. Rasta Robby mochte Kunden, die sich ordentlich fetzten. Sie unterhielten ihn in der Regel bestens. Das Paar enttäuschte ihn nicht.

„Der junge Mann fährt uns auch sicher gern um den Block. Dann kannst du noch der Feuerwehr zusehen."

„Du weißt nicht mehr, was du redest."

„Ich weiß, dass es mir allmählich reicht. Dass ich von dir, und auch von deinen Freunden, restlos bedient bin."

„Unser Freund", betonte er. „Dem du natürlich wieder mal deine Titten hinhalten musstest."

„Fragen Sie doch bitte meinen Mann, ob er bei irgendeinem Bumslokal abgesetzt werden möchte", wandte sich die Frau an Rasta Robby.

„Fahren Sie die Straße an, die ich Ihnen genannt habe", kommandierte der Mann. „Meine Frau hat zu viel getrunken."

„Bisschen Musik?", bot Rasta Robby an.

„Gerne", sagte die Frau. „Und möglichst laut. Damit er nicht einschläft und zu schnarchen anfängt."

„So leben wir, so leben wir, so leben wir alle Tage", trällerte der Mann.

Das konnte wirklich eine heiße Tour werden! Rasta Robby linste wieder zu der Frau. Soweit er es erkennen konnte, war das Teil, das sie unter ihrer Jacke trug, absolut durchsichtig. Nicht, dass ihn das sonderlich scharf machte. Aber Rasta Robby wusste formschöne Brüste zu schätzen. Und die Frau hatte Superglocken, keine Frage! Da konnte man nicht meckern. Irgendwie konnte er ihren Alten schon verstehen.

Rasta Robby stellte den Oldie-Sender auf mittlere Lautstärke. Ein Song von den *Toots* lief. Die Gruppe erkannte er auf Anhieb. Leider war es nicht *I've got dreams to remember*. Aber das Stück hier kam auch gut. Es war ein voll satter Blues.

Rasta Robby sah im Innenspiegel, dass der Mann die Augen geschlossen hatte, den Kopf aber im Rhythmus der Musik wiegte. Schien ihm also zu gefallen. Auch die Frau klopfte auf ihrem Schenkel den Takt mit. Vorübergehend Harmonie.

Wirklich nur vorübergehend.

Der Song klang aus. Der Moderator ließ ein paar total beknackte Sprüche ab. Rasta Robby hörte sofort, dass die Pfeife null Ahnung hatte. Weder von den *Toots*, die er ansagte, noch von *Bruce Hornsby*, den er als Country-Sänger verkaufte. Leute ließ man ans Mikro! Es war nicht zu glauben!

Die Frau wandte sich an ihren Mann.

„Um das Thema ein für allemal abzuschließen, Peter – ich mache das nicht länger mit! Entweder, du wirst wieder vernünftig, oder wir sind geschiedene Leute!"

„Das möchte ich sehen! Du und geschieden! Da kann ich doch nur lachen!"

„Willst du es so weit kommen lassen?"

„Du kannst ohne mich doch überhaupt nicht existieren! Oder glaubst du etwa, du findest wieder Arbeit – in deinem Alter!"

„Ich habe Arbeit."

„Ha – die paar kleinen Artikelchen, die du runterschmierst!"

„Du wirst schon sehen!"

„Natürlich, wenn du einen Dummen findest, der deinen Launen was abgewinnen kann – nach dem heutigen Abend böte sich Crailsheim an." Er lachte böse. Rasta Robby wurde wieder angesprochen.

„Halten Sie bitte da vorne – ja, in der Parkbucht", wies die Frau ihn an. Sie warf einen Blick auf das Taxameter, zog ihre Geldbörse hervor und gab ihm 10 Euro.

„Ziehst du jetzt wieder diese Nummer ab?"

„Ich übernachte im Hotel."

„Ha – womöglich im *Atlantik*!"

„Warum nicht!"

Rasta Robby bremste. Die Frau stieg schnell aus und knallte den Schlag zu.

„Hab ich Ihnen gesagt, dass Sie halten sollen?!", fuhr der Mann ihn von hinten an.

„Sorry", meinte Rasta Robby. „Die Dame –"

„Meine Frau ist besoffen!" Er kurbelte das Seitenfenster herunter. „Ulrike! Hör damit auf! Komm zurück!"

Rasta Robby sah ihr nach. Sie drehte sich nicht mehr um.

„Verdammt!", schrie der Mann, machte aber keine Anstalten auszusteigen. Rasta Robby wandte sich fragend zu ihm.

„Verdammt!", wiederholte der Mann. „Sie spinnt mal wieder. – Fahren Sie weiter!"

Rasta Robby nickte und hielt die Klappe. Ähnliche Szenen hatte er schon oft erlebt. Wirklich unterhaltsam. Wunderbare Ehekräche. Richtig schön Hass. Ein bisschen zu viel Alkohol, und die Post ging ab.

Er musste kurz an den besoffenen Postler denken. Große Freiheit. Der musste auch Ärger mit seiner Frau gehabt haben. Garantiert!

Rasta Robby hatte das noch nie verstehen können. Für

ihn waren Frauen etwas Wunderbares. Frauen musste man lieben. Sich mit ihnen zu streiten, war total beknackt.

Liebe, Liebe, Liebe. Love, love, love. Rasta Robby trommelte leicht auf das Lenkrad, fuhr zügig weiter und ließ seinen Fahrgast vor sich hinbrummeln.

Als er in die Donnerstraße einbog, nannte ihm der Mann unaufgefordert die Hausnummer.

Rasta Robby setzte ihn in der Einfahrt zum Haus ab.

Auf der Fahrt zurück zur Meile sagte er sich, dass er gut eine kleine Pause einlegen konnte. Und er dachte an die Frau. Ulrike. *Atlantik* – warum nicht! Sollte er?

Rasta Robby war noch nie einer Kundin nachgestiegen. Es hatte zwar schon zig Gelegenheiten gegeben, zum Teil eindeutige Angebote, aber er war immer standhaft geblieben. Zum Einen kam es nicht gut, und dann hatte er es auch nicht nötig. Also sollte er auch jetzt straight sein. Gerade durch und bereit für die nächste Fuhre. Oder sollte er doch?

Warum eigentlich nicht?! Er konnte auch mal im *Atlantik* pausieren. Clubsandwich ordern und einen Kaffee. Reinzukommen war null Problem. Sämtliche Portiers kannten ihn, und so wüst sah er nun nicht aus.

Rasta Robby ließ einen ihn heranwinkenden Passanten sausen, schaltete dabei die Taxi-Beleuchtung aus und kurvte zur Alster rüber. Zum *Atlantik*.

Ungehindert betrat er kurz darauf die Lobby, schlenderte lässig in die Bar und erblickte die Frau auch schon. Bingo!

Er setzte sich neben sie, nickte ihr zu.

„Ihr Mann ist zu Hause", sagte er.

„Hat er Sie etwa beauftragt, mich zu holen?"

„Nein – ich wollte nur mal kurz nach Ihnen gucken."

„Sie? – So, das wollen Sie? Und warum, bitte?"

„Da weiß ich selbst noch keine Antwort drauf", sagte Rasta Robby und gab seine Bestellung auf.

„Mein Bedarf an Unterhaltung ist für heute gedeckt", sagte die Frau knapp. Sie nahm einen Schluck von ihrem Drink. Ließ die Eiswürfel in dem Glas kreisen und schaute konzentriert auf eine der aufgereihten Flaschen über der Bar. Sie schwieg, und Rasta Robby schwieg auch. Er zupfte und drehte an seinen Locken, nahm mit der Rechten den Rhythmus der Melodie auf, die er im Kopf hatte. *Follow me*, Amanda Lear.

Die Frau hielt nicht lange durch.

„Sie kriegen in Ihrem Taxi viel mit." Da es eindeutig eine Feststellung war, nickte Rasta Robby nur. Der Kaffee wurde serviert. Er gab Sahne und Zucker hinein, rührte um und klopfte sein *Follow me* weiter. Das musste irgendwann total abnerven.

„Hören Sie häufiger solche Gespräche?" Wieder nickte Rasta Robby nur. Da-dam-tam-tam. Da-dam-tam-tam. Er trank seinen Kaffee und suchte sich auch eine Flasche zum Draufstarren aus. Da-dam-tam-tam. Da-dam-tam-tam.

Das Schweigen dauerte an.

Rasta Robby ließ Stephanie zu dem Amanda-Lear-Song herumtänzeln.

„Denken Sie darüber nach, warum Sie gekommen sind?"

„Bingo", sagte Rasta Robby jetzt.

„Und? Wissen Sie es schon?"

„Bin nahe dran." Rasta Robby nickte zu dem Rhythmus. Da-dam-tam-tam. Da-dam-tam-tam. „Jetzt hab ich's."

„Ja, bitte?"

„Eine alte Freundin von mir hatte vor ein paar Wochen Geburtstag, die Stephanie. Hatte ich total vergessen. Ich war heute auf 'n Sprung bei ihr. Na ja, sie hat's natürlich nur beiläufig erwähnt, aber ich denke, ich muss da noch was zaubern. – Sie würd' auf so was stehen."

„Auf was, bitte?"

„Auf Ihr Blusen-Teil."

„Etwas Dümmeres ist Ihnen nicht eingefallen?"

„Ich hab lange nachgedacht – das würde echt gut bei ihr kommen. Sie denken, ich flachs Sie?"

„Ich denke, dass Sie vielleicht bei Gleichaltrigen damit ankommen."

„Soll ich Stephanie anrufen und ihr sagen, dass ich was Passendes gefunden habe?"

„Nehmen Sie sich einen freien Tag für Shopping."

Rasta Robby schob seine Unterlippe vor und machte traurige Augen. Das lief doch ganz witzig. Die Frau war schlagfertig. Sie hatte ein interessantes Gesicht und rundum eine Superfigur. Ihr Mann musste ein kompletter Idiot sein. Aber logo, sie war ihm weit überlegen.

„Okay", lenkte Rasta Robby nun ein. „Die Nummer war ziemlich beknackt. Aber ich weiß echt nicht, was mich geritten hat, hier einzufliegen. Mal davon abgesehen, dass ich wirklich 'ne Pause gebraucht habe. Ja, ich hör so was wie eben zigmal in der Woche. Ja, ich krieg die beschissensten Szenen mit und – was haben Sie noch gefragt?"

Die Frau lächelte verhalten.

„Tragen Sie das Shirt jeden Tag?"

„Nee, das hat weiter keine Bedeutung. Heute zumindest ist nicht ,der Morgen danach'."

„Diese Stephanie gibt es?"

„Ja, eine Verflossene – ohne Tränen getrennt."

„Und Sie sind noch befreundet?"

„Logo", sagte Rasta Robby. „Dass ich heute bei ihr war, stimmt übrigens."

„Welche Konfektionsgröße hat sie?", fragte die Frau unvermittelt.

Rasta Robby musste passen. Die Frau stieg von ihrem Hocker und stellte sich vor ihm in Positur.

„Ist sie größer oder kleiner, oder ein ganz anderer Typ?"

„Nee, schon so", sagte er. Bis auf den klasse Busen, konnte er sich gerade noch verkneifen.

„Gut." Sie setzte sich wieder und winkte den Barkeeper heran. Sie bat ihn um Stift und Papier. Rasta Robby spielte fragend mit einer seiner Locken. Die Frau wartete schweigend, bis der Keeper ihr das Gewünschte gebracht hatte. Dann begann sie zu schreiben. Sie schrieb den Zettel voll und faltete ihn einmal. Sie klappte ihre Handtasche auf und zog einige größere Scheine heraus.

„Gut", wiederholte sie und schob Rasta Robby den Zettel und das Geld hin. „Ich brauche einige Kleidungsstücke. Nicht viel. Ich habe aufgeschrieben, was. Und meine Zimmernummer. Bitten Sie Ihre Freundin, mir auszuhelfen. Das Geld müsste reichen. Ich hoffe, dass Ihre Freundin für meinen Wunsch Verständnis hat. Wenn sie die Sachen entbehren kann, bringen Sie sie mir bitte hier ins Hotel. Sie können sie an der Rezeption abgeben. Ich sage gleich noch Bescheid. – Ich denke, Ihre Fahrtkosten sind damit auch beglichen."

Rasta Robby sah auf das Geld.

Rasta Robby sah die Frau an.

Rasta Robby nickte.

„Wenn Sie das erledigen konnten, hinterlassen Sie an der Rezeption auch bitte die Nummer, unter der ich Sie am besten erreichen kann", sagte die Frau noch. „Ich vertrau Ihnen."

„Können Sie", sagte er und steckte Zettel und Geld ein. „Stephanie ist zu Hause, das weiß ich. Vielmehr, ich hab's im Gefühl."

„Und entschuldigen Sie bitte –"

„Alles klar", stoppte er sie. „Null Problem. – Ich bretter schon ab."

„Den Kaffee zahle ich."

Rasta Robby führte kurz zwei Finger an die Schläfe.

„Alles Gute", verabschiedete er sich und zischte raus zu seiner Kiste.

Das war nun wirklich mal eine gute Nummer. Die Frau fackelte nicht. Ihm war glasklar, dass sie spätestens morgen mit dem ersten Zug oder Flieger die Stadt verlassen würde. Einsame Klasse! Eine Superfrau!

Rasta Robby schob eine Club-CD ein und drehte voll auf. Knapp zehn Minuten später fuhr er bei Stephanie vor. Sie stand auf ihrem Balkon, hielt rauchend Ausschau. Sein Gefühl hatte ihn nicht getrogen. Rasta Robby winkte zu ihr hoch.

„Immer noch kein Anruf", stellte er fest, als sie ihm die Wohnungstür öffnete.

„Nein", sagte Stephanie. „Und es ist gleich schon Zwölf."

„Wird sein, wie ich dir schon gesagt habe", versuchte Robby sie zu beruhigen. „Sein altes Revier. Hier was getrunken, da ein paar Takte gequatscht – dein Johnny hat inzwischen längst jedes Zeitgefühl verloren. Nerv dich nicht länger rum. Irgendwann die Nacht wird er eintrudeln, hackevoll wahrscheinlich, und morgen hörst du von ihm Stories ohne Ende. – Ey, Baby, das musst du doch noch kennen."

„Nicht von Johnny. Scheiße, wenn's nur so war und vorher nicht dieser blöde Anruf –"

„Dem passiert schon nichts. Das war bestimmt nur 'n Gag. Und fang jetzt bloß nicht an, Kette zu rauchen. Hier, für dich."

„Ein Gag? Mensch, er hätte mich längst angerufen, wenn nichts dahinter war. Was – was ist das? – Wofür?"

Robby hatte ihr das Geld zusammen mit dem gefalteten Zettel übergeben. Kopfschüttelnd las Stephanie ihn.

„Wer ist diese Ulrike? Sie grüßt mich und möchte ein paar alte Klamotten –?"

„Ja", sagte Robby. „Sie ist okay. Eine Kundin. Will auf die Schnelle verduften."

„Hat sie – hat sie Ärger?"

„Mit ihrem Alten – ja. Kommt das hin mit dem Geld?"

„Das – das ist verrückt!"

„That's life", meinte Robby und fasste sie an den Schultern. „Baby, wenn ich die Tour erledigt habe, mache ich Schluss. Ich zieh auf die Meile und hör mich mal nach deinem Johnny um. Ist das okay, ja? Okay? Ich kann dich auch vorher abholen, und wir klappern zusammen ein paar Läden ab."

„Nein – nein, nein. Ich bleib hier. Wenn er zurückkommt und ich bin nicht zu Hause –"

„Richtig", stimmte Robby zu. „Okay. Und nun guck mal, ob du das Zeug zusammenkriegst."

„Das ist – das ist viel zu viel Geld."

„Steck es ein. Irgendwie hat's auch mit deinem Geburtstag zu tun. Aber ein richtiges Geschenk kriegst du auch noch." Er fuhr mit dem Zeigefinger flüchtig über Stephanies Nasenrücken und lächelte ihr noch einmal aufmunternd zu. Und dann tat er das, was sie sowohl ein bisschen wütend machen, aber auch zügig in die Gänge bringen würde. Er gab ihr einen Klaps auf den Hintern.

Es war kurz nach Mitternacht, als er die Sporttasche an der Hotelrezeption abgab.

„Für die Dame auf Zimmer 337", sagte Rasta Robby.

„Ja, danke – wir sind informiert."

„Wir?", fragte Rasta Robby und sah sich demonstrativ um.

„Wir im Hause", wurde ihm erklärt. „Das liegt für Sie bereit." Der Mann reichte ihm einen Plastikbeutel herüber, einen Wäschebeutel des Hotels.

Rasta Robby schob die Unterlippe vor und machte ihn auf. Der Beutel enthielt die Bluse aus durchsichtiger Spitze und einen Briefumschlag. Rasta Robby nickte mehrere Male.

„Okay", sagte er dann. „Dabei fällt mir ein, dass ich noch was vergessen habe." Er schnappte sich den Kugelschreiber vom Tresen und schrieb seine private Telefonnummer auf die Rückseite einer Taxi-Karte: „Man hört voneinander – Robby."

Wieder auf dem Bock, schaltete er das Mikro ein.

„Eins-Doppelacht. – Eins-Doppelacht für Zwo-Vier-Drei." Er wiederholte seinen Ruf, startete und fuhr schon mal los.

Schließlich meldete sich Zwo-Vier-Drei.

„Ey, Dieter", begrüßte Rasta Robby den Kollegen. „Hatte bisher nur 'ne Tasse Kaffee. Essen wir was? – Wo bist du?"

„Gerade aus Hamm weg. – Für *Erika* ist es noch 'n bisschen früh. – *McDonald's*?"

„Ich muss noch mal auf 'n Kiez. – *Piceno*?"

„Ohne Vino? Nicht so gerne. Aber okay. – Hast du das Feuer Nocht-Straße mitgekriegt?"

„Nee, nich so. – Schlimm?"

„'ne Lady hat den Penner noch retten können. Hat sich wahrscheinlich auf'm Dachboden 'nen Schuss setzen wollen."

„Ein Fixer?"

„Ein Arschloch."

„Weiß man was von ihm?"

„Wieso?"

„Ich suche jemanden. Heißt Johnny, im Milieu auch Arschloch-Johnny genannt."

„Sagt mir nichts. Müssten aber die Bullen wissen. – Wir sehen uns."

„Okay. Bis dann."

Bei den Bullen reinzuschauen war sicher nicht die dümmste Idee. Aber auch heikel. Wenn Johnny munter auf der Meile herumspazierte, und davon ging Rasta Robby nach wie vor aus, machte man die Greifer nur neugierig. Rasta Robby wusste nicht gerade viel von Johnny. Doch was Stephanie ihm von ihrem ‚neuen Festen' erzählt hatte, reichte. Mehrere Anzeigen wegen Körperverletzung und Zuhälterei. Summa summarum einige Jahre Knast. Rasta Robby begriff immer noch nicht ganz, warum Stephanie ausgerechnet auf so ein Arschloch abfuhr. Nur die Bettnummer konnte es nicht sein. War es wohl auch nicht. Sie schien den Typ zu lieben.

Am Dammtor nahm Rasta Robby doch noch schnell einen Fahrgast auf. Es war ein junger Mann, der in die Fettstraße wollte. Rasta Robby sah sich wieder einmal irritiert gemustert.

„Nee, ich bin's nicht", meinte er.

„Irre", sagte der Mann. „Entschuldigung – das würd' mir auch wahnsinnig auf den Senkel gehen. – Heiße Nacht heute. Da tobt der Bär."

„Ja – Vollmond. Da kommen aber auch 'ne ganze Menge Aggressionen raus."

„Bei mir nicht. Mich törnt so 'ne Nacht unheimlich an. Wo ich hin will, läuft noch eine Fete."

„Wird sicher gut", sagte Rasta Robby, in Gedanken schon woanders.

„Was dagegen, wenn ich einen durchziehe?"

„Null Problem", sagte Rasta Robby. „Guter Stoff?"

„Saustark!" Er zündete den Joint an, machte einen tiefen Zug und reichte Rasta Robby den Spliff rüber. Rasta Robby probierte und nickte anerkennend.

„Wenn du Bock hast, komm mit auf die Fete", sagte der Typ jetzt. „Geht da immer locker ab. Bisschen was essen, bisschen was trinken, paar Kontakte knüpfen – sind meist interessante Leute. Buchbranche, Fernsehen, Film und so."

„Schlechter Zeitpunkt", sagte Rasta Robby. „Ich hab gerade was abgemacht."

Der junge Mann zuckte die Achseln und widmete sich

wieder seinem Joint. Vor dem Haus in der Fettstraße wartete ein hoch aufgeschossener Mann. Sichtlich erleichtert kam er auf Rasta Robbys Taxe zu. Als der junge Typ gezahlt hatte und ausgestiegen war, beugte er sich runter.

„St. Pauli."

„Das trifft sich", meinte Rasta Robby. „Meine letzte Tour."

Der Mann nahm neben ihm Platz.

„Ich kann dieses Volk nicht mehr ertragen", fing er an. „Jeder ist der Größte, jeder hat das Riesenprojekt in der Mache, alle sind so was von wahnsinnig im Geschäft – und alle reden nur Scheiße! Ich kann es nicht mehr hören. Es kotzt mich an. Keiner hat auch nur einen Schimmer von dem, was wirklich passiert. Aber was reg ich mich auf? Ich musste ja nicht hingehen. – Darf ich rauchen? – Danke. – Auch so was – alle hören jetzt damit auf, und kaum einer besäuft sich noch richtig! Scheiß Vegetarier Buffets. Diät-Tipps ohne Ende. Die Männer sind nur noch geil auf ihre Jobs, die Frauen legen sich Muskeln zu – Krafttraining. – Entschuldigen Sie, aber ich hab den ganzen Abend über die Klappe gehalten."

„Nur zu", ermunterte Rasta Robby ihn. Der Mann gefiel ihm.

„Wissen Sie, über was stundenlang debattiert wurde? – Welche Binde an den kritischen Tagen beim Training die bessere ist. Diskussion über Damenbinden! ‚Ich möchte mich ganz trocken fühlen', es ist nicht zu glauben! Ich hätte schreien können. Aber ich hab die Schnauze gehalten. Ich habe in die Runde gelächelt und mir nur gedacht, ihr seid also die großen Macher – Frau Produzentin, Herr Lektor. Was haben wir denn noch an Problemen? – Richtig, wir sind von *Bauer*-Joghurt in Plastikbechern auf *Landliebe* umgestiegen, wunderbar cremig und überhaupt ein ganz, ganz anderer Geschmack! – Zum Teufel damit! Wissen Sie, was ich jetzt mache? Ich schlag mich mit Bratwurst und Pommes voll, ich kipp ein paar Biere, und dann geh ich ficken!"

„Klingt gut", lachte Rasta Robby. „Ich mach am *Lukullus* Feierabend."

„Bestens – genau das richtige."

Als Rasta Robby dann schließlich das *Piceno* betrat, war es kurz vor ein Uhr nachts. Dieter saß schon an einem der Tische. Rasta Robby bestellte Pasta und Wasser.

„Ein Kollege hat mitgehört", sagte Dieter. „Du hattest schon ausgeschaltet. Er wusste, was mit deinem Johnny ist."

„Und?"

„Schießerei am frühen Abend. Drüben, Höhe *Docks*. Ein nackt rumlaufender Amokschütze hat ihn erwischt. Kopfschuss. War auf der Stelle tot. Hatte nichts an Papieren bei sich, aber so'n Typ von der Kripo wusste Bescheid. Ich war zu der Zeit noch nicht auf Tour."

„Ey, aber ich. Mann, das muss dann gewesen sein, als ich die Tour nach Norderstedt raus hatte. – Und in Bezug auf Johnny gibt's keine Zweifel?"

„No – was hast du mit ihm?"

„Ist für 'ne Freundin. – Oh, Scheiße, das wird heavy! Da steht mir echt noch was bevor. Die dreht durch."

„Der Kollege meint noch, die Kripo sei scharf drauf zu hören, mit wem Johnny was laufen hatte."

„Scheiße", wiederholte Rasta Robby nur. Er dachte an Stephanie, und er dachte daran, dass er sich verflucht schlecht als Überbringer einer solchen Nachricht eignete. Da saß sie nun zu Hause und wartete. Wartete seit Stunden, weil natürlich niemand sie informieren konnte. Weil offenbar niemand wusste, dass Johnny bei ihr gewohnt hatte. Was für eine Scheiße!

Rasta Robby schmeckte es nicht mehr.

„War deine Freundin eng mit diesem Johnny?"

„Ja – er war ihre neue große Liebe. Oh, Mann!"

„Wie gesagt – Amokschütze. Das muss echt 'ne herbe Show gewesen sein."

„Ich muss der Kleinen das irgendwie beibringen. – Hast du so was schon mal gemacht? Ey, was sagt man da?"

„Man findet nie die richtigen Worte – hab ich erst gestern noch im Fernsehen gehört. Henry Fonda in so 'nem Bullenstreifen. – Nee, bin ich bislang von verschont geblieben."

„Scheiße", sagte Rasta Robby noch einmal. Stephanie heute noch die Spitzenbluse zu schenken, konnte er sich abschminken. Ihm fiel ein, dass er den beiliegenden Briefumschlag noch nicht geöffnet hatte.

„Okay", sagte er. „Dann muss ich ma' sehen, wie ich das packe." Er winkte nach der Bedienung.

„Du machst Schluss?", fragte Dieter noch.

„Ja, aber ich nehm die Kutsche mit."

Er hatte einen Parkplatz in der Nähe gefunden, brauchte nur wenige Schritte. Am Steuer sitzend, griff er nach dem Beutel und holte den Brief hervor. Er las: Ich hoffe, die Bluse gefällt Ihrer alten und vielleicht ja auch neuen Liebe. Ich will morgen sehr früh am Flughafen sein, um irgendein Last-Minute-Angebot wahrzunehmen. Sollten Sie noch fahren und Lust haben, mit mir zu frühstücken – ich bin bis 6 Uhr im Hotel. Kommen Sie einfach auf mein Zimmer, ich werde ohnehin nicht schlafen können. Wenn ich Sie nicht mehr sehen sollte, bedanke ich mich nochmals für Ihre Hilfe – und entschuldigen Sie bitte meine anfängliche Schroffheit. Es tut mir leid. Alles Liebe, Ihre Ulrike D.

Rasta Robby legte den Kopf in den Nacken und schloss die Augen. Alte und neue Liebe. Die Lady konnte nicht wissen, was er an den Hacken hatte. Für einen Moment wollte er Stephanie völlig streichen. Nicht zu ihr fahren, sich einfach nicht melden. Sie würde es morgen früh ohnehin in der Zeitung lesen. Rasta Robby öffnete die Augen wieder, nickte. Die *Mopo* wurde um diese Zeit bereits verkauft.

Er stieg aus dem Wagen und lief die Reeperbahn ein Stück ab. Schließlich entdeckte er einen Zeitungsverkäufer. Der Bericht nahm eine halbe Seite ein und war mit zwei Fotos bebildert. Das obere zeigte einen tot auf dem Pflaster liegenden Hund. Darunter war die Porträtaufnahme eines Mannes. Sein Gesicht war schmerzverzerrt. Bildunterschrift: Der noch unbekannte Amokschütze. War das nicht sein Fahrgast? Der Postler? Große Freiheit! Rasta Robby überflog den Artikel. Der von dem Amokläufer erschossene Mann wurde Josef M. genannt. In einem Nebensatz wurde erwähnt, dass er aus dem Milieu sei.

Rasta Robby faltete die Zeitung zusammen. Nein, er durfte sich nicht drücken. Er musste zu Stephanie, so schwer es ihm auch fiel.

In Gedanken versunken startete er die Taxe, stieß zurück und wendete.

Und dann drückte er nur einmal fest aufs Gas. Der Wagen schoss vor. Entsetzt riss Rasta Robby die Augen weit auf. Wie in Zeitlupe nahm er wahr, dass eine Gestalt von seinem Wagen erfasst und hochgeschleudert wurde. Rasta Robby stieg hart in die Bremse, hörte einen dumpfen Aufprall und war schon aus der Taxe. Er wurde angeschrien, stehen zu bleiben, sich nicht zu rühren. Zwei Männer rannten heran, schrien wieder – „Polizei! Polizei!" Einer von ihnen hielt ihm kurz einen Ausweis vor die Nase, der andere war hinter dem Wagen verschwunden, fluchte irgendwas, kam vor, schüttelte den Kopf und machte eine Geste, die nicht erklärt werden musste.

Rasta Robby ließ die Schultern sacken. Wer ihm auch immer in den Wagen gerannt war – er war tot.

7

Mit dreizehn hatte Timo seinen ersten Wagen geknackt. Mittlerweile war das zu seiner Lieblingsbeschäftigung geworden. Total coole Action. Echt geiles Feeling. Er hatte sich auf *BMW* und *Mercedes* spezialisiert, fuhr meist nur kurze Strecken, Stadtfahrten und so, und war bislang kein einziges Mal geschnappt worden. Das wusste Erik, und er wusste natürlich noch einiges von seinem neuen Freund. Aber er wusste längst nicht alles. Dachte er jedenfalls. Jetzt stand er mit ihm vor einem beigen *Mercedes* Coupe.

Sie waren beide etwas außer Atem.

„Was war denn das für'n Typ?", fragte Erik.

„Null Ahnung", sagte Timo.

„Aber du hast zu ihm rübergegrinst."

„Nur so."

„Nee", meinte Erik. „So echt gemein."

„Ist doch egal."

„Fängt der an, uns zu hetzen."

„Schafft er nicht", sagte Timo. „Was hältst du von dem Schlitten?"

„Schon stark."

„Denn geh mal 'nen Parkschein ziehen."

„Glaubst du, der Typ ist weg?"

„Gucken würd ich schon noch mal", sagte Timo. Er checkte bereits das Türschloss. Erik ging zur Balustrade und lugte hinüber. Er signalisierte, dass der Typ nicht mehr zu sehen war, und zog ab. Als er mit dem Parkschein zurückkam, saß Timo bereits grinsend am Steuer.

„Was meinste – längere Spritztour?"

„Meine Alten werden mich nicht vermissen", sagte Erik und stieg ein. Timo kuppelte, legte den Rückwärtsgang ein und parkte gekonnt aus.

Kaum auf der Straße, erhöhte er die Geschwindigkeit.

„Echt geil", kommentierte Erik und begann, das Handschuhfach zu durchwühlen. Er fand eine angebrochene Rolle *Atemfrisch*, klaubte eins heraus und bot auch Timo eins an. Timo verzichtete.

Es herrschte starker Verkehr. Aber niemand schien sich über zwei fünfzehnjährige Kids mit Baseballkappen in einem *Mercedes* Coupe zu wundern. Weekend-Stimmung. Superlanges Wochenende. Alle hurtig unterwegs. Auf der entgegengesetzten Fahrspur zogen zwei, drei Grünweiße mit eingeschalteten Martinshörnern vorbei. Ein Rettungsdienstwagen folgte.

„Sollen wir rauf an die See oder Autobahn Hannover?", fragte Timo cool.

„Hannover oder Bremen", sagte Erik. „Irgendwo dazwischen liegt Rotenburg Wümme. Da ist meine älteste Schwester verheiratet. Die wird baff sein."

„Ich sag mal, die ruft nach den Bullen."

„Nee, die nicht. Ihr Alter ist auf Bewährung."

„Weswegen?"

„Hat ’ne Kreissparkasse überfallen. Und ist draußen auf Hundekacke ausgerutscht." Erik lachte. „Ich war in den Ferien mal mit ihm zum Angeln. Hat er auch nichts rausgezogen."

„Hält deine Schwester das aus?"

„Die hat Kinder. Müssten inzwischen vier Blagen sein. Weihnachten hatte sie schon ’nen dicken Bauch. – Weihnachten war geil."

„Weihnachten hat sich Kalle bei uns breit gemacht."

„Sag mal, das wollte ich dich immer schon mal fragen. Bumst der richtig mit deinem Bruder?"

Timo zuckte die Achseln. „Null Ahnung. Ist aber sowieso Ende. Sie schafft nicht mehr an."

„Sagst du eigentlich nur noch Roberta zu ihm?"

„Ich sag sogar ‚Lady'", sagte Timo. „Dann bin ich ihr Bester – ‚Gottchen, wie reizend du sein kannst.'" Er lachte, und sie machten es sich nun in den Ledersitzen richtig bequem.

Der Hauptbahnhof rückte in Sichtweite, und sie kamen zügig voran. Auf der Elbbrücke stellte Erik einen Sender mit geilen Hits ein. Er warf einen Blick über das Hafengelände, wandte sich wieder Timo zu und streckte den Daumen hoch. Der Wagen glitt nur so dahin.

„Sag mal", fing Erik nach einigen Kilometern erneut an. „War dein Bruder immer so?"

„Glaub schon."

„Kommen eure Alten damit klar?"

„Die kümmern sich 'n Dreck. Darum bin ich doch mit zu ihr."

„Aber leben tun die noch?"

„Werden sie wohl. Ich hab jedenfalls nichts anderes gehört." Und wieder lachte er. Erik lachte kurz mit.

„Meine würden sich den Kopfschuss geben", sagte er. „Die haben schon Horror, wenn sie sehen, dass ich mir im Bett mal einen runterhole."

„Null Problem", meinte Timo. „Ich denk aber schon, dass langsam mal eine richtige Alte fällig ist. – Ich find die Grizelda echt geil."

„Hängt die nicht meist im *Pudel* rum?"

„Deswegen ja. Ich weiß sogar, mit wem sie schon gebumst hat."

„Und – mit wem?"

„Hat Roberta erzählt. Kalle war mal drüber."

„Dann muss sie total versaut sein", meinte Erik.

„Kalle fährt bald ein."

Erik schüttelte entschieden den Kopf.

„Da würd ich mich nicht reinhängen, nach dem, was du so erzählst. Das gibt doch nur was auf die Ohren."

„Von einem, der dann Knast hat?", lachte Timo. „Und Freunde hat der auch nicht mehr. Das steht man fest. Sonst hätte Roberta nicht so ohne weiteres die Biege machen können."

Erik wusste von Kalle nur das, was Timo gelegentlich an Text abließ. Er wusste, dass Kalle Wirtschafter in einem der Süderstraßen-Puffs war und sowohl Roberta wie auch Timo schon oft eine reingesemmelt hatte. Mehr wollte er auch gar nicht wissen. Nur, wie das mit dem Bumsen bei Roberta war, beschäftigte ihn nach wie vor stark. Grundsätzlich. Aber erst einmal schwieg er.

Er suchte nach einer Karte, und als er die richtige gefunden hatte, verschaffte er sich einen Überblick.

„Richtung Bremen ist besser", sagte er schließlich.

„Weiß nicht, ob ich Bock auf deine Schwester hab."

„Die wird baff sein", wiederholte Erik.

„Was sagste denn zu Grizelda?"

„Sieht schon stark aus. Aber ist doch nicht so ganz mein Fall."

„Der ihre Mutter ist Philippinin. Da hat die was von. Die war mal bei uns in der Penne. Ehrlich, ich könnte echt auf die."

Erik zuckte mit den Achseln. „Rotenburg liegt gleich hinter 'ner Ausfahrt", sagte er. „Ist wirklich nicht weit."

Langsam mussten sie sich entscheiden. Aber Timo schüttelte den Kopf.

„Stück Autobahn noch", sagte er. „Dann zischen wir zurück. Die Karre ist Scheiße. Fällt mächtig auf."

Unrecht hatte er damit nicht. Auch Erik hatte inzwischen bemerkt, dass ihnen aus sie überholenden Wagen jetzt doch forschende Blicke zugeworfen wurden.

Es war kurz nach neun. Spätestens in einer halben Stunde konnten sie wieder in der City sein. Erik ahnte, was Timo noch vorhatte. Aber er sagte nichts.

Timo nahm die nächste Abfahrt. Als sie den Hauptbahnhof erreichten, brach Timo das Schweigen.

„War 'ne blöde Idee", sagte er. „Stadt ist eindeutig das bessere Feeling. Noch besser, wenn's richtig dunkel ist. Wir stellen die Kiste irgendwo ab."

„Willst du bei Grizelda vorbei?"

„Wir fahren mit der S-Bahn rüber. Mal sehen."

„Die lässt dich abblitzen."

„Vor elf geht die nie in den *Pudel.*"

Erik sah seinen Freund von der Seite an.

„Hast du denn überhaupt schon mal?"

„Nee, sag ich doch. Wird echt Zeit."

„Hast du ma' mitgekriegt, wenn Roberta zugange war?"

„Nur was gehört. Wird im Prinzip nichts anderes sein."

„Ich weiß nicht. Er hat doch sein Ding – meinst du, das wird dabei auch hart?"

„Kannst sie ja mal fragen", lachte Timo. „Aber lieber nicht. Sie denkt, du bist ein ganz Schlimmer."

„Ich? – Wie kommt der dazu? Der kennt mich doch kaum."

Timo winkte beruhigend ab.

„Mach dir nichts draus. Das legt sich ebenso schnell, wie es ihr in den Kopf kommt. Ich kenn das schon. Als ich noch öfter am Bahnhof rumhing, waren das auch alles ganz, ganz schlimme Typen – ‚Gottchen, was die für Krankheiten haben'. War die Woche drauf schon wieder vergessen. – Das liegt an den Tabletten."

„Was denn für Tabletten?"

„Für Hormone und so. Und denn hat sie ja auch noch angeschafft."

„Ich möchte echt ma' wissen, wie das genau ist. – Im Fernsehen sieht man da nie was von."

„Kannste alles auf DVD haben."

Timo parkte auf dem Bürgersteig vor der *Markthalle*. Sie stiegen aus und schauten sich die Plakate an.

„Schweinegruppen", beschied Timo knapp, und Erik nickte bekräftigend. Sie liefen zum Hauptbahnhof hoch, durchquerten die *Wandelhalle* und trafen auf der anderen Seite ein paar von Timos alter Clique. Erik hörte zu, wie Timo von dem Schlitten und ihrem Autobahntrip erzählte, hörte von der Action der anderen und begann sich zu langweilen. Vielleicht wusste er doch schon alles von Timo.

Sie hatten sich auf einer U-Bahnfahrt angefreundet. Timo hatte Stress mit einigen Fahrgästen gehabt, weil er seinen Baseballschläger pendeln ließ. Erik hatte sich neben ihn gestellt und böse Grimassen gezogen. An dem Tag war Timo unterwegs gewesen, um Tauben totzuklatschen. Das kannte Erik noch nicht. Er war mitgelaufen, und sie hatten eine Menge Spaß gehabt. Seitdem waren sie häufiger zusammen.

„Sollen wir?", fragte Erik nun.

Timo nickte flüchtig. Es dauerte aber doch noch, bis er sich endlich von den anderen losriss. Sie fuhren rüber nach Altona. Zielstrebig steuerte Timo das Hochhaus auf der Großen Bergstraße an.

Die Haustür stand offen, und Timo ging hinein. Erik zögerte.

„Willst du so einfach bei ihr reinschneien?"

„Ey, sie ist in meiner Klasse. Da gibt's immer was zu bereden."

„Aber ich kenn sie nur von einmal sehen."

„Zu zweit lässt sie sich besser loseisen."

„Und dann?"

„Denn kannst du mich allein weitermachen lassen."

„Ich weiß nicht", sagte Erik. Aber er fuhr dann doch mit hoch in den fünften Stock.

Vor einer der vier Etagentüren verabschiedete sich gerade eine Frau. Sie trug einen *Alex*-Jogginganzug und teuer aussehende Turnschuhe. Der Mann war nur mit seiner Unterhose bekleidet und stank zum Abkotzen nach Aftershave.

„Wir hätten uns ruhig mehr Zeit lassen können", sagte er zu der Alten.

„Demnächst mal wieder", erwiderte sie. Der Stinker fasste sie an den Arsch und zwinkerte Timo und Erik zu. „Alte Liebe rostet nicht, auch nicht, wenn man schon offiziell getrennt ist. – Schatz, du bist und bleibst 'ne geile Braut."

Timo reagierte nicht auf den Scheiß. Er klingelte an der Nachbartür. Grizelda öffnete und war sichtlich überrascht. Trotzdem ließ sie Timo und Erik rein und schloss schnell wieder die Tür.

„Endlich", stöhnte sie. „Ich dacht' schon, die Alte bleibt über Nacht. Das war vielleicht 'ne Show! Erst haben sie sich angepestet wie nichts, und dann ist der Modellbahnfreak auf sie drauf und hat sie geknallt! Die hat geschrien wie Hölle, nee, ehrlich! Was gibt's denn?"

„Bist du allein?"

„Ja, aber ich zisch gleich los."

Erik musterte sie heimlich. Sie sah sehr gut aus. Ihre tiefschwarzen Wuschelhaare umrahmten ein schmales Gesicht. Grizelda hatte einen breiten Mund, volle Lippen und tolle Zähne. Sie war mit pinkfarbenen Leggings und einem weißen, langärmeligen Shirt bekleidet.

„Gehst du in den *Pudel*?", fragte Timo.

„Ich bin verabredet. – Nun sag schon, was wollt ihr?"

„Dachte, du hättest Bock auf 'n bisschen rumkutschen. Klasse *BMW*."

„Nee, danke", unterbrach Grizelda ihn. „Da steh ich absolut nicht drauf. – War's das?"

„Na ja, wenn du verabredet bist – du weißt, dass Kalle in Kürze einfährt?"

„Was interessiert mich Kalle. Ich geb mich nicht mit so'm Pissgroschen-Luden ab. Der hat doch nichts in der Birne."

„Mein ja nur. – Na, denn gurken wir allein ein bisschen rum." Er tat cool, aber Erik merkte ihm an, dass er richtig sauer war. Er ging schon zur Tür.

Im Fahrstuhl und auch noch vor dem Haus war absolute Funkstille zwischen ihnen. Sie liefen ein Stück die Straße runter. Schließlich hielt Erik es nicht mehr aus.

„Ich glaub, ich hau mal ab nach Hause."

„Ich greif mir noch 'ne Kutsche."

„Wieder im Parkhaus?"

„Mal sehen." Und wieder schwiegen sie, trotteten nebeneinander her, jeder mit angestrengt ausdruckslosem Gesicht. Sie erreichten die Reeperbahn, sie gingen hoch bis zur Davidwache, und sie sagten immer noch nichts. Vor dem Parkhaus blieb Timo stehen.

„Ich hol mir 'n *BMW*", sagte er entschieden.

„Na ja, ich zieh dann ab", sagte Erik.

„Haste noch was an Kleingeld?"

Erik brachte einige Münzen zum Vorschein.

„Knapp fünf Euro", zählte er.

„Lass uns noch Zigaretten holen und eine rauchen."

Erik nickte und ging mit ihm rüber zum Chinesen.

Er wusste, dass ihn Timo noch zu einer Fahrt überreden wollte. Stadtfahrt. Im Dunkeln. Echt geiles Feeling. Total coole Action. Aber irgendwie war es das nicht. Wenn er es sich genau überlegte, brachte das Zusammensein mit Timo rein gar nichts. Timo konnte ihm noch nicht einmal richtig sagen, wie das eigentlich mit Robert/Roberta war. Und bei

Grizelda war auch nichts groß gelaufen. Wie er es ihm schon prophezeit hatte. Wenn sie wenigstens bis nach Rotenburg gedüst wären. Seine Schwester wär echt baff gewesen. Sie hätten bei ihr ein bisschen Fernsehen gucken können. Weihnachten hatte sie erzählt, dass sie jetzt auch *Premiere* hatten. Und DVD gab es natürlich auch. Sich eine DVD holen! Das war echt eine super Ansage! Hatte Robert/Roberta jeden Tag um sich und wusste nicht einmal, wie das mit Ficken ablief.

Erik zog die Zigaretten, ließ sich ein Streichholzheftchen geben und drückte Timo beides in die Hand.

„Geschenkt", sagte er. „Ich hau dann jetzt echt ab."

„Der Typ vorhin, der hinter uns her war, das war schon geil", meinte Timo. „Den haben wir voll abgehängt."

„Sah aber irgendwie hassig aus."

„Ich glaub, ich hab den doch schon mal gesehen."

„Wenn du meinst – ich geh dann."

Er nickte Timo zu und ging jetzt wirklich. Er wusste nicht, dass er Timo nie wiedersehen würde. Erik wusste inzwischen nur, dass das, was er von Timo wusste, nicht sonderlich aufregend war. Alles andere als die total coole Action. Stinklangweilig eigentlich.

8

Roberta hatte keine Schwierigkeiten gehabt, den wirklich gut aussehenden Mann in das Separee zu lotsen. Alles in dem Raum war dunkelrot, die Wände, der Teppich und auch das runde Bett. Zwei kleine Lampen spendeten spärliches Licht. Es gab keine Fenster, und die Luft war drückend.

Das Finanzielle war bereits an der Bar geregelt worden, der Champagner war serviert, und Roberta hatte eine *Sade* CD eingelegt.

Der Gast aber stand noch unschlüssig herum.

„Gibt es etwas, was du nicht machst?", fragte er.

„Ach, Gottchen, was möchtest du denn?"

„Würdest du dich bitte setzen?"

Aber sicher, Schatz, warum nicht?, sagte sich Roberta, hockte sich auf die Bettkante und schlug grazil die schlanken Beine übereinander.

„Du gefällst mir."

„Du möchtest reden, Schatz?"

„Ich möchte mich ausziehen und dich bitten, mir dabei zuzusehen. Sag bitte nichts, schau mir einfach nur zu."

Gottchen, ja, wenn es nicht mehr sein sollte. Roberta nickte, und der Mann begann, sich auszukleiden. Er hatte einen perfekten Körper, aber offenbar auch ein dickes Problem. Doch Roberta sah ihm zu und dachte währenddessen an den armen, kleinen Johnny, der nie wieder etwas sehen würde. Ach, war das entsetzlich gewesen, all dieses Blut auf dem Pflaster und auf ihren Kleidern, sie würde das Zeug verbrennen müssen, Gottchen, ja, nichts davon ließ sich mehr tragen. Ihr Gast legte ein Teil nach dem anderen sorgfältig zusammen und stapelte die Sachen neben sich auf dem Boden.

„Ich setze mich jetzt zu dir", sagte er.

„Schätzchen, du bist der Gast."

„Leg bitte deine Hand auf meinen Schenkel."

Aber sicher doch, Schatz, auch das. Sie befeuchtete kurz ihre Lippen.

„Und jetzt sag bitte: Ich habe Lust, auf der Stelle mit Ihnen zu vögeln."

„Ach, Schätzchen, das läuft aber hier andersherum."

„Du sollst es nur sagen – bitte."

„Wie du meinst, Schatz – ich habe Lust, auf der Stelle mit dir zu vögeln."

„Mit Ihnen", korrigierte er sie. „Mit Ihnen zu vögeln."

Roberta seufzte.

„Na schön – mit Ihnen", sagte sie dann.

„Im ganzen Satz."

„Schatz –"

„Sag es."

„Gut – wie du willst."

„Ich habe Lust –"

„Ich habe Lust, auf – auf der Stelle, mit Ihnen – mit Ihnen zu vögeln."

Der Mann nickte zufrieden. Er lächelte sie an.

„Aber ich will nicht, du kleine Fotze", sagte er weiterhin lächelnd. „Ich will nicht."

Ach, Gottchen, nein – nun also doch. Diese Nummer.

„Schatz, du willst ein Spielchen spielen, ja?"

„Ich will dich nicht vögeln. – Ja, jetzt sag etwas, antworte!"

„Schatz, da bist du hier wirklich an der ganz falschen Adresse."

„Du musst nichts weiter tun. Bleib nur dabei, dass du mit mir vögeln willst. Sag es, sag es mir, sag es mir immer und immer wieder! Bis ich ihn hochkriege und dann –"

„Schätzchen, du hast mich nicht verstanden. Ich kann dir einen blasen und – ach, Gottchen, ja, du kannst auch sonst auf deine Kosten kommen, aber diese Quasselnummer –"

„Nur noch einmal. Sag nur noch einmal, dass du mit mir vögeln willst, dann ist es gut, dann mache ich den Rest alleine – bitte!"

Roberta seufzte erneut und schüttelte den Kopf. Ach, wenn er dann Ruhe gab. Gottchen, was war das heute für ein Tag.

„Ich will dich vögeln", sagte sie lahm.

„Ja", legte er jetzt los und bearbeitete seinen – ach, Gottchen, ja – einigermaßen soliden Knüppel. „Ja, das möchtest du, du kleine, arrogante Fotze. Aber ich vögel dich nicht, nein, und wenn du noch so heiß auf mich bist – nein, nein, nein! Vögel dich doch selbst, ja, zieh deine blöde Fotze weit auseinander und –" Roberta schaltete ab. Sie stand auf und strich ihren Rock glatt. Ohne noch einen Blick auf den sich wild bearbeitenden Mann zu werfen, öffnete sie die Tapetentür und frischte vor dem Spiegel ihr Make-up auf. Als sie die Lippen nachzog, hörte sie im Hintergrund ein lautes, befreites Stöhnen. Erschöpft lag der Mann lang ausgestreckt auf dem Bett.

„Du kannst dich nebenan waschen", sagte Roberta kühl und nahm einen Schluck Champagner.

„Danke." Er kam hoch, und – Gottchen, nein – er lächelte sie wirklich dankbar an. Ach, Schatz, nicht dafür. Aber Roberta lächelte ebenfalls und nickte.

„Gern geschehen, Schatz", sagte sie. Während er im Bad war, schaffte sie Ordnung und wartete dann geduldig, bis er sich angezogen hatte.

„Du gefällst mir wirklich", sagte er und fasste sie leicht an die Hüften. „Du hast eine phantastische Figur. Wir werden uns bestimmt wieder sehen. Ich bin jede Woche einige Tage in Hamburg. Das nächste Mal machen wir es uns dann richtig nett. Kommst du auch ins Hotel?"

„Ach, Schätzchen, schau einfach mal wieder rein. Ich bin immer hier." Sie öffnete ihm bereits die Tür.

Vorne auf der Bühne brachte Petra gerade ihren Annie Lennox Song zu Ende. Robertas Gast nutzte den dünnen Applaus, um sich äußerst galant zu verabschieden. Roberta setzte sich auf ihren Platz an der Bar. Der kleine Schlingel hinter dem Tresen grinste sie an.

„Ach, Gottchen", imitierte er sie. „Hatten wir da einen Götterknaben!"

„Schatz", meinte Roberta. „Schenk mir doch bitte ein Schlückchen von dem Champagner ein und tu ein bisschen Eis dazu, ja?" Sie nahm sich eine Zigarette und rauchte ein paar Züge. Die Gäste an der Bar hatten Gesellschaft, das Publikum im Zuschauerraum bestand aus einer *AOK*-Belegschaft und piefigen Paaren, Provinz vom Feinsten. Das Licht wurde erneut gedimmt, und die wirklich reizende argentinische Stripperin huschte zu Fanfarenklängen auf die Bühne. Petra stieg neben Roberta auf einen Hocker. Sie hatte ihren Fummel gewechselt, trug jetzt ein trägerloses Schwarzes.

„Roberta-Schatz – gleich am ersten Abend soviel Glück! Hach, sah der Knabe kräftig aus."

„Gottchen, ja – er hat sich kräftig mit sich selbst beschäftigt."

„Nein, wirklich? – Hach, wie man sich täuschen kann! Ja, ich sag ja auch immer, auf nichts ist mehr Verlass." Sie zupfte ihr Dekolleté hoch und strahlte Roberta an. „Göttlich, dein Rouge – hach, jetzt hätte ich beinahe etwas ganz Dummes gesagt. Nein, so was aber auch, ich kleines Schandmaul. Wo du doch von Rot erst einmal genug haben wirst, ich meine, dieses viele Blut – "

„Ach, Gottchen, ja – es war nicht gerade appetitlich."

„Das glaube ich, das glaube ich dir unbesehen. Aber Johnny hätte es ohnehin erwischt – hach, dieses Dummerchen." Roberta warf ihr einen fragenden Blick zu. „Stellt sich im Knast hin und plappert, dass er es Brilli noch zeigen werde – na, ich bitte dich! Wusstest du das etwa nicht?"

„Gottchen, nein!", sagte Roberta.

„Schatz." Petra tätschelte kurz ihre Hand. „Brilli war sehr, sehr böse. Er hat Johnny sogar noch warnen lassen, Erich draußen hat's mir erzählt. Er hat Johnny angerufen und ihm angedroht, dass er in die Kiste springen werde. Aber was macht dieser dumme, dumme Johnny? Er rennt gleich los, um hier bei Brilli einzufliegen – hach, nein, und schon ist es mit ihm vorbei."

„Gottchen, das – das kam von Brilli?"

„Aber ja doch", nickte Petra. „Nun wollen wir aber nicht länger tratschen."

Sie lächelte an Roberta vorbei, und Roberta wandte sich um. Zwei junge Männer wurden von der Saalbedienung an die Bar gewiesen.

„Hallöchen, Hallöchen", flötete Petra ihnen zu. „Hach, je später der Abend – Roberta-Schatz, rutsch doch bitte ein Höckerchen weiter."

Roberta seufzte leicht, setzte aber nun auch ihr professionelles Lächeln auf. Die Männer hockten sich zu ihnen, und bald schon war klar, dass beide nicht abgeneigt waren, eine flotte Nummer durchzuziehen.

Als Roberta ein Stündchen später mit ihrem „Werner-Schatz" das Separee verließ – ach, Gottchen ja, dieser Gast hatte es wirklich verstanden, ihren Po zum Glühen zu bringen – wurde ihr gesagt, dass Brilli sie sprechen wolle. Sogleich pochte ihr Herz heftiger – Gottchen, nein, hatte sie doch schon irgendwas vermasselt?

Brilli saß am Schreibtisch und rieb seinen Klunker.

„Setz dich doch bitte, Roberta", sagte er. „Wie ich höre, läuft es ja ganz gut an. Du hattest keine größeren Probleme mit den Gästen?"

„Ach nein."

„Nun gut. Dann hätten wir da also nur noch Kalle. Er hat sich bei mir gemeldet – etwas frech, muss ich sagen, aber nun ja. Was meinst du, wie viel sollten wir ihm als Ablöse für dich anbieten?"

„Ach, Gottchen – Kalle! Ich habe mit Kalle keine Verträge."

„Roberta", unterbrach Brilli sie nachsichtig lächelnd.

„Sicher, das ist mir schon klar. Unter anderen Umständen würde ich Kalle den Finger zeigen und ihn nachdrücklich bitten, St. Pauli für einige Zeit zu meiden. Aber ich kann mir im Moment keinen Ärger leisten. Diese unselige Geschichte mit Johnny wird mir möglicherweise noch etwas zu schaffen machen – nun gut. Ich würde Kalle zweifünf vorschlagen. Wäre dir das recht?"

Zweitausendfünfhundert Euro – Ach, Gottchen! Roberta schluckte.

Brilli nahm es als Einverständnis und erhob sich.

„Nun gut", sagte er. „Ich denke auch, dass damit die Angelegenheit erledigt ist." Er griff in seine Jackentasche und blätterte Roberta die fünfundzwanzig Hunderter hin.

Roberta musste noch einmal schlucken.

„Gottchen", brachte sie dann nur heraus.

„Gib es ihm. Du wirst es bei mir schnell abgearbeitet haben. Bleib immer schön in Bewegung. Für heute kannst du dann Schluss machen. Kalle wird im Bistro sein." Er nickte zu dem Geld hin. Mit leicht flatternden Händen nahm Roberta es. Gottchen, nein – sie hatte gehofft, Kalle vorerst nicht mehr sehen zu müssen.

Brilli ging mit ihr zur Tür und strich ihr dabei sanft über den Hintern.

„Bei Gelegenheit werden wir uns auch mal ein bisschen vergnügen", meinte er.

Ach, nein – war das ein Tag.

Roberta beeilte sich nicht auf dem Weg zum Bistro. Sie trank unterwegs ein Tässchen Schokolade, rauchte drei, vier Zigaretten und rief auch bei sich zu Hause an. Gottchen – war Timo denn immer noch nicht zurück? Und was mochte nur Johnny von ihm gewollt haben? Sie hatte Petras Tratsch im Ohr, hatte vor Augen, wie dieser wild gewordene nackte Mann mit der Pistole herumfuchtelte – Gottchen, nein, und dann das viele, viele Blut, und auch noch der entsetzliche Hund, nein – sie schüttelte sich, wollte an all das nicht mehr denken müssen.

Es war weit nach zwei, als sie das Bistro am Hans-Albers-Platz betrat. Kalle erwartete sie bereits.

„Roberta-Schatz." Er hielt ihr die rechte Wange entgegen, und Roberta hauchte einen Kuss. „Du bringst mir was von Brilli, ja?"

Schwer seufzend steckte sie ihm das Geld zu. Kalle zählte es routiniert nach.

„Sehr entgegenkommend", sagte er. „Ausgesprochen nobel. Siehst du, dein Kalli spielt seine Trümpfe bestens aus. Brilli flattert heftig der Zwirn, was?"

„Den Eindruck hatte ich nun nicht gerade."

„Aber ich weiß es, Schatz. Ich brauche den Bullen nämlich nur was flüstern, und der große Brilli hat Stress ohne Ende."

„Ach."

„Ich sage nur – Johnny."

„Ach, Gottchen, ja – dann sagst du eben Johnny. Falls du es noch nicht gehört hast, Johnny ist tot."

„Ja, ja – das hab ich längst gehört. Leider, leider, eine ganz, ganz dumme Geschichte. Aber Tote hinterlassen in der Regel etwas. Und wer das in der Hand hat, Roberta, kann Brilli Feuer unter dem Arsch machen."

„Gottchen, und du –?"

„Kalli spielt seine Trümpfe schon noch aus", lachte Kalle. „Einen nach dem anderen. Kalli war immerhin Johnnys bester Freund. Du hast ihn doch noch getroffen – na, siehst du. Da war Johnny auf dem Weg zu mir. Da sollte Brilli schon einen kleinen Schuss vor den Bug bekommen. – Nun gut, wie er zu sagen pflegt, das ist dann erst mal gebongt. Obwohl ich es wirklich bedaure, dich jetzt abschreiben zu müssen."

„Ach, Kalli – Gottchen, sieh mich nicht so an."

„Wie sieht dein Kalli dich denn an – Schatz?" Er hatte seinen Arm um sie gelegt und begann, sanft – ach, so sehr, sehr intensiv ihren Hintern zu streicheln – Gottchen, nein, sie wusste, wo das hinführen würde, und sie wollte es nicht. Wollte es. Wollte es nicht. Wollte es doch.

Kalle schmunzelte und zwinkerte ihr zu, und er senkte die Stimme zu einem verführerischen Flüstern.

„Schatz, soll Kalli dich in die Heia bringen, ja? Wo du doch sicher so hart gearbeitet hast. Die ganzen miesen, miesen kleinen Freier. Das war doch kein Spaß, das weiß dein Kalli doch. Spaß kannst du nur mit deinem Kalli haben, aber sicher, mein Schatz, nur mit deinem ganz, ganz lieben Kalli."

„Ach, Gottchen, Kalli –"

„Komm, gib deinem Kalli ein Küsschen."

„Ach", seufzte sie und küsste ihn dann schließlich doch.

Gottchen, ja – er konnte wirklich lieb sein, war bislang der einzige Mann gewesen, der ihr echte Orgasmen verschaffte – wenn er denn Lust verspürte, sie flach zu legen. Wenn er nicht nächtelang in diesem Bistro oder sonst wo hockte oder rum zog und sich irgendeine verseuchte Prosti schnappte.

Kalli nahm ihren Arm und stolzierte mit ihr zur Tür.

„Ach, Gottchen, Kalli, ich weiß nicht."

„Pssst!" Er legte seinen Finger auf ihre Lippen, ging mit ihr die paar Schritte bis auf die Straße und winkte ein Taxi heran.

Es war nur ein kurzes Stück bis zu ihrer Wohnung. Kalle gab dem Fahrer ein großzügiges Trinkgeld. Im Treppenhaus brannte Licht. Zwei Streifenbeamte kamen ihnen von oben entgegen, und Roberta spürte Kallis Hand nicht mehr auf ihrem Hintern. Ein Beamter schüttelte beruhigend den Kopf. Der andere nickte betrübt.

„Tja, Roberta – ist ja nu keine gute Nachricht. Tut uns echt leid."

„Ach, Gottchen!" Sie sah sich nach Kalli um. Kalli mimte den Coolen.

„Was gibt's?", fragte er schroff.

„Tja, das betrifft nu ma' nur die Roberta. Wie gesagt, das ist nu nicht gerade leicht. Der Timo –"

„Timo! Gottchen –"

„Tja, der Timo ist da in einen Wagen reingerannt. Die Kollegen von – also, eine Zivilstreife war gleich da, aber –"

„Nein! Oh, nein, nein! Gottchen, nein!"

„Gleich tot?", fragte Kalli. „Abgekackt?" Er nahm Roberta wieder in den Arm. „Scheiße." Roberta klammerte sich an ihn, presste ihr Gesicht an seine Schulter, schluchzte und heulte. Sie hörte nicht mehr, was die Beamten noch zu Kalli sagten – Timo, Timo, Timo war tot, und irgendwie kam ihr dabei auch wieder Johnny in den Sinn – Timo, dieses Arschloch – ach, Gottchen, nein – Timo war tot, war tot! War tot!

In Kallis Armen brach sie in sich zusammen.

9

„Informiert mich, wenn der vermeintliche Amokläufer vernehmungsfähig ist", wies Fedder den Kollegen von der Davidwache an. Der Mann blickte dem davonwatschelnden Sven mürrisch nach.

„Vermeintlich?", schnaubte er.

„Vermeintlich", wiederholte Fedder scharf – Fedder, Kriminalhauptkommissar Jörg Fedder, *LKA* Hamburg, Dezernat Kapitalverbrechen. Er straffte sich. Offiziell war er zwar nicht im Dienst, feierte seit Anfang der Woche Überstunden ab, aber die Klärung eines solch ungeheuerlichen Vorfalls konnte und durfte er nicht einer zweifellos überforderten Wachmannschaft überlassen. Schwachköpfe! Mein Gott, sie rückten gleich mit ihrer gesamten Artillerie an, gaben blindlings Feuer, machten einen Mastino wild und knüppelten den Halter nieder, um dann auch noch das durch sie völlig außer Kontrolle geratene Tier gnadenlos abzuknallen! Es war nicht zu fassen!

„Und schickt gleich alles rüber ins Präsidium", ergänzte er. „Die Protokolle, eure detaillierten Berichte und vor allem natürlich die Waffe – die Tatwaffe." Er ersparte es sich, der Dumpfbacke zu erläutern, was es seiner festen Überzeugung nach mit diesem Revolver auf sich hatte. Es war nämlich ein *Smith & Wesson* 44 Spezial, ein im Milieu gern genommenes Eisen, und von daher konnte der Schütze keinesfalls ein ansonsten harmloser Alki sein, zumal er Johnny mit einem gezielten Schuss umgenietet hatte.

Fedder gab dem nun doch etwas eingeschüchterten Kollegen die Karte mit seiner Dienst- und privaten Handynummer. Es ging auf 21 Uhr zu, und das hieß, dass es allmählich Zeit für ihn wurde. Cornelia, seit Ende letzten Jahres seine neue Lebensgefährtin, stieg wahrscheinlich just in diesem Moment am Dammtor Bahnhof in ein Taxi, um sich mit ihm in der *St. Pauli Bar* auf einen Drink zu treffen. Sie hatte kurzfristig beruflich in Köln zu tun gehabt, und Fedder hatte bereits am frühen Nachmittag gespürt, wie sehnsüchtig er sie zurückerwartete. Das konnte nur an dem sich schon matt am Himmel abzeichnenden Vollmond liegen. Aber was auch immer, der nackte Killer ging ihm nicht mehr aus dem Kopf, und mit der Überlegung, dass dahinter womöglich der momentane Kiezkönig Brilli stecken könnte, der seit seiner Machtübernahme in der ständigen Furcht lebte, irgendjemand könne ihm in den Schuh scheißen, machte er sich auf den Weg zur Bar.

Cornelia aber war längst noch nicht in Hamburg eingetroffen. Bis vor wenigen Minuten war der *ICE* zwischen Münster und Osnabrück auf offener Strecke stehengeblieben. Zehn Minuten, zwanzig Minuten – nach etwa dreißig Minuten war durchgesagt worden, dass vor Osnabrück ein Signal ausgefallen sei. Man bitte um Verständnis. Cornelia hatte nicht weiter hingehört. Der ihr in dem 1. Klasse Raucherabteil gegenübersitzende junge Mann hatte sie in ein Gespräch verwickelt.

„Ich komme bis heute nicht richtig damit klar", sagte er soeben. „Sie müssen sich vorstellen, wir hatten da in Singapur eine wirklich phantastische Zeit, drei volle Wochen mehr oder weniger allein für uns. Wir haben uns bestens verstanden, hatten kein einziges Mal Streit. Und dann, zurück in Hamburg – wir nehmen am Flughafen ein Taxi, Dorit will erst noch in ihre Wohnung, auspacken und auch was an Wäsche waschen, abends dann wie üblich zu mir kommen. Wir haben uns vor ihrem Haus sogar noch geküsst. Bis nachher dann – ja." Er drehte sich eine Zigarette, schwieg einen Moment. „Aber – aber sie kam nicht. Sie rief auch nicht an. Ich hab sie dann angerufen. Ich weiß nicht mehr, wie oft. Sie meldete sich nicht. Der AB war ausgeschaltet, ihr Handy auch."

Cornelia griff automatisch nach ihrem. Jörg. Jörg wartete auf sie. Sie sollte ihm Bescheid sagen, dass sie sich verspäten würde. Sie wollte schon aufstehen und auf den Gang gehen, entschied sich dann anders. Nein. Nein. So, wie er heute Morgen wieder einmal rumgemault hatte, verdiente er es nicht. Diesmal war er übellaunig gewesen, weil sie ihren verdammt nicht einfachen Redaktionsjob machte, wo er ihr doch, wie er betont hatte, frühzeitig genug angekündigt habe, sich diese Woche frei zu nehmen.

Ihr Gegenüber räusperte sich.

„Langweile ich Sie?", fragte er.

„Nein, nein", sagte Cornelia schnell. „Ganz im Gegenteil. Mir ist nur gerade was eingefallen – egal. Was war denn passiert?"

„Ja, wie gesagt, wenn ich das wüsste." Er inhalierte tief. „Ich bin dann natürlich sofort zu ihr rüber gefahren. Ich dachte an alles Mögliche, an irgendwelche Katastrophen. Doch als ich bei ihr aufschließen wollte, passte mein Schlüssel nicht mehr. Das Schloss war ausgewechselt worden." Er zuckte betrübt die Achseln. Cornelia zündete sich jetzt auch eine ihrer dünnen Filterzigaretten an. Ihr Gegenüber schien in seine damalige Irritation einzutauchen. Er war ein gut aussehender junger Mann, knapp um die Dreißig, schätzte sie, mit einem intelligent wirkenden Gesicht und dunkelbraunem, gelocktem Haar. Eigentlich der Typ Mann, auf den Frauen fliegen. Sie zumindest empfand bei dem Gedanken, mit ihm intim zu sein, ein angenehmes Prickeln. Er war sportlich schlank, trug zu einem beigefarbenen, kurzärmeligen Seidenhemd eine helle Hose mit aufgesetzten Taschen und graue Bootsschuhe. Offensichtlich hielt er sich viel im Freien auf.

„Und?", fragte sie. „Was haben Sie gemacht?"

„Was konnte ich groß machen? Ich hab gerufen, ich hab an die Tür gehämmert – nichts, keine Reaktion. Ich glaubte, wahnsinnig zu werden, ehrlich. Ich war wie vor den Kopf gestoßen. Ich kapierte es einfach nicht. Schließlich kam ihre Nachbarin mit ihrem Freund. Die fielen auch aus allen Wolken, wussten nichts, hatten keine Erklärung. – Ich hab mich dann schließlich gegenüber in die Kneipe gesetzt und gewartet, ewig gewartet." Er schüttelte jetzt den Kopf. „Das Ende war, dass irgendwann nach Mitternacht ein Wagen vorfuhr, am Steuer ihre Freundin – die Freundin, die uns die Unterkunft in Singapur vermittelt hatte. Sie öffnete den

Schlag, Dorit stürmte mit ihrer kleinen Reisetasche aus dem Haus, sprang in den Wagen und weg war sie. Das ging so wahnsinnig schnell, ich konnte ihnen nur noch nachsehen. Ja – und das war's dann."

„Wie? Sie haben nichts mehr unternommen?"

„Ich hab nie den wahren Grund erfahren", sagte er. „Ich hab ihre Freundin erst zwei Tage später erreicht – am Telefon. Sie hat total abgeblockt. Sie hat nur gesagt, dass Dorit nicht mehr für mich zu sprechen sei. Dass sie Ruhe brauche und – und dass ich sie vergessen soll, sie nicht mehr belästigen solle. Belästigen! Da bin ich echt durchgedreht. Es hat nichts gebracht." Er drückte seine Kippe aus. „Seitdem hab ich Dorit nicht mehr gesehen. Sie tauchte nicht mehr in Hamburg auf, jedenfalls nicht in den zwei Monaten, in denen ich noch da war. Ich hatte ja schon vor Singapur meinen Vertrag bei der Düsseldorfer Agentur unterschrieben, das war zwischen Dorit und mir klar. Ich meine, wir wollten dann gemeinsam nach Düsseldorf."

„Irre", sagte Cornelia impulsiv. „Und Sie haben auch nie wieder was von ihr gehört?"

„Nein", sagte er und lehnte sich kopfschüttelnd zurück. „Nein. Absolut nichts. Aber vielleicht kriege ich ja in den nächsten Tagen was raus. Ich bleibe übers Wochenende in Hamburg – auf Firmenkosten." Er lächelte ein kleines Lächeln. „Sauvornchm, im *Atlantic.*"

Der junge Mann hätte höllisches Herzrasen bekommen, wenn er gewusst hätte, dass nur wenige Stunden später in einem Hamburger Restaurant mit Elbblick ebenfalls von seiner Beziehung mit Dorit die Rede war.

Ulrike und Wolfgang Düsterloh saßen zu der Zeit mit einem Feta-Fabrikanten aus Crailsheim und der seinerzeit vor ihm geflohenen Dorit zusammen bei Tisch.

„Bernd war nun alles andere als der Richtige für dich", sagte Ulrike.

„Das weiß ich längst", erwiderte Dorit. „Trotzdem –"

„Trotzdem mochtest du ihn aber ausgesprochen gern", sagte Peter zu Ulrike. Sie sah, dass er verächtlich die Lippen verzog. „Ich bin übrigens immer noch der Meinung, dass du da die treibende Kraft warst."

„Inwiefern, bitte?", sagte sie.

„Na, wer hat Dorit denn dazu überredet, mit ihm in Urlaub zu fahren?"

„Das ist doch absoluter Unsinn." Ulrike nahm einen großen Schluck Wein. Sie erinnerte sich nur zu genau, was zu der Singapurreise geführt hatte.

Sie hatte Bernd gut zwei Monate zuvor als Dorits neuen Freund kennen gelernt. Ein paar Tage später stand er plötzlich am frühen Vormittag vor ihrer Tür.

Wolfgang war schon auf dem Weg in den Verlag. Bernd machte nicht viele Worte. Er zog sie an sich und küsste sie. Sie landeten im Bett, und es war unbeschreiblich. Es war, als brächen Dämme und sie fühlte sich frei von allem, was sie sich bislang verboten hatte. Fortan schliefen sie fast täglich miteinander. Bei ihr und am Wochenende bei ihm zuhause. Wolfgang merkte nichts, schien nichts zu merken, und Dorit schöpfte wirklich nicht den geringsten Verdacht, denn er schlief auch mit ihr. Er sagte zwar, dass sie meist zu verkrampft sei. Verkrampft und absolut phantasielos.

Aber er liebte sie. Er beteuerte es immer und immer wieder: Mit dir ficke ich, aber Dorit liebe ich – nur sie.

Bis er dann glaubte, sich ausschließlich für Dorit entscheiden zu müssen. Ich muss von dir los, sagte er. Es zerreißt mich. Ich werde noch schizo. Ich muss Abstand gewinnen, ich will mit Dorit verreisen. Sie akzeptierte es. Es tat unsäglich weh, aber sie ließ ihn gehen.

Er wusste, dass sie in Singapur Bekannte hatte.

Sie brachte ihn und Dorit bei ihnen unter.

Nach ihrer Abreise kam sie allmählich zur Besinnung. Bernd hatte ihr eine Tür geöffnet, den Weg beschreiten musste sie alleine. Als die beiden zurück kamen, rief Dorit sie an. Er ist ein Monster, sagte sie. Er hat nicht eine Nacht die Finger von mir gelassen. Ich bin fix und fertig. Ich kann nicht mehr. Ich weiß nicht, mit welchen Frauen er vorher zusammen war, aber er hat Sachen von mir verlangt – das ist krank. Total krank. Du musst mir helfen.

Sie hatte Dorit zu ihren im Taunus wohnenden Eltern gebracht – nicht selbstlos.

Denn noch hatte Bernd offenbar nichts von seiner Affäre mit ihr erzählt. Noch nicht.

Aber wenn es zwischen ihm und Dorit zu einer offen ausgetragenen Trennung gekommen wäre –

Ulrike stand auf.

„Entschuldigt", sagte sie und ging zu den Toiletten. Sie stützte sich am Waschbecken ab und betrachtete ihr Spiegelbild. Bernd, dachte sie, mein Gott – Bernd. Gegen alle Vernunft wünschte sie in diesem Moment, wieder in seinen Armen zu liegen, ihn zu spüren. Es war verrückt, völlig verrückt.

Ohne dass sie es wollte, kamen ihr die Tränen.

Fedder trank sein viertes Mineralwasser und drückte zum zigsten Mal die Wahlwiederholung. Und wieder hörte er nur diese verdammte Ansage, dass der Teilnehmer zur Zeit nicht erreichbar sei. Fedder fluchte. Er fluchte so vernehmlich, dass er die Blicke gleich mehrerer Barbesucher auf sich zog.

Scheiße, dachte er. Zu was treibt mich die Frau? Wo zum Teufel steckt sie? Warum meldet sie sich nicht, hat ihr Handy ausgeschaltet? Es konnte alles mögliche passiert sein. Eine unvorhergesehen länger dauernde Sitzung. Ein knapp verpasster Zug. Eine Verspätung. Die schlimmste Vorstellung war ein Zugunglück.

Fedder hatte auch schon bei der Bahn angerufen, aber ebenso gut hätte er am Rad drehen können. Diese Ärsche hatten schlichtweg nicht reagiert, ihn in der Warteschleife hängen lassen. Es war unglaublich, alles war geradezu unverständlich. Auf Cornelia war bisher immer Verlass gewesen. Sie war die Korrektheit in Person. Von Terminabsprachen bis hin zur Auflistung der zu besorgenden Lebensmittel.

Fedder zahlte und verließ mit starr nach vorn gerichtetem Blick das Lokal. Er würde zum Dammtor fahren und sich einen dieser Pfeifen vorknöpfen. Aus Köln kommender *ICE*, Ankunft plus minus Null, was ist damit? Er vergewisserte sich, dass er Gott sei Dank seinen Dienstausweis dabei hatte.

Vorher aber wollte er doch noch schnell in die Davidwache, um zu sehen, ob wenigstens die Leute spurten. Er kam nicht dazu. Eine Feuerwehrsirene war vom Heiligengeistfeld her zu hören. Eine weitere setzte das Geheul fort. Aus der Wache trabte eine Streife. Gleich dahinter noch eine und noch eine. Wieder flott auf den Beinen und an ihren verdammten Schießeisen fummelnd. Fedder schnappte sich die ihm schon bekannte Dumpfbacke.

„Einsatz Bernhard-Nocht-Straße", bekam er zu hören. „Dachstuhlbrand. Vermutlich Brandstiftung."

Vermutlich, vermeintlich – Fedder zögerte nur einen kurzen Moment. Mit dem eingefleischten Spürhundreflex verflüchtigte sich seine Besorgnis um Cornelia, sein Ärger. Wo auch immer sie abgeblieben war und womöglich festsaß, sie konnte sich melden oder ihn zumindest informieren lassen. Das war machbar. Aus, Ende. Er stieg zu dem Kollegen in den Wagen.

Der *ICE* fuhr in den Hamburger Hauptbahnhof ein und bremste ab. Cornelia kam aus dem Gleichgewicht. Der dichte hinter ihr stehende Bernd hielt sie. Er hielt sie an den Hüften. Sekunden zu lang. Länger als notwendig. Cornelia dreht sich zu ihm um.

„Danke", sagte sie.

„Ich danke", sagte er. „Es tat gut, mit Ihnen zu reden."

Die Wagentür klappte auf. Cornelia stieg aus. Bernd schulterte seinen Laptop und nahm seine kleine Reisetasche.

„Nehmen Sie ein Taxi?", fragte er.

„Ja. Obwohl – ich könnte erst noch einen Schluck vertragen."

„Ich war damals oft in der *Reichshofbar*", sagte er. „Wenn Sie mögen –" Er machte eine einladende Geste. Cornelia sah auf ihre Uhr.

„Okay", sagte sie. „Der Abend ist ohnehin gelaufen."

Bernd blickte sie fragend an.

Dorit griff nach Rainers Hand und zog ihn mit sich. Sie sahen nicht mehr, dass am Feuerwehrwagen der routiniert die Leiter heruntergeschaffte Sven von Fedder in Empfang genommen wurde.

„Was ist das für eine Scheiße?", fuhr er ihn an.

„Der Mann muss behandelt werden", sagte der Feuerwehrmann.

„Reden wird er ja noch können – Fedder, Kripo." Er zückte seinen Ausweis. „Der Mann ist ein Informant."

„Papiere", krächzte Sven. „Johnnys ganzes Zeug. Alles verbrannt."

„Was für Papiere?"

„Hören Sie", sagte der Feuerwehrmann. Er legte die Hand auf Fedders Schulter. Die nach ihm eigenhändig herabgestiegene Frau kam ihm zur Hilfe. Resolut veranlasste sie, dass

Sven auf die bereitstehende Trage gehievt und abtranspor-
tiert wurde.

„Sie können mit mir reden", sagte sie zu Fedder. „Der
Junge hat wahrscheinlich eine Rauchvergiftung. Ich kenn
mich aus, ich bin Krankenschwester."

„Was soll ich mit Ihnen?! Verdammt, ich ermittle in einem
Mordfall! Dieser Freak war in meinem Auftrag unterwegs!"

„Dafür werden Sie noch Zeit genug haben." Sie strich ihr
verschwitztes Haar aus dem Gesicht. Fedder registrierte erst
jetzt, wie ungemein attraktiv sie war. Sie hatte eine verblüf-
fende Ähnlichkeit mit der *Spiel mir das Lied vom Tod*-Cardi-
nale. Er trat einen Schritt zurück. Ihre verschmutzten Jeans
saßen eng und ließen einen flachen Bauch mit gepierctem
Nabel frei. Unter ihrem locker fallenden und am Ausschnitt
eingerissenen Top zeichneten sich straffe Brüste ab. Eine
Krankenschwester, mein Gott! Der Traum von einer Frau!

„Soweit okay?", fragte sie. „Was wollen Sie wissen?"

Fedder riss sich zusammen. Er blickte dem davonfahren-
den Krankenwagen nach.

„Scheiße", murmelte er.

Die Traumfrau hakte ihre Daumen in die Jeanstaschen.

„Davon hab ich selbst genug", sagte sie.

„Bitte –?"

„Ich will nicht ewig hier herumstehen und mich von
Ihnen angaffen lassen."

„Entschuldigen Sie –"

„Schon gut. Ich sag Ihnen, was ich mitgekriegt habe, wie
es zu dem Brand gekommen ist."

„Nicht nötig", unterbrach jetzt Fedder sie. „Ich seh dann
später nach dem Burschen." Sven hatte etwas entdeckt, soviel
war sicher. Jedenfalls zeichnete sich eine Spur ab: Johnny
und Papiere, seine ganzen Sachen. Und Sven würde noch
mehr dazu sagen können – neugierig, wie der Fresssack war.

Mit leichtem Bedauern verabschiedete Fedder die taffe Krankenschwester. Er glaubte, durch Svens spätere und konkretere Aussage ein kleines Stück weiterzukommen, und hätte sich nicht im Entferntesten vorstellen können, dass die bislang noch nicht ermittelte Identität des vermeintlichen Amokläufers durch Svens Retterin vor dem Feuer relativ mühelos zu klären gewesen wäre. So aber ließ er sich von einem Streifenwagen nach Hause fahren, zu Cornelias Wohnung, in die er erst Anfang März eingezogen war. Er stellte fest, dass Cornelia zwischenzeitlich auch hier nicht erschienen war, öffnete die Flasche Cognac, die ihm sein Ex-Kollege Peter „Pit" Gottschalk zu seinem letzten Geburtstag geschenkt hatte, ein wahrscheinlich irrsinnig teures Gesöff, und ließ sich bis gegen zwei Uhr nachts voll laufen.

Dann endlich hörte er Cornelia eintreten.

„Du bist noch auf?", fragte sie.

„Wir – wir waren verabredet", sagte er mit schwerer Zunge.

„Die Bahn."

„Wie – was, die Bahn?" Er stemmte sich aus dem Sessel. Cornelia legte die Kostümjacke ab und griff nach seinem Glas.

„Ja, was wohl? Sie kam verspätet, sie blieb verspätet."

Fedder kniff die Augen zusammen.

„Fünf – fünf Stunden?"

Cornelia trank aus, ließ sich in den frei gewordenen Sessel fallen und goss sich nach.

„Du bist betrunken", sagte sie. „Geh ins Bett."

„Und du – du –"

„Jörg, bitte – ich hatte einen anstrengenden Tag."

„Du – du willst – willst mir doch nicht weismachen –"

„Schlaf dich aus. Morgen ist ein Feiertag, ich muss nicht in die Redaktion und – und bin ganz für dich da." Sie schenkte ihm ein verführerisches Lächeln und zwinkerte ihm zu. „Komm, gib deiner Nele schon mal einen Gute-Nacht-Kuss."

Fedder bemühte sich um eine einigermaßen aufrechte Haltung.

„Du – du schuldest mir eine Erklärung", sagte er.

„Nun komm", wiederholte sie und breitete die Arme nach ihm aus. Widerstrebend beugte er sich schließlich zu ihr und küsste sie mit spitzen Lippen.

„Gut, aber – aber morgen. Vergiss nicht. Eine – eine plau – plausible Erklärung", sagte er und stakste zur Toilette. Doch selbst wenn er beharrlich gewesen wäre, hätte er weder zu diesem noch zu einem späteren Zeitpunkt bemerkt, dass Cornelia nicht mehr alles von dem am Leib trug, was sie bei ihrem frühmorgendlichen Aufbruch übergestreift hatte.

Und so endet dieser Tag, der für Fedder wie auch für etliche andere Personen das bestätigte, was Schopenhauer seinerzeit in der Schrift *„Über die anscheinende Absichtlichkeit im Schicksale des Einzelnen"* benannt hatte: Dass nämlich „das Schicksal des Einen zum Schicksal des Anderen passt, und jeder Held seines eigenen, zugleich aber auch Figurant im fremden Drama ist."

Rentner in Rot

1

Kriminalhauptkommissar Jörg Fedder stand in der lee-
ren Wohnung. Sie war preiswert, aber sie gefiel ihm nicht.
Etwas für den Übergang, dachte er. Eine Zwischenlösung.
Alles andere als optimal, aber das hatte er sich nun mal
selbst eingebrockt. Er sah aus dem Fenster. Auf dem Rasen-
stück gegenüber der Kirche lagerte eine Gruppe Schwarzer.
Sie hatten Bierflaschen in der Hand und rauchten Joints.
Fedder hatte noch nie irgendwelche Drogen genommen.
Er verweigerte sogar Aspirin, obwohl ihn seit Tagen immer
häufiger rasende Kopfschmerzen plagten. Auch jetzt poch-
ten seine Schläfen. Die unsägliche Anspannung, der Stress,
die Psyche. Ein leichtes Frösteln überlief ihn. Wie bei einer
sich ankündigenden Grippe – zu dieser Jahreszeit, mitten im
August. Es war zum Verzweifeln! Verhalten seufzend wandte
er sich an die junge Maklerin. Sie trug einen knöchellangen
Flatterrock und hatte einen hübschen Busen, den ein haut-
enges, ärmelloses Shirt bestens zur Geltung brachte. Fedder
fing ihren Blick auf und nickte. Er hatte sich entschieden.

Es war genau 18.30 Uhr, als Jörg Fedder im Erdgeschossbüro
der Maklerin den Mietvertrag unterschrieb, Kaution, Cour-
tage und erste Monatsmiete mit seiner *Haspa*-Karte zahlte
und schließlich die Wohnungsschlüssel ausgehändigt bekam.
Bevor er sich verabschieden konnte, meldete sich das Handy
der jungen Frau. Fedder bekam mit, dass sie von einem Mann
angerufen wurde. Sie nannte ihn kaum hörbar „Büjü" und
war sichtlich verlegen. Bei dem Telefonat drehte sie Fedder
den Rücken zu, und Fedder musste gleich wieder an Cornelia denken, die von ihm abgewandt nur noch gesagt hatte:
Pack deine Sachen und verschwinde! Fedder wischte sich den
kalten Schweiß von der Stirn. Er fühlte sich hundeelend.

Zu dieser Zeit saß das Rentnerpaar Inga Klausner, 68, und Horst Brinkmann, 71, im IC-Großraumwagen Nr. 8 auf den Plätzen 92 und 94. Beide waren braun gebrannt, aber überaus erschöpft. Sie waren morgens um fünf aus ihrem Hotel in Antalya abgeholt worden, hatten gut drei Stunden auf die Chartermaschine nach Deutschland warten müssen, die dann allerdings nur bis Düsseldorf geflogen war. Ein Weiterflug in ihre Heimatstadt Hamburg war aus ihnen unverständlich gebliebenen Gründen an diesem Tag nicht mehr möglich gewesen. Mehr als verärgert hatte Brinkmann daraufhin die ihnen angebotene Übernachtung in einem Flughafenhotel abgelehnt und war mit seiner langjährigen Lebensgefährtin Inga zum Düsseldorfer Hauptbahnhof gefahren. Inzwischen lag Bremen hinter ihnen, und die Gewissheit, in spätestens eineinhalb Stunden endlich wieder daheim in ihrer gemütlichen Eimsbüttler Dreizimmerwohnung zu sein, stimmte sie nun einigermaßen versöhnlich.

Plötzlich aber ertönte hinter ihnen die laute Stimme eines deutlich angetrunkenen Mannes: „Whisky-Cola vierzehnfünfzig, ja natürlich, Gnädigste, der Mann nimmt ein Bier und Madame Whisky-Cola, der Mann steckt zurück, vierzehnfünfzig, ja, was denn, das muss schon sein für einen Stich, der Mann zahlt und darf reinstechen – du Aas! – Ja, was glotzt ihr so blöd?! Das ist die Wahrheit, die bittere Wahrheit! Vierzehnfünfzig für Stich und Hieb! Das tut weh, selbstverständlich tut das weh! Die Wahrheit schmerzt, sie muss auch schmerzen, weil es die Wahrheit ist – vierzehnfünfzig, Whisky-Cola, das ist die reine Wahrheit –"

„Unmöglich", sagte eine einfach gekleidete Frau, die Brinkmann schräg gegenübersaß. In ihrer Begleitung war ein ungefähr acht- oder neunjähriges Mädchen, das neugierig in die Richtung schaute, aus der der Betrunkene zu hören war. Auch Horst Brinkmann drehte sich nun nach dem Mann um.

Währenddessen hatte Fedder das Maklerbüro am Müggenkamp verlassen und sich in seinen Dienstwagen gesetzt. Er legte den Mietvertrag und die Quittungen in das Handschuhfach und startete den Motor. Beim Einfädeln in den Verkehr sah er im Rückspiegel, wie die hübsche Maklerin ihr Büro verließ. Sie schien es eilig zu haben. Fedder glaubte, sich denken zu können, zu wem sie ging. Es war ein wirklich schöner Spätsommerabend. Ein Abend, an dem niemand gern allein war.

In dem IC-Abteil mehrten sich inzwischen die unwilligen Äußerungen einzelner Fahrgäste, maulig bis scharf. Der Betrunkene streckte den Leuten die Zunge heraus, krähte, fluchte und sabbelte weiter. Er wurde immer ordinärer. Horst Brinkmann, der viele Jahre als Taxifahrer sein Geld verdient hatte und jede Sorte Mensch zu kennen und zu nehmen glaubte, machte Anstalten aufzustehen. Doch Inga stoppte ihn.

„Bitte", sagte sie. „Misch dich da nicht ein."

„Er soll nur die Klappe halten", meinte Horst. „Das Kind da ist ja schon ganz durcheinander." Die ihm gegenübersitzende Frau hatte es gehört und nickte bekräftigend. Ja, ja, das Kind, sagte ihr verzweifelter Blick.

„Bitte", wiederholte Inga. „Das gibt doch nur Ärger. Der Tag war schon schlimm genug."

Horst tätschelte beruhigend ihre Hand. Ein entsetzter Schrei ließ ihn wieder hochfahren. Er blickte nach hinten. Der Betrunkene hatte eine ältere Frau mit Bier bespuckt. Er drückte die jetzt leere Dose zusammen und schleuderte sie in den Gang: „Degeneriertes Pack! Schmeißt Kaviar unters Volk, damit der Pöbel drauf ausrutscht! Whisky-Cola! Keine Ahnung, was die Frau einem da antut, kalt wie nichts, zieh dir die Steppjacke an, wenn du zu ihr kriechst, Handschuhe und Nasenwärmer! Vierzehnfünfzig und Schluss ohne Reue, raus mit der Kohle und ab, Ende mit lustig! Lustig war's nicht, das wüsste ich aber, erst wenn das Blut fließt, wird es richtig lustig, Blut aus dem Leib der Hure Maria, ohhhhja, genagelt – genagelt wird auch sie ans Kreuz! Miststück – du dreckiges, verfluchtes!"

„Nun lass mich aber", sagte Horst zu Inga. „Du siehst doch, niemand traut sich. Dem muss Bescheid gestoßen werden." Entschieden machte er sich los, hielt dann aber inne.

Die Fahrkartenkontrolleurin hatte das Abteil betreten und augenblicklich erfasst, was hier abging. Provokation. Verbaler Terror. Sich abzeichnende Handgreiflichkeiten. Horst sah, wie sie sich vor dem Betrunkenen aufbaute. Der Mann hatte nass nach hinten gekämmtes Haar und war unrasiert. Er war schätzungsweise Ende dreißig, ein schlaksiger und ungelenk wirkender Bursche. Die Kontrolleurin wies ihn zurecht. Sie sprach sächsisch, und entsprechend gemein klangen ihre Worte. Der Betrunkene kam wankend auf die Beine und nestelte in eindeutiger Absicht an seinem Hosengürtel. Die Kontrolleurin stieß ihn impulsiv in den Sitz zurück und hastete zum Zugtelefon, um Verstärkung herbeizurufen. Der Betrunkene grölte, dass er ihr schon noch seinen nackten Hintern zeigen werde. Horst Brinkmann setzte sich jetzt doch in Bewegung. Aber ein stämmiger, südländisch wirkender Bursche kam ihm zuvor. Er griff sich den betrunkenen Randalierer und zischte ihn an: „Du beleidigst nicht deutsche Frau, weißt Bescheid?!"

Der Betrunkene fasste ihm irre lachend in den Schritt.

Ein Hin- und Hergezerre begann. Es wuchs sich zu einer wüsten Schlägerei im Mittelgang des Abteils aus. Einige Fahrgäste schrien jetzt anspornende Kommentare, andere sahen demonstrativ aus dem Fenster.

Ein auf beiden nackten Armen Tätowierter sprang auf, wartete ab, bis der Betrunkene für einen Moment frei stand, und versetzte ihm dann einen kräftigen Hieb in den Nacken. Der Südländer trat nach. Die Kontrolleurin stürzte mit einem Kollegen herbei, der gleich fragte, wer der Bekloppte sei. Man zeigte auf den am Boden liegenden Mann, der sich würgend erbrach.

Horst Brinkmann verzog angeekelt das Gesicht. Inga war unter ihrer Bräune blass geworden und schluckte trocken. Besorgt rutschte Horst wieder in seinen Sitz und ergriff ihre Hand.

„Nu' aber ruhig, meine Liebe", sagte er leise. „Ist schon vorbei, ist gut – ja?" Doch es war noch längst nicht vorbei. Der Betrunkene war hochgerissen worden und schlug, kaum auf den Beinen, erneut wild um sich. Inga Klausner zitterte am ganzen Leib.

Fedder fuhr über die Bundesstraße in Richtung Dammtor. Er lenkte den Wagen mit einer Hand, mit der anderen hielt er sein Handy ans Ohr. Er hatte seine Ex angewählt, die Mutter seiner inzwischen elfjährigen Tochter Larissa.

„Ist es für dich okay, wenn ich Larissa dieses Wochenende nicht nehme?", fragte er. „Ich habe eine Wohnung gefunden."

„Glückwunsch", sagte Evelyn. „Klar kann sie bei mir bleiben, kein Problem."

„Danke", sagte Fedder. „Ich wohne dann in Zukunft nicht weit von euch – in Eimsbüttel."

„Dein altes Revier."

„Mein altes Revier", bestätigte Fedder und seufzte. „Ach, Evelyn."

„Ja?"

„Glaubst du, wir haben noch eine Chance?"

Einen Moment lang sagte sie nichts. Dann war ihre Stimme ungewohnt ernst.

„Jörg, es tut mir leid. Es tut mir wirklich leid, was mir

Cornelia gegenüber rausgerutscht ist. Aber nur, weil ich nach Jahren wieder einmal mit dir geschlafen habe, ändert sich für mich nichts. Ich meine, ich bin froh, dass wir uns jetzt besser verstehen, aber noch mal mit dir zusammenleben, nein, das klappt einfach nicht. Das weiß ich, und du weißt es auch."

„Ja", sagte Fedder. „Ja, du hast ja recht." Er musste niesen. „Entschuldige."

„Wir sehen uns oft genug, und wenn es sich ergibt –" Sie ließ den Rest unausgesprochen.

„Ja", sagte Fedder noch einmal. „Entschuldige, es war dumm. Eine dumme Frage."

„Wenn du in deiner neuen Wohnung Hilfe brauchst, melde dich", schloss Evelyn, und er hörte, dass sie ihm einen Luftkuss schickte.

Erst beim Verstauen ihres Gepäcks im Taxi am Hamburger Hauptbahnhof bemerkte Brinkmann, dass ein Teil fehlte. Er holte erschöpft Atem.

„Verdammt!", fluchte er. „Da schleppen wir diese dämliche Kanne die ganze Zeit mit uns herum und nu' – die bronzene Teekanne, meine Liebe. Das Geschenk für Arslan. Was soll ich ihm jetzt erzählen?!"

„Aber der Karton –"

„Ja, ja, ich weiß", unterbrach er die schon im Fond sitzende Inga. „Ich hab's vermasselt. Ich wollte so schnell wie möglich aus dem Zug. Herrgottnochmal, ich konnte das nicht mehr mit ansehen."

„Sollen wir noch mal zurück? Wir können es der Aufsicht melden. Hält der Zug nicht auch in Altona?"

„Ja, aber – nein", entschied Brinkmann und setzte sich zu Inga in den Wagen. Er zog den Schlag zu. „Ich kauf Arslan morgen was in der Art. Oben auf der Osterstraße gibt's so einen Laden. Du hast völlig recht – heute hatten wir genug Aufregung. Ich hoffe nur, dass Arslan uns nicht gleich noch über den Weg läuft. Aber dann wimmel ich ihn ab." Er brachte ein verschmitztes Lächeln auf sein Gesicht. „Überraschung später, Arslan. Gehen wir dann essen bei Freund von dir in Lokal."

„Du sollst dich nicht immer über ihn lustig machen", sagte Inga. Horst verstärkte sein Lächeln und nannte dem Taxifahrer ihre Adresse: „Bundesstraße, Osterstraße und dann rechts rein in den Heußweg."

Die hübsche Maklerin hieß Kathrin Bunse. Sie musste sich seit Stunden anhören, wie Büjü über seine türkische Sippschaft herzog, seinen Vater Arslan einen „herrischen, alten Knochen" nannte, der es nie zu etwas bringen würde, vor allem natürlich, weil er ihm – Büjü – nicht endlich im Geschäft und auch sonst freie Hand ließ, stattdessen den beiden Vettern sein ganzes Vertrauen schenkte, üble Abgreifer, von denen der eine zudem noch Jale – Büjüs jüngere Schwester – zu verführen versuchte, ein ganz schlimmer Finger, dem er –

Kathrin gähnte demonstrativ.

Sie hatte sich den Verlauf des Abends anders vorgestellt. Verärgert goss sie sich den Rest Tee ein und fragte schließlich, ob Büjü nicht noch was zu rauchen habe.

„Du willst wieder nur kiffen", stellte Büjü fest. „Kiffen, Bett, Liebe machen, kiffen, Liebe, kiffen, kiffen, kiffen – ich habe Probleme, große Probleme! Ich höre da, ich höre dort, und überall nur Ärger. Kiffen – ha!" Er war laut geworden.

Kathrin stellte ihre Tasse ab.

„Was soll ich dazu sagen?", fragte sie. „Du redest und redest und hast schon auf alles eine Antwort. Das ist total öde. Am Telefon dachte ich, du bist – ach, vergiss es. Warum

bin ich auch so bescheuert und spring gleich, wenn du rufst."
Sie richtete sich aus ihrem Schneidersitz auf und zupfte ihr
Shirt zurecht.

Büjü hakte sitzend einen Finger unter den Bund ihres
Rockes. Er sah jetzt herausfordernd zu Kathrin hoch.

„Weil ich gut für dich bin." Er grinste. „Besser als deutsches Mann."

„Lass diese dämliche Kanakensprache, du kannst vernünftig mit mir reden."

„Deutsches Mann Scheiße." Mit einem heftigen Ruck
hatte er ihren Knopfverschluss aufspringen lassen. Der Rock
fiel und Büjü fasste Kathrins nackte Kniekehle. Kathrin
stieß ihn zurück.

„He, he!", meinte sie. „So aber nicht. Untersteh dich! Und
von wegen ‚deutsches Mann‘ – wenn bei dir nicht langsam
mal mehr abgeht, such ich mir ernsthaft jemand anderen.
Einen wirklich Netten. – So wahnsinnig toll ist es mit dir
nämlich auch nicht."

„Bin ich nicht?" Büjü stand nun ebenfalls auf und tat,
als denke er intensiv über das soeben Gehörte nach. Dann
nickte er, ging zu dem CD-Ständer und nahm eine CD heraus. Er klappte sie auf und präsentierte Kathrin ein schmales, weißes Tütchen. „Ein bisschen besser als Haschi-Haschi,
viel besser. Komm, wir nehmen etwas und dann – dann
sagst du, wie gut Büjü ist."

„Koks? – Nein, danke. Das muss ich nicht haben."

„Du hast Büjü. Büjü ist bei dir."

„Nein." Kathrin schüttelte entschieden den Kopf. „Hin
und wieder ein Joint ist okay, und – mein Gott, Büjü, ich
möchte nicht immer nur mit dir in deiner Bude hocken oder
mit dir pennen. Lass uns mal rausgehen, irgendwas unternehmen, von was anderem reden, ganz normal. Ehrlich, das
macht mich echt fertig – dein Vater, deine Familie, wenn ich

sie wenigstens richtig kennen würde, aber nicht mal das hast du auf die Reihe gekriegt."

Büjü sagte nichts dazu. Er hockte sich vor den niedrigen Couchtisch und klopfte den Inhalt des Tütchens auf die Glasplatte. Draußen dunkelte es bereits.

Kurz nach Mitternacht schreckte Jörg Fedder aus einem unruhigen Schlaf. Er war schweißgebadet und seine Stirn glühte. Er brauchte einen Moment, um sich darüber klar zu werden, wo er war. Er war bei Pit. Er war bei seinem ehemaligen Kollegen Peter „Pit" Gottschalk untergekommen, der sich nach dem vorzeitigen Ausscheiden aus dem Dienst zwei Jahre als Gastronom versucht hatte, dann aber das Lokal an seine Köchin weiterverpachtet hatte und sich nun gern als „Müßiggänger" oder auch „Flaneur" bezeichnete. Fedder mühte sich aus dem Bett und griff nach dem ihm zu großen Bademantel. Mit nackten Füßen, morgen werde ich wirklich todkrank sein, dachte er, ging zur Tür und trat auf den Gang. Vorn im Wohnzimmer brannte Licht. Gottschalk musste inzwischen heimgekommen sein. Fedder hustete und schniefte übertrieben laut, kündigte sich an.

Pit saß breitbeinig in seinem Sessel und entzündete gerade genüsslich eine seiner extrem teuren Zigarren.

„Du röhrst, als ob du gleich krepieren wolltest", empfing er ihn. „Du hättest mit uns essen gehen sollen. Ich hatte das Vergnügen mit zwei ungemein scharfen Tanten. Ingrid – du weißt, meine Innenausstatterin – hat eine Freundin aus München mitgebracht. Eine Ärztin. Heike schlagmichtot. Krebsstation. Ist nach eigenem Bekenntnis süßigkeitssüchtig. Aber kein Gramm zuviel auf den Rippen. Ein Körper – nimm dir einen Cognac und gieß mir auch einen ein."

„Ich bin vergrippt", sagte Fedder.

„Dann tu dir ein rohes Ei dazu", sagte Gottschalk. „Das

hilft – wenn du schon keine Tabletten nehmen willst. Was ich – zum zigsten Male wiederholend – als sträflichen Unsinn empfinde."

Fedder stellte ihm ein Glas und die schwere Karaffe hin und setzte sich ihm gegenüber auf die Couch.

„Ich bin momentan echt überfordert", sagte er. „Psychisch. Ich hab heute eine Wohnung gefunden –"

„Ach ja? Wo denn? – Hör mal, du musst dich aber in keiner Weise gedrängt fühlen. Hier ist Platz genug. Ich hab sogar schon daran gedacht, ob du nicht doch ganz hier einziehst. Ingrid hätte da bestimmt ein paar nette Vorschläge – aufteilungsmäßig. Meines Erachtens bist du sowieso absolut ihr Typ – schlank, drahtig, gut aussehend. Verdammt, diese Heike geht mir nicht aus dem Kopf. Allein, wie sie zugelangt hat – das hättest du sehen müssen! Flutsch – die Pasta reingeschlürft. Ja, richtig in sich reingesogen, göttlich!"

„Zwei Zimmer", setzte Fedder neu an. „In Eimsbüttel."

„Überleg's dir", sagte Gottschalk. Fedder hatte den Eindruck, dass er gar nicht hingehört hatte. „Überleg's dir noch mal. Du und Ingrid – das könnte was werden. Eine reife Frau täte dir momentan gut. Oder stört dich, dass ich mal mit ihr im Bett war? Nur einmal, wohlgemerkt."

Fedder musste wieder niesen. Einmal. Zweimal. Er zog den Rotz hoch und sank erschöpft in die Couchkissen zurück.

„Nein, danke", sagte er. „Ich brauch erstmal was Eigenes. Evelyn meint auch –"

„Evelyn", schnaubte Gottschalk abfällig. „Verrenn dich da nicht wieder."

„Ich mein, sie rät mir auch dazu", sagte er matt. „Mehr nicht. – Hast du Zitronen im Haus? Ich würde mir gern eine heiße Zitrone machen."

Zu dieser Zeit, es war genau 0.43 Uhr, schloss Kathrin ihre

Wohnungstür auf. Sie fühlte sich mies. Bei dem ihr angebotenen Kokain war sie zwar konsequent geblieben, aber alles andere – es war zum Kotzen. Das war keine Liebe mehr, keine Zärtlichkeit. Das war nur rein ins Bett und eine Befriedigung, die einen schalen Nachgeschmack hinterließ. Scham. Scham über sich selbst. Weil sie es zuließ und – Scheiß Büjü. Scheiß-Kerl. Scheiß-Türke. Mein Gott, sie wollte nicht so denken, aber sie tat es.

Ihr Telefon klingelte. Büjü, schoss es ihr durch den Kopf. Büjü, und er sagt mir was Nettes. Sagt, dass er bedauert, mich gehen gelassen zu haben. Redet mit mir. Ist sanft und verständnisvoll. Sie hastete zum Apparat und nahm den Hörer ab.

„Heike", hörte sie und wusste einen Moment lang nichts damit anzufangen. „Heike – he, verschlägt's dir die Sprache? Ich bin für ein paar Tage in Hamburg. Du hast doch nicht etwa schon geschlafen? Hab ich dich geweckt?"

„Heike."

„Hast du was genommen? Bist du nicht allein?"

„Nein, nein – nein, ich bin gerade erst zurück. – Heike, mein Gott, von dir habe ich ja eine Ewigkeit nichts mehr gehört. Warum hast du mich nicht vorher angerufen? Bist du im Hotel?"

„He – genau das ist der Punkt. Ich meine – nein, ich bin bei einer alten Bekannten, aber die – hör mal, ich würde lieber woanders unterkommen. Das ist jetzt ein bisschen kompliziert zu erklären. Hast du vielleicht –" Kathrin begriff. Sie nahm den Apparat mit in ihr Wohnzimmer.

„Schon klar", sagte sie. „Selbstverständlich kannst du bei mir pennen. Wo bist du jetzt?"

„Winterhude – he, das ist klasse. Ich freu mich, dich zu sehen. Ich stör dich wirklich nicht?"

„Nimm dir ein Taxi – nein, ich freue mich auch. Hast du

noch meine Adresse, Heußweg –?" Heike ratterte sie schon wie selbstverständlich runter und sie legten auf.

Heike. Das würde bestimmt noch eine lange Nacht werden. Kathrin ging ans Fenster. Zu ihrer Überraschung war das Eckfenster im dritten Stock des gegenüberliegenden Hauses noch erleuchtet.

Waren neue Mieter eingezogen?

Sie hatte bislang nur die beiden alten Leute in der Wohnung wahrgenommen. Gelegentlich und immer nur tagsüber. Mit Einbruch der Dunkelheit schienen sie sich entweder in einem der Zimmer nach hinten heraus aufzuhalten oder schon schlafen gegangen zu sein.

Nein. Es gab doch keine neuen Bewohner.

Kathrin bemerkte jetzt den ihr nur vom Sehen her bekannten älteren Herrn. Er war im Unterhemd und kramte nach irgendetwas. Als er sich wieder voll aufrichtete, hatte er ein breites Messer in der Hand, das er prüfend ins Licht hielt.

2

Kollege Schwekendieck nahm die Meldung der Streife an, reagierte schroff wie immer und verkündete dem ihm gegenübersitzenden Fedder dann knapp: „Rentnerin im Heußweg."

„Ja – was?", fragte Fedder nach. Er war nach einem weiteren quälenden und absolut unproduktiven Tag inzwischen völlig vergrippt und hatte das Gefühl, durch Watte zu sprechen.

„Offenbar Totschlag. Wohnung nur flüchtig durchsucht. Kein größeres Chaos. Hört sich nach so einer Junkie-Scheiße an. – Klausner, Inga Klausner, Heußweg 75. Die Jungs von der Wache warten. – Eimsbüttel, meine Fresse. Das häuft sich da. Muss inzwischen wirklich nett sein, in dem Viertel zu wohnen."

Fedder nieste kräftig. Mehrere Male.

„Ausschwitzen", meinte Schwekendieck. „Mal richtig ausschwitzen. Das hab ich dir schon gestern gesagt. Abends ein heißes Bier und denn unter die Decke." Er zwinkerte. „Nicht unbedingt allein. Deine Cornelia wird dir schon neue Lebensgeister einhauchen."

Fedder erwiderte nichts. Schwekendieck hatte keine Ahnung, was sich in den letzten Tagen bei ihm getan hatte. Und das sollte vorerst auch so bleiben. Er stopfte sich eine neue Packung *Tempo*-Taschentücher in die Jackentasche und wies Schwekendieck an, das Übliche in die Wege zu leiten. Dann verließ er das Präsidium.

Heike wachte an diesem Tag erst um halb drei nachmittags auf. Es war die zweite Nacht, die sie in Kathrins Wohnung verbracht hatte. Sie wühlte sich aus den Decken, öffnete weit das Fenster, machte zwanzig Rumpf- und ebenso viele Kniebeugen und ging unter die Dusche. Eine Minute eiskalt, drei Minuten heiß – sie rieb sich mit Duschgel ein, brauste sich ab und bürstete vor dem Spiegel ihr kurzes, blondes Haar. Dabei überkam sie ein unsäglicher Heißhunger nach *Haribo*-Lakritzen, einer großen Tüte. Da sie inzwischen wusste, dass Kathrin weder *Haribo* noch irgendwelche Schokolade im Haus hatte, zog sie rasch ihre Jeans und ein knallgelbes Shirt über, schlüpfte in ihre Ibiza-Leinentreter und eilte auf die Straße. Sie hatte keinen Blick für die Schaulustigen, die sich vor dem gegenüberliegenden Haus drängelten und in kleinen Gruppen miteinander debattierten. Sie sah auch nicht den Streifenwagen und nicht den Notarztwagen. Ihr Ziel war *Karstadt*, und bis dahin lief sie zügig.

Vor dem Eingang des Kaufhauses hockte ein schlaksiger Typ auf einem abgewetzten Rucksack. Er hatte ein Pappschild vor sich liegen. „GEÄCHTET!" war in großen Buchstaben darauf zu lesen, und der total fertig aussehende Mann brabbelte in einer Tour vor sich hin: „… Opfer staatlicher Willkür, Preis für die Fahrt, voll gezahlt, ja, was denn, das kostet alles, Bremen-Hamburg, brutaler Übergriff, nur weil die Frau Stich und weg, will niemand hören, aber wahrlich, ich sage euch, der Herr dort oben sinnt bereits auf Rache, er rächt alle, die geächtet und verloren sind …"

Heike kramte aus einem Impuls heraus ein paar Münzen aus ihrer Jeanshosentasche und legte sie dem Geächteten neben das Schild. Der Mann dankte mit einem tiefen Nicken. „Wahrlich!", rief er ihr nach, „Wahrlich eine Huldvolle in all dem Elend, eine göttliche Erscheinung, eine Frau, die unberührt bleiben soll von der Rache des Herrn, wahrlich, das gelobe ich, nimm sie aus von deiner Rache, Herr, sie soll nicht bluten, sie nicht …"

Heike blickte nicht zurück. Sie stemmte die Schwingtür auf und sah gleich hinten links die sich über eine ganze Wand hinziehenden Schalen mit den herrlichsten Lakritzen, Weingummis und vielen anderen Köstlichkeiten, ein Paradies.

Das Blut war bereits getrocknet, aber es roch noch danach. Es war ein faulig-süßlicher Geruch, der penetrant in der etwas muffigen Luft des kleinen Schlafzimmers hing. Das Zimmer war vollgestellt mit einem wuchtigen Doppelbett, zwei Nachttischchen aus dunkelbraunem Holz und einem Kleiderschrank, der die gesamte Frontwand einnahm. Beide Nachttischchen waren überhäuft mit Arzneimitteln, Zahnersatzbehältern, Papiertaschentüchern, Uhren, Brillen und Illustrierten. Auf einem stand zudem noch eine weitgehend geleerte Flasche Wasser und ein leeres Glas.

Die tote Frau lag direkt vor dem Doppelbett. Es hatte den Anschein, als habe sie sich noch mit letzter Kraft am Rahmen hochziehen wollen. Sie trug eine hellgraue, leicht ausgestellte Hose und eine blau gepunktete Bluse. Unter ihrem mit dem Gesicht auf dem Boden liegenden Kopf hatte sich eine Blutlache gebildet. Fedder sah auf einen Blick, womit der Tod herbeigeführt worden war. Das Messer mit der breiten Klinge lag etwa einen halben Meter vom gekrümmten Körper der Frau entfernt.

Fedder nickte stumm und überließ den Raum wieder seinen Kollegen. Er wandte sich an den wie versteinert auf der Sesselkante hockenden Lebensgefährten der erstochenen Rentnerin.

„Es tut mir leid, aber ich muss Ihnen einige Fragen stellen", begann er. Der braun gebrannte und überhaupt relativ gesund aussehende Mann starrte ihn ausdruckslos an. „Wann haben Sie Frau Klausner zuletzt lebend gesehen?"

Der Mann antwortete nicht.

„Herr Brinkmann", setzte Fedder neu an. „Das muss leider sein. Sonst haben wir überhaupt keine Chance …"

„Frühstück", sagte Brinkmann jetzt. „Beim Frühstück. Wir haben noch zusammen gefrühstückt. – Gestern bin ich zu nichts groß gekommen."

„Gestern? Was war da?"

„Unser erster Tag zuhause. Wir waren bis Montag im Urlaub. Sind erst abends zurück. – Der verdammte Koffer. Daran bin ich schuld. Es ist alles schief gegangen. Von der Abreise an." Er knetete seine Finger. Fedder versuchte, ihn zu verstehen.

„Sie glauben, dem Täter ging es um einen Koffer? Hat er danach gesucht? Fehlt ein Koffer?"

Brinkmann sah ihn mit großen Augen an. Er schüttelte leicht den Kopf. Eine Regung, immerhin.

„Das Messer", sagte er dann. „Ich hab ihn nicht aufge-
kriegt. Nicht mit dem Schlüssel. Es war zum Verrücktwerden.
Ich hab schließlich das – dieses Küchenmesser genommen.
Inga hat noch gesagt, tu es nicht. Ich hätte auf sie hören
sollen. – Das hat sie nicht verdient, nicht so einen Tod. Sie
hat keiner Fliege was zuleide tun können. Wer macht so was?
Bringt sie um wegen – wegen nichts. Nein – nein, es fehlt
nichts."

Fedder rieb sich die Stirn. Er hatte rasende Kopfschmerzen,
Fieber und schmerzende Gelenke. Sein Mund war staubtro-
cken. Steif setzte er sich Brinkmann gegenüber und präsentierte ihm seinen Minirecorder.

„Versuchen Sie, nur auf meine Fragen zu antworten",
sagte er und schaltete das Gerät ein. Brinkmann nickte
mechanisch und kramte nach seinen Zigaretten.

Nach knapp einer halben Stunde hatte Fedder erfahren,
dass das Rentnerpaar am Tag nach der anstrengenden Rück-
reise aus der Türkei zu erschöpft gewesen war, um noch
groß was zu tun. Sie waren zu Bett gegangen und hatten
lange geschlafen. Dann erst hatten sie ihre Koffer vollständig
ausgepackt – auch den von Brinkmann in der Nacht zuvor
noch gewaltsam mit dem Messer geöffneten. Er hatte das
Messer im Schlafzimmer liegen lassen. Inga hatte es ebenfalls
nicht wieder weggeräumt. Sie hatte die selbst zu waschende
Schmutzwäsche aussortiert und Blusen, Röcke und Hosen
für die Reinigung zurechtgelegt. Am Nachmittag hatte
sie auf der Wohnzimmercouch ein Nickerchen gemacht.
Abends hatten sie je zwei Gläser von dem mitgebrachten
Likör getrunken, Inga hatte ein altes Kreuzworträtsel gelöst
und Brinkmann hatte noch einen Spielfilm auf einem der
Kabelsender gesehen. Es war ein insgesamt sich ruhig dahin-
ziehender Tag gewesen.

Heute Vormittag war Horst Brinkmann dann gegen zehn

Uhr zur *Haspa*-Filiale Osterstraße, Ecke Heußweg gegangen, hatte ihrer beider Kontoauszüge gezogen und von seinem Konto 300 Euro abgehoben. Danach hatte er auf der oberen Osterstraße eine auf antik getrimmte Teekanne besorgen wollen, war aber bei dem Grillimbiss von einem Bekannten namens Deumlich aufgehalten und zu einer Currywurst überredet worden.

Man hatte über Brinkmanns dreiwöchigen Urlaub geredet, über verschiedene Vorkommnisse im Viertel während seiner Abwesenheit und noch über dieses und jenes. Der Ramschladen, in dem Brinkmann die Teekanne vor gut einem Monat gesehen hatte, war geschlossen gewesen, und so war Brinkmann kurz vor zwei heimgekehrt, hatte seine Wohnungstür offenstehend vorgefunden und …

Arslan, ein kleiner und agil wirkender Türke Ende fünfzig, war gerade dabei, sein Obst- und Gemüsegeschäft – auf dem Ladenschild stand *Arslans Paradies* – zu schließen, als Büjü um die Ecke bog.

Überrascht blieb Büjü für den Bruchteil einer Sekunde stehen. Dann war er wie ein Blitz bei seinem Vater und herrschte ihn an: „Was soll das?!"

„Du siehst", sagte Arslan und griff nach einer Kiste mit Birnen aus dem Alten Land.

„Es ist Nachmittag, in ein paar Minuten haben die ersten Leute Feierabend", sagte Büjü. „Hauptgeschäftszeit. Spinnst du?"

„Du reden mit deine Vater, verstanden?" Arslan wechselte ins Türkische und fand viele nicht sehr schmeichelhafte Worte für Büjü. Der Wortschwall gipfelte in der Frage, wo Büjü die ganze Zeit über gesteckt habe.

Büjü schnaubte böse: „Seit zwanzig Jahren hier, und du kannst immer noch kein richtiges Deutsch. Nur Kanakensprache." Er musste kurz an Kathrin denken, an ihre schönen, festen Brüste und ihre phantastisch langen Beine. „Wo ich war? – Verdammt, ich habe mich ums Geschäft gekümmert, um dieses Geschäft! Wir können den Feta wesentlich billiger beziehen. Auch Oliven! Ich habe mit Landsleuten gesprochen, ich war auf dem Großmarkt. Da lachen sie schon über dich. Also, was soll die Scheiße?"

„Mein Geschäft", erwiderte Arslan. Er schleppte die Kiste in den Laden. Büjü folgte ihm. Sein Vater stellte die Obstkiste auf einem Stapel anderer Kisten ab und stützte sich schwer darauf: „Ich schließen, weil Trauerfall."

„Was –?!"

„Inga tot, ist ermordet worden. Muss stehen Horst bei Seite."

„Welche Inga?"

Arslan warf ihm einen abfälligen Blick zu.

„So kennen du Geschäft", sagte er. „Nichts von gute Kundschaft. Nichts von Freunden. Horst ist Freund von mir, wie Inga – hat man schlimm getötet, mit große Messer. Ich gehen zu Horst und bleiben, damit nicht allein er ist." Und damit ließ er den fassungslosen Büjü stehen, um die letzten Kisten hereinzuschleppen.

Am späten Nachmittag dieses Tages, es war übrigens ein Mittwoch, bekam Peter „Pit" Gottschalk in seiner Wohnung einen Anruf von der mit ihm befreundeten Innenausstatterin Ingrid von Boizenburg.

„Pit", sagte sie eindringlich. „Ich mache mir Sorgen. Heike ist in der Nacht nach unserem Essen mit Sack und Pack zu einer Freundin gezogen. Das hat sie mir jedenfalls noch gesagt – ja, ja, zugegeben, ich habe nicht weiter drauf gehört. Ich hatte Besuch –"

„Besuch?", fragte Gottschalk interessiert nach. Er nahm sich eine Zigarre aus dem Kästchen und biss die Spitze ab.

„Ein – ja, Besuch. Mein Gott, ich bin eine erwachsene Frau. Was spielt das für eine Rolle? Heike hat sich seitdem nicht mehr gemeldet. Ich weiß nicht, wer diese Freundin ist, ich habe keinen Namen, keine Telefonnummer – nichts. Das ist nicht ihre Art."

„Ein Mann?", wollte Gottschalk wissen.

„Pit – bitte. Ich bin ernsthaft besorgt."

„Ich nicht minder. Es war doch schon ziemlich spät. Was ist das für ein Kerl? Wahrscheinlich hat er Heike Angst gemacht." Er hörte Ingrid tief durchatmen.

„Es – nun gut. Es war ein – mein Gott, bei all dem Stress brauch ich das hin und wieder. Er kommt ein- oder zweimal im Monat. Es ist – es ist sauberes Zeug. Darauf kann ich mich bei ihm verlassen."

Gottschalk nickte wissend. Er hatte verstanden. Madame hielt sich einen Hauslieferanten. Er sah die Szene überdeutlich vor sich. Ein smarter Bursche, der ihr etliche Gramm Kokain verdealte, dem sie noch etwas zu trinken anbot, der blieb, bis sie eine erste Linie gezogen hatte, der sie dabei möglicherweise von hinten an die Hüften fasste und – kein Wunder, dass Heike angesichts einer solchen Situation das Weite gesucht hatte.

Gottschalk riss mit einer Hand ein Streichholz an.

„Ingrid", sagte er paffend. „Ingrid, kannst du dir vorstellen, dass andere, Unbeteiligte, das überhaupt nicht komisch finden? Ganz davon abgesehen, dass man den Typ wahrscheinlich längst auf dem Zettel hat. Ihn schlimmstenfalls in deiner Wohnung stellt und dich gleich mit einkassiert. – Meine Fresse, wenn du das Zeug unbedingt brauchst, frag mich. Zieh nicht so eine Scheiße ab – Heike wird bedient gewesen sein, aber voll." Sie hätte zu mir kommen sollen, dachte er. Er hatte während des Essens im *Little Borsalino* mehrfach erwähnt, dass er sozusagen gleich um die Ecke

wohne. Fünf Minuten von Ingrid entfernt. Eine Kokserin –
nett, dass er das jetzt erfuhr.

Ingrid schwieg.

„Ich mache mir ja auch schon Vorwürfe", sagte sie dann
leise.

„Bist du allein?"

„Ja, und ich –"

„Gib mir zehn Minuten", sagte er. „Ich komme rüber."

Fedder saß derweil an einem der Tische vor dem Café auf der
oberen Osterstraße. Die in einer alten Plastiktüte steckende
Teekanne hatte er neben sich auf dem Stuhl abgelegt. Eine
Geste, sagte er sich. Auch wenn Brinkmann jetzt an alles andere
denken würde, vielleicht freute er sich trotzdem. Zumindest
aber war es ein Anlass, den Mann noch einmal aufzusuchen.
Fedder hatte inzwischen genauer über Brinkmanns Aussage
nachgedacht. Soweit ihm das in seinem Zustand möglich
gewesen war. Die Kopfschmerzen hatten nicht nachgelassen
und bei dem kurzen Weg die Osterstraße hinauf war ihm
wieder der kalte Schweiß ausgebrochen. Er musste für einen
Moment die Augen schließen. Als er sie wieder öffnete, sah er
die Maklerin über die Kreuzung eilen – Bunse. Sie bemerkte
ihn nicht. Sie war heute mit einer tief sitzenden, abgeschab-
ten Jeans und einer schwarzen Lackjacke bekleidet und ging,
als sei sie gerade erst aufgestanden – nach irrsinnig langen
und schönen Stunden im Bett. Fedder blickte ihr nach.

Die Maklerin betrat den gegenüberliegenden Copy-Shop.
Fedder hatte keinen Appetit mehr. Er schob den Teller beiseite und trank das Wasser aus.

Kurz darauf erschien die Maklerin wieder auf der Straße.
Sie war jetzt in Begleitung einer schmalen, schwarzhaarigen
und sichtlich jüngeren Frau. Die beiden gingen miteinander
redend an ihm vorbei.

„Ich weiß es nicht", hörte er die Schwarzhaarige sagen. „Büjü sagt mir nie, wo er ist."

„Trinkst du was? Ich bin –" Sie brach mitten im Satz ab. Fedder fing ihren Blick auf. Er bemühte sich um ein Lächeln und nickte grüßend. Die Maklerin grüßte verhalten zurück. Die Schwarzhaarige drehte sich zu Fedder um – eine Türkin, schoss es Fedder durch den schmerzenden Kopf. Und Büjü – natürlich, Büjü. Ein junger, durchtrainierter Türke, stellte er sich vor. Der Mann, mit dem seine Maklerin offenbar was hatte.

Fedder senkte den Kopf und fummelte seine Geldbörse hervor.

Er dachte daran, seinen Einzug in die neue Wohnung doch noch zu verschieben und sich stattdessen übers Wochenende bei Evelyn ins Bett zu legen – wenn sie es ihm gestattete.

Heike nahm sich ein weiteres *Magnum* aus dem Kühlschrank. Sie überlegte, Ingrid anzurufen. Sie hatte ein kleinklein wenig ein schlechtes Gewissen.

Unsinn, sagte sie sich sofort wieder. Was sie bei Ingrid eingesteckt hatte, waren nichts weiter als zwei irre erotische Höschen und vier noch original verpackte Paar Seidenstrümpfe, die phantastisch gemustert waren. Ein Traum. Bei Ingrids zig Klamotten würde das nie auffallen. Bestimmt nicht. Also konnte sie sich ruhig bei ihr melden. Locker flockig: He, Ingrid, ich bin jetzt doch bei einem alten Freund gelandet, du verstehst, die paar Tage Urlaub – Shit, nein! Warum sollte sie auch noch lügen? – Ein Freund!

Sie hatte tolle Gespräche mit Kathrin gehabt. Nach wahnsinnig langer Zeit hatten sie ihre alte Schulfreundschaft neu aufgefrischt. In schönen Erinnerungen geschwelgt. Wie sie gemeinsam den aufschneiderischen Holger blamiert, später beim Schützenfest einen fetzigen Strip hingelegt und danach etliche Männer schier wahnsinnig gemacht hatten. Alles in Grenzen, versteht sich, aber kess bis an eben diese. Nur Arne hatte es geschafft, sie zeitweise auseinander zu bringen. Er hatte Kathrin und ihr gleichzeitig den Kopf verdreht, und beide waren sie ihm auf den Leim gegangen. Jetzt hatten sie darüber lachen können. Aber damals in Wesselburen, in ihrer Heimatstadt ...

Heike hörte, dass die Wohnungstür aufgeschlossen wurde.

Oh, verdammt! Sie trug nur eins von Ingrids Höschen und diese irrsinnig gemusterten, halterlosen Strümpfe – unmöglich! Und in der Hand das angeknabberte *Magnum*. Frau Doktor präsentiert sich wie von sabbernden Männern phantasiert! Shit, verdammter!

Mit hochrotem Kopf stand sie der eintretenden Kathrin gegenüber.

Kathrin aber hatte für sie nur einen flüchtigen Blick. Sie ging zielstrebig zum Küchenbord, holte eine Flasche spanischen Brandy herunter und goss sich ein Wasserglas voll ein.

„Hast du mitgekriegt, dass bei mir gegenüber eine Frau ermordet worden ist? Eine Rentnerin. Ich hab's gerade eben von Jale gehört – Büjüs Schwester. Ihr Vater war mit den beiden Alten eng befreundet, der Obst-Arslan – mein Gott! Entschuldige, du verstehst wahrscheinlich nur Bahnhof. – Ist dir das nicht zu kalt?"

„Ein Mord?"

„Ein Mord. Und die Frau muss den Täter selbst in die Wohnung gelassen haben, was so viel heißt, sie – sie hat ihn offenbar gekannt."

„Wahnsinn", hauchte Heike. Sie fror jetzt tatsächlich.

„Vielleicht spinn ich", fuhr Kathrin fort. „Aber Büjü ist plötzlich spurlos verschwunden und Jale, seine Schwester – nein, das kann kein Zufall sein. Ein Typ von der Kripo lungerte da bei ihrem Laden rum, ein Bulle. Als ob er sie auf dem Zettel hätte. Und weißt du, was das Verrückte daran ist? Ich kenne ihn. Ich hab ihm erst Montag eine Wohnung vermakelt – er wirkte echt bescheuert, nicht ganz von dieser Welt. Aber das täuscht offenbar. – Scheiße, hoffentlich hängt Büjü da nicht mit drin."

„Moment, einen Moment", sagte Heike. Mit einer entschuldigenden Geste huschte sie rüber ins Bad und zog sich Kathrins Bademantel über. Obwohl sie wirklich nicht alles auf Anhieb verstanden hatte, war ihr spontan eine Idee gekommen – ein Gedanke, der sich nun verstärkte und ein warmes Gefühl bei ihr auslöste. Unwillkürlich musste sie lächeln. Ja, warum eigentlich nicht? sagte sie sich, schlug schnell noch einmal den Bademantel zurück und wiegte sich vor dem Spiegel verführerisch in den Hüften, bevor sie wieder zu Kathrin ging und sich ausführlicher berichten ließ.

Jale war in den letzten beiden Stunden ihrer Arbeitszeit ungemein nervös. Zwei- oder dreimal mindestens vergaß sie, die Zähler der Kopierer auf Null zurückzustellen, sie füllte falsches Papier nach und hatte gleich mehrere Staus bei dem großen Apparat im hinteren Raum.

Ihre deutsche Kollegin, die Nichte des Copy-Shop-Betreibers, beobachtete sie scharf und stellte sie schließlich zur Rede. Jale log ihr vor, sich „unpässlich" zu fühlen. Die Kollegin schickte sie widerwillig nach Hause und Jale rief von unterwegs Kelim auf seinem Handy an. Kelim meldete sich sofort. Er saß mit seinem Bruder Hysen im *Türkischen Kulturzentrum*. Jale berichtete ihm, dass sie glaube, Büjü habe jetzt seine deutsche Freundin vorgeschickt, um Näheres über ihr Verhältnis zu ihm – Kelim nämlich – zu erfahren. Jedenfalls habe Kathrin immer wieder versucht, das Gespräch auf Büjüs Vettern zu bringen, getarnt als Sorge um ihn, weil er sich angeblich nicht mehr bei ihr gemeldet habe.

„Mach dich nicht verrückt", unterbrach Kelim ihren Redeschwall. „Ich habe noch was mit Hysen zu besprechen. Wir sehen uns später. Sei aber trotzdem vorsichtig, auch wenn ich bald mit deinem Vater rede – hab keine Angst, er wird nicht nein sagen."

Jale hörte im Hintergrund Hysen lachen. Sie wollte etwas erwidern, aber Kelim hatte die Verbindung schon gekappt.

„Frauen!", lachte Hysen. „Es gibt so viele deutsche Frauen, gute Frauen, warum ausgerechnet Jale?" Sie saßen an einem Tisch nahe der weit offen stehenden Tür. „Ja, und du schlägst dich für sie – für deine deutschen Frauen", erwiderte Kelim. „Und schenkst ihnen sogar noch den letzten Vorrat. Du bist verrückt!"

„Nichts geschenkt!" Hysen hatte aufgehört zu lachen und setzte sich aufrecht hin. „Außerdem sind alle versorgt, und neue Lieferung kommt nächste Woche, weißt Bescheid?! Ich habe schon mit Vater telefoniert."

„Nächste Woche! Es sollte diese Woche kommen."

„Ist aber nicht. Hat nicht geklappt." Hysen war jetzt sichtlich genervt. „Was fängst du immer wieder davon an? Traust du mir etwa nicht? Wenn ich sage, keine Lieferung, dann war auch keine Lieferung."

Kelim musterte seinen älteren Bruder scharf.

„Du sagst mir nicht alles", meinte er. „Das seh ich dir an."

Hysen stand auf und ging zur Theke. Er ließ sich ein Bier und Münzen für Zigaretten geben. Als er rauchend zurückkam, blieb er vor Kelim stehen.

„Merk dir eins", sagte er. „Ich mache das Geschäft. Ich organisiere, und ich halte die Kontakte. Du hast nur das bißchen Verschneiden und Abpacken. Also red mir nicht rein, sonst mach ich auch das noch, und du bist draußen, weißt Bescheid?! – Willst du das?" Er schnitt Kelim die Antwort ab. „Du willst Jale. Du willst sie heiraten, und dafür

404

brauchst du Geld. Misch dich bei mir nicht ein, und du kriegst dein Geld."

„Ich komm schon noch dahinter", sagte Kelim. Er stand auch auf und sah Hysen durchdringend an. „Was wolltest du überhaupt in Bremen?"

Hysen nahm einen Schluck Bier.

„Das musst du nicht wissen", sagte er und machte keinen Hehl daraus, dass er jetzt nichts mehr hören wollte.

Arslan goss Horst und sich Rotwein nach und hob sein Glas.

„Du müssen böse Bilder töten", sagte er. „Reden über alles. Machen Seele frei. – Mensch kommen und Mensch gehen, ist nur zu Besuch auf diese Welt. Zeit, die Allah schenkt. Allah ist gütig, hat Inga viele schöne Jahre geschenkt. Hat Inga zusammengeführt mit dir, sagt man so – ja?"

„Ich bring ihn um", sagte Brinkmann dumpf. „Ich bringe diese Ratte um. Ich finde den Dreckskerl, und wenn ich nichts anderes mehr tue. Ich brech ihm sein verdammtes Genick – mit meinen eigenen Händen, mit diesen Händen, Arslan, das schwör ich dir, bei deinem Allah und allen anderen Teufeln."

Arslan machte ein betrübtes Gesicht.

„Du nicht fluchen über Allah. Ich weiß von Schmerz in dir, Horst, aber du nicht verfluchen Allah. Allah dir gegeben Freund, Arslan dein Freund. Wenn rächen, dann Arslan."

„Ich, Arslan, ich! Die Polizei tut doch nichts. Die schicken mir so eine Triefnase! Fragen, Fragen – dumme Fragen! Nur weil nichts fehlt, weil nichts gestohlen ist! Aber irgend so ein Irrer, der Spaß dran hat, Blut zu sehen – ich kenn die Typen." Er schüttelte heftig den Kopf und nahm einen großen Schluck. „Im Zug saß auch so ein Durchgedrehter. Wegen dem hab ich – wir waren selbstverständlich bei deinem Bruder, Arslan. Viele, liebe Grüße, tausend Grüße noch."

Arslan hob beschwichtigend die Hände: „Das nicht wichtig jetzt."

„Doch, doch – er hat uns ein Geschenk für dich mitgegeben. Aber im Abteil – dieser blutrünstige Spinner! So einer war's, genau so einer! Unberechenbar! Kommt betteln und sieht durch die Tür das noch rumliegende Messer und –" Horst Brinkmann schlug hart auf den Tisch. Gläser und Flasche hüpften. Die Flasche schwankte. Arslan hielt sie fest. Brinkmann sprang auf. Ihm wurde übel. Er schaffte es gerade noch auf die Toilette. Arslan legte die Handflächen aneinander und senkte den Kopf gen Mekka.

„Oh", sagte die ungemein schlanke Blondine. „Pit hat schon nicht mehr mit Ihnen gerechnet. Er ist vor etwa einer halben Stunde gegangen. Aber kommen Sie doch rein." Sie trat einen Schritt beiseite und machte eine einladende Geste. Fedder zögerte.

„Ich will nicht stören", sagte er.

„Unsinn", sagte sie. „Wir haben lange über Sie gesprochen. Vielleicht kann ich Sie doch noch überreden."

Fedder hob fragend die Augenbrauen. Frau von Boizenburg schloss die Tür hinter ihm. Sie hatte glattes, bis in den Nacken reichendes Haar und hellgraue Augen. Sanfte und ein wenig traurige Augen, die im Widerspruch zu ihrer energisch-straffen Körperhaltung standen.

Der weiter nach hinten führende Flur war ein breiter Gang. Das Mauerwerk war freigelegt und abgewaschen worden. Afrikanische Masken zierten die Wände. Aus den der Wohnungstür gegenüberliegenden Räumen war gedämpft ein Frank Sinatra-Song zu hören. Das Licht war gedimmt.

Frau von Boizenburg ließ es, wie es war. Halbdunkel.

„Etwas zur Stärkung?", fragte sie.

„Danke, nein. Ein Wasser – bitte."

„Richtig, Sie sind stark erkältet. Ich kann Ihnen auch einen Tee machen."

„Nein, nein." Fedder wehrte entschieden ab. „Was hat Pit Ihnen denn gesagt?"

Sie zuckte leicht die Achseln und schenkte ihm ein Glas Wasser ein. Sie setzte sich in einen tiefen Sessel und gab ihm zu verstehen, ebenfalls Platz zu nehmen. Ihre Fußspitzen berührten sich.

Ingrid von Boizenburg trug ein langes, weit geschnittenes Hauskleid und einfache Ledersandaletten. Sie nippte an ihrem Drink und zündete sich dann ohne Hast eine Zigarette an. Sie sah Fedder offen an.

„Pit fühlt sich in letzter Zeit sehr einsam", begann sie. „Daran wird auch diese kleine Affäre mit Heike nichts ändern – ich nehme jedenfalls an, dass es auf eine Bettgeschichte hinausläuft. Pit war jedenfalls ziemlich entschlossen, und Heike schien nicht abgeneigt zu sein. Sie sind zusammen gegangen. Wahrscheinlich würden Sie jetzt doch nur stören. Nicht prinzipiell allerdings. Ich habe mir vorhin noch einmal den Grundriss seiner Wohnung hervorgeholt." Sie nahm jetzt einen größeren Schluck.

Fedder seufzte. „Ja, ja, ich weiß", sagte er. „Er hat es mir vorige Tage schon angeboten."

„Es wäre für Sie beide gut. Ich denke, Sie brauchen auch jemanden, mit dem Sie sich austauschen können. In Ihrer momentanen Situation –"

„Für mich ist das alles nicht leicht – ich meine, auch mit ihm." Erneut überlief ihn eine Hitzewelle. Cornelia, verdammt! Sie hatte ihn von einem Tag auf den anderen vor die Tür gesetzt, hatte nichts hören wollen, keine Erklärung, keine Entschuldigung. Nach nicht einmal einem halben Jahr! Warum war er auch so bescheuert gewesen, damals gleich ganz bei ihr einzuziehen? Was hatte ihm das letztlich gebracht? Sie hatten nicht häufiger miteinander geschlafen als zuvor. Sie hatten sich auch nur spät abends gesehen. Und an seinen freien Wochenenden – gut, da hatte sie sich gleichermaßen intensiv mit seiner Tochter Larissa beschäftigt. Was Evelyn nicht ganz so toll fand und worüber sie mit ihm ein Gespräch geführt hatte. Ein erstes von mehreren, wenn er Larissa dann am Sonntagabend wieder zu ihr zurückgebracht hatte. Mein Gott, ja – dabei hatte es sich irgendwie ergeben, dass er mit seiner Ex dann auch im Bett gelandet war und … ach, Evelyn, ich bin wirklich ein dämlicher Hund. In allem, was meine Beziehungen anbelangt.

Er sah sich nach seiner Plastiktüte mit der Teekanne um und registrierte, dass er sie auf dem niedrigen Tisch abgestellt hatte. Sie wirkte dort deplaziert.

Ingrid übersah es. Sie legte den Kopf ein wenig zurück und blies den Rauch in die Luft.

„Ja, sicher", sagte sie schließlich. „Aber denken Sie einfach noch mal darüber nach. Ihr Mietvertrag lässt sich schnell wieder rückgängig machen. Ich würde das für Sie übernehmen. – Pit hat mir übrigens geraten, mit Ihnen über ein kleines persönliches Problem zu reden."

Fedder musste wieder niesen.

„Ja?", schniefte er. Er zog ein Tempo-Taschentuch hervor.

„Sie brauchen doch einen Tee." Ingrid von Boizenburg stand entschlossen auf und winkte ihn mit sich. Widerspruchslos folgte Fedder ihr in die geschmackvoll eingerichtete Küche. Durch das Fenster sah man in einen Wohnraum des Nachbarhauses.

Ingrid ließ die Jalousie herunter und setzte Wasser auf. Sie füllte Teeblätter in eine Kanne und gab eine kleine Prise weißes Pulver dazu.

„Entschuldigen Sie, was –?"

„Das wird Ihnen helfen – ein altes, ägyptisches Heilmittel, reine Natur. Sie werden stark schwitzen. Wenn Sie wollen, können Sie hier übernachten. Ich habe ein Gästezimmer. Aber mir wäre lieber, wenn Sie vorher noch –"

„Danke, das ist –"

„Ich kann Ihnen versichern, dass Ihre Grippe morgen wie weggeweht ist. Sie werden einen völlig klaren Kopf haben – und den brauchen Sie doch."

Fedder schluckte. Er war unentschieden. Einerseits war es ihm peinlich, andererseits aber – wenn er sich weiter so herumquälte, würde er mit rein gar nichts vorankommen. Er seufzte und nickte dann zustimmend.

Ingrid von Boizenburg nahm Teegeschirr aus dem Schrank.

Gottschalk brach behutsam ein Stück von der Schokoladentafel ab. Er rückte mit dem Sessel noch näher an seine himmelblaue Couch heran.

Auf der Couch lag lang ausgestreckt Heike. Bis auf ihre Schuhe war sie voll bekleidet. Noch war sie es. Gottschalk spitzte genüsslich die Lippen. Heikes Augen waren mit einem schwarzen Tuch verbunden. Sie schnupperte in die Luft. Sie kicherte.

„Nun mach schon", sagte sie. „Du wirst sehen, ich bin unschlagbar."

„Hm-hm, abwarten", meinte Gottschalk. Er strich mit dem Schokoladenstück sanft über ihre Lippen. Heike schnappte danach. Gottschalk überließ ihr das Stück und schaute zu, wie sie es im Mund zergehen ließ.

„Phhh!", machte sie. „Simpel wie nichts – Nougat, *Ritter Sport.*"

„Nur ein Test", sagte Gottschalk. „Es bleibt dabei – ja? Wenn du es nicht rätst oder falsch –"

„Alles klar. Aber ich rate nie. Ich kenne jede Marke."

„Abwarten", wiederholte Gottschalk und wählte eine Praline aus der bis zum Rand mit Schokoladenriegeln und den unterschiedlichsten Süßigkeiten gefüllten Kristallschale. Heike traf erneut ins Schwarze. Sie machte es sich noch bequemer auf der Couch und wippte mit ihren schmalen, nackten Füßen. Auf beiden Nägeln der großen Zehen waren silberne Sternchen gepappt.

Gottschalk fischte ein Diätbonbon mit Orangengeschmack heraus.

„Die exakte Markenbezeichnung", betonte er.

„Du willst es aber wirklich wissen", kicherte Heike.

„Das kannst du laut sagen."

„Und wenn du es nicht schaffst, mich was Falsches sagen zu lassen?"

„Ich schaffe es. – Herrgott, dreißig Jahre jünger, und ich hätte dich ohne dieses Spielchen dazu gekriegt."

„Es war deine Idee."

„Ein Vorwand – schnapp!" Heike fing das Bonbon auf und schob es mit der Zunge zwischen die Lippen. Ihre Stirn kräuselte sich.

„*Schneekoppe*", sagte sie dann schnell.

„Falsch", sagte Gottschalk triumphierend und lehnte sich in seinem Sessel zurück. „Du darfst dich überzeugen." Heike nahm das Tuch ab und setzte sich auf.

„Und?" Sie rieb sich die Augen. Gottschalk lächelte charmant.

„Das Shirt", sagte er. „Und dann sagst du mir auch, um was es dir wirklich geht."

3

Der Geächtete lag im Eingang eines Schuhgeschäfts auf der Osterstraße. Er hatte sich in seinen Schlafsack gerollt und die Knie angezogen. Kalt, eiskalt, aber wärmer als im Bett der betrunkenen Frau, seiner Frau, oh, Herr, warum hast du mich mit ihr gestraft?!

Er hatte lange nach ihr suchen müssen, und sie schließlich in einer schäbigen Kneipe am Stadtrand aufgespürt. Whisky-Cola, nun spendier mir schon eine Whisky-Cola, warst ja 'ne Ewigkeit weg und mit was kommt der Mann? Wie, nichts auf der Naht? Nichts abgegriffen bei deiner scheiß-dämlichen Schwester im Münsterland? Nur hin und Händchen halten, weil der Schwager unter die Erde gekommen ist, nette Familie ist mir das, ja, was denn? Was soll's, ich bin ja lieb zu dir und …

Und zu dem und zu allen, wer immer was raus tat, einen Schluck spendierte. So ging das schon seit Jahren, und er pfiff aus dem letzten Loch, kein Job mehr, aber vierzehnfünfzig für Stich, Whisky-Cola, hau weg das Zeug, vierzehnfünfzig rein in den Schlund und weg.

Er hatte ihr die Faust ins Gesicht geschlagen, oh ja, Herr, und war gegangen, für immer, Schluss mit Genuss und keine Reue, sollte sie doch verrecken oder über andere herziehen. Die Wunden an seinen Knöcheln heilten allmählich, aber die Rippen … Er streckte die Beine aus und drehte sich auf den Rücken. Er stellte sich vor, in der Wüste zu liegen, weit und breit keine Menschenseele, über sich nur den samtig dunklen Himmel mit unzähligen Sternen, wünsch dir was – ja, er wünschte sich, alles Hässliche und Gemeine um ihn herum auszurotten, das ganze abscheuliche Volk, reinigendes Blut musste fließen, im Namen des Herren! Das Blut seiner Frau, seiner Ex, das Blut der Schlucker und Schläger, Beamtenblut, Bahnpolizeiblut, Bullenblut – Wogen aus Blut, die in ihm aufstiegen, riesige Wellen, auf denen er nun davon trieb in helles, klares Licht. Er wiegte sich im Halbschlaf in seinen sich ausweitenden Phantasien, der Rächer kommt über euch, und er kommt nachts, wenn es dunkel ist und alles schläft.

Sein Atem ging rasselnd. Er schnarchte. Das Schnarchen hallte in der Vorhalle des Schuhgeschäfts wider. Der Geächtete hatte die Hände geballt, sie zuckten spastisch im Schlaf.

Der an dem Geschäft vorbeigehende Hysen blieb kurz stehen und sah das vor der Schaufensterscheibe liegende Bündel Dreck. Ein Abkotztyp, sagte er sich und stutzte plötzlich. Das Gesicht kam ihm bekannt vor. Noch zweifelnd trat er näher heran. Ging in die Hocke. Tatsächlich. Es war der Schreihals aus dem Zug. Keine Frage, weißt Bescheid?!

Hysen lächelte böse. Der Mann schlief tief und fest. Langsam kam Hysen wieder hoch. Er dachte nach. Relativ lange. Schließlich nickte er und sagte sich: Das passt, weißt Bescheid?!

Hauptkommissar Fedder rieb sich das frisch rasierte Kinn. Er hatte phantastisch geschlafen, ohne erinnerbare Träume, und fühlte sich im wahrsten Sinne des Wortes wie neugeboren. Ein Wunder. Er konnte es noch immer nicht fassen, aber es war so. Kein dumpfer Kopf mehr, keine Gliederschmerzen, nichts. Glasklare Gedanken, vor allem über die letztlich doch unbefriedigende Zeit mit Cornelia, über das abrupte Ende. Es war, wie es war, und es war auch gut, vorerst wieder allein zu leben. In gutem Kontakt mit Evelyn, ohne weitere Ansprüche. Doch erst einmal musste er mit diesem da vor ihm hockenden Häufchen Elend durch sein. Dieser Brinkmann hatte sich in eine äußerst dumme Situation gebracht. Er saß mit ihm in einem Nebenraum der Eimsbüttler Polizeiwache zusammen.

„Sie können von Glück reden", sagte Fedder, „dass der Mann nicht zu Tode gekommen ist. Mein Gott, und das auf einen Anruf hin! Anonym! Was haben Sie sich nur dabei gedacht?"

„Er war es", beharrte Brinkmann. „Dieser Penner hat Inga ermordet." Er war noch so bekleidet, wie er in der vergangenen Nacht das Haus verlassen hatte – mit einem unglaublich schäbigen Trainingsanzug über seinem Pyjama.

„Unsinn!", sagte Fedder. „Meine Kollegen hier haben ihn, soweit es möglich war, verhört und seine Aussagen überprüft. Der Mann ist ein arbeitsloser Heizungsmonteur mit einem religiösen Tick. Seine Bremer Frau hat sich bereits vor über einem Jahr von ihm getrennt. Seitdem zieht er durch die Lande und säuft sich, wenn er genug Geld erbettelt hat, die Hucke voll. Zur Tatzeit saß er nachweislich bei *Nagel* am Hauptbahnhof."

„Er hat schon in unserem Zugabteil Morddrohungen ausgestoßen", fiel ihm Brinkmann ins Wort. Er knetete heftig seine Hände.

Fedder nickte.

„Ja, Herr Brinkmann, ja. Auch das wissen wir. Aber das hat nicht das Geringste mit Ihnen beziehungsweise mit dem Mord an Ihrer Lebensgefährtin zu tun – nein, Brinkmann, nein und nochmals nein! Was ich Ihnen sage, sind Fakten. Irgendjemand hat Ihnen da was in den Kopf gesetzt. Können Sie sich wirklich an nichts weiter erinnern?"

„Mörder bei Schuh *Kay.*"

„Sonst hat der Anrufer nichts gesagt? Nur das? Hatte er vielleicht einen Akzent?"

Brinkmann starrte ausdruckslos in die Luft. Fedder suchte seinen Blick, aber Brinkmann sah stur an ihm vorbei.

„Herr Brinkmann", setzte Fedder neu an. „Ich kann nichts für Sie tun, wenn Sie mir nicht helfen. Ich verstehe Ihren Schmerz und auch Ihre Wut, aber selbst wenn Sie den Richtigen erwischt hätten – das ist die Angelegenheit der Polizei. Das ist Selbstjustiz, was Sie da veranstaltet haben. Mein Gott, begreifen Sie das doch! Sie haben sich an dem Falschen ausgetobt." Er schüttelte den Kopf. „Rentner in Rot, das fehlt uns gerade noch. Wo leben wir denn?!"

„Das wissen Sie genau", meinte Brinkmann ruhig. „Sie reden doch nur." Er nickte bekräftigend. „Weißt Bescheid", fügte er dann hinzu. „Weißt Bescheid, hat er noch gesagt. Ja, ich weiß – ich weiß, wie das bei euch hier läuft. Große Worte und nichts dahinter. Was haben Sie denn unternommen, um den Mörder meiner Inga zu finden, dieses Vieh?! – Weißt Bescheid! Das muss man schon selbst in die Hand nehmen – Allah sei Dank."

„Allah?", fragte Fedder überrascht nach. „Wie kommen Sie jetzt plötzlich auf Allah?"

Kathrin räkelte sich wohlig in ihrem Bett. Sie öffnete die Augen und sah Büjü am Fenster stehen. Er hatte sich bereits angezogen. Sein Haar aber war noch feucht.

„Hallo." Kathrin lächelte, als Büjü sich ihr zuwandte. „Das war ein schöner Abend. Gott sei Dank, dass Heike nicht doch noch aufgetaucht ist. Es war richtig toll. Außerdem hab ich was Witziges geträumt."

„Ja?", fragte Büjü. „Was denn?" Er setzte sich neben sie aufs Bett. Kathrin nahm seine Hand und legte sie an ihre Wange.

„Ob ich Muslim werden muss, wenn wir heiraten."

„Du willst heiraten?"

„Natürlich", sagte Kathrin. „Irgendwann schon. Du nicht?" Büjü küsste sie leicht.

„Doch", sagte er. „Sobald ich Frau und Kind ernähren kann –"

„He!", meinte Kathrin. „Vergiss nicht, dass ich Arbeit habe und gut verdiene. Du musst mich nicht mit durchziehen."

„Ein Kind allein ist Scheiße. Und Kinder –" Er zeichnete

414

mit dem Finger ihre Lippen nach. „Wir warten damit noch ein bisschen. Ich muss wirklich mal länger und in aller Ruhe mit dem Alten reden." Er nickte zum Fenster hin und wurde ernst. „Da gegenüber ist es passiert?" Kathrin ließ sich einen Moment Zeit.

„Ja", sagte sie dann. „Da drüben. Die arme Frau. Dein Vater hat sie ja offenbar gut gekannt. Und du bist wirklich nie bei ihnen gewesen?"

Büjü holte tief Luft.

„Würd ich dich sonst fragen?", sagte er. „Hätte ich dich sonst gefragt? Ich hab dir doch schon gesagt, dass ich die Leute nicht kenne. Der Alte lässt mich ja noch nicht einmal Sachen austragen. Kelim, ja – Hysen, diese Schmeißfliegen, aber der eigene Sohn –."

„Entschuldige", sagte Kathrin. „Ich hab's nicht so gemeint. Aber der Bulle hing bei Jale rum –."

„Jale!", brauste Büjü nun auf. „Ja, Jale werd ich mir gleich heute noch vorknöpfen – nein, erst Kelim. Sich auf die Art ins Geschäft zu drängen, das lass ich nicht zu. Das treib ich ihnen endgültig aus – allen beiden."

Er war von der Bettkante aufgestanden. Kathrin streckte beschwichtigend die Arme nach ihm aus.

Pit Gottschalk trug seinen hellen, maßgeschneiderten Leinenanzug und ein Hemd mit weichem Kragen. Er parkte sein Cabrio knapp zwanzig Meter vor *Arslans Paradies*.

„Dann wollen wir mal", sagte er zu der neben ihm sitzenden Heike. „Fedder ist ja nun tatsächlich in einem beschissenen Zustand. Helfen wir dem Jungen ein bisschen, damit er sich schnellstens richtig auskurieren kann. Vielleicht hört er ja auf dich – in deiner Funktion als Ärztin."

„Du bist wirklich unglaublich nett", meine Heike.

„Keine Frage", erwiderte Gottschalk. „Ich bin die Güte

in Person. Allerdings geißle ich mich dreimal täglich, um meine dunklen Triebe einzudämmen."

Heike lachte.

„Das scheinst du gestern vergessen zu haben."

„Ach ja?"

„Ja. Aber es war echt witzig."

„Witzig", äffte Gottschalk nach. Er wiegte missbilligend sein Haupt und hievte sich dann aus dem Wagen. „Komm."

Arslan stand mit einer Kundin vor dem Laden und schaufelte Champignons in eine Tüte. Gottschalk blieb bei den Weintrauben stehen und pflückte eine Rebe ab.

„Kommen gleich", rief Arslan. „Moment noch, bitte." Er kassierte die Kundin im Laden ab und kam eifrig wieder heraus.

„Trauben köstlich", sagte er. „Kilo kosten –"

„Eine Ihrer Kundinnen ist gestern ermordet worden", stoppte Gottschalk ihn. „Sie waren auch persönlich gut mit ihr bekannt. Mein Name ist übrigens Gottschalk – nicht der Bildschirmkasper, damit keine Missverständnisse aufkommen. Mein Kollege Fedder bearbeitet den Fall. Er ist dummerweise krank geworden. Ihr Name steht auf seiner Liste."

„Mein – mein Name?" Arslan blickte ihn entsetzt an. „Ich nicht –"

„Doch, doch." Gottschalk pumpte sich zu seiner vollen Größe auf. Er nickte zu Heike hin. „Seine Kollegin hier, Frau – Frau ..."

„Frau Carsten", ergänzte Heike.

„Ja – Frau Carsten ist die Notizen mit mir durchgegangen."

„Ich – ja. Ja, ich Freund von – von Inga und Horst, aber nicht – nein, nein."

„Nun stottern Sie mal nicht so rum. Ich möchte erstmal nur ein paar Fragen beantwortet haben. Allerdings klar und unmissverständlich. – Horst also." Gottschalk nickte, als wisse er schon über alles Bescheid. Tatsächlich aber suchte er nach einer Frage, die Arslan eine längere Erklärung abverlangen würde. Der nach wie vor heftig geschockte Mann machte es ihm leicht.

„Ich waren bei Horst, natürlich. Um zu trösten ihn in sein schweren Leid, Allah mein Zeuge." Er fuchtelte beschwörend mit den Händen. „Horst ganz kaputt, ganze gute Erholung futsch –"

„Urlaub", stellte Gottschalk zufrieden fest.

„Er war länger weg", fiel Heike ein. „Das hat mir …"

„Ja, ja – bekannt."

„In Türkei. Hat besucht dort auch meine Bruder."

„So, so", sagte Gottschalk. „Ihren Bruder."

„Und Geschenk mitgebracht, ja – gute Freund."

„Ja, ja, das habe ich schon kapiert, Herr Arslan – Horst gute Freund. Aber darum geht's leider nicht. – Was war das denn für ein Geschenk?"

Fedder setzte Brinkmann vor seiner Wohnung im Heußweg ab.

„Herr Brinkmann, Herr Brinkmann", sagte er noch. „Ich will mein Möglichstes tun, um eine Anzeige wegen Körperverletzung zu verhindern. Vielleicht haben Sie Glück. Aber versprechen kann ich Ihnen nichts." Horst Brinkmann stand schon auf dem Bürgersteig. Er drehte sich kurz um.

„Brauchen Sie nicht", sagte er. „Ich werd damit fertig – mit allem."

„Das hoffe ich. Das wünsche ich Ihnen wirklich von ganzem Herzen. – Arslans Geschäft ist wo?"

Brinkmann sagte es ihm. Fedder wartete, bis er die Haustür aufgeschlossen hatte und ins Haus gegangen war. Dann lehnte er sich in seinem Sitz zurück und ordnete, was er bis jetzt alles erfahren hatte, was er zusammenfassend wusste.

Arslan, sagte er sich. Arslan hat einen Bruder in der Türkei. Inga Klausner und Horst Brinkmann besuchen ihn während ihres Urlaubs. Er gibt ihnen ein Geschenk für Arslan mit auf den Weg. Eine handgearbeitete Teekanne. Fedder vergewisserte sich kurz, dass die von ihm gekaufte Kanne auf dem Rücksitz lag.

Ja. Gut. Die von dem Rentnerpaar aus der Türkei mitgebrachte Teekanne war allerdings im Zug vergessen worden. In der Aufregung liegengeblieben. Sie war für Arslan bestimmt gewesen. Aber Arslan hatte laut Brinkmann nur abgewinkt: Nicht wichtig. Schenkte man dem Glauben, konnte das heißen: Für Arslan war sie nicht von Belang, hatte sie keinen großen Wert. Aber eventuell für jemanden aus seiner Familie. Und die bestand neben Arslan aus Tochter und Sohn. Der Sohn hieß Büjü. Büjü – Bunse. Die hübsche, junge Maklerin mit der Schwarzhaarigen vor dem Copy Shop: Büjü sagt mir nie, wo er ist. Büjü, der Lover.

Bunse, die um ihn besorgte Geliebte.

Büjü, ich muss mir Büjü schnappen, sagte Fedder sich und dankte insgeheim noch einmal der heilkundigen Ingrid von Boizenburg, die ihn über Nacht auf so wundersame Weise kuriert hatte. Eine faszinierende, eine anbetungswürdige Frau, deren kleines Problem er dezent würde klären können. Gottschalk war ein Idiot – er sollte sich mit ihr zusammentun. Dann brauchte er sich nicht einsam fühlen, wenn er es denn tat. Was allerdings stark zu bezweifeln war.

Fedder startete seinen Wagen.

„Ich habe jemanden mitgebracht", rief Heike, als sie aufgeschlossen hatte. „He, Kathrin, wo steckst du?"

Gottschalk schob sich an ihr vorbei in den Flur. Er hörte die Dusche rauschen.

„Im Bad", sagte er. „Erschreck sie nicht. Und fall nicht

gleich wegen Büjü über sie her – es ist keineswegs sicher, dass er derjenige welcher ist."

Heike winkte beruhigend ab. Sie ließ Gottschalk stehen und öffnete die Tür zum Bad.

Kathrin hatte gerade die Dusche abgestellt und zuckte heftig zusammen. „Mein Gott!", sagte sie. „Klopf wenigstens vorher an. – Was starrst du so?"

„He, das sieht echt geil aus. Ich wusste gar nicht, dass du auf Tattoos stehst. Hat das 'ne besondere Bedeutung?"

Kathrin hüllte sich in das Badetuch. Sie stieg aus der Duschwanne und griff nach ihrer Haarbürste. Heike schloss vorsichtshalber die Tür hinter sich. Sie hockte sich auf den Toilettendeckel und schlug die Beine übereinander.

„Nun sag schon", fuhr sie fort. „Ich erzähl dir dann auch, was ich rausgefunden habe. – Ehrlich, von diesem Büjü solltest du wirklich die Finger lassen."

„Was? Was soll das denn –?!"

„Du hast doch selbst gesagt, dass du ihn schon lange über hast."

„Ja, spinnst du? Ich hab gesagt, dass ich mir Sorgen um ihn mache –"

„Und dass er dir stinkt."

„Mein Gott – er hat mich manchmal genervt. Aber das heißt doch nicht –"

„Jetzt sag nur noch, dass wieder alles im Lot ist. He, hast du etwa – ?"

„Ja. Ja. Ich habe. Und er ist allein von sich aus gekommen. Wir hatten –"

„Scheiße!", sagte Heike. „Shit, verdammter!" Sie stand auf und schüttelte den Kopf. „Na, Mahlzeit – das kann dann ja heiter werden. Der Typ hat echt was auf dem Kerbholz."

Büjü griff sich den bei einer Gruppe kiffender Schwarzer herumlungernden Kelim und zog ihn mit sich auf den

Spielplatz. Kelim versuchte, sich Büjü zu entwinden, aber der war stärker. Er stieß Kelim auf eine Bank, warf dem nur beiläufig interessiert herüberblickenden Schwarzen einen warnenden Blick zu und knallte dem erneut aufbegehrenden Kelim eine.

„Schnauze", fuhr er ihn an. „Ich sag dir jetzt, was du tun wirst. – Du wirst ab sofort nie, nie mehr im Geschäft meines Vaters auftauchen und ihm auch sonst nicht mit irgendwelchen Scheiß-Ideen kommen. Du nicht und Hysen ebenfalls nicht. Ich will euch da nicht mehr sehen. Warum, muss ich dir wohl nicht sagen. Ich sage nur, dass ich auch die Bullen informieren könnte – über die schmutzigen Deals, in die ihr meinen naiven Vater und vor allem seine Kundschaft unwissentlich einspannt. Ja, sperr dein dreckiges Maul wieder zu, ich bin nicht dämlich, ich hab schon längst geschnallt, wie ihr mit dem Stoff beliefert werdet. Oder glaubst du, ich hätte euch je abgekauft, dass ihr aus reiner Hilfsbereitschaft immer wieder da im Laden rumhängt? Da fliegt der Schnee ein, und wenn er nicht pünktlich eintrifft, taucht man mal eben bei den unfreiwilligen Kurieren auf und –"

„Nein – nein." Kelim schluckte. „Das –"

„Du sollst die Klappe halten. Ich rede. Und ich bin noch nicht fertig. Da ist nämlich auch noch Jale –" Weiter kam er nicht. Kelim rammte ihm, geduckt aufspringend, seinen Kopf in den Magen und holte gleichzeitig aus. Er erwischte Büjü an der Schläfe. Kelims Ringhand ratschte über Büjüs Stirn und hinterließ eine augenblicklich stark blutende Wunde. Aus dem Gleichgewicht geraten hob Büjü den Arm. Das Blut troff ihm in die Augen. Für einen Moment sah er nichts.

Es war nur Sekunden später, als Fedder auf der Suche nach einem Parkplatz mit seinem Wagen in die Straße einbog.

Etwa zweihundert Meter vor ihm stürmte ein junger Mann in das *Türkische Kulturzentrum*. Er wurde von einem ebenfalls jungen Mann, der sich über das Gesicht wischte, verfolgt.

Instinktiv war Fedder alarmiert.

Auch Gottschalk war auf der Suche nach Büjü. Kathrin hatte ihm schließlich gestanden, dass sich ihr Freund – aber er war's nicht, er war's nicht! – sich seine beiden Vettern vorknöpfen wollte. Sie hielten sich meist in dem *Türkischen Kulturzentrum* auf.

Ungewöhnlich viele ältere und jüngere Menschen hasteten vor Gottschalk über die Straße. Aus nächster Nähe war ein Schuss zu hören.

Ein Schuss, verdammt! Gottschalk gab Gas.

Hysen drückte noch einmal ab. Büjü rettete sich hinter einen Baum. Schwer atmend lehnte er sich an den Stamm.

„Die Waffe weg!", hörte er jemanden schreien. „Polizei!"

Ein weiterer Schuss war die Antwort.

Büjü riskierte einen Blick.

Ein zivil gekleideter Mann hatte sich hinter die parkenden Wagen geduckt. Er wiederholte seinen Befehl.

Hysen stand mitten auf der Kreuzung. Kelim hing an seinem Arm.

„Polizei", jammerte er. „Polizei! Büjü hat gesagt –"

„Büjü ist ein toter Mann!", schrie Hysen. „Hörst du Büjü, du bist tot!"

Er schoss wieder.

Büjü presste sich an den Baumstamm.

Mit quietschenden Reifen bog ein offenes Cabrio in die Straße ein, stoppte bei Büjü ab.

Büjü sah einen dicken, kahlköpfigen Mann am Steuer,

der mit zusammengekniffenen Augen die Situation checkte, auch ihn wahrnahm und kurz nickte.

Der fünfte Schuss fiel. Die Kugel fetzte ein Stück Rinde vom Baumstamm.

Und dann ging alles rasend schnell.

Der Kahlkopf gab wieder Gas. Das Cabrio schoss auf die Kreuzung zu, und gleichzeitig gab der Zivile einen offenbar gezielten Schuss ab.

Büjü lugte hinter seinem Stamm hervor. Er sah, dass Hysen zusammengebrochen war, seine Waffe hatte fallen lassen und, vor Schmerz schreiend, die Hände auf das Knie presste, während Kelim mit hoch erhobenen Armen dem Cabrio direkt vor die Kühlerhaube lief, erfasst und zur Seite geschleudert wurde, aufs Pflaster schlug, krampfhaft zuckend Hysens Pistole zu fassen bekam und sie blindlings abfeuerte – der Schuss traf Hysen aus kürzester Entfernung mitten ins Gesicht.

Büjüs Magen krampfte sich zusammen.

Jörg Fedder stand in dem karg eingerichteten Maklerbüro und händigte Kathrin die Wohnungsschlüssel wieder aus. Sie reichte ihm die Hand.

„Danke", sagte sie.

„Dafür nicht", sagte Fedder. Er wusste, was sie meinte. Sie hatte eine höllische Angst um ihren letztlich doch innig geliebten Büjü gehabt. Und Gottschalk war heftig ins Schleudern gekommen, auf wen er mehr sauer sein sollte: Auf Heike, die ihn im wahrsten Sinne des Wortes mit vollem Körpereinsatz dazu gebracht hatte, sich in Fedders Ermittlungen einzuklinken, oder auf sich, weil er sich in seiner Geilheit dazu hatte verleiten lassen. Da war bis zu Heikes Abflug mit der Abendmaschine keine gute Stimmung mehr aufgekommen. Gottschalk hatte sich erst wieder beruhigt, als Ingrid am Tag nach der wüsten Schießerei den in der Presse abgebildeten, toten Hysen als ihren Kokain-Lieferanten identifizierte. Und dann hatte er Fedder beim Abholen seiner restlichen Sachen aus Cornelias Wohnung zur Seite gestanden. Vorerst nämlich würde Fedder nun doch bei Gottschalk wohnen bleiben. In Ingrids unmittelbarer Nähe sozusagen. Falls ihn wieder einmal eine Grippe überkommen sollte. Oder auch etwas anderes. Er lächelte in sich hinein.

„Hab ich Ihnen eigentlich schon gesagt, dass Sie eine unglaublich tolle Figur haben?", sagte er schon in der Tür stehend zu Kathrin und zwinkerte ihr zu. „Büjü sollte sich nicht völlig von seinem Obst- und Gemüse-Paradies verein-nahmen lassen."

„He – ist das eine Anmache?"

„Ich übe", verabschiedete sich Fedder und trat hinaus in einen immer noch sommerlichen Tag.

Der letzte Freier

Am letzten Freitag im Mai wurde Tanja, 27, naturblond und nahtlos sonnenbankgebräunt, von ihrer zwei Jahre älteren und im siebten Monat schwangeren Schwester Anita Knipp angerufen. Es war ca. 14 Uhr, und Tanja war gerade erst aufgestanden. Nach den üblichen Floskeln über ihr jeweiliges Befinden, lud Anita ihre Schwester zum Nachmittagskaffee am kommenden Sonntag ein. Tanja ließ offen, ob sie erscheinen würde. Sie erklärte, momentan gut im Geschäft zu sein und wollte den klasse Lauf, wie sie es nannte, nutzen.

Bernd Küster, 31, ein eigentlich eher unscheinbarer kaufmännischer Angestellter, bekleidet allerdings mit einem auffallend gemusterten Jackett und einer hellgrauen Flanellhose, verließ um Punkt 14.30 Uhr seinen Arbeitsplatz in der *Druckerei Ebers* und ging die knapp 300 Meter zur U-Bahnstation Niendorf.

Küster war schlecht gelaunt. Er hatte am Abend zuvor wieder einmal Streit mit seiner Mitbewohnerin Monika gehabt, einer in seinen Augen mittlerweile total frustrierten Zicke, die neben ihrem offenbar nie enden wollenden Biologiestudium in einer Barmbeker Kneipe jobbte. Küster überlegte jetzt, wie sich die nun schon zweieinhalbjährige Wohngemeinschaft mit ihr möglichst stressfrei beenden ließ.

Monika Graf, 28, eine zu Übergewicht neigende Brünette, kaufte zu der Zeit im *Sparmarkt* ein. Sie wollte an diesem Abend für Bernd und sich ein chinesisches Gericht zubereiten, Basmatireis mit Frühlingszwiebeln, Pilzen, Scampi und fein geschnittenem Schinkenspeck. Dazu sollte es einen guten, aber nicht zu teuren Weißwein geben, und zum Nachtisch eine Quarkspeise mit frischen Früchten.

Monika bedauerte ihren gestrigen Ausbruch, denn im Grunde ihres Herzens mochte sie den ihr lediglich etwas zu peniblen und auch extrem schüchternen Bernd gern. Insgeheim wünschte sie sich, dass er einmal ganz aus sich herauskam, ihr einfach eine langte und sie inmitten ihres ständig unaufgeräumten Zimmers flachlegte.

Der Gedanke daran erregte sie dermaßen, dass sie tatsächlich feucht wurde. Mit geröteten Wangen reihte sie sich an der Kasse ein. Monika zahlte, steckte das Wechselgeld ein und schulterte ihre Einkaufstasche.

Bernd Küster bestieg den ersten Wagen der U 2 in Richtung Berliner Tor. An der Station Osterstraße setzte sich ihm eine Mutter mit einem etwa vier, fünf Jahre alten Jungen gegenüber. Der Junge schleckte ein Eis. Die Mutter schlug die *taz* auf und begann zu lesen. Der Junge bekleckerte mit dem Eis sich und den Sitz. Bernd Küster schüttelte vorwurfsvoll den Kopf. Der Junge streckte ihm die Zunge raus. Bernd Küster war nahe daran, ihm eine zu knallen.

Tanja duschte, frottierte sich ab und cremte sich ein. Es war 14.43 Uhr, und es war ein herrlich sonniger Tag.

Kriminalhauptkommissar Jörg Fedder und seine vom Einbruch- und Diebstahldezernat in das Morddezernat gewechselte Kollegin Karin Neuenfels hatten an diesem Wochenende Dienstbereitschaft und in der Gewissheit, im Verlauf dieser Tage noch oft genug gefordert zu sein, gingen sie es ruhig an.

Fedder hatte sich seine Steuererklärung vorgenommen und Karin Neuenfels telefonierte von ihrem privaten Handy aus mit ihrem zu einer Tagung Bundesdeutscher Juristen nach Berlin gereisten Mann Klaus.

Karin Neuenfels war, den schon beinahe hochsommerlichen Temperaturen entsprechend, nur leicht bekleidet. Sie trug eine dünne, weit geschnittene Leinenhose, unter der sich, wenn sie sich bückte, ihr schmaler Slip abzeichnete. Dazu eine locker fallende Bluse ohne Kragen, die bis zum Brustansatz offen war. Einen BH trug sie nicht.

Fedder war nicht zum ersten Mal von ihrem Anblick äußerst angetan. Obwohl er sich mit seiner seit vielen Jahren von ihm geschiedenen Ex zur Zeit relativ gut verstand und sogar schon einmal wieder mit ihr geschlafen hatte, war sein Wunsch nach einer neuen festen Beziehung groß und Karin wäre genau die Frau, mit der er es riskieren würde. Aber dummerweise war sie verheiratet. Und allen Anzeichen nach war sie auch glücklich verheiratet. Jetzt verabschiedete sie sich von ihrem Klaus und schenkte Fedder über die beiden zusammengestellten Schreibtische hinweg ein Lächeln. Fedder erwiderte es.

„Alles bestens?", fragte er.

„Klaus geht heute Abend mit einigen Kollegen ins Theater", erklärte Karin. „*Cabaret*. Ich hätte auch mal wieder Lust."

„Auf was?"

„Mal wieder ausgehen. Schick essen, Theater, Konzert – einen netten Abend haben."

„Nächstes Wochenende hast du frei."

„Da ist Klaus in Stuttgart, und die Woche über –" Sie machte eine wegwerfende Geste. „Vergiss es."

„Ich?"

„Quatsch. Du weißt, was ich meine." Sie lehnte sich zurück und verschränkte die Arme im Nacken. Fedder sah auf die Uhr.

„Essen müssen wir zwischendurch auch mal."

„Klar – bestenfalls an einer Imbissbude."

Fedder schob seine Steuerunterlagen zusammen und stand auf.

„Dienstbereitschaft heißt lediglich, jederzeit erreichbar zu sein", sagte er. „Egal wo. Welche Landesküche bevorzugst du? Italienisch, Spanisch, Griechisch, Asiatisch? Ich lad dich ein."

„Ja, und dann müssen wir beim ersten Bissen gleich wieder los, weil irgendwo eine Leiche herumliegt. Danke, das macht keinen Spaß."

„Riskieren wir's", sagte Fedder. „Also – was steuern wir an?"

„Du bist verrückt", sagte Karin, aber sie stand ebenfalls auf und überlegte kurz. „Italienisch kommt gut", sagte sie dann.

Und so brachen Kriminalhauptkommissar Jörg Fedder und seine Kollegin Karin Neuenfels kurz nach 18 Uhr vom Präsidium in Alsterdorf zum Kiezitaliener *Piceno* auf, während Monika Graf sich fragte, wo ihr ansonsten überaus pünktlicher Mitbewohner Bernd Küster blieb und Tanja sich auf der Schmilinskistraße zu dem Fahrer eines silbergrauen *Toyota* beugte und die Preise für ihre sexuellen Praktiken nannte.

Um 18.30 Uhr betrat der Kücheneinrichtungsberater Hans-Hermann Pfahl, 53, das Foyer des *Maritim Reichshof Hotel* neben dem Schauspielhaus. Er war mit einer schwarzen *Joop*-Jeans, einem dunkelblauen Hemd und einem Ton in Ton gehaltenen Blouson bekleidet. Hans-Hermann Pfahl war ein gut aussehender Mann, der mindestens zweimal wöchentlich im Winterhuder *Kieser*-Studio an den Geräten trainierte.

Pfahl war in zweiter Ehe mit der Gymnasiallehrerin Astrid verheiratet, die ihren inzwischen 14jährigen, nur Olli genannten Sohn mit in die Lebensgemeinschaft gebracht hatte. Der leibliche Vater war ebenfalls Lehrer und nach Pfahls nur zu gern geäußerter Meinung ein absolutes Arschloch. Olli war keinen Deut besser. Der Junge war ein Superarschloch. Astrid war am frühen Nachmittag mit ihm übers Wochenende zu ihren in Kiel lebenden Eltern abgerauscht. Gute Reise dann und viel Spaß! Er jedenfalls hatte Arschloch Olli für zwei Tage vom Hals und hatte auch ansonsten freie Bahn.

Hans-Hermann Pfahl war im *Maritim* mit der *Bulthaup*-Repräsentantin Inge Kottke verabredet, um mit ihr über bessere Konditionen zu verhandeln. Er hatte ein paar neue Kunden an der Hand, denen er preislich entgegenkommen wollte, insbesondere einer ungemein attraktiven Witwe in Ottensen, Ende vierzig und in Pfahls Phantasie zu mehr als einer Sünde bereit.

Inge Kottke saß bereits an einem der niedrigen Glastische und hatte schon Kaffee und Mineralwasser geordert. Sie war eine ausgesprochen dürre Person, schätzungsweise Ende dreißig, mit einem von Aknenarben gezeichneten Pferdegesicht, wirklich alles andere als ein gutes Aushängeschild für edle Kücheneinrichtungen. Pfahl hatte schon einige Male mit ihr zu tun gehabt und sie dabei aber als knallharte Geschäftsfrau kennengelernt. So kam er dann auch gleich zur Sache, brauchte allerdings gut eine Stunde, um wenigstens läppische 1,5 Prozent mehr an Provision für sich herauszuschlagen.

Es war jetzt 19.39 Uhr und Hans-Hermann Pfahl hatte das Verlangen nach einem ordentlichen Drink. Beiläufig und eigentlich nicht ernst gemeint fragte er Inge Kottke, ob sie sich auch einen genehmigen wolle. Zu seiner Überraschung nickte sie zustimmend.

Tanja koberte gleich nach der oral ausgeführten Befriedigung des Toyotafahrers auf dem oberen Steinweg einen schon reichlich abgefüllten Typ, der beharrlich darauf bestand, mit ihr ‚auf Zimmer‘ zu gehen und sie mit schwerer Zunge seine ‚versaute Moni‘ nannte.

Es war Bernd Küster, der seinen Heimweg am Hauptbahnhof impulsiv unterbrochen und sich im *Nagel* mehrere große Biere und ebenso viele Schnäpse reingezogen hatte.

Die von ihm als ‚versaut‘ bezeichnete Monika Graf hatte es bereits aufgegeben, noch länger auf ihn zu warten. Sie rief ihren eine Etage höher wohnenden Nachbarn Günther Blohm an, einen 25jährigen Elektrikergesellen, und lud ihn zum Essen ein.

Der Abend begann und würde für einige Personen böse enden. Aber das wusste natürlich noch niemand von ihnen.

Kriminalhauptkommissar Jörg Fedder saß mit seiner Kollegin Karin Neuenfels im *Piceno* beim Espresso und lenkte das bis dahin unverbindliche Gespräch wieder auf Karins Mann Klaus und dessen doch ungemein häufige Wochenendverpflichtungen.

„Wie geht’s dir denn damit?“, fragte er. „Ich meine, so oft allein zu sein.“

„Ich lese viel.“

„Ah ja? Was denn so?“ Er lachte ein albernes Lachen. „Ist das nicht ein bisschen öde?“

„Nee“, sagte sie. „Ich hab gerade die *Plattform* angefangen, von diesem Franzosen mit dem unaussprechlichen Namen, also ich kann ihn jedenfalls nicht richtig aussprechen, aber egal. Der schreibt echt super über seine Thailandreise und was du dabei alles erleben kannst. Klar, in erster Linie natürlich Sex, dieser Fick-Tourismus.“

„Ja?“

„Das beschreibt der total gut.“

„Na, dann sollte ich das auch mal lesen.“

„Das kann ich dir wirklich nur empfehlen. – Was machst du denn in deiner Freizeit?“

„Lenk jetzt nicht ab“, sagte Fedder. „Wir waren bei dir.“

„Was willst du denn noch hören?"

„Du liest doch nicht 24 Stunden am Stück."

„Nee – ich räum auch noch auf, mach sauber, wasche Wäsche, kaufe ein und gehe hin und wieder spazieren oder ins Kino. Zufrieden?"

„Entschuldige", sagte Fedder. „Es – es interessiert mich einfach, wie das – also, wie du so außerhalb des Dienstes lebst."

„Und warum?"

„Trinken wir noch einen Espresso?", fragte Fedder und winkte schon nach der Bedienung.

Inge Kottke kippte ihren dritten Wodka Martini. Sie stellte das Glas hart auf den Bartresen zurück und fasste Pfahl unvermittelt am Arm.

„Wie kommt's, dass ich – dass ich bei dir so butterweich werde?"

„Was?"

„Butterweich", wiederholte sie. „Wie kommt das? Was – was hast du an dir, dass ich – dass ich förmlich da – dahinschmelze?"

Oh Gott! dachte Pfahl. Sie ist besoffen! Sie ist besoffen und macht mich an! Meine Fresse! Er befreite sich behutsam aus ihrem Griff und zog seine *Amex*-Karte hervor.

„Zahlen!" Er winkte den Keeper heran.

„Das wollt ich gerade vorschlagen", sagte die Kottke und stieg von ihrem Hocker. Sie schwankte erheblich. „Ingelein muss sich nämlich jetzt ein wenig hinlegen – Zimmer 3-0-5, merk dir das, Hans-Hermann, das – das schaff ich nicht mehr allein."

Sozusagen um die Ecke, in einem schäbigen Pensionszimmer, zockte die 27jährige Stricherin Tanja dem betrunkenen

Bernd Küster 200 Euro ab und sagte dann, er könne sich schon mal ausziehen und es sich auf dem Bett gemütlich machen. Sie wolle nur schnell noch Getränke besorgen.

Tanjas mit ihrem Mann Rainer Knipp in Hamm wohnende schwangere Schwester Anita ließ sich zu der Zeit gerade auf die Couch plumpsen und verfolgte mitratend die Jauch-Sendung *Wer wird Millionär?*.

Rainer Knipp, ein 32jähriger Sparkassenangestellter, saß mit seinem spaßeshalber gern Peter-Pils genannten Kollegen und zwei Kolleginnen in der Sauna des *Holthusenbads*. Verstohlen fixierte er die jüngere Kollegin. Sie hieß Sabine Finke, war Anfang zwanzig, und sinnierte momentan über den Verlauf des weiteren Abends.

Nach der Sauna war sie mit ihrer neuen Liebe Stephan Otterbeck, einem 25jährigen Werbegrafiker, beim Thai in der Erikastraße zum Essen verabredet und danach sollte es auf die Party der Mediengruppe *Milchstraße* gehen, zu der Stephan eine Einladung hatte. Ende offen. Ausschlafen bei ihm oder bei ihr. Sabine war jede der beiden Varianten recht. Sie hatte, inklusive einer Packung Präservative, das Notwendigste dabei. Und sie freute sich.

Dass der in St. Georg in der Langen Reihe wohnende Stephan sich um Mitternacht mit seinem Kokainlieferanten Knut Paulsen verabredet hatte, wusste sie nicht und erst recht nicht, was Stephan sonst noch alles geplant hatte.

Knut Paulsen, 23, ein dem jungen Al Pacino sehr ähnlich sehender Typ, betrat um 22 Uhr das *Ali Baba* auf dem Steindamm und wurde Zeuge einer sich vor dem Lokal abspielenden Szene, bei der es zweifelsfrei um die ihm hinlänglich bekannte Tanja ging.

434

Selbstverständlich griff er nicht ein, denn was diese raff-gierige Schnalle wem ablinkte oder antat, war allein ihre Sache. Nein, danke. Damit hatte er nichts zu tun. Lediglich die Karre von dem einen Typ interessierte ihn.

„Mein Gott!", sagte Karin. „Das hättest du schon längst haben können." Sie langte nach ihren Zigaretten und zündete sich eine an. „Glaubst du, verheiratet zu sein schließt aus, hin und wieder mal fremdzugehen? Oder dachtest du, mit einer Kollegin bringt das nur Ärger?"

„Ich hatte den Eindruck, dass du … ach, Scheiße! Ich bin einfach davon ausgegangen, das sei unmöglich! Du schläfst doch sicher noch mit deinem Mann."

„Na, klar."

„Also bitte."

„Was, also bitte? Das ist doch Blödsinn." Sie nahm ihre Armbanduhr vom Teppich auf und warf einen kurzen Blick auf das Zifferblatt. „Halb elf", sagte sie. „Weißt du, was Klaus in diesem Moment mit Sicherheit in Berlin macht? Er vögelt zum zweiten oder auch schon zum dritten Mal hintereinander seine Assistentin. Von wegen *Cabaret*-Vorstellung mit Kollegen. Er nimmt die Kleine auf jede seiner Reisen mit. Was heißt Kleine? Sie ist drei Jahre älter als ich, eine deutschstämmige Latina, die es ihm offenbar so gründlich besorgt, dass er bei mir immer erst mal einen Hänger hat."

Fedder schüttelte fassungslos den Kopf.

Er merkte, dass er schon wieder konnte, und Karin bemerkte es ebenfalls. Sie lachte.

„Willst du mit ihm gleichziehen? – Okay." Sie drückte die Zigarette aus und schwang sich über ihn.

Eineinhalb Stunden später, Karin war soeben in Fedders Küche gegangen, um Rührei mit Speck zuzubereiten, meldete sich Fedders Handy.

Am *AKH* St. Georg hatten zwei Zivilfahnder der Revierwache 11 Knut Paulsen und Stephan Otterbeck bei der Übergabe einer Zehn-Gramm-Portion Kokain gefasst. Was sie darüber hinaus im Gebüsch entdeckt hatten, war weitaus folgenschwerer, wenn auch nicht zwangsläufig für die beiden sichtlich schockierten jungen Männer.

Eine Streifenwagenbesatzung hielt die in Stephan Otterbecks Opel Corsa sitzende und von Weinkrämpfen geschüttelte Sabine Finke unter Kontrolle, und als Jörg Fedder und seine sich rundum wohlfühlende Kollegin Karin Neuenfels am *AKH* eintrafen, waren die Kollegen von der Spurensicherung schon bei der Arbeit. Der Gerichtsmediziner, ein Mann Ende dreißig mit heller Sommerhose und einem flüchtig übergestreiften Kapuzensweatshirt, winkte Karin und Fedder zum Gebüsch. Er bog die Zweige hoch, unter denen, die Gliedmaße unnatürlich verrenkt, eine mit beigefarbenem Glockenrock und lindgrünem Top bekleidete junge Frau lag, die halblangen blonden Haare zersaust und deutlich sichtbare Würgemale am Hals. Die Finger ihrer rechten Hand hatte sie um den Verschluss einer schmalen, braunen Umhängetasche gekrallt.

Fedder atmete tief durch und streifte sich die Latexhandschuhe über.

Kurze Zeit später setzte sich Karin Neuenfels zu Sabine Finke in den Wagen. Sie bat die noch immer schluchzende junge Frau um ihre Personalien, und als sie diese notiert hatte, begann sie mit der Befragung.

„Ich weiß nichts, ich weiß überhaupt nichts", jammerte Sabine. „Stephan fand die Party blöd."

„Welche Party?"

„Von so Zeitungsleuten, da an der Moorweide. Ich hab noch gesagt, das geht doch gerade erst los, das wird bestimmt noch klasse, aber er wollte nicht mehr. Wir haben nur ein paar Gläser Sekt getrunken, sonst nichts. Ich fand das nicht gut, ehrlich nicht, ich hatte mich echt darauf gefreut, aber er meinte, er hätte 'ne bessere Idee." Sie schniefte.

„Was für eine Idee war das?"

„Er wollte mit mir ans Meer fahren, nach Sylt rauf."

„Diese Nacht?"

„Ja."

„Und Sie?"

„Er hat das irrsinnig toll ausgemalt. Dass wir bei Sonnenaufgang schon am Strand sind und auch echt –" Sie stockte und schüttelte verzweifelt den Kopf. „Ich hab ihm gesagt, dass ich das nicht brauche, dass ich das scheiße finde. Aber er – er steht auf dieses Scheißzeug, er sagt, das ist normal, das tut einem nichts weiter."

„Das Kokain."

Sabine nickte heftig.

„Ich wusste das nicht, ehrlich nicht, ich hätte sonst nie mit ihm – ich wär sonst gar nicht erst mit ihm zusammen aus, aber jetzt mach ich Schluss! Wenn das meine Eltern hören, mein Vater schlägt mich tot!" Sie wischte sich über die Augen und sah Karin flehend an. „Müssen Sie ihnen das denn sagen?"

„Wir müssen Ihnen auf jeden Fall eine Blutprobe entnehmen", sagte Karin.

Sabine schluchzte wieder.

„Ich bin doch nicht mal mit aus dem Wagen", sagte sie mit erstickter Stimme. „Er ist allein zu diesem Typ da rüber – oh, nein! Ich bin ja auch noch in der Ausbildung, die schmeißen mich raus, da kennen die nichts!"

Knut Paulsen mimte inzwischen wieder den Coolen. Er saß in dem Polizeibulli Fedder gegenüber. Fedder legte den bei der Erwürgten sichergestellten Personalausweis auf den schmalen Klapptisch.

„Tanja Düsterloh", sagte er.

„Ja, Mann. – Tanja."

„Du kanntest sie."

„Ja, Mann. Darf ich rauchen?"

„Nein", sagte Fedder. „Du darfst reden." Knut nickte.

„Dumm gelaufen", sagte er.

„Für dich mehr als dumm. Wiederholter Verstoß in Sachen BTM, Mordverdacht und wenn's mit deinen Antworten so weitergeht ..."

„He, he, he – Mord ist bei mir nicht drin. Das könnt ihr vergessen."

„Dein Kunde sagt, du warst hochgradig nervös."

„Er war fickrig."

„Das sicher auch. Aber ich seh das so: Tanja braucht einen Schuss. Sie haut dich an. Sie nervt und du gehst ihr an die Gurgel."

Knut schnaubte abfällig.

„Scheiße", sagte er. „Das ist 'ne Scheißstory. Dafür findet ihr keinen Haftrichter."

„Bis dahin ist eine Zelle frei."

„Gibt's dann auch was zu rauchen?"

Fedder überhörte es. Er tippte auf das Personalausweisfoto.

„Womit ist sie dir auf den Geist gegangen?"

„Frag ihre Freier, Mann."

„Du warst ihr Dealer."

Knut verdrehte die Augen und seufzte theatralisch.

„Wenn ihr sie auf dem Tisch habt, seht ihr, dass sie clean war. Das kam besser bei den Typen – glaubte sie." Er lachte ein trockenes Lachen. „Hatte trotzdem ständig Stress. Sie war link."

„Bei wem?"

„Bei Schmidt oder bei Hans?"

„Knut", warnte Fedder. „Vorläufig bist du allein im Spiel. Wenn ich von dir nichts weiter höre, quetsch ich dir die Eier, dass du alles gestehst." Er spreizte unwillkürlich die Schenkel und rutschte auf dem Sitz ein wenig vor. Oh, Karin, lass es nicht bei diesem einen Mal bleiben! Knut schüttelte resignierend den Kopf.

„Sie hat sich heute noch mit irgend so'm Wichser gefetzt", sagte er schließlich.

„Wann heute?"

„So um zehn rum. Vor dem *Ali Baba* – oben auf'm Steindamm."

„Wichser reicht mir nicht."

„Mann – so'n Typ! 'n Komiker!"

„Komiker?"

„Hatte so 'ne Jacke an – kariert. Wie so einer bei *Sieben Köpfe.*"

„Jung, alt? Groß, klein?"

„Normal – ein Jüngerer."

„Um was ging es?"

„Stummfilm", glaubte Knut witzeln zu müssen. Fedder hatte die Faxen dicke. Er beugte sich aus dem Mannschaftswagen und pfiff einen der Streifenbeamten heran.

Bernd Küster schloss die Haustür Habichtsweg 23 auf. Er machte Licht im Treppenhaus und sah die Treppenstufen vor sich. Er musste in den vierten Stock. Das waren viele Treppenstufen. Sehr viele. Er hatte sie noch nie gezählt. Aber jetzt begann er laut zu zählen.

„Eins – zwei – drei. – Alles vorbei." Rechtes Bein, linkes Bein. „Sechs – sieben – acht. – Gute Nacht." Seine Stimme hallte in seinem Kopf wider. Leerer Kopf. Leere Taschen.

„– rutscht mir durch die Maschen." Leerer Kopf. Schwerer Kopf. „– setze Moni auf den Topf." Seine Hand rutschte vom Geländer ab. „Au, au, au! Moni ist 'ne alte Sau."

Bernd Küster schnaubte bitter.

Karin setzte sich zu Fedder in den Wagen.

„Der Halter des *Rover* ist ein Hans-Hermann Pfahl, gemeldet Greflingerstraße. Es sei denn, dieser Knut hat dich angeflachst."

„Dann wird er's bitter bereuen. Versuchen wir es."

„Zeitlich könnte es jedenfalls hinhauen. Tanja ist vermutlich erst seit ein, zwei Stunden tot." Fedder startete. Karin gurtete sich an.

„Wie erklärst du dir, dass sie nicht ausgeraubt wurde?", fragte sie.

„Mord im Affekt. Ein nicht zufriedengestellter Freier."

„Gerade deshalb hätte er sein Geld zurückgefordert."

„Wenn du impulsiv jemanden erwürgt hast, denkst du nicht mehr an die paar Scheine. Mehr als Hundert werden es ohnehin nicht gewesen sein."

„Na ja, wenn das aber der Anlass war. – Sie hatte über 500 in ihrer Tasche."

Fedder zuckte die Achseln. Er bog in den Schwanenwik ein. Noch lag die Stadt in einem grauen Dunkel, aber in ein paar Stunden würde die Sonne am Himmel stehen und die ersten Segler auf der Alster ihre Runden ziehen. Der Samstag sollte wieder ein schöner Tag werden, wieder sommerlich warm.

Fedder warf Karin einen kurzen Blick zu. Sie grübelte. Bei ihr hatte der Dienst gegriffen. Die Arbeit. Der Fall. Eine tiefe Falte zeichnete sich über ihrer Nasenwurzel ab. Ihre Lippen waren nur noch ein schmaler Strich. Karin, oh Karin! Er verspürte Wehmut und zugleich eine ungeheuere

Sehnsucht nach ihrem Körper, nach ihrer glatten, makellosen Haut, und er fragte sich, ob und wie es mit ihnen weitergehen würde.

Hans-Hermann Pfahl hing schlaff vor dem eingeschalteten Fernseher. Er schlief. Sein Mund stand offen und er schnarchte. Pfahl hatte sich vollständig ausgezogen, die schmutzige Wäsche gleich in die Maschine gestopft und sich in seinen schwarzseidenen, knielangen Kimono gehüllt. Er hatte sich einen Whisky eingeschenkt und ein paar Minuten lang dem Strip einer zierlichen Thai auf dem Sportkanal zugesehen. Nach dem zweiten, großen Schluck aber waren ihm die Augen zugefallen. Er träumte. In seinem Traum war er fünfzehn und hielt sein Schulzeugnis in der Hand. Hinter jedem Fach stand in großer Schrift ‚Ungenügend'. Dicke Tränen fielen auf die Buchstaben. Auf dem Dorfteich schnappten Enten nach Brotkrumen. Ein blondes Mädchen lag auf der Wiese. Das Mädchen trug einen lindgrünen Bikini. Ein Kind krabbelte auf einer karierten Decke herum. Es hatte einen riesigen Kopf und spuckte in die Luft. Es waren Spermien, die herumspritzten. Er rannte davon. Er klingelte an irgendeiner Tür. Er klingelte und klingelte und klingelte. Das Klingeln hörte nicht auf.

Hans-Hermann Pfahl riss die Augen auf. Es klingelte immer noch. Es war die Wohnungsklingel. Völlig verdattert hievte er sich aus dem Sessel hoch. Auf dem Fernsehschirm knetete eine füllige Brünette ihre Brüste. Pfahl griff nach der Fernbedienung und schaltete den Apparat aus.

Die Sparkassenangestellte Sabine Finke und der Werbegrafiker Stephan Otterbeck verließen gemeinsam die Revierwache 11.

„Okay", sagte Stephan. „Da kommt nicht groß was nach."

„Nein?", sagte Sabine. Es klang scharf. „Mir reicht's." Sie hatte sich geschworen, nicht gleich wieder zu heulen. Sie trat einen Schritt beiseite und musterte Stephan abfällig.

Als sie ihn vor zwei Wochen im portugiesischen Stehcafé auf der Osterstraße kennengelernt hatte, war sie auf Anhieb auf ihn abgefahren. Er war schlank, er hatte ein gut geschnittenes Gesicht und schönes, dichtes Haar, das ihm bis tief in den Nacken fiel. Und er hatte verdammt hübsche Hände. Hände, die schon zwei Tage später sanft über ihren Rücken und ihren Po gestrichen hatten. Beim ersten Kuss nach einem langen Abend beim Griechen. Sie hatten sich wieder und wieder geküsst, und sie war es gewesen, die gesagt hatte, sie könne in dieser Nacht nicht mit ihm schlafen, er wisse schon. Sie hatte ihre Periode gehabt, und die war immer heftig. Vor der Haustür zu ihrer zweieinhalb Zimmerwohnung in Stellingen hatte er dann behutsam ihre Hand auf die starke Ausbuchtung im Schritt seiner knallengen Jeans gelegt und geflüstert, dass er irrsinnig geil auf sie sei und es ihm nichts ausmache, dass sie ihre Tage habe. Doch sie war bei ihrem Nein geblieben. Am nächsten Tag hatte er sie in der Bank angerufen und ihr gesagt, dass er kurzfristig nach London müsse, es danach aber unbedingt sein müsse. Scheiße! Scheiße, Scheiße und noch mal Scheiße!

Sie hatte sich seitdem Nacht für Nacht ausgemalt, wie wunderbar es sein würde. Wie zärtlich. Wie wild. Sie war bisher nur mit zwei Männern im Bett gewesen. Der erste war ihr Fahrlehrer gewesen, ein verheiratetes Arschloch, der sie gleich danach wieder hatte links liegen lassen. Und der zweite, der zweite – mein Gott! Sie hatte geglaubt, das sei die große Liebe.

Ja, zum Teufel, sie hatte diesen Typ aus dem Copyshop auch wirklich geliebt. Aber sexuell war es ein einziges Desaster gewesen. Jedes mal nur ein Zehn-Sekunden-Fick! Und kein bisschen mehr. Null! Nur noch ein bedauernder, ein trauriger Blick von ihm.

Stephan erwiderte grinsend ihren Blick.

„Na komm", sagte er. „Das ist echt für'n Arsch. Lass uns bei mir 'nen Kaffee trinken und dann hauen wir uns hin, okay?"

Sabine schüttelte den Kopf.

„Verpiss dich!", sagte sie und ließ ihn stehen.

„Das kann ich Ihnen sagen", sagte Hans-Hermann Pfahl. „Das kann ich sogar meiner Frau sagen, und das werde ich ihr auch sagen. Scheußlich natürlich, furchtbar. So ein junges Ding. Aber das lag in der Luft, so blöd sich das jetzt auch anhört. Sie hatte Panik, das hab ich sofort gesehen. Aber ich fang mal am besten von vorne an." Er rieb sich noch einmal über das Gesicht und schaute dann erst Fedder, und etwas länger, Karin an.

Fedder hatte den Eindruck, dass Pfahls Blick auf Karins Brüsten war. Der Mann gefiel ihm nicht. Er war ihm vom ersten Moment an unsympathisch gewesen. Ein eitler Fatzke in einem albernen Kimono.

„Ich hatte einen Termin im *Reichshof*", begann Pfahl. „Einen Geschäftstermin. Ich richte Küchen ein. Ich arbeite selbstständig. Es läuft ganz gut, aber die großen Lieferanten lassen einem nur wenig Spielraum. Ich war mit einer *Bulthaup*-Vertreterin verabredet, eine knochenharte Lady. Aber okay. Ich hab ihr schließlich doch etwas bessere Konditionen abgerungen und glaubte, mich danach revanchieren zu müssen. Ja, Scheiße – Entschuldigung. Ich hätte es mal lieber lassen sollen. Sie ist mir schon in der Bar an die Wäsche, man glaubt es nicht. Sie weiß, dass ich verheiratet bin, glücklich verheiratet bin, mein Ehering ist auch nicht zu übersehen und sie – sie schüttet sich einen nach dem anderen rein und haucht mir dann stinkbesoffen ins Ohr, dass sie –" Er stockte und zuckte zu Karin hin entschuldigend die Achseln. „Ich sollte sie auf ihr Zimmer geleiten", sagte er dann. „Um es mal dezent auszudrücken. Gut, ich sage mir, bring auch das hinter dich, schaff sie hoch und dann aber nix wie weg. Gesagt, getan – wir stehen vor der 3-0-5, da packt sie mich und ehe ich mich verseh, hat sie mich aufs Bett gezerrt und – und ist über mir! Ich denk noch, das ist nicht wahr, das kann nicht wahr sein, aber da –" Er schüttelte sich. „Entschuldigung – es ist widerlich! Es war unglaublich, was da aus ihr herausschoss! Sie hat gereihert ohne Ende! Voll auf mein Hemd, voll auf meine Jacke."

Fedder glaubte, nicht richtig gehört zu haben.

„Gereihert?", fragte er nach.

„Sich erbrochen – gekotzt, ja!" Pfahl fuhr sich durchs Haar. Er griff nach der Whiskyflasche. „Entschuldigen Sie, aber das brauch ich jetzt."

Karin musterte ihn skeptisch.

„Es ist Ihnen klar, dass wir das nachprüfen werden", sagte sie.

„Selbstverständlich", sagte Pfahl. „Inge Kottke, *Hotel Maritim Reichshof*, Zimmer 305. Die Dame wird aber wahrscheinlich noch in Essig liegen."

„Was geschah dann?", fragte Fedder.

„Ich hab mich so gut es ging im Bad gesäubert. Groß geredet wurde nicht mehr, also meinerseits nicht. Ich war stinkig wie nichts. Ich stank – ja, zum Teufel, den Gestank kriegen Sie mit so ein bisschen Wasser nicht raus. Ich hab mich so schnell wie eben möglich davon gemacht. Rein in den Wagen und – ich will jetzt nichts Falsches sagen. Ich will bei der Wahrheit bleiben. Ich hatte in der Bar ja auch was getrunken und mein Führerschein – Sie verstehen? Ich brauch die

Fleppe. Also hab ich mir gesagt, hau dir was rein, Hermann. Iss was Ordentliches, komm zur Ruhe. Ich hab das *Ali Baba* angesteuert – genau, wie Sie gehört haben, die Zeit ist exakt." Er machte eine kleine Pause. Er stärkte sich mit einem großen Schluck. Und er schmatzte.

Fedder zwang sich zu einem neutralen Gesichtsausdruck.

„Okay", fuhr Pfahl jetzt fort. „Ich wollte gerade einparken, da schießt diese – diese junge Frau auf meinen Wagen zu. Wie von Furien gehetzt, ich übertreib nicht. So ein Typ war hinter ihr her, schreit wie verrückt. Ich hab's nicht verstanden, ich …"

„Moment", unterbrach Fedder ihn. „Was war das für ein Mann? Wie sah er aus?"

„Ich seh nur noch diese unglaublich scheußliche Jacke vor mir", sagte Pfahl. „Kariert – groß kariert. So ein Peter-Frankenfeld-Teil, grässlich!"

Bernd Küster hatte es geschafft. Er zerrte sein Jackett ab und ließ es achtlos zu Boden fallen. Mit schweren Schritten ging er in die Küche. Auf dem Tisch standen abgegessene Teller, eine große Schüssel mit einem Rest eingetrockneten Reises, geleerte Gläser, zwei geleerte Flaschen Wein. Zwei Flaschen. Zwei Weingläser. Und auch noch die Flasche Grappa. Sein Grappa. Bernd Küster griff sie sich. Scheiß Moni! Sie hatte sich reichlich bedient. Sie und – und wer? Ihm schien erst jetzt bewusst zu werden, dass seine Mitbewohnerin Besuch gehabt hatte. Oder noch hatte? Er legte einen Finger auf seine Lippen.

„Psst", machte er. „Psst!"

Die Antwort war ein erstickter Laut. Ein Stöhnen aus Monikas Zimmer.

„A-ha!", sagte Bernd Küster bewusst laut. „A-ha!"

„Mein Gott, ich sag Ihnen doch, ich hab sie am Dammtor gleich wieder abgesetzt!", sagte Pfahl. „Sie wollte in die Bar, in diese *Mai-Thai-Bar*! Was für einen Grund sollte ich haben, das Mädchen umzubringen! Das ist doch absurd!"

Fedder blieb ruhig.

„Sie war eine Stricherin", sagte er. „Und wenn wir Ihnen glauben dürfen, waren Sie extrem frustriert!"

„Frustriert –?!"

„Von Ihrem Date mit dieser Inge Kottke", sagte Karin.

„Frustriert?!", wiederholte Pfahl. Sein Gesicht rötete sich. „Ich und frustriert?! Jetzt bleiben Sie aber mal auf dem Teppich! Wenn Sie glauben, ich hätte sexuellen Notstand, sind Sie schief gewickelt!" Er taxierte Karin jetzt abfällig. „Das ist wohl eher eine Projektion."

„Okay", sagte Fedder. „Sie wollen auch noch Beamtenbeleidigung am Hals haben, kein Problem. Beten Sie zu Gott oder sonst wem, dass Tanja wirklich nach zehn in der Bar aufgetaucht ist. Barkeeper haben ein gutes Auge. Wenn das nicht bestätigt wird, wandern Sie in den Knast, das garantier ich Ihnen."

Karin stand von ihrem Platz auf und schenkte Pfahl ein mitleidiges Lächeln.

„Sie haben wirklich ein großes Problem", sagte sie. „In jeder Hinsicht. Wir würden jetzt gern Ihren Wagen sehen."

„Ich – meinen Wagen?"

„Den HH-HH 2299, in den Tanja gestiegen ist. Den *Rover.*"

Anita Knipp wachte auf, als Zigarettenrauch zu ihr herüberwehte. Ihr Mann hockte zu ihren Füßen auf der Bettkante. Er war bis auf Unterhemd und Unterhose ausgezogen und starrte auf die Bierflasche in seiner linken Hand.

„Kannst du auch nicht schlafen?", fragte sie.

Rainer wandte sich ihr zu.

„Du hast fest geschlafen", sagte er.

„Unruhig", sagte sie. „Das Baby." Sie rückte das Kissen zurecht und setzte sich auf. „Ich werd noch zum Mastschwein. Ich hab schon wieder Hunger."

„Ich hab noch die beiden Frikadellen gegessen. Ist nur noch was an Aufschnitt da."

„Machst du mir 'n Brot? Ich glaub, 'n Bier könnte ich auch haben."

Rainer nickte mechanisch. Er ging in die Küche, bestrich zwei Toastscheiben dick mit Butter und belegte sie mit Zungenwurst und Mortadella. Im Kühlschrank lagen noch drei Flaschen *Becks*. Er klemmte sich zwei unter den Arm und ging zurück ins Schlafzimmer. Anita hatte Licht gemacht.

„Wann bist du eigentlich gekommen? Ich hab dich gar nicht gehört. Seid ihr nach der Sauna noch um die Häuser?"

„Die Kolleginnen hatten noch was vor. Ich bin mit Peter zum Chinesen." Er reichte ihr Brote und Bier.

„Kolleginnen? Ich denk, das ist euer Männerabend."

„Hat sich zufällig so ergeben."

„Na, das ist ja ganz was Neues. Sind sie hübsch?"

„Anita." Rainer schüttelte den Kopf. „Wir sind immer in 'ner gemischten Sauna. Glaubst du, das macht mich irgendwie an?"

„Mit Kolleginnen ist das was anderes. Die siehst du jeden Tag."

„Eben", sagte Rainer.

„Aber nicht nackt."

„Manchmal so gut wie. Was willst du hören? Die Geissler hat schon Falten und ist zweimal geschieden. Und die Biene – die Sabine –"

„Die Biene – hört, hört."

„Anita", setzte Rainer neu an. „Alle in der Bank nennen

447

sie nur Biene. Die ist gerade mal in der Ausbildung. Da verbrennt sich niemand die Finger dran."

Anita biss in das Zungenwurstbrot.

„Von Verbrennen red ich nicht", sagte sie kauend. „Aber ich weiß doch, wie das ist. Als ich noch bei *Rossmann* an der Kasse stand, lief bei so manchem 'n heißer Film ab. Bei dir doch wohl auch." Sie schluckte den Bissen runter. „Sonst hätte ich nicht jetzt schon 'n dicken Bauch."

„Du hättest ruhig noch weiter arbeiten können", sagte Rainer. Er wurde allmählich ärgerlich. „Aber nein – du legst sofort den Schongang ein und kriegst für nichts mehr den Arsch hoch."

Anita verschlug es für einen Moment die Sprache.

„Ach nee!", sagte sie dann. „Ach nee! Und darum geilst du dich an jungen Dingern auf! Wichst du dir auch einen auf sie ab? Kriegst du deshalb bei mir keinen mehr hoch? Dass ich darauf noch nicht gekommen bin! Klar, eure Biene hat sicher 'ne Superfigur, und du …"

„Du spinnst! Halt die Klappe!"

„Du bist doch so was von – du hast doch so ziemlich alles weggemacht, was dir über den Weg lief!"

„Halt die Klappe!", wiederholte Rainer. Er trat jetzt wutschnaubend gegen das Bettgestell.

„Ja, das hättest du wohl gern! Dass ich mir das einfach so bieten lasse! Ich kenn dich doch! Du hast doch immer den geilen Macker raushängen lassen!"

„Bei dir hätt ich's verdammtnochmal lassen sollen!", brüllte Rainer. „Du dämliche Fotze! Gleich schwanger zu werden – darauf hattest du es doch nur abgesehen! Mir 'n Kind anhängen! Ich kann's mir ja leisten – ja?! Ich bin ja bei der Bank! Ich verdien mich dumm und dämlich! Ja, Scheiße! Scheiße, hörst du?! Du hast nur Scheiße im Kopf!" Er duckte sich. Anita hatte die volle Bierflasche nach ihm geworfen. Sie knallte gegen den Wandschrank und plumpste zu Boden.

„Dann hau doch ab!", schrie Anita. „Zieh Leine! Ich komm auch ohne dich aus! Aber blechen musst du, ich nehm mir 'n Anwalt! Dich lass ich bluten!"

„Ja – gut. Gut, dass du das sagst! Dann weiß ich ja Bescheid! Den Teufel werd ich tun! Wenn hier einer verschwindet, dann bist du es! Das ist meine Wohnung, in der du rumfurzt! Meine, ganz allein meine! Ja – schaff deinen fetten Arsch schon mal aus der Kiste! Pack schon mal deine verflucht teuren Klamotten zusammen! Ich schenk sie dir! Ich hab sie zwar bezahlt, aber ich schenk sie dir! Du kannst zu deiner – verdammt! Jetzt schmier nicht auch noch das Brot ins Bett!"

Es war kurz nach 3 Uhr morgens.

Rainer Knipps junge Kollegin Sabine Finke saß am Fenster ihrer Parterrewohnung in Stellingen, starrte in den von der Nachbarfamilie penibel gepflegten Garten und musste jetzt doch wieder heulen.

Der Werbegrafiker Stephan Otterbeck entspannte sich auf seiner Couch liegend bei einem Joint und hörte *Sorry* von *Madonnas* neuem Album.

Bernd Küster genehmigte sich den dritten Grappa und lauschte wieder zu Monikas Zimmertür hin. Monika stöhnte erneut. Bernd Küster verfluchte sie und ihren zweifellos neuen Lover.

Hans-Hermann Pfahl hingegen fluchte lauthals. Kriminalhauptkommissar Jörg Fedder hatte zwischen den Vordersitzen des *Rover* ein schwarzledernes Portemonnaie herausgefischt. Es enthielt bis auf einige Münzen kein Geld, aber eine Bankkarte der *Haspa*, eine *HVV*-Monatskarte, einen Videoshop-Ausweis, eine *DAK*-Karte und einen Personal-ausweis, ausgestellt auf Bernd Küster, geboren am 3. Januar 1975 in Paderborn, gemeldet in Hamburg, Habichtsweg 23.

„Danke", sagte Karin und kappte die Verbindung. „Wache 11", informierte sie den wieder neben ihr am Steuer sitzenden Fedder. „Tanja hat eine in Hamburg lebende Schwester. Anita – Anita Knipp. Sie wohnt im Schadesweg. Ich glaube, das ist in Hamm, Nähe Osterbrookschule. Wann informieren wir sie?"

„Erst noch dieser Küster", sagte Fedder. „Angehörige mitten in der Nacht zu schocken ist der Horror."

„Das ist es immer." Karin kurbelte das Seitenfenster einen Spalt breit auf. „Ich brauch einen Kaffee. Hamm liegt auf dem Weg."

„Zu was?"

„Zu mir, Doofi. Außerdem würd ich gern kurz duschen." Sie schüttelte lächelnd den Kopf. „Dazu bin ich bei dir ja nicht gekommen. Warum bist du eigentlich geschieden?"

„Das musst du meine Ex fragen. Ich hatte keinen Grund."

„Hast du blöde Macken?"

„Nicht mehr als jeder andere in unserem Job. Langer Dienst, oft nicht zu Hause. Das kennst du doch."

„Klaus stört das nicht."

„Klar – wenn er dann mit seiner Latina rummachen kann."

„Das tut er nur auf Reisen."

„Hat aber offenbar Auswirkungen, wenn ich dich richtig verstanden habe."

Karin lachte.

„Das ist kein so Riesenproblem. – Wie sieht das mit uns aus?"

„Du meinst –?"

„Ich meine, in Zukunft. Glaubst du, du packst das?"

„Was?"

„Ich werde mich nicht von Klaus trennen", sagte sie. „Und ich werde auch nicht jeden Tag mit dir pennen."

„Aber?", fragte Fedder und umklammerte unwillkürlich fester das Lenkrad.

„Nichts aber. Wenn ich Lust habe, habe ich Lust. Und wenn nicht, will ich kein dummes Gesicht sehen. Kannst du das akzeptieren?"

„Sicher", sagte Fedder, aber er wusste schon jetzt, dass es ihm verdammt schwer fallen würde.

Bernd Küster hob den Kopf. Monika war aus ihrem Zimmer gekommen und setzte sich zu ihm an den Küchentisch. Sie nahm eine Papierserviette und schnäuzte hinein. Küster registrierte überrascht, dass sie einen dicken Schal um ihren Hals geschlungen hatte. Monika wich seinem Blick aus. Sie griff nach einer Gabel und stocherte in der Reisschüssel herum. Bernd Küster wusste nicht, was er sagen sollte. Auch Monika schwieg noch. Die Welt schien still zu stehen. Es gab nur das kratzende Geräusch der Gabel.

„Ich habe auf dich gewartet", sagte Monika schließlich. „Ich habe gekocht. Ich wollte dir eine Freude machen."

Bernd Küster räusperte sich.

„Ich musste länger arbeiten", sagte er dann. Monika zuckte die Achseln.

„Ist auch egal", sagte sie.

„Ich war dann – ich war dann auch noch – noch auf der Polizei."

„Du –?"

„Hab mein – hab meine Brieftasche verloren. Mit allem. Das – das ganze Geld."

„In 'ner Kneipe?" Sie sah ihn jetzt an.

„Nein – ich mein, ja. Ja, ich hab was getrunken. Merkt man vielleicht noch."

„Wo denn?"

„Irgendwo unterwegs. Alles weg. Wird sich auch nicht mehr finden. Waren so – waren fast 400 Euro. Ich – ich wollte – wollte morgen zu *Saturn*, mir so'n kleinen DVD-Player kaufen."

„Wir haben doch einen."

„Für mich. Für – für im Bett. Ich –" Er schenkte sich noch einen Grappa ein und kippte ihn. „Ich mein, wenn du Besuch hast. Ist der – ist der schon weg?"

Monika rammte die Gabel in den restlichen Reis.

„Das war Günther."

„Günther –?"

„Der von oben. Du warst ja nicht da." Sie wurde lauter. „Ich wollte mich bei dir entschuldigen, wegen gestern. Weil ich dich so angemotzt hab! Weil ich genervt war! Ich wollt es wiedergutmachen! Aber du – du bleibst einfach weg!"

„Ich …"

„Und ich steh hier blöd rum! Mit 'nem fertigen Essen! Allein! Allein, verstehst du? Wann hab ich denn mal Besuch? Wann? – Mann, du bist doch so was von blind! Du siehst doch nur, wenn ich mal 'ne Zeitung nicht richtig zusammengelegt hab! Das siehst du! 'n paar Haare im Abfluss, irgendwelchen Scheiß! Aber Günther – weißt du, was Günther sieht?! Der sieht, dass ich Frust schiebe! Der sieht, dass du nichts mit mir anzufangen weißt! Der haut sich den Bauch voll und grabscht mir dann an die Titten! Der haut mir in die Fresse, weil ich das nicht will! Ja, du – du dämlicher Trottel! Das wollte ich nicht! Aber wehr dich mal gegen so einen Scheißkerl!" Sie riss ihren Schal ab. „Der drückt dir die Kehle zu, dass dir schwarz vor Augen wird! Hier – sieh dir das an! Und als nächstes hast du – hast du nur noch Schmerzen! Überall!"

„Moni!", brachte Bernd Küster entsetzt hervor. „Moni!"

Rainer Knipp warf die Wohnungstür hinter sich zu und rannte hinaus auf die Straße. Er war mit einem alten Trainingsanzug und Laufschuhen bekleidet. Er rannte und rannte, ohne ein Ziel zu haben. Seine Augen wurden feucht, und dann rannen ihm dicke Tränen über die Wangen, und allmählich graute der Morgen.

Karin legte ihren Schlüsselbund auf die antike Flurkommode und gab Fedder zu verstehen, sich ins Wohnzimmer zu setzen.

„Ich setz nur schnell Kaffee auf. Die Küche ist ein einziges Chaos."

„Deine Wochenendbeschäftigung", stichelte Fedder.

„Nicht, wenn ich Dienst habe", korrigierte sie ihn. „Mach uns ein bisschen Musik."

Fedder nickte. Er betrat das geräumige Wohnzimmer und sah sich um. Die Einrichtung war beeindruckend. Eine mit hellem Stoff bezogene Couchecke, ein niedriger, dunkelbrauner Massivholztisch, auf dem Zeitschriften und ein Stapel Bücher lagen. Ein wuchtiger Ledersessel vor einem die ganze Seitenwand einnehmenden Bücherregal. Eine kunstvoll gearbeitete Stehlampe. Dicke Fliederbüsche in mehreren großen Tonvasen, die auf orientalischen Brücken und dem hellgrauen Teppichboden standen. Und ein Großbildfernseher und eine Stereoanlage, für die zusammen mindestens fünfzehn, zwanzig Riesen hingeblättert worden waren. Mit Sicherheit nicht von Karin. Ihr Klaus musste mit seiner Kanzlei gut im Geschäft sein. Fedder verspürte nicht nur Neid, er begann auch, den Typ zu hassen. Kohle ohne Ende. Eine Luxuswohnung. Eine willige Assistentin und eine phantastische Frau – seine Frau. Eine ihn liebende Frau. Dreckskerl.

Fedder durchstöberte die CDs und entdeckte *Solitary Man*. Der gute, alte *Cash*. Fedder wählte *Country Trash*, die Hymne auf die kleinen, unwichtigen Dinge, den Song gegen alles Aufgemotzte und angeblich Bedeutende.

Leck mich, Klaus! Deine Frau ist jetzt auch meine Frau. Wenn auch nur gelegentlich. Das würde er schon nicht in den Sand setzen.

Karin kam aus der Küche zurück.

„Kaffee läuft", sagte sie. „Schönes Stück." Sich im Rhythmus der Musik wiegend, zog sie Bluse, Hose und Slip aus, um unter die Dusche zu gehen.

Fedder schluckte trocken. Und dann erstarrte er von einer Sekunde auf die andere.

Die Wohnungstür wurde aufgeschlossen.

Der Zivilfahnder der Wache 11, Horst Munck, hielt der Taxifahrerin ein Porträtfoto der erwürgt aufgefundenen Tanja Düsterloh hin. Sie war nicht die erste Person, die er ansprach und er rechnete auch bei ihr nicht mit einer konkreten Auskunft. Doch er irrte sich. Die Taxifahrerin, eine in schwarzes Leder gekleidete Frau von Mitte vierzig, nickte lässig.

„Hab ich diese Nacht noch gefahren", sagte sie.

Munck musterte sie skeptisch. Die Frau hatte nur einen flüchtigen Blick auf das Foto geworfen. Sie lehnte an ihrem Wagen und beschäftigte sich weiter mit dem Drehen einer Zigarette. Auf dem Dach des grauen *Mercedes* stand ein Pappbecher mit dampfendem Kaffee.

„Sind Sie sich sicher?", fragte Munck nach.

„Sonst würd ich's nicht sagen."

„Sie haben nicht allzu genau hingesehen."

„Ich bin nicht blind." Munck blickte auf ihre Sonnenbrille, die sie hoch in ihre *Tina-Turner*-Mähne geschoben hatte.

„Tragen Sie die beim Fahren?", fragte er.

„Trag ich immer so", sagte sie. „Is 'ne Macke."

„Ah ja, eine Mode."

„Eine Macke", wiederholte sie. „Was ist mit der Kleinen?"

„Sie ist ermordet worden", sagte Munck. „Wo und wann ist sie bei Ihnen eingestiegen?" Die Taxifahrerin zündete sich ihre Fluppe an. Sie inhalierte tief und griff nach dem Kaffeebecher.

„Am Dammtor", sagte sie, nachdem sie einen kleinen Schluck genommen hatte. „Wie ist sie umgekommen?"

„Sie wurde erwürgt. – Sie wissen nicht mehr, wann das war? Ich meine …"

„Machen Sie Ihren Job schon lange?", fragte sie zurück.

„Wieso?"

„Sie haben so 'ne Hektik drauf. Das sollte sich nach 'ner gewissen Zeit legen."

Munck errötete unwillkürlich. Die Lederfrau lächelte nachsichtig.

„Kurz vor elf", sagte sie. „Ich war gerade frei geworden. Sie kam vom *SAS* rüber, vom Hotel. Sie war 'ne Prosti, ich kenn den Typ. Ich hab sie zur Langen Reihe gefahren. Sie ist da ins *Gnosa*, und das war's auch schon. War exakt fünf nach elf, als sie ausstieg. Ich hab immer das Radio laufen. Okay?"

„Ja", sagte Horst Munck. „Danke."

„Da nich für. Seit wann sind Sie denn nun schon dabei?"

„Bei den Ermittlungen?"

„In Ihrem Verein", sagte sie. „Würd mich interessieren, wie schnell man es da zu was bringen kann."

Klaus Neuenfels lehnte sich zurück und streckte die Arme auf der Rückenlehne aus. Er war ein verdammt gutaussehender Mann mit einem schmalen, klugen Gesicht und freundlich blickenden Augen.

„Schön, dass ich Sie auch mal kennenlerne", sagte er zu Fedder, der seiner Aufforderung, sich ebenfalls zu setzen, nicht nachgekommen war. Aus dem Bad war das Rauschen der Dusche zu hören. Fedder räusperte sich.

„Wir haben Dienstbereitschaft", sagte er blöderweise. Ihm fiel aber auch nichts Besseres ein. Klaus Neuenfels nickte wissend.

„Meine Frau hält große Stücke auf Sie", sagte er. „Manchmal beneide ich Sie."

„Mich?"

„Sie haben Karin praktisch tagtäglich um sich. Ich muss mich mit nervenden Klienten herumschlagen oder ermüdende Vorträge über mich ergehen lassen. Ich hatte es gestern Abend plötzlich satt. Waren Sie in letzter Zeit mal in Berlin?"

„Nein", sagte Fedder.

„Seien Sie froh. Der Run auf diese Stadt ist mir total unverständlich. Provinzielles Theater, maßlos überteuerte Restaurants und ein Nachtleben zum Einschlafen. Nein, nein, da haben wir es hier besser."

„Das kann ich nicht beurteilen", sagte Fedder und sah auf die Uhr.

„Sie müssen gleich wieder los?", sagte Neuenfels. Er zuckte die Achseln. „Schade. Ich will Sie nicht fragen, um was es geht. Sie verstehen – als Anwalt könnte es der Zufall wollen, dass ich noch mit einem Ihrer Fälle zu tun habe. Karin und ich halten das auch streng getrennt." Er zwinkerte Fedder leutselig zu. „Selbst in intimen Situationen."

Fedder nickte nur. Erleichtert hörte er, dass die Dusche abgestellt wurde. Sekunden später kam Karin aus dem Bad. Sie hatte ein Badetuch umgeschlungen und sah kurz zu ihnen herein.

„Ich brauch nur noch 'ne Minute", sagte sie. „Unterhaltet ihr euch gut?"

„Bestens!", rief Klaus. „Kannst du schon sagen, ob ich dich heute noch sehe?"

„Wahrscheinlich", sagte Fedder.

„Kommt drauf an", meinte Karin. „Wenn, wird's auf jeden Fall spät. Du könntest was einkaufen. Der Kühlschrank ist leer."

Fedders Handy meldete sich.

„Mein Gott!", sagte Fedder, als er wieder mit Karin im Wagen saß. „Das hat dein Mann doch geschnallt."

„Natürlich." Sie lachte. „Und er hatte Stress mit seiner Latina. Jedenfalls war diesmal nichts mit Sex. Warum, glaubst du wohl, fragt er, ob er mich heute noch sehen wird? Er will ficken!"

„Karin."

„Ja, was?" Sie lachte wieder. „Weißt du, was ich mir überlege? Ich denk echt dran, ihn mal zappeln zu lassen! Um so bombiger wird es dann."

„Ich find das nicht witzig", sagte Fedder. „Ich find das alles überhaupt nicht witzig. Mein Gott, ich hab gedacht, ich müsste in der Erde versinken! Das war ein Scheißgefühl, ein verdammtes Scheißgefühl! Das muss ich nicht haben!"

„Wie? Was? Heißt das, es war dir so furchtbar peinlich, dass du –?"

„Dass ich das nicht haben muss!" Er schaltete hoch und brachte den Wagen auf über 80.

„Stadtverkehr", mahnte Karin. „Jetzt übertreib aber mal nicht. Klaus kann damit umgehen."

„Ich red nicht von deinem Klaus, ich red von mir!"

„Das ist spießig."

„Das ist mir egal."

„Aber mir nicht. Ich mag keine Spießer."

„Das kann ich auch nicht ändern", sagte Fedder.

„Es wird dir nur leid tun." Sie rutschte tiefer in den Sitz und blickte durch das Seitenfenster hinaus auf die Straße.

Fedder seufzte innerlich. Er hatte das Aroma ihres Duschgels in der Nase. Ein frischer Hauch, ein belebender. Und sie hatte die Kleidung gewechselt, trug jetzt ein eng anliegendes hellbraunes Shirt und eine ebenfalls hellbraune Hose mit aufgenähten Taschen.

„Mir übrigens auch", sagte Karin, ohne zu ihm hinzusehen. „Aber ich find's total bekloppt, dass du so einen Aufstand machst."

„Entschuldige", lenkte Fedder ein. „Ich tu mich mit so was eben schwer."

„Es ist doch wirklich kein Drama. Für mich nicht, für Klaus nicht –"

„Das sagst du so."

„Das weiß ich."

„Wie denn?"

„Ja, wie wohl? – Mein Gott!", sagte sie jetzt auch. „Wenn du das unbedingt hören willst – ich hatte immer wieder mal eine kleine Affäre. Jetzt guck nicht so belämmert. Ich hab damit nicht gesagt, dass das mit uns auch nur von kurzer Dauer ist. Ich fänd's schön, wenn wir's weiter so halten könnten."

„Bei hin und wieder."

„Das kann sehr lang sein."

Bernd Küster lag neben Monika im Bett. Sie hatte sich in seinen Arm gekuschelt und war schließlich eingeschlafen. Bernd Küster war nach wie vor vollständig angezogen. Er lag steif wie ein Stock da und starrte zur Decke hoch. Zig Gedanken schossen durch seinen immer noch nicht klaren

Kopf. Er hatte diesen Günther vor Augen, dem er bislang nur einige Male im Treppenhaus begegnet war. Er erinnerte sich an Günthers glatt zurückgekämmte und zu einem Pferdeschwanz zusammengebundene Haare, sein breitflächiges Gesicht, sein blödes Grinsen.

Er sah ihn Monika an die Brust greifen, sah ihn sie würgen. Bernd Küster sah sich in der schäbigen Absteige. Er sah sich benommen herumtappen und sich die Augen reiben. Es war erbärmlich. Zum wer-weiß-wievielten Mal fragte er sich, was ihn eigentlich dazu getrieben hatte, sich mit dieser kleinen Nutte einzulassen. Er kannte die Antwort. Sie war dumm. Er war auf Monika wütend gewesen. Auf sie und alle anderen Schlampen, die überall ihr Zeug herumliegen ließen. Ihre dreckigen Schlüpfer, ihre Strumpfhosen, ihre Tampons. Die ihr Müsli nicht aufaßen, nicht spülten, nicht wischten und überquellende Abfalltüten nicht in die Mülltonnen warfen. Er hasste das, und sein Hass hatte sich auf dieses geile Miststück gerichtet, dem er einmal hatte zeigen wollen, was Ordnung hieß.

Bernd Küster stöhnte gequält. Doch er wagte nicht, sich zu rühren. Er schloss die Augen und versuchte, ebenfalls zu schlafen. Es gelang ihm nicht. Die Türklingel ließ ihn hochschrecken, und auch Monika wurde wach. Sie sahen sich an.

„Günther?", fragte Bernd.

„Nein – nein! Wenn er – wenn er das ist –!" Es klingelte noch einmal. Bernd Küster rappelte sich auf.

„Keine Angst", sagte er. „Der kommt hier nicht rein, und wenn ich das ganze Haus zusammenschreien muss!"

Er ging zur Tür und öffnete. Im Hausflur war niemand. Es klingelte wieder, und Bernd Küster drückte jetzt auf den Haustüröffner. Er machte Licht und sah über das Geländer nach unten. Er waren zwei Personen, die heraufkamen.

Anita Knipp versuchte es noch einmal. Sie hörte wieder nur: „Der Teilnehmer ist zur Zeit nicht erreichbar. Ihr Anruf wird registriert."

„Blöde Kuh!", schimpfte Anita. „Melde dich endlich!" Sie ließ sich erschöpft auf das Sofa fallen und gab Tanja noch eine halbe Stunde. Dann würde sie ein Taxi rufen und einfach bei ihr vor der Tür stehen.

Fedder hielt Bernd Küsters karierte Jacke hoch.

„Sie hatten um 22 Uhr vor dem *Ali Baba* auf dem Steindamm einen Streit mit einer jungen Frau", sagte er. „Sie hieß Tanja."

„Möglicherweise hat sie Ihnen einen anderen Namen genannt", erklärte Karin. „Sie hat angeschafft."

Bernd Küster schluckte. Er sah zu Monika hin. Fedder wandte sich an sie.

„Wenn Sie uns sagen können, wann Herr Küster nach Hause gekommen ist, haben wir keine weiteren Fragen an Sie", sagte er.

„Ich weiß nicht genau – irgendwann nach eins. – Was hast du gemacht?"

„Das – ich kann das erklären", stammelte Bernd Küster. „Ehrlich, ich – ja, ich – diese – sie hatte mich beklaut! Sie hat mir irgendwas – sie hat mir so'n Piccolo aufgedrängt und ich – ich war für 'nen Moment weg. Da hat sie – da hat sie mir mein Portemonnaie geklaut. Ich hab dann – ich bin sofort hinter ihr her –"

„Du hast mit 'ner Nutte gepennt?!"

„Frau Graf, ich denke, es ist besser, wenn Sie das später mit Ihrem Freund ..."

„Mein Freund?! Der und mein Freund?!"

Karin fasste sie am Arm.

„Kommen Sie", sagte sie. „Mein Kollege ..."

460

„Ihr seid doch alle gleich!", schrie Monika den beschämt zu Boden blickenden Bernd an. „Ihr seid zum Kotzen! – Lassen Sie mich! Ich verzieh mich schon! Ich will das gar nicht hören! – Steigt über 'ne Nutte!" Sie stürmte in ihr Zimmer und schlug die Tür hinter sich zu. Bernd Küster zuckte zusammen.

„Tut mir leid", sagte Fedder. „Aber Sie haben nach ihr gerufen."

„Ich – ich war noch durcheinander."

„Dann wollen wir mal sehen, dass wir ein bisschen Klarheit schaffen. Also, Sie sind ihr nachgelaufen. Sie wollten ihr Portemonnaie zurück – okay. Und dann?"

„Sie – ich hab sie auch noch zu – zu fassen gekriegt. Aber sie – sie hat wie – wie verrückt geschrien. Und da ist es – dieser Typ mit dem großen Wagen – der ist dazwischengegangen. Zu dem ist sie dann – dann auch eingestiegen."

„Ja", sagte Karin. „Auch dafür gibt es Zeugen. Offen bleibt allerdings, was Sie danach getan haben."

„Zwischen 22 Uhr und irgendwann nach eins", sagte Fedder.

„Da – da bin ich – ich bin nach Hause."

„Drei, dreieinhalb Stunden lang? Vom Steindamm bis hier?"

„Ich hatte ja nichts mehr. Ich meine, kein Geld. Ich – ich musste zu Fuß gehen. Hat – hat die mich etwa angezeigt?"

„Tanja?", fragte Fedder und lächelte müde. Er wechselte mit Karin einen Blick.

„Herr Küster", sagte Karin. „Was für einen Grund sollte Tanja gehabt haben, Sie anzuzeigen?"

„Weil ich – ich hab Sie da vielleicht zu – zu hart angefasst."

„Sie waren der Bestohlene."

„Ja, ja, aber ich …"

461

„Sie hätten die Kontrolle über sich verlieren können, ja?", sagte Fedder. „Das verstehe ich. Das wäre mir auch so gegangen. Sie werden besoffen gemacht, Sie werden ausgeraubt und so eine abgebrühte Stricherin schreit auch noch auf offener Straße Gott und die Welt zusammen. Da hätte ich rotgesehen. Und dann entkommt sie einem auch noch. – Das haben Sie doch nicht so einfach weggesteckt und sind brav nach Hause getrottet." Das war keine Frage. Fedder tippte auf Küsters Geldbörse. „Ich nehme an, Sie hatten einiges an Geld bei sich."

„Was – was sollte ich denn machen?"

„Sie hätten Tanja anzeigen können, Sie, Herr Küster. Bei Beischlafdiebstahl sind die Kollegen in St. Georg fix zur Stelle. Und die kennen auch die bösen Mädchen."

„Das war – ich hab nicht daran gedacht."

„Nehmen wir mal an, Sie haben sich Folgendes gedacht. Sie haben sich gedacht, dieses hinterhältige Biest taucht bestimmt wieder auf. Davon kann man bei diesen Mädchen mit großer Sicherheit ausgehen. Die haben ihre festen Plätze, die ..."

„Was – was wollen Sie eigentlich noch –?"

„Mach's kurz, Jörg", sagte Karin. Sie sah Bernd Küster fest an. „Diese Tanja wurde um elf zuletzt gesehen, und zwar auf der Langen Reihe. Eine Stunde später ist sie knapp hundert Meter weiter in einem Gebüsch tot aufgefunden worden. Sie wurde erwürgt ..."

„Nein ...!"

„... und die Frage an Sie ist, wo Sie zu der Zeit waren. Konkret zwischen 23.05 Uhr und null Uhr."

„Nein", brachte Bernd Küster noch einmal hervor. Seine Stimme war dünn. „Das hab ich doch gesagt. Ich – ich war ..."

„Sie waren auf dem Heimweg – ja", sagte Fedder. „Aber

gibt es dafür Zeugen? Können Sie uns irgendjemanden nennen, der Sie gesehen hat? Ich befürchte, nein. Und das ist nicht gut. Das ist gar nicht gut für Sie, Herr Küster. Denn das heißt, Sie hatten sowohl ein Motiv als auch die Möglichkeit, Tanja Düsterloh zu ermorden."

Bernd Küster schüttelte entsetzt den Kopf.

Anita Knipp stopfte die große, vollbepackte *Ikea*-Tasche auf den Rücksitz des Taxis. Sie setzte sich nach vorn, nannte dem Fahrer das Fahrtziel und gurtete sich an.

Der Fahrer war ein älterer Mann, der anerkennend Anitas dicken Bauch betrachtete.

„Das Erste?", fragte er, während er den Wagen ein Stück zurücksetzte und dann wendete. „Wissen Sie schon, ob Junge oder Mädchen?"

„Ein Mädchen", sagte Anita. „Mein erstes Kind." Sie schnaubte bitter.

Der Fahrer hob die Augenbrauen.

„Haben Sie Angst vor der Geburt?"

„Nee – nur vor dem Nervkram danach."

„Darf ich fragen –?"

„Dürfen Sie", sagte Anita. „Der Herr Erzeuger hat sich verpisst. Der will sich drücken. Aber der wird sich noch wundern."

„Verstehe", sagte der Fahrer. „Ist schwer für 'ne Frau, wenn sie allein für das Kind und sich sorgen muss."

„Er soll sich bloß nicht einbilden, dass er das mit mir machen kann." Sie zog eine angebrochene *Haribo*-Tüte aus ihrer Jeansjackentasche und klaubte ein Kokoslakritz heraus. „Wollen Sie auch?"

„Nein, danke. Ich hab gerade erst gefrühstückt."

„Ich bleib jetzt erst mal bei meiner Schwester. Mit der komm ich ganz gut zurecht." Ein sanftes Lächeln legte sich für einen Moment auf ihr Gesicht. „Ich hab manchmal gedacht, uns trennen Welten, aber in letzter Zeit – sie ist schon 'ne Gute." Sie stopfte sich noch ein Lakritz in den Mund. „Sie mochte den Arsch von Anfang an nicht."

„Ihren – Ihren Mann?"

„Er hat sie mal angemacht. Ich dachte, ich spinne, als sie's mir erzählt hat! Will sich an seiner eigenen Schwägerin vergreifen! Aber so ist er!"

Der Fahrer äußerte sich nicht dazu.

„Ich fahr über Schlump", sagte er nur.

Kriminalhauptkommissar Fedder und seine Kollegin Karin standen inzwischen vor dem zweistöckigen Wohnhaus in Hamm und klingelten vergeblich bei ‚R. Knipp'. Ein Fenster im ersten Stock wurde geöffnet und ein dunkelhäutiges Mädchen sah zu ihnen herunter.

„Die Anita is mit'm Taxi weg!", rief es. „Da war Terror!"

„Was war?", rief Fedder zurück.

„Terror! Das war Hölle!"

„Machst du uns mal auf?!", rief Karin. „Wir sind von der Polizei!"

Das Mädchen hob den Daumen.

Die junge Sparkassenangestellte Sabine Finke zwang sich, jetzt wirklich nicht länger an den nächtlichen Vorfall zu denken. Sie schwang sich aus dem Bett und öffnete weit das Fenster. Es war noch ein wenig kühl, aber es zeichnete sich bereits ab, dass es wieder ein sonniger Tag werden würde. Ein Samstag. Ein Wochenende, das sie eigentlich verplant hatte.

Sabine atmete tief durch. Sie machte ein paar Dehnübungen, duschte sich und zog ihre Radlerklamotten an. Wenige Minuten später schwang sie sich schon aufs Rad. Sie nahm den Weg über die Osterstraße, fuhr an ‚ihrer Bank‘, der *Haspa*, vorbei und legte sich immer kräftiger in die Pedale. Auf der Bundesstraße schnitt sie ein aus der Garbestraße kommendes Taxi. Voll in Fahrt winkte sie eine Entschuldigung.

Sabine Finke hatte keine Ahnung, dass diesem Taxi kurz zuvor Anita Knipp entstiegen war. Es hätte sie auch nicht weiter interessiert. Jedenfalls nicht zu diesem Zeitpunkt.

Rainer Knipp trabte über die Kreuzung zur Alster. Das lange Laufen hatte ihn erhitzt. Er glühte förmlich. Erschöpft ließ er sich auf eine Bank am Ufer fallen und schaute ausdruckslos über das Wasser.

„Ich muss was tun", sagte er schließlich zu sich. „Ich muss verdammtnochmal was tun." Ihm kam in den Sinn, wirklich auf Nimmerwiedersehen zu verschwinden. Er spann den Gedanken weiter. Er konnte 500 Euro ziehen und den erstbesten Last-Minute-Flug nehmen. In die Türkei, nach Griechenland oder sonst wohin. Er brauchte kein großes Gepäck. Von den 500 Euro konnte er sich am Hauptbahnhof das Notwendigste kaufen. Wenn alles glatt lief, würde er schon in etwa drei Stunden in einem Flieger sitzen und die ganze Scheiße hinter sich lassen.

„Warum nicht?", sagte er sich. „Warum eigentlich nicht? Ist doch machbar."

Die Kommissarin Karin Neuenfels stand am Fenster ihres Büros im Alsterdorfer Stern und telefonierte zur U-Bahn-station hinblickend. Fedder telefonierte ebenfalls. Er saß an seinem Schreibtisch. Sein Gespräch dauerte nicht lange. Ungeduldig trommelte er dann mit den Fingerspitzen auf die Schreibtischplatte.

„Ich notiere", sagte Karin, ohne sich zu ihm umzudrehen.

Sie schrieb etwas in ihr aufgeklappt auf dem Fensterbord liegendes Heft.

Fedder unterbrach sein Getrommel.

„Vier-neun-zwo-dreizehn-siebenundachtzig", wiederholte Karin offenbar. „Danke, ich versuch's dann unter dieser Nummer. – Nein, es ist wirklich nur eine Nachfrage, Sie können unbesorgt sein." Sie beendete das Gespräch und ging an ihren Platz. „John Hardley, ein Jamaikaner. Er hatte gestern Abend im *Gnosa* Tresendienst."

„Sie war in der zehnten Woche", sagte Fedder.

„Wie? Tanja?"

„Sie war schwanger", glaubte Fedder noch sagen zu müssen.

Karin setzte sich.

„Meinst du, das hat irgendwas mit dem Mord an ihr zu tun?"

„Wahrscheinlich nicht", sagte Fedder. „Ich find's nur interessant."

„Interessant? Inwiefern?"

„Na, erlaube mal – von irgendjemandem hat sie das doch. Also, dass sie schwanger geworden ist. Und ich denk da nicht an einen ihrer Freier."

„Warum nicht?"

„Weil auch auf dem Straßenstrich keins der Mädchen so blöd ist, es ohne Gummi zu machen."

„Die Typen aber schon. Und wenn so einer mit ein paar großen Scheinen winkt –"

„Kommt vor", gestand Fedder ein. „Aber irgendwie glaub ich nicht dran."

„Irgendwie ist Scheiße."

„Ich mein, wenn sie von einem Freier schwanger geworden wäre, hätte sie es doch längst schon wegmachen können."

„Sicher", sagte Karin. „Aber es könnte mehr als ein Einmal-und-tschüss-dann-Freier gewesen sein. Einer dieser Stammkunden, die sich dazu berufen fühlen, so ein Mädchen von der Straße zu holen."

Fedder schob die Unterlippe vor. Er ließ sacken, was Karin gesagt hatte.

„Wo kann nur ihre verdammte Schwester abgeblieben sein?", platzte es dann aus ihm heraus. „Und auch ihr Mann? Wohin geht man, wenn man so höllisch aneinander gerasselt ist?" Er hatte es kaum ausgesprochen, als er sich schon mit der flachen Hand an die Stirn klatschte.

Anita dankte Tanjas Nachbarin und hielt der alten Frau die *Haribo*-Tüte hin.

„Dat geit nich mehr", sagte die Alte und entblößte die ihr verbliebenen Zähne. Anita schauderte es.

„In Polen macht man Ihnen das für 'n Appel und 'n Ei", sagte sie aber noch und beeilte sich, Tanjas Wohnungstür aufzuschließen. Die Alte lachte meckernd.

„Der Pole kann nur saufen, da kommen se mir nich mit! Der haut einem auf'n Kopp!"

Anita drückte die Tür hinter sich zu und stellte ihre *Ikea*-Tasche ab. Sie ging direkt in das nach hinten hinaus gelegene Zimmer.

Tanja lag nicht in ihrem Bett, aber Anita entdeckte auf dem zerknitterten Laken ihr Handy.

Sabine Finke legte am Dammtor einen Stopp ein. Sie kaufte ein Schokocroissant und einen großen Becher Kaffee, in den sie Milch und Zucker gab, bevor sie ihn ‚für auf den Weg' von der vietnamesischen Verkäuferin verschließen ließ. Als sie zu ihrem Rad zurückging, hörte sie hinter sich einen anerkennenden Pfiff. Sie drehte sich nicht um, sah aber, als sie den Kaffeebecher in die Halterung am Lenker steckte, in

der Halle einen ungepflegt aussehenden Typ, der zu ihr hin-
grinste. Sabine tat, was sie noch nie getan hatte. Sie zeigte
dem Grinser den Finger, stieg aber dann schnell aufs Rad
und zischte davon.

„Danach muss ich mich aber 'ne Weile hinhauen", sagte
Fedder zu Karin, nachdem sie in seinen vor dem Präsidium
geparkten Wagen eingestiegen waren. „Egal, ob sie nun in
Tanjas Wohnung ist oder nicht. Irgendwann werden sie oder
ihr Mann sich ja schon melden."

„Wie verstehst du hinhauen? Willst du pennen?"

„Das haben wir uns verdient", sagte Fedder. „Diesen Küster haben wir meines Erachtens so gut wie fest."

„Ich weiß nicht." Karin schüttelte zweifelnd den Kopf.
„Das ist sehr dünn."

„Was er sagt – ja."

„Sollen wir nicht doch erst nachfragen, was im *Gnosa* war?"

„Wenn du willst, kannst du das alleine übernehmen. Ich
muss für 'ne Zeit abschalten. Im Schlaf blitzt meistens was
bei mir auf."

„Was? Was blitzt da?"

„Irgendein Detail, dass ich wahrgenommen habe und das
versackt ist. Oder auch 'ne Äußerung. Das hat schon oft was
gebracht."

„Ich träum nie von der Arbeit – Gott sei Dank nicht."

Fedder lag was auf der Zunge, aber er sagte nichts. Er
hätte es schön gefunden, wenn sie jetzt gelegentlich von ihm
träumen würde.

Anita klickte auf dem Handy ihrer Schwester die bei ihr eingegangenen Anrufe durch. Vor ihren eigenen vergeblichen
Versuchen waren nur noch zwei weitere als unbekannte Teilnehmer verzeichnet. Aus nicht zu bremsender Neugier sah

Anita sich Tanjas gespeicherte Namen an. Es gab einen Boris, es gab einen Dieter, es gab Franke und Fuhr, es gab einen Herbert und es gab einen Rainer.

Rainer?

Anita Knipp rief die Nummer ab. Ihre Augen wurden schmal. Was sie auf dem Display erblickte war die Durchwahlnummer ihres gottverdammten Mannes bei der *Hamburger Sparkasse.*

Sabine Finke bremste ihr Rad ab.

„He", sagte sie zu ihrem soeben von der Alsteruferbank aufgestandenen Kollegen Rainer Knipp. „Da sieht man sich ja schon wieder. Was machst du denn hier?"

Rainer Knipp senkte verlegen den Kopf.

„Nur 'n bisschen laufen", murmelte er.

„Ich will 'ne lange Runde drehen", sagte Sabine und stieg ab. Sie bockte ihr Rad auf und nahm den Kaffeebecher aus der Halterung. „Magst du 'n Schluck? Du trinkst doch mit Milch und Zucker."

Rainer nickte apathisch. Sabine reichte ihm den Becher.

„Ich werd mich dann noch irgendwo in die Sonne legen", redete sie weiter. „Einfach rumdösen. Was hast du so vor? He – ihr geht bestimmt noch für das Baby einkaufen. Ist doch bald so weit, nich? Wie fühlt sich deine Frau?"

„Meine Frau", sagte Rainer tonlos. Sabine sah ihn leicht irritiert an.

„Sag mal, hast du irgendwas? Du bist irgendwie wie weggetreten. Habt ihr euch nach der Sauna noch die Kante gegeben?" Sie lachte jetzt unbekümmert. „Klar, Peter-Pilschen hat ja meistens 'ne Fahne, das schwebte ja schon beim ersten Aufguss zu einem rüber. Wo wart ihr denn?"

„Er hat mich noch zu 'nem *Mai Thai* überredet", sagte Rainer und gab ihr den Kaffee, ohne davon getrunken zu haben, zurück. „Danke, ich werd dann mal." Er nickte sich verabschiedend.

„Nee – warte", sagte Sabine. „Bleib doch noch etwas. Ich hab echt Lust zu quatschen. Sorry, dass ich dich so anhaue. Aber das tut mir jetzt gut. Ich hab echt 'ne scheiß Nacht hinter mir. Dir kann ich's ja sagen. Ich hab mich von meinem Freund getrennt. Na ja – wir waren eigentlich noch nicht richtig zusammen. Aber ich hab ehrlich gedacht, das wird was. Er war auch erst richtig nett – Scheiße, ich hab mich gründlich geschnitten."

Rainer setzte sich wieder auf die Bank. Sabine setzte sich neben ihn und nickte dankend. Sie zog das Schokocroissant aus der Tüte. Rainer nickte jetzt auch.

„Ich hab Anita zum Teufel gejagt", sagte er dumpf. „Es wär ohnehin nicht mehr gegangen."

„Deine Frau?"

„Das ist alles eine einzig große Scheiße", sagte Rainer. „Aber ich bin selbst schuld."

„Wie meinst du das? Was ist denn passiert?"

Anita riss die Wohnungstür auf. Ein dunkelhaariger Mann in einem gut sitzenden Anzug und eine jüngere, attraktive Frau standen vor ihr. Sie wiesen sich als Kripobeamte aus.

„Frau Knipp? Frau Anita Knipp?", fragte der Mann.

„Was wollen Sie? Wenn Sie was von Tanja wollen – auf die warte ich auch. Und wie ich auf sie warte! Sie wird mir nämlich einiges zu erklären haben!"

„Ihre Schwester, Frau Knipp", sagte die junge Frau. „Ihre Schwester wurde diese Nacht tot aufgefunden. Es tut uns leid."

„Tot?" Anita wich unwillkürlich einen Schritt zurück. Die beiden Beamten kamen zu ihr herein. Der Mann schloss die Tür hinter sich.

„Ja", sagte er. „Sie wurde erwürgt."

„Nein – nein, das ist – mein Gott!" Sie sah von dem Mann zu der Frau hin. Sie blickte in ernste Gesichter. „Erwürgt", sagte sie mit erstickter Stimme.

„Sie wussten, welchem Gewerbe Ihre Schwester nachging?"

Anita brachte nur ein kaum merkliches Nicken zustande.

„Wir vermuten, dass es einer ihrer Kunden war. Wir gehen bereits einigen Hinweisen nach. Aber Sie werden uns sicher auch etwas sagen können."

„Ich …"

„Ich meine, was Sie mit Ihrer Schwester klären wollten."

„Das – das ist doch jetzt egal. Sie – nein wirklich, das hat nur was mit – mit meinem Mann zu tun."

„Entschuldigen Sie, aber auch das könnte wichtig sein."

Anita wischte sich flüchtig über die Augen. Sie brauchte noch einige Zeit, bis sie wieder etwas sagte.

„Er – also Tanja", sagte sie. „Tanja hat ständig mit ihm telefoniert. Ich hab – ich hab hier gerade ihre – ihre *Vodafone*-Rechnungen gesehen."

„Ist das ungewöhnlich?"

„Sie konnte den Arsch nicht ab!", sagte sie jetzt impulsiv. „Hat sie mir jedenfalls immer zu verstehen gegeben! Er ist ja auch 'n Arsch! Aber sie quakt fast jeden Tag mit ihm! Das hätte ich gern gewusst! Was ausgerechnet sie mit ihm zu quatschen hatte!"

„Sie haben dafür keine Erklärung?"

„Nein! Ich – wenn er sie nicht in Ruhe gelassen hätte, das wär was anderes. Da wüsste ich, warum. Aber Tanja –" Sie schüttelte den Kopf.

„Wo ist Ihr Mann denn jetzt?"

Der von seinen Arbeitskollegen scherzhaft Peter-Pils genannte Sparkassenangestellte saß allein bei einem ausgiebigen Frühstück. Er ließ Karin und Fedder Platz nehmen und bot ihnen an, sich zu bedienen. Karin begnügte sich mit einer Tasse Tee. Fedder belegte eine Brötchenhälfte mit einer großen Scheibe Schinken.

„Ich will es kurz machen", sagte er mit Blick auf Karin. „Ihr Kollege Rainer Knipp ist nach einem üblen Streit mit seiner Frau sozusagen abgängig. Wir haben gehört, dass er oft mit Ihnen zusammen ist."

„Ist er der Alten an die Gurgel? Hat sie ihn angezeigt?"

Fedder ging nicht darauf ein.

„Wir müssen mit ihm reden", sagte er.

„Seine Frau sorgt sich", sagte Karin.

„Die? Die macht doch sonst nicht so'n Aufstand. Ich mein, gleich die Bullen rufen – sorry, aber das krieg ich nicht so ganz auf den Film."

„Müssen Sie auch nicht", erwiderte Fedder. „Sie waren doch gestern Abend noch mit ihm zusammen."

„War ich. Sauna und – okay, wir haben uns dann noch 'n paar genehmigt."

„Und über was haben Sie geredet?"

„Wie –?"

„Sich unterhalten. Über seine Frau, und dass er Vater wird und überhaupt. Sie werden doch nicht schweigend beim Chinesen gesessen haben …"

„Beim Chinesen? Wie kommen Sie denn darauf? Nee, wir sind gleich zum *SAS* rüber, in die *Mai-Thai-Bar*, und klar – das mit Vater und so, da kommt er noch nicht so richtig mit zurecht."

„In die *Mai-Thai-Bar*? Wann? Wann war das? Um wie viel Uhr?"

„Sag ich doch – direkt nach der Sauna, so um neun, halb zehn."

„Und wie lange sind Sie da geblieben?"

„Bis – also ich war so etwa halb zwölf zu Hause."

„Sind Sie gemeinsam aufgebrochen?"

„Ich – ach so, jetzt kapier ich! Rainer hat mit dem Wagen Mist gebaut! Oh Mann – und ich sag ihm noch, lass die Karre stehen, nimm 'n Taxi! Hat er in seinem besoffenen Kopp jemanden angefahren?"

Fedder legte das nur halb verzehrte Brötchen zurück. Karin stand gleichzeitig mit ihm auf.

„In gewisser Weise", sagte Fedder zu Rainer Knipps verwirrt blickendem Kollegen. Er legte ihm seine Karte hin. „Wenn er sich noch bei Ihnen melden sollte, benachrichtigen Sie uns bitte umgehend."

Rainer Knipp nahm dankend die von Sabine am Bankautomaten gezogenen 500 Euro in Empfang.

„Ich geb's dir dann Montag zurück", sagte er. „Du hast mir wirklich sehr geholfen."

„Ist denn sonst alles in Ordnung?"

„Ich will nur nicht dabei sein, wenn sie ihre Sachen packt", sagte Rainer. „Ich frag Peter, ob ich so lange bei ihm bleiben kann. Mit dem Geld komm ich erst mal zurecht. – Danke", sagte er noch einmal und zwang sich ein Lächeln ab. „Wir sehen uns."

„Wenn ich dir noch irgendwie helfen kann – ehrlich, ich hab Zeit."

Rainer sah sie an.

„Wir gehen demnächst mal aufn Wein", sagte er abschließend. „Hätten wir eigentlich schon längst mal tun sollen – du bist nett."

„Na ja", sagte sie. „Wir können uns ja gegenseitig trösten." Sie hatte es kaum ausgesprochen, als sie sich schon fragte, ob es vielleicht zu direkt gewesen war. Egal, sagte sie sich dann und hob sich verabschiedend die Hand.

Bernd Küster erwachte aus einem unruhigen Schlaf. Er musste pinkeln. Die Küche war extrem ordentlich aufgeräumt. Das Geschirr war gespült und der Tisch war sauber abgewischt. Bernd Küster seufzte schwer. Auf der Toilette verspürte er urplötzlich einen stechenden Kopfschmerz. Er öffnete das Toilettenschränkchen und bemerkte dabei, dass Monikas Zahnbürste und auch alle ihre Salben und Cremes verschwunden waren. Von einer dunklen Ahnung getrieben, ging er zu ihrem Zimmer und klopfte behutsam an die Tür. Monika reagierte nicht. Er klopfte noch einmal und drückte schließlich die Klinke herunter. Das Zimmer war leer.

Monika Graf stand am Fahrkartenschalter in dem gegenüber dem Schauspielhaus platzierten *DB*-Container. Sie zahlte mit ihrer EC-Karte einmal *Kiel einfach*. Sie hoffte, dass sie vorerst bei ihren Eltern bleiben konnte. Sie hatte sie schon angerufen. Sie freuten sich auf ihren Besuch, zumal an diesem Wochenende auch ihre ältere Schwester Astrid mit ihrem Sohn Olli bei ihnen war. Nach langer Zeit würde die Familie also wieder einmal komplett beisammen sein.

Hans-Hermann Pfahl klappte sein Handy zu. Er nickte grimmig.

Mit mir nicht, sagte er zu sich. Nicht mit mir.

Es klingelte an der Wohnungstür. Hans-Hermann Pfahl eilte hin und riss sie auf. Eine junge Frau mit grüner Schürze stand vor ihm.

„Herr Pfahl?", fragte sie und überreichte ihm einen riesigen, eingewickelten Strauß.

„Was ist das?"

„Ein telefonischer Auftrag. Ein Dutzend Rosen. Die Karte steckt."

Hans-Hermann Pfahl nahm den Strauß widerstrebend an

und zupfte die Karte heraus. *Danke für die Diskretion,* stand darauf und darunter: *Inge Kottke.*

„Diskretion?" Er schüttelte verständnislos den Kopf. „Wie meint die blöde Ziege das? Will sie mich jetzt auch noch verarschen?"

Die Botin blieb vor ihm stehen. Sie erwartete offenbar ein Trinkgeld.

Kriminalhauptkommissar Jörg Fedder veranlasste vom Alsterdorfer Präsidium aus eine Fahndung nach Rainer Knipp: 32, dunkelbraune Haare, mittelgroß und von kräftiger Statur, zuletzt bekleidet mit einem grauen Trainingsanzug. Karin Neuenfels telefonierte mit dem *SAS*-Hotel am Dammtor.

Klaus Neuenfels betrat seine Kanzlei auf der Eppendorfer Landstraße. Er ging in sein Büro und hörte die eingegangenen Anrufe ab. Der letzte Anrufer war ihm unbekannt.

„Ja, hier ist Pfahl – Hans-Hermann Pfahl", hörte Neuenfels. „Ich habe Ihre Nummer von einem guten Bekannten, von Erich Dünnwald. Er hat Sie mir als Anwalt empfohlen. Ich stehe unter Mordverdacht, aber ich habe selbstverständlich überhaupt nichts mit dieser Sache zu tun. Trotzdem hat man mir angedroht – Sie wissen schon, die Polizei war bei mir und ich würde mich gern mit Ihnen beraten, beziehungsweise von Ihnen vertreten lassen. Ich gebe Ihnen meine Handynummer – 0172 344812. Darunter bin ich jederzeit zu erreichen. Rufen Sie mich doch bitte wegen eines Termins zurück."

Zur etwa gleichen Zeit rief Bernd Küster seinen in Niendorf wohnenden Chef Norbert Ebers an. Ebers war überrascht, aber als Bernd Küster ihm geschildert hatte, was ihm widerfahren war, forderte er ihn auf, umgehend zu ihm raus zu kommen.

„Mach dir mal keinen Kopp", sagte er. „Das biegen wir schon wieder hin. Du hast doch wirklich 'n reines Gewissen?!"

„Ich schwöre es, Chef! Ich schwöre es!"

Rainer Knipp bat den Taxifahrer ein paar Minuten zu warten und eilte ins Haus. Anita hatte die Wohnung tatsächlich verlassen. Rainer Knipp atmete erleichtert auf. Hastig zog er sich um und packte einige Klamotten in seine Sporttasche. Er überprüfte seinen Pass und steckte ihn mit seiner Brieftasche ein. Am Flughafen würde er noch weitere 500 Euro von seinem Konto ziehen. Mit den dann knapp Tausend kam er locker bis nach Thailand. Für einen kurzen Moment bedauerte er, Sabine gelinkt zu haben. Doch dann sagte er sich, dass sie es schon verkraften würde.

Karin deckte den Hörer ab.

„Die Kleine aus dem ersten Stock", rief sie zu Fedder hinüber. „Rainer Knipp ist gerade mit dem Taxi vorgefahren." Fedder wurde umgehend aktiv.

Es war auf die Minute genau zwölf Uhr mittags, als Rainer Knipp im Büro der beiden Beamten Platz nahm. Er zuckte resignierend die Achseln.

„Hätte klappen können", sagte er. „Ist aber auch so gut, 'ne Katastrophe wär's ohnehin geworden. Tanja hat mir gedroht. Sie wollte Anita sagen, dass sie von mir schwanger ist. Ich hab von Anfang an immer wieder mit ihr gepennt, also seit ich sie kenne. Das ging gleich nach meiner Scheißhochzeit los. Da hat sie mir schon gesteckt, mit was sie ihr Geld verdient, aber als ihr Schwager hätte ich natürlich Freispiel. Ja, es ging von ihr aus. Ich glaub, irgendwie wollte sie über ihre Schwester triumphieren, ich weiß nicht. Jedenfalls war sie immer ganz heiß zu hören, wie Anita im Bett ist. Sie meinte dann, besser zu sein, und das war sie auch. Ich bin meist gleich nach Feierabend zu ihr. Aber dann wurde sie eben auch schwanger – ja, Scheiße. Ich hab ihr gesagt, lass es wegmachen, und das wollte sie auch. Ich hab ihr geglaubt, aber gestern – ich dachte, mich tritt 'n Pferd! Ich war mit Peter, mit meinem Kollegen, noch einen trinken und musste mal kurz pissen. Da steht sie plötzlich bei den Toiletten vor mir und grinst sich einen. Ich sag, haste hier 'n Typ an der Angel? Und da sagt sie, logo, dich! Nee, sag ich, ich bin nicht allein hier, ich komm morgen mal kurz vorbei. Da lacht sie mich echt gemein an und meint, morgen wär nicht, wir würden uns dann ja Sonntag bei mir zu Hause sehen. Anita hätte sie eingeladen und das wär doch 'ne gute Gelegenheit, mal klarzustellen, auf wen ich mehr stehe! Und dann hat sie noch einen nachgesetzt: Abgetrieben hätte sie auch nicht, das sehe sie doch gar nicht ein, sie könnte es sich ja ebenso gemütlich machen wie Anita. Ich hab rotgesehen. Na ja, und dann bin ich natürlich hinter ihr her. Ich wusste ja, wo sie meistens rumstand. Ich hab sie da am *Gnosa* abgefangen und im Wagen – sie hat immer noch einen zugelegt, da ist es dann passiert – Scheiße! Ich wollte das nicht, ich wollte das echt nicht, aber was sie mir alles hingerotzt hat – nee!"

„Der letzte Freier", seufzte Fedder. Er streckte sich im Bett aus und zog das Laken über sich. Zufrieden mit der Arbeit und mit sich schloss er die Augen.

„Ich schau dann mal kurz zu Hause vorbei", sagte Karin. Sie beugte sich zu ihm und küsste ihn leicht auf den Mund. Doch Fedder war schon eingeschlafen. Karin zuckte die Achseln und streifte Hose und Shirt über. Leise verließ sie Fedders Wohnung.

Es war der letzte Samstag im Mai, und es war wieder ein herrlich sonniger Tag. Karin Neuenfels nahm den Bus, und als sie nach 20 Minuten bei sich zu Hause eintraf, fand sie einen von ihrem Mann geschriebenen Zettel vor: „Bin im Büro, bleibe voraussichtlich länger." Aus dem Bedürfnis heraus, ihm zu sagen, dass sie schon zurück sei, rief sie ihn an und hatte seine Assistentin am Apparat, die ihr weismachen wollte, dass Klaus im Gespräch mit einem Klienten sei und nicht gestört werden wolle. Karin legte kommentarlos auf, packte ein paar Kosmetika und frische Wäsche ein und brach wieder zu Fedder auf.

Es war einmal St. Pauli

Der St. Pauli Report.
Die Große Freiheit.
Das Herz von St. Pauli.
St. Pauli, St. Pauli.
Die Engel von St. Pauli.
Der Pfarrer von St. Pauli.
St. Pauli, oh, St. Pauli.
Die Herbertstraße, die Reeperbahn und die Davidwache.
Mädchenjagd auf und unter den Dächern von St. Pauli.
Im Stundenhotel.
Zwischen Nacht und Morgen und Fluchtweg St. Pauli.
Eine Tote im Hafenbecken.
Zinksärge und das Thema Nr. 1.
Das Loch zur Welt – St. Pauli.
St. Pauli, St. Pauli, St. Pauli – oh, St. Pauli!

Es begab sich aber, dass es da auf dem Gelände jemanden gab, der nannte sich Produzent und machte Pornos. Der hatte ein großes Büro und ließ immer die Jalousien runter. Für Kenner hieß das, ich habe frische Ware an Bord. Und dann ging man rauf und schritt nach einer halben Stunde gelockert heimwärts.

So fangen Geschichten an. Geschichten wie diese:

„Hallo!"

„Mensch, Jürgen, schön, dass du kommst. Da warten Riesentanten."

„Nee, lassen wir mal bleiben. Du hast mir neulich erzählt, du brauchst ein Drehbuch. Ich hab hier eins rumliegen, seit einem Dreivierteljahr. ,Davidwache' heißt das. Will keiner haben. Haben alle gesagt, ohne Freddy Quinn ist das doch gar nicht zu machen, und dann schwarzweiß, nicht in Farbe? Nee! Also, wenn wir schon Hans Albers nicht mehr haben, weil der tot ist, dann aber zumindest Freddy Quinn, in 'ner Doppel-rolle am besten. – Nee du, das nu' gerade nich', sag ich!"

Er gibt dem Pornoproduzenten das Buch. Der liest es.

Zu den Klängen einer Blaskapelle wird die Flagge der Stadt Hamburg gehisst. Helle Wolken stehen am Himmel.

Zu sehen ist ein Schild mit der Aufschrift „Willkomm Höft", über dem eine Lautsprecherbox installiert ist.

Schnitt auf eine größere Menschenmenge, die zuschaut, wie ein riesiger Passagierdampfer auf dem Wasser von rechts nach links vorbei gleitet.

Das Schiff läuft in den Hafen ein. Schnitt.

Ein langsamer Schwenk über die Landungsbrücken, das Hafengelände und die Kulisse der Stadt. Originalton: „Will-kommen in Hamburg. Wir freuen uns, Sie im Hamburger Hafen begrüßen zu können. Willkommen in Hamburg!"

Eine männliche Off-Stimme fährt fort: „Willkommen in Hamburg. Eine schöne Stadt. Eine große Stadt. Eine schöne, große Stadt. So groß, dass sie in 56 Polizeireviere zerlegt wer-den musste, um einen Überblick zu behalten. Uns genügt heute ein Revier. Es ist 1000 Meter lang und 500 Meter breit. Nichts Gewaltiges also, wenn man so will. Dreitau-send Meter einmal herum, die wären in 7 Minuten und 49,2 Sekunden zu laufen. Nur läuft eben niemand drum herum. Das ist der Haken an dem Revier." Schnitt.

Eine riesige, vollbusige Blondine, gemalt von Erwin Ross, dem *Rubens der Reeperbahn*, füllt das Bild. Die leicht bekleidete und extrem langbeinige Dame räkelt sich auf einer Plüschmatratze: „Obwohl hier sonst viel gelaufen wird, besonders beruflich gelaufen." Das Straßenschild „Reeper-bahn" rückt ins Bild: „Zwei Gruppen zeichnen sich vor allem dadurch aus, dass sie viel zu laufen haben. Beide werden wir heute näher kennen lernen."

Die Bullen und die Mädels.
Die Hühner. Die Tanten.

Ein Gangster wird aus dem Zuchthaus entlassen.
Er will sich an einem Polizeibeamten der Davidwache rächen.
Es ist Nacht auf St. Pauli.
Eine Nachtschicht auf der Wache.

„Du, ich finde das Buch sehr gut", sagt der Pornoproduzent. „Das mach ich."
„Na, schön. Aber du hast doch keinen einzigen Pfennig. Du hast nur ein paar Tanten, und sonst nüscht."
„Ich hab Verbindungen. Ich kenn da einen Verrückten, der ist in Duisburg. Der hat diesen Verleih aufgemacht, Atlas-Film, und da fahren wir morgen mal hin."

Der Filmverleiher, sehr freundlich, sehr smart: Freut mich, Sie kennen zu lernen, freut mich, sehr schön, sehr schön, nehmen Sie doch Platz. Kaffee oder sonst was? – Ich sag: Genug geplaudert, hier ist das Drehbuch. – Er verzog sich in einen Nebenraum. Wir guckten uns die Magazine an und nach so zwei Stunden kam er zurück und sagte: Das finde ich, ist ein sehr, sehr gutes Buch, wirklich sehr gut. Den Film möchte ich machen. – Na, wunderbar, schön. Aber können Sie das auch stemmen? Das sind eine Million mindestens, über den Daumen gepeilt, sag ich mal. Der Kollege hier hat nämlich nichts auf der Naht.

„Es war meine erste Produktion", erzählt der Filmverleiher. „Ich habe den Film mit 690 000 DM bar bezahlt, Förderung gab's ja nicht damals."

Die Klappe fällt: Es war einmal St. Pauli, die Erste

Polizeirevier Davidwache
Deutschland, 1964. 101 Minuten, s/w
Drehbuch Wolfgang Menge
Regie Jürgen Roland

Es war so, ich bin da vorher auf die Wache gegangen, fast vier Wochen. Ich hab ein Mikrophon mitgenommen und hab aufgenommen. Und damals gab's ja diese ganzen Datenschutzbestimmungen noch nicht. Also heute würdest du ja sofort was vor die Glocke kriegen, von den Polizisten. Ich hab die Bänder dann immer Wolfgang geschickt. Und da hat mich Wolfgang aus Berlin angerufen und gesagt: Du, ich hab das gehört von letzter Nacht. Die Geschichte mit dem Besoffenen, das gefällt mir sehr, die mach ich ein bisschen zurecht.

Ton läuft. Kamera läuft.

„Ich hab meinen Freund Albert besucht. Meinen Freund Albert habe ich besucht. Der hat mich eingeladen. Sonntag war ich noch bei ihm. Wir haben Hühnerbraten gegessen – mit Spargel. Können se mal sehen, was für ein Mensch ich bin. Ich bin Geschäftsführer. Das können Sie von meinem Anwalt erfahren. Rufen Sie ihn doch mal an."

„Na, dann bezahlen Sie doch die 6 Mark 40", sagt der Hauptwachtmeister.

„Hier, bitteschön. Ich habe soeben 34 Mark von meinem Anwalt erhalten. (*Er legt einen Beleg vor*) Bitteschön, können Sie sehen. Sehen Sie sich das mal an. Ich wollte meinen Freund Albert besuchen. Ich habe aber leider das Haus nicht wieder gefunden. Dabei war ich Sonntag noch bei ihm. Können Sie von meinem Anwalt erfahren. Der kennt mich schon so drei bis vier Jahre."

„Was hat denn der Anwalt damit zu tun?"

„Hier, ich kann nicht bis morgen früh warten", mischt sich der Taxifahrer ein. „Seine Personalien hab ich schon. Er soll bloß den Schuldschein unterschreiben."

„Geben Sie her. (*Der Betrunkene zückt einen Füllfederhalter*) Ne Goldfeder, 14 Karat, falls Ihnen das was sagt. (*Er unterschreibt*) Und nun gehen Sie mir aus den Augen, Sie Prolet."

„Wenn Sie heute 34 Mark bekommen haben", sagt der Hauptwachtmeister. „Wo haben Sie denn das Geld gelassen?"

„Was geht Sie denn das an? Ich will Ihnen mal was sagen, mein Herr. So kommen Sie hier nicht weiter. Als Offizier könnten Sie gar nicht stand halten."

„Dann halten Sie uns nicht länger auf. Alles andere interessiert mich nicht."

„Das sollte Sie aber interessieren. Schließlich dreht es sich um das Verschwinden meines Freundes Albert. Sonntag hab ich mit ihm noch Kalbsfrikassee gegessen – mit Sauerkraut."

„Wie heißt Ihr Freund?"

„Das habe ich Ihnen bereits mehrere Male mitgeteilt. Er heißt Albert, ich war Sonntag noch bei ihm. Wir haben Schweinekoteletts gegessen – mit Brechbohnen."

„Na gut, aber wo? Wo?"

„Ich seh schon. Es hat keinen Zweck mit Ihnen. Ich muss mal selber losgehen und ihn suchen. Dann komm ich nachher zurück, um Ihnen Bericht zu erstatten. Damit Sie endlich mal Bescheid wissen in Ihrem Revier. (*Er geht zur Tür, dreht sich noch einmal um*) Unzulänglichkeiten, wo man heute hinguckt. Wozu so was wie Sie überhaupt eine Uniform tragen darf. Aber worüber wundert man sich eigentlich, das frag ich Sie."

„Über nichts mehr. Über gar nichts."

Hansi – Hanns Lothar – stehend betrunken besser als neunzig Prozent aller anderen deutschen Schauspieler nüchtern. Wie eine Eins auf der Rolle – hin-reis-send! Großartige Nummer! – Wir hatten diese Wache ja fast original nachgebaut, und jeden Morgen fuhr ein VW-Bus über den Kiez und hat die Schnaps- leichen aufgesammelt. Schön – rinn in den Wagen, dort standen schon die Kisten Bier, die wir von der Bavaria kriegten anstelle einer finanziellen Beteiligung: Okay, ihr kriegt von uns eine warme Mahlzeit fürs Team am Tag und soviel Bier und alko- holfreie Getränke, wie ihr braucht. Das ist natürlich bares Geld auf dem Kiez. Wir konnten jedem sagen, der mitspielte: Hier ist ne Pulle. Und die kriegten gleich im Wagen eine und dann pennten sie weiter, wurden ausgeladen im Studio Hamburg in dieses Revier rein, schlugen die Augen auf. Und ich hab dann nur gesagt: Hallo, soundso, wir drehen hier jetzt einen Film.

„Unser alter Freund Jürgen Roland", erzählt ein Darsteller. „Ein Phänomen an Organisation. Aus dem Nichts verstand er etwas zu machen. Mit Polizisten und Unterwelt gleicher- maßen auf gutem Fuß, fand er Zugang zu allem, was man hierfür brauchte."

Na ja, gut. Wir holten also echte Leute, und das ist ne Szene, wo eine echte Nutte auf die Wache kommt und sagt: Herr Wacht- meister, er will mich verhauen, er will mich verhauen. – Ich hab zu der gesagt: Sag, was du willst. Was würdest du sagen, wenn dir dein Lude eine einschenken will, wegen der Kohle? – Ja, sagt sie, mach ich schon, mach ich schon. – Sag ich: Gut, dann dre- hen. – Und wir haben einen echten Luden genommen, der hieß Heinz. Schlimmer Finger. Durchtätowiert: Hallo, Jürgen, wat löpt? – Ich sag: Pass auf, du kommst rein, siehst die Tante vorne stehen und gleich gibt's was an die Backen. Gleich. Gar nicht erst lange fragen, gleich an die Backen. – Ooouh! sag er, das ist ja voll meine Rolle. – Es ging also los. Wir haben zwei Kameras gehabt, und die Tante kommt rein – seh ich noch wie heute, die sind ja besser als so mancher Schauspieler. Sagt: Hallo, Herr Wachtmeister, Herr Wachtmeister! – Und der echte Wachtmeister sagt auch noch: Was ist denn hier los? – Sie: Ja, er will mich verhauen. – Wer denn? – Ja, der Heinz. – In dem Moment kommt der durch die Tür rein, sagt: Du Schlampe, du Miststück – nimmt die sich und klatscht sie, richtig volle Pulle. Die jammert! Und der Polizist: Aufhören, aufhören! – Und nun geht eine Riesenschlägerei los, weil nämlich jetzt die echten Ganoven, die auf der Wache standen – das hat ich denen ja vorher gesagt: Ihr habt die geschichtliche Chance, ihr könnt euch heute mit echten Polizisten prügeln – und der Polizei hatte ich auch gesagt: Kinder, ihr könnt heute nun wirklich voll hinlangen. Die haben gesagt: Das ist ja phantastisch. Und dann sind die da über den Tresen und haben die genagelt da, wie die Geistesgestörten.

Für möglichst große Lebensnähe sorgt auch noch ein ganz spezieller Mitarbeiter. Horst Hesslein ist ein eingeborener Sohn St. Paulis. Vor der Kamera mimt er einen Gangster, und auch hinter den Kulissen entfaltet er eine rege Tätigkeit. Er beschafft nach Wunsch Striptease-Tänzerinnen, Bordellmütter und kleine Kinder als Komparserie und vermittelt zwischen Filmteam und der Bevölkerung.

Natürlich wird der größte Teil des Films von Berufsschauspielern bestritten. Auch ihre Rollen sind aus dem Typenrepertoire St. Paulis gegriffen. Günther Ungeheuer spielt den eben entlassenen, rachedurstigen Zuchthäusler, Hannelore Schroth seine gutbürgerliche Braut, die nicht an seine Schuld glauben kann, Ingrid Andree eine Heilsarmee-Soldatin in ihrem mühsamen Kampf gegen die Sünde. Weiter treffen wir einen verkommenen, ehemaligen Offizier (Hanns

Lothar), den Wirtschaftwunderspießer (Heinz Reincke) und die vielen leichten Mädchen, die teils direkt von der Straße vor die Kamera geholt wurden oder von Schauspielerinnen dargestellt werden. Hauptpersonen sind natürlich die Polizeibeamten: Wolfgang Kieling, Günther Neutze, Horst Neutze und Helmut Oeser.

„Neben vielen dramatischen Szenen, die nicht zum Drehbuch gehören, aber mit den Insidern vom Kiez immer bereinigt werden konnten, gerate ich in eine Situation, die beinahe eine Umsetzung meiner Rolle notwendig gemacht hatte", erzählt der Hauptdarsteller. „Ein längerer Umbau ist fällig für die Ausleuchtung einer Straßenpassage auf der Reeperbahn. Für die Schauspieler bedeutet das: Drehpause. Ich rufe dem Aufnahmeleiter zu, dass ich auf ein Bier in die Kneipe neben dem Operettenhaus gehe. In der Rolle des Hamburger Polizeihauptwachtmeisters trage ich eine Originaluniform mit allen Zutaten und bewege mich so, wie sich Hamburger Polizisten im Milieu bewegen: distanziert-kumpelhaft, weil man sich kennt. In der Kneipe bestelle ich ein Bier, lege Koppel mit Pistole, ungeladen, und Dienstmütze ab und frage nach den ‚Örtlichkeiten für Knaben'. Der Zapfer scheint verwundert und zeigt nach oben. Nachdem ich die Treppe raufmarschiert bin, stehe ich in einem vollbesetzten Billardsaal. Die Loddels, wie die Herren aus der Zuhälterei in Hamburg genannt werden, und die anderen milieugeschädigten Kraftprotze, eben noch über die Billardtische gebeugt, unterbrechen ihre Gespräche und setzen langsam und erstaunt die Queues ab. Das Klicken der Kugeln ist verstummt. Ein Schild mit einer schwarzen Silhouettenhand weist dorthin, wo sich die Toiletten befinden. Als ich mit dem Gesicht zur Wand stehe und mich auf das Wesentliche konzentriere, umgibt mich plötzlich eine Traube drohender Gestalten, von denen gleich drei auf unliebsame Tuchfühlung gehen. Ich mache einen Scherz ... sie wollen keine Scherze, sie wollen Putz machen ... Eingezwängt stehe ich zwischen ihnen ... Schläge, die mich in den Rücken und in den Nacken treffen, sind zwar nicht spielerisch, aber noch abtastend ... Die Kiez-Ausdrücke, meine Verarbeitung zu Frikassee betreffend, werden auf einmal von einem etwas groß geratenen Menschen unterbrochen, der sich zu mir heranbaggert und die rettenden Worte spricht: Dascha 'n Kintopp-Kaschper, dascha Kieling, lasst den man bloß tofrieden. – Er bringt mich zu meinem Tisch und erklärt, dass kein Polizeibeamter in einem öffentlichen Lokal ohne Mütze und Waffe pinkeln geht. Auch kein Film-Polizist, denn keiner weiß ja, dass er kein echter ist."

Wir wollten im Puff drehen, ich habe nun gute Verbindungen da hin, sprach dann mit der Dame und die sagt: Jürgen, bei aller Liebe, du kannst mit den Jungs kommen, ihr kriegt's umsonst zur Entspannung, aber drehen bitte nicht hier. Also gingen wir Motiv suchen und fanden am Großneumarkt diese kleine Straße, da war früher rechts McDonald's oder irgend so was. Und da wir beide also gestandene Puffgänger waren, der Architekt und ich, sagten wir, das ist doch die Herbertstraße. Also wunderbar. Wir erstmal recherchiert, was müssen wir machen. Da sagt die Polizei: Gar nichts. Ihr könnt da nicht drehen. – Sag ich: Wieso nicht? – Ist eine Privatstraße, das gibt's ja noch. Privatstraßen. Die gehört einem deutschen Juden, der nach New York emigriert ist, während der Nazizeit. – Da sag ich: Na und, da werden wir ihn fragen. – Der Produzent stürzte sich in ungeheure Unkosten, es wurde ein größeres Telegramm abgesetzt, also: Sehr geehrter Herr Soundso, wir sind eine junge deutsche Produktion, wir wollen hier einen Film drehen, wir wollen in Ihrer Straße drehen, es ist eine Bordellszene so und so und so, Regisseur ist Jürgen Roland, das und das und das. Zu welchen Konditionen können

wir bei Ihnen einen Tag drehen? – Kam postwendend ein Tele-
gramm zurück: Über Konditionen reden wir nicht. Ich bin fröh-
lich, wenn Sie bei mir drehen, das ist eine spannende Geschichte.
Wünsche Ihnen alles Gute. Ich habe eine einzige Bitte. Sagen Sie
Bescheid, wenn der Film Premiere hat, aber kriegen Sie keinen
Schreck, ich zahle meinen Flug selbst, ich komme. – Soviel über
das Kapitel die bösen, bösen Juden.

„Nachdem alles im Kasten ist", erzählt der Hauptdarsteller, „findet in der Kantine vom Studio Hamburg eine Produktionsabschlussfeier statt. An den Tischen geballte Prominenz. Der Polizeipräsident neben der allerfeinsten St. Pauli-Garnitur, die in Luxus-Loddel-Limousinen vorgefahren ist. Höhepunkt der stimmungsvollen Feier: Die Milieu-Spitze schenkt mir aus Dank und Anerkennung – ich muss im Sinne vom Hamburger Kiez ein sensationeller Polizist gewesen sein – ein klassisches Gemälde vom Meister Leopold von Kalckreuth. Weiß der Himmel, aus welcher Hehlermasse es stammt ... Für diese Rolle der Hauptwachtmeisters bekomme ich den Bundesfilmpreis in Gold."

„Unsere Premiere in Hamburg", erzählt der Filmverleiher und Produzent, „war ein Riesenfilmfest, ich saß neben Helmut Schmidt und fragte ihn, wie ich in der Politik Erfolg haben könnte und er meinte: Nur mit Fleiß, Fleiß, Fleiß! Und dann brachte ich die ‚Davidwache' in die Kinos unseres Landes. Überall, in allen Städten machte die Polizei mit, vor den Kinos, auf den Kassen ihre Laternen. Sogar in Wien war die Schutzpolizei dabei, die ‚Davidwache' war überall ein Riesenerfolg. Wir hatten 3,2 Millionen Zuschauer."

„In den 60er Jahren", erzählt der ehemalige Kripochef der Hansestadt, „war vor allem das ‚Neppen' von Besuchern des

Vergnügungsviertels verbreitet. Arglose Gäste würden mit überhöhten Verzehrpreisen übervorteilt. Auch Taschendiebstähle beschäftigten die Polizei. Es gab dann zunehmend bandenähnliche Zusammenschlüsse, die versuchten, Einfluss auf den Kiez zu gewinnen. Sie gruppierten sich um Leitfiguren, die hinter der Fassade von Gastronomen insbesondere das Geschäft mit dem Sex unter ihre Kontrolle bringen wollten. Das gelang ihnen teilweise auch. Berühmt-berüchtigt wurde ein Anführer, der unter dem Spitznamen ‚Frida‘ in die Hamburger Kriminalgeschichte eingegangen ist.“

Es war einmal St. Pauli, die Zweite
   Auftritt Wilfrid Schulz oder auch ‚Frida‘ genannt
   Ein Dankeschön

Die Engel von St. Pauli
   Deutschland, 1969. 102 Minuten, Farbe
   Drehbuch Werner Jörg Lüddecke und Karl Heinz Zeitler
   Regie Jürgen Roland

Tatsächliche Ereignisse im Hamburger Rotlichtmilieu Mitte der 60er Jahre inspirierten den Regisseur zu dieser gelungenen und in Deutschland fast beispiellosen Unterweltzeichnung. Damals lieferten sich auf der Reeperbahn Norddeutsche Zuhälter einen Krieg mit ihren Wiener Kollegen um das lukrative Geschäft der Prostitution.

„‚Frida‘ verschaffte sich gehörigen Respekt im Milieu“, erzählt der ehemalige Kripochef der Hansestadt, „hatte er doch den ‚Wiener Zuhälterkrieg‘, wie eine Zeitung die harten Revierkämpfe beschrieb, für sich entschieden und dafür gesorgt, dass der Kiez in deutscher Hand blieb.“

Er hat sich schon gegen die italienischen Zuhälter durchgesetzt.

Er ist Inhaber mehrerer Lokale.

Er ist mit 15 Prozent an den Umsätzen sämtlicher Spielsalons auf St. Pauli beteiligt.

Er managt als Boxpromotor den Europameister Lothar Abend.

Der Boxmogul Theo Wittenbrink ist sein Duz-Freund.

Er ist gut bekannt mit dem *NDR*-Sportchef Fritz Klein.

Es liegen 25 Strafverfahren gegen ihn vor.

Er wird nur viermal verurteilt.

Förderung der Prostitution.

Fahrlässige Tötung.

Anstiftung zur Falschaussage.

Steuerhinterziehung.

Hans Albers ist sein Idol.

Für seine engsten Freunde singt er „La Paloma".

Mich hatte er in sein Herz geschlossen, und zwar eigentlich seit einem Presseball. Er erschien auf dem Presseball und die Hamburger Gesellschaft, die selber in der Gegend rumfickte, dass es nur so donnerte, die distanzierte sich, und da bin ich – ich habe mir das gar nicht so angerechnet, aber er hat es ja bestätigt – da bin ich auf ihn zu und hab gesagt: Mensch, schön, Wilfrid, wunderschön, dass du da bist. – Sofort natürlich: klick, klick, klick, klick … der König der Krimis und der König von St. Pauli!

„Ich spielte diesen Mann", erzählt der Hauptdarsteller. „Der Mann, der der König von St. Pauli hätte sein können, hatte eine Vorliebe für Anzüge mit Nadelstreifen; die Rollenfigur, die ich verkörperte, trug nichts lieber. Dem Herrn, der Wilfrid Schulz heißt und nicht König, ist die Ausstrahlung zu eigen, die laute Menschen zu stillen macht; die Rollenfigur, die ich spielte, sollte das Gleiche bewirken. Ich war mit der Rolle betraut worden, weil ich vergleichbare Ruhe gebietende schon gespielt hatte. Es war eine Rolle, die man mir abnehmen konnte."

Ton läuft. Kamera läuft.

„Hamburg ist eine gastfreundliche Stadt. Wir meinen es gut mit unseren Gästen. Aber ich habe das Gefühl, dass das Klima für euch etwas zu rau ist."
    „Ah, geh – man wird sich dran gewöhnen müssen."
    „Zehn Hühner und neun Jungs picken für dich in meinem Revier."
    „Noch nie was gehört von Gewerbefreiheit?"
    „Schick deine Fummelmiezen nach Hause, nach Wien."
    „Ah, geh …"

Ein routiniert inszenierter Jürgen-Roland-Krimi, mit einer grandiosen Performance von Horst Frank und Herbert Fux.

Herbert Fux – unbeschreiblich! Er hat ja kandidiert in der Alpenrepublik, in Österreich. Er ist ja nun wirklich von einer faszinierenden Hässlichkeit, aber die Mädels … Hallooo! – Ja, bitteschön? – Ja, und in diesem Wiener Schmäh hat er dann gesagt: Gnädige Frau, ich möcht' Sie pudern! – Ja, und mein Mann? – Ja, den will ich nicht pudern! – Un-be-schreib-lich!

„Roland hob den Arm", erzählt der Hauptdarsteller. „Ich trat auf den Partner zu, der den Taxichauffeur spielte. Ich zog einen Packen Geldscheine aus dem Jackett, warf einen Blick auf die Scheine und reichte sie dem Chauffeur. Der Chauffeur nahm sie. Er nahm sie, wie er gewöhnt war, Trinkgeld zu nehmen. Ich hatte sie ihm wie Trinkgeld gegeben. Da vernahm ich die Schritte. Ich drehte mich um. ‚Entschuldigen Sie, Herr Frank‘, sagte Wilfrid Schulz und stellte sich neben mich. ‚Entschuldigung, ich will mich hier nicht einmischen, aber – das Schmiergeld übergeben Sie völlig falsch.‘ – Ich guckte ihn an. ‚Ja‘, erklärte er, ‚Schmiergeld ist etwas anderes als Trinkgeld.‘ – Ich guckte wie vorher. – ‚Geben Sie mir das Geld.‘ – Ich gab es ihm. Er faltete die Scheine auf eine bestimmte Weise, klemmte sie sich zwischen zwei Finger und streckte die zwei Finger mit den Scheinen vor auf den Partner, der den Taxichauffeur spielte. – ‚Sehen Sie‘, sagte er, ‚so übergibt man Geld, das Schmiergeld sein soll. So wird es als Schmiergeld erkannt.‘ – Ich guckte noch immer. Dann sagte ich: ‚Danke.‘ Mir war eingefallen, dass ich den Tipp, Schmiergeld schmiergeldgerecht zu übergeben, noch das ganze restliche Leben über verwerten konnte.“

Mein Horstel, mein Horstel, der süße Horst Frank, in Schlangenlederschuhen mit Wilfrid am Boxring – wun-der-bar!

Dieser Film erhebt nicht den Anspruch ein umfassendes Bild von St. Pauli zu geben. Er zeigt nur einen Ausschnitt. Er porträtiert keine Figuren. Etwaige Ähnlichkeiten mit lebenden oder verstorbenen Personen würden auf milieubedingtem Zufall beruhen.

„Ich liebe dieses Randgebiet unserer Gesellschaft“, erzählt ein anderer Darsteller, „und kann behaupten, viele Freunde dort zu haben, unter deren Schutz ich stehe. Nie ist mir etwas Unangenehmes dort geschehen. Man hat empfindliche Ohren Außenstehenden gegenüber. Mich hat man gern. Einem Mann bin ich besonders zugetan. Wilfrid Schulz, dem ungekrönten König der Reeperbahn.“

Wilfrid Schulz ist der Mann, ohne den ich meine ganzen bekannten St. Pauli-Filme gar nicht hätte drehen können. Vor Ort zu arbeiten wäre sonst unmöglich gewesen. Doch wenn Willi kam, war Ruhe im Beritt. Kurz und gut, meine Frau sagte: Also, ich würde den Mann, den würde ich schon ganz gerne mal kennen lernen. – Ich sagte: Wilfrid, meine Frau möchte dich mal kennen lernen, aber nimm dich zusammen. – Ja, sagt er, wunderbar, dann kommt doch raus zu mir. – Elbchaussee. Feinste Gegend. Wir kamen da raus, das erste war draußen das Gitter um das ganze Riesengrundstück, überall WS – Wilfrid Schulz – drauf. Klingeling-Klingeling! Mädchen mit Häubchen machte auf. Es verschlug dir den Atem. Es hingen da Kostbarkeiten, die du dir gar nicht vorstellen kannst. Bei Tisch die Servietten hatten natürlich auch alle WS drin, und meine Frau dann, Herr Schulz, Sie haben draußen da so eine wunderbare venezianische Uhr hängen, darf ich Sie mal fragen, wo Sie die her haben? – Oh, sagt er, das ist eine wunderbare Geschichte. Das war in Florenz und da war so eine Auktion. Da bin ich vorher hingegangen, habe diese Uhr gesehen, und die hat mir gefallen. Da habe ich, als keiner hingeguckt hat, das Perpendikel abgemacht und eingesteckt. Bin am nächsten Tag wieder gekommen zur Versteigerung. Also, Nummer 24 wird aufgerufen, venezianische Handarbeit, was weiß ich, 18. Jahrhundert so und so und so. Also gleich hoch rein gegangen.– Da hat Wilfrid gesagt: Moment mal bitte, da ist ja kein Perpendikel dran, dann erübrigt sich das wohl, die Uhr ohne Perpendikel läuft nicht, aber ich zahl mal freiwillig einen Tausender. Zum ersten, zum zweiten, zum dritten – hatte er sie. Ja, und dann hat er das Perpendikel wieder drangehängt, und die Uhr hängt jetzt bei ihm im Flur. HERRLICHE Geschichte, g-r-o-ß-a-r-t-i-g!

Es ist das Jahr 1969. Richard Nixon wird Präsident der USA. Start der Marssonde *Mariner 6* von Kap Kennedy.

In der Bundesrepublik gibt es während der Osterfeiertage zahlreiche Unfälle mit insgesamt mehr als hundert Todesopfern. Demonstrationen gegen den Vietnam-Krieg in den USA. In Deutschland wird die Zuchthausstrafe abgeschafft, Ehebruch und Homosexualität werden straffrei. Die beliebtesten männlichen Vornamen sind Andreas, Michael und Stefan. Der Modetrend bei Frauen schwankt zwischen Mini und Maxi. Neil Armstrong betritt als erster Mensch den Mond. Die körperliche Züchtigung an Hamburger Schulen wird abgeschafft. Das Woodstock Festival hat mehr als 500 000 Besucher. 21. Oktober: Willy Brandt wird mit den Stimmen der Koalition von *SPD* und *FDP* vom Bundestag zum Bundeskanzler gewählt. Hamburg, 25. Oktober: Premiere des Jürgen Roland Films *Die Engel von St. Pauli.*

Premiere war um 16 Uhr, Kurbel, Jungfernstieg, erstes Haus. Erstes Haus, allererstes Haus. Und der Produzent sagt: Freunde, ihr müsst um 18 Uhr auf der Bühne sein zur Verbeugung. – Ich sag: Horst, was machen wir da? – Also dann gehen wir in den Puff. – Wir sind also gegangen ins Palais d' Amour zu einer Dame, die wir kannten, die sagt: Mensch, Jungs, kommt rein. Wollt ihr Kabarett? – Nee, haben wir gesagt, ihr werdet es nicht für möglich halten, wir wollen nur ein Gespräch. – Und sie sagt: Ich hol 'ne Freundin. – Da kam eine Freundin, die kam da raus, und dann haben wir da gesessen, Küchlein gegessen, und jetzt kommt das Tolle. Die wussten, dass wir Premiere hatten, Kurbel am Jungfernstieg und gleichzeitig lief der Film in der Oase. Und da sind wir heute Abend alle, sagten sie. Was sollen wir da anziehen, was für einen Fummel? – Und da habe ich gesagt: Ja, bitteschön, mal ein bisschen kleines Schwarze und so. – Ja, schön und gut. Genügt das nicht, wenn ich einen schwarzen Slip anhab? – Na, schön, wir hatten Spaß. Und denn die Premiere, mit Kapelle und was weiß ich, riesenamerikanische Premiere, dachten wir damals, Hollywood Premiere, Roter Teppich, der Bürgermeister kam, Wilfrid fuhr vor, Fahrer, Riesenwagen, und stieg aus mit seiner Tante, so hoch toupiert. Wilfrid hielt sie am Arm, schwarzer Anzug, dahinter Dakota-Uwe, ausgebeulte Taschen, sehr schön. Und dann lief der Film, dazwischen ging immer das Telefon, weil ich jetzt immer die Verleiher anrief in den anderen Städten. Ich sag: In Hamburg wird das ein Riesenerfolg, aber was ist in München? München – Ausverkauft, Prima Stimmung!– Berlin? – Alles prima! – Plötzlich ging die Tür auf und es erscheint ein Zivilist: Ist Herr Roland hier? Kripo. – Kripo? – Ich sag: Was kann ich für Sie tun? – Ja, sehr unangenehm, wir haben nicht viel Zeit, es ist eine Marschsäule im Anmarsch, die sind jetzt Höhe Gänsemarkt, die wollen das Kino kurz und klein schlagen. – Ich sag: Ich hole Wilfrid Schulz. – Ich also rein in den Saal, ich wusste ja, wo Wilfrid saß, bin an ihn rangerobbt: Wilfrid, da sind ein paar Gehirnamputierte, die wollen hier Terror. – Dakota-Uwe wurde geholt: Geh da mal hin, sag denen ein schönen Gruß, der Film steht unter meinem persönlichen Schutz. Wenn hier das Geringste passiert, kriegen die so was vor die Glocke, wie sie noch nie gekriegt haben. – Lange Rede kurzer Schluss: Ging alles in Ordnung.

„St. Pauli hat seine eigenen Gesetze", erzählt der Hauptdarsteller. „Das überwältigenste ist das Gesetz, das die Zugehörigkeit zur selben Blutgruppe weit über alle sonstigen Gesetze stellt. Ich würde, falls ich in Mittelamerika oder Nahost hinter Gitter käme, keine Hilfe beamteter Diplomaten erbitten. Ich würde, falls ich könnte, Uwe bitten. Dakota-Uwe. Denn für den (und die anderen) ist Freundschaft nicht einfach nur ein Wort mit zwölf Buchstaben."

Aber: Kaum hatten die Luden erst einmal die Leinwand als neues Revier erobert, waren sie auch nicht mehr wegzukriegen. Arzt, Pfarrer, Engel und was noch alles auf St. Pauli umher streift.

Straßenbekanntschaften, Draufgänger, Kommissare und Tote.

St. Pauli, St. Pauli – oh, St. Pauli.

St. Pauli und kein Ende.

Und dazu der Soundtrack: *St. Pauli Affairs. Red Light Music From German Reeperbahn Of The 1960s And 70s: Go-Go-Girl; Haschkeller; Schwere Jungs-Leichte Mädchen; Fluchtweg St. Pauli; Every Day; Hunter's Beat; Lesbische Nummer; Top Sekret; Hippy Dibby; Beat in Steel; Fluchtweg St. Pauli (Alternate Version), Black Market; Unter den Dächern von St. Pauli; Wenn es Nacht wird auf der Reeperbahn; Shake; Der Puls von St. Pauli; Die Engel von St. Pauli; Reeperbahn-Atmosphären.*

Und Udo Lindenberg singt: … Große Freiheit auch ganz nah, und ich weiß, mich zieht's zum Kiez. Reeperbahn – ich komm an, du geile Meile, auf die ich kann. Reeperbahn – alles klar, du alte Gangsterbraut, jetzt bin ich wieder da. Reeperbahn – ich komm an, du geile Meile, auf die ich kann. Bist auferstanden aus all dem Siff. Jetzt legen wir wieder an mit unserm Schiff. Reeperbahn – alte Braut, son Comeback hätt' ich dir gar nicht zugetraut. Reeperbahn – egal was war, du alte Gangsterbraut, jetzt biste wieder da.

Es war einmal St. Pauli, die Dritte oder auch: Der Abspann.

Auftritt Otto Westermann.

Bei ihm laufen die Fäden der Hamburger Unterwelt zusammen.

Er ist der Boss eines Gangsterimperiums, das Erpressung, Zuhälterei und auch Mord im Angebot hat.

Otto Westermann wohnt *„Elbchaussee. Feinste Gegend.*

Wir kamen da raus ... Klingeling-Klingeling! Mädchen mit Häubchen machte auf."

Otto Westermann aber ist nicht Wilfrid Schulz.

Otto Westermann ist der Filmname des Schauspielers Herbert Fleischmann.

Zinksärge für die Goldjungen

Deutschland/Italien, 1973. 87 Minuten, Farbe
Drehbuch Werner Jörg Lüddecke, August Rieger
und Tatiana Pavoni
Regie Jürgen Roland

Die *Queen Elizabeth* läuft in den Hamburger Hafen ein, an Bord hochexplosive Fracht: Luca Messina, ein italo-amerikanischer Mafioso mit Expansionsdrang, reckt sein Kinn über die Reling, in seiner Begleitung die resolute Frau Mama, seine Tochter Sylvia und die Gespielin Kate. „Welch schöne Stadt", sagt er salbungsvoll. „Anders als bei uns, ganz anders. So friedlich, so gepflegt, so ruhig. Das wird meine Stadt – das schwöre ich." Mit Ruhe und Frieden ist es aber bald vorbei, denn Messinas Konkurrent ist der Hamburger Gangsterboss Otto Westermann, der nicht so ohne weiteres gewillt ist, sein Revier den „Makkaronis" zu überlassen. Messina stellt aber rasch klar, dass ihm jedes Mittel recht ist, um an die Macht zu kommen. Seine Männer erobern brutal Westermanns Terrain. Vierzig Prozent der Einnahmen aus Prostitution und Glücksspiel werden verlangt, und: „Wem das nicht gefällt, der kann sich 'n Sarg bestellen – aber aus Zink, der genügt für euch Ratten!" Die Lage verschärft sich, als bei einem Boxkampf zwischen Westermanns jüngerem Sohn Karl und dem importierten Preiskämpfer „Tiger", zarte Bande zwischen Erik, dem älteren Sohn, und Messinas Tochter geknüpft werden. Als Karl dann auch noch von den

Mafiosi totgeschlagen wird, kommt es zum Äußersten. Ein Bandenkrieg entbrennt in Hamburgs Unterwelt …

Eine spannend und selbst für internationale Verhältnisse überaus aufwendig inszenierte Verfolgungsjagd – die zu Lande und per Motorboot durch den Hamburger Hafen sowie Hamburgs schöne Speicherstadt ausgetragen wird – runden diesen extrem rasanten Gangsterfilm ab.

Der Produzent erzählt, dass nicht Roland, sondern er selbst die Motorbootverfolgung inszeniert hat: „Das habe ich mir nicht nehmen lassen."

Die Verfolgungsjagd dauert 6 Filmminuten. Dann knallt der italienische Mafioso mit seinem Motorboot an eine Kaimauer. Das Boot explodiert, der Italiener ist weg vom Fenster. Doch auch Otto Westermann hat nicht mehr lange zu leben. Er wird an einem Zeitungskiosk von hinten erschossen.

„Ab Mitte der 70er Jahre", erzählt der ehemalige Kripochef der Hansestadt, „versuchten amerikanische Gangster, in das Glücksspielgeschäft einzudringen. Immer öfter stießen Polizisten in Spielhöllen entlang der Reeperbahn auf angebliche US-Touristen. In einem Nobelhotel an der Alster war es zu ersten Verhandlungen mit St. Paulianern gekommen. Der Plan scheiterte letztlich, weil den Amerikanern die deutschen ‚Geschäftspartner' abhanden kamen. Diese waren – zufällig – wegen anderer Straftaten festgenommen und ins Gefängnis gesteckt worden."

„*I did it my way*", der berühmte Titel von Frank Sinatra, erklang sanft aus den Lautsprechern – und sagte mehr als tausend Worte. Gut 100 Trauergäste hatten sich gestern in der Blankeneser Friedhofskapelle versammelt. Sie trugen einen Mann zu Grabe, der sein Leben auf ganz eigene Art meisterte – Wilfrid „Frida" Schulz, der König von St. Pauli, der mit 63 Jahren an Krebs starb. Tränen flossen, vereinzelt war Schluchzen zu hören, als der Pastor hinter dem mit roten Nelken geschmückten Sarg seine Trauerrede hielt. Eine Rede über einen Mann, der „unter Ausschöpfung seiner besonderen Gaben zu Reichtum und Ansehen kam" und dem „selbst seine Gegner Respekt zollten." Unter den Trauergästen der Weggefährte *Dakota-Uwe* sowie zahlreiche Kiezgeschäftsleute. Zehn riesige Kränze umrahmten den Sarg des „letzten Ehrenmannes von St. Pauli". Der größte kam aus dem Knast: Kiezianer Karl-Heinz „Neger-Kalle" Schwensen hatte den Blumenschmuck von der Größe eines Wagenrades aus der Strafanstalt geordert. Aufschrift: „Deine Jungs von St. Pauli". Ein letzter Gruß auch von Regisseur Jürgen Roland „Tschüß, Wilfrid".

Ja, tschüss dann.

Es war einmal St. Pauli. Es war einmal die Reeperbahn. Da gab es Spiel und auch viel Spaß, da gab es Sex in Bild und Ton, und live mit jungen Frauen aus aller Welt, terrorgeil und jederzeit bereit. Da gab es Snacks für zwischendurch, die Thüringer und den Hot Dog als *the best in the world*, und Pommes natürlich mit Majo und Ketchup, Döner und Pizzaecken. Auch *Astra* und die gesamte Palette an Hochprozentigem gab es reichlich, im *Herzblut* und im *Lehmitz* und anderswo, aus Flaschen, in Dosen und auch in Bechern für unterwegs, die Meile rauf, die Meile runter. Das führte oft zu stark alkoholisierten Ausschreitungen mit fix was aufn Kopp, und das machte keine gute Laune.

Es war einmal die Reeperbahn. Da kamen auch gern die Jungs aus Pinneberg und Peine, das Silberhaar aus Augsburg und aus Wismar, die Piccolo schlürfenden Reisebusgruppen aus Herten und sonst wo her. Da stiegen dann abends die Junggesellenpartys auf engstem Raum und die Hooligans aus Ost und West sorgten nach den Spielen am Millerntor für action, lärmten und tobten und riefen die Mannschaften der Davidwache auf den Plan. Da floss dann mitunter auch Blut und vermengte sich auf dem Pflaster mit Bierlachen, Speiseresten, Urin und Erbrochenem. Das war nicht schön. Das stank wie Hölle, und das machte nun wirklich keine gute Laune. Doch das war nun mal die gute, alte Reeperbahn. Das war das St. Pauli wie es nie besungen wurde.

Auf der guten, alten Reeperbahn gab es auch Kabarett und Comedy, und Kultur mit aus Film und Fernsehen bekannten Gesichtern, und das Boulevardtheater am Spielbudenplatz nährte die Hoffnung, irgendwann doch noch *Jopi Heesters* in einem *Helmut-Schmidt*-Musical zu sehen.

Es gab das *Docks* und das *Molotow*, und Live-Musik auch in den Seiten- und Parallelstraßen. Es gab die *Esso*-Tanke mit Kids auf übel drauf und die Mädel am Davidstraßeneck mit lockendem Spruch: *Komm mit, was willste denn zuhause, da stirbste doch nur.*

Und es gab auch immer und immer wieder tödliche Schüsse vor und in den Clubs und Discotheken. Es gab *Bandenkriege im Rotlichtmilieu (Mopo)*, Gewalt und Überfälle, die *Angstmeile Reeperbahn (Mopo)* und die bange Frage, *wie sicher ist St. Pauli? (Abendblatt)*.

Da war's dann mit der guten Laune ganz vorbei und der damalige Innensenator kündigte den Einsatz von Reiterstaffeln gegen Kriminalität und Randale an.

Doch all das – es war einmal.

Das war die alte Sex und Suff und Crime Reeperbahn. Und drum herum das alte St. Pauli, das seinerzeit ein Pastorensohn aus Winterhude in amtlicher Funktion mit romantisch verklärtem Blick als lebens- und liebenswerte Idylle sah und versicherte, in diesem Viertel werde es zukünftig, trotz Abriss einiger baufällig gewordener Häuser und vorübergehender Ausquartierung der Bewohner, letztlich noch quirliger zugehen und *Menschen mit Migrationshintergrund, Arbeitslose, Kreative, Sozialhilfeempfänger, Studenten und Huren* auf den Etagen der neu aus dem Boden gestampften Wohnblocks in Liebe einander zugetan sein – welch weltfremde Vorstellung! Welch ein Wahn!

Denn längst schon hatten osteuropäische Investoren im Verbund mit weitsichtigen (sprich hier: korrupten) Politikern jeglicher Couleur die totale Neugestaltung des Gebiets in Angriff genommen. Ein japanisches Top-Architekten Team konzipierte und realisierte in nur wenigen Jahren ein wohl einzigartiges Vergnügungsareal: Riesige Hotelanlagen mit Spielhallen und Casinos, pompöse Paläste in bengalischen Farben. Funkelnde Fontänen werfen ihr Wasser auf Statuen der *Klitschko*-Brüder, *Lena, Michael Ballack* und *Heidi Klum*.

Tagtäglich werden zigtausend Besucher auf Förderbändern aus purpurrotem, weichem Gummi hereingeschleust, können für eine Nacht oder auch länger in den luxuriösen Hotelzimmern einchecken, sich an Buffets mit internationalen Speisen bedienen (Gäste mit *Gambler* Pass zahlen dafür nichts) und sich uneingeschränkt amüsieren. Per Videokommunikation kann von so gut wie überall in der weitläufigen *Shopping Mall* Kontakt mit den Frauen in den drei Bordellen (drei Preisklassen) aufgenommen werden.

Es gibt nach wie vor das *Schmidt* -Theater und *Schmidts Tivoli*, das *St. Pauli Theater* und auch den *Comedy Club*, allerdings unter gänzlich neuer Leitung. Es gibt auf der Tiefgaragenebene mehrere Discos (für unter und über Dreißigjährige), lateinamerikanische und asiatische Bars und auch die klassischen Sportbars mit Oben-ohne-Bedienung. Highlight aber ist die in einem Kuppelbau etablierte *Godfather-*Arena für Großveranstaltungen und TV-Übertragungen.

Kurz: Es gibt für jeden Besucher dieses *HH Superdome* etwas zu sehen und hautnah zu erleben. Und all das überwacht und kontrolliert und lässt null Ärger aufkommen eine Organisation, der nur Missgünstige und ewig Gestrige mafiöse Strukturen unterstellen.

So sei es denn.
Amen.

Nachbemerkung

Ich saß mit Angelo an der Böhme. Hinter uns die Stadtbücherei Soltau. Ich war Stadtschreiber in dem Heidestädtchen. Ich schrieb über das Landeserziehungsheim Druhwald. Über den Heimzögling Angelo. Ich dokumentierte seine Geschichte. Sie begann in Berlin. Sie begann mit seinem Vater, einem amerikanischen GI. Wir rauchten. Wir rauchten gutes Dope und irgendwann sagte ich: „Broszinski." – „Ey, wat?", fragte Angelo. – „Broszinski", wiederholte ich. „Ich nenne ihn Broszinski. Ein Bulle. Ein kaputter Typ, aus Bochum kommend, in dem Kaff hier gestrandet. Strafversetzt."

Es war eine Kiff-Vision (*Verrückte Schritte* in *An einem heißen Sommertag*), aber fortan begleitete mich Jan Broszinski. Er kam mit mir nach Hamburg, war Kontrahent und auch Partner bei meinen nächtlichen Streifzügen durch St. Georg. Ich hing in Absturzkneipen und türkischen Teestuben ab, war Gast in Clubs und Separees. Ich zechte mit Zuhältern und trank frühmorgens mit Transen ein Tässchen Schokolade, ging mit den Frauen aus dem Edelpuff in das italienische Kellerlokal „Il Buco". Broszinski war bei allem dabei, rauchte seine Filterlosen und später Zigarillos. Er hörte aufmerksam zu.

Hubert Fichtes Ledermann orderte Spezialitäten aus Kanton im „Man Wah" auf der Reeperbahn und erzählte von der Lust und den Lastern der besseren Gesellschaft. Wer in der Freien und Hansestadt mit wem ein Verhältnis hatte und welcher Senator sich bei einer Domina ans Kreuz hängen ließ. Unterhaltsamer Klatsch mit immer einem wahren Kern.

Der Kreis erweiterte sich. Ärzte, Anwälte und alternative Aktivisten äußerten ihre Sicht auf die „Hamburger Verhältnisse", auf die Symbiose von Politik und Verbrechen. Ein

Kronzeuge meldete sich und gab vor, über sämtliche Deals und Absprachen Bescheid zu wissen. Er sorgte für An- und Aufregung, für ein Verhör auf der Wache und konspirative Treffs inklusive Geldübergabe. Das alles endete letztlich in Santa Fu, dem Hamburger Knast, und ich schloss meine Kiez-Saga nach fünf Jahren ab (siehe: *Hamburger Verhältnisse. Hintergründe und Materialien* in *Die Kiez-Trilogie*).

Mit Jan Broszinski hatte ich zwei weitere Beamte ermitteln lassen: Peter „Pit" Gottschalk und Jörg Fedder (und weil danach immer wieder gefragt wird, gleich vorweg: Ja, bei Jörg Fedder habe ich an Jan Fedder gedacht, der damals noch nicht im „Großstadtrevier" tätig war, aber sehr viel über den Kiez und seine Geschichte erzählen konnte).

Ohne konkret an ein Panorama eines halben Jahrhunderts zu denken, versetzte ich Gottschalk in die Fünfzigerjahre, ließ ihn als jungen Mann einen Mord in der Provinz aufklären (*Letzte Station vor Einbruch der Dunkelheit* in *An einem heißen Sommertag*). Danach lag es dann nahe, den bereits 1979 erschienenen Roman *Schnelles Geld* als Broszinskis ersten Fall im Ruhrgebiet der Siebzigerjahre zu überarbeiten und zu ergänzen (Neuausgabe in *Letzte Station vor Einbruch der Dunkelheit*).

Jörg Fedder wurde der Protagonist mehrerer Erzählungen, von denen hier zwei veröffentlicht sind (*Rentner in Rot* und *Der letzte Freier*). Die erste ist zudem die Fedders Biografie betreffende Fortsetzung der *St. Pauli Nacht.*

So sollte es eigentlich enden, wären da nicht in unregelmäßigen Abständen Leserbriefe mit der drängenden Frage eingetroffen: „Was geschah mit Birte?"

Sie war Broszinskis neue Lebensgefährtin. Er hatte sie als Peepshow Tänzerin kennen gelernt, sie war im letzten Band der Kiez-Trilogie spurlos verschwunden. In unser aller Alltag gibt es immer wieder ungelöste Geschichten. Der Leser mag sie offenkundig nicht. Aber es reizte mich dann doch, nach gut zwölf Jahren das Trio Broszinski-Gottschalk-Fedder noch einmal agieren zu lassen (*Zappas letzter Hit*).

Ein Rückblick oder auch nur eine Fußnote zu den Jahren auf der geilen Meile ist *Es war einmal St. Pauli*, kein Abschied allerdings von der „Durchleuchtung des großen Filzes" (Der Stern) in Hamburg und auch anderswo.

Frank Göhre

Editorische Notiz

Drei Kommissare, Drei Tatorte,
ein halbes Jahrhundert Zeitgeschehen:

Peter „Pit" Gottschalk, Jan Broszinski und Jörg Fedder ermitteln
allein und zu Dritt im Ruhrgebiet, in der Lüneburger Heide und
in Hamburg.

I. An einem heißen Sommertag, 2008

– Letzte Station vor Einbruch der Dunkelheit, Roman, 1980
  Peter „Pit" Gottschalks erster Fall in der Lüneburger Heide der
  fünfziger Jahre
– Schnelles Geld, Roman, 1979/1992
  Jan Broszinskis erster Fall im Ruhrgebiet der siebziger Jahre
– Verrückte Schritte, Erzählung, Erstveröffentlichung, 2008
  Jan Broszinski, strafversetzt in die Lüneburger Heide
– Keine Chance, Erzählung, 1997
  Jan Broszinski in Hamburg

II. Die Kiez-Trilogie, 2011

Organisierte Kriminalität im Hamburg der achtziger Jahre
Peter „Pit" Gottschalk, Jan Broszinski und Jörg Fedder ermitteln
– Der Schrei des Schmetterlings, Roman, 1986
– Der Tod des Samurai, Roman, 1989
– Der Tanz des Skorpions, 1991

III. Geile Meile, 2013

– Zappas letzter Hit, Roman, 2006
– St. Pauli Nacht, Roman, 1993
– Rentner in Rot, Erzählung, 1998
– Der letzte Freier, Erzählung, 2006
  Vier Fälle für Hauptkommissar Jörg Fedder
– Es war einmal St. Pauli, Erstveröffentlichung, 2013
  Jürgen Roland und seine St. Pauli-Filme

Frank Göhre im Pendragon Verlag

An einem heißen Sommertag

Letzte Station vor Einbruch
der Dunkelheit
Schnelles Geld
Verrückte Schritte
Keine Chance

320 Seiten, PB, Euro 9,90
ISBN: 978-3-86532-993-6
Auch als eBook erhältlich.

Die Kiez-Trilogie

Der Schrei des Schmetterlings
Der Tod des Samurai
Der Tanz des Skorpions

3. Auflage
736 Seiten, PB, Euro 16,95
ISBN: 978-3-86532-259-3
Auch als eBook erhältlich.

Geile Meile

Zappas letzter Hit
St.Pauli Nacht
Rentner in Rot
Der letzte Freier
Es war einmal St. Pauli

512 Seiten, PB, Euro 14,99
ISBN: 978-3-86532-365-1
Auch als eBook erhältlich.

Abwärts

200 Seiten, PB, Euro 9,90
ISBN: 978-3-86532-117-6
Auch als eBook erhältlich.

Der Auserwählte

2. Auflage
264 Seiten, PB, Euro 9,95
ISBN: 978-3-86532-202-9
Auch als eBook erhältlich.

Seelenlandschaften

Annäherungen. Rückblicke
224 Seiten, PB, Euro 9,90
ISBN: 978-3-86532-146-6
Auch als eBook erhältlich.

I and I

Stories und Reportagen
200 Seiten, PB, Euro 10,95
ISBN: 978-3-86532-333-0
Auch als eBook erhältlich.

Pendragon Verlag
gegründet 1981
www.pendragon.de

Gedruckt auf holz- und säurefreiem Naturpapier

Originalausgabe
Veröffentlicht im Pendragon Verlag
Günther Butkus, Bielefeld 2013
© by Pendragon Verlag Bielefeld 2013
© für „Der letzte Freier" by Nautilus Verlag Hamburg 2006
Wir danken dem Nautilus Verlag für die freundliche
Abdruckgenehmigung.
Lektorat: Anja Schwarz, Anastasja Schmidt
Umschlag und Herstellung: Uta Zeißler, Bielefeld
Foto: © Homer Sykes/Corbis
Satz: Pendragon Verlag auf Macintosh
Gesetzt aus der Adobe Garamond
ISBN 978-3-86532-365-1
Gedruckt in Deutschland

Frank Göhre
An einem heißen Sommertag

Krimi

320 Seiten • Paperback • Euro 9,90
ISBN 978-3-86532-993-6
Auch als eBook erhältlich.

»An einem heißen Sommertag«
enthält die zwei frühen Romane
»Letzte Station vor Einbruch der
Dunkelheit« und »Schnelles
Geld«. Ergänzt durch die bislang
unveröffentlichten Erzählungen
»Verrückte Schritte« und »Keine
Chance«.

»**Momentaufnahmen aus ver-
schiedenen Jahrzehnten.**«
www.literature.de

»**Frank Göhre zählt zu den renommiertesten Krimi-Autoren;
seine Bücher sind gesellschaftliche Fallstudien, deren empiri-
sche Exaktheit manchem ›Gesellschaftsroman‹ gut zu Gesicht stünde.**« Die Zeit

P E N D R A G O N - Verlag ————————

Frank Göhre
Die Kiez-Trilogie

Krimi (2. Auflage)
736 Seiten • Paperback • Euro 16,95
ISBN 978-3-86532-259-3
Auch als eBook erhältlich.

St. Pauli – Hamburgs sündige Meile. Ging es auf dem Kiez lange Zeit gemütlich, fast familiär zu, so wurde das Geschäft Mitte der 1980er härter – brutaler. In seinem unnachahmlich atemberaubenden Stil erzählt Frank Göhre vom Bandenkrieg im berühmtesten Rotlichtviertel der Welt und vom Hamburger Polizeiskandal. Er eröffnet dabei einen schonungslosen Blick auf Politik und Verbrechen in der altehrwürdigen Hansestadt. Seine Protagonisten sind Zuhälter, Geldwäscher, Waffenschieber, Drogenbosse und Zocker. Kurz: das Milieu. Präzise beschrieben vom Meister des »Noir made in Germany«.

»Die Kiez-Trilogie« vereint die drei erfolgreichen Kriminalromane **»Der Schrei des Schmetterlings«**, **»Der Tod des Samurai«** und **»Der Tanz des Skorpions«**. Ein Meilenstein der neueren deutschsprachigen Kriminalliteratur.

P E N D R A G O N - Verlag ————————